AF197298

T. S. Orgel

ORKS VS. ZWERGE

Der Schatz der Ahnen

Roman

Originalausgabe

Mit ausführlichem Glossar
und Ork-Wörterbuch im Anhang

WILHELM HEYNE VERLAG
MÜNCHEN

Verlagsgruppe Random House FSC® N001967
Das für dieses Buch verwendete
FSC®-zertifizierte Papier *Holmen Book Cream*
liefert Holmen Paper, Hallstavik, Schweden.

2. Auflage
Originalausgabe 12/2014
Redaktion: Catherine Beck
Copyright © 2014 by Tom & Stephan Orgel
Copyright © 2014 dieser Ausgabe by
Wilhelm Heyne Verlag, München,
in der Verlagsgruppe Random House GmbH
Printed in Germany
Karten: Andreas Hancock
Umschlagillustration: Alexander Tooth
Umschlaggestaltung: Nele Schütz Design, München
Satz: KompetenzCenter, Mönchengladbach
Druck und Bindung: GGP Media GmbH, Pößneck

ISBN: 978-3-453-31610-2

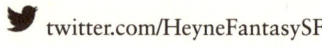
twitter.com/HeyneFantasySF

*Die Einsicht in das Mögliche
und Unmögliche ist es, die den
Helden vom Abenteurer unterscheidet.*

THEODOR MOMMSEN

ORKLAND
AYUBO

DOBROG-BERGE

ORKLAND
KORRACH

DOBROG-BERGE

DAS
VERBOTENE
TAL

DAS
WEISSE HAUPT

DOBROG-BERGE

OSTSTÄMME

ORKLAND

OSTSTÄMME

PROLOG

Borms eisenbeschlagene Stiefel schlugen schwer auf den Stein, während er bedächtig die Stufen zur Mauer erklomm. Immer einen Schritt nach dem anderen, denn der Morgentau hatte das alte Gemäuer klamm und rutschig gemacht. Ein falscher Tritt konnte in dieser Höhe fatale Folgen haben. Schwer atmend blieb er auf dem Absatz stehen, wischte sich mit dem Ärmel den Schweiß von der Stirn und warf einen Blick in die Ferne. Während die Landschaft zu seinen Füßen noch unter einem schwarzen Schleier verborgen lag, waren am Horizont bereits die ersten Sonnenstrahlen zu erahnen. Borm liebte diese kurze Zeitspanne zwischen Nacht und Tag, wenn die Welt außerhalb der Minen noch den Eindruck einer gewaltigen Höhle vermittelte und das Licht der Sonne nicht in den Augen schmerzte, aber schon stark genug war, um einen Blick auf die zerstörte Stadt zu Füßen der Bergfestung zu gewähren.

Derok.

Das allgegenwärtige Symbol der Schwäche aller Oberen. Von den Orks mit einem einzigen Handstreich vom Antlitz der Erde gefegt, so als wäre die Stadt nichts weiter als eine lästige Schmeißfliege gewesen, die sich zufällig an die gedeckte Tafel des Nordens verirrt hatte. Nichts hatten die einst so stolzen Händler den Angriffen entgegensetzen können. Ihre Mauern waren zu Staub zerfallen, ihre Häuser hatten wie Stroh gebrannt, und ihre überheblichen Gesichter waren in Blut ertränkt worden. Schwächlinge!

Borms Finger tasteten nach dem goldverzierten Trinkhorn an seinem Gürtel. Es war mit dem stärksten und edelsten Tropfen angefüllt, den Gott in seiner Gnade erschaffen hatte. Ein Bier aus den Minen der Zinnkopfhöhen. So dunkel wie die Nacht und so weich und vollmundig wie ... nun ja, wie eben nur dieses einzigartige Bier zu schmecken vermochte. Grüßend hob er das Horn dem roten Streifen am Horizont entgegen, und dann den rußgeschwärzten Ruinen Deroks. »Mit diesem Tropfen trinke ich auf die Niederlage der Unvernunft. Auf dein Wohl, Derok!« Als er sich den Bart abwischte, spielte ein stilles Lächeln um seine Lippen. Er hätte es gern mit einem Gleichgesinnten geteilt, doch zu dieser frühen Stunde war er allein auf den Mauern. Der nächste Wächter stand weit entfernt auf einem der zahlreichen Wehrtürme, die sich wie mahnende Zeigefinger dem roter werdenden Himmel entgegenstreckten. Eine dunkle Silhouette, das bärtige Gesicht unverwandt in die Ferne gerichtet.

Er schwankte leicht, was Borm beunruhigte. Festungswächter waren unverrückbar wie der Fels, sie schwankten nicht, jedenfalls normalerweise. Borm kniff die Augen zusammen und öffnete sie wieder. Doch das machte die Sache nur noch schlimmer, denn jetzt begann sich der gesamte Turm zu wiegen wie ein Ast im Wind. Er runzelte die Stirn. *Was in Gottes Namen erlaubt der sich?*

Langsam übertrug sich das Schwanken nun auch auf die Mauer, sprang von dort behäbig auf die Brüstung über und wanderte über den Fluss nach Derok und darüber hinaus. Bis es schließlich den Horizont erreicht hatte und die gesamte Welt sich zu drehen begann.

Scheppernd ließ Borm das Trinkhorn fallen und streckte die Hände nach der Brüstung aus. Mit einem Mal schien sie meilenweit entfernt zu sein. Panisch warf er sich nach vorn, krallte die Finger in das harte Gestein und stieß ein Wimmern aus. »In Gottes Namen, was geht hier vor?« Als er spürte, wie der Sandstein unter seinen Fingern zu bröckeln begann, erstarb seine Stimme. Erst lösten sich nur winzige Stückchen, kaum mehr als Krümel, und rieselten sanft auf seine Stiefel herab. Dann knirschte es leise, und ein sanfter Schauer fuhr durch den Stein. Er wagte kaum zu atmen. »Herr«, wimmerte er. »Mach, dass es aufhört!«

Ein lautes Knirschen ertönte, dann gab es einen heftigen Ruck, und schließlich rutschte die gesamte Brüstung vor seinen Augen in die Tiefe. Für einen winzigen Augenblick existierten nur noch er und der Stein. Der Stein, der sich im Fallen behäbig drehte und dabei immer kleiner wurde, auf halber Höhe mit einem hässlichen Krachen gegen eine Felsennase schlug und in zwei Teile zerbarst, die noch einmal mit leisem Knirschen tief unten gegen den Fuß des Bergs polterten, um nach einer Ewigkeit schließlich in die tosenden Fluten des Flusses zu klatschen.

Mit Wucht kehrte die Wirklichkeit zurück. Fauchend zerrte der Wind an Borms Kleidung und versuchte, ihn dem Stein hinterher in den Abgrund zu reißen. Mit vor Entsetzen weit aufgerissenen Augen stolperte er rückwärts. Sein Herz pumpte wie ein Blasebalg, seine Arme und Beine zitterten wie Blätter im Wind.

Aber er lebte. Und langsam hörte die Welt auf, sich zu drehen. Zorn wallte in ihm auf und verdrängte die Erleichterung darüber, dem Tod so knapp entronnen zu sein. Zorn über die unfähigen Baumeister, die so leichtsinnig mit dem Leben eines Clanoberhaupts gespielt hatten. »Diese verschissenen Pfuscher«, grollte er und bleckte die Zähne. Wie konnten sie es wagen, die Festungsmauern so verkommen zu lassen? Dieser Vorfall würde Konsequenzen haben, so viel war sicher. Irgendjemand würde dafür zur Rechenschaft gezogen werden.

Aus dem Augenwinkel nahm er eine Bewegung wahr und wirbelte herum, jede Faser seines Körpers voll gerechtem Zorn. Er brauchte einen Augenblick, um zu begreifen, was er sah. Seine Augen weiteten sich, schon zum zweiten Mal an diesem Morgen, und seine Hand fuhr zu der goldverzierten Klinge, die er am Gürtel trug. Unter anderen Umständen wäre sie vielleicht schnell genug gewesen, doch der Schreck saß ihm noch so tief in den Knochen, dass sie unkontrolliert zitterte und den Griff verfehlte.

Der Stoß war gar nicht mal heftig. Eher ein sanfter Schubser, den er kaum spürte. Doch er reichte aus, um Borm einen Schritt zurücktaumeln zu lassen. Er fummelte weiter an seinem Gürtel herum und hatte die Klinge schon halb aus der Scheide gezogen, als der zweite Stoß ihn noch weiter zurückwarf. Erst jetzt begriff er, dass sich zwischen ihm und dem Abgrund keine schützende Brüstung mehr befand. »Das ist ungünstig«, krächzte er und spürte, wie der Wind erneut an seiner Kleidung zerrte. Diesmal hatte er mehr Erfolg. Langsam kippte Borm nach hinten, breitete dabei die Arme aus wie ein Vogel und stürzte mit einem verwunderten Ausdruck im Gesicht in den Tod.

NYORDA

Kleine Eisbrocken trieben auf dem rasch und doch lautlos dahinströmenden Wasser, bleich schimmernde Flecken auf dem schwarzen, nächtlichen Fluss, wie Knochensplitter in Strömen von Blut. *Vergangene Ströme oder zukünftige?* Eine interessante Frage. Im vergangenen Herbst, als Derok gefallen war, hatte der Fluss eine Menge Blut gesehen. Und er würde mehr sehen. Blut, das sie vergießen würde – oder ihr eigenes. *Wahrscheinlich beides.*

Nyorda sah die Sache nüchtern genug, um zu wissen, dass ihre Chancen, den kommenden Frühling zu erleben, gering genug waren, um besser nicht allzu viele Gedanken darauf zu verschwenden. *Falls ich die nächste Stunde überleben sollte.* Die junge Frau sah hinab auf die glasklare Schwärze vor ihren bloßen Zehen. Kein Spiegelbild starrte zurück; dafür war die mondlose Nacht zu dunkel. Aber es wäre ohnehin nichts Sehenswertes darin gewesen. Eine hochgewachsene, hagere, bleiche Gestalt, und darüber ein kantiges Menschengesicht. Zu schmale Lippen, dunkle, harte Augen, umrahmt von struppigem, kurzem Haar, das sie erst gestern mit einem Messer nachlässig gekürzt hatte, damit es ihr nicht im Weg war. Nichts, wonach sich jemand zweimal umgesehen hätte.

Sie rieb sich mit dem Daumen über die schief verheilte Nase. Die hatte sie sich verdient. Es erinnerte sie daran, dass man Stumpen nicht trauen konnte. Sie belohnten Treue nicht. Nun ja.

Nyorda hob den Blick und starrte flussabwärts, wo in der Ferne der Festungsberg von Derok aufragte, der als schwarzer Fleck die Sterne verbarg. Hoch oben fügte er dagegen neue Sterne hinzu, Öllichter oder Fackeln, die auf Zinnen und in Fenstern brannten. Ihr Ziel.

Ein letztes Mal atmete Nyorda tief durch, dann ließ sie sich in das eisige Wasser gleiten. Der Schock traf sie wie ein Tritt in den Magen und raubte ihr den Atem. Unwillkürlich schnappte sie nach Luft. *Verdammt!* Sie hatte natürlich gewusst, dass der Fluss kalt war – immerhin eilte er direkt von den ewigen Eisfeldern der Berge im Osten herab –, doch mit dieser brennenden Kälte hatte sie trotzdem nicht gerechnet. Eilig schlang sie die Arme um den von Eis überzogenen Baumstamm, auf dem sie ihr Bündel befestigt hatte. Die gefrorene Rinde schnitt ihr schmerzhaft in die bloße Brust, doch sie lockerte den Griff nicht, sondern stieß sich stattdessen kräftig vom felsigen Ufer ab. Für eine Umkehr war es ohnehin zu spät. In dem kurzen Moment, den sie gebraucht hatte, um sich vom ersten Schock des Eiswassers zu erholen, hatte der Fluss sie bereits erfasst und mit sich gerissen. Das Schweigen des schwarzen Wassers war trügerisch – die Gewalt des Flusses war auch jetzt, wo sich der Winter in die Berge zurückzog, ungemindert. Vermutlich sogar noch heftiger, wenn man bedachte, dass einiges an Schmelzwasser hinzukommen musste. Wärmer wurde das Wasser dadurch jedenfalls nicht. Nyordas Atem kam stoßweise, und jeder

Zug brannte in ihren Lungen. Ihre Haut brannte ebenfalls, als wäre sie unbekleidet durch ein Nesselfeld gekrochen. Wenn das Gnarrafett, mit dem jeder Zoll ihres Körpers beinahe fingerdick eingerieben war, tatsächlich gegen die Kälte half, bedeutete das wohl nur, dass sie ein, zwei Atemzüge mehr hatte. Es war kaum zu glauben, aber schon nach diesen wenigen Augenblicken im Fluss fühlte sie ihre Beine kaum noch. Jetzt kam alles darauf an, dass sie sich nicht verschätzt hatte.

Lautlos trug das Wasser den geborstenen Stamm davon und auf die Steilwand zu, die hoch über den Ruinen Deroks aufragte. Genau genommen ragte sie über dem Wenigen von Derok empor, das nicht in Ruinen lag. Auf der Südseite des Flusses lagen zwei Straßenzüge schmaler, dunkler Steingebäude, die sich dicht an dicht zwischen dem schroff abfallenden Flussufer und der sich drohend erhebenden Steilwand des Festungsbergs drängten. Die Zwerge hatten die Behausungen am Ufer abgerissen und die Reste der Brücken, die die Südstadt mit der Nordstadt verbunden hatten, sorgfältig geschleift. Kein Ork konnte unbemerkt den Fluss überqueren. Schwimmen konnten die Krieger der Stämme ohnehin nicht, und die immer noch Tag und Nacht am Ufer stationierten Wachen bemerkten jedes noch so kleine Boot oder Floß, mit dem sich mehrere oder auch nur eine der Grünhäute hätten einschleichen können. Die Orks hatten es versucht. Mehr als einmal. Bislang sah es nicht so aus, als hätte es auch nur einer ihrer … »Gesandten« bis ans südliche Ufer geschafft. Vielleicht trügte der Schein, doch die Häuptlinge der Stämme konnten kein Risiko eingehen. Also sandten sie mehr. Leute wie Nyorda.

Es gab einen kleinen, steinigen Streifen am östlichen Ende der Kaimauer, an der der Fluss Abfall, Treibholz und Eisschollen sammelte, und genau diese dunkle Ecke war es, die Nyorda ansteuerte. Sie ließ sich tief ins Wasser hängen, den Kopf gerade so oben gehalten und im Schatten des treibenden Stamms verborgen. Mit sparsamen Bewegungen lenkte sie das geborstene Treibgut in die Strömung. Sie konnte nur hoffen, dass es reichte – und dass ihre Bemühungen unbemerkt blieben. Sie hatte nur diesen einen Versuch – verfehlte sie ihr Ziel, wäre sie erfroren, bevor sich ihr eine weitere Möglichkeit bot, den Fluss zu verlassen. Inzwischen spürte sie kaum noch ihre Finger, und sie musste die Zähne fest zusammenpressen, um zu verhindern, dass sie klappernd aufeinanderschlugen.

Einen Versuch nur – mehr verlangte sie nicht. Eine Chance war mehr, als sie hatte erwarten können. Mehr als die Menschen am Fluss, in den Weilern, Dörfern und Wehrhöfen, oder die Menschen in Derok, die die Zwerge zurückgelassen hatten, als sie die Tore hinter sich schlossen und die Brücken über den Fluss abbrachen. Absurderweise hatte sie überlebt, weil sie gekämpft hatte. Oder, wie sie inzwischen wusste, weil sie eine Frau war und den ersten Orkkrieger getötet hatte, der sich an ihr hatte vergehen wollen. Und wider alle Erwartungen auch den zweiten. Orks respektierten Frauen, sogar menschliche, wenn sie nur stark waren. Es hatte ihr nichts genutzt, als der dritte über sie gekommen war, und dann der vierte. Es hatte den Menschen in ihrer Schmugglersiedlung nichts genutzt, die so dumm gewesen waren, sich gegen die Grünhäute zu wehren, als der lange Winter gekommen war und die Orks schließlich über jede noch so versteckte Siedlung hergefallen waren, um auch die letzten Vorräte zu plündern. Fressen oder gefressen werden. Doch am Ende hatten sie sie genau deshalb am Leben gelassen. Sie hatten ihr zu essen gegeben, als die Dunkelheit anhielt und mit ihr der lange, eisige Winter. Weil sie stark war und nicht aufgegeben hatte. Die anderen, Schwächeren hatten nicht überlebt. Orks verschwendeten keine Nahrung an Schwache oder Kranke, nicht einmal an die ihrer eigenen Art, das wusste sie jetzt. Die Starken dagegen durften überleben, als Sklaven der Grünhäute. Aber Sklaven, dessen war sich Nyorda schon lange bewusst, waren sie auch unter den Zwergen gewesen. Die Stumpen gewährten jenen Menschen Schutz, die ihnen nützlich waren. Auf den Rest verschwendeten sie keinen Gedanken.

Im Gegenteil. Die Orks wussten um den Wert von Stärke. Sie sahen Nyordas Wert und gaben ihr auch dann noch Essen und einen Platz am Feuer, als Nahrung und Feuerholz rar wurden und die meisten der anderen Gefangenen einer ungewissen Zukunft im Norden entgegengetrieben worden oder Hunger und Kälte zum Opfer gefallen waren. Und schließlich hatte Nyorda den Unterschied erkannt. Unter den Orks konnte sich jeder einen Platz erkämpfen, der zu kämpfen bereit war. Abstammung war ihnen weniger wert als Stärke, und jeder bekam eine Chance, sich zu beweisen. Es war hart, doch auf fremdartige Weise gerecht.

Für die Zwerge dagegen war sie Abschaum, allein schon, weil sie als Mensch geboren war. Es war nicht die Schuld der Orks, dass so viele Menschen in Derok gestorben waren – es war allein die Schuld der Stumpen, selbst wenn sie die Arbeit den Klingen der Grünhäute überlassen hatten! Eine heiße Welle der Wut überschwemmte Nyorda und verdrängte die unbarmherzige Kälte aus ihren Gliedmaßen. Die Orks hatten ihr eine Chance gegeben, und sie wollte verflucht sein, wenn sie sie nicht nutzte. Der Fluss hatte den Stamm inzwischen beinahe bis in den Schatten des gegenüberliegenden Steilufers getragen. Mit zwei kräftigen Schwimmstößen schob die junge Frau ihr provisorisches Floß aus der Strömung. Dumpf klopfend stieß der Stamm gegen das Eis am Ende der Ufermauer. Nyorda verlor keine Zeit. Sie packte das Bündel, das in den gebrochenen Ästen des Baums hing, und warf es auf die blasse Eisfläche, auf der es bis zum Ufer glitt. Dann stieß sie sich ab und zog sich mit zusammengebissenen Zähnen auf das Eis. Ein Stöhnen und Knistern durchlief die dünne Decke, wobei feine Risse bis zum schwarzen Ufer eilten. Die Kante der Eisfläche zerbrach unter ihrer rechten Hand in scharfe Splitter, die sich vom Rand lösten und davontrieben. Sofort verharrte sie vollkommen still. Das Knistern verebbte. Vorsichtig hob sie den Kopf.

Ein leises Singen aus dem Eis antwortete ihr, und sie hielt inne. *Verdammt.* Reglos lag sie auf dem schmalen Eisstreifen. Kälte kroch in ihren ohnehin schon ausgekühlten nackten Körper. Lange konnte sie so nicht liegen bleiben, das stand fest. Nicht, wenn sie nicht als Leiche gefunden werden wollte. Einbrechen und nochmals ins Wasser fallen war allerdings auch keine Alternative. Auch das würde sie nicht überleben.

Lautlos fluchte sie, verwünschte den Fluss, die Kälte, Derok, die Wühler, den bescheuerten Plan der Orks, sich selbst. Sie begann zu zittern, ohne dass sie das Geringste dagegen unternehmen konnte, und das Knistern im Eis kehrte zurück. *Verdammte Scheiße!*

»Oi!«

Der leise Ruf kam so unerwartet, dass sie zusammenge-
zuckt wäre, wenn sie gekonnt hätte. Andererseits – momen-
tan bestand sie ohnehin nur noch aus leisem Zucken.

»Du da! Weib!« Eine Zwergenstimme, unverkennbar in
ihrer kantigen, polternden Art, die Laute der menschlichen
Sprache auszusprechen. »Keine Bewegung!«

Ein kurzer Moment verstrich, während Nyorda sogar den
Atem anhielt. Schließlich fügte der Besitzer der Stimme etwas
weniger barsch hinzu: »Oder doch. Eine Bewegung, wenn du
noch lebst.« Und einen Augenblick darauf: »Lebst du noch?«
Schließlich schniefte der Zwerg. »Mist«, murmelte er.

Irgendetwas stach ihr unsanft in die Rippen. Das Stochern
wiederholte sich, doch noch immer regte sich Nyorda nicht.
Die Wachleute der Stumpen hier am Ufer trugen lange Stan-
genäxte, mit denen sie Dinge aus dem Wasser ziehen konnten.
Oder aber sie hineinstoßen. Und für gewöhnlich fischten sie
nichts aus dem Wasser, das noch lebte.

Ein eisiger Haken kroch unter ihre Achsel, schnitt ihr
schmerzhaft in die blau gefrorene Haut. Dann spürte sie, wie
sie über das Eis gezogen wurde, während der Stumpen sie
ächzend auf die scharfkantigen Steine des Ufers zerrte. Raue
Lederhandschuhe griffen unter ihre Arme, und sie fühlte, wie
sie hochgehoben und umgedreht wurde. Heißer, stinkender
Atem wusch über ihr Gesicht. Nyorda zwang ihre Lider auf
und sah in die dunklen Zwergenaugen, die dicht über ihr
schwebten. Ohne nachzudenken, stieß sie den Eissplitter in
ihrer Rechten unter das bärtige Kinn. Der Stumpen starrte sie
verständnislos an, als ein Blutschwall aus seinem Rachen
schoss und sich heiß über ihre Hand und ihr Gesicht ergoss.
Für einen Moment verkrampften sich die Handschuhe so fest

um ihre Oberarme, dass sie fürchtete, der Kerl würde ihr die Knochen brechen, dann erschlaffte er, sackte nach hinten und riss sie mit sich, während sich ein gurgelndes Seufzen den Weg an der eisigen Klinge vorbei nach draußen bahnte.

Ein Zittern durchlief den untersetzten, gepanzerten Körper, während die dunklen Augen noch immer in ihre sahen und es dabei fertigbrachten, den verletzten Ausdruck anzunehmen, der in denen eines zu Unrecht geschlagenen Hundes lag. Er war jung, ging Nyorda auf. Natürlich. Es waren immer die ganz Jungen und die Erfolglosen, die beschissene Posten wie diesen erhielten. Und es waren immer sie, die deshalb zuerst verreckten, im Grunde immer jene, die am wenigsten etwas für irgendetwas konnten. Das war wohl überall so.

Die Lippen des Stumpen bebten, doch sie brachten nichts weiter hervor als noch mehr Blut. Angewidert rollte sich Nyorda von dem Sterbenden fort, wobei ihr nicht ganz klar war, was sie mehr anwiderte: das Sterben, die Ungerechtigkeit der Welt oder sie selbst. Das Blut war es nicht, davon hatte sie schon zu viel gesehen.

Sie zog sich zu ihrem Bündel, das nur noch einen Schritt entfernt lag. Die Schnur, die es verschlossen hielt, war steif gefroren. Knurrend zerrte sie mit den Zähnen daran, bis sich schließlich der Knoten löste und sie die lederne Hülle auseinanderschieben konnten. Ein Schwall Wärme wallte ihr entgegen, als sie die trockene Kleidung auseinanderschob, und hüllte sie in den Geruch von verschmorter Wolle. Noch immer zitternd kniete sie sich in den Haufen warmen Stoffs und wühlte darin herum, bis sie auf etwas Hartes stieß, an dem sie sich beinahe die Hände verbrannte. Mit zusammengebissenen Zähnen ließ sie ihre Hände auf dem noch immer heißen

Stein liegen, bis das Kribbeln des wiederkehrenden Gefühls in den Fingerspitzen auf ein erträgliches Maß zurückgegangen war. Für einen Moment noch ließ sie sich von der mitgebrachten Wärme durchströmen, dann zog sie sich ihre Kleider über. Es waren keine bemerkenswerten oder gar guten Kleider, doch sie waren warm, sauber und vor allem unauffällig. Ein Unterkleid, ein einfaches Überkleid aus verschlissenem, jedoch dickem Wollstoff, darunter gestrickte Beinlinge gegen die Kälte, Socken und feste Schnürschuhe aus gefettetem Leder. Sie genoss die Wärme, die ihren Körper durchströmte, und das Prickeln, als endlich auch Gefühl den Weg in ihre Schenkel, Arme und Brüste zurückfand. Schließlich atmete sie tief durch und gürtete sich mit einem schmalen Lederband, an dem eine kleine Tasche hing, die die einzigen Gegenstände enthielt, die sie auf ihre Mission mitgenommen hatte: ein paar Münzen und ein kleines Messer mit hölzernem Griff. Keine echte Waffe, nur etwas Unauffälliges, wie es beinahe jeder bei sich trug.

Dann runzelte sie die Stirn. Ihr Blick fiel auf den Zwergenwächter, der inzwischen still war. Noch lag er in der Dunkelheit der Uferbefestigung, doch für jeden, der eine Laterne mit sich führte, war er deutlich genug zu erkennen, und spätestens bei Sonnenaufgang würde er hier für jeden sichtbar sein. Vermutlich war es also besser, ihn nicht einfach liegen zu lassen. Nachdenklich musterte sie das Eisbrett, von dem der Stumpen sie mit seiner Stangenaxt hereingezogen hatte. Die fahl schimmernde Fläche hatte schon unter ihrem geringen Gewicht gestöhnt – ein mit Eisen gepanzerter Zwerg allerdings …

Kurz entschlossen packte sie den Toten an Bart und Kragen und zerrte ihn auf den Rand des Eises. Sie nahm sich nur kurz die Zeit, ihm die silberne Trinkflasche abzunehmen, bevor sie ihm die Spitze seiner Stangenwaffe auf die Brust setzte und sich mit vollem Gewicht gegen den Schaft stemmte. Leise knirschend löste sich der Leichnam vom Ufer und glitt zwei Schritte dem Fluss entgegen, bevor das Eis unter ihm knackte, splitterte und schließlich in kleine Brocken zerbrach, die auf dem schwarzen Fluss in die Dunkelheit davontrudelten, während der Körper lautlos zwischen ihnen versank.

Grimmig sah Nyorda ihm hinterher. Ein Zwerg weniger. Aber es lagen noch einige vor ihr. Schnell schob sie den Heizstein und die Reste des Ledersacks ebenfalls über das Eis in den Fluss, dann warf sie die Langaxt des Wächters hinterher. Als Letztes entkorkte sie die Flasche des Wächters. Der scharfe Geruch von gebranntem Schnaps schlug ihr entgegen, und sie rümpfte die Nase. Sorgsam goss sie den größten Teil des Inhalts aus, bevor sie das Gefäß zwischen die Steine fallen ließ. Wenn jemand den Stumpen schließlich doch vermissen sollte, würde er außer dem Blutfleck und dem zerbrochenen Eis auch dieses Ding finden und eigene Schlüsse ziehen. Es wäre nicht das erste Mal, dass ein Besoffener gestürzt wäre, sich den Schädel angeschlagen hätte und orientierungslos im Fluss gelandet wäre. Solche Dinge passierten. Zufrieden schlang sie sich ihren Schal um Hals und Gesicht und wandte sich den Häusern zu.

Hier am östlichen Ende des Südstadtufers ragten nur mehrgeschossige Lagerhäuser zwischen dem Fluss und der Felswand des Festungsbergs auf, doch weiter flussabwärts gabelte sich die gepflasterte Uferstraße und verschwand zwischen düsteren Wohnhäusern, deren spitze, schiefergedeckte Dächer drohend in den eisigen Sternenhimmel ragten. Die Südstadt

Deroks – und damit alles, was von Derok übrig geblieben war – war ein alter Stadtteil, wohlhabend genug, um fast ausschließlich von Zwergen bewohnt zu sein. Wahrscheinlich war es jetzt eng in den Prunkbauten der Stumpen, wenn man bedachte, wie viele der kleinen Stinker sie vor dem Fall Deroks noch auf diese Seite hier evakuiert hatten. Vor allem jene aus der Oststadt, in der Leute mit Geld wohnten, also Leute, die einen Wert besaßen. Was sie am Ende von den Menschen der Weststadt unterschieden hatte, denen man die Flucht über den Fluss verwehrte. Sie fletschte die Zähne.

Aber wenn Nyorda den Beobachtern der Orks trauen konnte, war sie nicht die einzige Menschenfrau auf dieser Seite des Flusses. Andere hatten mehr Glück gehabt – wenn man es denn als Glück bezeichnen wollte, dass sie als Bedienstete der Stumpen arbeiteten und daher in deren Häusern in der Südstadt wohnten, als die Orks über Derok hereingebrochen waren. Die Orks konnten sie einen ganzen Winter lang beobachten, wie sie ihren Handlangerdiensten für die Stumpen nachgingen, unbehelligt und unbeachtet. Natürlich – für die Zwerge sah jeder Mensch aus wie der andere. Die Menschen waren nützlich, aber letztendlich nicht ihrer Aufmerksamkeit wert. Das war der Grund, warum die Orks Menschen wie sie, Nyorda, gesucht hatten. Menschen, die nicht auffielen, schwimmen konnten und vom Hass auf die Stumpen erfüllt waren. Von Letzteren hatten sie eine ganze Menge gefunden, von Ersteren zumindest eine Handvoll. Jetzt würde sich zeigen, ob ihr Plan aufging.

Nyorda schlug den Weg durch die schmale Gasse am Fuß des Festungsfelsens ein und begann, Gebäude zu zählen. Sie war noch nie auf der Südseite des Flusses gewesen, doch es gab hier jemanden, der ihr weiterhelfen konnte. Ihre Schwester lebte hier. Als die Orks kamen, war Ayna Küchenhilfe in einem der Zwergenhaushalte hier drüben gewesen, und wie es aussah, wollten die Stumpen auch jetzt noch nicht auf sie verzichten. In der Zeit, in der Nyorda die Südstadt aus dem Schatten der Ruinen im Norden beobachtet hatte, hatte sie Ayna mehr als einmal gesehen. Gebeugt, in Lumpen gehüllt, mit schweren Eimern in den Händen – aber am Leben.

Leise trabte Nyorda zwischen den schmutzigen Schneehaufen hindurch, die im Schatten der eng zusammenstehenden Häuser hoch aufgetürmt lagen. Der Frühling mochte sich endlich angekündigt haben, doch es würde noch eine ganze Weile dauern, bis er die Hinterlassenschaften des Dunklen Winters beseitigt hatte. Zwischen den verharschten Hügeln zweigten Pfade in Hinterhöfe ab, und vor einem blieb sie schließlich stehen. Die Treppe des Haupthauses wurde hier von zwei aufgerichteten, steinernen Grubenbären flankiert, den einzigen, die sie bislang hier gesehen hatte und, soweit sie wusste, den einzigen in dieser Straße. Für einige Augenblicke stand sie reglos in der leeren Straße, eine vermummte Gestalt, die das dunkle Haus musterte. Wie seine Nachbarn erhob es sich drei Stockwerke hoch in den Nachthimmel. Ein spitzes Schieferdach, steil genug, damit der Schnee nicht darauf liegen blieb, bedeckte das abweisende Bauwerk, dessen sämtliche Fensteröffnungen mit schweren hölzernen Laden gegen die Winterkälte verbarrikadiert waren. Aber die Stumpen liebten ja ohnehin die Dunkelheit.

Der enge Durchgang an der linken Seite des Anwesens war wohl mit einer Schaufel freigekratzt und überdies von vielen Füßen aus dem schmutzigen Schnee herausgetreten worden.

Auch das ergab Sinn. Die Dienstboten der Zwerge wohnten in den dunklen Hinterhofkammern. Dienstboten – das bedeutete in den meisten Fällen Menschen. Und falls sie nicht die Stelle gewechselt hatte, dann war dies das Haus, in dem ihre Schwester arbeitete.

Nyorda warf einen letzten Blick nach rechts und links, dann trat sie in den Schatten zwischen den Häusern und sog die Luft ein. Ein schwerer, scharfer Geruch wehte ihr entgegen, der charakteristische Gestank von Wühlerhunden. Diese Biester waren in den Haushalten der Zwerge nicht selten; grobknochige Köter, die als Wachhunde dienten und nur aus Muskeln, Sehnen, zotteligen Haaren und schlechter Laune zu bestehen schienen. Ganz wie ihre Herren. Vorsichtig machte sie einen weiteren Schritt und schnalzte mit der Zunge. Das leise Scharren einer eisernen Kette auf Pflasterstein antwortete ihr, gefolgt von einem ebenso leisen, bedrohlich tiefen Knurren.

Nyorda biss die Zähne zusammen. Das Letzte, was sie jetzt brauchen konnte, war das Gebell eines Kettenhunds. Gut, vielleicht war das nicht wirklich das Letzte. Würde sie darüber nachdenken, fielen ihr sicherlich noch einige andere Dinge ein – aber im Moment stand es ziemlich weit oben auf der Liste. Nach einem langen, reglosen Moment erstarb das Grollen wieder. Die Kette schabte abermals leise. Angestrengt lauschte die junge Frau. Nur eine Kette, und es hatte auch kein zweiter Hund auf sie reagiert. Das war gut.

Behutsam zog Nyorda ein kurzes Rohr aus ihrem Strumpf. Lautlos schob sie einen winzigen Pfeil hinein und verschloss das Mundstück des Blasrohrs mit einem Wattepfropfen. Dann holte sie tief Luft und lief in die Gasse. Diesmal rasselte die Kette, und unter das zurückkehrende Knurren mischte sich das Scharren von Krallen auf vereistem Stein. Nyorda lief aus dem Durchgang in den Hinterhof und kam schlitternd zum Stehen, als eine große, dunkle Masse auf sie zuschoss. Sie hob das Rohr an den Mund, zielte, blies und ließ sich nach hinten fallen, als das knurrende Monstrum nur eine Handbreit von ihr entfernt an das Ende seiner Kette kam. Der Schwung riss dem Hund die Beine unter dem Körper weg, und mit einem erstickten Röcheln fiel das Tier nach hinten. Doch statt sofort wieder hochzuschnellen und in verräterisches Gebell auszubrechen, stieß er nur ein eigenartig drollig klingendes Fiepen aus. Ein Zittern durchlief den Körper des Hundes, dann lag er still.

Nyorda lauschte für einen Moment. Dann schniefte sie, zog sich den Schal wieder über den Mund und zupfte den Pfeil aus der breiten Brust des Tiers. Besser keine Spuren hinterlassen.

Nachdenklich musterte sie den engen Hof. Auch hier türmten sich Berge schmutzigen alten Schnees, ergänzt von einem großen Haufen, der dem Geruch nach aus fauligem Stroh sowie Geflügel- und Schweinemist bestand. Ein kaum sichtbarer Dunst stieg von ihm auf, und trotz der Duftnote lief Nyorda beim Gedanken an gebratenes Schweinefleisch das Wasser im Mund zusammen. Sie schniefte nochmals. Ein Traum, der sich hier kaum erfüllen würde. Es war unwahrscheinlich, dass die Wühler ihr etwas von ihrem kostbaren Schwein abgeben würden. Ohnehin war es erstaunlich, dass hier noch so etwas Nahrhaftes wie ein Schwein existierte. Auf der anderen Seite des Flusses, jener, auf der sie den Winter zugebracht hatte, war auf mehrere Tage kaum noch eine Ratte zu finden gewesen. Das Heer der Orks hatte alles kahl gefressen. Wie es aussah, hatten die Zwerge ihren Nachschub deutlich besser im Griff, was nichts daran änderte, dass sie nicht dazu neigten, ihr Fleisch mit Menschen zu teilen. Die bekamen vielleicht noch die Reste. Die, die das Schwein nicht schaffte.

Neben dem Dunghaufen gab es eine Reihe von hölzernen Hütten und Schuppen, die sich an die steil aufragende Flanke des Festungsfelsens drückten. Licht fiel durch die Ritzen zweier ansonsten fest verschlossener Fensterläden in den Bretterbauten. Vermutlich ein Stall. Auch die Fenster auf der Rückseite des Zwergenhauses waren dicht verschlossen, und hohe Mauern grenzten den kleinen Hof zu denen der Nachbargebäude ab. Kein guter Platz, wenn man eilig verschwinden musste, aber die Wühler bauten nun mal gern Festungen. Mit einem letzten Blick auf den im Schatten liegenden Körper des Hunds stieg Nyorda die Stufen zur Hintertür hinauf und schickte sich bereits an zu klopfen, als sie das Quietschen einer Tür innehalten ließ.

»Hrakka! He! Hund!« Eine Gestalt stand in der Tür des Schuppens, den Nyorda für einen Stall gehalten hatte, und schien zu versuchen, die Dunkelheit des Hofs mit Blicken zu durchdringen. Dass es ihr nicht gelang, hätte sie allein schon als Mensch verraten, selbst wenn es der Umriss des Körpers nicht getan hätte. Licht fiel an ihr vorbei auf den Hof – direkt auf den leblosen Tierleib. »Hrakka?«, wiederholte die Gestalt argwöhnisch.

Nyorda fluchte innerlich, sprang von der Treppe und überbrückte die Entfernung mit drei schnellen Schritten, packte die fremde Frau an den Haaren und stieß sie zurück in die

Hütte. Das kleine Messer aus ihrer Gürteltasche lag jetzt am Hals der Frau, und Nyorda sah sich in der Hütte um, bereit, sofort die Flucht anzutreten. Wie es aussah, waren sie allein. »Einen Laut, und ich stech dich ab«, zischte sie der anderen ins Ohr.

Diese schien immerhin intelligent genug, Anweisungen zu verstehen, und schwieg bis auf ein verängstigtes Wimmern, das ihr Nyorda großzügig durchgehen ließ. Stattdessen schob sie mit dem Fuß die Tür zu und manövrierte die andere in das Licht der Kerzen auf dem Tisch.

»Ich … oh.« Erst jetzt konnte sie die andere Frau richtig erkennen und ließ das Messer sinken. Zögerlich ließ sie die Haare los und trat einen Schritt zurück. »Hallo Schwester.«

Die Wut der älteren Frau war noch nicht verraucht. Zu Recht, wie Nyorda widerstrebend zugeben musste. Von der eigenen Schwester in der eigenen Wohnung ein Messer an den Hals gehalten zu bekommen, war nichts, was man eben mal so beiseiteschob. »Hör mal, Ayna, es …«

»Sag jetzt bloß nicht ›Es tut mir leid‹, Nyorda! Bloß nicht. Oder ich hau dir das hier über den Schädel.« Ayna machte Anstalten, die Flasche in ihrer Hand auf den Tisch knallen zu lassen, besann sich jedoch im letzten Moment eines Besseren und warf einen Seitenblick auf den aus alten Pferdedecken genähten Vorhang, der den kleinen Raum teilte. »Du hast Glück, dass sie es nicht mitbekommen haben. Was sollte Ygrane von ihrer Tante denken?«, fauchte sie leise.

Nyorda schloss den Mund und biss die Zähne aufeinander. Schließlich senkte sie den Kopf und nickte dann zum Vorhang hinüber. »Ygrane und wer noch?«

Ihre Schwester verschränkte die Arme vor der Brust. »Ich wüsste nicht, was dich das angeht.«

»Ich frage mich nur, warum meine Schwester und ihre Tochter im Schweinestall eines Stumpenhauses wohnen und mit wie vielen Menschen sie diesen Verschlag teilen müssen.« Nyorda musterte die beiden mageren Schweine, die in einer abgetrennten Ecke des Raums in schmutzigem Stroh lagen. Irgendwo im Halbdunkel des Stalls gackerte verschlafen ein Huhn. Sie hob eine Augenbraue. »Das letzte Mal, als wir uns gesehen haben, hattest du wenigstens noch ein Zimmer im Haus selbst. Bist du so in ihrer Gnade gesunken?«

Ayna verweigerte für einen langen Moment die Antwort, ehe sie tief durchatmete und sich mit immer noch verschränkten Armen an die Abtrennung zum Schweinekoben lehnte. »Flüchtlinge«, sagte sie knapp. »Sie haben alle Zimmer mit Flüchtlingen belegt. Mit Verwandten aus der Oststadt … von der anderen Flussseite. Beinahe jedes Haus hier ist bis zum Rand belegt. Wer hier keinen Platz gefunden hat, ist in der Zeltstadt. Ich kann froh sein, dass wir das hier haben. Wenigstens ist es warm.«

Da ist etwas dran, musste Nyorda zugeben. Zwischen den beengten Verhältnissen, den Schweinen und dem kleinen Eisenofen war es tatsächlich warm. *In einem Zelt wäre es ungemütlicher. In einem richtigen Haus allerdings nicht.* Sie kniff die Lippen zusammen. »Das ist kein Grund. Die sind die Flüchtlinge. Die sollten hier wohnen.«

Ayna zuckte mit den Schultern.

Sie ist schmaler geworden.

»Sie sind Familie. Natürlich lassen sie sie nicht im Schweinestall wohnen.«

»Dich schon.«

»Ich …« Ayna unterbrach sich. Ihre Augen waren hart. »Was willst du hier, Nyorda? Wenn ich mich recht erinnere, hattest du ein eigenes Dorf, als wir uns das letzte Mal gesehen haben. Gräfin Nyorda. Und jetzt überfällst du mitten in der Nacht Leute, die in Schweineställen wohnen.«

Nyorda beherrschte sich mühsam. »Dinge ändern sich.«

»Tatsächlich.« Diesmal war es an der anderen, eine Augenbraue hochzuziehen.

»Drüben auf der anderen Seite ist es nicht mehr wie vor diesem beschissenen Krieg. Dort herrschen jetzt die Orks. Kein Platz mehr für unabhängige Freigeister.«

»Du bist geflohen.«

»So ähnlich.«

»Und jetzt kommst du zu mir. Was willst du?«

»Ich brauche deine Hilfe, Ayna.«

»Hilfe?« Die Ältere schnaubte. »Ich habe keine Hilfe.« Mit dem Kinn wies sie unbestimmt in den Raum. »Das hier ist alles, was ich habe. Und das reicht nicht mal für uns. Seit Gord … seit wir allein sind, kommen wir drei ohnehin kaum noch über die Runden.«

Nyorda runzelte die Stirn. »Allein? Was ist mit deinem Mann?«

»Ich hatte gehofft, du könntest mir das sagen.«

»Ich? Warum …«

Ayna sackte kaum merklich in sich zusammen. Es schien, als sei ein Schatten über sie gefallen. »Er war auf der anderen Flussseite, als die letzte Brücke fiel. Sie haben alle Männer zusammengezogen, um die Orks auf der anderen Seite zurückzuhalten, jeden, der eine Axt, einen Spieß oder auch nur ein Messer halten konnte. Er war dabei, genau wie Nyall. Seitdem haben wir nichts mehr von ihnen gehört. Ich dachte ... wir ...« Ihre Stimme brach für einen Augenblick, und ihre Worte klangen heiser, als sie weitersprach. »Den ganzen Winter über haben wir gehofft, er und Nyall hätten es überlebt. Sich vielleicht bis zu dir durchgeschlagen. Wir haben von Flüchtlingen gehört, die weiter unten den Fluss überquert haben. Ich dachte, er weiß, wo du wohnst, und hat dich irgendwie erreicht ...«

»Nein.« Nyorda sah ihre Schwester an und hasste sich dafür, diese Antwort geben zu müssen. »Wenn er an der Brücke war, dann ist er tot. So gut wie niemand hat das überlebt.« Sie runzelte die Stirn. »Wer bei den Göttern ist eigentlich Nyall?«

Ihre Schwester warf ihr einen Seitenblick zu. »Ygranes Versprochener und der Vater ihres Kindes.«

»Ihr ... was? Wie alt ist sie? Dreizehn Winter? Vierzehn?«

»Sechzehn, Nyorda. Alt genug. Ich glaube nicht, dass du in der Lage bist, dir ein Urteil zu erlauben. Woher weißt du, dass niemand an der Brücke überlebt hat?«

»So gut wie niemand. Ich habe einen Zwerg getroffen, der dabei war. Außer ihm hat dort niemand diesen Tag überlebt, der kein Ork war. Auf jeden Fall kein Mensch.«

Ayna nickte. Es war das kontrollierte Nicken einer Frau, die diese Nachricht schon geahnt hatte und es sich nicht zugestand, in diesem Moment die Fassung zu verlieren. Sie hatte gerade schon die Hoffnung verloren. Das war mehr als genug.

Nyorda schwieg. Was gab es auch zu sagen? *Es tut mir leid?* Ihr tat schon zu viel leid. Andere mochten unerschöpfliche Mengen an Mitleid besitzen, doch Nyorda hatte schon immer nur einen sehr begrenzten Vorrat davon gehabt. Auf diese Weise konnte man eine Siedlung voll der miesesten Halsabschneider und Verbrecher führen, die die Menschheit hervorgebracht hatte. Aber in Sachen Familie war sie noch nie besonders gut gewesen. »Wie kommt ihr über die Runden?«, fragte sie schließlich.

Einen Moment lang kaute Ayna abwesend auf ihrer Unterlippe, fest genug, um sie blutig zu beißen. Sie schien es nicht zu bemerken. Schließlich holte sie zitternd Luft und zuckte mit den Schultern. »Gerade so. Der Winter war für alle hart, aber ich dachte, wir kommen besser durch als viele andere. Es sah auch so aus. Zumindest, bis …«

»Bis was?«

»Ygrane hat die Keuche.«

Jetzt sagte sie es doch: »Tut mir leid.«

Ayna nickte. Sie wirkte unendlich müde. »Und ohne sie kann ich die Kleine nicht am Leben erhalten«, flüsterte sie, bevor sie aufsah. »Bald sind nur noch wir übrig, Schwester. So wie früher.«

Früher. Das war ein Ort, den Nyorda nicht gern besuchte. Zu wenige gute Erinnerungen lauerten dort, und viel zu viele schlechte. Es schien so, als würde sie ihr ganzes Leben lang von dort weggehen, ohne ihn jemals zurücklassen zu können.

»Was sagen die Heiler?«

Kraftlos hob Ayna die Schultern. »Nichts. Wir haben nichts, was wir ihnen geben könnten, also sind sie blind und taub.«

»Und eure Dienstherrn? Die Stumpen?«

»Nicht unsere. Meine. Ygrane arbeitet nicht für sie. Und das ist das Problem. Du weißt, wie sie sind. Wäre ich es, würden sie sich natürlich um mich kümmern. Aber sie? Ygrane arbeitet oben in der Festung. Sie haben keine Verpflichtung meiner Tochter gegenüber, und das nehmen sie wörtlich. Wie sie es immer tun. Schon dass sie sie hier bei mir wohnen lassen, ist ein Zugeständnis, das ich nicht von jedem Haus erwarten könnte. Das und die Tatsache, dass sie ihr Essen – unser Essen besorgt hat.«

»Und das heißt?«

»Sie hat in der Küche gearbeitet, oben in der Festung. In der Soldatenküche. Du kennst die Zwerge, sie lassen ihre Krieger nicht hungern. Und was übrig bleibt, teilen sich jene, die dort arbeiten. Nicht schmackhaft, aber es hat uns am Leben erhalten. Aber jetzt ...?« Sie hob die leeren Hände und ließ sie wieder fallen.

Nyorda starrte die Tischplatte an, dann gab sie sich einen Ruck. Sie hob den Rand ihres Kleids an und begann, einen Teil der Saumnaht aufzutrennen. Schließlich fielen einige Münzen heraus. Nyorda fing sie auf und legte sie auf den Tisch. »Geh einen Heiler holen. Kauf, was du brauchst.«

Ayna starrte auf die Münzen, die auf dem wackeligen Tisch lagen, groß, matt glänzend und golden. »Zwergengold. Das ist ... ich habe noch nie so viel gesehen. Woher stammt das?«

»Es liegt genug davon herum, wenn man weiß, wo man es findet.« Nyorda winkte unbestimmt hinter sich, wo in der Dunkelheit auf der anderen Seite des Flusses die Ruinen von Derok lagen. »Es ist nicht wichtig, woher es stammt. Nur, was du damit tust.«

Ayna starrte noch immer auf die Münzen. »Warum?«

»Weil wir durch die Stumpen schon genug Familie verloren haben. Es wird Zeit, dass sie dafür bezahlen.« Sie schob das

Geld über den Tisch auf ihre Schwester zu, die noch immer ungläubig die Hand ausstreckte. »Geh einen Heiler holen. Besorg etwas zu essen. Und wenn Ygrane dazu in der Lage ist, besorg euch auch eine Passage nach Süden. Und dann tu noch etwas für mich. Du hast gesagt, deine Tochter arbeitet in der Festung?«

Die Ältere nickte zögerlich.

»Ich nehme an, man braucht einen Passierschein?«

»Ja. Sie hat einen.«

»Gib ihn mir.«

Ayna sah sie forschend an.

»Ich brauche Arbeit.« Nyorda zuckte mit den Schultern und ignorierte den Blick, den ihre Schwester auf die Münzen vor ihr warf. »Und ich habe gehört, dass dort eine Stelle für eine Küchenhilfe frei geworden ist.«

»Aber …« Ayna unterbrach sich selbst und nickte. »Ich hoffe, du weißt, was du tust, kleine Schwester.«

Nyorda zuckte mit den Schultern und gestattete sich ein dünnes Lächeln. »Wieso hätte ich mich ändern sollen? Stellst du mir jetzt deine Enkelin vor, Großmutter?«

EIN DÜSTERER MORGEN

Es war ein düsterer Morgen für Glond, kalt und nass und voller trüber Gedanken. Nachdenklich stand er am Fenster und blickte auf die grauen Dächer von Süd-Derok hinab, die sich dicht gedrängt die Flanke des Bergs hinaufzogen. Schmale Gassen, in denen sich trotz der frühen Stunde bereits die ersten Dalkar zeigten, um schmutzig graue Schneereste vor ihren Türen beiseitezuschaufeln und ihre Waren für den Markt zu schultern, der seit der Zerstörung der Nordstadt auf dem Richtplatz abgehalten wurde. Die Stadt war überfüllt mit Dalkar. Untere aus dem Süden, die erst vor Kurzem mit ihren Kriegern in der Festung eingetroffen waren. Clans aus den Ebenen, die von den Orks in den Süden getrieben worden waren, und unter ihnen die überlebenden Bewohner der Nordstadt. Im äußeren Mauerbereich waren die Königlichen stationiert, die dem direkten Befehl von General Variscit unterstellt waren. Eine kluge Entscheidung, denn inoffiziell sollten sie Sorge dafür tragen, dass die wilden Bergclans, die am Fuß der mächtigen Wehrmauer ihre Zelte aufgeschlagen hatten, nicht allzu viel Ärger in der Südstadt verursachten.

Nach seiner Rückkehr hatten die Herren der Stadt ihn mit Ehren überhäuft. Sie hatten ihm auf die Schulter geklopft, bis sie erneut zu schmerzen begann, hatten ihm einen nichtssagenden Titel verliehen und feierlich die silbernen Schellen angesteckt, die an seinem kurzen Bart ziemlich lächerlich wirkten und außerdem beim Essen störten. Und als sie damit fertig waren, hatten sie nicht so recht gewusst, was sie noch mit ihm anfangen sollten. Helden waren eine schöne Sache, aber eher etwas für Geschichtstafeln und düstere Erzählungen vor dem prasselnden Kaminfeuer. Im täglichen Leben hatten sie wenig Nutzen. Vor allem, wenn sie keine Adelstitel trugen und sich nicht so recht zum Kämpfen eigneten.

Zunächst hatte ihn das amüsiert. Doch mit der Zeit hatte sich eine eigenartige Unruhe in Glond breitgemacht, die von Tag zu Tag größer wurde. Beinahe ebenso wie der dumpfe Schmerz, der seit dem Kampf gegen den Echsenmann in seiner Schulter saß. Die Verletzung hatte am Anfang gar nicht so schlimm ausgesehen, doch sie hatte sich als hartnäckig herausgestellt. Ein tief sitzendes Stechen, das sich besonders in kalten Winternächten bemerkbar machte und ihn täglich neu an die Geschehnisse in der Orkstadt erinnerte. Nachdenklich massierte er das Gelenk und bohrte die Fingerspitzen tief in den darüberliegen Muskel, bis der Druck den Schmerz für einen Augenblick verdrängte.

Sein Blick wanderte zu dem mächtigen Kamin, in dem die letzte Glut des Vorabends glimmte. Er hatte mit eigenen Augen gesehen, wie der Echsenmann in die Flammen gestürzt war. Zusammen mit diesem verfluchten Stein, der das ganze Unheil verursacht hatte. Die Herzen der getöteten Krieger hatten seinen Bann gebrochen – jedenfalls hatte ihm das die Schamanin der Orks erzählt. Das Feuer hatte dann den Rest besorgt. Jedes Mal, wenn er die Augen schloss, tauchte das

Gesicht des Echsenmanns vor ihm auf. Die Verzweiflung in seinem Blick, während er fiel, die panische Angst in den schwarzen Pupillen, die schon lange nicht mehr seine eigenen gewesen waren. Welcher böse Geist sich auch seiner Seele bemächtigt hatte, war am Ende in den Flammen umgekommen. So viel war sicher.

Oder etwa nicht?

In den wenigen Augenblicken bevor das Feuer den Echsenmann verschlang, hatte Glond die Stimmen ebenfalls gehört. Fremdartig und seltsam hatten sie geklungen, und weit entfernt. Sie hatten gefleht und gedroht und ihm Dinge versprochen, von denen andere nur träumen konnten. Doch er hatte ihre falschen Worte ignoriert, denn er war voller Wut auf den Echsenmann gewesen. Und was hätten sie ihm auch bieten können? Alles, was er wollte, war, dass es endlich ein Ende hatte. Dass er in aller Ruhe nach Hause gehen konnte, um ein kühles Bier zu trinken. Als alles Flehen nichts genützt hatte, als der Stein bereits auf die Glut zustürzte, da hatten sie sich endlich von ihm abgewandt und stattdessen ihre Blicke in die Ferne gerichtet.

Und sie hatten um Hilfe gerufen.

»Über was grübelst du nach?« Unbemerkt war Axt an ihn herangetreten und hatte ihm die Hand auf die schmerzende Schulter gelegt.

Glond fühlte die Wärme ihres Körpers an seinem Rücken und lächelte. Aus irgendeinem unerfindlichen Grund wusste diese Frau immer ganz genau, wie er sich fühlte. Wenn es tatsächlich eine Art von Magie auf der Welt geben sollte, dann gehörte diese Fähigkeit sicherlich dazu. Anders konnte er sich das einfach nicht erklären. »Es ist nichts.« Er zuckte mit den Schultern. »Dieser ewige Winter. Wie lange dauert er schon an? Der Frühling ist bald vorbei, und es liegt immer noch Schnee. Und die Orks ziehen weiter durch das Land und verwüsten unsere Felder und Dörfer.«

»Lass mal sehen.« Sie reckte sich und warf einen Blick über seine Schulter nach draußen. »Hm, der Schnee ist deutlich weniger geworden, und Zornthal hat die Orks aus der Stadt vertrieben. Kein Grund also, so ein Gesicht zu machen.«

Glond verzog es trotzdem. »Zornthal ist ein muskelbepacktes Arschloch. Der alte Drecksack hat nur die Ernte eingefahren, nachdem du den Orks die Nachschubwege abgeschnitten hast. Einen halb verhungerten Gegner kann selbst ein Mensch in die Knie zwingen. Vielleicht sogar ich. Aber um sich diesen Vorteil erst mal zu verschaffen, muss man Köpfchen haben.« Sein Zeigefinger tippte sanft gegen ihre Stirn. »Wenn es noch dazu ein so hübsches ist wie deins, gefällt mir das umso besser.«

»Das erzählst du sicherlich jedem Heerführer, dem du schmeicheln möchtest.«

»Nur den klugen und gut aussehenden. Zornthal ist nicht mal eins davon.«

Axt lachte leise. »Rede nicht so über den Dienstherrn, dem du in einem Anflug geistiger Umnachtung die Treue geschworen hast. Ich bin froh, dass er uns unterstützt. Sein Clan ist einer der wenigen, der sich ohne Gejammer und Geschachere für den Norden einsetzt. Ohne ihn und die Bergclans sähe es wesentlich schlimmer aus.«

»Ohne dich hätten sie gar nichts. General Variscit weiß das. Ich hoffe, sein Nachfolger wird das auch so sehen.«

»Das liegt nicht in meiner Hand.« Sie zuckte mit den Schultern und seufzte. »Er wird von Stunde zu Stunde schwächer …«

Glond nickte finster. »Man muss ihn nicht gesehen haben, um das zu wissen. Die Krähen versammeln sich bereits in der Festung, um das beste Stück vom Kadaver zu ergattern. Erst gestern sind wieder zwei Hertige aus dem Süden angereist.«

»Ich weiß. Die Königlichen mussten sie gewaltsam trennen. Keiner wollte dem anderen den Vortritt durch das Haupttor lassen.«

»Als es um die Verteidigung Deroks ging, haben sie nicht halb so viel Einsatz gezeigt. Und dabei tun sie noch so, als wären sie rein zufällig hier. Die Geschäfte. Der Krieg. Die Sorge um einen Angehörigen aus Derok. Als ob sich ein Hertig jemals Sorgen um seine Angehörigen gemacht hätte …« Glond rollte vielsagend mit den Augen. »Nur weil sie nicht zugeben wollen, dass sie scharf auf den Generalsposten sind. Der zweite Mann im Reich zu werden, ist aber auch zu verlockend für sie. Viel verlockender, als sein Leben für ein paar Obere und einen Haufen zerlumpter Menschen in Derok zu riskieren.«

»So sind sie eben. Aber besser, sie kommen jetzt als nie. Wenn sie erst einmal versammelt sind, werden sie sich nicht mehr so leicht vor der Verantwortung drücken können. Einem guten General kann es gelingen, die Heere zu vereinen und dazu zu bringen, gemeinsam gegen die Eindringlinge vorzugehen.«

Glond schnaubte. »Nur wenn es diesen störrischen Mauleseln überhaupt gelingt, sich auf einen aus ihren Reihen zu einigen. So wie ich sie kenne, werden sie die nächsten Jahre damit verbringen, sich gegenseitig die Köpfe einzuschlagen.

Die Wahl wird erst beendet sein, wenn alle tot sind oder die Biervorräte zur Neige gehen.«

»Wir werden sehen. Es sind auch ein paar ganz passable Kandidaten darunter. General Variscit mag schwer krank sein, aber noch ist er am Leben und kann Einfluss auf ihre Meinung nehmen. Vergiss nicht, dass er über das Stimmrecht des Königs verfügt.« Axt zog ihn am Kragen zu sich herab und gab ihm einen Kuss. »Ich muss los. Diese Maulesel füttern, ehe sie sich vor Hunger gegenseitig totbeißen.«

»Manchmal helfen nur Stockschläge.«

»Ich denke darüber nach.« Sie klopfte mit der Hand auf den Griff ihrer Waffe und zwinkerte ihm zu. Dann musterte sie ihn mit diesem Blick, der jedes Mal dieses unglaubliche Kribbeln in seiner Bauchgegend verursachte, und griff nach ihrem Umhang. »Sehen wir uns heute Abend?«

Er lächelte. *Natürlich. Natürlich sehen wir uns! Nichts auf der Welt würde ich lieber tun. Das weißt du doch, oder? Ich... Ich...* verdammt, warum wollten ihm die Worte nicht über die Lippen kommen? Was war denn daran nur so schwer? »Ich habe nichts vor. Ich werde mich nicht von der Stelle rühren, bis du wieder in meinen Armen liegst.«

Noch lange nachdem ihre Schritte auf dem Flur verhallt waren, schaute er auf die verschlossene Tür. Er würde sich nicht von der Stelle rühren. Jedenfalls nicht sehr weit. Nur ein kurzes Stück den Gang hinunter und über ein paar Treppen in die unteren Ebenen der Festung, so wie er es in den letzten Monaten beinahe jeden Tag getan hatte. Doch davon musste Axt nichts wissen. Sie hatte schon mehr als genug Sorgen, da musste er sie nicht auch noch mit seinen Problemen belasten.

Glond nahm eine Laterne von ihrer Halterung an der Wand und machte sich auf den Weg. Das Gewimmel in der Bergfestung war beinahe noch schlimmer als draußen in der Stadt. Neben den Clankriegern der Unteren waren es vor allem Flüchtlinge aus Derok, die sich in den schmalen Gängen drängten. Die wenigsten wirkten zufrieden, der Großteil heruntergekommen, erschöpft und ausgezehrt. Überall stank es nach Unrat, Fäkalien und Verzweiflung.

Glond kam kaum ein paar Schritte weit, ohne angerempelt oder geschubst zu werden. Immerhin machten die meisten ihm nach einem Blick auf seine Bartklemmen widerstrebend Platz – wenn auch nicht, ohne ihm finstere Blicke und leise gemurmelte Flüche hinterherzuschicken. Am Wegesrand hockten zahlreiche Bettler. Kriegsversehrte, die Glond ihre schwärenden Armstümpfe entgegenstreckten und ihn um Almosen anflehten, Alte mit zahnlosem Grinsen in den verfallenen Gesichtern und Kinder, deren Bäuche vom Hunger schon ganz aufgedunsen waren. Es war ein ungewöhnlicher Anblick, der vor wenigen Monaten noch undenkbar gewesen wäre. Doch im Reich der Unteren waren die einstigen Herren der Nordstadt kaum mehr wert als die Menschen, die bei ihnen in Lohn und Brot standen. Axt hatte ihr Möglichstes getan, ihre Lebensbedingungen zu verbessern, doch eine echte Veränderung würde nur eine Neubesiedelung der Nordstadt bringen. Nur ließ die nun schon viel zu lange auf sich warten.

Glond drängte sich eine gewundene Treppe hinab und stieß in einer Biegung beinahe mit einem wild dreinblickenden Kerl in zerlumpter Kleidung zusammen, der ihn nach dem ersten Schreck wüst beschimpfte. Zorn wallte in ihm auf, und er packte ihn am Kragen und schüttelte ihn kräftig durch.

Dabei fielen mehrere Laibe Brot unter seinem zerschlissenen Mantel hervor und kullerten in den Dreck.

»Ich habe sie nicht gestohlen!«, kreischte der Mann und wand sich verzweifelt in Glonds Griff. »Ganz sicher nicht. Sie wurd'n mir geschenkt – von einem Freund!« Mit einer überraschenden Drehung riss er sich los und stolperte davon.

»Wartet!«, rief Glond ihm hinterher. »Ich kenne Euch doch. Seid Ihr nicht Meister Rothaar aus der Edelsteinschleiferstraße? Wir sind uns in der Ratshalle begegnet, erinnert ihr Euch?«

Doch der Mann war bereits im dichten Gedränge verschwunden. Seufzend schob Glond zwei Bettler zur Seite, die sich bereits um die heruntergefallenen Brote stritten, hob eines davon auf und drückte es einem Straßenjungen in die Hand, der es hastig unter sein schmutziges Hemd stopfte und ihm vor die Füße spuckte, bevor er sich aus dem Staub machte.

In den Archiven war es ungleich ruhiger als in den oberen Bereichen der Festung, geradezu totenstill. Nur den wenigsten Dalkar war es vergönnt, in den heiligen Hallen zu wandeln, die von den Priestern des Dalkargottes mit Argusaugen bewacht wurden. Einzig aufgrund der Fürsprache von Dion, dem letzten überlebenden Priester aus Derok, war ihm der Zugang gewährt worden.

Ein einsamer alter Schreiber saß über sein hölzernes Pult gebeugt und malte mit akribischer Genauigkeit Schriftzeichen auf ein in Leder gebundenes Pergament. Glond nickte ihm zu, und der Alte wandte sich nach einem misstrauischen Blick kopfschüttelnd wieder seiner Arbeit zu.

In den letzten Monaten war er diesen Weg so oft gegangen,

dass er ihn inzwischen blind beschreiten konnte. Er war Stufen hinauf und hinab geeilt, war uralten Gängen gefolgt, die sich kreuz und quer durch den Berg zogen, und war auf weitere, noch ungleich ältere Gänge gestoßen, die in vergessene Höhlen mündeten oder unvermittelt in Sackgassen endeten. Unzählige Regale war er abgeschritten und hatte Schriftstücke gewälzt und Steintafeln entziffert, von denen manche so alt und verwittert waren wie der Anbeginn der Zeit. Es war die sprichwörtliche Suche nach einem im Moor Versunkenen gewesen. Ziellos, verzweifelt und ohne Aussicht auf Erfolg.

Seine Laterne beleuchtete eine natürlich gewachsene Höhle, deren Decke sich irgendwo weit über seinem Kopf im Dämmerlicht verlor. Regale über Regale türmten sich in die Höhe, bis zum Bersten gefüllt mit Pergamenten. Archiviert, katalogisiert und geordnet von den Händen unzähliger Archivare, die in ihrem Leben kaum etwas anderes getan hatten, als ein Dokument über das nächste zu schichten.

Er stellte die Laterne auf einem schweren Eichentisch ab und ließ den Blick über die Regale schweifen. So viele Schriftstücke. So viel Wissen an einem einzigen Ort vereint. Dort oben, irgendwo in den Schatten versteckt, lagen die Antworten, nach denen er suchte. Tief im Inneren war er sich dessen absolut sicher. Doch wo fing man an, wenn man noch nicht einmal die Frage kannte? Er schloss die Augen und lauschte in die Stille hinein. Der Berg hatte seine eigene Stimme. Kaum hörbar zwar, aber dennoch vorhanden. Je länger er lauschte, desto lauter wurde sie. Zuerst ein leises Tröpfeln; Wasser, das sich irgendwo seinen Weg durch einen Riss im Gestein in die Tiefe bahnte. Ein Knacken hier, ein Wispern dort. Ein altes Sprichwort besagte, dass der Berg der Freund der Dalkar war und alle ihre Geheimnisse kannte. Man musste nur seine Sprache verstehen.

Stein war so einer gewesen, der sie verstand. Doch der seltsame kleine Mann war in den Ruinen von Derok umgekommen. Ratlos blickte Glond an der schweigsamen Fassade der Regale empor. Wie wäre Stein vorgegangen? Sicherlich nicht nach einem Plan, so wie er selbst es die ganze Zeit getan hatte. Stein hätte keine Archivierungslisten studiert, wäre kaum bis über den Kopf in Dokumenten versunken und hätte nicht unzählige Archivare mit seinen Fragen zur Verzweiflung gebracht. Stein hätte unvermittelt aufgestampft, und die eine, alles erklärende Schriftrolle wäre ihm direkt vor die Füße gefallen.

Na, warum eigentlich nicht? Wenn alles andere nicht half, dann musste man eben etwas völlig Unsinniges tun und das Beste dabei hoffen. Seine bisherige Vorgehensweise hatte ihn doch auch keinen Schritt weitergebracht. Er stampfte auf, einmal, zweimal, und wartete.

Nach einer Weile stieß er einen tiefen Seufzer aus. *Wäre ja auch zu schön gewesen.* Doch wenn er es recht bedachte, war die Idee vom Ansatz her gar nicht mal so dumm. Er hatte sich die ganze Zeit viel zu sehr auf seinen Kopf verlassen und sein Bauchgefühl vernachlässigt. Letzteres hatte ihm doch auch im Kampf gegen den Echsenmann geholfen, wieso sollte es ihm in diesem Fall nicht noch ein weiteres Mal zur Seite springen?

Er kletterte eine steile Leiter hinauf, die zu einer Art Galerie in halber Höhe in den Regalreihen führte. Der schmale Steg führte rechts und links in die Dunkelheit. Er wandte sich nach rechts und ließ die Finger über die Regalreihen streifen.

Es schien eine Ewigkeit zu dauern, bis er das Ende der Galerie erreicht hatte. Dort wiederholte er das Spiel in die andere Richtung, und dann noch viele weitere Male, bis er beinahe alle Regalreihen abgelaufen war.

Vielleicht war es tatsächlich der Berg, der irgendwann ein Einsehen mit seinen verzweifelten Versuchen hatte, oder es war Steins Stimme, die irgendwo noch durch die Tiefen des Gesteins geisterte. Vielleicht war es aber auch Gott oder das Schicksal, oder alles zusammen. Mit größter Wahrscheinlichkeit war es pures Glück.

Die Lücke, über die seine Finger hinwegfuhren, war nur eine lächerlich kleine Unregelmäßigkeit in der allumfassenden Ordnung der Archive. Kaum der Rede wert, aber in diesen heiligen Hallen so gut wie unvorstellbar. Für einen flüchtigen Beobachter wäre sie mit bloßem Auge kaum zu erkennen gewesen, doch als Glond genauer hinschaute, erkannte er, dass an dieser Stelle mehrere Dokumente entfernt worden waren. Die angrenzenden Schriftstücke waren so gekonnt umgeschichtet worden, dass kein Dalkar Verdacht schöpfen konnte. Jedenfalls keiner, der nicht nach etwas ganz Bestimmtem suchte.

Als er endlich wieder den Boden erreicht hatte, keuchte er vor Anstrengung, und sein Herz flatterte wie eine Fahne im Wind. Mit zitternden Händen griff er nach der Archivierungsliste und überflog die unzähligen, eng mit Zahlen beschriebenen Reihen, bis er fand, was er suchte. »Das ist es!« Hastig stopfte er die Liste in seinen Ärmel und rannte los. Er stürmte die dunklen Gänge entlang, ohne nach rechts und links zu schauen. Drängte sich zwischen einer Handvoll

Archivare hindurch, die wie aufgescheuchte Hühner auseinanderstoben, und wäre beinahe mit einem Wächter zusammengestoßen, der ihm einen Schwall ausgesuchter Schimpfwörter hinterhersandte, bevor er außer Hörweite war. Keuchend kam er vor dem Pult des alten Schreibers zu stehen.

»Ihr wollt sofort zu Dion vorgelassen werden?« Mit einem unwirschen Schnaufen legte der Schreiber die Feder beiseite und schüttelte missbilligend den Kopf. »Eile ist eine Todsünde«, intonierte er im belehrenden Ton eines Predigers. »Hat Euch das denn noch niemand gesagt? Zudem hält sich Meister Dion im Auditorium auf und darf dort auf gar keinen Fall gestört werden. Egal, wie dringend es auch sein mag, werdet Ihr Euch gedulden müssen, bis …«

»Das werden wir ja sehen.« Ungeduldig deutete Glond auf die eisenbeschlagene Tür im Rücken des Alten. »Dort entlang?«

»Ja, aber wie ich bereits sagte, ist Eile eine …«

»Danke.« Ohne den Alten weiter zu beachten, stürmte Glond an ihm vorbei und riss die Tür auf.

Er stand am oberen Ende einer Treppe, die steil in einen kreisrunden Raum hinabführte. Er war groß genug, dass gut vier bis fünf Dutzend Dalkar in den steilen Bankreihen Platz gefunden hätten. Sie waren im Halbkreis um eine Tribüne am unteren Ende angeordnet. In der Mitte der Tribüne stand eingerahmt von unzähligen flackernden Kerzen ein wuchtiger Altar, dessen rußgeschwärzte Oberfläche von uralten Runen und Schriftzeichen überzogen war. Darauf lag eine unförmige Gestalt mit grotesk aufgeblähtem Bauch und zerschmettertem Schädel. Dunkles Blut tropfte aus ihr heraus und floss in einer in den Boden eingelassenen Rinne träge davon. Auf der gegenüberliegenden Seite des Altars stand Dion in seinem groben Überwurf mit den rituellen Zickzackmustern der Priesterschaft, die blutbefleckten Arme bis zu den Ellbogen im Bauch des Toten versenkt und das faltige Gesicht vor Anstrengung verzerrt.

»Was tut Ihr da …?« Glonds Ruf verwandelte sich in ein krächzendes Würgen, als Dion mit einem schmatzenden Geräusch die Arme aus der Leiche zog und ein dunkelroter Schlauch aus dem Inneren hinterherkam. Mit einem Übelkeit erregenden Klatschen landete er in einem Holzeimer.

»Du kommst ein wenig ungelegen«, stellte der alte Priester fest, als er Glond entdeckte. Seelenruhig räumte er den Eimer zur Seite und griff nach einem langen dünnen Messer, dessen Klinge von oben bis unten mit Blut besudelt war.

Unwillkürlich trat Glond einen Schritt zurück und stieß gegen den Bauch des Schreibers, der unbemerkt hinter ihm in den Raum getreten war.

»Es gelang mir nicht, ihn aufzuhalten, Meister. Er hatte es ziemlich eilig.«

»Schon gut, Quintus.« Nachdenklich betrachtete Dion die Messerklinge. »Seit ich ihn kenne, ist dieser junge Dalkar in Eile. Es scheint ihm im Blut zu liegen – und es bringt ihn immer wieder in unangenehme Situationen.« Er richtete den Blick seiner stechenden Augen auf Glond. »Was ich hier tue, junger Freund? Wonach sieht es denn aus?«

Glond schluckte. *Runenzeichnungen, Kerzen, ein Altar mit einer Leiche darauf und eine ganze Menge Blut. Wenn ich es nicht besser wüsste …*

»Ich tue das Gleiche wie du«, sagte Dion. »Ich suche nach Antworten, auf die ich die Frage nicht weiß.« Behutsam legte er das Messer in eine bereitstehende Wasserschale und wischte seine Hände an einem groben Leinentuch ab. »Dieser ehrwürdige Mann hier war Borm, der Hertig des Zinnkopfclans. Wie du wohl schon weißt, kam er bei einem bedauerlichen Unfall ums Leben. Ein schmales Stück der Festungsmauer brach ab, genau unter den Füßen des unglücklichen Hertig, und riss ihn mit sich in die Tiefe.« Sein Zeigefinger tippte gegen die deformierte Stirn des Toten. »Ein Sturz aus solch großer Höhe war selbst für einen Dickschädel wie ihn zu viel des Guten.«

»Wenn Ihr wisst, wie er gestorben ist, wieso schneidet Ihr ihn dann auf wie eine Festtagsgans?«

Dion lächelte und hob den Zeigefinger. »Der Herr hat uns Dalkar aus so vielen interessanten Einzelteilen erschaffen, da wäre es doch eine Sünde, diese nicht zu erforschen. Findest du nicht?«

»Ich weiß nicht …« Glond zuckte mit den Schultern. Er hatte als kleiner Junge mal ein Uhrwerk aus Varun in seine Einzelteile zerlegt, und sein Vater war nicht gerade glücklich darüber gewesen. Genauer gesagt hatte er ihm ziemlich viel Feuer unter dem Hintern gemacht. *Ich möchte nicht wissen, was Gott mit einem seiner Kinder anstellt, das einen Dalkar auseinanderbaut.*

»Wissen, mein Freund, ist die stärkste Waffe unseres Volkes.« Dion nahm einen Blechnapf vom Altar, dessen Inhalt entfernt an Hundefutter erinnerte. »Quintus, tu mir den Gefallen und räum das hier fort. Bitte auch die Innereien, wenn du gerade dabei bist.« Dann deutete er auf einen Krug in Glonds Nähe. »Und du könntest mir den dort reichen. Aber vorsichtig, er darf auf keinen Fall zerbrechen.«

»Was ist das?« Misstrauisch beäugte Glond den tönernen Behälter.

»Bier.« Dion nahm einen kräftigen Schluck und wischte sich über den Bart. »Willst du auch?«

Angewidert schüttelte Glond den Kopf. »Im Augenblick lieber nicht.« *Ich habe schon genug damit zu kämpfen, meinen Mageninhalt bei mir zu behalten.*

»Dann eben nicht.« Dion zuckte mit den Schultern und stellte den Krug zurück auf den Altar. »Was führt dich zu mir, junger Freund?«

»Das hier.« Glond zerrte die Liste aus seinem Ärmel hervor. »Das ist die Archivierungsliste der Steinernen Jahre. Sorgfältig chronologisch geordnet. Ein Dokument folgt dem nächsten, so wie es die Art der Dalkar ist. Die Archivare haben mir bestätigt, dass es sich um lückenlose Aufzeichnungen handelt.«

Dion zog eine Augenbraue in die Höhe. »Die Archivare sind sehr gewissenhaft, was so etwas angeht.«

»Mehr als das! Im Verlauf meiner Nachforschungen ist mir kein einziger Fehler in ihrer Arbeit aufgefallen. Jedes Blatt ist vorhanden, jedes Dokument sauber hinterlegt, und jede beschissene Steintafel liegt an ihrem vorgesehenen Platz. Bis auf Register siebenunddreißig ...« Triumphierend streckte Glond dem alten Priester die Liste unter die Nase. »Hier steht es schwarz auf weiß, doch in den Archiven ist keine Spur von den entsprechenden Dokumenten zu entdecken. Nichts. Nicht ein einziges verdammtes Blatt. Nur eine winzige Lücke an der Stelle, an der sie einmal gelegen haben. Irgendjemand muss sie gestohlen haben!«

Nachdenklich zog Dion die Stirn in Falten. Mit ernstem

Blick musterte er Glond und nahm ihm dann die Liste aus der Hand. »Das ist eine ernste Angelegenheit«, murmelte er, während seine Augen aufmerksam das Schriftstück überflogen. »Wenn tatsächlich jemand Dokumente aus den Archiven entwendet haben sollte, dann hätte er sich eines schlimmen Verbrechens schuldig gemacht. Mehr als das, er hätte die in Stein gemeißelte Wahrheit vernichtet und damit das Gedächtnis unseres Volkes beschädigt. Das ist eine Todsünde.«

»Heißt das, es gibt keine Abschriften hiervon?«

»Normalerweise nicht.« Dion starrte lange wortlos auf die Liste, dann sah er auf. »In den Archiven der Bergfestung lagern fast ausschließlich Originale. Wenn es sich um normale Aufzeichnungen handeln würde, hätten wir keine Möglichkeit herauszufinden, welchen Inhalt sie besaßen. Doch bei dem, was gestohlen wurde, handelte es sich nicht um Originale, sondern tatsächlich nur um Abschriften.«

»Woher wisst Ihr das?«

Dion seufzte. »Weil wir beide die originalen Aufzeichnungen kennen.«

Der alte Priester humpelte mit einer Geschwindigkeit durch die Gänge, die seine morschen Knochen Lügen straften. Die Laterne in seiner Hand warf flackernde Schattenbilder auf grob behauenen Stein und die bärtigen Gesichter von schwer gepanzerten Wächtern, die jeden ihrer Schritte mit finsteren Blicken verfolgten. Es war kaum vorstellbar, dass es noch tiefer in den Berg hinuntergehen konnte, und doch führte ihr Weg steil bergab über Treppen und durch unzählige rostige Gittertüren, bis sie an einem uralten Tor angelangt waren, dessen massives Holz mit zusätzlichen, runenverzierten Eisenbändern verstärkt war. Dion nickte einem der gepanzerten Wächter zu, der sich nach einem prüfenden Blick auf Glond umwandte und mit seinem eisernen Handschuh gegen das Tor hämmerte. Schlösser klickten, und Dutzende schwere Riegel wurden verschoben, dann schwangen die Flügel mit widerstrebendem Ächzen auf.

»Wir sind schon einmal einen ähnlichen Weg gegangen, erinnerst du dich? Im Tempel des Herrn in Derok.« Dion streckte die Laterne in die Höhe und beleuchtete eine lang gestreckte Höhle, die mit Kisten und Truhen vollgestellt war, so weit das Auge reichte. »Damals war es Schicksal, denn dadurch haben wir die Truhe mit Meister Steinhands Gebeinen vor dem Zorn der Orks gerettet. Heute stehen wir erneut vor seinen heiligen Artefakten, und vielleicht ist es wieder das Schicksal, das uns zu ihnen führt.«

Als Glond näher trat, lief ihm ein Schauer über den Rücken. Da stand also die Truhe, mit der alles begonnen hatte. Die elende Kiste, für die eine Menge tapferer Männer sinnlos gestorben waren, und die nicht mehr enthielt als einen Haufen vermoderter alter Knochen. Das Schicksal musste wirklich eine seltsame Art von Humor haben. »Wie können uns die Gebeine von Meister Steinhand denn weiterhelfen?«

Dion lächelte und hob andächtig einen der Knochen aus seinem Bett. »Weil in ihnen das Wissen steckt, nach dem wir suchen. Sorgfältig eingeritzt von den Schreibern unseres heiligen Ordens.« Er deutete auf die unzähligen winzigen Kratzer, die sich von oben bis unten darüber hinwegzogen. »Eine ungewöhnliche Tradition, nicht wahr? Aber dennoch nachvollziehbar. Es steht geschrieben, dass Gott den ersten Dalkar aus einem Stein herausmeißelte. ›Aus Stein geboren‹

sagt man ja auch heute noch, wenn einem besonders kräftiger Nachwuchs geboren wird. Genauso, wie wir Dalkar aus Stein geboren sind, so werden unsere Knochen nach unserem Tod erneut zu Stein. Das ist bewiesen, denn schon oft stießen Minenarbeiter bei ihrer Arbeit auf versteinerte Gebeine aus längst vergangener Zeit. Das in Knochen geritzte Wissen ist also nichts anderes als in Stein gemeißelte Wahrheit.«

»Hm«, machte Glond. »Da muss man erst mal drauf kommen.«

»Meister Steinhand war ein ungewöhnlicher Kopf mit ungewöhnlichen Vorstellungen. Er hat sich bei allem, was er getan hat, etwas gedacht. Es muss schon eine besondere Bedeutung für ihn gehabt haben, einen Teil seines Lebens auf diese Art der Nachwelt zu hinterlassen.« Behutsam legte Dion den Knochen zurück in sein Bett und hob einen weiteren aus der Truhe. »Der Beckenknochen. Gut geeignet für ausschweifende und langatmige Erzählungen. Er ist dicht beschrieben, wie du siehst. Hier zum Beispiel berichtet Steinhand von den ersten Grabungen in Derok. Wie er den Wachturm errichten lässt und mit den wilden Orks verhandelt. Die Stadt wird offiziell gegründet. Gott spricht zu ihm …«

»Gott?«

»Ay.« Dions Fingernagel kratzte über die winzigen Schriftzeichen. »Jemand spricht zu ihm. Er glaubt zunächst, dass es Gott ist. Er folgt der Stimme und gräbt in den Wäldern nordwestlich der Stadt. Irgendwann stößt er auf eine Art Grabmal und findet darin eine orkische Statuette.« Nachdenklich strich sich der alte Priester über den Bart. »Es muss sich dabei um das Gebiet der heutigen Weststadt gehandelt haben. Damals lag es noch außerhalb der Stadtmauern und gehörte zu den Jagdgründen der Orks.«

»Unsichtbare Stimmen, eine Grabstätte der Orks und eine Statuette?« Glond rieb sich die Schulter. »Das kommt mir ziemlich bekannt vor. Kann es sich dabei um die Statuette handeln, die der Echsenmann gefunden hat?«

»Schon möglich.« Dions Zeigefinger fuhr weiter über die Schriftzeichen. »Offenbar war er ein sehr misstrauischer Geist und ließ sich von dem faulen Zauber nicht beeindrucken. Er ließ das Grabmal zumauern und den Zugang verstecken, sodass niemand ihn je wiederfinden würde. Dennoch schien die Stimme ihm keine Ruhe gelassen zu haben. Er ahnte, dass er auf etwas Bedeutendes gestoßen war. Siehst du, hier steht es: Er rüstete eine Expedition aus, bestehend aus einer Hundertschaft und Unmengen an Grubenmaterial. Sie reisten nach Osten in die Berge, viele Tagesmärsche entfernt, durch wildes Orkland. Auf einem Plateau schlugen sie schließlich ihr Lager auf und begannen, erneut zu graben. Tiefer als jemals ein Dalkar zuvor.«

»Wie tief?«

»Das steht hier nicht. Angesichts der damaligen technischen Möglichkeiten wird es aber nicht so tief gewesen sein, wie man glauben mag. Du musst bedenken, dass unsere Bergwerkstechnik heute weit fortgeschrittener ist als noch vor ein paar Jahrzehnten. Was früher monatelange mühevolle Plackerei bedeutete, kann mit unseren modernen Werkzeugen innerhalb von Wochen geschafft werden.«

Glond nickte. Bei dem Gedanken daran, dass jemand mit den geeigneten Mitteln in unglaublicher Geschwindigkeit nach Dingen graben konnte, die besser verschüttet blieben, überkam ihn ein ungutes Gefühl. »Was fanden sie dort unten?«

»Ich weiß es nicht.« Dion sah auf und zuckte mit den Schultern. »An dieser Stelle enden die Aufzeichnungen. Das Einzige, was aus dieser Zeit noch bekannt ist, sind die Erzählungen über Steinhands Rückkehr. Eine Hundertschaft brach auf, und zwölf kehrten zurück. Die meisten von ihnen gebrochen an Leib und Seele, und keiner verlor je ein Sterbenswörtchen darüber, was ihnen widerfahren war. Sie nahmen ihr Wissen mit ins Grab. Steinhand selbst verstarb ein knappes Jahr später bei einem tragischen Unfall. Manche behaupten aber, dass er seinem Leben mit eigener Hand ein Ende gesetzt hat. Er verfügte, dass sein Körper verbrannt und die Geschichte seiner letzten Jahre in seine Knochen geschnitzt werden sollten.«

Glond erschauerte und warf einen unbehaglichen Blick über die Schulter. Er konnte sich vorstellen, was geschehen war. Schließlich hatte er es mit eigenen Augen in der verlassenen Orkstadt gesehen, und es war vielleicht nur ein Bruchteil von dem, was irgendwo im Osten in den Bergen schlummerte. Gar nicht auszudenken, was geschehen mochte, wenn diese unbekannte Macht endgültig entfesselt würde, so wie der Echsenmann es vorgehabt hatte. »Die Berge im Osten«, murmelte er. »Hat Meister Steinhand genauere Angaben zu diesem Ort gemacht?«

Dion schüttelte den Kopf. »Das ist in der Tat ungewöhnlich. Als Prospektor war er in solchen Belangen ganz besonders gewissenhaft. Doch in diesem Fall gibt es keinerlei Hinweise. Das Einzige, was überliefert wurde, ist der Name der Berge. Die Dobroghöhen.«

NACH DEM STURM

Irgendwas stinkt hier gewaltig«, brummte Modrath. Etwas an seinem Tonfall verriet Krendar, dass der riesige Oger das nicht metaphorisch meinte. Der alte Krieger hatte eine Nase dafür. Zugegeben, eine breite, narbige Nase, aber wenn es um Gerüche ging, machte ihm niemand etwas vor. Schnüffelnd sog der Oger die Luft durch die Nüstern. Jetzt, wo er darauf aufmerksam gemacht worden war, konnte der junge aercische Truppführer es ebenfalls riechen. »Verwesung?«

Modrath leckte sich unruhig über den abgebrochenen Eckzahn, dem er seinen Spitznamen »Halbzahn« verdankte, und nickte. »Jo.«

»Woher?«

»Von Totem, vermute ich.«

Krendar warf dem Riesen einen befremdeten Seitenblick zu. »Vermutlich. Was meinst du, aus welcher Richtung das kommt?«

Der Oger nahm einen weiteren Zug der kühlen Frühlingsluft. »Aus so ziemlich jeder.«

»Was?« Sekesh war an Krendars andere Seite getreten. Die hochgewachsene, nachtschwarze Aercschamanin sah sich argwöhnisch um. »In Ordnung, es wirkt ziemlich ausgestorben hier, aber ...«

Der Oger leckte ein weiteres Mal über den Zahnstummel. »Das dürfte den Geruch erklären. Im Ernst – egal, wie der Wind dreht, es stinkt hier. Ich glaube nicht, dass der Ort verlassen wurde.«

Krendar hatte das Gefühl, als krieche ihm etwas Schleimiges den Rücken hoch. Misstrauisch ließ er den Blick schweifen. Sie waren auf den zentralen Platz einer Aercsiedlung aus den für die Weststämme typischen, kuppelförmigen Grassodenhäusern getreten. Sechs der wie spärlich bewachsene Hügel wirkenden Bauwerke fassten das morastige Zentrum des Dorfs ein, einige weitere bildeten einen lockeren zweiten Ring weiter außen. Wenn Krendar nach den Ausmaßen seines eigenen Heimatdorfs ging, war das hier die Heimat von etwa hundert Aerc, vielleicht ein paar mehr oder weniger. Bislang hatten sie keinen davon zu Gesicht bekommen.

Sie hatten das Dorf heute Morgen eher zufällig entdeckt, denn kein Rauch oder auch nur der Geruch nach Feuer, keine Stimmen hatten sie darauf hingewiesen. Das war in den Ebenen an sich nichts Ungewöhnliches. Siedlungen wie diese waren nicht dauerhaft, sondern oft nur halbjährlich bewohnt. Das hier sah zwar nach einem geeigneten Winterlager aus, aber selbst wenn es so war, konnte der Stamm bereits in eines der Sommerlager gezogen sein, sobald der Schnee geschmolzen war. Vor allem nach diesem ungewöhnlich harten und langen Winter war es vielleicht notwendig gewesen, besonders, wenn das Dorf über eine größere Rinderherde verfügte. Den Hügeln rund um die Siedlung war deutlich anzusehen, dass die Tiere hier auch noch den letzten vertrockneten Halm aus dem Schnee gescharrt hatten. Die Flanken der Anhöhen bestanden im Grunde nur noch aus roher Erde und klumpigen Fladen schwarzgrauer Asche. Asche, die im vergangenen Herbst vom Himmel gefallen war und das ganze Land mit einem grauen, stinkenden Leichentuch bedeckt hatte. Dann kam der Winter, und Erde, Asche, Gras und Dörfer waren für lange Zeit unter einer Decke verschwunden, die Geistersturm und Krieg vergessen machte. Jetzt jedoch war der Schnee geschmolzen, und zurückgeblieben war eine schlammige Ödnis, aus der hier und da kahle Büsche und verwitterte Steine hervorragten.

Was allerdings nicht dazu passte, waren die unansehnlichen Totems und Trophäen, die in der Mitte des Siedlungsplatzes von schief stehenden Stangen hingen. Ein paar Schädel großer Raubtiere, ein paar räudige Fellstücke, Hörner, ausgeblichene Stoffstreifen, einige alte Waffen, vermutlich aus den Händen besonders wehrhafter Feinde und zu zerschlagen, um sie selbst weiter zu verwenden. Krendar glaubte, ein oder zwei verrostete Zwergenklingen zu sehen, und mit Sicherheit einen verbeulten Zwergenschild. Also waren die fünf oder sechs Haarbüschel, an denen metallene Spangen matt schimmerten, höchstwahrscheinlich Bartzöpfe von erschlagenen Wühlerkriegern. Das waren nicht viele – nach diesem Krieg dürften die meisten Siedlungen mehr davon aufweisen können. *Außer meinem vermutlich.* Soweit er wusste, war er der einzige Krieger aus seinem Dorf, der den Sturm auf Derok überlebt hatte.

Man ließ seine Totems nicht zurück. Nicht, wenn man das Lager wechselte, genauso wenig, wie man seine beste Waffe liegen ließ oder das Herdfeuer brennen. Etwas war ganz und gar faul an der Sache. *Ich sollte besser diese Umschreibungen lassen.* »Bleibt zusammen«, ordnete Krendar leise an.

Jetzt, wo er genauer hinsah, konnte er noch mehr Anzeichen dafür erkennen, dass hier etwas ganz und gar nicht stimmte. Die schweren Lederdecken, die traditionell die Eingänge in die Rundhäuser gegen Kälte und Wind verschlossen, waren nass und wiesen Schimmelflecken auf. Vor einem bewohnten Haus war das Leder sorgfältig gefettet und gelüftet. Man nahm sie mit, wenn man das Dorf verließ. Das Wasser in den Pfützen auf dem Platz jedoch war klar. Niemand hatte sie in den letzten Tagen gestört. Das Gras auf den Häusern war noch immer mit Asche verkrustet und klebte in schlaffen Strähnen an den Flanken der Bauwerke. Der Schnee war hier in den Ebenen bereits seit fast einem halben Weißmond gewichen, und obwohl sich der Frühling in diesem Jahr erschreckend viel Zeit ließ, hätte das letztjährige Gras bereits geschnitten werden müssen, um dem zögerlich keimenden Platz zu machen. Und doch standen die Gerüste aus Trockenstangen neben den Eingängen, mit ihrer üblichen Last aus Regenhäuten, Schnüren und … nein, das Trockenfleisch war schon lange verschwunden. Niemand ließ die Stangen zurück. Aus ihnen baute man die Transportschleppen, auf denen man den Hausrat, die Vorräte oder die Alten von einem Lager ins andere brachte. Ohne Stangen zu gehen hieße, den größten Teil der Besitztümer des Dorfs zurückzulassen.

Krendar wandte sich um und ging auf das größte der Bauwerke zu, über dessen aus zwei Stämmen gefertigten Eingang der ausgeblichene Schädel eines riesigen Gnarra-Bullen hing. Seine Stiefel hinterließen schmatzend Spuren im Schlamm. *Die einzigen Spuren hier.* Der junge Aerc hob seinen Kampfspeer und schob mit der Spitze die schwere Lederplane beiseite. Ein beinahe erstickender Gestank schlug ihnen aus dem Inneren entgegen. Hinter ihm hustete jemand, und der Oger grunzte unwirsch. Eilig ließ er den Vorhang wieder fallen.

»Sie sind wohl wirklich nicht weggegangen«, würgte Krendar zwischen zwei tiefen Atemzügen hervor.

»Zumindest nicht in einem Stück«, stimmte sein dritter Begleiter zu. Oder genauer: das zweite Aercweib unter seinen Begleitern, eine ältere Frau, die ihren Mangel an Körperhöhe mit überaus definierten Muskeln und anderen körperlichen Merkmalen wettmachen konnte, nach denen sich jeder Krieger zweimal umdrehte. Nicht zuletzt ein Hinterteil, das zweimal für das der Schamanin reichen würde. Trotz aller körperlichen Vorzüge lag Corshas eigentlicher Wert für seinen Trupp in anderen Bereichen, wie ihrer Kampfkraft und ihrer Erfahrung als Krûshal, Leibwächterin einer Schamanin. Takt gehörte nicht zu ihren Stärken. »Was ist jetzt? Gehen wir da rein und sehen uns die Gnarrascheiße an?«

»Wenn du mich fragst, Broca, können wir uns das auch sparen«, warf der Oger ein.

Krendar sah zu ihm hinauf. Direkt neben dem gut drei Kopf größeren Hünen war er sich der Befehlskette in seinem Trupp nie so sicher. »Gut. Dann frage ich dich, Modrath. Was sollten wir stattdessen tun?«

Der Oger zog die Brauen hoch und deutete dann mit dem Daumen über die Schulter. »Wir können über den Hügel dort drüben gehen, bis zum Sonnenuntergang noch ein paar Meilen hinter uns bringen und so tun, als hätten wir dieses Schroggraloch hier nie gefunden.«

»Das können wir nicht«, warf Sekesh ein. Sie strich sich

ihre mit rotem Lehm zu Zöpfen verklebten Haare aus dem Gesicht. »Wir haben ein totes Dorf hier, direkt auf unserem Weg. Wir sollten zumindest versuchen herauszufinden, was dafür verantwortlich ist.«

»Und ob es noch hier ist«, fügte Corsha hinzu.

Modrath sah sich um und saugte nachdenklich an seinem Zahn. »Nä. Ich glaube nicht, dass es noch hier ist. Keine nennenswerten Spuren außer unseren.«

Corsha warf ihm einen Seitenblick zu. »Eben. Vielleicht ist es immer noch dort drin.«

»Wa... meinst du?« Krendar sah die füllige Frau argwöhnisch an.

»Keine Ahnung. Finden wir's raus?«

Krendar rieb sich nachdenklich die wulstige Narbe auf der Stirn. »Sekesh?«

»Der Vorschlag kam von mir, oder?«

Der junge Truppführer seufzte. »In Ordnung. Aber vorsichtig.«

Corsha grinste. »Sind wir das nicht immer?«

Sie ließ ihre Axt gegen die Sehnen krachen, mit denen das Leder vor dem Eingang befestigt war. Mit dumpfem Klatschen landete die schimmelige Haut auf dem Boden und gab den Blick auf das düstere Innere des Grassodenhauses frei. Ein Schwall kalter, stinkender Luft schlug ihnen entgegen, und einige vereinzelte Ratten oder Nardokks huschten ob des plötzlichen Sonnenlichts empört in dunkle Ecken davon.

»Oh, bei den Ahnen!«, keuchte Krendar und hielt sich nur mit Mühe davon ab, rückwärts zu taumeln. »Kannst du etwas erkennen, Corsha?«

Die füllige Aerc fletschte die Zähne. »Mehr, als mir lieb

ist«, knurrte sie. »Aber wenn du meinst, ob ich eine Gefahr erkennen kann – nein. Abgesehen von der, gleich kotzen zu müssen. Gehen wir rein?«

Krendar biss die Zähne zusammen und nickte. Corsha trat durch den niedrigen Eingang, die Axt hiebbereit in beiden Händen. Krendar folgte ihr dichtauf. Im Inneren des Hügels war es dämmrig. Lediglich durch das Rauchloch am Scheitelpunkt der Kuppel fiel ein wenig Tageslicht. Ein Mensch hätte nur mit Mühe einige Schemen wahrnehmen können, doch für Aercaugen war das mehr als ausreichend. Auf den ersten Blick gab es nichts Ungewöhnliches zu sehen. Wie üblich bestand das Innere des Rundhauses aus einem einzigen großen Raum, dessen zur Kuppel zulaufende Wände von einem dichten Weidengeflecht gestützt wurden. Das Zentrum des Raums bildete eine große Feuerstelle, in der alte Asche zu nassen Klumpen erstarrt war. Darum gruppiert waren die Plattformen, auf denen für gewöhnlich die Schlafmatten der Bewohner lagen, während sich das tägliche Leben darunter abspielte. Töpfe, Eimer und Schalen lagen dort, unordentlich durcheinander, zum Teil zerbrochen oder mit Undefinierbarem überkrustet. Hausrat, Decken und Felle hingen von den Wänden und Gestellen, Stein- und Kupfermesser lagen auf den Herdsteinen, und einige Kampfspeere lehnten neben dem Eingang. Neben der Feuerstelle lag zusammengerollt der Leichnam eines Orkweibs – oder das, was davon übrig war. Die Fäulnis war bereits weit vorangeschritten, und nicht nur die Larven der ersten Fliegen des Jahres waren dabei, sich ihren Teil zu holen. Andere Aasverwerter, vermutlich die ewig hungrigen Nardokks, hatten tiefe Löcher in die seltsam geschwärzte Haut gefressen. Was übrig war, lief langsam auseinander.

»Woran auch immer sie gestorben ist – es war kein Kampf«, stellte Krendar nach einigen Augenblicken leise fest.

»Und es war kein Raub«, sagte Corsha ebenso leise und nickte zur anderen Seite des Raums hin, wo auf einem kleinen Haufen Decken oder Umhänge die wertvollsten Besitztümer des Hauses ausgelegt waren: zwei reich verzierte Zwergenmesser, ein paar angelaufene Silberbecher, einige Zwergenmünzen, Armreife und der Schädel eines Zwergs, den noch immer Reste ledriger Haut und leicht angeschimmelte Haare überzogen. In den rötlichen Bartzöpfen schimmerten drei reich verzierte, silberne Spangen. Nach allem, was Krendar wusste, wiesen sie den Verblichenen als einen Unterhäuptling der Wühler aus.

»Nein. Wohl nicht. Aber wo ist dann der Rest dieses Hauses?« Der Gestank hatte sich ein wenig verzogen, seit durch den offenen Eingang frische Luft hereinkam, doch noch immer hing schwerer, süßlicher Verwesungsgeruch im Raum.

»Oben«, knurrte Modrath. Der Oger hatte sich durch den Eingang gezwängt und stand jetzt aufgerichtet in der Mitte des Raums. Mit versteinerter Miene deutete er auf die hoch gelegenen Schlafplattformen neben seinem Kopf. »Fünf, sechs. Vielleicht mehr. Sie liegen alle hier.«

Das hässliche Gefühl kam mit Macht zurück und kroch abermals Krendars Rücken hinauf. »Sie sind auf ihren Lagern gestorben?«

»Fasst nichts an«, zischte Sekesh alarmiert.

Corsha, die schon die Hand nach einem der Zwergenmesser ausgestreckt hatte, hielt im letzten Moment inne. »Hatte ich nicht vor.«

»Seht sie euch an«, sagte die Schamanin. Sie hockte sich

neben die Leiche am Herd und musterte sie eingehend. »Seht ihr, wie zusammengekrümmt sie liegt? Sie verkrallt sich noch immer im Kleid über ihrem Bauch.«

Einhändig, wie Krendar feststellte. Den anderen Arm hatten wohl die Nardokks weggeschleppt.

»Und seht euch die Haut an.«

»Das gehört genau zu den Dingen, die ich vermeiden wollte«, murmelte Modrath.

»Die Farbe. Das ist nicht ihre echte. Und seht ihr die Löcher? Das waren keine Tiere – das ist passiert, als sie noch am Leben war. Sie haben irgendwas draufgeschmiert, um es zu lindern.«

»Hat wohl nicht geklappt.«

»Halt den Mund, Modrath«, warf Corsha ein. »Sekesh, meine Schwester und ich haben das vor ein paar Wintern schon mal gesehen. Die Drûaka der Weststämme nennen es die Blaufäule. Wer sie hat, sollte besser seinen Frieden mit den Ahnen machen, denn er wird sie bald zu Gesicht bekommen. Hier gibt es nichts zu holen außer den Tod.«

Sekesh betrachtete nachdenklich die Leiche, dann nickte sie knapp. »Was immer es ist, zumindest mit dem Letzten scheinst du recht zu haben. Lasst uns gehen.«

Krendar tat nichts lieber, als dem Vorschlag der Schamanin zu folgen. Er verließ das Haus und wanderte bis zur Mitte des Platzes, wo er tief durchatmete und versuchte, den Geruch aus der Nase zu bekommen. »Blaufäule?«, keuchte er. »Was ist das? Ich habe noch nie davon gehört.«

Corsha trat neben ihn. Sie wirkte ungewöhnlich verschlossen. »Dann sei froh. Wir haben fast ein halbes Dorf der Felsenbären sterben sehen, obwohl wir drei Drûaka zur Verfügung hatten, alle ausgeruht und bei vollen Kräften.« Sie nickte zur Schamanin hinüber. »Hier, mit nur einer Drûaka und ohne Unterstützung ihrer … ohne die Ahnen – ich glaube nicht, dass sie auch nur einen von uns retten könnte, der an dieser Scheiße erkrankt.«

Felsenbären. Das war der Name des Stamms, aus dem Corsha kam, wie Krendar und Modrath ein Teil der Weststämme. »Hm. Aber was ist es?«

Corsha zuckte mit den Schultern. »Es kommt aus dem Süden. Nach allem, was wir damals gehört haben, waren es Menschen, die zuerst daran erkrankten. Aber Menschen sterben nur selten daran, nur die Alten, die Kranken oder Welpen. Der Rest gesundet wieder. Ein paar Narben bleiben zurück, das war's. Damals hatten es wohl die Händler mitgebracht. Dieses Dorf hatte regelmäßig mit Derok gehandelt. Danach waren die Häuptlinge unseres Stamms bereit, sich Rogorus Feldzug anzuschließen. Jene, die noch übrig waren.«

Inzwischen waren auch Modrath und Sekesh zu ihnen gestoßen. »Und woher sollte es hier kommen? Es gab seit Beginn des Kriegs sicher keine Menschen mehr, die hier hochgezogen sind«, wandte Sekesh ein.

Modrath rieb sich nachdenklich den breiten Nacken. »Kaum. Aber habt ihr den Wühlerschädel gesehen?«

Die anderen sahen ihn an, und er hob die breiten Schultern. »Es war wohl einer von ihnen in Derok. Und er hat Geschenke mitgebracht. Vielleicht hat er sich ja den falschen Wühler ausgesucht, um sich eine Trophäe mitzunehmen.«

Die anderen sahen ihn immer noch an.

»Was?«

Corsha schüttelte langsam den Kopf. »Du erstaunst mich immer wieder, Großer.«

Der Oger hob eine wulstige Augenbraue. »Gern. Und was tun wir jetzt?«

»Ich würde ja vorschlagen, alles abzubrennen«, sagte Sekesh düster, »aber ...«

Das dürfte verdammt schwer werden, diesen Schlammhaufen, der sich Dorf nennt, auch nur anzukohlen. Krendar nickte. »Lasst uns nach den anderen sehen und dann machen, dass wir wegkommen.«

»Hätte ich auch vorgeschlagen, Broca.« Ein massiger Aerc trat zwischen zweien der Grassodenhäuser hervor. Er trug ein Lederband über einem Auge und vermutlich mehr Tätowierungen auf dem Rest des Gesichts als die übrigen Aerc zusammen – seinen Bruder nicht eingerechnet, der ihm folgte. Dieser zweite Aerc war größer, wenn auch dünner als der erste, und auch sein Gesicht war beinahe schwarz von Tätowierungen. Beide hatten einst die Stammeszeichen des Felsenbärenstamms getragen, doch im Verlauf des Winters hatten sie weitere Muster hinzugefügt, bis die Markierungen des Stamms, den sie verloren hatten, ausgelöscht waren.

Der dritte der Neuankömmlinge war ein kleinerer, sehniger Aerc, auf dessen grauem, müde wirkendem Gesicht die Tätowierungen eines Bergstamms bereits zu verblassen begannen.

»Was immer hier passiert ist, es war nichts Gutes.« Der Massige deutete mit dem Daumen hinter sich. »Die hatten mehr als fünfzig Rinder hier. Willst du raten, was mit ihnen passiert ist?«

»Wenn er sagt, dass sie die hatten, meint er nicht, dass sie jetzt weg sind«, fügte der Lange hinzu.

»Es sind nur noch …«, ergänzte der Grauhäutige und ließ die Worte in der Luft hängen, als erwarte er, dass jemand anders seinen Satz beendete. Erst mit etwas Verzögerung verzog er das Gesicht. »… Knochen übrig, Broca«, murmelte er schließlich. Es bereitete ihm sichtlich Unbehagen, die Worte auszusprechen.

Nicht die Worte an sich. Nur das Aussprechen. »Irgendwas dagegen, das genauer zu erklären?«

»Ich versteh's ja selber nicht so genau. Irgendjemand hat fünfzig Rindviecher oder so in einen Winterpferch gesperrt und sie dort einfach verrecken lassen«, sagte der Massige. »Einen wirklich haltbaren. Keine Chance für etwas Größeres als Nardokks, reinzukommen. Blöderweise auch keine Chance für die Viecher, rauszukommen.«

»Und man konnte sehen, sie haben es wirklich versucht«, fügte sein Bruder hinzu. »Hat nichts genützt. Sind nur noch Knochen da. Die Aasfresser haben nichts übrig gelassen. Wir schätzen, dass das gut einen Weißmond her ist.« Er warf einen Seitenblick zum Grauhäutigen, der mit unbewegter Miene nickte. »Irgendeine Ahnung, was hier passiert ist?«

Etwa vier mal zehn Tage also. Genug Zeit für die Aasfresser, auch fünfzig Rindviecher zu beseitigen. »Wie es aussieht, sind sie alle tot. Oder die meisten. Corsha sagt, sie haben sich hier eine Menschenkrankheit eingefangen. Ich schätze, es war einfach niemand mehr da, um sie zu füttern.«

»Großartig«, grunzte Modrath wenig begeistert. »Kein Fleisch. Genau das, was ich mir gewünscht habe.«

»Hör auf zu maulen, Modrath.« Krendar seufzte. »Lasst uns verschwinden. Ich würde die Nacht gern möglichst weit weg von hier verbringen.«

Der massige Krieger starrte ihn verständnislos an. »Aber was ist mit sonstigen Vorräten? Wenn sie tot sind, müsste doch noch genug hier sein. Habt ihr nicht irgendwas Brauchbares gefunden?«

Corsha schüttelte den Kopf. »Nichts, was du essen willst, Ronkh. Na los, ihr habt gehört, was der Broca gesagt hat. Holen wir unser Gepäck.«

Ronkh und sein Bruder sahen sich an und stöhnten.

AUFBRUCH

Der äußerste Mauerring war den Bergclans vorbehalten – wilden Männern mit zotteligen Mähnen und langen, verfilzten Bärten, in die sie Knochensplitter und Kieselsteine geflochten hatten. Ihre Kleidung bestand zu großen Teilen aus Pelzen und schwerem Nock-Leder, das dem rauen Klima des Berglands gerecht wurde, aus dem sie stammten. Axt hatte sie nicht nur hier draußen untergebracht, weil sie das Leben im Freien gewohnt waren, sondern in erster Linie, weil ihr aufbrausendes Gemüt in den engen Gängen der Festung wohl innerhalb kürzester Zeit zu Verletzten oder vielleicht sogar Toten geführt hätte.

Ihr abgehackter Dialekt klang in Glonds Ohren beinahe so fremd wie das Gebell der Orks. Ließ man einmal das Äußere beiseite, so konnte er nicht viele Unterschiede zwischen den beiden Arten ausmachen. Mit gesenktem Kopf und hochgezogenen Schultern stapfte er zwischen ihren Feuern hindurch. *Nur nicht auffallen, einfach weitergehen. In der Dunkelheit erkennt niemand, dass du nicht zu ihnen gehörst. Außerdem sind sie viel zu beschäftigt mit Trinken und damit, sich gegenseitig auf die Schultern zu klopfen.*

Am Anfang lief es ganz gut. Keiner beachtete ihn, während

er sich seinen Weg durch den schlammigen, aufgewühlten Boden bahnte. Hier und da hob zwar einer der wilden Männer den Blick, aber im Großen und Ganzen schien das Glück auf seiner Seite zu sein.

Bis zu dem Augenblick, in dem sein Fuß gegen eine Holzschüssel stieß und der stinkende Inhalt sich gluckernd über den Boden ergoss.

Glond erstarrte. So viel zu der Sache mit dem Glück.

Schlagartig erstarben die Gespräche am Feuer, und die wettergegerbten Gesichter wandten sich ihm zu. Niemand sagte ein Wort, alle glotzten ihn nur an, als hätte er soeben ihrem König persönlich die Schüssel über den Bart gekippt.

Irgendwann, nach einer halben Ewigkeit, erhob sich der, der Glond am nächsten gesessen hatte. Als er endlich seine Beine entfaltet hatte und aufgerichtet vor ihm stand, überragte er ihn mindestens um Haupteslänge. Ein gewaltiger Hüne, der eine noch viel gewaltigere Kriegskeule in den Händen hielt. Die Knochenstücke und Steinchen in seinem verfilzten Bart klackten leise, als er langsam den massigen Kopf schüttelte. »Das war mein Essen«, stellte er beleidigt fest.

Glond schluckte, während ihm das Herz in die Hose rutschte. Er fragte sich, ob er schnell genug war, um aus der Reichweite der Keule zu verschwinden, bevor der Rest der Bande ebenfalls aufgestanden wäre, um ihm den Fluchtweg zu versperren. Aus dem Augenwinkel sah er, dass sich in seinem Rücken bereits weitere zottelige Gestalten bewegten. *Vielleicht mit einem beherzten Sprung über das Feuer? Oder in das Feuer? Das wäre vielleicht der gnädigere Tod.*

Nachdenklich musterte der Hüne seine Keule, auf deren Griff unzählige krakelige Schriftzeichen eingraviert waren.

Ein besonders großes bedeutete wohl »Ogher«, wenn der Künstler sich nicht zu sehr verschrieben hatte. Daneben war noch eine ganze Reihe weiterer Schriftzeichen zu erkennen, unter anderem auch ein paar dalkarische Namen. Ob die Bergclans wussten, dass Zweikämpfe innerhalb der Festungsmauern verboten waren? Ob es sie überhaupt interessierte?

»Wie lautet dein Name?«, dröhnte der Hüne. »Nenn mir deinen Namen, damit ich ihn zu den anderen hinzufügen kann.«

Ach Scheiße. Glond wollte etwas sagen. Irgendetwas Amüsantes oder Kluges, um die Lage zu entschärfen. Aber alles, was er herausbrachte, war ein erbärmliches, heiseres Krächzen.

»Seinen Namen willst du wissen?«, rief eine menschliche Stimme aus dem Hintergrund. Es klang ganz so, als würde der Sprecher bei diesen Worten spöttisch grinsen. »Bist du dir sicher?«

»Und ob ich das bin!« Die Augen des Hünen wanderten verärgert zur anderen Seite des Feuers hinüber. »Auf meiner Keule ist nämlich noch verdammt viel Platz.«

»Den würdest du wohl auch brauchen, denn es ist ein verdammt großer Name.« In der menschlichen Stimme lag jetzt mehr als nur eine Spur Belustigung.

»So? Wie lautet er denn?«

»Glond.«

Der Hüne erwiderte nichts. Genauer gesagt sprach eine Weile lang keiner der Anwesenden mehr ein Wort. Alle Augen waren nun ausnahmslos auf Glond gerichtet.

»Glond also«, murmelte der Hüne nach einer Weile und kniff die Augen zusammen. »Der Glond?«

»Wie er leibt und lebt«, bestätigte der Mensch.

»Das ist ein wirklich großer Name.« Nachdenklich kratzte sich der Hüne am Bart. »Es wäre eine ganze Menge Arbeit, ihn in den Griff hineinzuritzen. Außerdem bin ich nicht sehr geschickt in solchen Dingen.« Er hob die schwielige Pranke. »Zu dicke Finger.« Mit diesen Worten trat er einen behutsamen Schritt zur Seite und setzte sich zurück ans Feuer.

Glond spürte sein Herz wie einen Vorschlaghammer gegen den Brustkorb hämmern, während er sich mit zitternden Knien an ihm vorbeidrückte und auf die andere Seite des Feuers schlich, sorgfältig darauf bedacht, dabei nicht noch einmal gegen eine Schüssel oder gar einen Bierkrug zu treten.

»Setz dich, kleiner Mann mit dem großen Namen«, sagte der Wolfmann und bot ihm seinen Weinschlauch an.

Glond schüttelte den Kopf. »Wo ist Dvergat?«

»Dort hinten.« Der Wolfmann deutete mit dem Weinschlauch auf eine Reihe großer Zelte im Schatten des mächtigen Wehrturms. Aus dem größten drang ein schmerzerfüllter Schrei und gleich darauf Jubel und Gelächter.

Glond schaute den Wolfmann fragend an. »Bist du sicher?«

Der Wolfmann zuckte mit den Schultern und grinste.

Im Innern des Zelts war es unglaublich stickig, und die Dalkar standen so dicht gedrängt, dass ein Durchkommen kaum möglich war. Lediglich in der Mitte war eine kleine Fläche frei gelassen worden, die ein altes, dürres Männlein sorgfältig mit Sägespänen bestreute. In einer Ecke lag eine zusammengekrümmte Gestalt, die sich wimmernd ihr Bein hielt. Mehr konnte Glond nicht erkennen, denn der Wolfmann hatte sich bereits durch die Menge geschoben, und er wollte ihn in dem Gewühl auf keinen Fall aus den Augen verlieren. Der Wolfmann kletterte auf eine Reihe Bierfässer, die zu einer provisorischen Tribüne zusammengenagelt worden waren, und zog ihn zu sich hinauf. Es war ungeheuer laut, und er musste dem Wolfmann ins Ohr brüllen, um sich verständlich zu machen. »Was tun wir hier?«

Der Wolfmann zwinkerte ihm zu und wandte sich an einen fetten Mann, der seinen mit Goldketten behangenen Wanst hinter einen niedrigen Tisch gezwängt hatte. Zwei von Narben übersäte Clankrieger standen rechts und links hinter seinem Rücken und beäugten sie mit misstrauisch zusammengezogenen Augenbrauen.

»Fünf zu eins«, brüllte der Fette und spreizte zur Bekräftigung seine mit Goldringen bestückten Wurstfinger.

»Sieben zu eins«, brüllte der Wolfmann zurück, während er einen prall gefüllten Lederbeutel auf die Tischplatte schob.

Der Fette schüttelte den Kopf. »Schau dir den Alten doch an. Keiner wettet auf ihn. Warum tust du es?«

»Weil ich ein Mensch bin.« Der Wolfmann tippte sich mit einem langen Zeigefinger gegen die Stirn. »Ich bin nicht ganz dicht. Stamme aus dem Sanatorium von Derok ...«

»Ay, verstehe.« Die Glupschaugen des Fetten huschten zurück zum Lederbeutel. Gierig leckte er sich über die Lippen. »Sagen wir sechs zu eins. Abgemacht?«

»Abgemacht.« Der Wolfmann verzog das Gesicht zu seinem berühmten Grinsen, das bislang eigentlich immer nur Ärger bedeutet hatte.

»Was tun wir hier?«, brüllte Glond ihm noch einmal ins Ohr. »Ich dachte, wir suchen nach Dvergat.«

»Wozu?« Der Wolfmann deutete hinab auf den mit frischen

Sägespänen bestreuten Platz. »Wir haben ihn doch schon gefunden.«

»Dvergat Steinfuß!«, brüllte das dürre Männlein, das soeben noch den Platz gefegt hatte. Mit zwei dürren Zeigefingern deutete es auf den rechten Rand des Rings. »Sein Ruf ist legendär, und seine Knochen sind härter als Granit!« Fröhliches Fußgetrampel ertönte, aber auch hier und da vereinzeltes Gelächter, als Dvergat den Ring betrat. Um die Schultern trug er einen zerfledderten Pelz und auf dem Kopf einen lächerlichen Helm mit angeschraubten Kuhhörnern.

»Dvergat Steinfuß?« Entgeistert schüttelte Glond den Kopf. »Das ist nicht euer Ernst, oder?«

»Aus Stein geboren und in unzähligen Lebensjahren wieder zu Stein geworden«, tönte das dürre Männlein von der Mitte des Rings. »Eure Wetten bitte, meine Herrschaften!«

Vereinzelt wechselten blinkende Münzen ihren Besitzer, aber im Großen und Ganzen hielten sich die Leute zurück. Glond konnte es ihnen nicht verdenken. In diesem lächerlichen Aufzug sah Dvergat nun wirklich nicht beeindruckend aus. Eher mitleiderregend.

Das dürre Männlein drehte sich mit überraschender Eleganz im Kreis und wies mit ausgestreckten Zeigefingern zur gegenüberliegenden Seite des Rings. »Und zu meiner Linken betritt die Arena Bullkopf Kronh aus den unwirtlichen und lebensfeindlichen Berglanden!« Er zog das »u« unnatürlich in die Länge, und die Menge quittierte diese Leistung mit frenetischem Jubel.

Ein zotteliges Urvieh stapfte in den Ring. Breit und muskelbepackt und so voller Haare, dass er beinahe schon dem Wolfmann Konkurrenz machen konnte. In der Nase trug er einen massiven goldenen Ring, der ihm das Aussehen eines Ochsen verlieh. Sein Erscheinen löste spontane Begeisterungsrufe und heftiges Fußgestampfe aus.

»Es heißt, dass er am Euter einer Graukuh gesäugt wurde und von wilden Stieren das Kämpfen gelernt hat. Wahrlich, wer ihn sieht, wer wollte das bestreiten?«

Bullkopf schnaubte zustimmend, und eilig wechselten weitere Münzen ihre Besitzer.

»Dvergat will allen Ernstes gegen dieses Ungetüm in den Ring steigen?«, krächzte Glond. »Ich weiß ja, dass er ein furchtloser Kämpfer ist, aber selbst er müsste einsehen, dass er gegen so einen Gegner in einem ehrlichen Zweikampf keine Chance hat.«

»Ganz genau.« Der Wolfmann zwinkerte ihm zu und drängte sich durch die Dalkarmenge nach vorn. »Komm mit, wir müssen noch ein paar mehr Wetten abschließen.«

»Hörst du mir überhaupt zu?« Glond hatte alle Mühe, dem schlaksigen Menschen zu folgen.

»Keine Chance in einem ehrlichen Zweikampf«, rief der Wolfmann ihm über die Schulter zu, während er mit einer Handvoll Münzen eine weitere goldbehangene Gestalt zu sich heranwinkte. »Ich bin ganz Ohr.«

Unter dem frenetischen Jubel der Menge betraten die beiden Kontrahenten die Mitte des Rings. Das dürre Männlein forderte sie auf, sich gegenseitig grüßend auf die Schultern zu klopfen. Dann zog es eine Münze aus dem Hemd und streckte sie lächelnd in die Höhe. »Ihr kennt die Regeln. Ihr seid immer abwechselnd dran. Wer als Letzter stehen bleibt, hat gewonnen. Derjenige, dem die Münze wohlgesinnt ist, darf als Erster zutreten.« Mit diesen Worten warf er sie hoch in die Luft, und die Menge verfolgte ihre Bahn mit angehaltenem Atem. »Kopf!«, schrie das Männlein und deutete nach rechts. »Der Bulle beginnt.«

Hier und da ertönte erneutes Gelächter, und Glond stöhnte leise auf. Das versprach, ein wirklich kurzer Kampf zu werden.

Bullkopf schnaubte und knackte mit den Fingerknöcheln. Er machte einen Schritt nach vorn, und Glond hätte schwören können, dass dabei der Boden unter seinen Füßen bebte. Sie standen nun etwa einen Schritt voneinander entfernt.

»Das ist kein Kampf für morsche Knochen«, dröhnte Bullkopf mit tiefer, volltönender Stimme. »Lass es sein, alter Mann. Geh nach Hause, solange du noch gehen kannst.«

»Ich gehe nach Hause, sobald ich hier fertig bin«, erwiderte Dvergat ungerührt. »Wenn du willst, trage ich dich sogar ein Stück.«

Die Zuschauer quittierten seine Worte mit spöttischem Gelächter, und Bullkopf verzog verärgert das Gesicht.

»Ich habe bisher noch jeden meiner Gegner in den Ringboden gestampft«, knurrte er und ballte die Fäuste. »Glaubst du, ich würde einen alten Mann verschonen?«

Dvergat rollte mit den Augen. »Verschone mich lieber mit deinen Worten und fang an. Ich bin ein alter Mann und habe nicht mehr so viel Zeit.«

»Wie du willst.« Schnaubend hob Bullkopf das Bein, und die Menge hielt den Atem an. Sein Fuß prallte gegen Dvergats Bein wie ein Vorschlaghammer auf einen Zaunpfosten.

Zuerst passierte nichts. Dvergat schwankte leicht vor und zurück, und Bullkopf starrte ihn mit tief liegenden Augen an. Totenstille legte sich über die Menge, und Glond sog lautstark die Luft zwischen die Zähne. Mit einem Mal riss Bullkopf die Augen so weit auf, dass sie ihm schier aus dem Kopf zu fallen drohten. Er stolperte ein, zwei Schritte rückwärts und stieß ein schmerzerfülltes Stöhnen aus. Mit offenem Mund starrte er auf sein Bein hinab, dann auf Dvergat, der einfach nur dastand und ihn mit einem unverschämten Ausdruck im Gesicht angrinste. »War das alles?«, fragte er und trat nun seinerseits zu.

Ungläubig sah Glond das gewaltige Urviech stolpern, mit den Armen rudern und einem erschrockenen Aufschrei auf den Hintern plumpsen.

Einen Augenblick lang saß Bullkopf wie ein kleiner Junge auf dem Hosenboden, schüttelte verwirrt die zottelige Mähne und starrte verwundert zu Dvergat hinauf. Dann zog ein Schatten über sein Gesicht, und er rappelte sich auf und stemmte sich knurrend in die Höhe. Mit einem wuterfüllten Aufschrei sprang er vor und rammte Dvergat den Fuß so heftig gegen das Schienbein, dass der alte Krieger zurückgeschleudert wurde und gegen die dicht gedrängte Mauer aus jubelnden Zuschauern prallte. Bullkopf stieß ein triumphierendes Lachen aus und machte einen langen Schritt hinterher. Sein Fuß stampfte donnernd auf dem Boden auf, und es ertönte ein Geräusch, das entfernt an das Brechen eines morschen Baumstamms erinnerte. Schlagartig verwandelte sich sein Lachen in ein irres Jaulen, und sein Bein knickte um wie eine hohle Birke im Sturm. Die Zuschauer erstarrten auf ihren Plätzen. Alle Augen richteten sich auf den riesigen Mann, der am Boden lag, leise winselte und keine Anstalten machte, wieder aufzustehen. Der ohrenbetäubende Jubel erlahmte und machte einer irritierten Stille Platz.

Zögerlich trat das dürre Männlein in die Mitte des Rings und beugte sich über Bullkopfs Bein. Es blinzelte, rieb sich die Augen und richtete sich auf. »Niederlage ...«, stellte es verblüfft fest. Es ließ den Blick über die Zuschauermenge gleiten und räusperte sich. »Niederlage durch gebrochenen Fuß.« Dann ergriff es Dvergats Arm und zerrte ihn in die Höhe. »Sieger dieses Zweikampfs ist überraschenderweise Dvergat Steinfuß – der Mann, der seinem Namen offenbar alle Ehre macht!«

»Wie geht es deinem Bein?«, fragte Glond, während sie auf das Tor zum inneren Festungsbereich zuhielten. Der graue Tag war bereits dem Dunkel der aufziehenden Nacht gewichen, und es hatte zaghaft zu schneien begonnen.

»Es ging ihm nie besser.« Dvergat beugte sich leicht nach unten und klopfte mit den Fingerknöcheln gegen sein Schienbein. »Die neue Prothese ist aus feinstem Derokstahl. Ich habe es mir von Brückenmeister Berung für viel Geld aus einer Geländerstütze der Südbrücke schmieden lassen.« Er zog einen Trinkschlauch unter dem Hemd hervor und nahm einen kräftigen Schluck. »Wie viel haben wir daran bereits verdient, Wolfmann?«

»Sechsunddreißig Gold und eine Handvoll Kupferstücke.« Dvergat prostete ihm zu. »Keine schlechte Anschaffung, was? Noch ein paar mehr solcher Kämpfe, und wir haben den Preis mehr als raus.«

»Ihr habt betrogen«, stellte Glond fest.

»Betrogen?« Dvergat gelang es tatsächlich, empört zu klingen. Er legte die Hand auf die Brust und schaute Glond treuherzig an. »Niemand wird gezwungen, gegen Meister Steinfuß anzutreten. Jeder ist seines eigenen Glückes Schmied.«

»Was man in diesem Fall ruhig wörtlich verstehen kann«, ergänzte der Wolfmann, während er seinen Geldbeutel sorgfältig wieder unter dem Hemd verstaute.

Glond verzog das Gesicht. »Wenn sie herausfinden, dass Dvergat ein Metallbein hat, werden sie nicht mehr viel übrig lassen, aus dem man noch was schmieden kann.«

»Sie werden es nicht herausfinden«, sagte Dvergat. »Ich bin jetzt ein ehrbarer Clankrieger. Kein Dalkar wird es wagen, mir Betrug zu unterstellen. Ihre Ehre verbietet ihnen solche Gedanken.«

»Was ist mit deiner eigenen Ehre?«

Dvergat blieb stehen. Sein Gesicht verfinsterte sich zusehends. »Die habe ich damals zusammen mit meinem Bein verloren.« Er setzte den Bierschlauch an, stellte fest, dass er leer war, und starrte ihn an, als wäre er ganz allein am Elend der Welt schuld. »Ich habe meine Ehre durch einen Betrug verloren, und ich habe es durch einen Betrug geschafft, nach langer Zeit doch noch ein Clankrieger zu werden. Was ist daran anders?«

»Niemand hat gefragt.«

»Siehst du? Niemand fragt, niemanden interessiert es, niemand denkt nach.« Wütend schleuderte Dvergat den Trinkschlauch ins Gebüsch. »Du bist der Einzige, der nachfragt, Glond. Du bist der Einzige, der sich Gedanken macht, während die Hohlköpfe von Hertigen sich in ihren albernen Clangesetzen verheddern. Wenn du mich fragst, dann sollten sie dich zu unserem neuen Feldherrn ernennen. Du bist der Einzige, dem ich es gönne.«

»General Glond!« Der Wolfmann deutete eine grinsende Verbeugung an. »Das klingt gut. Ich möchte unbedingt in die verkniffenen Gesichter eurer Clanführer blicken, wenn sie ihre Häupter vor deinen Füßen senken, nachdem sie dir vor noch nicht allzu langer Zeit den Schädel zertrümmern wollten.«

»Nein, ganz im Ernst«, brummte Dvergat. »Wenn jeder einfache Dalkar eine Stimme hätte, dann würden sie Glond zu ihrem Feldherrn ernennen. Da bin ich mir ganz sicher. So wie es unsere Ahnen einmal angedacht hatten, als sie ihren Fuß auf dieses Stück Land gesetzt haben. Ein Mann, eine Stimme.«

»Oder eine Frau«, ergänzte der Wolfmann.

Dvergat warf ihm einen Seitenblick zu. »Mach dich nicht lustig. Kennst du eine einzige Frau, die vernünftig genug denken kann, um eine ordentliche Wahl zu treffen?«

»Axt?«

»Außer ihr natürlich. Sie ist …« Dvergat machte eine unbestimmte Geste mit den Armen. »Na, du weißt schon. Axt ist eben Axt, wenn du verstehst, was ich meine.«

Glond seufzte. General einer ganzen Armee dickschädeliger Dalkar werden, das hätte ihm gerade noch gefehlt. Nach all dem, was er durchgemacht hatte, käme ihm das eher wie eine Strafe vor. Außerdem hatte er im Augenblick ganz andere Sorgen. »Ich gehe nach Osten«, murmelte er und räusperte sich. Seine Kehle war mit einem Mal furchtbar trocken.

»Wohin?«

»In die Berge. Ihr wisst schon, warum. Ich habe eine neue Spur gefunden, und sie führt auf direktem Weg zu den Dobroghöhen.«

»Was soll denn da noch kommen?«, knurrte Dvergat kopfschüttelnd. »Wir haben die Dunkelheit besiegt und den

Echsenmann getötet. Wir haben mit eigenen Augen gesehen, wie dieser Dreckskerl im Feuer umgekommen ist.«

»Ihr wisst selbst, dass der Stein, den wir in der Orkstadt vernichtet haben, nur ein Bruchteil des Ganzen war. Dort oben in den Bergen liegt die Wurzel des Übels. Solange sie existiert, wird es nie zu Ende sein.«

»Das gefällt mir nicht«, murmelte der Wolfmann. »Da sind dämonische Mächte am Werk. Wir Menschen haben Götter, die sich um solche Dinge kümmern. Takhasa selbst rang auf den Glotarhöhen mit einem Dämon, und es ging verdammt knapp aus, kann ich dir sagen. Hast du etwa einen Gott, der dir beisteht?«

»Mit mir hat es begonnen, mit mir muss es enden. Ob mit oder ohne die Hilfe der Götter.«

»Warum? Warum gerade du?«

Glond zog die Schultern in die Höhe und ließ sie wieder fallen. Es sollte gelassen wirken, drückte aber nur das aus, was er am meisten fühlte: Hilflosigkeit. »Ich weiß es nicht. Weil ich ein Dalkar bin, vermutlich. Weil es irgendjemand tun muss.«

Sorgenvoll zog der Wolfmann die Augenbrauen zusammen. »Weiß Axt davon?«

»Noch nicht. Sie hat eine ganze Menge anderer Sachen im Kopf, da will ich sie nicht auch noch mit meinen seltsamen Ahnungen belasten. Außerdem geht es ja nur darum, nach dem Rechten zu schauen. Wenn alles gut läuft, ist die Wahl zum General gelaufen, wenn ich wieder zurück bin. Dann kann ich ihr immer noch alles erzählen.« *Und noch so einiges mehr – wenn ich endlich den Mut dazu aufbringe.*

Dvergat runzelte die Stirn. »Die Dobroghöhen, wie? Das

ist eines der abgelegeneren und am schwersten zugänglichen Gebirgsmassive, die es gibt. Zerklüftete Berge und dunkle Schluchten, in die kaum einmal das Licht der Sonne vordringt. Die Winter sollen so hart und lang sein, dass selbst die am Rand wohnenden Bergclans sich gelegentlich in Felle hüllen, um nicht zu erfrieren. Es heißt, dass in ihren abgelegenen Tälern Orkstämme hausen, die noch wilder sind als alles, was wir vor Derok gesehen haben. Nur sehr wenige Expeditionen haben bislang die Strapazen auf sich genommen, diese Region zu erforschen. Es ist völliger Wahnsinn, dort hinauf zu reisen.«

Eine Weile starrten sie finster in die Dunkelheit. Der Schneefall war dichter geworden, und dicke Flocken tanzten vor ihren Nasen durch die Nacht. Dünn trug der Wind den Lärm und die Musik aus dem Lager der Bergclans zu ihnen herüber. Irgendjemand lachte tief und schadenfroh.

»Also gut«, brummte der Wolfmann. »Wann brechen wir auf?«

»Du?« Glond warf ihm einen Seitenblick zu. »Ich dachte, du musst dich um Navorra kümmern?«

»Nicht mehr. Ihr wisst ja, dass wir Menschen in der Festung nicht mehr gern gesehen sind. Ich habe daher beschlossen, ihn mit dem nächsten Schiff zurück nach Vyndtport zu schicken. Dort lebt er sicherer als hier.«

»Er wird darüber nicht glücklich sein.«

»Ich auch nicht.« Traurig zuckte der Wolfmann mit den Schultern. »Aber es ist das Beste für ihn. Außerdem musste ich verhindern, dass er weiter mit dieser Blutmagie der Orks herumexperimentiert. Er ist ganz versessen auf dieses Zeug, aber es ist nicht gut für ihn.« Er tippte sich vielsagend gegen die Stirn. »Je weiter er von den Orks entfernt lebt, desto besser.«

Dvergat schnaubte. »Das Gleiche gilt ja wohl auch für uns. Lassen wir doch diesen Unsinn endlich ruhen. Wir haben in der Orkstadt unseren Teil beigetragen, jetzt sollen sich andere um den Rest kümmern.«

»Ay«, sagte Glond. »Ihr seid mir zu nichts verpflichtet. Ich ziehe das allein durch.«

»Das kannst du vergessen«, entgegnete der Wolfmann lächelnd. »Ich habe Axt versprochen, auf dich aufzupassen, damit du keine Dummheiten machst. Wieder mal ohne fremde Hilfe die Welt retten, oder so was in der Art. Dieses Versprechen halte ich. Egal, was da kommt.«

Für einen Augenblick war es wieder still, während Dvergat sie beide missmutig anstarrte. Als er erkannte, dass sie ihre Meinung nicht mehr ändern würden, seufzte er und klopfte gegen sein Metallbein. »Ach Scheiße! Ich hatte ohnehin schon die ganze Zeit das Gefühl, dass es noch nicht vorbei ist. Hab es hier drinnen gespürt. So ein Jucken, als wäre dieser elende Sturm noch nicht endgültig an uns vorübergezogen.«

DAS KLINGENGRAS

Besuch.«

Krendar benötigte einen Augenblick, bis ihm klar wurde, dass ihnen der Grauhäutige etwas sagen wollte. Die nur halb ausgesprochenen, halb gemurmelten Satzfetzen des Bergaerc machten es nicht gerade einfacher.

Bis zum vergangenen Herbst war der Graue einer von zwei identischen Brüdern gewesen. Jagd- oder Kampfteams von Brüderpaaren, wie etwa Ronkh und sein Bruder Razar, waren unter Aerc die Regel. Sie wurden fast immer als Zwillinge geboren und bildeten ihr ganzes Leben lang ein festes Gespann. Doch die beiden Krieger aus dem Bergvolk der Korrach waren sich so ähnlich gewesen, dass jene, die ihnen begegneten, schnell aufgaben, sie unterscheiden zu wollen. Stattdessen nannte man sie meistens nur den Linken und den Rechten, je nachdem, welcher von ihnen gerade auf welcher Seite stand. Die Zwillinge schienen nichts dagegen zu haben. Im Gegenteil – sie schienen es geradezu darauf anzulegen. Dazu gehörte auch, dass jeder von ihnen die Sätze des anderen beendete, so fließend und mühelos, dass sie es nicht einmal selbst zu bemerken schienen. So lange, bis einer von ihnen im Geistersturm zu Beginn des Langen Winters gefallen war. Krendar war schmerzlich bewusst geworden, dass er bis jetzt noch nicht einmal den Namen des Toten kannte. Übrig geblieben war jener, den sie jetzt nur noch den Linken nannten. Und der war ohne seinen Bruder nicht vollständig, wie seine Laune und seine Halbsätze nur zu deutlich bewiesen. Er schien sogar kleiner und auch älter geworden zu sein.

»Besuch?« Krendar wandte sich in die Richtung, in die der Linke deutete. »Oh.«

Auf der flachen Anhöhe, die das Dorf nach Süden hin begrenzte, waren sechs oder sieben Gestalten aufgetaucht. Aerc-Krieger, so viel war klar, auch wenn sie gut hundert Doppelschritte von ihnen entfernt haltgemacht hatten.

»Irgendeine Chance, dass sie uns noch nicht gesehen haben?«, fragte Ronkh.

Krendar sah sich auf dem leeren Platz um, in dessen Mitte sie standen, und dann an der riesigen Gestalt des Ogers neben sich hinauf. »Das halte ich eher für unwahrscheinlich.«

»Dachte ich mir. Befehle, Broca?«

»Sie stehen dort oben, also denke ich, wir bleiben hier unten stehen.«

»Warum das denn?« Razar verzog das Gesicht.

Sekesh schnaufte hörbar. »Weil es, wenn die dort sich so offen zeigen, garantiert mehr davon gibt, die sich nicht zeigen, Schroggrahirn. Also halt die Augen offen. Und das Maul geschlossen.«

Die Augen des dünnen Aerc wurden größer. Modrath und Corsha sahen sich an und verdrehten die Augen. Langsam bildeten die sieben Aerc einen Kreis auf dem Dorfplatz und machten sich bereit.

Sie brauchten nicht lange zu warten.

Zwischen den Häusern tauchte ein gutes Dutzend breitschultriger Gestalten auf, bewaffnet mit Kriegskeulen, Äxten, Krummdolchen und Kampfspeeren, den typischen Waffen der Weststämme. Die meisten der Neuankömmlinge trugen zerkratzte Lederpanzer mit dem einen oder anderen Rüstungsteil, das ursprünglich für einen Zwerg gemacht war. Einer oder zwei von ihnen hatten die Bartzöpfe der Vorbesitzer ihrer Rüstungen an den Gürteln hängen, und sie alle wiesen die gleichen Gesichtstätowierungen auf. Ein Stamm. Oder der Kriegstrupp eines der Stämme, die nach Derok gezogen waren, um die Zwerge zurückzutreiben. Heimkehrer.

Hoffentlich nicht von hier. Sonst sind wir wirklich angeschissen. Krendar gab sich Mühe, sein Gesicht unbewegt zu lassen und das Gefühl von sich windenden Würmern in seinem Magen zu ignorieren, und sah weiter hinauf zur Anhöhe.

»Vielleicht hätten wir auf eines der Häuser klettern sollen«, flüsterte Ronk. »Wesentlich besser zu verteidigen, dort oben.«

»Mit all den Leichen und so dort drin? Nein, danke«, murmelte Corsha.

»Wäre nicht das erste Mal.«

»Glaube sowieso nicht, dass mich so ein Dach aushalten würde«, warf Modrath ein. »Oder dich, wo wir schon mal dabei sind, Ronkh. Du bist auch nicht gerade …«

Krendar kniff kurz die Augen zusammen. »Könntet ihr jetzt bitte alle das Maul halten?«, presste er zwischen zusammengebissenen Zähnen hervor.

»Tschuldigung.«

Die Fremden schienen jetzt fertig damit, Krendars Trupp

einzukreisen, denn die Gruppe auf dem Hügel setzte sich in Bewegung.

»Bleibt zusammen und lasst sie nicht aus den Augen«, flüsterte Krendar.

»Hatten wir nicht vor.« Sekeshs Finger strichen nervös über ein seltsames Schmuckstück in ihrem Haar, eine schmutziggrün schimmernde Eidechse, von der Krendar wusste, dass es sich in Wirklichkeit um ein lebendes Tier handelte, das sich als Schmuckstück tarnte. Es war eine ausgesprochen giftige Echse.

»Kann Vress fliegen?«

Sekesh schüttelte den Kopf. »Kaum. Das Wetter macht ihm nach wie vor zu schaffen.«

Krendar schniefte. In der Theorie war die winzige Flugechse der Schamanin, der Spilo, eine willkommene Ergänzung ihres Arsenals, die sich sogar für die Jagd eignete, da das Gift des kleinen Tiers reichte, um einen Aerc-Krieger zu töten – es war mehr als genug, um ein Wildrind in die Knie zu zwingen. Was es allerdings nicht vertrug, waren andauernde Kälte und Nässe. Und von beidem hatten die letzten sechs Monde überreichlich bereitgehalten. Als Folge davon war Vress ziemlich abgemagert und nur noch selten dazu zu bringen, sich zu bewegen. »Groshakk.«

»Wem sagst du das.«

»Uh. Diese Tätowierungen kenne ich doch«, murmelte Corsha hinter ihm. »Klingengras-Stamm.«

Krendar betrachtete die verschlungenen Stammeszeichen auf den Gesichtern der Fremden, die dem Eingeweihten Stamm, Dorf und Stand des Aerc verrieten. *Also nicht mir.* »Ist das gut oder schlecht?«

»Kommt drauf an.«

»Kommt drauf an? Worauf?«

»Na ja. Wir sind in einem Dorf dieses Stamms, wenn ich mich nicht irre. Einem Dorf voller Toter. Und so nebenbei: Der Klingengrasstamm und wir Höhlenbären sind nicht gerade die besten Freunde.«

»Oder auch nur Verbündete«, ergänzte Ronkh.

»Man könnte eher das Gegenteil behaupten«, fügte Razar hinzu.

»Großartig«, stellte Modrath fest. »Noch irgendwelche guten Nachrichten?«

»Höhlenbären!« Der Ausruf war so scharf, dass sich Krendar eine Antwort verbiss und den letzten Neuankömmlingen zuwandte.

Einer der Krieger deutete anklagend auf Corsha, die Kriegskeule in der anderen Faust drohend erhoben. »Es sind Höhlenbären, Raut!«

»Halt dein Maul. Wir sind ja nicht blind!«, grollte ein gewaltiger Aerc, den Krendar für einen Moment für einen Oger gehalten hatte. Der narbige Riese schob den vorlauten Krieger grob beiseite und baute sich wenige Schritte vor Krendars Gruppe auf. »Nicht nur Höhlenbären«, stellte er fest. »Das ist seltsam. Was seid ihr? Diebe?«

»Nö. Und ihr?«, knurrte Modrath zurück und fletschte die gewaltigen gelben Hauer.

»Ich hab nicht mit dir geredet, Klotz«, stellte der Riese fest und musterte den übrigen Trupp. Sein Blick streifte Krendar nur. »Wer ist der Anführer von diesem Haufen?« Er konzentrierte sich schließlich auf Corsha.

Natürlich. Die Felsenbären-Zeichen auf ihrem Gesicht

kennt er. Und im Zweifel wird sich jeder Aerc an das Wort eines Weibs halten. Außerhalb des Schlachtfelds ist das Weib Gesetz und so weiter. Vielleicht sollte sie für uns sprechen.

Corsha erwiderte den Blick des Riesen ungerührt und deutete dann mit dem Daumen auf Krendar.

Oder auch nicht. Der junge Aerc lockerte die Schultern. »Ich bin der Broca dieses Trupps. Und du bist der …«

»Er ist mein Kampfbruder.« Der unscheinbare Aerc neben dem Riesen schob sich nach vorn und musterte Krendar abschätzig. Er war nicht wesentlich größer als Krendar, vielleicht fünf oder sechs Winter älter, erstaunlich bleich, und im Gegensatz zu seinem übergroßen Bruder wies er bemerkenswert wenige Narben auf. »Der Raut dieses Trupps bin ich. Du wirst mit mir sprechen, und ich werde entscheiden, was mit euch passiert.« Seine Stimme klang weich, und Krendar fand den starken Kontrast zur rauen Stimme des Großen geradezu unangenehm. »Das Weib gehört zu den Felsenbären. Du nicht. Und der Oger trägt wieder andere Zeichen.« Verwundert zog er die dichten Brauen zusammen. »Der Graue da wieder andere. Was seid ihr?« Langsam schritt er um Krendars Trupp herum, um auch die Übrigen zu mustern. »Zwei …« Seine Verwunderung wuchs, als er die schwarz tätowierten Gesichter von Ronkh und Razar sah. »… was auch immer. Und …« Sein Blick fiel zum ersten Mal wirklich auf Sekesh, und er zuckte zurück. »Eine schwarze Hexe!«

»Das heißt Urawi«, zischte die Schamanin drohend.

»Und man sagt eigentlich Ayubo«, warf Krendar ein. »So nennen sie sich selbst.«

Der Blasse drehte sich um und funkelte Krendar an. »Du wagst es, eine dieser …«

»Ayubo«

»… Rußhäute in ein Dorf unseres Stamms zu bringen? Ich sollte euch …«

»Currg. Nicht«, fiel der Riese dem Blassen ins Wort. »Wir sollten rausfinden, was …«

Der Blasse warf ihm einen irritierten Blick zu. »Natürlich. Schick vier Männer in die Häuser und lass sie nachsehen, was die hier getrieben haben.« Er beendete seine Umrundung und baute sich wieder vor Krendar auf. »Lasst mich das anders formulieren: Das hier ist ein Dorf meines Stamms. Allerdings ist hier niemand, außer einer Handvoll abgerissener, schwer bewaffneter Aerc, keine ordentliche Doppelfaust und kein ordentlicher Broca, dafür eine von … denen. Man könnte also auf den Gedanken kommen, dass ich eine Bande Feiglinge vor mir habe, die vom Schlachtfeld geflohen ist und jetzt plündernd durch die ungeschützten Dörfer unserer eigenen Stämme zieht, während sich echte Krieger im Süden die Ärsche für euch aufreißen lassen. Erklärt mir also, was ich eurer Meinung nach denken soll.« Er entblößte sein gelbliches Gebiss in der humorlosen Karikatur eines Grinsens. »Und bevor du auf dumme Ideen kommst, Broca«, fügte er hinzu und betonte dabei den Titel abfällig. »Denk dran, Oger und Hexe hin oder her, aber ich habe zwei Doppelfäuste Krieger bei mir. Jeder von ihnen hat Derok überlebt, und wir halten in dieser Gegend nicht viel von Fremden. Also überleg dir genau, was du sagst.«

Krendar sah den Männern hinterher, die jetzt zwei der Hütten betraten, und schluckte trocken. »Zuerst einmal: Ihr werdet in den Hütten Tote finden. Vermutlich jede Menge.«

»Tote?« Die steigende Anspannung der fremden Aerc war beinahe körperlich spürbar.

»Du solltest dafür sorgen, dass niemand sie anfasst. Das ist wichtig!«

»Was für Tote?«

»Vermutlich die Bewohner dieses Dorfs. Nehmen wir an. Sie sind an Blaufäule gestorben.«

»Ihr ... habt sie umgebracht?«

»Was?« Krendar sah den Blassen verwirrt an. »Nein. Sie sind schon eine Weile ...«

»Sie sind tot, Currg! Sie haben sie alle umgebracht!«, unterbrach ihn der aufgeregte Ausruf von einer der Hütten.

Krendar wandte sich um und sah einen der Krieger, der anklagend eine besudelte Decke hochhielt.

»Das ist keine gute Idee, vermute ich«, murmelte Ronkh.

Sekesh runzelte die Stirn. »Gar keine«, stellte sie tonlos fest.

Krendar wandte sich wieder dem Blassen zu. »In Ordnung, Currg. Wir haben niemanden umgebracht, und der Mann dort sollte diese Decke wirklich nicht so ...«

»Nicht?«, blaffte der Raut. »Und weshalb sind dann alle hier tot?«

Krendar öffnete den Mund, beschränkte sich dann jedoch darauf, tief durchzuatmen. Er konnte den stummen Blick, den Modrath und Corsha hinter seinem Rücken wechselten, beinahe hören. *Vielleicht gehört ein gewisses Maß an Idiotie dazu, wenn man Raut werden will.* »Wie gesagt: Blaufäule«, wiederholte er stattdessen vorsichtig. »Eine Seuche ...«

»Ich habe dich schon beim ersten Mal gehört«, fauchte Currg. »Hältst du mich für einen Idioten? Die schwarzen

Hexen sind bekannt dafür, Krankheiten zu verursachen. Wir haben gesehen, wie sich die Seuchen der Rußhäute durch das Heer der Weststämme fressen! Warum, bei den Ahnen, glaubst du, sind wir hier?«

Krendar hielt seinem Blick stand. *Woher soll ich das wissen,* dachte er. *Weil der Krieg zu Ende ist? Weil ihr am Ende seid? Auf speziellen Wunsch von Kriegsherr Rogoru? Weil ihr desertiert seid? Weil die Ahnen sauer auf uns sind und uns ans Bein pissen wollen – mal wieder?* »Keine Ahnung. Es geht mich auch nichts an. Aber die Leute hier sind schon seit Tagen tot. Eher seit mehreren Zehntagen. Meinst du, wir wären noch hier, wenn wir das verursacht hätten?«

»Blaufäule tötet langsam, aber sie tötet jeden, der damit in Kontakt kommt. Außer Drûaka vielleicht«, warf Corsha ein.

»Und jetzt sag diesem Idioten, dass er die verdammte Decke fallen lassen soll, und ruf die Leute zurück!«

»Am besten, du tötest sie. Um ganz sicherzugehen«, sagte Sekesh düster.

Currg kniff die Augen zusammen. »Du willst, dass ich meine eigenen Männer töte?«

»Wenn sie die Leichen berührt haben, haben sie wahrscheinlich bereits selbst die Blaufäule«, sagte Corsha, und eine gewisse Ungeduld war in ihrer Stimme unüberhörbar. »Und in diesem Fall sind sie bereits tot.«

Der blasse Raut starrte sie weiter an. Offensichtlich war er sich nicht sicher, wie er auf Corsha reagieren sollte. Aercweiber bestimmten in den Dörfern der Weststämme alles, und kein Mann durfte es wagen, einer von ihnen zu widersprechen, wollte er sich nicht den Zorn aller Frauen zuziehen. Was in der Regel bedeutete, dass er von ihren Lagern ausgeschlossen wurde und keine Chance bekam, kleine Aerc zu zeugen. Eine Strafe, der sich nur wenige auszusetzen wagten. Andererseits trugen Aercweiber auch keine Rüstungen. Krieg war Männersache. Drûaka, Schamaninnen, waren etwas anderes, denn Zauberei war den Weibern überlassen. Aber Rüstungen und Waffen? Corsha verunsicherte ihn sichtlich. »Ihr habt sie verflucht?«

Krendar konnte nur mit Mühe ein frustriertes Grunzen zurückhalten. »Wie haben niemanden verflucht, verdammte Scheiße. Wir sind vor nicht einmal einer Stunde hier angekommen – und auch das nur, weil wir in diesem Kaff unsere Vorräte aufstocken wollten! Was wir nicht konnten, weil dieses Dorf schon seit einem Weißmond ausgestorben zu sein scheint. Mein Beileid, wenn es eines der Dörfer eures Stamms gewesen ist, aber das ändert nichts an den Tatsachen.«

Currg schien sich das durch den vermutlich vorhandenen Raum hinter seinen wulstigen Brauen gehen zu lassen, als sich sein riesiger Begleiter vorbeugte. »Ich finde, der kleine Broca hat ein ganz schön großes Maul, Currg. Soll ich es ihm stopfen?«

»Soll ich dir deins stopfen?«, knurrte Modrath dumpf und funkelte den Aerc von oben herab an. »Mit deinem Raut?«

Der Aercriese fletschte die Zähne und hob die Kriegskeule. »Glaub nicht, dass ich Angst vor dir habe, Klotz.«

»Jo. Ich glaub tatsächlich, dass du dumm genug bist, um keine zu haben«, stellte der Oger fest. Ein Ruck ging durch die sie umgebenden Krieger, als jeder von ihnen seine Waffe fester zu packen schien.

Krendars Magen fühlte sich plötzlich an, als würde sich etwas darin winden. Würmer. Angstwürmer. »Moment mal,

Modrath. Ich bin mir sicher, dass wir dieses … Missverständnis auch ohne Gewalt lösen.«

Der Blasse nickte, und ein nachdenklicher Ausdruck trat in sein Gesicht. »Natürlich. Welchem Raut untersteht deine Doppelfaust, Broca?«

»Was?« Krendar starrte ihn überrumpelt an. *Eine interessante Frage.* Der Kriegshäuptling seines Dorfs, Gulragh Schwarzknochen, war beim Sturm auf Derok umgekommen. Und der nächste Raut, dem er unterstellt worden war, Prakosh Fünftod, war zu Beginn des Langen Winters einem Hinterhalt von Waldaerc zum Opfer gefallen. Seitdem hatte er sich noch keine wirklichen Gedanken darüber gemacht. Sie waren beschäftigt genug damit gewesen, den Winter zu überleben. Das hieß wohl … »Im Moment keinem.«

Das trieb ein beunruhigendes Grinsen auf das Gesicht des Blassen. Seine Stimme klang, wenn das möglich war, noch eine Spur glatter. »Na bitte. Wie ich es mir dachte. Du bist nur ein Broca, ich ein Raut. Und zufällig fehlen mir ein paar Männer, wie du siehst. Ich biete dir und deinen Leuten die einmalige Gelegenheit, euch dem Klingengras anzuschließen, Broca. Das dürfte all unsere Probleme bereinigen.«

Klar. Eines davon ist der Oger. Du fürchtest ihn – und du hast keinen, hättest aber gern selbst einen. Ein anderes die Drûaka. Dasselbe in Schwarz, schätze ich. Nur dass du wohl keine willst und glaubst, sie gefahrlos beseitigen zu können, sobald wir dir unterstehen. Krendar hob zweifelnd eine Braue. »Würde es das. Und wenn ich ablehne?«

»Dann werden wir unser Land von euch reinigen müssen. Wir werden keine Rußhäute mehr auf unserem Boden dulden, und niemanden, der mir keine Gefolgschaft geschworen hat.«

Krendar rieb sich die wulstige Stirnnarbe. »Du willst also damit sagen, dass wir die Wahl haben, den Nacken vor dir zu beugen oder es auf einen Kampf mit deinen Leuten ankommen zu lassen.«

»… und unzweifelhaft eure Köpfe dabei zu verlieren, ja. Ich würde allerdings gern den unnötigen Verlust guter Männer vermeiden. Es sind in diesem Krieg schon genug Krieger gefallen.«

Krendar warf Sekesh einen Seitenblick zu. »Lass mich raten: Wenn wir dir folgen, muss nur einer sterben. Oder eine. Ein geringer Preis, und der Rest von uns gewinnt dabei, richtig?«

Currg hob unbestimmt die Schultern.

Krendar nickte langsam und senkte den Speer. »Weißt du was?«

Er atmete tief durch. »Ich glaube, mir ist da gerade noch eine dritte Möglichkeit eingefallen. Ich habe nicht vor, dir meine Doppelfaust zu unterstellen. Ich mag es nicht, wenn jemand meine Drûaka beschimpft. Aber du hast recht, es sind schon genug Krieger gestorben. Lass uns das also unter uns regeln.«

Das Grinsen des Blassen gerann und bröckelte langsam aus seinem Gesicht. »Du … du forderst mich heraus? Aber …«

Jetzt war es an Krendar, mit den Schultern zu zucken. »Du bist Raut, ich Broca. Nach dem Gesetz der Stämme habe ich das Recht, einen Raut zum Zweikampf zu fordern, wenn ich nicht mit seinen Entscheidungen einverstanden bin«, sagte er so laut, dass ihn auch der letzte der Krieger verstehen konnte. »Und mir passt deine Art nicht.«

Der narbige Riese neben Currg stieß ein wütendes Knurren

aus. »Ich werde diesem kleinen Stück Neregscheiße den Kopf ab…«

Ein anderer der Klingengraskrieger stieß ein Bellen aus. »Nein. Wirst du nicht, Traggash. Du hältst dich da raus. Der Broca hat eine Herausforderung ausgesprochen. Das geht nur ihn und deinen Bruder etwas an.«

Der Große öffnete den Mund, doch Modrath kam ihm zuvor. »Du kannst auch einen Stellvertreterkampf haben, Traggash. Wie wär's mit uns beiden?« Traggash schloss den Mund wieder und trat einen Schritt von seinem Bruder zurück.

Der Blasse sah seinen Leibwächter ungläubig an, während der Oger nickte. »Guter Mann.«

Krendar fletschte die Zähne. »Oder hast du Angst, Currg vom Klingengras? Ich bin ja schließlich nur ein Broca. Aber vielleicht sollte ich mich vorher noch vorstellen. Ich bin Krendar von den Roterdestämmen. Ich denke, wir alle hier waren in Derok, aber es macht nichts, wenn du noch nie von mir gehört hast. Waren ziemlich viele Leute dort, und die meisten von uns waren mit Kämpfen beschäftigt.«

»Na komm, Broca, stell dein Licht nicht unter den Scheffel«, warf Modrath gutmütig ein, bevor er sich an Currg wandte. »Man nennt ihn auch den Häuptlingstöter. Schon mal vom Ohrensammler gehört? Der Broca hat das fette Stück umgelegt. Ohne Waffen. Und das war nicht der Erste.«

»Modrath, halt den Rand.« Krendar rieb sich abwesend die Narbe auf der Stirn. »Aber wo wir schon dabei sind: Der da ist Modrath, der Oger aus Ragroths Doppelfaust. Aus der habe ich auch den Grauen dort übernommen, den Linken, bester Speerkämpfer der vereinigten Heere. Das werden sie zumindest nicht müde, mir zu versichern. Die Kriegerin mit der Axt stammt aus Raut Prakoshs Trupp, wollte aber lieber mir folgen. Die Ayubo hast du schon richtig erkannt: Sie ist eine der wenigen Totensprecherinnen aus Rogorus Heer. Warum sie mir folgt, weiß ich eigentlich selbst nicht, aber sie wird schon ihre Gründe haben. Sie tut immer, was sie für richtig hält – auch wenn das bedeutet, mir nicht zuzuhören, wenn ich sage, dass wir jemanden am Leben lassen. Aber wer wäre ich, eine Drûaka in Frage zu stellen? Und die beiden dort«, er deutete mit dem Daumen auf Ronkh und Razar, »frag besser nicht. Und ich meine das so. Sie mögen keine Fragen; das macht sie unruhig. Und wenn sie unruhig werden, dann … na, sagen wir: Für jeden Toten einen Strich.« Zur Verdeutlichung wies Krendar auf ihre Gesichter. Dann sah er auf seine erhobene Rechte, an der der Zeigefinger und ein Teil des Mittelfingers fehlten, und drehte sie dem Raut entgegen. »Das hier war ein Skrag. Wenn ihr in Derok gekämpft habt, müsst ihr von den Waldaffen gehört haben. Nur so nebenbei: Es stimmt alles, was man über sie sagt.«

Der Blasse schien noch ein wenig heller geworden zu sein. Wie es aussah, war er tatsächlich schon den seltenen Waldaerc begegnet, die zu den Geheimwaffen des Aerc-Heers bei der Erstürmung der Stadtmauern gehört hatten.

»Sagen wir es so: Ich lebe noch, der Waldaffe nicht mehr.« Krendar wurde lauter und trat einen Schritt auf den Blassen zu. »Zusammengefasst: Wir unterstehen keinem Raut, wir unterstehen dem Shirach Drangog direkt. Solltet ihr tatsächlich in Derok gekämpft haben, habt ihr ja zumindest vom obersten Kriegshäuptling der Weststämme und seinen handverlesenen Einsatztrupps gehört. Wenn du unbedingt das Kommando über diese Doppelfaust willst – ich kann es dir nicht verdenken. Jeder von ihnen ist mehr wert als zwei bis drei andere Krieger.« Er warf einen Seitenblick auf die Umstehenden. »Das soll keine Beleidigung sein, sondern ist eine schlichte Tatsache. Aber siehst du, wenn du das Kommando hättest, könntest du bestimmen, ob unsere Drûaka dazugehört oder nicht. Und sollte sie deiner Meinung nach nicht dazugehören ... na ja. Wir haben eine Regel: Wir lassen keinen zurück.« Krendar stieß seinen Kampfspeer vor sich in den Boden und verschränkte die Arme. »So wie ich das sehe, haben wir nur eine Möglichkeit: Du kämpfst gegen den Broca, dem diese Leute folgen. Ich bin bereit, meine Herausforderung auszusprechen. Und du? Bereit, eine anzunehmen?« Ein Lächeln kroch langsam auf Krendars Gesicht.

Kein Raut konnte sich einer Herausforderung entziehen, ohne das Gesicht und damit das Kommando zu verlieren.

Angespannte Ruhe trat ein. Currg starrte den jungen Broca an, bevor seine Augen zu den übrigen Mitgliedern der Doppelfaust huschten und dann zu seinen eigenen Kriegern, die einen engen Kreis um die fremden Aerc geschlossen hatten. In einem Kampf mochten seine Leute die Oberhand behalten, trotz Oger, trotz Schamanin, kämpfenden Weibern oder Massenmördern. Aber keiner von ihnen würde einen Finger für ihn krümmen, solange eine offen ausgesprochene Herausforderung im Raum stand. Zweikampf war Zweikampf, und den musste ein Aerc für sich selbst ausfechten. Konnte er das nicht – nun, warum sollte ihm dann jemand folgen? Er leckte sich die plötzlich trockenen Lippen. Dann fletschte er das Gebiss und trat einen Schritt zurück. Langsam und widerwillig neigte er den Kopf, um Krendar den Nacken zu präsentieren.

Ich fasse es nicht! Krendar musste alle Willenskraft aufbringen, um nicht hörbar aufzuatmen. Er hob den Blick und
starrte dem narbigen Waffenbruder des Blassen ins Gesicht.
*Es gehört ganz sicher ein gehöriges Maß Idiotie dazu, Raut
werden zu wollen.* Als er sicher war, seine Stimme wieder unter Kontrolle zu haben, nickte er. »Ich nehme die Unterwerfung an«, sagte er heiser. »Hat irgendjemand ein Problem
damit? Dann kann er das gern mit Modrath hier ausdiskutieren. Ich habe zu tun.«

Der riesige Leibwächter des Blassen erwiderte seinen Blick.
Dann zuckte er mit den Schultern, packte seinen Bruder am
Kragen und zog ihn zurück. »Kein Problem, Raut«, stellte er
fest. »Gerecht is' gerecht.«

Krendar nickte und sah die anderen Aerc an. »In Ordnung.
Nachdem wir das geklärt haben: Es war kein Scherz, als ich
sagte, dass niemand irgendetwas hier anfassen soll.« Er deutete auf das große Haupthaus der Siedlung. »Dort drin liegen
tatsächlich die Toten dieses Dorfs, friedlich auf ihren Lagern
verstorben.« Er warf Corsha einen Seitenblick zu und korrigierte sich aufgrund ihres Gesichtsausdrucks schnell: »So
friedlich, wie man eben an einer Seuche der Menschen verreckt. Wir haben eine Drûaka bei uns, aber ich kann trotzdem niemandem versprechen, dass wir etwas dagegen tun
können. Also fasst nichts an.«

Noch ehe er mehr sagen konnte, entriss Modrath dem verblüfften Klingengraskrieger neben ihm die Kriegsaxt und
schleuderte sie auf den verwirrt wirkenden Krieger im Haus-
eingang, der noch immer die besudelte Decke in der Hand
hielt. Knackend barst der Schädel des Kriegers, und er stürzte
rückwärts in die Dunkelheit der Hütte.

»Auch das war ernst gemeint«, rumpelte er. »Wenn ihr leben wollt, fasst nichts an, wenn eine Drûaka das sagt. Was hat man euch eigentlich in eurem Stamm als Welpen beigebracht?«

Einer der Klingengraskrieger, ein schlaksiger Junge, vielleicht sogar noch zwei oder drei Winter jünger als Krendar, hob trotzig die Hand. »Die Drûaka sind dem Wahnsinn verfallen«, warf er ein. »Niemand hört mehr auf Drûaka.«

Was zum ... Krendar bemühte sich, seine Gesichtszüge unter Kontrolle zu halten. »Ist das so?«

Einige der Klingengraskrieger nickten zögerlich. Sie schienen erstaunt darüber, dass diese Tatsache für Krendar neu zu sein schien.

»Wir waren auf einer Mission für Drangog. Wir können also jede neue Information aus dem Heer dringend gebrauchen.« Nachdenklich betrachtete er die zwei Dutzend abgerissener Krieger um sie herum. »Wem würdet ihr aus eurem Trupp folgen, wenn ihr selbst wählen dürftet?«, wandte er sich schließlich an den jungen Aerc.

Die Frage seines neuen Raut schien den Krieger zu erschrecken. »Ich ...« Hilfesuchend sah er sich nach den übrigen Aerc um, die ihrerseits ein wenig so wirkten, als würden sie gern noch einen Schritt nach hinten treten, um der Aufmerksamkeit Krendars und Modraths zu entgehen. »Bruggach, vermute ich.« Der Junge deutete auf einen älteren Krieger einige Schritte von ihm entfernt, der sich mit einem zähnefletschenden Knurren bedankte.

Krendar musterte den Mann. Er war bereits recht alt, und die Tätowierungen auf seinem Gesicht waren von mehreren Narben zerfurcht. Von seinem rechten Ohr waren nur noch ein paar fleischige Fetzen übrig. Im Gegensatz zu vielen der anderen umfasste seine Rechte keine Beutewaffe aus zwergischem Stahl, sondern eine abgewetzt wirkende, traditionelle Kriegskeule aus Hartholz und Stein. Krendar nickte. »Broca, vermute ich?«

Bruggach erwiderte das Nicken zurückhaltend.

»Gut. Broca, ich werde dir nicht vorschreiben, wie du deine Arbeit zu machen hast. Ich schätze, das wäre anmaßend. Sammle deine Leute zusammen. Wir lagern dort oben und reden.« Krendar deutete auf den Hügelzug, auf dem er die Klingengraskrieger das erste Mal gesehen hatte. »Sorge dafür, dass niemand mehr die Häuser betritt, und kümmere dich darum, dass keiner von denen, die dort waren, mit dem Rest in Kontakt kommt. Ich habe keine Lust, so zu enden wie die in den Hütten – und ich vermute, ihr auch nicht.«

Krendar wandte sich ab. »Broca Currg«, er betonte den neuen Rang des blassen Kriegers, um auch den Umstehenden klarzumachen, wo jener jetzt stand. »Ich würde vorschlagen, die Stammeszeichen dieses Dorfs einzusammeln. Nehmt nichts anderes mit. Ich brauche eine Aufstellung der Männer und Vorräte. Und dann will ich, dass mir jemand erklärt, was dieser Quatsch mit den Drûaka soll. Du«, er deutete auf den Jungen, »bleibst an meiner Seite. Es kann sein ...« Als er die Blicke Sekeshs und Corshas auf sich ruhen fühlte, unterbrach er sich. »Was?«

Die beiden Frauen sahen sich an und wechselten ein schmales Grinsen. »Nichts. Du machst das schon – Raut.«

Krendar runzelte die Stirn und sah sich nach Modrath und dem Linken um, die nur die Brauen hochzogen. »Ich hoffe, ihr amüsiert euch gut. Haltet bitte die Augen offen und mir den Rücken frei.«

»Er traut ihnen nicht, würde ich …«

»Würde ich auch sagen, ja. Ragroth wäre stolz auf ihn«, stimmte Modrath zu.

Krendar verdrehte die Augen. Dann wandte er sich an den jungen Klingengras-Krieger. »Wie heißt du?«

»Farosh, Raut.«

»Wie alt bist du, Farosh?«

»Dreizehn Winter, Herr.«

»Ziemlich …« *jung für einen Krieger? Er ist so alt wie ich, als die Boten Rogorus in unser Dorf kamen.*

Krendar verbiss sich seine Antwort und winkte Farosh mit sich. »Du wirst mir erklären, mit wem ich spreche.«

ANSCHULDIGUNGEN

Die große Halle war bis zum Bersten gefüllt, und die Clanvertreter standen dicht gedrängt, vom unbedeutenden Landmeister am Eingangstor bis hinauf zu den silbernen Bärten der Reichspolitik, die sich um den Thron am gegenüberliegenden Ende der Halle geschart hatten. Auf der einen Seite des Mittelgangs standen die Unteren, in Plattenpanzer gehüllt und so schwer bewaffnet, als wären sie auf dem Weg in die Schlacht. Ihnen gegenüber auf der anderen Seite stellten die Vertreter der Oberen ihren Reichtum mit golddurchwirkten Bärten und protzigen Gewändern zur Schau.

Mit einem unguten Gefühl in der Magengegend schob sich Axt durch die Reihen. Vielleicht zum ersten Mal fielen ihr dabei die prachtvollen in Stein gemeißelten Bilder auf, die die Säulen und Wände der Halle zierten. Bärtige Helden in Kettenhemden, bewaffnet mit unpraktisch großen Äxten und Hämmern, über die sie in einem echten Kampf wohl eher gestolpert wären, als damit einem Gegner ernsthaften Schaden zuzufügen. Vermutlich handelte es sich bei dieser Art von Mordwerkzeugen um künstlerische Freiheit, aber bei echten Dalkarkriegern wusste man das nie. Ihr Blick glitt zu den Anfängen der Aufzeichnungen hinauf. Zu einem Bildnis von

Meister Steinhand, wie er mit einer überdimensionierten Spitzhacke in der Hand Derok aus dem Berg herausmeißelte. Direkt über ihm der Kampf gegen die Ogerhorden des Nordens, und ganz oben, beinahe schon im Nebel der Geschichte verschwunden, der Umriss eines einsamen Schiffs. Es war unvorstellbar, welchen Muts es bedurft haben musste, um über ein Wasser zu segeln, dessen Ufer so weit auseinanderlagen, dass man Wochen, vielleicht sogar Monate gebraucht hatte, um vom einen zum anderen zu gelangen. Die Schiffe der Ahnen waren keine schmalen Nussschalen, wie sie die Menschen bevorzugten, sondern gewaltige Bauwerke, die beinahe schon Trutzburgen ähnelten. Was hatte diese Dalkar zu einer solchen Kraftanstrengung bewogen? Aus welchem Grund hatten die Dalkar ihre vertraute Heimat hinter sich gelassen?

Gedankenverloren kämpfte sie sich zum verwaisten Thron des Generals vor und stellte sich zu seiner Rechten auf. Auf der anderen Seite stand Hertig Kearn, dessen gesundes Auge ausdruckslos über die Menge glitt, die Miene so versteinert wie die der alten Helden auf den Wänden. Er warf ihr einen kurzen Blick zu, ein angedeutetes Nicken, und wandte seine Aufmerksamkeit wieder dem Geschehen auf den Rängen zu.

Axt runzelte die Stirn. Der alte Krieger schien von dieser prunkvollen Ansammlung der Macht so wenig beeindruckt zu sein wie ein Jakkar von einer Maus. *Wieso hast gerade du es zugelassen, dass so jemand wie ich zum Stellvertreter des Generals ernannt wird? Eine Frau, und eine Obere noch dazu. Was hat dich zu dieser Entscheidung bewogen? Hat dich der General gezwungen, oder handelt es sich nur um einen Winkel-*

zug im großen Spiel um Einfluss und Beziehungen? Kearn besaß durchaus ein gewisses Ansehen unter den Clanherren. Sein Mut und seine Kampfkraft waren unbestritten und hatten ihm in den Kreisen der Unteren einige wichtige Freunde verschafft. Vielleicht schielte er sogar selbst auf den Thron des Generals. Zuzutrauen wäre es dem alten Fuchs. In diesem Fall würde es ihm sicherlich nicht schaden, auch mit einigen der Oberen Clans auf gutem Fuß zu stehen. Mit dem ihres Vaters zum Beispiel. Sie schnaufte amüsiert. *Aber da hast du die Rechnung ohne Tallit Berglogga gemacht. Der alte Hammel wird eher mit dem Kopf gegen eine Wand anrennen, als ausgerechnet einem Unteren seine Stimme zu geben.* Sie warf einen verstohlenen Blick auf die übrigen Kandidaten. Ganz in der Nähe des Throns stand Hertig Gurn Graustein aus den Reihen der Unteren. Ein weiser alter Mann, der sicherlich einen gerechten Herrscher abgeben würde, aber nicht die nötige Skrupellosigkeit besaß, um eine Armee ins Feld zu führen. Krudd Hundstodt möglicherweise? Drecksack genug war der scheeläugige kleine Mann auf jeden Fall. Nur fehlten ihm Geld und einflussreiche Freunde. *Du wirst deine Stimme wohl an den Meistbietenden verkaufen.* Ihm direkt gegenüber stand Arber Schildenstein, der einzige Obere, der sich Hoffnung auf das Amt machen konnte, wenn auch nur äußerst geringe. Ein Oberer blieb nun einmal ein Oberer, egal, wie viel Gold er besaß. Kalmit Blankenstein hatte dagegen alles, was es zum Feldherrn bedurfte. Macht, Freunde, Reichtum und einen Stammbaum, der bis zurück in die Kormsberge reichte, dem Stammland der alten Könige. Der für einen Dalkar ungewöhnlich drahtige Mann mit der Hakennase und den scharf geschnittenen Zügen war ganz sicher ein Anwärter auf den Thron. Auch wenn das eine äußerst schlechte Entwicklung für die Bewohner von Derok wäre, denn Kalmit ließ keine noch so geringe Gelegenheit verstreichen, den Oberen seine tiefe Verachtung zu zeigen. Wenn es nach seinem Kopf ginge, wären sie in Kürze endgültig ihrem Schicksal überlassen. Dann doch lieber Zornthal, dessen Armee es gelungen war, den Orks am Rand der Sümpfe in den Rücken zu fallen und ihnen empfindliche Verluste beizubringen. Er mochte weniger Einfluss haben, aber seine militärischen Leistungen konnten ihm den Respekt etlicher wohlhabender Oberer einbringen.

In den kommenden Tagen würden sich all diese Männer darin übertreffen, den nahenden Tod des Generals geflissentlich zu ignorieren und sich immer neue Ausreden für ihre Anwesenheit in der Festung einfallen zu lassen. Die Gefahr durch die Orks, geschäftliche Gründe oder die Sorge um nahe Angehörige in der zerstörten Stadt. *Natürlich, die armen Waisenkinder! Jemand muss sich doch auch um sie kümmern. Aber wo wir gerade hier sind: Wie geht es denn eigentlich meinem alten Freund Variscit und seinem Thron? Nicht so gut? Na, dann werde ich wohl einige Tage länger bleiben. Man kann nie wissen...* Je nachdem, wie lange Variscit noch durchhielt, konnten sich die nun in aller Stille beginnenden Verhandlungen eine ganze Weile hinziehen. Sie würden nicht ohne Blessuren verlaufen, so viel war sicher. Es würde Streitereien geben und eine Menge hinterlistiger Intrigen. Es war sogar recht wahrscheinlich, dass sich ein paar gelangweilte Clankrieger in die Haare gerieten. Dann würde vermutlich auch Blut fließen. *Und im schlimmsten Fall gibt es Tote...*

»Und ob es die gibt«, rief gerade jemand aus den Reihen der Unteren. Die Stimme war so schrill und krächzend, dass sie Axt unsanft aus ihren Gedanken riss.

Krudd Hundstodt stand mit hochrotem Kopf am Mittelgang und wedelte mit einem Pergament in der Luft herum. »Und ob es Sicherheitsvorschriften gibt«, wiederholte er lautstark. »Wären sie ordnungsgemäß eingehalten worden, würde Hertig Borm heute noch unter uns weilen!«

Von beiden Seiten des Mittelgangs erschollen aufgebrachte Rufe und Stiefelgetrampel.

Ach ja. Ich vergaß, dass es bereits einen Toten gegeben hat. Sie seufzte leise. Borm Zinnkopf war zwar ein relativ unbedeutender Vertreter der Unteren mit kaum vorhandenen Chancen auf den Posten des Feldherrn – dennoch wurde sein unglücklicher Sturz zum Anlass genommen, aufs Heftigste die Sicherheitsmaßnahmen der Festung zu diskutieren.

»Jedes Kind weiß, dass die Mauern von Derok spröde und baufällig sind«, krächzte Krudd. »Seht euch doch nur an, wie schnell damals die Brücken zusammengefallen sind. Da waren Pfuscher am Werk, so sieht es doch aus!«

»Wen nennt er hier einen Pfuscher?« Meister Dornem, der Befehlshaber der Bergfestung, drängte sich mit zorngeschwellter Halsschlagader durch die Umstehenden und packte den kleinen Mann am Kragen.

»Na wen wohl!«, kreischte Krudd, während er mit seiner Pergamentrolle hektisch wedelnd Dornems Angriff abwehrte. Das Geschrei im Saal wurde lauter, und Meister Anon, der Sprecher des Deroker Gildenrats, der als Ältester die Clanversammlung leitete, schlug lautstark mit seinem knorrigen Eichenstab auf den Boden ein.

»Halten Sie sich mit Ihren Worten zurück, Hertig Krudd. Meister Dornem ist ein ehrenwerter …«

»Pfuscher«, plärrte Krudd, ohne sich im Geringsten um Anons Worte zu scheren. »Ich fordere lückenlose Aufklärung!«

»Halt dein Maul«, knurrte Dornem und verfehlte ihn nur knapp mit einem weit ausgeholten Schwinger.

»Ruhe! Zurück auf eure Plätze, oder ich lasse den Saal räumen!«

»Was soll denn die ganze Aufregung?«, rief ein Oberer aus dem Hintergrund. »Ist doch nur ein Unterer weniger, um den es nicht schade ist.«

Irgendwer lachte, woraufhin sich eine Schar Unterer in Richtung Mittelgang drängte. Sie schüttelten die Fäuste. Von irgendwoher flog ein Bierkrug heran und prallte scheppernd gegen den Helm eines Wächters.

Axt seufzte und gab den Königlichen ein Zeichen, die aufgebrachte Meute wieder zurück auf ihre jeweiligen Seiten zu drängen. Als sich die Clanoberhäupter wieder einigermaßen beruhigt hatten, trat Kalmit Blankenstein mit sorgenvoll gefurchter Stirn in den Mittelgang.

»Edle Clanoberhäupter! Meister Dornem Eirimm ist ohne Zweifel ein Mann von tadellosem Ruf. Ihn hier vor der Clanversammlung als Pfuscher zu bezeichnen, ist genauso unverzeihlich, als würde man behaupten, die rechte Hand des Generals habe nicht alles Dalkarmögliche unternommen, unser aller Sicherheit zu garantieren …«

Wie bitte? Axt klappte der Unterkiefer herunter. *Das soll wohl ein schlechter Scherz sein.* Siedend heiß wurde ihr bewusst, dass sich sämtliche Augen in der Halle gerade auf sie gerichtet hatten.

»Unverzeihlich, in der Tat.« Über die scharf geschnittenen Züge des Großhertig huschte ein gemeines Lächeln. Diese einmalige Gelegenheit konnte er sich wohl nicht entgehen lassen. Sofort wurde seine Miene wieder ernst. »Dennoch schließe ich mich der Forderung meines Vorredners an und fordere eine lückenlose Aufklärung. Wie uns allen wohl bewusst ist, schreibt das Protokoll im Rahmen bedeutender Versammlungen im Grunde die Anwesenheit sämtlicher stimmberechtigter Clanvertreter vor. Borm war einer von ihnen, und sein Ableben bereitet uns Unteren ernsthafte Sorge. Wie können wir unser Vertrauen zu der Rechtmäßigkeit einer Wahl behalten, wenn nur unzureichend für unsere Sicherheit gesorgt ist?«

Gemurmelte Zustimmung wurde laut. Etliche der Unteren nickten zustimmend, und Krudd verzog das Gesicht zu einem hässlichen Grinsen. Axt sah mit gerunzelter Stirn zu Kearn hinüber, der das Geschehen mit stoischer Gleichgültigkeit an sich vorüberziehen ließ.

»Angesichts der besonderen Umstände«, fuhr Kalmit fort, »schlage ich daher eine Aufschiebung der Versammlung vor. Und zwar …«

Ein lauter Aufschrei ging durch die Menge. Etliche Obere ballten die Fäuste, schrien wild durcheinander und drängten zum Mittelgang vor.

»Einspruch!«, brüllte Arber Schildenstein und riss sich zornerfüllt die Prunkkappe vom Kopf. »Wollt ihr Derok dem Untergang anheimfallen lassen?«

Diesmal hatten die Königlichen alle Mühe, die aufgebrachte Menge wieder unter Kontrolle zu bekommen.

»Ruhe! Ruhe! Ruhe!« Anons Eichenstab hämmerte so hart

auf den Steinboden ein, dass winzige Steinsplitter durch die Luft flogen. Nach und nach beruhigten sich die Oberen und stapften knurrend auf ihre Plätze zurück. Mit zitternder Hand wischte sich der Versammlungsälteste den Schweiß von der Stirn. »Das Wort hat Zornthal«, keuchte er und holte tief Luft. »Großhertig Zornthal Wludstein!«

Der Aufgerufene war ein Unterer durch und durch. Er war massig und breit, und sein Blick wirkte unbarmherzig und voller Zorn. Genau so, wie Glond ihn beschrieben hatte.

Axt hatte sich bereits als Kriegerin bewiesen und musste vor niemandem zittern; und doch verursachte ihr der stolze Auftritt dieses Mannes Unbehagen.

Der Großhertig stand in der Mitte der Halle, die Arme vor dem mächtigen Brustkorb verschränkt, den bärtigen Kopf hoch erhoben. Mit finsterer Miene ließ er den Blick über die Versammelten schweifen. »Clanherren, Hertige, Großhertige! Wir haben uns heute an diesem Ort versammelt, weil ein großes Unheil über unser Volk hereingebrochen ist. Die Orks sind an den Grenzen unseres Reichs aufgetaucht. In gewaltiger Zahl sind sie in den Süden geströmt. Sie haben unsere Siedlungen angegriffen und unsere Bürger getötet. Wir alle haben die Berichte über Zinnfarm und Kolbingen gehört; und erst vor wenigen Tagen mussten wir erfahren, dass sie auch Waldfurt dem Erdboden gleichgemacht haben.«

»Obere ...« Krudd Hundstodt lachte geringschätzig.

Zornthal hob die Hand. »Unbedeutende Siedlungen, in der Tat. Sie besaßen kaum Verteidigungskräfte. Nur wenige Clankrieger standen auf ihren Mauern Wache. Eine Horde Menschen hätte diese Siedlungen einnehmen können.« Er machte eine Pause und fixierte den Störenfried mit finsterem Blick.

»Doch wissen wir auch, was mit Hertling geschehen ist. Das waren keine Bauern und Handwerker. Hertling war eine befestigte Grenzgarnison mit einer Besatzung von über zehn Dutzend gut ausgebildeten Kriegern. Mit Mauern so hoch wie Berge und schwerem Kriegsgerät. In nur drei Tagen wurde sie eingenommen und bis auf die Grundmauern niedergebrannt!«

»Drei Tage ...« Seine Worte hallten unheilvoll von den Wänden wider. »Nur eine Woche später standen sie vor den Mauern von Derok. Ich muss euch ja wohl kaum von dieser Schlacht berichten. Die meisten Anwesenden haben in jenen Tagen Angehörige verloren. Einige von euch haben sogar selbst zu den Waffen gegriffen, um sich dem Feind entgegenzuwerfen. Doch am Ende war alles umsonst.«

Zustimmendes Gemurmel erhob sich, und etliche der mächtigen Häupter senkten sich kummervoll.

»Wohl gesprochen«, rief Anon mit Tränen in den Augen. Vermutlich flossen sie weniger aus Trauer um Angehörige, als um seine verlorenen Ländereien im Norden. Doch dieser Umstand störte in so einem ergreifenden Augenblick kaum jemanden im Saal.

Krudd schnaufte. »Was habt ihr erwartet? Das ist eben Krieg. Alles, was zählt, ist, dass wir sie am Ende zurückgeschlagen haben. Die Königlichen haben die Brücke gehalten und den Orks den Übergang über den Fluss verwehrt.«

Zustimmendes Gemurmel von der Unteren Seite. Alle Augen richteten sich nun auf Jarl Dornbirn, den ehemaligen Fahnenträger der Zwölften, dem die unverhoffte Aufmerksamkeit offenbar nicht ganz geheuer war. Betreten senkte er den Blick und starrte auf seine Stiefel hinab.

»Tapfere Männer, ohne Zweifel.« Zornthal nickte Dornbirn zu. »Sie haben ihr Leben für unser Volk gegeben. Jedoch war der Feind so zahlreich und entschlossen, dass es ihnen nicht gelungen ist, ihn zu vernichten, oder ihn auch nur zurück in den Höllenpfuhl zu schicken, aus dem er gekrochen ist. Das ist die bittere Wahrheit, meine Herren.« Er ließ seine Worte einen Augenblick wirken und erhob dann die Stimme. »Die Orks sind noch immer dort draußen. Zahlreich wie die Blätter an den Bäumen, wie Geröll am Hang. Es ist richtig, dass sie unseren Truppen ausweichen und den direkten Konflikt vermeiden. Doch sie ziehen sich nicht zurück. Was sie auch vorhaben, eines ist sicher: Dieser Krieg ist noch nicht vorbei!«

Das einsetzende Getöse war so heftig, dass die Wände der Halle erbebten.

»Und was sollten wir eurer Meinung nach tun?«, brüllte Krudd über den Lärm hinweg.

Zornthal zog eine Augenbraue in die Höhe und wartete ab, bis Anons Stab erneut für Ruhe gesorgt hatte. Seufzend breitete er die Arme aus. »Ich bin kein General. Ich gebe der Armee keine Befehle. Was ich aber sehr wohl sehe, ist, dass wir unsere Stimmen vereinen müssen, bevor die Orks sich erneut gesammelt haben. Viele kluge Köpfe sind in dieser Halle versammelt. Einer von ihnen muss das Heer anführen. Und zwar jetzt!«

Damit war es heraus. Das, was niemand bislang auszusprechen gewagt hatte, lag nun offen für alle auf dem Tisch. General Variscit stand an der Schwelle des Todes, und sie hatten sich nur aus diesem einen Grund in der Bergfestung versammelt. Diese Wahrheit so offen auszusprechen war ein Bruch des ungeschriebenen Protokolls, den niemals zuvor ein Dalkar gewagt hatte. Und doch war es die einzige Möglichkeit, die Clanversammlung vor dem Auseinanderbrechen zu bewahren. Axt war beeindruckt. So viel gesunden Dalkarverstand hätte sie in dieser Gesellschaft niemals erwartet. Manchmal waren selbst Clanherrn noch für eine Überraschung gut.

»Dann sind wir uns also einig«, rief Anon, als sich der Lärm gelegt hatte und die versammelten Clanoberhäupter stiefeltrampelnd ihre Zustimmung signalisiert hatten. »Die Wahl findet statt, auch wenn die Clanversammlung nicht vollständig ist?« Seine Augen glitten über die Menge hinweg und verharrten kurz bei Kalmit Blankenstein, der kaum merklich nickte, wanderten weiter zu Gurn Graustein und Arber Schildenstein, die ebenfalls ihre Zustimmung zeigten. Als Krudd Hundstodt an der Reihe war, biss der die Zähne zusammen und machte eine wegwerfende Handbewegung. Damit hatten sich alle wichtigen Kandidaten bereit erklärt.

Anon nickte erleichtert und wandte sich dem verwaisten Thron zu. Jetzt war Axt dran, im Namen des Generals ihre Zustimmung zu signalisieren. Nur war es nicht sie, deren Blick Anons Augen suchten, sondern Kearn. Für einen kurzen Augenblick war sie gewillt, einfach »Nein« zu sagen, nur um die verdatterten Gesichter zu sehen. Doch dann schluckte sie ihren Ärger herunter. Sie wusste, dass das keine absichtliche Kränkung war. Ob sie nun Variscits Stellvertreterin war oder nicht, sie war eben immer noch eine Frau, und alte Gewohnheiten starben nur langsam aus. Sie warf einen Seitenblick auf Kearn, den dieser in seiner üblichen Art ungerührt erwiderte. Sie nickte ihm zu, und er nickte Anon zu.

Damit war die Wahl zum neuen General des Königs beschlossene Sache.

In dem kleinen Raum war es ungeheuer heiß. Ein gewaltiges Feuer loderte im Kamin und warf ein unheilvoll flackerndes Licht auf das fahle Gesicht von Variscit, der mit einem dicken Pelz um die Schultern zusammengesunken in seinem Sessel kauerte. Axt zögerte, bevor sie näher trat. Sie fürchtete schon, dass der General bereits seinen Weg zu Gott angetreten hatte, doch dann winkte er sie mit einer schwachen Handbewegung zu sich heran.

»Komm näher, Edle Syen. Setz dich.« Seine Stimme war kaum mehr als ein Hauch. Weit entfernt von dem befehlsgewohnten Bass, der einst die Clanführer hatte erzittern lassen. »Es ist kalt geworden. Der Winter nähert sich mit raschen Schritten. Selbst die Kräftigsten müssen nun enger an die Kamine heranrücken, um nicht zu erfrieren.«

Sie warf einen beunruhigten Blick auf Kearn, der wie ein finsterer Schatten hinter dem Sessel stand und keine Miene verzog. Der Hertig schien ohnehin zu keiner nennenswerten Gefühlsregung mehr fähig zu sein. Wenn Variscit wirres Zeug faselte, würde er wohl kaum anders reagieren, als wenn der alte Mann plötzlich tot von seinem Sessel auf den Teppich rutschte. Wahrscheinlich würde er noch nicht einmal blinzeln, wenn der General durch ein plötzliches Wunder geheilt würde und singend und lachend durch die Gänge tanzte.

Sie hockte sich dem General gegenüber auf einen niedrigen Schemel und zerrte unauffällig an ihrem Hemdkragen. So nah am Feuer war es noch heißer. »Ihr habt mich rufen lassen?«

Der General nickte, während seine müden Augen blicklos in die Flammen starrten. »Ich erinnere mich noch an die Schlacht von Feuergrund, als Borm und ich Schulter an Schulter gegen die Ambosser gekämpft haben. Die Abtrünnigen waren mächtige und gnadenlose Gegner, in deren Augen die edlen Regeln der Kriegskunst keinen Wert besaßen. Sie kannten nur Sieg oder den Tod. Ganz ähnlich wie heute die Orks. Nach tagelangen Scharmützeln hatten sie uns in den Wäldern gestellt, und wir sind ihnen ahnungslos in die Falle getappt. Zwei Hundertschaften erschöpfter Rekruten und eine Handvoll Königlicher ohne Munition. Der Zeitpunkt für diesen Überfall hätte nicht besser gewählt sein können.« Seine Stimme verkam zu einem kaum hörbaren Flüstern. »Zweihundert tapfere Männer verloren an diesem regnerischen Herbsttag ihr Leben, doch Borm und ich, wir wichen keinen Schritt zurück. Als endlich die Verstärkung aus Gottfeste anrückte, da wehte unsere Fahne noch immer über den blutigen Leibern der Gefallenen.«

Lange Zeit sprach keiner im Raum ein Wort. Die einzigen Geräusche rührten vom Knacken der lodernden Holzscheite im Kamin her.

»Borm war ein schwieriger Mann und ein unverbesserlicher Dickschädel. Doch er gehörte den Königstreuen an. Sein Tod hat eine Menge Aufregung verursacht.«

»Die Unteren sind noch immer erzürnt«, meldete sich Kearn zu Wort. »Nachdem sie sich von ihrem ersten Schreck erholt haben, fühlen sich die Traditionalisten unter ihnen nun zu Recht überrumpelt. Allen voran Krudd Hundstodt. Er kann zwar seine Zustimmung zur Wahl nicht mehr zurückziehen, jedoch versucht er nun auf anderem Weg, die Versammlung zu unterlaufen. Er verlangt eine lückenlose Aufklärung der Umstände von Borms Tod. Weil er, wie er sagt, ernsthaft um die Sicherheit in der Bergfestung besorgt ist. Das ist sein in Stein gemeißeltes Recht. Wenn wir ihm keinen Schuldigen präsentieren können, ist er immer noch in der Lage, die Versammlung aufschieben, wenn nicht sogar ganz verhindern zu lassen. Die Folgen könnt Ihr Euch sicherlich ausmalen. Der Kriegszug müsste auf unbestimmte Zeit unterbrochen werden, und der gesamte Norden wäre verloren. Für Derok wäre es das endgültige Aus.«

»Sie fordern einen Kopf!« Ruckartig beugte sich Variscit nach vorn. Seine krallenartigen Finger gruben sich tief in die Armlehnen des Sessels. »Ich kann die Versammlung nicht gefährden. Ich muss ihnen jemanden zum Fraß vorwerfen.«

Das ist es also, was sie wollen. Jemanden, den sie für ihre Versammlung opfern können. Ein Bauernopfer auf dem Schlachtfeld der Diplomatie. Ich kann mir vorstellen, dass zu diesem Zweck nur ein Oberer in Frage kommt. Oder besser noch eine Obere …? Nur was blieb Axt schon übrig? Sie hatte die Verantwortung gewollt, also musste sie nun dazu stehen, ob es ihr gefiel oder nicht. Sie atmete tief durch und nickte. »Also gut. Ich bin bereit.«

Variscit musterte sie mit seinen tief liegenden Augen. Ein schmales Lächeln trat auf sein eingefallenes Gesicht. »Ich weiß deine Loyalität zu schätzen, Syen.« Ein kaum merkliches Nicken in Kearns Richtung. Die Rüstung des Hertig schepperte leise, als er sich zur Tür umwandte. »Aus diesem Grund ist meine Entscheidung auch auf dich gefallen. Finde mir den Mörder von Hertig Borm!«

»Was?« Axt schüttelte irritiert den Kopf. Sie war sich sicher gewesen, dass sie gerade ihre eigene Entlassung unterschrieben hatte. Vielleicht sogar eine Verbannung aus der Bergfestung. »Den Mörder? Wie meint Ihr das?«

»So, wie er es sagt.« Im Schlepptau von Kearn betrat Dion, der zweite Diener des Tempels von Derok, den Raum; in der Hand eine winzige Glasphiole, in der eine rötliche Flüssigkeit schwappte. Vorsichtig stellte er sie auf einem kleinen Beistelltisch neben Variscits Sessel ab. »Dies ist der Inhalt aus Borms Trinkhorn. Oder zumindest die Reste daraus. Als der Hertig von der Mauer stürzte, muss ihm das Horn aus der Hand gefallen und in den Hof gestürzt sein. Ein Clankrieger hat es in einem Gebüsch entdeckt und probierte einen Schluck daraus. Kurz darauf klagte er über Schwindelgefühl und suchte einen Priester auf. Der erkannte das eingeprägte Zeichen des Zinnkopfclans und brachte das Horn zu mir. Als wir kurz darauf den Toten bargen, habe ich in seinem Magen eine ungleich größere Menge desselben Gebräus gefunden. Es handelt sich um ein Dunkelkraut. In geringen Dosen ein äußerst wirksames Mittel gegen Schmerzen.«

»Vielleicht war Borm krank«, mutmaßte Axt, deren Irritation weiter zunahm.

»Das wäre eine Erklärung.«

»Jedoch ein seltsamer Zufall.« Gedankenverloren strich sie sich eine verschwitzte Haarsträhne aus dem Gesicht. »Ein Hertig, der jeden Morgen aufs Neue auf die Mauer steigt, ein Mann, der jeden seiner Schritte mit Bedacht wählt. So jemand trinkt eine hochwirksame Medizin und wagt direkt danach den gefährlichen Aufstieg auf die Mauer. Kurz darauf stützt er sich auf der Brüstung ab, und genau in diesem Augenblick bricht sie unter ihm weg.« Sie schüttelte den Kopf. »Das passt alles nicht zusammen, das kann kein Zufall sein. Aber wer ...?«

Dion lächelte und verstaute die Phiole sorgfältig unter seinem Überwurf. »Das ist die Frage, die uns alle umtreibt. Also wo wollt Ihr beginnen?«

»Zuerst einmal würde ich in Erfahrung bringen, wer an solche Mengen von Heilkräutern gelangen kann. Händler, Quacksalber, Priester ...« Sie warf einen Seitenblick auf Dion, der eine Augenbraue hob.

Variscit schnaufte amüsiert. »Sehr scharfsinnig von Euch. Jeder ist verdächtig. Bis auf mich vielleicht. Ich besitze kaum mehr die Kraft, mich aus meinem Sessel zu erheben. Geschweige denn, das Haus zu verlassen. Fahrt fort, Syen.«

»Als Nächstes würde ich jeden ins Visier nehmen, der unbemerkt auf die Mauer gelangen kann, um sie zu präparieren. Da wären zunächst einmal die Wächter. Doch ich bezweifle, dass die genügend Zeit für so eine Tat zur Verfügung haben. Die Mannschaften wechseln jeden Tag, und sie sind immer zu zweit unterwegs. Ich würde mich auf die Baumeister und deren Gehilfen konzentrieren. Sie sind die Einzigen, die halbwegs freien Zugang zu allen Bereichen der Festung haben.«

»Hervorragend.« Variscit nickte. »Ihr werdet alle Hände voll zu tun haben. Ich lasse Euch jede Unterstützung zuteilwerden, die Ihr benötigt.«

»Was ist mit der Versammlung? Wenn die Unteren erfahren, dass es sich um Mord handelt ...«

»Sie werden es nicht erfahren. Jedenfalls nicht, bevor Ihr mir Ergebnisse liefern könnt.«

»Was erzählt Ihr ihnen stattdessen?«

»Die Wahrheit.« Variscit Schultern zuckten in die Höhe. »Wir berichten ihnen, dass Hertig Kearn heute Morgen Meister Dornem unter Hausarrest gestellt hat. Wie sich überraschend herausstellte, stimmten die Summen seiner Zahlbücher nicht mit den berechneten Ausgaben für die Instandhaltung der Festungsmauern überein. Es wird wohl einige Zeit dauern, bis unsere Schreiber den Grund für die Differenzen ausfindig gemacht haben. Bis dahin können wir als Ursache für das Unglück auch mangelhafte Bausubstanz nicht ganz ausschließen. Ich denke, das verschafft uns die Zeit, die wir benötigen.«

SCHEIDEWEG

Ihr wollt damit sagen, dass es im Heer der Stämme vor Derok keine Drûaka mehr gibt?« Krendar starrte die versammelten Klingengras-Krieger ungläubig an.

Die Aerc hatten sich um ein kleines Feuer auf der Anhöhe über dem ausgestorbenen Dorf versammelt. Der Abend näherte sich mit langen Schatten, und auf der Glut köchelte ein Topf mit Kräutersud. Modrath und der Linke flankierten den frisch gebackenen Raut Krendar, während die restlichen beiden Krieger seines Trupps ein wachsames Auge auf die Klingengras-Männer hatten, die auf der anderen Seite des Hügels außer Sichtweite des Dorfs lagerten. Corsha und Sekesh hatten ebenfalls am Feuer Platz genommen. Das schickte sich zwar nicht unbedingt für einen Kriegsrat der Weststämme, aber erstens war Krendar das in diesem Moment reichlich egal – und zweitens sagte einem Aercweib ohnehin niemand, was es zu tun oder zu lassen habe. Zumindest kein Mann.

Auf der anderen Seite der Flammen saßen Krendars neue Broca Bruggach und Currg sowie der riesige Traggash und Farosh. Krendar hatte so schnell keinen Grund gefunden, den Jungen wegzuschicken, also kümmerte sich jener jetzt um das Feuer.

Der alte Krieger namens Bruggach wiegte den Kopf. »Fast keine, Raut«, brummte er. »Der große Kriegsherr Rogoru hat noch zehn oder zwölf seiner schwarzen H…«, er verschluckte das Wort mit einem Seitenblick auf die düster vor sich hin starrende Sekesh »… seiner Drûaka, die nach wie vor für ihn weissagen und seine eigenen Männer frei von den Krankheiten Deroks halten. Man sagt…« Wieder ein Seitenblick.

»Was sagt man?«

»Man sagt, dass die Drûaka der Ayubo die Seuchen über jene gebracht haben, die sich von Rogoru und seinem Heer abwenden.«

»Schwachsinn«, spie Sekesh aus. »Viel zu umständlich.« Sie kraulte Vress, der missmutig im Schutz ihrer Haare vor sich hin zischte. »Wenn Rogoru seine Männer nicht selbst halten kann, ist er schneller ersetzt, als ich brauche, um ein solches Ritual vorzubereiten. Und ich würde ein Messer dafür nehmen. Abergläubisches Pack.«

Die Männer sahen sie in unangenehmem Schweigen an. Schließlich räusperte sich Traggash. »Jedenfalls – als die Dunkelheit über uns lag, kurz bevor der Lange Winter anbrach, hatten sich alle Drûaka der Stämme versammelt, um die Geister der Toten in einem großen Ritual zu besänftigen.«

»Doch stattdessen kam in jener Nacht der Wahnsinn über die Drûaka der Weststämme«, spie Currg bitter aus. »Viele von ihnen starben schreiend, und von denen, die überlebten, mussten wir die meisten töten, da sie in ihrem Wahn keinen Unterschied darin machten, über wen sie herfielen.«

»Es gab einige, die anfingen, die Verwundeten zu fressen, die sie heilen sollten«, flüsterte der Junge mit sichtbarem Schaudern.

»Unmöglich«, entfuhr es Sekesh.

Bruggach hob eine Braue.»Willst du sagen, dass wir lügen?«
Er seufzte.»Der Junge hat recht. Ich war dabei. Wir haben sie
niedergemacht und verbrannt. Sogar die Drûaka unseres
eigenen Stamms.«

»Seit dieser Nacht sind wir von den Ahnen verflucht, das
ist sicher. Sie konnten den Geistersturm nicht aufhalten, und
als er über uns kam, waren sie es, die von den Geistern
besessen wurden und sich in rasende Tiere verwandelten.
Shirach Drangog ordnete an, sie alle zu töten. Er sagte, lieber sei er ohne den Schutz der Drûaka, als durch ihre Hand
zu sterben.«

Der narbige Riese lachte trocken auf.»Er hat es anders
ausgedrückt: ›Wenn die Ahnen es so wollen, dann können sie
mich am Arsch lecken. Ich kann meinen Krieg auch ohne sie
führen.‹ Das waren seine Worte.«

»Klingt nach ihm, ja«, schnaubte Modrath.

Der alte Broca stocherte in den Flammen herum.»Das war
erst der Anfang der Probleme. Die Asche, die mit der Dunkelheit kam, vergiftete das Wasser, und wir hatten keine Drûaka
mehr, um es zu reinigen oder unsere Kranken zu versorgen.
Viele von denen, die im Sturm auf Derok verwundet wurden,
bekamen schwärende Wunden und starben noch bevor der
Schnee kam, der unsere Zelte und die Leichen so tief begrub,
dass selbst die Leichenfeuer schließlich erloschen sind.«

»Mit dem verdammten Schnee kamen Hunger und Kälte«,
übernahm Currg das Wort.»Und aus den Ruinen von Derok
krochen die Seuchen in unser Lager. Der Einzige, der noch
Drûaka hatte, war der ach so große Kriegsherr Rogoru. Nur
seine Krieger wurden von dem Tod, der uns von allen Seiten

eingeschlossen hatte, verschont, und wer sich gegen ihn wandte, den überließ er sich selbst. Shirach Aktok war dafür, den Kriegszug abzubrechen und wiederzukommen, wenn der Lange Winter endlich vorbei wäre, doch Rogoru und Drangog zwangen uns, die Stellung zu halten.«

Krendar runzelte die Stirn. »Wieso das denn? Wir Aerc führen keinen Krieg im Winter, und Derok ist doch gefallen.«

»Wenn's so einfach wäre.« Der alte Broca kratzte sich den Nacken. »Rogorus Zauberweiber haben ihnen prophezeit, dass der Fluss zufrieren würde. Also wollten sie die Wühler angreifen, wenn sie es am wenigsten erwarteten. Wir zogen uns zurück, gruben uns ein und …«

»… verreckten. Das Ganze war ein einziger Gnarrascheiß«, knurrte Traggash. »Wir haben das Land leer gefressen, wir fraßen sogar unsere Zelte, am Ende haben wir uns fast gegenseitig gefressen, aber der von den Ahnen verfluchte Fluss fror nicht zu!«

»Und wer immer es wagte, sein Wort gegen Rogoru und Drangog zu erheben, der wurde von den verdammten schwarzen Drûaka als nächstes Opfer auserkoren, um die Ahnen, die uns zürnen, zu besänftigen. Wer sich ihnen nicht bedingungslos beugt, der wird Opfer der Seuchen, die aus dem Süden heraufkriechen.«

»Blödsinn«, zischte Sekesh. »Keine Urawi meines Volkes würde sich auf Derartiges einlassen.«

Currg lachte humorlos auf. »Im Langen Winter hat sich einiges geändert, Weib. Nach dem Tod der übrigen Drûaka haben sie den Befehl über die Krieger Rogorus übernommen.«

Krendar runzelte die Stirn. *Nach allem, was wir wissen,*

waren schon immer sie es, die den Kriegsherrn steuerten. Aber warum ihn absetzen?

»Shirach Drangog schloss sich ihnen an. Aber was hätte er auch tun sollen? Sich gegen sie stellen wie Aktok und draufgehen?« Der Blasse schnaubte abfällig.

Krendar und Sekesh wechselten alarmierte Blicke, und Corsha tippte unauffällig auf ihre Brust, dorthin, wo bei einer Schamanin das steinerne Amulett ihres Stands hing.

»Aber warum seid ihr dann hier?«, brummte Modrath ungerührt.

Die Klingengras-Krieger schienen betretene Blicke zu wechseln.

»Wir sind raus aus diesem Krieg«, murmelte der alte Broca schließlich, und Currg und sein Bruder nickten nach einem Moment. »Wer in diesem verfluchten Heer bleibt, wird das Land seiner Ahnen nicht mehr sehen. Die Zauberweiber der Ayubo sind verrückt geworden, und wer Rogoru und Drangog folgt, ist genauso verrückt wie sie.«

»Wir werden die Wühler nicht schlagen. Nicht mit diesem Heer«, ergänzte der narbige Riese. »In einem Winter vielleicht, oder auch in zehn. Aber nicht jetzt. Scheiß auf Derok. Scheiß auf Rogoru oder die Wühler. Wir gehen nach Hause.«

»Dann solltet ihr schnell gehen, bevor nichts mehr übrig ist«, sagte Corsha düster und deutete auf das ausgestorbene Dorf unter ihnen. »Am besten, ihr bleibt für eine Weile nicht stehen.«

»Ihr haltet uns nicht auf?« Currg sah argwöhnisch von einem zum anderen. »Ich dachte, ihr seid Leute Drangogs?«

»Hat sich einiges getan, seit wir ihn das letzte Mal gesehen haben, scheint mir«, brummte Modrath.

»Ich glaube, Ragroth wäre nicht …« Der Linke ließ seinen Gedanken wie so oft in der Luft hängen.

»Wäre er vermutlich nicht, nein. Was auch immer.« Krendar hob die Schultern und ließ sie wieder fallen. »Auf jeden Fall sind wir nicht dafür da, Drangogs Leute einzusammeln, wenn er sie nicht selbst halten kann.«

Schweigen kehrte rund um das Feuer ein, während dem Modrath einen Beutel getrockneter Rindfleischstreifen hervorzog und herumreichte. Die Klingengraskrieger griffen hungrig zu.

»Und was werden wir jetzt tun, Raut?«, erkundigte sich der alte Broca schließlich kauend. »Bis jetzt sind wir nach Norden gezogen. Von hier sind es noch etwa acht oder neun Tagesmärsche bis zu unserem Dorf, und die Männer sind begierig, in die Häuser ihrer Weiber zu kommen. Haben sie schließlich schon beinahe ein Jahr nicht mehr gesehen.«

Was wir tun werden? Woher bei … zum … woher soll ich das wissen? Ich habe nicht mal Erfahrungen als Broca für Leute, die ich wenigstens kenne! Was soll ich jetzt als Raut Leuten befehlen, die ich noch nicht einmal alle gesehen habe? Ob sie mir überhaupt folgen, wissen nur die verschissenen Ahnen. Und wie ich die kenne, vermutlich nicht mal die! Gerade die nicht! Die groshakk Ahnen sind schließlich nur schmieriger, schwarzer Rotz in … Panik stieg in ihm auf und drängte die Angstwürmer aus seinem Magen als schleimigen Klumpen in seinen Hals.

Gerade noch rechtzeitig fiel die schwere Pranke des Ogers auf seine Schulter. Eine klobige Hand hielt ihm einen Streifen Trockenfleisch vor die Nase. »Kau langsam, Broca«, rumpelte Modrath beruhigend. »Wie Ragroth immer gesagt hat:

Nur so viel abbeißen, wie du auf einmal schlucken kannst. Dann kotzt du dir wenigstens nicht auf die Füße, wenn's drauf ankommt.«

Krendar starrte den Fleischstreifen an. In Ermangelung einer Entgegnung oder einer besseren Idee biss er schließlich hinein und kaute, bis er die Würmer wieder hinab in seine Eingeweide gedrängt hatte. »Also als Weisheit kann der Spruch aber noch etwas Arbeit vertragen«, stellte er schließlich fest. »Außerdem heißt das jetzt ›Raut‹.«

Modrath zuckte mit den gewaltigen Schultern. »Mir auch recht, Raut. Für mich funktioniert er jedenfalls. Aber ich bin auch nicht der mit dem Plan hier, sondern nur der Oger. Mir musst du nur sagen, in welche Richtung ich marschieren soll. Das sind Portionen, die ich schlucken kann.«

Krendar warf ihm einen Seitenblick zu und grinste schwach.

»Wir wollten Vorräte für sieben Krieger. Jetzt habe ich nach Stammesrecht gleich zwei Doppelfäuste mehr, dafür aber immer noch keine Ahnung, wie ich sie versorgen soll.«

Currg zuckte mit den Schultern. »Ich glaube, wir sollten weiter nach Norden in unsere Dörfer ziehen. Es kann nicht überall so aussehen wie hier.«

Corsha sah den Blassen über das Feuer hinweg an. »Was macht dich so sicher? Wir sind seit beinahe einem halben Weißmond unterwegs, zweimal zehn Tage aus Richtung Westen. Es sieht nirgendwo besser aus als hier. Wer sagt dir, dass der Tod hier haltgemacht hat? Wer sagt dir, dass der Lange Winter den Dörfern im Norden mehr übrig gelassen hat als denen im Süden oder Westen?« Sie deutete an den Horizont, an dem gerade die Sonne hinter einer weit entfernten Wolkenbank versank. »Wir sind seit der Hirschfurt auf drei leere Dörfer gestoßen. Ein weiteres hätten wir mit Gewalt plündern müssen, um auch nur den Oger satt zu bekommen.«

»… zwei oder drei ihrer mageren Welpen fressen müssen.« Ein unangenehmer Moment der Stille trat ein, als die Klingengras-Krieger den Linken anstarrten.

»Ich glaube, das sollte heißen: ›Und er hätte dafür vermutlich zwei oder drei ihrer‹ … na, ihr wisst schon«, stellte Krendar schließlich fest. »Hat er nicht. Auf jeden Fall ist Corshas Frage berechtigt. Warum sollte es weiter im Norden besser aussehen?«

»Vielleicht hat er recht. Die Winter im Norden sind milder«, warf Sekesh ein. »Selbst der vergangene wird in den Gebieten meiner Heimat nicht so hart gewesen sein wie hier. Vielleicht ist es der sinnvollste Weg.«

Traggash fletschte die Zähne. »Wir hatten nicht vor, so weit nach Norden zu gehen, dass wir noch mehr von ihrer Sorte begegnen. Uns haben die im Süden gereicht.«

Krendar überging die Bemerkung. Verwirrt sah er die Schamanin an. »Worauf willst du hinaus? Sollen wir aufgeben?«

Die schwarzhäutige Schamanin schnaubte. »Ich werde so wenig nach Norden gehen wie nach Süden. Nein. Ich sage nur, sie sollen ihr Glück im Norden versuchen.« Sie lehnte sich vor und sah Krendar eindringlich an. »Krendar, wir können sie nicht brauchen. Wir haben ohnehin zu wenig Vorräte.« Ihre Augen zuckten zu den anderen Aerc. »Und wenn du mich fragst: Ich traue ihnen nicht. Was sollten wir mit ihnen?«

»Grabenfutter?«, schlug Modrath spöttisch vor.

»Sie hat recht, Krendar, und das weißt du«, überging Corsha Modraths Bemerkung. »So sehr ich dir gönne, Raut zu sein, aber wir können nicht einmal den Dicken hier füttern – wie er nicht müde wird, uns zu versichern.«

Die Klingengras-Krieger wechselten vorsichtige Blicke, bevor der älteste, Bruggach, das Wort ergriff. »Ihr wollt nicht nach Norden? Wohin dann? Zurück nach Derok?«

»Nein«, widersprach der junge Farosh leise. »Sie sagte doch, sie will auch nicht nach Süden. Also dorthin.« Er deutete nach Osten, wo die schneebedeckten Höhenzüge der Dobrog-Kette im letzten Licht der Abendsonne glühten.

Die anderen Aerc starrten ihn an. »Dort ist nichts«, stellte Currg lahm fest. »Nichts und dann die groshakk Berge. Das Ende der Welt!«

»… lange nicht«, schnaubte der Linke. »Wir sind dort …«

Die übrigen Aerc warteten eine Weile, bis klar war, dass kein weiteres Wort mehr kommen würde.

Schließlich seufzte Krendar. »Stimmt jedenfalls. Wir gehen nach Osten.«

Der alte Klingengras-Broca sah ihn lauernd an. »Es hat etwas mit der Dunkelheit zu tun, habe ich recht? Ihr seid für Drangog unterwegs, und die Dunkelheit kam aus dem Osten, aus den Bergen. Was will Drangog?«

»Mehr zu fressen, würde ich raten«, stellte Modrath fest. »Im Ernst, alter Mann, du stellst zu viele Fragen. Drangogs Angelegenheiten gehen dich einen Scheiß an.«

»Die Ahnen«, vermutete Farosh leise. »Es heißt, auf die Gipfel der Dobrog steigen die Ahnen, wenn ihre Zeit unter den Lebenden vorüber ist.«

»Halt's Maul, Farosh«, fuhr ihn der blasse Ex-Raut an, doch Krendar hob die Hand.

»Wenn hier jemand einem anderem das Maul verbietet, dann bin ich das. Oder die Drûaka. Oder … na, jedenfalls nicht du. Was war das mit den Ahnen?«

Der junge Aerc zuckte mit den Schultern. »Das ist es, was die Drûaka unseres Stammes uns gelehrt haben. Die Geister gehen nach Osten, in die eisigen Höhen. Die Dobrog sind heiliges Land. Denn von dort wehen die Stimmen der Ahnen heran, wenn sie zu den Drûaka sprechen.«

Krendar und Sekesh wechselten unauffällige Blicke.

»Und von dort kam die Dunkelheit über uns, die die Drûaka in den Wahnsinn trieb. Seitdem, sagen einige im Heer, schweigen die Ahnen.«

»Unfug«, knurrte Traggash. »Die schweigen nicht. Die Hälfte der Drûaka kriegt kein Auge mehr zu, weil die Ahnen ununterbrochen zu ihnen flüstern.« Ein Schauer überlief ihn sichtbar. »Das stell ich mir furchtbar vor.«

»Wenn unter deinen Ahnen auch nur halb so viele Drecksäcke sind wie unter meinen, kann ich dir nur zustimmen«, murmelte Modrath.

Krendar sah zwischen ihnen, Farosh und Sekesh hin und her und versuchte, sich einen Reim darauf zu machen. »Was jetzt? Schweigen sie oder flüstern sie?«

»Beides«, sagte der alte Aerc. »Allerdings ist wohl beides nicht gut. Wer von den Drûaka, unseren und denen der Ayubo, noch lebte, als wir … das Heer verlassen haben, schien entweder daran zu verzweifeln, weil sie die Stimmen nicht mehr hören konnten, oder sie schienen auf dem besten Weg dazu, verrückt zu werden, weil sie sie ständig hörten.«

Er sah auf und Sekesh in die Augen. »Hörst du die Stimmen?«

Die Ayubo hielt seinem Blick stand. »Nein. Nicht mehr.«

»Sie scheint mir nicht allzu verzweifelt«, warf Currg ein. »Als ob du das beurteilen könntest«, schnappte Sekesh, ohne die Augen von dem alten Broca zu wenden. »Nein, ich höre sie nicht mehr, aber ich weiß wenigstens, warum.« Sie griff nach oben und zog das Amulett hervor, das an einer ledernen Schnur zwischen ihren Brüsten hing. Eine Stammesmutter. Diese kleine Figur trug jede Schamanin jedes Aerc-Stamms, eine kleine, steinerne Figurine einer Aercfrau, die beinahe nur aus gigantischen Brüsten, Bauch und einem enorm überproportionierten Hinterteil bestand. Kopf und Gliedmaßen hingegen waren nur stilisiert und wirkten im Vergleich zur gewaltigen Leibesfülle beinahe verkümmert. Die Klingengras-Krieger zuckten beim Anblick des Abzeichens unwillkürlich zurück, noch bevor sich Verwirrung auf ihren Gesichtern breitmachte. Die Figur in Sekeshs Hand war schwarz, rissig und wirkte tot, so als wäre der Stein ausgeglüht.

»Sie mögen Feuer nicht«, bemerkte die Ayubo grimmig. »Das bringt sie zum Schweigen.«

»Das …«, stellte Currg fest und streckte Sekesh einen anklagenden Finger entgegen. Seine weiche Stimme kam unerwartet hoch heraus. »… ist genau die Form von Wahnsinn, die ich meine!«

Corsha seufzte und schüttelte deprimiert den Kopf. »Und so jemandem seid ihr tatsächlich gefolgt?«, fragte sie in die Runde. »Das hat mit Wahnsinn nichts zu tun. Die Stimmen wurden ein Problem, und wir haben das Problem gelöst. Aber du kannst sicher sein, dass sie nicht wahnsinniger ist als der Rest von uns.«

»Soll mich das etwa beruhigen?«

Corsha sah Currg an, dann zuckte sie mit den Achseln. »Guter Einwand. Aber sieh's so: Sie ist eine Drûaka, und sie funktioniert noch.« Sie warf Sekesh, die inzwischen wieder ins Feuer starrte, einen Blick zu. »So, wie es sich anhört, haben wir also mehr Glück gehabt als die im Süden. Das sollte euch zu denken geben.«

»Lasst mich raten«, unterbrach Sekesh leise. »Es sind die Totensprecherinnen der Ayubo, die noch die Stimmen hören. Und es sind die Drûaka der Weststämme, deren Ahnen schweigen.«

Die Klingengras-Aerc sahen sich an, dann nickte Bruggach vorsichtig. »Nicht alle der Drûaka der Weststämme sind vom Schweigen betroffen, aber im Grunde stimmt das so, ja.«

»Dachte ich mir.« Sekesh sah auf. »Krendar, wir dürfen keine Zeit verlieren. Wenn wir recht haben, sind meine Schwestern in größter Gefahr. Sie halten das Flüstern nicht ewig aus, glaube mir.«

Krendar rieb sich die Stirnnarbe. »Aber wenn ich das richtig verstanden habe, verlieren auch die den Verstand, denen nur noch das Schweigen geblieben ist«, warf er ein und sah zu Bruggach, der nachdenklich den Kopf schüttelte.

»Nein. Jene, die jetzt noch am Leben sind, nicht. Man sagt, sie haben die Kräfte verloren, die ihnen von den Ahnen verliehen wurden, und die meisten sind wohl deshalb verwirrt oder verzweifelt. Aber bei Verstand.«

»Der Wahnsinn trat nur in einer einzigen Nacht auf«, sagte Farosh leise. »Gerade als der Geistersturm über uns tobte. Jene, die diese Nacht überlebt haben, blieben verschont.« Kälte zog Krendars Rücken hinauf, und die Würmer in seinem Magen regten sich leise. *Es ist unsere Schuld, oder? Wir haben das über die Drûaka gebracht! Wir* ... Ein Blick in Sekeshs Augen ließ ihn innehalten. Zum ersten Mal seit Wochen lag in ihnen mehr als nur grimmige Entschlossenheit. *Hoffnung?*

»Ich habe also recht gehabt«, stellte die Ayubo fest. »Man kann es aufhalten.«

»Wovon redet die?«, erkundigte sich Currg verständnislos.

»Krendar, sie wissen, was ich weiß – oder zumindest ahnen sie es. Und irgendwann werden sie zum selben Schluss kommen wie wir. Willst du darauf warten?«

Modrath sog geräuschvoll an seinem abgebrochenen Zahn. »Das könnte ziemlich hässlich werden«, stellte er trocken fest.

»Hässlich ist gar kein Ausdruck«, pflichtete Corsha ihm bei.

Der ältere Aerc lehnte sich vor und sah Krendar eindringlich an. »Könntest du uns sagen, worum es geht, Raut?«

Krendar riss seinen Blick endlich von Sekeshs Bernsteinaugen los. »Nicht jetzt«, sagte er. »Wie gesagt, wir unterstehen direkt Shirach Drangog, also könnt ihr davon ausgehen, dass wir euch nicht die Hälfte von dem verraten dürfen, was wir wissen. Nur so viel: Es stimmt, wir sind auf dem Weg nach Osten, in die Berge, und es ist eine Mission, die eine entscheidende Rolle in ... in diesem Krieg spielen könnte. Die Kurzform: Wir müssen die Ahnen erreichen und dem Ganzen ein Ende machen, bevor es die Drûaka auffrisst.«

Traggash nickte und knurrte leise. »Ich wusste, dass das eine Hexerei der Wühler ist. Ich wusste es!«

Für einen langen Moment knisterte lediglich das kleine Feuer zwischen ihnen, bevor der narbige Krieger aufsah und bemerkte, dass die anderen Aerc ihn anstarrten. »Was denn? Ihr habt doch gesagt, es entscheidet den Krieg – und es frisst die Drûaka auf. Und dann diese Menschenkrankheiten, die unsere Dörfer dahinraffen, wenn wir verwundbar sind.« Er deutete auf das ausgestorben daliegende Dorf, das in der herabsinkenden Dämmerung kaum noch zu sehen war. »Wer sonst sollte sich so etwas ausdenken, wenn nicht diese bärtigen Drecksäcke?«

»Das ist gar kein so schlechter Gedanke«, stellte Modrath anerkennend fest. »Knapp daneben, aber …«

»Aber nah genug an der Wahrheit«, unterbrach ihn Krendar schnell, »um ihn so stehen zu lassen.«

»Mehr müsst ihr wirklich nicht wissen«, fügte Corsha hinzu.

»Aber wir müssen wissen, wohin uns unser Weg führen soll.« Krendar konnte sehen, wie sich die vier Klingengraskrieger unwillkürlich versteiften, als Sekesh plötzlich den Lederbeutel mit ihren Runenknöcheln in der Hand hielt.

Dumpf rasselten die beschnitzten Fingerknöchel in ihrem Behältnis, als die Schamanin es schüttelte und schließlich mit einem Ruck ins Gras vor ihren Füßen entleerte. »Oh.«

»Oh?« Widerstrebend und doch unfähig zu widerstehen beugte sich Currg vor. »Was meinst du mit ›Oh‹?«

»Ich hasse es, wenn sie das sagt«, stellte Modrath fest.

»O ja«, erwiderte Corsha.

Krendar sah mit gerunzelter Stirn zwischen Corsha und

dem Oger hin und her. Die feiste Aerc blinzelte ihm zu. »Oh. Ja. Klar.«

»Was?«, fragte Traggash jetzt dringlicher.

»Schlechte Nachrichten«, sagte Modrath

»Ganz schlechte«, fügte Corsha hinzu.

»Haltet die Klappe«, sagte Krendar. »Sekesh, was siehst du?«

Die junge Ayubo sah langsam auf, und ihre Bernsteinaugen schienen hinter den Zöpfen, die ihr Gesicht verhüllten wie ein Schleier, beinahe zu glühen. Ihre Stimme klang seltsam dumpf.

»Du wirst nicht lange Raut sein«, sagte sie.

»Was?« Krendar starrte sie verwirrt an.

»Deine Wege und die dieser Krieger trennen sich schon bald wieder, und es liegt bei dir, wie das geschehen wird. Wähle weise.«

»Das ... kommt jetzt etwas überraschend.«

»Und du glaubst, das interessiert die Zeichen?«, zischte die Schamanin scharf. »Unser Weg ist vielleicht ohne Wiederkehr, doch ist das der Fall, bleibt ein wichtiger und ehrenvoller Teil unserer Pflicht ungetan. Das dürfen wir nicht zulassen!«

»Welchen Teil der Pflicht meinst du jetzt genau?« Krendar runzelte die Stirn.

Sekeshs Finger strichen über die Knöchel, schienen jede Vertiefung und die Rinnen jeder Rune abzutasten und die Zukunft aus ihnen herausstreicheln zu wollen. Die Übrigen starrten gebannt auf ihre Hand.

»Die Warnung!«, flüsterte sie schließlich. »Die Stämme müssen gewarnt werden! Die Seuchen kriechen von Derok über das Land, und die Stammesmütter sind vergiftet und lassen die Drûaka gegenüber dem Leid unserer Völker taub und blind werden.« Ihr Kopf ruckte in die Höhe, und sie starrte Currg direkt ins Gesicht. »Und doch braucht ihr sie, wenn ihr nicht alle dem Verderben aus dem Süden anheimfallen wollt. Jemand muss zu den Stämmen gehen und ihnen die Nachricht vom Tod in Derok überbringen. Die Weiber in den Dörfern warten vergebens auf die Rückkehr ihrer Krieger. Sie sind seit dem Hereinbrechen der Dunkelheit ohne Kunde!«

Currg leckte sich nervös über die Lippen. »Sind sie das?«, krächzte er heiser. »Aber ich … wir dachten, die Herzen der Gefallenen wären den Stämmen überbracht worden? Noch vor dem Langen Winter wurden …«

»Ihr dachtet«, unterbrach ihn Sekesh zischend. »Aber ihr wisst nicht! Die Knochen sagen, die meisten der Herzen haben die Stämme nie erreicht. Der Feind hat sie an sich gebracht. Umso wichtiger ist unsere Mission, und umso wichtiger ist es, den Stämmen die Kunde zu überbringen und eine Warnung.« Sie ließ den Blick von einem der Krieger zum anderen wandern. »Warnt sie, dass das Schweigen über uns alle kommen wird und mit ihm die Plagen der Menschen. Warnt sie, dass der Feind sich der Stammesmütter bemächtigt hat – sie sind es, durch die er Wahn und Tod bringt! Die Zeichen sagen, dass die Drûaka sich ihrer entledigen müssen, wenn die Stämme leben sollen.«

Jetzt war es an Bruggach, die Brauen zusammenzuziehen. Der alte Broca rutschte unruhig hin und her. »Ich will nicht widersprechen«, murmelte er, »aber wie sollten wir die Stämme, die Drûaka überzeugen, die Stammesmütter abzulegen?«

Sekesh starrte ihn an. Dann hob sie die Hand, löste das Lederband mit ihrer eigenen Figurine vom Hals und hielt es dem alten Aerc hin. »Nimm!«

»Was?« Selbst im Flackern des Feuers war zu erkennen, wie der alte Krieger erbleichte.

Kein Wunder. Jeder Aerc weiß, dass kein Mann eine Stammesmutter berühren kann, ohne dem Wahnsinn zu verfallen. Allein der Versuch ist sein Todesurteil. Der alte Krieger schien zurückweichen zu wollen, und die Übrigen hielten den Atem an. Schließlich streckte Krendar die Hand aus und schloss sie um die geschwärzte Figurine. Farosh keuchte, und für einen Moment rührte sich niemand. Dann ließ Sekesh das Lederband los, und Krendar öffnete langsam die Faust, um dem alten Broca die Figur hinzuhalten. »In unserem Stamm gehorcht man für gewöhnlich, wenn die Drûaka etwas sagt. Wir stellen sie nicht in Frage, selbst wenn es verrückt klingen sollte.« Er zögerte einen Augenblick. »Eigentlich besonders dann, wenn es verrückt klingt. Verrückt ist schließlich Drûaka-Gebiet. Also – nimm es!«

Der alte Aerc zuckte zusammen, und als er seine Hand zögerlich nach dem Amulett ausstreckte, lag in seinen Augen etwas, das in Krendar beinahe so etwas wie Mitleid hervorrief. *Aber ein Raut hat kein Mitleid mit seinen Männern. Er gibt Befehle. Mitleid haben andere.*

Als die Finger des Mannes die kleine geschwärzte Figur umfassten, spannten sich die übrigen Klingengras-Krieger an. Jeden Moment konnte der alte Krieger zu schreien beginnen, ein qualvolles, von Panik und Schmerz erfülltes Kreischen, begleitet vom Krachen der Knochen, die unter den Krämpfen seiner Muskeln zerbrachen. Ein Schrei, der erst enden würde, wenn jemand dem Leben des Alten ein Ende setzen würde. Doch nichts geschah.

Sekeshs Augen glühten im Widerschein des Feuers orange,

und um ihre Lippen spielte ein beinahe unmerkliches Lächeln. »Die Knochen sagen, dass wir euch noch brauchen, und die Stammesmutter bestätigt das, wie ihr seht.« Sie schob die Knöchel zusammen und verstaute sie wieder in ihrem Beutel. »Eure Aufgabe wird es sein, diese hier zu den Stämmen zu bringen, und zu allen Drûaka, die ihr findet. Die Tradition gebietet, dass jedem Träger einer Stammesmutter Gehör geschenkt und Unterstützung zuteilwird.«

»Aber«, warf Traggash ein, »nur Weiber können die Stammesmütter tragen! Nur Drûaka!«

Sekesh schenkte ihm ein humorloses Lächeln. »Wie du siehst, gibt es Ausnahmen. Das kam schon früher vor. Sie gebietet auch, dass eine jede Drûaka euch anhören muss, wenn ihr es verlangt. Zeigt ihnen diese Stammesmutter und richtet ihnen aus, dass sie ihre im Feuer reinigen müssen, wenn sie den Wahnsinn aufhalten wollen.«

Sie erhob sich und sah auf die Krieger um Krendar hinab. »Und ratet allen, die auf euch hören wollen, in den Norden zu gehen, weit fort von Menschen und Zwergen. Weit fort von hier.« Mit diesen Worten wandte sie sich ab und ging den Hügelkamm entlang in die Dunkelheit.

Krendar sah ihr einige Momente hinterher. Schließlich wandte er sich um, als ihm bewusst wurde, dass alle Blicke auf ihm ruhten. »Tja. Dann ist es entschieden, oder?«

Modrath zog die wulstigen Brauen zusammen. »Wir lassen sie gehen? Jetzt, wo du Raut bist? Ich denke, wir könnten ein paar Leute brauchen, um unsere Reihen aufzufüllen.«

Das dachte ich auch. Krendar bemühte sich, sein Gesicht unbewegt zu halten, doch sein Blick huschte zu Corsha. Die Krûshal schüttelte kaum merklich den Kopf.

»Nein, Modrath. Die Drûaka hat gesehen, was für uns alle vorbestimmt ist. Und solange du dich nicht dieser neuen Sitte anschließen und sie und ihresgleichen umlegen willst, sollten wir in dieser Sache wohl besser auf sie hören.« *Und hoffen, dass sie uns eine verdammt gute Erklärung dafür liefern kann, wenn wir unter uns sind.*

Der Oger sah ihn an, bevor er schließlich schmatzend an seinem Zahn sog und sich hochstemmte. »Du bist der Raut.«

»Verdammt richtig.«

ALBTRÄUME

Die Gegend östlich von Derok war fruchtbares Land, reich an Wasser und Sonne und guter Erde. Eigentlich hätten die Bäume und Büsche bereits in voller Blüte stehen sollen, und auf den zahlreichen Feldern, die sich an die sanft geschwungenen Hügel schmiegten, hätten sich die Arbeiter tummeln müssen, um zur rechten Zeit die Saat für das neue Jahr auszubringen. Doch der Krieg hatte alles verändert. Volle drei Tage folgten sie nun schon dem schlammigen Weg durch das Hügelland, ohne einer Menschenseele zu begegnen. Alles, was sie zu Gesicht bekamen, waren brach liegende Stoppelfelder, so weit das Auge reichte, und hier und da eine verlassene Hütte oder ein bis auf die Grundmauern heruntergebrannter Weiler. Auf ihrem Kriegszug hatten die Orks ganze Arbeit geleistet. Wer nicht schnell genug geflohen war, den hatten sie aufgeknüpft oder in Stücke gehackt. Alles, was vier Beine hatte, und wahrscheinlich auch so mancher Zweibeiner, war dem unersättlichen Hunger ihres Heerwurms zum Opfer gefallen. Als ob das nicht schon genug gewesen wäre, sorgte der wolkenverhangene Himmel dafür, dass der frostige Winter sich bis weit in den Frühling hineinzog und jeden Gedanken an neues Leben schon im Keim erstickte.

Der Weg führte in einem sanft geschwungenen Bogen einen Hügel hinab zu einem trüben Rinnsal, über das ein hölzerner Steg führte. Auf der anderen Seite ragte eine Ansammlung niedriger Häuser auf, die von einem stabilen Palisadenzaun umgeben waren. Es wurde bereits Nacht, und mit der hereinbrechenden Dunkelheit kam die beißende Winterkälte zurück, die unter ihre Kleidung kroch und sich in den Gelenken festsetzte.

»Da regt sich nichts«, murmelte Glond, während er nervös ins Halbdunkel spähte. Einerseits war es ein erschreckender Gedanke, dass von dem einstmals blühenden Dorfleben nichts mehr übrig sein sollte, andererseits hoffte er, dass sie tatsächlich auf nichts Lebendiges stießen. Was immer in dieser elenden Gegend Unterschlupf gefunden haben mochte, wäre ihnen mit großer Wahrscheinlichkeit nicht sehr wohlgesinnt. »Sollen wir runtergehen?«

»Hast du Angst?« Dvergat warf ihm einen spöttischen Seitenblick zu.

»Ja, und ich bin dankbar dafür. Nur aus diesem Grund bin ich noch am Leben.«

»Ich habe keine Angst und bin ebenfalls noch am Leben. Wenn ihr hier im Freien erfrieren wollt, dann ist das eure Sache. Ich gehe jetzt dort rein und suche mir einen einigermaßen winddichten Unterschlupf.«

»Wir gehen alle oder keiner«, knurrte der Wolfmann, während er mit dem Daumen abwesend die Schärfe seiner Langen Klinge prüfte. »Nur die Dummen und Leichtsinnigen schwächen ihre Kampfkraft, indem sie sich aufteilen.«

»Na dann los.« Dvergat richtete sich auf und schulterte seine Gleve, eine langstielige Stangenwaffe, an deren oberem

Ende eine Art Haumesser angebracht war. Er hatte schon fast den Steg überquert, ehe Glond und der Wolfmann ihn einholten.

»Unauffällig ist nicht gerade deine Spezialität«, zischte der Wolfmann zwischen zusammengebissenen Zähnen hervor.

»Nicht, wenn ich vor die Wahl zwischen Erfrieren und einem Bier am warmen Feuer gestellt werde.« Er blieb vor dem Tor stehen und rüttelte daran. »Fest verschlossen. Dann waren die Orks also nicht hier.«

»Vielleicht hatten sie Glück«, murmelte Glond, der sich nervös an der Schulter kratzte. »Aber warum ist niemand zu sehen?«

»Sie verstecken sich vermutlich.« Dvergat zuckte mit den Schultern und stieß den Stiel der Gleve donnernd gegen das Tor.

Es dröhnte verdammt laut. Aus einem in der Nähe stehenden Baum stieg eine Schar Nebelkrähen erschrocken in den Himmel auf und flatterte krächzend davon.

»Das gefällt mir immer weniger«, murmelte Glond nach einer Weile. »Spätestens jetzt hätte jemand nachschauen und uns im Zweifelsfall mit Pfeilen spicken müssen.«

»Jemand sollte rüberklettern und sich umschauen«, brummte Dvergat.

»Wie wäre es mit dir?«, zischte der Wolfmann. »Es war schließlich deine Idee, hier anzuklopfen.«

Dvergat schnaubte. »Du hast doch die langen Affenarme. Wie wäre es, wenn du sie einmal im Leben für etwas Sinnvolles verwendest?«

»Wie bitte?«

»Er hat recht«, sagte Glond schnell. »Mit den langen Armen,

meine ich. Du bist der Einzige, der die Palisaden überwinden kann.«

»Ach Scheiße.« Verärgert kaute der Wolfmann auf seiner Unterlippe herum und musterte die Umzäunung. Dann rammte er die Lange Klinge mit der Spitze voran in den Boden und spuckte in die Hände. Mit einem gewaltigen Satz sprang er in die Höhe, bekam die Spitzen der Pfähle zu fassen und zog sich mit einem Schnaufen hinauf. Oben angekommen, verharrte er einen Augenblick regungslos, ehe er sich auf der anderen Seite wieder hinabließ.

Eine ganze Weile lang hörte Glond nichts, was seine Nervosität nur noch verstärkte. Endlich ertönte ein dumpfes Schaben von der anderen Seite des Tors, und einer der gewaltigen Flügel schwang knarrend auf.

Die Häuser waren aus stabilen Holzstämmen gefertigt, die Dächer sorgfältig mit Schindeln bedeckt, und selbst Türen und Fenster erweckten den Eindruck, von fähigen Zimmermannshänden solide zusammengefügt worden zu sein. Alles wirkte solide und gepflegt. Es war schon eine seltsame Sache, dass hier sämtliches Leben spurlos verschwunden zu sein schien. Bei genauerem Hinsehen entdeckten sie dann doch erste Spuren des Verfalls. Eine Handvoll abgerutschter Dachschindeln, eine schon vor längerer Zeit umgekippte Wäschestange, eine tiefe Wasserpfütze direkt am Eingang zur Schmiede. Sie rüttelten an ein paar Türen, die allesamt verschlossen waren, und stapften dann weiter die verlassene Straße hinunter. Schließlich erreichten sie einen ausgetretenen Platz, auf dessen gegenüberliegender Seite sich das einzige Steingebäude des Orts befand.

»Ein Takhasa-Tempel«, murmelte der Wolfmann. »Das ist ungewöhnlich für diese Gegend.«

»Hier ist so einiges ungewöhnlich.« Dvergat nahm die Gleve von der Schulter und gab der Tempeltür einen bedächtigen Stoß mit dem unteren Stielende. Widerstandslos gab sie nach und schwang nach innen auf. Widerlicher Verwesungsgeruch schlug ihnen entgegen, der noch etwas anderes mit sich trug. Eine Mischung aus verbranntem Torf und Talgkerzen.

»Was ist das für ein abartiger Gestank?« Angewidert presste sich Glond einen Ärmel vor Mund und Nase.

Dvergat erwiderte nichts. Doch als er ihm den Kopf zuwandte, hatte sein Gesicht eine ungewöhnlich blasse Farbe angenommen.

Der Boden im Innern des Tempels war voller Toter. Alle ordentlich auf dem Rücken ausgestreckt, die Hände über der Brust gefaltet und die Köpfe zum Altar ausgerichtet. Manche waren bereits bis zur Unkenntlichkeit verwest, andere sahen noch einigermaßen heil aus. Allen gemein waren die unzähligen Geschwüre auf der unnatürlich verfärbten Haut.

»Schwarzer Tod«, knurrte der Wolfmann. »Deswegen liegen sie hier. Die Dorfbewohner haben ihre Kranken in den Tempel gebracht, aber es hat ihnen offensichtlich nichts geholfen.«

Der Priester war der Einzige, der nicht aufgebahrt war. Er lag zusammengekrümmt vor dem mit heruntergebrannten Kerzen übersäten Altar, noch im Tod die verdorrten Hände um das Symbol des Schwerts gekrallt, das ihn vor dieser Art von Feind letztendlich nicht hatte bewahren können. Der Wolfmann ging vor ihm in die Hocke und musterte das heilige Zeichen des Menschengottes. »Die verdammten Orks haben diese Seuche in unser Land geschleppt. Zuerst ist sie nur in einigen Außenposten im Süden aufgetreten, wo mit den Bergorks Handel getrieben wurde. Die Orks nannten sie Blaufäule, und wir Menschen lachten darüber, weil sie kaum Auswirkungen auf uns hatte. Lediglich die Alten und Schwachen sind manchmal daran gestorben, aber das ist bei uns noch nie etwas Ungewöhnliches gewesen.« Grimmig sah er auf die Toten hinab. »Etwas hat diese Krankheit verändert. Sie breitet sich aus und wird schlimmer. Vielleicht ist der Krieg daran schuld, vielleicht die Dunkelheit, oder die Schamaninnen der Orks. Vielleicht ist es aber auch eine Strafe der Götter.«

»Wofür?«, fragte Glond. »Für welche Taten sollten sich eure Götter solche furchtbaren Strafen ausdenken?«

Der Wolfmann warf ihm einen Seitenblick zu und zuckte mit den Schultern. »Ich weiß es nicht. Vielleicht sind es ja nicht unsere Taten, sondern das, was wir nicht tun.« Er richtete sich auf und ging zurück zur Tür. »Was immer es ist, lasst uns von diesem verfluchten Ort verschwinden. Allein dieser Geruch verursacht mir schon Albträume.«

Im Schutz eines niedrigen Felsens entzündete der Wolfmann ein flackerndes Feuer. Bald schon kitzelte der Duft von gebratenem Fleisch ihre Nasen und ließ den Leichengestank im Tempel der Menschen in Vergessenheit geraten. Wind war aufgekommen und brachte noch mehr von der bitteren Kälte mit. Glond drängte sich so dicht an die Flammen, wie es ihm möglich war, ohne sich zu verbrennen. Nur mühsam unterdrückte er ein erschöpftes Gähnen.

»Geht nichts über gut durchgebratenen Rucht, was?« Dvergat schob ihm eine Holzschüssel mit himmlisch duftenden Fleischklumpen entgegen. »Ich würde ihn jederzeit einer fetten Ratte vorziehen. Selbst wenn er auch noch mein gesundes Bein angenagt hätte.«

»Das Metallbein hat ihm offenbar schon gereicht«, nuschelte der Wolfmann mit vollem Mund. »Aber er hat verdammt lange darauf herumgebissen.«

Dvergat nickte zustimmend. »War ein richtig hartnäckiges Biest, das muss ich schon sagen. Ungewöhnlich groß gewachsen noch dazu. Ich habe gehört, dass sie oben in den Bergen noch viel größer werden. Mindestens doppelt so groß.« Er schnappte sich einen Knochen aus dem Topf und begann, genüsslich daran herumzunagen. »Wenn wir da hochgehen, müssen wir uns also keine Sorgen machen, dass wir verhungern.«

»Oder die«, murmelte Glond. »Wenn sie wirklich so riesig werden, essen sie zur Abwechslung vielleicht uns statt andersherum.«

»Das sollen sie ruhig versuchen.« Grinsend tätschelte Dvergat seine Metallbein. »Außerdem kämpfen sie nur, wenn sie angegriffen werden. Sie gehen normalerweise nicht auf die Jagd.«

»Was dann?«

»Aasfresser. Sie fressen alles, was tot ist und schon ein paar Tage riecht. Ich frage mich, wo der hier so reiche Beute gemacht …« Dvergats Kiefer bewegten sich weiter, aber es kam kein Ton mehr über seine Lippen.

Glonds Blick wanderte langsam zu der dampfenden Schüssel in seinem Schoß hinab. »Oh«, stieß er hervor und spürte eine plötzliche Übelkeit in sich aufsteigen.

»Äh …« Der Wolfmann gab ein würgendes Geräusch von sich.

Lange Zeit saßen sie so da und starrten auf ihr Essen. Dann schoben sie beinahe zeitgleich ihre Schüsseln beiseite und hüllten sich für den Rest des Abends in missmutiges Schweigen.

Glond musste eine ganze Weile tief und fest geschlafen haben, denn der frostige Wind hatte an Stärke zugenommen und zerrte zornig an seiner Decke. Bibbernd schlang er sie um die Schultern zusammen und zog geräuschvoll die Nase hoch. Es war kalt und unbequem, und zu allem Überfluss rebellierte sein Magen noch immer. Seine einzige Genugtuung war, dass es den anderen vermutlich nicht besser ging.

Der Wolfmann hockte zusammengekauert im Schein der flackernden Flammen und stocherte mit einem dicken Stock in der Glut. Im Halbdunkel hatte er mehr Ähnlichkeit mit einem massigen Ork als mit einem Menschen, und von seinem glänzenden Gesichtspelz war kaum noch etwas zu erahnen. Dafür ragten aus seinem Unterkiefer zwei stattliche Eckzähne hervor, und seine Haut war über und über mit verwaschenen alten Hautzeichnungen überzogen. Bis auf einen schmutzigen Lendenschurz über den Hüften war er vollkommen nackt. Was bei diesen eisigen Temperaturen ziemlich verwunderlich war.

Als er Glond Blicke bemerkte, unterbrach der Wolfmann seine Arbeit und drehte den massigen Schädel. Seine Miene verfinsterte sich, und seine kaum vorhandenen Lippen formten unverständliche Laute, die der Wind mit sich forttrug. Er verzog das hässliche Gesicht und leckte sich missmutig über den Eckzahn. Nach einer Weile öffnete er erneut den Mund und überschüttete Glond mit einem Schwall zorniger Worte.

Hektisch deutete er mit dem Stock zwischen ihm und dem fauchenden Feuer hin und her. Doch auch dieses Mal zerfetzte der Wind den Sinn seiner Worte und trug sie fort. Er gab ein zorniges Grollen von sich und rief etwas zur anderen Seite des Feuers hinüber, wo Dvergat gerade mit einem Fässchen Bier hantierte. Ein mächtiger Blitz zuckte über den Himmel und ließ die Augen des alten Kriegers goldfarben aufblitzen. Dvergat musterte Glond mit zusammengezogenen Augenbrauen und erwiderte etwas, das vom heftigen Grollen des Donners übertönt wurde. Ein weiterer Blitz erhellte die Nacht, und ein dickes Hagelkorn traf Glond am Bein. Er schrie auf, weniger vor Schmerz als vor Überraschung, und zog den Kopf zwischen die Schultern. Augenblicke später prasselten Tausende Hagelkörner vom Himmel herab, schlugen auf Mensch und Dalkar ein und erstickten das Feuer unter einer dicken Schicht aus schmutzig grauem Eis. Es zischte und dampfte, und beißender Rauch füllte Glonds Kehle. Panisch zog er sich die Decke über den Kopf und kroch hustend in das schützende Unterholz.

»…ihn fest!«, brüllte Dvergat und warf das Bierfass beiseite.

»…shakk!«, kreischte der Wolfmann, sprang auf und schwang den Stock, der an seinem oberen Ende einen Steinkopf besaß und einen langen, hässlichen Dorn, der vom vielen Gebrauch schon ganz verbogen war. Glond schrie auf, als der kalte Stein ihn an der Schulter traf und in den Schlamm warf. Wieder brüllte Dvergat etwas, das aber im Fauchen des Hagelsturms unterging. Doch der Wolfmann schien ihn verstanden zu haben, denn er nickte grimmig und ließ die Steinkeule erneut auf Glond niederfahren. Krachend traf sie auf sein Kniegelenk und schlug es zu Brei. Ungläubig starrte Glond auf die formlose Masse, die sich bereits dunkelblau verfärbte, dann wandte er sich um und kroch weiter. Mit einem langen Satz war der Wolfmann über ihm und stellte ihm den Fuß auf den Rücken. Glond bäumte sich auf, doch der Mensch war stärker und drückte ihn zurück in den Schlamm. Triumphierend legte er den Kopf in den Nacken und stieß ein schauerliches Brüllen aus. Die Keule fuhr herab, diesmal mit dem Dorn voran, und bohrte sich tief in Glonds Seite.

»... es!«, brüllte Dvergat. Seine hervorquellenden Augen hatten einen tiefgoldenen Ton angenommen, in dem sich das Licht der Blitze spiegelte, seine Miene war eine verzerrte, vom Hagel gerötete Maske des Zorns. »Töte es!«

Schreiend und um sich schlagend schnellte Glond in die Höhe. Ein brennender Schmerz fuhr durch sein Bein, das sich anfühlte, als würde es lichterloh brennen. Hastig zog er es zu sich heran und riss den Stiefel vom Fuß. Er sah furchtbar zerfetzt aus, doch am Fuß schien alles noch dran zu sein. Nirgendwo war Blut zu sehen, und die Zehen ließen sich alle noch bewegen. Verwirrt tastete er seine Seite ab. »Was ... was ist passiert?«

»Noch so ein verdammter Rucht«, rief der Wolfmann und streckte einen blutigen Kadaver in die Höhe. Er stand mit gezogener Klinge vor dem Feuer, das jetzt wieder so ruhig vor sich hin knisterte wie zu Beginn des Abends. Von Hagel und Sturm war weit und breit nichts zu erkennen, und auch die Kälte war nicht mehr halb so beißend wie noch wenige Augenblicke zuvor. »Diese Biester treten meistens paarweise auf, und der hier hat wohl nach seinem Gegenstück gesucht.«

Grinsend warf er das tote Tier in den Schnee. »Du hast wirklich einen gesunden Schlaf, Glond. Der muss schon eine ganze Weile an deinem Stiefel genagt haben, bis ich ihn bemerkt habe. Selbst unsere Rufe sind nicht zu dir durchgedrungen.«

»Wir dachten schon, du wärst erfroren«, ergänzte Dvergat und nahm einen großen Schluck aus seinem Bierschlauch. »Aber du bist vermutlich nur zu abgebrüht, um dich mit so einer Kleinigkeit wie einem Rucht abzugeben.«

»Zu abgebrüht...«, murmelte Glond. *Ich hätte mir beinahe in die Hose gemacht, so abgebrüht bin ich.* Geistesabwesend tastete er über seinen Fuß. Nur ein paar Kratzer und ein zerfetzter Stiefel. Er hatte wirklich verdammtes Glück gehabt. Erleichtert atmete er aus und ließ sich zurück auf sein Lager sinken.

AUF UND AB

Von seinem Sitz auf dem einsamen Felsblock hatte Krendar einen großartigen Ausblick über das abendliche Pano-
rama, das sich unter ihm ausbreitete. Der Weg der vergangenen Tage hatte sie durch das Vorgebirge geführt, durch Täler,
in deren Schatten der Schnee des gerade erst vergangenen
Winters noch kniehoch lag. Der heutige Anstieg hatte sie
schließlich aus der Dunkelheit der Wälder herausgeführt. In
langen Serpentinen wand sich der Tierpfad, dem sie folgten,
die steile Flanke des ersten echten Bergs hinauf. Die Nadelbäume standen hier lichter, immer mehr durchsetzt von klein-
wüchsigen Verwandten und Dickichten aus braungrauen
Heidesträuchern und Felsen, die aus dem toten Gras des Vor-
jahrs herausstachen. Alles, Gras, Büsche und Felsen, lag unter
einer schmierigen, stellenweise fingerdicken Kruste grau-
schwarzer Asche. Hier an der nördlichen Flanke, die den
größten Teil des Tages in der Frühjahrssonne lag, fanden sich
nur noch wenige Flecken schmutzigen Schnees. Aber es würde mehr werden, je höher sie stiegen. Das musste nicht unbedingt schlecht sein, mutmaßte Krendar. Der dichte Boden-
belag aus Asche und alten Nadeln war brüchig und schmierig
und machte jeden Schritt zu einer unsicheren Angelegenheit.

Dass der Boden an vielen Stellen vollkommen durchweicht war und immer wieder breite Rinnsale aus Tauwasser ihren Pfad kreuzten, machte die Sache nicht angenehmer. Inzwischen marschierte Modrath am Ende ihrer Reihe, als ihnen klar geworden war, dass in den tiefen Löchern, die seine Stiefel im Boden hinterließen, kaum ein Fortkommen war.

Krendar setzte sich etwas bequemer hin. Hinter seinem Rücken, in einer Senke am Rande eines kleinen Hochtals, diskutierten Ronkh und sein Bruder leise über die Verteilung der abendlichen Pflichten des Feuermachens und Kochens, bis sie von Corsha leise zurechtgewiesen wurden. Auf der anderen Seite der Senke war Modrath immer noch damit beschäftigt, einen toten, halbwegs trockenen Baum in feuergerechte Stücke zu zerbrechen. Krendar brauchte sich nicht umzudrehen, um zu wissen, dass das den Oger mit grimmiger Genugtuung erfüllte. Dessen Laune war nicht gerade die beste. Obwohl er bei Weitem über die meiste Kraft verfügte, fiel ihm der Aufstieg durch den trügerischen Morast der Hänge am schwersten. Die Tatsache, dass er Höhen hasste und dass Krendar ihre Vorräte rationieren ließ, verbesserten den Zustand auch nicht gerade. Aber damit musste er wohl leben.

Eine Bewegung zog die Aufmerksamkeit des jungen Broca nach rechts. Aus den Bäumen stieg ein kleiner Greifvogel empor, ein Jurda vielleicht oder ein Zwergfalke, der sich in den abendlichen Aufwind über dem steilen Hang fallen und hinaus über die weite Landschaft tragen ließ. In den letzten Strahlen der tief stehenden Abendsonne weit im Westen glühten die umliegenden Stämme und Felsen in weichem Orangerot und Gold, das auch die tiefer liegenden Höhenzüge und bewaldeten Hügelkuppen übergoss. Weit dahinter, auf die schwindende Sonne zu, lag das hügelige Grasland der West-stämme, durchschnitten vom eisigen Band des Großen Flusses. Und dahinter irgendwo der Wald von Gulraka Valak, in dem sie gerade so den verfluchten Langen Winter überstanden hatten. Weit waren sie in den letzten Wochen gekommen. Der Zwergfalke hatte augenscheinlich nicht vor, so weit zu fliegen. Seine kleine Silhouette zog einen Bogen und glitt über das Tal unter ihnen, das bereits im Schwarz der hereinbrechenden Nacht zu versinken begann. Krendars Blick folgte ihm nach Süden, wo hinter einem fernen Höhenzug am Horizont die Ruinen Deroks lagen. Es war gerade mal ein halbes Jahr her, dass die Stämme der Aerc auf die Krieger der Wühler geprallt waren, gerade mal einen Winter, seit er, Krendar, seinen Stamm verloren und die Leute getroffen hatte, die er jetzt seine Doppelfaust nannte. Oder besser: die ihn jetzt ihren Raut nannten. Und doch lag das alles bereits so weit zurück, dass die Einzelheiten jener grausigen Schlacht schon zu verblassen begannen. *Habe ich wirklich auf dem Schlachtfeld gegen Wühler gekämpft? Habe ich tatsächlich einen Aerc-Häuptling mit der Stirn erschlagen?* Seine Finger fuhren über die wulstige Narbe auf seiner Stirn. *Na ja. Offensichtlich schon.*

Der Zwergfalke legte die Schwingen an und ließ sich hinab auf die ascheverkrusteten Reste einer Wiese fallen, wo sein Sturzflug in einem leisen, abrupt abreißenden Fiepen endete. Wahrscheinlich war auch an einer Maus nach diesem Winter nicht mehr viel zu holen, andererseits benötigte ein kleiner Vogel wie dieser wohl auch nicht viel. Wenigstens einer hier also, der heute Nacht gesättigt schlafen würde.

Krendars Blick wanderte wieder in Richtung Süden. Nicht

nur Derok lag dort. Dorthin strömte auch der Große Fluss, bis an ein eisiges Wasser, das den Geschichten nach so gewaltig war, dass kein Aerc es je überquert oder umwandert hatte. Von dort waren sie gekommen, vor rund drei mal hundert Jahren, die Zwerge und die Menschen, deren Reich sich jetzt bis zu jenem Höhenzug erstreckte, an dessen Fuß die Reste Deroks lagen. Ihre Städte und Festungen wuchsen aus Land, das einst den Stämmen der Aerc gehört hatte. *Ob die Toten der Schlachterei vor Derok wenigstens das bewirkt haben? Hören die Wühler auf, nach Norden zu drängen, jetzt, wo sie sich blutige Nasen geholt haben?*

Krendar musste an einen zwergischen Truppführer denken, dem er erst eine Weile nach der Einnahme der Zwergenstadt begegnet war, und seufzte. *Irgendwie bezweifle ich das.*

Der Zwergfalke erhob sich mit hektischem Flattern, seine Beute fest in den kleinen, todbringenden Krallen, und mühte sich im schwindenden Abendlicht weiter den Berg hinauf nach Osten. Dort über ihnen, scheinbar zum Greifen nah, lag die Schneegrenze. Die Linie zwischen den schmutzig-graufleckigen, tiefer gelegenen Bereichen der Bergflanken und den noch immer verschneiten Regionen darüber erschien im schwindenden Licht wie mit einem scharfen Messer gezogen, und in diesen letzten Strahlen der sinkenden Sonne glühte der Schnee in unwirklichem Rosa. Das Glühen erstreckte sich bis weit hinauf in den Himmel; Gipfel um Gipfel türmte sich im Osten auf und ließ die Mühen des Aufstiegs der letzten Tage geradezu lächerlich erscheinen.

Sie hatten gerade mal den Fuß des Dobrog-Gebirges erreicht, und wenn Sekeshs Befürchtungen richtig waren, dann mussten sie noch weiter hinauf. Viel weiter, bis beinahe ans Ende der Welt. Dorthin, wo Sekesh den Ursprung zu finden glaubte. Krendar erschauerte. Der verdammte Winter war viel zu lang gewesen, und das Letzte, was er wollte, was sie alle wollten, waren noch mehr Schnee, Eis und Kälte. *Aber das ist wohl genau das, was wir bekommen werden. Groshakk.*

Er ließ den Blick ein letztes Mal über die in Dunkelheit versinkende Landschaft streifen – und stutzte. Zwischen den Bäumen am Fuß des Hangs, den sie als Letztes erklommen hatten, hatte etwas aufgeblitzt. Nur kurz, und trotzdem war sich Krendar sicher: Irgendetwas hatte einen der letzten Sonnenstrahlen aufgefangen und für einen winzigen Augenblick zu ihm geworfen. Und es gab hier nichts, das so etwas vermocht hätte. Einen Bachlauf hätten sie beim Aufstieg bemerkt, und sonst... Vorsichtig schob er sich rückwärts und ließ sich von dem Felsbrocken rutschen. »Sekesh«, sagte er leise. »Ich glaube, wir sind nicht allein hier.«

Die Schamanin hob den Kopf und musterte zwischen ihren Zöpfen hindurch den Waldrand. Corsha warf ihnen einen fragenden Blick zu.

»Nicht hier, glaube ich. Am unteren Ende des Hangs.«

»Sicher?«

»Nein«, gab er zu. »Aber fällt dir noch was ein, das Licht zurückwirft wie eine Klinge?«

Sekesh hob die Schultern. »Eine Rüstung.«

»Auch nicht besser. Auf jeden Fall ist jemand hinter uns. Nah genug, um uns in dieser Nacht einzuholen.«

Ronkh sah auf. »Also kein Feuer heute Nacht? Ich hasse das.«

»Ich bin mir nicht sicher. Sollten wir weiterziehen?«

Krendar sah Sekesh fragend an, doch Corsha ergriff das Wort: »Wenn der, der uns folgt, es auf uns abgesehen hat, dürfte das auch nicht viel bringen, Broca. Solange wir den Dicken dabeihaben, werden wir unsere Spuren nie gut genug verwischen können, um unbemerkt zu verschwinden.«

Krendar betrachtete die tiefen Abdrücke, die Modraths Stiefel im halb aufgetauten Boden der Senke hinterlassen hatten, und musste ihr recht geben. »Also was dann?«

Mit einem Schnauben erhob sich Sekesh. »Gehen wir nachsehen.«

Krendar sah zwischen den beiden Frauen hin und her. »Meinst du das ernst?«

»Was sonst? Wir können schließlich schlecht hier warten und hoffen, dass, wer immer sich außer uns hier in dieser von den Ahnen verlassenen Gegend herumtreibt, ganz zufällig nett zu uns ist. Solange wir nicht wissen, wer und vor allem wie viele uns folgen, hat es kaum Sinn, uns auf das eine oder andere vorzubereiten.«

Corsha schob nachdenklich die Unterlippe vor und nickte bedächtig. »Sie hat recht.«

Als Modrath einen weiteren Ast des toten Baums abriss, krachte es hinter ihnen.

Krendar biss die Zähne aufeinander. »Na gut. Aber nicht alle. Ihr bleibt bei Modrath.« Er nickte in Richtung des Brüderpaars am Feuer. »Sie wissen, dass wir hier sind. Ihr sorgt dafür, dass sie das auch weiterhin glauben. Sekesh, du und der Linke kommt mit mir.«

Der Abstieg hatte lange gedauert. Es hatte nicht an der hereinbrechenden Nacht gelegen. Für die Augen von Aerc stellte die Dunkelheit unter freiem Himmel kein Hindernis dar. Die drei Aerc hatten jedoch einen großen Umweg gehen müssen, um im Schutz der Bäume zu bleiben. Dort jedoch lagen noch immer Schneeverwehungen, versetzt mit schmieriger Asche, die jeden Schritt zu einer riskanten Angelegenheit machten. Umso mehr, wenn sie nicht entdeckt werden wollten. Auch der letzte Rest des Sonnenglühens am Nachthimmel war verschwunden, als sie das untere Ende des Hangs erreicht hatten. Wortlos deutete Krendar auf die Stelle, an der er die Reflexion gesehen zu haben glaubte. Sekesh und der Linke nickten und verschwanden lautlos in der Finsternis zwischen den Stämmen. Sie hatten vor, sich ihrem Ziel von drei Seiten zu nähern.

Krendar lauschte ihnen noch einen langen Moment hinterher, bevor er sich behutsam durch das niedrige Unterholz des Waldrands schob. Der Schaft seines Speers fühlte sich verschwitzt an, und er fletschte stumm die Zähne, bevor er die Finger an seinem Pelzüberwurf abwischte und sich weitertastete. Wenige Schritte später glaubte er, ein Glimmen zwischen den Bäumen erkennen zu können, einen schwachen Lichtschein, der sich vor allem durch ein kaum wahrnehmbares Flackern verriet. Prüfend sog der junge Aerc die kalte Nachtluft durch die Nasenlöcher. Rauch. Schwach nur, aber unverkennbar der Rauch von brennendem Nadelholz. *Welcher Idiot macht hier ein sichtbares Feuer?* Unwillkürlich warf er einen Blick den dunklen Hang hinauf, wo er hoch oben einen zweiten Lichtschein zu erkennen glaubte. *Welcher außer uns*, verbesserte er sich im Stillen. Vorsichtig tastete er sich weiter, bis er den Ursprung des Lichtscheins erkennen konnte. Eine Lawine hatte irgendwann im Laufe des Winters hier eine Schneise in den Wald gefressen. Steine, loses Geröll, zersplitterte Stämme, abgebrochene Äste und bizarre Wurzelballen, die sich wie die erstarrten Fangarme irgendwelcher schleimigen Tiere in den Nachthimmel streckten, lagen in einem chaotischen Trümmerfeld durcheinandergeworfen. Sie hatten die Stelle am vorherigen Nachmittag erreicht und weiträumig umgangen.»…nicht sicher«, hatte der Linke gemurmelt und ihnen einen anderen Pfad gesucht. Wer immer ihnen folgte, schien keine solchen Vorbehalte zu hegen. In einer Höhlung, die das flache Wurzelwerk der umgestürzten Nadelbäume hinterlassen hatte, flackerten die kümmerlichen Flämmchen eines Feuers aus Reisig und harzigen Zapfen. Eine lederne Regenplane dämpfte das Licht zusätzlich, und ohne das gelegentliche Knacken und Zischen der Zapfen hätte er das Lager womöglich übersehen. Krendar legte sich auf den Bauch und schob sich näher heran. Wer immer ihnen folgte, es konnte keine große Gruppe sein. Nur wenige Spuren störten den verharschten Schnee rings um den Bruch, und der Wassertopf aus Birkenrinde, aus dem hauchfeine Schwaden aufstiegen, war nicht für viele Leute gedacht. Nicht für viele Aerc, denn Plane wie Topf waren eindeutig aercisch, genauso wie die Decken und in Leder verschnürten Packstücke. Zwei, drei. Höchstens vier.

Die Frage ist nur: Wo sind die Aerc? Krendar musterte die Umgebung. Das Gewirr aus gefallenen Stämmen und Felsblöcken bot mehr als genug Möglichkeiten, eine halbe Armee zu verstecken. Krendar hoffte allerdings, dass er mit seiner ursprünglichen Schätzung nicht allzu weit daneben lag. Drei oder vier wären schon schlimm genug. Vorsichtig kroch er weiter, bemüht, im Schatten der gestürzten Stämme zu bleiben und kein Geräusch zu machen. *Und wo wir schon mal dabei sind – wo sind Sekesh und der Linke?*

Ein Geräusch direkt über ihm ließ ihn erstarren. Er lag im dunklen Hohlraum einer von den Felsblöcken der Lawine halb zertrümmerten Fichte, deren Stamm auch zwei Krieger nicht hätten umfassen können. Und auf diesem Stamm befand sich jemand – direkt über seinem Kopf. Oder? Er versteifte sich und hielt den Atem an, halb in der Erwartung, im nächsten Augenblick eine Klinge im Nacken oder den Dorn einer Kriegskeule im Schädel zu haben.

Erst als die Luft knapp wurde, ohne dass er gestorben war, wagte es Krendar, vorsichtig auszuatmen. *Groshakk. Ich werde langsam genauso misstrauisch wie der Dicke.* Er setzte gerade dazu an, sich weiterzuschieben, als eine Bewegung ihn innehalten ließ. Ein Schroggra, ein etwa unterarmlanges Nagetier, das so scheu wie wohlschmeckend war, kam zwischen zwei nahen Felsen hervorgehuscht und prallte beinahe gegen sein Gesicht. Mit einem Quieken schrak das magere Tier zurück und überschlug sich fast beim Versuch, auf der Stelle zu wenden. Bevor der Nager jedoch seine Kehre beendet hatte, durchbohrte das mehrzackige Ende eines Jagdspeers sein Hinterteil und nagelte das quietschende Tier am Boden fest. Noch ehe Krendar mehr als erschrocken zurückzucken konnte, landeten ein Paar schwerer Fellstiefel direkt neben dem panischen Nager. Gleich darauf kam ein massiger Schädel ins Blickfeld, als der Besitzer der Stiefel in die Hocke ging, um seiner Beute den Rest zu geben.

Für einen absurd lang wirkenden Augenblick sahen sich Krendar und der Jäger in die Augen. Schließlich war es Krendar, der sich zuerst aus seiner Erstarrung riss. Seine Faust schnellte nach vorn und landete krachend am Kiefer. Der andere taumelte rückwärts und fiel schwer auf sein Hinterteil, als er auf den feuchten Steinen ausglitt. Krendar nutzte die Ablenkung und zog sich unter dem Stamm hervor. Doch bevor er ganz auf die Füße kommen konnte, hatte sich sein Gegner wieder gefangen und beschloss, sein Krummmesser an Krendar statt dem noch immer quiekenden Schroggra auszuprobieren.

Krendar konnte es gerade noch verhindern, die Klinge in den Hals zu bekommen, prallte von einem der umgestürzten Stämme ab, stieß sich ab und warf sich gegen den Angreifer. Dumpf krachte er in seinen Gegner, riss ihn von den Beinen und kassierte dafür noch im Fallen ein Knie in die Nieren. Vermutlich hatte es eine andere Region treffen sollen, doch irgendwie kam trotzdem keine Dankbarkeit in ihm auf. Er rollte sich auf den Messerarm des anderen und rammte ihm den Ellbogen unter das Kinn, in der Hoffnung, den Kehlkopf zu erwischen, doch so viel Glück hatte er nicht. Mehr als einen Streifschlag brachte er nicht zustande, dann packte sein Gegner seinen Zopf und riss ihn so heftig zur Seite, dass er nachgeben und durch den Schlamm wegrollen musste, wollte er nicht seine Kopfhaut verlieren. Der andere ließ allerdings nicht los, riss ihn zurück und schlug ihm die Faust ins Gesicht. Ein stechender Schmerz durchfuhr ihn, als seine Nase mit einem hörbaren Knacken nachgab. Durch das Wasser, das ihm plötzlich in den Augen stand, sah er, wie der andere nach seinem entfallenen Messer angelte. Verzweifelt tastete Krendar herum, bekam einen Stein zu packen und ließ ihn auf die Finger krachen, die seinen Zopf hielten. Der andere grunzte, ließ jedoch nicht los, auch dann nicht, als Krendar zum zweiten und dritten Mal zuschlug. Stattdessen bekam er endlich sein Messer zu fassen und hieb auf Krendar ein. Erst im letzten Moment gelang es Krendar, die Klinge mit dem Steinbrocken abzuwehren, sodass sie nicht sein Gesicht, sondern lediglich seinen Zopf zerhackte. Knurrend rollte er sich weg, kam auf die Knie und schleuderte den Stein auf das Gesicht des anderen, der hastig wegzuckte. Krendar nutzte die Gelegenheit, endlich nach seinem eigenen Messer zu greifen, doch sein Gegner war schneller. Mit einem wütenden Brüllen warf er sich gegen den nächsten der aufgetürmten Stämme und brachte so den ganzen Stapel ins Rutschen.

Groshakk! Krendar versuchte, sich zur Seite zu werfen, doch diesmal verließ ihn das Glück. Einer der rutschenden Stämme rammte sein Schienbein, ließ ihn stolpern, ein zweiter quetschte ihn gegen einen dritten, und ein weiterer traf ihn so heftig am Ohr, dass die Nacht in einem grellen Aufblitzen verschwand.

Seine Ohnmacht konnte nur einen Lidschlag gedauert haben, denn als sich sein Blick klärte, war er noch immer eingeklemmt, und der Schattenriss seines Gegners ragte vor ihm auf. Krendar versuchte für einen Moment panisch, den Stamm vor seiner Brust zu bewegen, bevor er die Nutzlosigkeit dieses Versuchs einsah. Er fletschte die Zähne und hob den Kopf. Der andere trat keuchend näher, das gekrümmte Messer hiebbereit. Doch statt zuzuschlagen, zögerte er.

»Komm schon«, knurrte Krendar. Widersinnigerweise wich die Panik in seinem Magen enormer Wut. »Mach!« In diesem Augenblick tauchte hinter seinem Gegner ein zweiter

Schatten auf, so schnell und lautlos, dass Krendar unwillkürlich zurückzuckte.

»Ich würde nicht auf ihn hören«, zischte eine Stimme dicht am Ohr des anderen, und Krendar konnte im schwachen Gegenlicht der Feuerstelle eine Klinge am Hals seines Widersachers schimmern sehen. »Wenn ich du wäre. Er redet manchmal Blödsinn. Denk lieber selbst nach, was du jetzt tun willst.«

Krendars Angreifer war zum Standbild erstarrt. Auf den letzten Rat hin öffnete er zögerlich die Hand und ließ das Messer zu Boden fallen.

»Siehst du, du bist doch ein schlaues Kerlchen«, flüsterte Sekesh hinter ihm. »Alles in Ordnung, Krendar?«

In Ordnung? Ich will gar nicht drüber nachdenken, was mir alles wehtut. »Du hast dir Zeit gelassen«, knurrte er.

Sekeshs Umriss zuckte mit den Schultern. »Ich dachte, du wirst allein mit ihm fertig.«

Krendar setzte schon zu einer Antwort an, als ihm aufging, dass Sekesh das durchaus ernst gemeint haben konnte. Als er jedoch den Mund wieder zuklappte, glaubte er, Sekeshs Zähne in einem Grinsen aufblitzen zusehen. *So viel dazu.* Er wischte sich mit der frei gebliebenen Rechten Schlamm und Blut aus dem Gesicht und verbiss sich ein Stöhnen, als er dabei an seine lädierte Nase kam. »Allein dafür …«, setzte er an, doch der Gefangene unterbrach ihn, und hörbare Verblüffung lag in seiner Stimme.

»Raut Krendar?«

Krendar zog irritiert die Brauen zusammen. Der Aerc klang jung. Zum ersten Mal betrachtete er den anderen genauer. Sein Gegner war bei näherer Betrachtung nicht sonderlich beeindruckend. Eher von durchschnittlicher Größe und schlanker als Krendar selbst, der ohnehin nicht gerade zu den muskulösesten Kriegern seines Volks gehörte. »Broca«, korrigierte er abwesend. »Sekesh, ich will sein Gesicht sehen.«

»Ich bin's, Raut!«, stieß der Gefangene hervor.

»Halt die Klappe.« Die Schamanin verabreichte ihm eine Kopfnuss und zerrte ihn herum, sodass der schwache Widerschein des Feuers auf sein Gesicht fiel. »Es ist dieser Junge«, stellte sie fest. »Von diesem Klingengras-Haufen vor ein paar Tagen.«

Der junge Aerc schien nicken zu wollen, überlegte es sich jedoch wegen Sekeshs Klinge an seiner Kehle noch rechtzeitig anders. »Farosh, Drûaka!«

»Ich hab dir doch gerade was gesagt. Klappe!«, zischte Sekesh eine Spur schärfer. »Krendar, der Bursche ist uns sicher nicht allein gefolgt.«

Krendar betastete seine Nase. »Sag bloß.« Er nickte zur Feuerstelle und dem dort aufgeschichteten Gepäck hinüber. »Darauf bin ich auch schon gekommen.«

Sekeshs Gesicht näherte sich noch weiter dem Ohr des Jungen. »Wie viele Krieger begleiten dich, und vor allem: Wo sind sie?«

Der Jüngere starrte Krendar mit aufgerissenen Augen an. Der seufzte. »Du darfst antworten. Ohne, dass dir Sekesh den Hals durchschneidet«, bestätigte er mit einem Blick auf die Schamanin. *Hoffe ich. Sie genießt das ein wenig zu sehr.*

»Wir sind zu zweit, Raut. Bruggach und ich«, antwortete der junge Aerc eilig. »Er ist Wasser holen!«

»Soweit ich sehen konnte, war das …« Die unerwartete Pause brachte alle drei, selbst den Jungen, dazu, sich umzusehen. Der Linke runzelte leicht die Stirn. »... richtig«, fügte er stockend hinzu. »Ich hab nur ihn hier gefunden.«

Direkt vor ihm stand ein zerknirscht wirkender Aerc-Krieger, einen Ledereimer in der Hand. Es war deutlich zu sehen, dass die Spitze des Speers in den Händen des Linken in seinen Rücken gepresst war. Der Linke nickte Krendar zu. »Brauchst du Hilfe?«

Krendar sah an sich hinab. *Wie kommst du nur darauf? Sieht das so aus?*

Er ignorierte die Frage. Stattdessen sog er geräuschvoll das Gemisch aus Blut und Schlamm in die Nase, verzog das Gesicht und spuckte aus, bevor er den Jungen wieder ansah. »Was mich eigentlich viel mehr interessiert: Was macht ihr hier?«

»Ich denke, sie sind Fährtensucher für den Rest«, stellte Sekesh fest.

Der junge Aerc sah erstaunt aus. »Was? Nein. Es sind nur wir.«

»Und das sollen wir glauben? Wie bescheuert sehen wir eigentlich aus?« Im nächsten Moment wurde sich Krendar seiner derzeitigen Lage bewusst. *Ich sollte wirklich an meinen rhetorischen Fragen arbeiten.* »Warum solltet gerade ihr zwei ausgerechnet hier auftauchen – ohne euren blassen Anführer, seinen riesigen Freund und den ganzen Rest der Bande? Als wir euch das letzte Mal gesehen haben, wart ihr auf dem Weg nach ...« Er unterbrach sich und warf dem zweiten Aerc einen argwöhnischen Blick zu. »Hatte ich dich nicht als neuen Raut eingesetzt?«

»Hast du«, bestätigte der Linke. »Hat nicht lange gehalten, hm?«

»Nein.«

Täuschte er sich, oder sah der alte Krieger tatsächlich ein wenig betreten aus, als er den Kopf schüttelte?

»Ich hab Currg sein Kommando zurückgegeben.«

»Du hast ...? Warum?«

»Er hätte sich's sowieso geholt. Sein Bruder ist Broca. Der hätte sich eher früher als später einen Grund gesucht, mich herauszufordern. Mal ehrlich, seh ich so aus, als hätte ich eine Chance gegen den Kerl gehabt? Und wenn Traggash mal Raut ist, tritt er das an seinen Bruder ab, und Currg ist wieder obenauf. Die haben das Spiel nicht zum ersten Mal gemacht.« Er hob die Schultern. »Also hab ich mir gedacht, dass ich mir eine Tracht Prügel spare und gleich gehe.«

»Aber warum ›gehen‹?«

»Weil Currg ein Idiot ist«, stellte der Junge fest. »Er hat nicht vor, deinem Befehl zu folgen, Raut.«

»Broca«, korrigierte Krendar abwesend.

»Sie haben übrigens immer noch nicht erklärt, warum sie hier sind«, erinnerte Sekesh. »Und langsam werde ich unruhig. Ich frage mich, ob es ein gutes Omen wäre, wenn ich dem hier den Hals aufschneide.«

Die Augen des Jungen weiteten sich noch mehr, was Krendar vorher nicht für möglich gehalten hätte. »Das erklärt es doch, Raut! Bitte! Du ... sie hat uns doch aufgetragen, zu den Drûaka zu gehen und sie zu warnen. Currg hat sich furchtbar darüber beschwert. Er wollte nach Hause und den ganzen Scheiß vergessen, sagte er. Bruggach hat ihm erklärt, dass die Drûaka hier einen Auftrag für uns hatte. Sie hat uns ja sogar ihre Stammesmutter gegeben! Weißt du, was er gesagt hat?«

»Ich kann's mir vorstellen«, knurrte Sekesh.

»Ungefähr das«, bestätigte Bruggach. »Nur mit hässlicheren Worten.«

»Sie kennt ziemlich hässliche …«, warf der Linke ein.

»Jedenfalls wollte ich nicht mehr unter diesem Idioten und seinem Bruder laufen, also habe ich mich an Bruggach gehängt, als er den Trupp verlassen hat. Wir sind euch gefolgt. Bruggach meinte, ihr habt irgendeinen Grund, hier hinaufzugehen, der wichtiger sein muss, als selbst die Drûaka der Stämme zu warnen. Wichtig genug, uns deine Stammesmutter anzuvertrauen. Und wann hätte man je davon gehört? Und wir dachten, ihr könnt noch ein paar kräftige Hände gebrauchen. Ihr habt schließlich nicht mal eine komplette Doppelfaust!«

»… haben dafür eine Drûaka«, merkte der Linke an.

»Und wir haben einen Oger«, fügte Krendar hinzu.

»Wie kommt ihr da auf die Idee, wir bräuchten noch einen Welpen und einen Greis?«, erkundigte sich Sekesh.

»Vielleicht braucht ihr noch ein paar gute Jäger«, merkte Farosh an.

»Von dem mageren Shroggra da werden aber nicht viele satt«, stellte die Schamanin mit einem Seitenblick auf das mittlerweile erschlaffte Tier fest, das noch immer mit Faroshs Speer am Boden festgenagelt war.

»Der war auch nicht für euch. Der war unser Abendessen. Wir dachten eher daran«, gab Bruggach zurück. Er deutete in den dunklen Wipfel eines der Bäume am Rand der Lawinenschneise. Krendar konnte gerade so einen großen, dunklen Körper erkennen. »Odwarra. Ein ziemlich großer. Ich schätze, der Oger vertilgt ziemlich viel. Das da sollte unser Gastgeschenk für morgen werden. Morgen.«

»Hm.« Krendar stützte sich auf den Stamm vor seiner

Brust und sah den jungen Aerc nachdenklich an. »Eine gute Idee. Aber warum solltet ihr das wollen?«

Farosh und Bruggach wechselten einen Blick. »Wir haben das Heerlager von Derok verlassen, weil Currg es vorgeschlagen hat«, sagte der Jüngere dann. »Wir sind alle gegangen, weil wir ein Trupp sind und zu einem Stamm gehören. Aber Bruggach und ich sind keine Feiglinge. Wir wollen nicht einfach nach Hause laufen, als wären wir vor dem Feind geflüchtet. Wir wollen noch immer an etwas beteiligt sein, das in diesem Krieg etwas nützt. Und ihr seid hier. Ihr arbeitet für Drangog – das hast du selbst gesagt, Raut. Bruggach hat mir von Ragroth erzählt, der diesen Trupp vor dir geführt hat. Seine Doppelfaust ist legendär! Ihr geht nicht einfach so hinauf in die Berge! Was auch immer euer Auftrag ist – wir wollen dabei sein.« Vor Begeisterung schien Farosh das Messer an seiner Kehle vergessen zu haben, denn wenn Sekesh die Klinge nicht rechtzeitig bewegt hätte, hätte er sich jetzt vermutlich selbst in den Hals geschnitten.

Krendar blickte von ihm zu dem älteren Krieger, der nur bestätigend die Brauen hob, bevor er sich schließlich hilfesuchend nach Sekesh umsah.

»Ich will mir gar nicht vorstellen, was Modrath jetzt dazu sagen würde«, seufzte die Schamanin.

»… eine der Weisheiten von Ragroth für uns«, schlug der Linke vor. Er und Sekesh wechselten einen leidgeprüften Blick.

Na, dann geht das ja zumindest nicht nur mir auf die Nerven. Krendar atmete tief durch. »Wir suchen einen Ort, von dem wir wahrscheinlich nicht zurückkehren werden. Es wäre unsinnig von euch, uns zu folgen.«

Der alte Krieger schnaubte. »Das galt für den Ort namens Derok auch. Und unsinniger als das kann es meiner Meinung nach nicht werden.« Er sah Sekesh an. »Aber wenn der Ort, den ihr sucht, so gefährlich ist, dann sollte eine Drûaka nicht ohne ihre Stammesmutter dorthin gehen.« Er fasste vorsichtig in den Kragen seiner Pelzjacke und zog Sekeshs Amulett hervor. »Ich glaube ohnehin nicht, dass man mich angehört hätte. Ich bin nur ein einfacher Krieger. Macht das lieber selbst, Drûaka.« Er neigte den Kopf und entblößte den Nacken.

Krendar rieb sich die schmerzende Narbe auf seiner Stirn. »Lass ihn los, Sekesh«, ordnete er schließlich an.

»Sicher?« Die Schamanin sah nicht überzeugt aus.

»Sicher. Ich denke, du hast ihn auch so unter Kontrolle. Du bist eine Totensprecherin. Das weiß er.«

»Fein.« Die Ayubo trat zurück, und ihr Messer verschwand, bevor sie die Arme vor der Brust verschränkte. »Aber überleg dir, was du tust. Wir haben alle freiwillig zugestimmt, das zu beenden. Die hier wissen nicht einmal, worum es geht.«

Der Junge holte tief Luft und betastete seinen Hals, bevor er gleichfalls den Nacken vor Krendar entblößte. »Wir haben schon darüber gesprochen, Raut, Bruggach und ich. Es ist nicht wichtig, dass wir wissen, worum es geht. Dafür ist der Raut da. Aber wenn wir die Wahl haben, davonzulaufen in eine ewige Flucht vor den Wühlern oder kämpfend zu sterben, dann wählen wir das Zweite. Wir sind Aerc!«

Gerade hatte noch jemand davon gesprochen, dass es nicht unsinniger werden könnte. Da kann man mal sehen. Krendar schwieg eine Weile und betrachtete die Nacken, die ihm dargeboten wurden, das universelle Zeichen aller Stämme für Unterwerfung und das Angebot von Loyalität. Schlug er es aus, waren diese beiden an nichts gebunden. Dann wäre es nach der Art der Weststämme jedoch beinahe sinnvoller, sie zu töten, als sie im Rücken zu haben. *Als ob wir nicht schon genug Tote gesehen hätten.* Nahm er es an, war es für beide Seiten bindend. Damit übernahm er jedoch auch die Verantwortung für sie, wie für jeden, der ihm folgte. *Und ich habe schon mehr Verantwortung, als ich je wollte.*

»Ihr könnt mir folgen«, sagte er schließlich. »Unter einer Bedingung: Hört endlich auf, mich Raut zu nennen. Ich bin Broca, nicht mehr.«

»... hat Ragroth auch immer gesagt«, murmelte der Linke, während er den Speer senkte.

Sekeshs Zähne blitzten wieder auf, und dieses Mal war sich Krendar sicher, dass sie grinste. Er ignorierte es wieder. Stattdessen klopfte er auf den Baumstamm vor seiner Brust. »Ich könnte übrigens wirklich noch ein paar kräftige Hände gebrauchen.«

GLÄNZENDE AUSSICHTEN

Von hier oben ist die Aussicht geradezu überwältigend.« Dion beschattete mit der einen Hand seine Augen und deutete mit der anderen begeistert in die Tiefe, wo aus dem Dunst die Ruinen der Nordstadt herausragten.

Axt konnte dem trostlosen Anblick beim besten Willen nichts Überwältigendes abgewinnen. Schwarze Mauerreste, die den verrotteten Gebissen von Menschen ähnelten, verstümmelte Mahnmale des Schlachtens und Mordens, das noch vor wenigen Monaten auf den Straßen Deroks stattgefunden hatte. Die Gartenvorstadt mit den einst blühenden Bäumen und Sträuchern war beinahe vollständig dem Erdboden gleichgemacht. Dort hatten die Orks ihre Truppen zusammenziehen lassen, bevor sie sie auf den entscheidenden Sturm gegen die Ewige Brücke geschickt hatten. Aus den Ruinen der Oststadt ragten noch vereinzelt mächtige Trutzbauten hervor, deren eisenbeschlagene Tore selbst den Fäusten von Ogern widerstanden hatten. Doch eine Kette war immer nur so stark wie ihr schwächstes Glied. Aus den Berichten der Clankrieger wusste Axt, dass die meisten dieser Gebäude im Inneren völlig zerstört waren. Meist hatte nur ein mauerkletternder Skrag genügt, um den Panzer von innen aufzubrechen und den blutgierigen Horden Einlass zu gewähren. Im Westen war der Anblick noch trostloser. In einer einzigen Nacht waren die strohgedeckten Hütten der Menschen bis auf die Grundmauern niedergebrannt. Vermutlich hatte ein Funke ausgereicht, um alles in lodernde Flammen aufgehen zu lassen.

Vorsichtig beugte sich Axt noch ein Stück weiter nach vorn. Weit unter ihren Füßen floss träge der Beag dahin. Dicke Eisschollen trieben auf seiner Oberfläche, schoben sich knirschend übereinander und brachen krachend an den aus der Wasseroberfläche ragenden Felsen entzwei. Ein Sturz aus dieser Höhe musste zwangsläufig tödlich enden. Selbst wenn Gott oder der Zufall einen fallenden Dalkar vor der Felswand bewahrte, so würde er spätestens in den eisigen Fluten elendig ersaufen. Aus diesem Grund hatten die Erbauer die Brustwehr besonders stabil gemacht. Es war so gut wie unmöglich, dass sie zufällig brach. Nicht in einem so großen Stück und nicht ohne Vorwarnung. Axt fuhr mit der Hand über den kalten Stein. *Selbst ein geübter Meister muss Mühe haben, nur mit Hammer und Meißel bewaffnet gegen solche Mauern anzugehen. Wie lange muss es wohl gedauert haben, wenn der Attentäter dabei unbemerkt bleiben wollte? Stunden? Tage?* Sie warf einen Blick hinauf zum nächsten Wachturm, hinter dessen Brüstung Rüstungsstahl hervorblitzte. *Irgendjemand muss doch etwas gesehen haben ...*

»Nun?« Dion warf ihr einen Seitenblick zu. »Zu welchem Schluss seid Ihr gekommen?«

»Dass Meister Dornem wohl völlig unschuldig in Gewahrsam genommen wurde.«

Dion nickte. »Selbst Gott wäre kaum in der Lage, stabilere

Mauern zu errichten. Sie sind hervorragend instand gehalten und gewartet. Der Festungsmeister ist über jeden Zweifel erhaben. Wie Ihr vorgeschlagen habt, konzentrierte Hertig Kearn seine weiteren Nachforschungen daher auf die Gilde der Steinmetze, von denen nur die Besten die Erlaubnis haben, sich auf dem äußeren Mauerring frei zu bewegen. Neben Dornem selbst sind das die fünf ihm direkt unterstellten Meister sowie eine Handvoll Gesellen, die sich zumindest in bestimmten Bereichen ohne Begleitung aufhalten dürfen. Stellt euch vor, welche Überraschung es war, als er herausfand, dass einer von ihnen ein Mensch ist.«

»Ein Mensch? Das ist äußerst ungewöhnlich. Aber das macht ihn noch lange nicht besonders verdächtig.«

»Wenn ihr es sagt ...« Dion lächelte. »Kearn würde euch in dieser Hinsicht sicherlich aufs Heftigste widersprechen. Vor allem nachdem er ihn am Südtor aufgegriffen hat, wo er gerade im Begriff stand, mit seiner gesamten Habe die Stadt zu verlassen.« Er zog eine dicke Münze unter seinem Überwurf hervor und hielt sie zwischen Zeigefinger und Daumen in die Höhe. Es war ein nagelneuer Goldamboss mit dem Bildnis des Großkönigs auf der einen und dem Symbol des Streithammers auf der anderen Seite. »Den hier hat Kearn in seinen Besitztümern gefunden. Schön, nicht wahr? Er fand nicht nur einen, sondern gleich einen ganzen Beutel voll in seiner Truhe. Sorgfältig unter einem falschen Boden verborgen.«

Axt runzelte die Stirn. »Ein kleines Vermögen.«

»Das dieser Mensch sicherlich nicht durch harte Arbeit erworben hat. Jedenfalls nicht durch die Art von Arbeit, der er offiziell nachgegangen ist.«

»Aber woher…?«

»Dieser Frage geht Kearn zurzeit auf den Grund. Er hat ihn in die Kerker bringen lassen, um ihn zu befragen. Hat man Euch noch nicht Bescheid gegeben?«

Er war groß gewachsen und dürr, so wie die meisten Menschen, und mit langen, strähnigen Haaren und verschorften Abszessen an Armen und Beinen. Sie hatten ihm die Hände so hinter seinem Rücken an die Wand gefesselt, dass er gezwungen war, im Dreck zu knien, als würde er beten. Seine Ketten waren das einzig Saubere an diesem elenden Ort. Sorgfältig geölt und auf Hochglanz poliert, so als gäbe es in diesem schmutzigen Gewerbe nichts Wichtigeres.

»Das ist der Dreckskerl.« Kearn riss den Kopf des Gefangenen an den Haaren in die Höhe. Für einen Menschen hatte er ein beinahe hübsches Gesicht, mit markanten Zügen, die nur ein wenig durch die blauen Flecken und blutunterlaufenen Augen entstellt waren. *Die Kerkermeister haben wohl schon ein wenig vorgearbeitet, wie?*

»Wir haben ihn gerade noch rechtzeitig aufgegriffen«, erklärte Kearn. »Er wollte sich klammheimlich aus dem Staub machen…«

»Und die Verletzungen im Gesicht?«

»Die hatte er zu dem Zeitpunkt noch nicht.«

»Ihr habt ihn also gefoltert.«

Kearn zuckte mit den Achseln. »Wir haben getan, was getan werden musste. Mir macht diese Arbeit keinen Spaß.«

Aber offenbar den Kerkermeistern. »Bevor Ihr Euch das nächste Mal in ungeliebte Arbeit stürzt, ruft bitte zuerst mich hinzu. Das würde uns allen die Arbeit sehr erleichtern.«

Kearn erwiderte nichts, sondern nickte nur und ließ den Gefangenen los.

Axt atmete tief durch. »Also gut. Was hat er gesagt?«

»Nichts.«

»Nichts?« Axt runzelte die Stirn.

»Er ist ein verdammt harter Hund. Scheint es gewohnt zu sein, Prügel zu beziehen. Doch keine Sorge, das war erst der Anfang. Die richtig gemeinen Sachen haben wir uns für Euren Besuch aufgehoben.« Kearn verzog die Mundwinkel um eine Winzigkeit, die wohl ein Grinsen andeuten sollte.

Diese Arbeit macht dir also keinen Spaß, wie? Sie ging vor dem Gefangenen in die Hocke und sprach ihn in der Gemeinsprache an. »Mein Name ist Syen. Ich bin die Zweite in der Erbfolge des Bergloggaclans und außerdem die rechte Hand unseres Generals Variscit. Wie lautet dein Name?«

Der Gefangene presste die Lippen aufeinander. Wortlos schaute er von ihr zu Kearn, bei dessen Anblick sich seine Pupillen verengten.

»Sein Name ist Dyrion«, antwortete Kearn an seiner Stelle. »So viel haben wir aus den Unterlagen von Meister Dornem erfahren. Das ist aber auch alles.«

Axt nickte und strich sich eine Haarsträhne aus der Stirn. »Dein Gesicht kommt mir bekannt vor, Dyrion. Du ähnelst einem Handwerker aus der Zinkgasse. Sein Name war Olyn, wenn ich mich recht erinnere. Er war beinahe so geschickt wie ein Dalkarmeister. Vielleicht sogar geschickter. Meine Familie hatte damals oft kleine Steinmetzarbeiten bei ihm in Auftrag gegeben. Kennst du ihn?«

Überrascht schaute der Gefangene auf. »Meister Olyn ist mein Onkel. Ich bin der jüngste Sohn seines zweiten Bruders.«

»Dann scheinst du das Talent deines Onkels geerbt zu haben.« Axt lächelte. »Dornem ist ein gewissenhafter Mann, der nur die Besten für sich arbeiten lässt.«

Der Fausthieb kam so plötzlich, dass Dyrion noch nicht einmal die Zeit blieb, den Kopf abzuwenden. »Gestehe«, zischte Kearn, und sein gesundes Auge starrte zornfunkelnd auf den Gefangenen hinab. »Wer hat dir das Gold gegeben? Warum hast du Borm getötet?«

Dyrion röchelte und verzog schmerzverzerrt das Gesicht. Doch dann schüttelte er den Kopf, und der Blick seiner dunklen Augen wurde hart. Kearn ballte erneut die Faust.

»Aufhören!« Axt trat zwischen ihn und den Gefangenen. »Lasst den Mann in Ruhe, Hertig Kearn! Ich werde diese Vorgehensweise nicht länger dulden.«

Kearn zuckte mit den Schultern und spuckte auf den Boden. »Das ist gar nichts gegen das, was sie mit ihm anstellen, wenn die Ratsversammlung ihn wegen des Mordes an Meister Borm verurteilt hat. Es wird kein schneller Tod sein, so viel ist sicher. Es wird eine lange und schmerzhafte Prozedur nach altem Bergrecht.«

Dyrion erbleichte, doch seine Augen blieben hart. »Ihr macht mir keine Angst. Ich fürchte mich nicht vor dem Tod.«

Du bist ganz sicher ein harter Hund, das sehe ich dir an. Bei dir kommen wir mit Folter nicht weiter. Jedenfalls nicht in der kurzen Zeit, die uns zur Verfügung steht. Außerdem gibt es in unserem Sprachschatz noch solche Wörter wie Anstand und Dalkarwürde. Manchmal haben sie auch in diesen Zeiten noch eine Daseinsberechtigung.

Axt blickte Dyrion direkt in die Augen. »Hertig Borm hatte ebenfalls eine Familie, genau wie du. Eine Frau, drei Kinder und einen Neffen, der etwa in deinem Alter sein müsste. Durch seinen Tod stehen sie nun alle ohne Schutz da. Womit, glaubst du, haben sie das verdient? Warum soll er es verdient haben?«

»Das fragt ihr noch?« Dyrion leckte sich über die aufgesprungene Lippe. Sein Kinn zuckte kurz in Kearns Richtung. »Er ist der Grund. Eure Überheblichkeit ist der Grund. Euer ganzes Volk ist der Grund.« Mit einem Mal blitzten seine Augen voller Hass. Stolz hob er den Kopf und erwiderte Axts Blick. »Seid ihr es nicht gewesen, die uns Generationen lang unterdrückt und geknebelt haben? Habt ihr uns nicht wie Hunde behandelt? Schlechter noch. Hunde hatten wenigstens die Freiheit, an jede Hauswand zu pissen, an die sie pissen wollten. Wir dagegen waren in eurer Stadt nichts als Sklaven. Gerade gut genug, um eure Straßen sauber zu halten und den Unrat fortzuräumen.« Die Worte sprudelten geradezu aus ihm heraus. »Doch nun ist eine neue Zeit angebrochen. Unsere Zeit! Nun werden wir Menschen uns erheben und gemeinsam gegen euch zu Felde ziehen. Wir werden eure Anführer töten und uns das zurückholen, was uns dem Recht nach zusteht. Wir werden euch in den Straßendreck treten, in dem ihr uns so lange schon gefangen haltet. Und wir werden auf euch pissen …«

»Halt dein Maul!« Wutentbrannt sprang Kearn vor und verpasste Dyrion eine Ohrfeige, die ihn zu Boden geschleudert hätte, wenn er nicht gefesselt gewesen wäre. So hing er einfach nur mit grotesk in die Höhe gereckten Armen in den Ketten und stöhnte. »Weil du dich ungerecht behandelt fühlst, gehst du also hin und bringst wahllos Dalkar um? Du dreckiges Stück Scheiße! Ich sollte es mit dir genauso machen. Ich sollte dich in einen Sack stecken und im Fluss ersäufen.«

»Was ändert das schon?«, nuschelte Dyrion zwischen aufgeplatzten Lippen hervor. »Ich bin nur einer unter vielen. Nach mir kommen andere, und nach ihnen wieder andere. Ihr werdet sie nicht alle aufhalten können.«

Kearn schnaufte. »Wir haben dich aufgespürt. Wir werden auch die anderen finden, verlass dich drauf. Ihr Menschen seid dumm und schwach ...«

»Ihr habt ja keine Ahnung!« Dyrion fing an zu lachen, abgehackt und verzweifelt. »Glaubt ihr wirklich, wir wären allein? Wir haben einen mächtigen Verbündeten. Die Orks nennen ihn Shirach Drangog ... er ist ihr ... ihr Kriegsherr. Was immer ihr auch versucht, er wird euch stets einen Schritt voraus sein. Er verfügt über dunkle, unheilvolle Kräfte, die ihm alles über euch verraten. Er weiß, wer eure Anführer sind und wie sie aussehen. Er hat mir Zeichnungen gegeben. Von Borm Zinnkopf und Gund Wurmberg ... Ihr könnt ihn nicht aufhalten. Niemand kann das! Eure Anführer sind dem Tod geweiht!«

»Die Orks also.« Kearn nickte und tätschelte Dyrion die Wange. Seine Wut schien sich von einem Augenblick zum nächsten in Luft aufgelöst zu haben. »Das war doch schon alles, was wir wissen wollten.« Mit funkelndem Auge richtete er sich auf und ging zur Tür. »Kommt, Edle Syen. Wir sollten dem General Bericht erstatten.«

Auf der Treppe blieb er noch einmal stehen und wandte sich zu ihr um. »Eure Vorgehensweise dort drin ... mir die Rolle des Bösewichts zu überlassen, der den Menschen verängstigt, damit Ihr ihn im Anschluss mit freundlichen Worten beruhigen konntet, bis er alles gesteht … das war eine ganz hervorragende Idee. Äußerst effektiv. Ich bewundere Eure Kreativität in diesem Spiel.«

»Ein Spiel nennt Ihr das?« Axt zog eine Grimasse und stützte sich an der Wand ab. Der Übelkeit erregende Gestank der Kerker verursachte ihr noch immer Schwindelgefühle. Vielleicht war es aber auch das Unbehagen über die Dinge, die sie dort unten in der Zelle gesehen und zugelassen hatte. »Mein Gott, wir konnten ihn doch nicht einfach so foltern! Wir wussten doch nicht einmal, ob er wirklich schuldig war. Wir hatten nur einen verdammten Beutel Gold und einen vagen Verdacht!«

»Zweifelsohne. Und dank Euch haben wir nun auch ein Geständnis.«

Außerdem haben wir unsere Seelen dort unten in den Kerkern verkauft. Axt atmete tief durch. »Es sind noch mehr dort draußen unterwegs. Verstärkt die Wachen, behaltet alle Ein- und Ausgänge zur Festung im Auge, und gebt Befehl an die Händlergilden, uns sofort zu melden, wenn jemand mit dem gleichen Gold bezahlt, das wir in Dyrions Besitz gefunden haben. Und lasst nach Hertig Gund Wurmberg suchen. Ich wusste noch nicht einmal, dass er bereits in der Festung eingetroffen ist.«

»Und was gedenkt Ihr mit den Menschen zu machen, die sich in der Festung aufhalten?«

»Nichts.«

»Aber sie sind die Mörder.«

»Alle?« Axt zog eine Augenbraue in die Höhe. »Alle Mägde, Knechte, Diener und Gehilfen? Was wollt Ihr tun? Sie zusammentreiben lassen und jeden von ihnen in die Minen verbannen?«

»Wenn es unserem Schutz dient…« Kearn verzog keine Miene. »Ihr verfügt über die Befehlsgewalt des Generals, und wir befinden uns im Krieg.«

»Nein!«, bellte sie und funkelte ihn böse an. *Hätte ich vor wenigen Monaten wirklich noch alles dafür gegeben, die Stellvertreterin von Variscit zu werden? Kaum vorstellbar, wenn einem bewusst ist, was das tatsächlich bedeutet. Wie schnell man doch aus seinen dummen Mädchenträumen erwacht, um sich auf dem harten Boden der Realität wiederzufinden.* Unwirsch schob sie sich an Kearn vorbei und kletterte die steilen Stufen hinauf. Sie brauchte jetzt unbedingt frische Luft.

KÜCHE

Nyorda hielt den Kopf gesenkt und griff nach der nächsten Gelbwurzel. Mit geübten, schnellen Handgriffen kratzte sie die dicke, ledrige Schale ab. *Da wird immer behauptet, die Wühler würden auf ihren Stahl achten. Aber für ihre Scheiß-Küchenmesser scheint das nicht zu gelten.* Prüfend fuhr sie mit dem verhornten Daumenballen über die Schneide, ohne sich auch nur einen Kratzer zu holen, und fluchte lautlos. *Stumpf genug, um darauf zu reiten.* Kein Wunder, dass sie so lange brauchte. Unauffällig sah sie zu den drei Mädchen, die mit ihr zum Schälen eingeteilt waren. Sie waren kaum den Kinderkleidern entwachsen und so dürr, dass ein Ork sich kaum eine Suppe aus ihnen kochen würde, doch wie es aussah, waren ihre Klingen deutlich besser. *Na, war ja klar. Gib der Neuen immer das beschissene Messer und freu dich dann, wenn sie zusammengestaucht wird, weil sie am wenigsten geschafft hat. Der älteste aller Küchenscherze.* Unwillkürlich zuckten ihre Mundwinkel. *Hätte ich ja genauso gemacht.*

Sie warf die geschälte Knolle in den Wassereimer und griff nach der nächsten, während sie sich erneut unauffällig umsah. Die Soldatenküche war ein langer und vor allem hoher

Saal, dessen gewölbte Decke von mehreren Reihen dicker Steinsäulen getragen wurde. Eine Seite der Halle wurde fast vollständig von einer Reihe großer Kochstellen eingenommen: Kaminöfen, in denen Ochsen und Gnarra gebraten werden konnten, Herde, auf denen in riesigen eisernen Töpfen Wasser, Suppen, Gelbwurzeln und Getreidebreie kochten, Tiegel, in denen Butter und Fett spritzte, wenn Fladen gebacken, Eier gebraten oder Speckstreifen ausgelassen wurden. Nyorda fiel allerdings auf, dass die Bratöfen weitgehend leer waren. Lediglich in einem brieten einige Hühner, der Rest schien schon seit einer Weile kalt geblieben zu sein. Es gab nicht viel Fleisch für die Krieger der Wühler. Aber immerhin gab es auch jetzt noch Getreidebrei, es gab noch Gelbwurzeln. Hässliche, verschrumpelte Dinger zwar, die hauptsächlich aus dunklen Druckstellen und fauligen Augen zu bestehen schienen, aber es war noch genug da, um die Zwerge bei Kräften zu halten. Das war mehr, als den Orks auf der anderen Seite des Flusses geblieben war. Für diese Wurzeln würden sie töten. *Wenn man es genau nimmt, haben sie genau das vor. Nicht genug Vorräte, um zurückzugehen. Sie können nur noch vorwärts. Das hier ist das einzige Fressen im Umkreis von einer Woche.* Eine weitere Knolle wanderte in den Eimer.

Den Großteil der restlichen Halle machten lange Tische, Hackklötze, Waschzuber und Arbeitsplatten voller Kochgeschirr und Besteck aus. Die andere Längsseite bildeten Regale. Mehr als die Hälfte der Fächer war leer, und in vielen der übrigen standen vor allem Tongefäße, die, wie sie inzwischen mitbekommen hatte, hauptsächlich Salz, Gewürze und Eingemachtes enthielten. In den restlichen stapelte sich vor allem Geschirr. Mehrere Türen führten in Lagerräume, doch wie die Bestände dort aussahen, wusste sie nicht. Es war ihr auch egal. Sie war nicht hier, um Vorräte für die Grünhäute zu suchen.

Eine weitere Knolle.

Die drei dürren Mädchen tuschelten, kicherten und warfen ihr interessierte Blicke zu. Nyorda beachtete sie nicht. Etwa zwei Dutzend weiterer Menschenmädchen und -frauen arbeiteten hier, alle genauso dünn, alle eifrig und fleißig. *Sie arbeiten in der Küche. Sie dürfen die Reste fressen. Es geht ihnen also besser als den meisten anderen.*

Soweit sie sehen konnte, verrichteten die Menschen hier jedoch nur Handreichungen. Die eigentliche Kocharbeit erledigten einige Zwergenfrauen, die ein strenges Regiment über ihr kleines Heer von Menschen führten. Angeführt wurden sie von einer überaus korpulenten Frau namens Chert, die auch nach Zwergenmaßstäben nicht mehr die Jüngste war. Die Zwergin hatte Nyorda am Eingang zur Küche aufgehalten und einer strengen Musterung unterzogen, bevor sie sie wie die anderen zu einer Aufgabe eingeteilt hatte.

Ihr Passierschein und eine sorgfältig zurechtgelegte Geschichte hatten sie vor drei Tagen erstaunlich problemlos durch die Sperren zwischen der überfüllten Südstadt unten am Fluss und in die Festung hineingebracht, die, wie sie feststellen musste, kaum weniger überfüllt war. Waren es unten und in den eilig abgegrenzten Zeltlagern vor der Festung jedoch vor allem Flüchtlinge aus dem nördlichen Derok, so tummelten sich hier oben vor allem Krieger der Zwerge, und im Gegensatz zu den Menschen und einem nicht geringen Teil der Zwerge draußen waren sie ganz sicher nicht abgemagert. Und es waren viele, so verdammt viele. Gemessen an der Größe der Festung und an der Anzahl der Zelte, die sie auf den äußeren Höfen passiert hatte, befanden sich hier mehr Zwerge unter Waffen, als Derok zum Zeitpunkt des Angriffs von Rogorus Heer im Herbst gehabt hatte.

Die Wachen der Zwerge hatten ihr erstaunlich wenig Beachtung geschenkt – wobei das wahrscheinlich eher der Verdienst des Passierscheins gewesen war. Sorgsam aufgeschriebene Dinge mit Siegeln waren genau die Sache der Stumpen. Sie waren die Wahrheit, und Zwerge zweifelten nicht an der Wahrheit. Geholfen hatte allerdings sicherlich auch die Tatsache, dass sie ein Mensch war. Nyordas Erfahrung nach sahen sie in den Augen der Zwerge alle gleich aus. Wenn man sie überhaupt ansah, so waren ihre Gesichter austauschbar, und kaum einer der Bärtigen schenkte ihnen mehr Aufmerksamkeit als unbedingt notwendig.

Umso überraschender kam die argwöhnische Musterung durch die feiste Chert. Passierschein und glaubhafte Geschichte hin oder her, die Herrin über die Küchen hatte nicht vor, Nyorda den Platz einzuräumen, den ihre Nichte besetzt hatte. In ihrem Reich hatte man sich hochzuarbeiten, seinen Wert zu beweisen. Also nicht anders als überall sonst. *Wenn man nicht mit einem Namen geboren wurde, muss man sich selbst aus dem Dreck ziehen. Immer und immer wieder. Und manchmal hilft nicht einmal der Name. Eher im Gegenteil.* Die Knolle glitt ihr aus der Hand und sprang über den polierten Steinboden davon. Nyorda starrte auf ihre Handfläche, die trotz des Ausrutschers kaum angeritzt war.

Das reicht, glaube ich. Sie schob den Eimer beiseite, stand auf und ging zielstrebig an den Köchinnen vorbei bis in den hinteren Teil der Küche, in dem in langen Reihen Messer, Fleischhauen, Filetierklingen, Beile und Sägen hingen. Ein Raunen folgte ihr, als die Frauen aufsahen und ihr hinterher-starrten. Einzelne Zwergenweiber klangen erbost, doch Nyorda verstand ihre knirschende Sprache ohnehin kaum und ignorierte sie. An der Werkzeugwand angekommen, streckte sie ohne zu zögern die Hand aus, als ein scharfer Ausruf durch die Halle donnerte. »Finger weg von meinen Messern, Weib!«

Nyorda hielt für einen winzigen Augenblick inne, bevor sie die Finger um einen eisernen Griff schloss. »Du hast nicht das Recht…!«

Langsam drehte sie sich um und sah ruhig Chert entgegen, die quer durch die Halle auf sie zugewalzt kam. Noch bevor die Zwergin sie erreicht hatte, hob sie den unterarmlangen Stahl zum wortlosen Salut und zog die Klinge ihres Schälmes-sers über die gesamte Länge. Der Wetzstahl ließ ein leises Schaben hören, das dennoch lauter klang, als jede Antwort hätte sein können. »Dieses Messer«, sagte Nyorda leise, »braucht ganz dringend einen ordentlichen Schliff.«

Die alte Zwergin hatte sie schließlich erreicht und kam mit zornbebendem Busen vor ihr zum Stehen. »Wie kannst du es wagen…!«, schnappte sie scharf, und Nyorda sah von Messer und Wetzstahl auf.

»Wie ich es wagen kann?«, unterbrach sie die Zwergin. »Ich schäle seit drei Tagen mit diesem schartigen Stück Müll Gelbwurzeln. Das ist eine Schande, denn mit einem scharfen Messer könnte ich doppelt so viel schaffen. Und das gilt auch für die Mädchen dort. In meiner Küche würde ich so etwas hier«, sie hob das Schälmesser kurz, um dessen Klinge zu betrachten, bevor sie sie abermals über den Stahl zog, »als Schande und persönliche Beleidigung betrachten. Jeder sollte seine Werkzeuge so pflegen, dass er sich dafür nicht schämen muss. Ich weiß nicht, wie Ihr das seht, Herrin, aber ich will mir nicht nachsagen lassen, dass ich die Aufgaben, die mir aufgetragen wurden, nicht nach bestem Wissen erfülle, oder nicht auf die Dinge achte, die mir anvertraut sind.« Sie hob ihre Stimme, da sich endlich genug versammelt zu haben schienen, um sie zu unterbrechen. »Und dieses Messer hier habt Ihr mir anvertraut.« Sorgsam legte sie den Wetzstahl auf den Tisch neben sich und fuhr mit dem Daumen über die jetzt blanke Klinge. Ein dunkler Tropfen quoll aus ihrem Ballen. »Scharf genug.« Sie schüttelte den Blutstropfen ab und ging zurück zu den Gelbwurzelschälerinnen.

»Halt.« Die Herrin der Küchen hatte endlich ihre Sprache wiedergefunden. »Bleib stehen. Nyorda, richtig?«

Sie hat sich meinen Namen gemerkt? Wider Willen war Nyorda beeindruckt. Sie blieb stehen.

»Niemand widersetzt sich in meiner Küche meinen Anordnungen«, sagte die Zwergin ruhig.

»Ich habe mich keiner Anordnung widersetzt«, stellte Nyorda fest, ohne sich umzudrehen.

»Das ist mir aufgefallen, junge Frau.« Chert ging um sie herum und musterte Nyorda eingehend. »Aber nichtsdestotrotz hältst du die Arbeit in meiner Küche auf. Und das kann ich nicht dulden. Wir haben Mäuler zu stopfen, und wir haben noch keine Mahlzeit zu spät gerichtet, solange ich diese Küche leite.« Die Zwergin deutete auf eine der gaffenden Küchenhilfen, ohne den Blick von Nyorda zu nehmen.

»Macht euch wieder an die Arbeit, aber sofort! Und du – kümmere dich darum, dass die Schälmesser scharf sind, sonst darfst du dir Arbeit bei den Latrinenreinigern suchen.« Sie beendete ihre Musterung Nyordas und sah ihr gerade in die Augen, ohne sich um die beinahe drei Kopf Größenunterschied zu scheren.

Stumpen. Sie schaffen es, auf uns herabzusehen, und wir senken auch noch die Köpfe, um es ihnen leichter zu machen. Nyorda musste sich tatsächlich für einen Moment Mühe geben, nicht den Blick zu senken.

»Du scheinst Ahnung von Messern zu haben«, sagte Chert. »Kannst du ein Schwein schlachten?«

»Ich habe schon das eine oder andere Schwein abgestochen, ja«, erwiderte Nyorda mit unbewegter Miene.

»Gut, dann darfst du dich nützlich machen. Komm mit.«

Nyorda ertappte sich dabei, hinter Chert herzulaufen. Die anderen Frauen wichen ihrem Blick aus, bis auf eines der Wurzelschälermädchen, die ihr ein verstohlenes Lächeln zuwarf. Mit einem leichten Stirnrunzeln folgte Nyorda der Zwergin.

Zwei Stunden später waren Nyordas Arme bis über die Ellbogen mit Blut besudelt, was auch für die grobe Schürze galt, mit der sie ihr Kleid notdürftig zu schützen versucht hatte. Schweiß rann ihr in Strömen über Hals und Rücken, während sie in den dichten Dampfwolken des Hinterhofs stand und die Brusthöhle des letzten Schlachttiers für diesen Tag mit Wasser ausspülte. Neben ihr rührten zwei Frauen schwitzend den Kessel mit Blut durch, damit sich möglichst wenige Klumpen bilden konnten, und auf der anderen Seite kümmerten sich zwei der zwergischen Köchinnen um die Brühkessel mit Siedfleisch und Wurst. Wo Tropfen von Brühharz ihre bloßen Arme getroffen hatte, schmerzte die Haut, und sie musste jeden ihrer Schritte vorsichtig setzen, denn das Pflaster des Hofs war glitschig von Wasser und Blut. Immerhin, fiel ihr auf, gab es bemerkenswert wenig, was nach Ansicht der Zwergenfrauen nicht mehr verwendbar schien. Und auch die Resteeimer würden vermutlich noch ebenso Abnehmer finden wie die Berge von Fleisch und Wurst und die Seen voll Brühe und Sud. Trotz der Wolke überwältigenden Gestanks, die über dem Schlachtplatz hing, spürte Nyorda ihren Magen grollen.

»Fertig?«

Sie nickte und trat zurück, um Chert Platz zu machen, die den gehäuteten und ausgeweideten Körper mit wenigen Schlägen der Länge nach spaltete.

»Reich an.«

Nyorda wuchtete die Schweinehälfte vom Schlachthaken und legte sie der Köchin auf die Schulter, lud sich mit zusammengebissenen Zähnen die zweite auf und folgte der Zwergin hinab in die Eiskammern, die tief unter der Küche im Fels lagen. Der Tunnel war nur sehr spärlich ausgeleuchtet; lediglich hier und da, an Gangkreuzungen, hing eine kleine, rußende Öllampe, die die Dunkelheit im nächsten Gangabschnitt nur umso tiefer erscheinen ließ. Zwergen mochte diese Beleuchtung mehr als ausreichen. Wie die Orks schienen auch sie in beinahe vollkommener Dunkelheit problemlos sehen zu können. Für Nyordas menschliche Augen war es beschissen dunkel. Mehr als einmal übersah sie eine der ausgetretenen Stufen im Gang, kam ins Straucheln und schrammte mit der Schulter am rauen Stein der Wand entlang.

»Pass auf, wohin du trittst, Trampel. Der Herr gnade dir, wenn du das Fleisch fallen lässt«, blaffte die Zwergin, und Nyorda spielte einige Augenblicke mit dem Gedanken, wie es wohl aussähe, wenn sie statt eines Schweins die ausgeweidete Hälfte der Zwergin hier hinuntertragen würde. Vermutlich könnte man den Unterschied nicht erkennen, und in diesem Licht ohnehin nicht. Sie knurrte, verfehlte eine weitere Stufe, konnte sich gerade noch fangen und fluchte unterdrückt.

Chert stieß eine Tür auf und winkte Nyorda durch. Von den zahlreichen eisernen Haken in der Decke des großen, kalten Raums hing bedauernswert wenig Fleisch herab, und die sechs Schweinehälften machten angesichts der Leere keinen großen Unterschied. Braten gab es für die gewöhnlichen Zwerge schon lange nicht mehr. Nyorda hängte ihre Last unter die Decke und streckte den verkrampften Rücken. *Es ist ein Unterschied, ob man Orks auf's Maul haut oder zur Abwechslung was Nützliches tut.*

Die Zwergin hatte ihr halbes Schwein ebenfalls verstaut und nickte Nyorda jetzt zu. »Gute Arbeit, Weib. Hast du als Schlachterin gearbeitet, oder stammst du von einem der Höfe draußen?«

Nyorda zuckte mit den Schultern. »So etwas Ähnliches. Eine Frau muss selbst für ihren Lebensunterhalt sorgen können.« *Und wenn das bedeutet, gelegentlich ein Schwein abzustechen, dann sollte man zumindest wissen, wie das geht. Jede Art von Schwein.*

Chert nickte. »Das ist nie wahrer gewesen als heute.« Sie

atmete tief durch. »Komm mit. Ich denke, wir haben uns eine Belohnung verdient.« Sie schloss die Tür der Kühlkammer und öffnete eine, die ein paar Schritte den Gang hinab lag. »Wasser und Dünnbier. Das ist alles, was für uns noch übrig ist«, brummte sie vor sich hin, während sie eine Öllaterne neben der Tür anzündete und das Gewölbe betrat. »Dünnbier! Wer sind wir? Menschen?« Sie wedelte mit der Hand. Wie es aussah, sollte Nyorda ihr folgen. »Ich meine, wer außer Menschen trinkt Dünnbier? Wusstest du, dass die sogar Kümmel in ihr Bier werfen, damit es nach etwas schmeckt?«

Nyorda trat durch die Tür und sah sich um. Dieses Gewölbe war nicht leer. Fass an Fass reihte sich an den Wänden, teilweise drei Reihen tief, die sich bis in die Dunkelheit zogen. Die Zwergin klopfte an ein Fass, ging zum nächsten, wiederholte dort die Prozedur und kniff die Augen zusammen, um die Schriftzeichen auf einem dritten zu lesen. »Natürlich weißt du das«, korrigierte sie sich selbst. »Du bist ja eine von ihnen. Nichts für ungut. Du wirst es nicht verstehen, aber Dünnbier ist eine Beleidigung unter Dalkar.« Sie wandte sich einem vierten Fass zu, klopfte daran und zog schließlich den Spund aus dem Fass, um an seinem Inhalt zu schnüffeln. »Aber es ist eine noch größere Schande, dass wir für die Unteren all das hier horten, während draußen die Krieger der Oberen Dünnbier saufen. Rationieren nennen sie es. Ha!« Sie roch an einem weiteren Fass. »Man kann einen Schlachttag nicht ohne ein angemessenes Getränk beenden. Das ist gegen jede Tradition.« Ihre dicken Finger strichen über weitere Fässer, bis sie schließlich gefunden zu haben schien, was sie suchte. Sie ließ ihr Finger über die Runen auf dem Deckel des

Fässchens gleiten und nickte zufrieden. »Bierbrand aus Garenn. Das hatten wir noch nie. Bring mir den Krug dort.« Sie deutete auf ein Fass neben dem Eingang, das zu einem Tisch umfunktioniert worden war. Dann zögerte sie kurz. »Und bring zwei Becher mit.«

Du siehst nicht gerade aus, als würdest du dich an die Rationierung halten. Nyorda musterte den feisten Rücken der Zwergin abschätzig, bevor sie ihr das Gewünschte anreichte.

Mit geübten Handgriffen ließ die Zwergin die beiden Becher volllaufen und gab einen davon an Nyorda weiter. »Auf die erfolgreiche Schlachtung, Weib. Und einen weiteren Tag, an dem wir viel zu viele Mäuler mit viel zu wenig stopfen.« Sie nahm einen tiefen Zug.

Nyorda roch vorsichtig an ihrem Getränk. Ein scharfer, würziger Dunst von Alkohol stach ihr in die Nase und ließ ihre Augen tränen. Vorsichtig nippte sie an der Flüssigkeit.

Die Zwergin gab einen wohligen Seufzer des Entzückens von sich. »So gut, wie man es sich erzählt. Eine Schande, dass dieser Tropfen hier vermutlich schon morgen Abend nicht mehr existieren wird.« Chert bemerkte die gehobenen Brauen Nyordas. »Das Fässchen hier gehört zum persönlichen Bestand von Hertig Gabbro, seine eherne Gesandtschaft von Garenn. Ein großer Esser, der seine Mahlzeiten gern mit seinem eigenen Hausbrand runterspült. Er hat einen ganzen Vorrat davon mit und säuft das hier in zwei Tagen leer. Allein, nach allem was ich höre. Der Geizhals scheint niemand anderem etwas davon zu gönnen.« Sie tätschelte das Fass und nahm noch einen Schluck. »Ich kann es verstehen.« Sie sah auf und musterte Nyorda verwirrt, die sich bei der Nennung des Namens unwillkürlich versteift hatte, den Becher noch immer an den Lippen. »Zu scharf für dich?«

Nyorda blinzelte ihre Überraschung weg und hustete geistesgegenwärtig. »Ich bin derartige Getränke nicht gewohnt, Herrin.« *Ich kenne Männer, die dich für einen dermaßen guten Tropfen ohne zu zögern töten würden.* Sie nahm noch einen Schluck. Der Bierbrand war mild im Vergleich zu dem, was die Menschen in den Sümpfen brannten, dafür tatsächlich ausgesprochen schmackhaft. Und vermutlich löste er einem nicht das Zahnfleisch auf. *Hertig Gabbro? Ausgerechnet? Ist das ausnahmsweise mal Glück, oder schickt sich da gerade irgendein Gott an, einen Scherz mit mir zu treiben?* Eine Liste mit Namen ging ihr durch den Kopf, Namen, die unter Bildern standen, die ihr die Orks so oft gezeigt hatten, bis sich jedes der Gesichter darauf unauslöschlich in ihr Gedächtnis eingebrannt hatte. Eines dieser Gesichter trug diesen Namen. »Aber warum trinken wir dann davon?«, erkundigte sie sich mit einem Krächzen. »Wenn es ein privater Vorrat ist, meine ich.«

»Weil der Hertig weiterhin gut essen will. Und dafür muss die Herrin der Küche gut gelaunt sein.« Chert leerte ihren Becher. »Und das bin nun mal ich. Außerdem säuft der gute Mann so viel, dass es ihm kaum auffallen wird, wenn das Fass diesmal etwas früher leer ist. Also los.« Sie klopfte auf das Fässchen. »Füll den Krug, damit der Rest der Weiber auch etwas von diesem Schatz hat, bevor er unwiederbringlich verloren ist.« Sie holte ein Stückchen Kohle hervor und begann dann, weitere Fässer zu markieren. »Beeil dich. Ich muss noch Männer schicken, die die Fässer nach oben bringen, und das Abendmahl kocht sich auch nicht von allein. Husch, husch!«

Nyorda nahm einen letzten Schluck, während sie unauffällig unter ihr Wams griff, um ein winziges Ölpapierbriefchen zutage zu fördern, dessen Inhalt sie in das Spundloch des Bierbrandfasses rieseln ließ, nachdem sie den Zinnkrug gefüllt hatte. *Mit besten Grüßen von Drangog, Stumpen.* Sie verschloss das Spundloch wieder, hob den Krug auf und folgte der Zwergin zurück in die Küche.

IN DIE BERGE

Der Wind blies ihnen kalt in die Gesichter und zerrte unerbittlich an ihrer Kleidung. Sie wanderten auf einem schmalen Trampelpfad, der so voller Geröll war, dass sie nur unter größten Mühen vorankamen. Immer wieder stießen sie auf Felsbrocken, so groß wie Dalkar, die sie zu umständlichen Umwegen zwangen, und einmal mussten sie den Pfad sogar ganz verlassen, um einen großen Bogen um ein Durcheinander aus Wurzeln und Steinen zu schlagen, das eine Lawine auf ihrem zerstörerischen Weg hinunter ins Tal zurückgelassen hatte. Es fühlte sich an, als wären sie schon eine Ewigkeit auf diesem unwirtlichen Stück Erde unterwegs. Der Blick in die Ferne versprach keine Verbesserung. Unüberwindliche Berge ragten dort in den schmutzig grauen Himmel hinauf. Gipfel so schroff und zerklüftet wie die schartigen Messer der Orks, manche von ihnen vollständig mit einer tödlichen Decke aus Schnee und Eis bedeckt. Mit jedem mühevollen Schritt, den sie ihnen näher kamen, verschlechterte sich Glonds Laune. Ihm war bislang nicht bewusst gewesen, wie sehr er den Winter hasste. Die Kälte, die Feuchtigkeit, die unter die Kleidung zog, und die Nässe, die in den Stiefeln gefror. *Elende Berge. Elende Kälte. Elender Wind.* Beinahe kam er sich schon vor wie diese nörgelnden alten Männer, über die er früher immer gelacht hatte. Er warf einen mürrischen Blick auf Dvergat, dessen neues Bein bei jedem Schritt scheppernd und quietschend auf den Boden stampfte und der sich seit Stunden ununterbrochen lautstark darüber beschwerte. *Ach ja, ich vergaß: Elendes Bein. Elender Dvergat. Elendes Gejammer.*

»Das ist kein Wetter für einen Dalkar«, knurrte Dvergat zum wiederholten Mal. »Es zieht in der Kleidung und in den Bart. Es lässt die Nase laufen und die Füße rosten. Wer ist eigentlich auf die bescheuerte Idee gekommen, mitten im Frühling in die Berge zu wandern?«

Glond seufzte. »Ich habe dir gleich gesagt, dass so ein Metallbein seine Nachteile hat. Hättest dir halt so eine Art Reisebein schnitzen lassen sollen. Dann müsstest du jetzt nicht jammern.«

»Reisebein…« Dvergat schnaufte empört. »Zu meiner Zeit hätte man dir für so eine Äußerung kräftig mit dem Reisebein in den Hintern getreten! Dass ich es jetzt nicht tue, hat weniger mit meinem Respekt vor dir zu tun, sondern damit, dass mein Kniegelenk eingerostet ist. Dass ich mich in meinem Alter überhaupt noch in die Berge jagen lasse…« Ächzend ließ er sich auf einen Steinbrocken fallen und kramte seinen Bierschlauch aus dem Rucksack. »Erklärt mir doch bitte noch mal, warum ich meinen warmen Platz vor dem Kamin aufgegeben habe, um hier oben zu einem Eiszapfen zu gefrieren.«

»Elende Knochen«, brummte Glond. »Genauer gesagt die von einem Bein.«

»Wie?« Irritiert kratzte sich Dvergat am Bart. »Redest du von meinem?«

Glond schüttelte den Kopf. »So wichtig dir dein Bein auch sein mag, aber es gibt einen Knochen, der für uns noch viel größere Bedeutung hat. Ich rede von Meister Steinhands Hüftknochen. Der, in den die Schreiber die Geschichte seiner letzten Jahre geschnitzt hatten.«

»Ach so. Das heilige Artefakt. Ich erinnere mich.«

»Und ihr bezeichnet die Orks als Wilde ...« Kopfschüttelnd verschränkte der Wolfmann die Arme.

Glond schüttelte müde den Kopf. »Wenn man erst mal die Hintergründe verstanden hat, klingt es nicht mehr ganz so barbarisch. Letzten Endes sind die in die Knochen geschnitzten Geschichten nichts anderes als in Stein gemeißelte Worte – und damit unumstößliche Wahrheit für mein Volk.«

»Und wie lautet wohl die Wahrheit in diesem Fall?«

»Das wir uns den Arsch abfrieren«, knurrte Dvergat. »Wie denn sonst?«

Glond seufzte. »Steinhand hatte diese besondere Art der Aufzeichnung bewusst gewählt, weil er uns warnen wollte. Er wollte uns etwas mitteilen, das so bedeutend war, dass es nicht in irgendwelchen Archiven unter Tausenden von Schriftstücken verschwinden durfte. Er wusste, dass ihm das nur gelingen konnte, wenn er es in seine eigenen Knochen ritzen ließ.«

»Außer den Hinweis auf die Dobroghöhen hast du aber doch nichts Konkretes gefunden.«

»Ich weiß«, murmelte Glond unterdrückt. »Aber meine innere Stimme sagt mir, dass da noch etwas anderes sein muss.«

»Na toll.« Der Wolfmann verzog das Gesicht. »Schon wieder so eine verdammte Stimme. Meister Steinhand hat eine gehört, der Echsenmann genauso, und die Orks sogar einen ganzen Haufen davon. Bislang ist nichts Gutes dabei herausgekommen, irgendwelchen Stimmen zu lauschen.«

»Wenn es die unseres Gottes ist, schon«, warf Dvergat ein.

»Weißt du denn, wie sie klingt?«

»Wie ein kühles Bier an einem lauen Sommerabend.« Dvergat hob den Bierschlauch und musterte ihn. »Das weiß doch jedes Kind.«

»Helles oder dunkles?«, entgegnete der Wolfmann grinsend. »Mit oder ohne Nelken?«

»Pah! Du weißt ganz genau, was ich meine.« Dvergat nahm einen tiefen Schluck und rülpste. »Im Gegensatz zu euren unfähigen Göttern liegen unserem Herrn die Sorgen seiner Kinder am Herzen. Wenn die Not am größten ist, wandelt er nicht selten auf Erden, um einen Auserwählten zu bestimmen, der das Böse in seinem Namen bekämpft. Das ist erwiesen und in Stein gemeißelt. Also ist es wahr.« Er deutete mit dem Bierschlauch auf Glond. »Vielleicht hat Gott ihn auserwählt, damit er unser Volk vor dieser verdammten Dunkelheit beschützt.«

Das Grinsen des Wolfmanns wurde breiter. »Da hat er sich genau den Richtigen ausgesucht. Und damit sich der Auserwählte nicht ganz allein gegen die drohende Gefahr stemmen muss, hat er ihm einen struppigen Menschen und einen versoffenen Einbeinigen zur Seite gestellt. Also entweder sind Gottes Wege wirklich unergründlich, oder er leidet unter massivem Personalmangel.«

»Du lachst. Doch am Ende wirst du sehen, dass ich recht behalten habe. Gott hat mich schließlich auch aus dem Sumpf errettet, falls du dich erinnerst.«

»Das hat dir Glond nur erzählt, damit du endlich aus dem stinkenden Wasserloch herauskommst.«

»Das stimmt nicht.« Dvergat bedachte den Wolfmann mit einem beleidigten Blick. »Sag es ihm, Glond. Sag ihm, dass das nicht stimmt!«

Wenn das Gott ist, der mich im Traum von einem hässlichen Ork mit einer Steinaxt erschlagen lässt, dann vielleicht. »Es ist völlig egal«, knurrte Glond und sprang auf. Er warf einen Blick auf die grauen Wolkenberge, die sich am Horizont auftürmten. Es sah ganz danach aus, als würde es bald wieder zu schneien anfangen, und er hätte bis dahin lieber ein festes Dach über dem Kopf gehabt. Fröstelnd rieb er sich die Hände. »Es war eine dumme Idee von mir, so überstürzt aufzubrechen. In den Bergen brauchen wir feste Winterkleidung, Ausrüstung und vor allem Vorräte, damit wir nicht verhungern. Wir müssen zuerst einmal einen Ort finden, an dem wir uns ausrüsten können.«

»Glaubst du wirklich, dass das da oben so lange dauern wird?«, fragte der Wolfmann. »Ich dachte, wir schauen nur nach dem Rechten und gehen dann wieder zurück, um Verstärkung zu holen.«

»Wir werden sehen«, murmelte Glond abwesend. Ein ungutes Gefühl machte sich in seiner Magengegend breit. Eine düstere Vorahnung oder so etwas Ähnliches. *Was, wenn es nicht so einfach ist, wie es klingt? Was, wenn wir aus irgendeinem Grund nicht zurückkehren sollten?* Er dachte an Axt, die er so völlig ohne Vorwarnung zurückgelassen hatte. Hatte er ihr jemals wirklich gesagt, was er für sie fühlte? Hatte er ihr gestanden, dass er sie … Er ballte die Fäuste. *Natürlich nicht. Denn im Grunde bin ich ja immer noch ein riesengroßer Feigling.*

Der Wachturm ragte steil in den wolkenverhangenen Himmel empor. Ein Bollwerk aus gewaltigen dunklen Steinen, höher noch als der Tempelturm von Derok und beinahe doppelt so breit. Hinter den mächtigen Zinnen loderte ein Signalfeuer, mit dem sich die Clankrieger über große Entfernungen hinweg mit den anderen Türmen verständigen konnten. Glond hatte oft von diesen mächtigen Befestigungsanlagen gehört. Sie schützten die Grenzen beinahe schon seit Anbeginn des Reichs und dienten den Dalkar gleichermaßen als Zufluchtsort und Handelsposten. Glond blieb der Mund offen stehen. Es war ein wirklich beeindruckender Anblick.

Weniger beeindruckend war das Gewimmel ärmlicher Hütten, die sich im Schatten des Turms ausbreiteten. Windschiefe, wackelige Behausungen, die auf Menschenhandwerk schließen ließen. Auf den schlammigen Pfaden tummelten sich Flüchtlinge aus den umkämpften Gebieten im Norden, Pelzjäger, die hier auf halbem Weg zwischen den Bergen und Derok ihre Beute loswurden, Händler aus den Städten des Südens und sogar ein Hufschmied, der mit konzentriert gerunzelter Stirn auf ein gebogenes Stück Eisen einschlug. Eine Handvoll verfrorener menschlicher Goldsucher hatte sich vor einem durchlöcherten Leinenzelt um eine Feuerstelle geschart. Sie hatten offenbar geglaubt, dass dort, wo Dalkar einen Turm bauten, der Reichtum zum Greifen nahe liegen musste. Allerdings wirkten sie nicht so, als wäre ihnen bislang großer Erfolg beschieden gewesen. Eher so, als wären sie nur froh, noch am Leben zu sein. Aber das war in diesen Zeiten ja auch schon etwas.

Der Heetmann der Wacht war ein sackförmiger Mann mit traurigen Augen und schütterem Bart. Ein Veteran, dem man ansah, dass seine besten Zeiten schon lange hinter ihm lagen. »Es ist viel Bewegung in den Bergen«, seufzte er, und es klang, als wäre ihm Bewegung zutiefst zuwider. »Die Orks sind reger geworden in letzter Zeit. Wir haben den einen oder anderen getötet, aber von Woche zu Woche tauchen mehr von ihnen auf. Der verdammte Krieg hat sie unverschämt werden lassen.« Er nahm einen traurigen Zug aus seinem Bierkrug und starrte in die trübe Pfütze, die er auf der Tischplatte hinterlassen hatte. Seine altersfleckige Hand ballte sich zur Faust. »Ich habe diesem verdammten Krieg meinen einzigen Sohn geopfert. Er ist auf dem nördlichen Talweg vor Derok gefallen. Habt ihr von dieser Schlacht gehört?« Müde winkte er ab. »Natürlich habt ihr das. Unzählige Heldengeschichten ranken sich um diesen Teufelskessel in dem jeder unserer Verteidiger gestorben ist.« Trübselig blickte er auf. »Ist das nicht seltsam? Dass man erst sterben muss, um zum Helden zu werden?«

Glond rieb sich die schmerzende Schulter. *Nein, es reicht vollkommen aus, dass du feige fliehst. Dann machen sie dich ebenfalls dazu.*

»Warum haben die Orks mir das angetan?« Seufzend stemmte sich der Heetmann in die Höhe und wankte zum Fenster. Das fahle Licht warf tiefe Schatten auf sein faltiges Gesicht. Eine ganze Weile stand er einfach nur da und starrte schweigend in die Tiefe. »Seht sie euch an, diese Menschen. Sie kommen hierher in die Berge, wollen unseren Schutz und lassen ihre Hütten wie Unkraut aus dem Boden sprießen. Früher habe ich sie abreißen lassen und das Gesindel verjagt. Aber jetzt lasse ich sie gewähren. Der Tod meines Sohns hat mich müde gemacht.«

»Keine Sorge«, sagte der Wolfmann. »Ich denke, das dort unten geht ganz von allein wieder vorbei. Menschen sterben früh. Bald sind sie fort, und ihr könnt wieder in Ruhe um Euren verlorenen Sohn trauern.«

Der Heetmann schaute ihn stirnrunzelnd an. »Bei all Eurer Schwäche ist da dennoch etwas Fremdartiges an euch Menschen, das mich beunruhigt.«

»Man nennt es Sarkasmus.«

Der Heetmann dachte einen Augenblick darüber nach und zuckte dann nur müde mit den Schultern. »Wie dem auch sei. Weshalb seid Ihr noch mal hergekommen? Wollt ihr Euch ebenfalls am Fuß dieses Turms niederlassen? Dem Gewimmel dort unten einen weiteren Schandfleck hinzufügen?«

»Die Dobroghöhen«, sagte Glond.

»Oh.« Langsam drehte sich der Heetmann um. Jetzt lag so etwas wie Neugier in seinem Blick. »Es scheint dort oben etwas zu geben, das für die Leute von Interesse ist. Wie sonst lässt es sich erklären, dass es in letzter Zeit so viele dort hinaufzieht?«

»In die Berge?«

»Genauer gesagt auf die Galenit-Hochebene. Es gab eine Zeit, da haben sich kluge Dalkar aus dieser Gegend ferngehalten. Dunkle Geschichten ranken sich um die Ebene. Geschichten voll von Tod und Seuchen und bösen Geistern.«

»Ihr glaubt an solche Dinge?«

»Natürlich nicht, ich bin ein Dalkar. Aber ich lebe lang genug, um zu wissen, aus welchen Gegenden man sich besser fernhält, wenn einem die eigene Gesundheit lieb ist.« Erneut warf er einen Blick über die Dächer der Menschenhütten. »Wie Unkraut …« Dann drehte er sich um und musterte

Glond mit zusammengekniffenen Augen. »Die Dobroghöhen, wie? Dann benötigt Ihr Vorräte und Gepäck und vor allem eine Schürfberechtigung. Ohne Schürfberechtigung kann ich Euch nicht weiterziehen lassen. Ihr führt solche Dokumente doch bei Euch, nicht wahr?«

»Eine Schürfberechtigung? Seit wann benötigen wir denn so etwas?«

»Clanrecht, Bergwerksbestimmungen und so weiter. Ich habe die Gesetze nicht gemacht. Ich sorge nur für ihre Einhaltung. Außerdem treibt sich eine Menge Gesindel dort oben herum. Menschliche Goldsucher, Jäger und clanlose Gesetzesbrecher ohne Anstand und Ehre, die sich keinem Hertig verbunden fühlen und die Gesetze des Großkönigs mit Füßen treten. Wenn Ihr ohne Schürfberechtigung in den Bergen unterwegs seid, wird Euch kein Clankrieger zur Hilfe eilen, falls Ihr es mit denen zu tun bekommt.« Mahnend hob er den Zeigefinger. »Vor allem mit dem Schlimmsten unter ihnen. Sie nennen ihn Haarig. Weil er so behaart ist wie der Kerl da.« Sein Zeigefinger wanderte zum Wolfmann. »So seelenlos wie ein Grubenteufel soll er sein und splitterfasernackt. Einzig bekleidet mit seinen bodenlangen Haaren, die er sich wie einen Rock um den Leib geschlungen hat.«

»Das ist aber ziemlich kalt um die Nüsse, wenn der Wind weht.«

»Haarig friert nicht. In seinem Blut brennt das Feuer der Hölle.«

»Das ist allerdings ziemlich praktisch.«

Der Heetmann schnaufte. »Ich scherze nicht. Dieser Mann tötet Reisende, wie es ihm gerade gefällt. Es heißt, er habe einen Bergkönig im Zweikampf erschlagen und ihn vor den

Augen seiner eigenen Söhne ausgeweidet wie einen Deroker Hammel. Aus diesem Grund haben sie ihn in die Berge verbannt. Ich rate Euch, kehrt zurück, solange Ihr noch alle Eure Gedärme im Wanst tragt.«

»Ich mag meine Gedärme …« Nachdenklich strich sich Glond über den Bauch. War es Zufall, dass immer die richtig irren Leute gerade seinen Weg kreuzen mussten? Seufzend schüttelte er den Kopf. »Ich kann mich nicht durch ein paar Gruselgeschichten von meinem Vorhaben abbringen lassen.«

Der Heetmann zuckte traurig mit den Schultern. »Na jedenfalls hat Haarig da oben das Sagen. Er weiß alles und kennt jeden, und wer sich in seine Berge wagt, der tanzt nach seiner Pfeife. Oder er tanzt am Strick. So oder so hat nur er den Spaß.«

»Wenn er alles weiß, dann ist er wohl genau der Mann, den wir suchen. Wo bekommen wir die Schürfberechtigung her, von der Ihr geredet habt?«

Die Trauer um seinen Sohn schien den Heetmann zwar tief gebeugt zu haben, aber nicht so tief, dass er ein Geschäft nicht mehr erkannt hätte, das direkt durch seine Tür getreten war. Er lächelte. »Zufällig kann ich euch eine ausschreiben, wenn ihr es wünscht. Zwei Goldstücke für jeden vollen Mann. Das ist der Preis.«

Glond nickte. »Nicht zu wenig für drei so statthafte Bergleute wie uns. Zwei Dalkar und ein Mensch. Wer könnte besser geeignet sein, um Gold zu finden?«

»Der Mensch?« Der Heetmann lachte. »Der sieht viel zu dünn aus, um eine Hacke zu schwingen.«

»Hm.« Nachdenklich kratzte sich Glond den Bart. »So

habe ich das noch gar nicht gesehen. Bekanntlich haben Menschen ja keine Ausdauer. Dieser hier bricht vermutlich schon beim ersten Schlag zusammen.«

Der Heetmann nickte zustimmend. »Nie und nimmer ist der ein Bergmann. Er wird Euch dort oben kaum von Nutzen sein.«

»Kochen kann er auch nicht, wie wir aus leidvoller Erfahrung wissen. Taugt gerade mal zum Tellerwaschen, nicht wahr?«

»Hey!«, grummelte der Wolfmann.

Der Kopf des Heetmanns wackelte auf und ab. »Ich verstehe nicht, warum Ihr Euch überhaupt mit ihm abgebt.«

»Das frage ich mich täglich aufs Neue.« Glond rollte vielsagend mit den Augen. »Dann sind wir uns also einig?«

»Wobei?«

»Dass der Preis vier Goldstücke beträgt. Zwei für jeden vollen Mann.« Er streckte dem Heetmann die Hand entgegen.

»Wie?«

»Ihr habt selbst bestätigt, dass der Mensch nicht zählt.«

Nachdenklich zog der Heetmann die Stirn in Falten. Schließlich streckte er widerstrebend die Hand aus. »Ay, verdammt. Ihr habt recht. Abgemacht.«

Glond öffnete seinen Geldbeutel und ließ ein Goldstück und eine Handvoll Kupferstücke auf die Tischplatte klimpern.

»Da fehlt aber noch etwas für den zweiten Mann.«

»Ay«, sagte Glond und deutete auf Dvergats Bein. »Da fehlt ja auch ein Stück vom zweiten Mann.«

Der Heetmann dachte lange darüber nach und nickte schließlich. »Ihr seid ein gewiefter Händler, das muss ich schon sagen.«

Glond zuckte mit den Schultern. »Ich habe die Gesetze nicht gemacht. Ich sorge nur für ihre Auslegung. Nun seid so gut und sagt uns, wo wir einen Laden für Ausrüstung finden.«

»Folgt mir.« Ein schmales Grinsen kroch auf das Gesicht des Heetmanns. Er zog einen dicken Schlüsselbund unter dem Hemd hervor und schlurfte zur Tür. »Ich habe das umfangreichste und vor allem einzige Sortiment im Umkreis von zwei Tagesreisen. Und Euch kann ich heute ein ganz besonders günstiges Angebot machen ...«

SCHNEE

Die Mittagssonne am stahlblauen Himmel ließ beinahe vergessen, dass es hier oben bitterkalt war, doch keiner der Aerc verspürte Lust, die Fellkapuzen abzusetzen. Der unberührte Schnee warf das gleißende Licht von überall her zurück und ließ Krendars Augen tränen. Ein leichter, aber eisiger Wind trieb feine Schleier aus Eisstaub vor sich her, kroch unter die Kapuzen und verwischte alle Konturen. Wind und Sonne hatten das gewaltige Schneefeld zu einer verharschten Kruste zusammengebacken, und die Oberfläche knirschte unter jedem Schritt ihrer Schneeschuhe.

Abgesehen vom leisen Pfeifen des Winds und dem stetigen Knirschen war es vollkommen still hier, so still, dass Krendar neben seinem eigenen Atem sogar den gleichmäßigen Schlag seines Herzens und das Rauschen des Bluts in seinen Ohren zu hören glaubte.

»Schnee«, keuchte er. »Habe ich heute schon erwähnt, dass ich die Schnauze voll habe von Schnee?«

»Warum sollte es dir besser gehen als uns, Broca?«, gab Ronkh zurück.

»Ihr habt gut reden!«, grollte Modrath vom Ende ihrer Marschreihe. »Ihr versinkt nicht bei jedem Schritt in dieser

Scheiße. Wer ist eigentlich auf diese Schwachsinnsidee gekommen, im Frühling hier hochzugehen?«

Corsha wandte sich halb um und verdrehte die Augen. »Ihr hört euch an wie Menschenweiber. Wir wussten, worauf wir uns einlassen.«

»Was war das gleich noch mal?«, murmelte Razar, was ihm einen strafenden Seitenblick seiner Mutter einbrachte.

Krendar hob den Blick. Vor ihnen erstreckte sich das Schneefeld scheinbar bis zum wolkenlosen Himmel, doch er wusste, dass das nur eine Illusion war. Am Ende dieses Anstiegs lag ein weiteres Hochgebirgstal, und hinter diesem ragten schroffe Gipfel aus dunklem Fels und ewigem Eis auf. *Ja, was noch gleich?*

»Ich schwöre euch, wenn wir mit diesem Gnarramist hier fertig sind, gehe ich hoch in den Norden, bis ich so dunkel gebrannt bin wie die Drûaka und für den hoffentlich besoffenen Rest meines Lebens keinen Schnee mehr sehen muss!« Modrath strauchelte, als sein rechter Schneeschuh wieder einmal durch die Harschkruste brach, dann kippte er mit einem derben Fluch zur Seite, wo er keuchend liegen blieb.

Ronkh und Razar fingen an, unkontrolliert zu kichern.

Modrath warf ihnen einen vernichtenden Blick zu, dann griff er nach einem der losgerissenen Schneebrocken und warf ihn dem Blick hinterher nach den prustenden Brüdern. Die beiden Felsenbären wichen dem Geschoss gackernd aus und formten ihrerseits Schneebälle. Eine der Kugeln verfehlte Modrath knapp und zerbarst am Knie des Aercjungen, die andere zerstob an der breiten Schulter des Ogers.

»Ihr miesen kleinen …!« Eilig raffte Modrath weiteren

Schnee zusammen, während die beiden johlend versuchten, Corsha zwischen sich und den Oger zu bringen.

»Lasst mich da raus, ihr Schwachköpfe!«, bellte die untersetzte Aerc ihre Söhne an.

»Entschuldige, aber das ist einer der wenigen Gelegenheiten, wo der Klotz nicht seinen Größenvorteil ausspielen kann«, keuchte Razar grinsend. »Das muss man ausnutzen!« Das Grinsen zerplatzte im selben Moment wie der Schneeball, der ihn am Hinterkopf traf und von den Füßen riss.

»… vergessen, dass wir uns gegenseitig den Rücken freihalten?«, erkundigte sich der Linke, der ihren Marsch anführte und noch ein Stück über den Felsenbär-Brüdern stand. Dann drehte er sich im letzten Moment um, und ein Geschoss, das über die Köpfe der anderen herangesegelt kam, zerschellte harmlos auf dem schartigen Zwergenschild, den er sich auf sein Gepäck gebunden hatte. »Hey! Was …«

»Und du solltest dich daran erinnern, dass man einem Aerc in einem ehrenhaften Gefecht nicht in den Rücken fällt!«, rief Bruggach und formte bereits einen neuen Schneeball.

»Beeindruckender Wurf«, stellte Modrath fest und bedachte ihn mit einem großen Schneebrocken, der ihn von den Füßen riss und ihn ein Stück den Hang hinunterrutschen ließ, bevor der alte Aerc den Dorn seiner Kriegskeule in den Schnee hieb und seine Fahrt stoppte. Die Felsenbären-Brüder nutzten die Gelegenheit und deckten den Oger mit gleich zwei Geschossen ein.

Corsha und Sekesh wechselten einen langen, bedeutungsvollen Blick, während sich die Krieger ein heftiger werdendes Gefecht lieferten. Einen Blick, der Krendar ausschloss.

Schließlich wandte sich die Leibwächterin um und hob eine Braue. »Na, wie sieht's aus, Broca? Keine Lust, auch ein wenig die Muskeln aufzuwärmen?«

Krendar fletschte das Gebiss zu einem gekünstelten Grinsen, das er im nächsten Moment wieder fallen ließ. »Ich dachte, es wäre Aufgabe des Broca, einen kühlen Kopf zu bewahren? Irgendjemand muss ja für Ordnung sorgen, wenn sich kampferfahrene Aerc aufführen wie Welpen.« Seine Hand schnellte vor und fing ein Geschoss ab, das in Corshas Richtung flog. Die Kugel zerplatzte und überschüttete ihn mit einem eisigen Schauer. Er zog seinerseits eine Braue hoch. »Außerdem habe ich die Schnauze voll von Schnee. Hatte ich doch erwähnt, oder?«

»Ragroth hat sich nie vor ein wenig Schnee gedrückt!«, rief Modrath keuchend und formte einen neuen Ball.

Der weiß überpuderte Linke nickte zustimmend. »... allerdings noch Steine beigemischt«, fügte er hinzu.

Krendar warf ihm einen befremdeten Blick zu. »Im Ernst?«

»Im Ernst.« Modraths Wurf holte Razar von den Füßen. »Aber Eis tut's auch. Also komm schon, Broca. Welche Seite?«

»Was?«

Der Oger grinste verschlagen. »Willst du von denen oder von mir erwischt werden?«

»Der Broca liebt Herausforderungen!«, mischte sich unerwartet Farosh ein und holte aus. »Ich bin auf deiner Seite, Oger!«

Krendar stellte erst im letzten Moment fest, dass der Wurf des jungen Aerc ihm galt. Hastig duckte er sich weg, und das Geschoss verfehlte ihn so knapp, dass er seinen eisigen Lufthauch an der Wange spürte. Irgendwo dicht hinter ihm zerbarst der Schneeball. Mit gebleckten Zähnen richtete er sich auf. »Na gut, wenn ihr es so …«

Auf einen Schlag war Ruhe eingekehrt. Nichts als das leise Zischen der Eiskristalle, die vom Wind über den Harsch getrieben wurden, war zu hören. Modrath hatte mitten im Formen weiterer Munition innegehalten, und Entsetzen breitete sich langsam auf Faroshs Gesicht aus. Ronkh ließ seinen Schneeball fallen, als sei der plötzlich heiß geworden. Mit einem dumpfen Klopfen schlug die Kugel auf und rollte davon. »… was?«

Krendar drehte sich um und sah direkt in Sekeshs Gesicht, auf dessen Wangenknochen sich eine rote Druckstelle abzuzeichnen begann. Schneeklumpen klebten in ihren Zöpfen und rutschten langsam in ihren Kragen. Ihre Bernsteinaugen schienen zu glühen, während sie Krendar musterte. »Du hast dich geduckt?«

»Entschuldige, Sekesh, ich …«

Der Tritt der Ayubo traf ihn völlig unerwartet und riss ihn von den Füßen. Mit einem Satz saß die Schamanin auf seinem Rücken und rammte seinen Kopf durch die Kruste in den Schnee. »Wie war das mit ›die Schnauze voll von Schnee‹?«, zischte sie.

Schnee drang in seinen Mund und füllte seine Ohren, sodass er ihre nächsten Worte nur undeutlich hörte: »Wenn deine Drûaka bedroht wird, hast du dich nicht einfach zu ducken!« Sie riss seinen Kopf hoch und klatschte ihm eine Faust voll Schnee ins Gesicht.

Instinktiv kämpfte er gegen sie an und wälzte sich herum, die Faust geballt, bevor ihm ein weiterer Instinkt dazwischenkam, der ihn verwirrt erstarren ließ. *Niemand erhebt seine Hand gegen eine Drûaka!*

Die Mundwinkel der Schamanin zuckten, dann kroch ein Lächeln in ihre Miene, als sie ihm eine weitere Handvoll aufs Gesicht drückte. »Kapiert?«, feixte sie und stemmte sich von ihm hoch.

Corsha begann leise zu kichern, und als er sich das eisige Weiß aus den Augen wischte, sah er, wie die Verwirrung langsam aus Modraths Gesicht kroch und einem breiten Grinsen wich. Er sah zur Schamanin hoch, die ihm die Hand entgegenstreckte, um ihm aufzuhelfen.

»Au«, stellte er schließlich lahm fest.

»Kopf kühl genug?« Sekesh wischte ihm mit der Hand sacht über die Schläfe. Ihre Finger verharrten kurz, und als sie sie wegnahm, glänzte eine Blutspur auf ihnen. »Ist nur ein Kratzer«, stellte sie fest. »Vertrau mir, damit kenn ich mich aus.« Sie steckte die Finger in den Mund, ohne den Blick von ihm zu wenden. Dann jedoch erlosch ihr Lächeln, und sie wandte sich schnell ab, um ihr Gepäck aufzuheben. »Genug gespielt. Wir müssen weiter.«

Was bei den Ahnen war das jetzt? Krendar starrte ihren Rücken an, dann Corsha, die ihm ein amüsiertes Zwinkern schenkte. »Was?«

»Hat die Drûaka gerade …?«, fragte Farosh leise.

»Jo«, unterbrach ihn der Oger.

»Aber … sie ist eine Drûaka!«

»Jo«, stellte Bruggach fest.

»Ich dachte, Drûaka dürfen nicht …«

Modrath drehte sich zu dem jungen Aerc um. »Kleiner – halt die Klappe.«

Endlich gelang es Krendar, sich zusammenzureißen. »Also gut«, stellte er mit kratziger Stimme fest. Er puhlte sich einen

Schneepfropf aus dem Ohr und warf Farosh einen düsteren Blick zu. »Also gut«, wiederholte er lauter. »Ihr habt euren Spaß gehabt. Wenn wir dann fertig sind – sammelt euren Scheiß ein. Wir gehen weiter. Dieser groshakk Berg besteigt sich nicht von allein.«

»Das gilt nicht nur für den Berg«, murmelte irgendjemand, und jemand anders schnaubte in ersticktem Lachen.

Krendars Ohren schienen plötzlich zu brennen, und er hoffte, dass daran vor allem die Kälte schuld war. »Abmarsch!«

HAARIG

Heulend und klagend wehte der Wind von den Bergen herab, ließ die Schneeflocken durcheinanderwirbeln und den Atem vor ihren Gesichtern gefrieren. Glonds Füße hatten sich im Laufe des Tages in Klumpen aus brennendem Eis verwandelt, und jeder seiner Gedanken drehte sich um ein wärmendes Feuer und Bier. Am liebsten hätte er es heiß getrunken, zur Not sogar mit Nelken. Ein ganzes Fass davon hätte er in sich hineingeschüttet, um seinen Magen damit zu wärmen. Er erwartete nicht viel, aber als sich der graue Schneeschleier ein Stück lüftete, da verschlug ihm der Anblick die Sprache. Was er zunächst für die Ausläufer eines Schneefelds gehalten hatte, entpuppte sich als ein Meer aus schmutzig grauen Zeltdächern, das sich über das halbe Tal ausbreitete. Hier und da waren vereinzelte Blockhütten auszumachen, und in der Mitte stand sogar ein echtes Haus aus Stein.

»Es ist groß«, sagte der Wolfmann überrascht.

»Erschreckend«, grummelte Dvergat. »Keine Ordnung. Das reinste Durcheinander. Es fehlt ganz offensichtlich die ordnende Hand einer Mauerwacht.«

»Es fehlt ganz offensichtlich auch die Mauer dafür.« Glond kniff die Augen zusammen. Quer durch die Siedlung zog sich ein hölzerner Palisadenzaun, der allem Anschein nach den Anschluss an das schnelle Wachstum verloren hatte und auf ganzer Länge große Lücken aufwies. Darüber hinaus fehlte jede Spur von Verteidigungsanlagen, was darauf hindeutete, dass die Zelte nicht von Dalkar errichtet worden waren.

Fuhrwerke und Karren jeder Art und Größe schoben sich auf dem schlammigen Weg aneinander vorbei. Gelenkt von brüllenden und wild gestikulierenden Menschen und begleitet von den Flüchen und wüsten Beschimpfungen der Fußgänger, die sie im Vorbeifahren mit Schlamm bespritzten. Sie ließen sich ziellos in der wogenden Menge mittreiben. Vorbei an schreienden Händlern, missmutig dreinblickenden Pelzjägern und einer großen Zahl erschöpft wirkender Grubenarbeiter, die mit müden Augen und eingefallenen Gesichtern an den Straßenrändern hockten.

»Groshakk!« Ein Ellbogen traf Glond im Rücken, und als er herumfuhr, starrte er in eine grobschlächtige Fratze mit fliehender Stirn, platter Nase und mächtigen Eckzähnen. Ein eisiger Schauer fuhr ihm über den Rücken, und panisch zerrte er seine kurze Klinge aus dem Gürtel. Als er wieder aufblickte, war das Gesicht von der Menge verschluckt worden. »Habt ihr das gesehen?« Seine Stimme überschlug sich fast vor Aufregung.

»Ja, es ist einfach unglaublich!« Der Wolfmann breitete die Arme aus. »Wieso hat noch niemand von diesem Ort gehört? Hier müssen beinahe alle Menschen aus der Weststadt auf einem Fleck versammelt sein. Ach was, das sind sogar mehr als in der Weststadt und dem Hafenviertel zusammengenommen!«

»Und ihren Dreck haben sie auch mitgebracht«, knurrte

Dvergat und fing sich dafür den vorwurfsvollen Blick eines zahnlosen Alten ein, der sich geräuschvoll in den Straßengraben erleichterte.

Der Weg beschrieb einen sanften Bogen entlang des Palisadenzauns, aus dem an etlichen Stellen die Balken entfernt und für den Bau von Wohnhäusern und die Befestigung des schlammigen Straßenrands zweckentfremdet worden waren. Schließlich führte er durch ein baufälliges Tor, dessen Flügel als Seitenwände für eine Handvoll provisorischer Zeltbehausungen dienten. Ein einsamer Wächter beäugte sie misstrauisch, aber ohne besonderen Willen, sie aufzuhalten. Auf der anderen Seite ging es geruhsamer zu. Der Weg wurde breiter, die Behausungen stabiler, und an der einen oder anderen Stelle ragte ein niedriger Wehrturm aus dem Meer aus Zelten auf. Je näher sie dem Berg kamen, desto mehr dominierten nun Dalkar das Straßenbild. Das Tal wurde schmaler, und das Heer der Fuhrwerke folgte in beinahe geordneten Bahnen einem Pfad, der sich in sanften Serpentinen die Flanke des Bergs hinaufwand. Nach einiger Zeit verengte sich das Tal zu einer Klamm mit steilen Wänden, an deren Ende sich ein steinerner Wall über den Fels erhob. Flankiert wurde er von zwei mächtigen Wehrtürmen, hinter deren Brüstung eine Menge Rüstungsstahl hervorblitzte. Zwischen den Türmen befand sich ein großes Tor, vor dem sich Fuhrwerke und Dalkar gleichermaßen stauten.

Plattengepanzerte Wachmänner ließen die Blicke misstrauisch über die Menge schweifen, Männer mit langen Spießen stocherten in den hoch aufgetürmten Wagenladungen herum, und humorlos dreinblickende Schreiber überprüften Dokumente und drückten Wachssiegel auf die ihnen entgegengestreckten Schriftstücke. Dazwischen patrouillierten mit Knüppeln bewaffnete Büttel und trieben die Unaufmerksamen fluchend zur Eile an. Ein besonders missmutig dreinschauender Kerl vertrat ihnen den Weg. »Euer Begehr?« Auf die Art, wie er die Frage aussprach, hätte er sie auch als elendes Bettlerpack schimpfen oder bespucken können. Der Knüppel klatschte ungeduldig in die offene Handfläche. »Hat es euch die Sprache verschlagen? Zeigt mir eure Dokumente!«

Glond zuckte mit den Schultern. »Was ist das hier für ein Ort? Wohin führt dieses Tor?«

Die Frage musste dem Wächter ziemlich bekannt vorkommen, denn er verdrehte genervt die Augen. »Hätte mir ja gleich denken können, dass ihr neu seid. Eurer Kleidung nach seid ihr Flüchtlinge aus Derok, wie?« Er deutete mit dem Knüppel über die Schulter. »Das hier ist das Tor zu den Minen von Galenit. Alles, was sich hinter diesen Mauern befindet, ist privates Eigentum des Clanverbunds, der hier nach Erz schürft.«

»Wunderbar«, sagte Glond. »Wir sind nämlich Experten auf dem Gebiet des Bergbaus und suchen nach einer lohnenswerten Beschäftigung. Mit wem müssen wir sprechen, damit wir eingelassen werden?«

»Mit denen da unten.« Der Knüppel wies den Berg hinab auf die Zeltsiedlung. »Die sind nämlich nach eigener Aussage allesamt Experten auf dem Gebiet des Bergbaus und haben bereits vor euch an dieses Tor geklopft. Wenn ihr keine Dokumente besitzt, die euch als Experten ausweisen, dann sehe ich keinen Grund, euch den anderen vorzuziehen.«

»Das ist sehr umsichtig. Könnt Ihr uns denn sagen, woher wir solche Dokumente bekommen?«

Der Büttel seufzte. »Wenn ihr das selbst nicht wisst, dann kann ich euch auch nicht helfen.« Damit drehte er sich um und marschierte davon, um andere Passanten anzubrüllen.

Eine jämmerliche Gestalt in einem verwaschenen Überwurf kicherte Glond zahnlos an, während sie sich ausgiebig den verfilzten Bart kratzte. »Wenn ihr keine Dokumente habt, dann lässt der euch niemals rein. Hab es selbst schon oft versucht. Aber einige der anderen sind gnädiger. Manchmal geben sie einem einfache Arbeiten. Man muss nur lange genug warten können.«

»Wie lange wartest du schon?«, fragte Glond.

»Lass mich nachdenken.« Die Gestalt verdrehte die Augen. »Welches Jahr haben wir heute?«

Glond stieß einen tiefen Seufzer aus. »Uns fällt sicherlich etwas anderes ein.«

Die Abenddämmerung begann bereits, sich wie ein Mantel über das Meer aus Zelten zu legen. Die herannahende Kälte der Nacht vertrieb Mensch und Dalkar in das Innere ihrer Behausungen und der Gasthäuser, in denen sie sich ein wenig Abwechslung vom täglichen Einerlei erhofften und ihren Frust in billigem Schnaps ertränken konnten. Vor allem die Menschen, die ohnehin nicht viel vertrugen, waren dieser Unterhaltung zugetan. In den verbliebenen Stunden zwischen Tag und Nacht torkelten sie grölend und lallend durch die Gassen oder hockten zusammengesunken am Straßenrand und hielten sich an ihren Bierschläuchen fest. Ungeachtet der Tatsache, dass etliche von ihnen eine so eisige Nacht wohl nicht überleben würden. Irgendwo in der Ferne spielte eine

Sackpfeife eine traurige Weise, und die Stimmung übertrug sich auf Glonds Gemüt. Wie lange waren sie nun schon durch die Straßen gestreift, um an Informationen über die Minen zu gelangen?

Die Leute wussten viel zu erzählen. Je mehr man ihnen zahlte, desto bunter wurden ihre Geschichten. Weiter gekommen waren sie dadurch aber keinen Meter. Ließ man einmal alle Gerüchte beiseite, nach denen die Mine vom Großkönig selbst bewohnt wurde, schreckenerregende Oger in ihren Tiefen hausen sollten und ein Arbeiter seine Seele oder zumindest die seines Erstgeborenen verpfänden musste, um in den Schächten schürfen zu dürfen, dann blieb die traurige Erkenntnis übrig, dass auch dort oben das Grubenrecht galt und man ohne die richtigen Dokumente nicht hineingelangte.

»Wen haben wir denn da?«

Als Glond aufblickte, stellte er fest, dass sie geradewegs in eine der schmutzigsten Gassen der gesamten Siedlung getrottet waren. Mitten hinein in ein Dreckloch aus Unrat, Gestank und einer Ansammlung der übelsten Gestalten, die ihnen bislang begegnet war. Und das wollte schon was heißen, wenn man bedachte, wo sie sich in den letzten Monaten herumgetrieben hatten.

Der Sprecher war ein glatzköpfiger Riese mit fliehender Stirn und einem goldenen Ring im Ohr. Äußerlich wies er große Ähnlichkeit mit einem Ork auf. Doch was Glond noch viel mehr beunruhigte, war der blutbefleckte Knüppel in seiner Hand. Die anderen sechs schienen typische Vertreter der menschlichen Rasse zu sein. Heruntergekommene Männer mit struppigen Bärten und verschlagenen Blicken, aus denen die Gier nach Dalkargold hervorblitzte. Einer von ihnen hob seine antik wirkende Armbrust und spuckte Glond direkt vor die Füße. Aus irgendeinem Grund machte ihn diese Geste zornig.

»Wenn ihr diese Gasse passieren wollt, müsst ihr zuerst den Zoll bezahlen«, grunzte der Glatzkopf mit dem Knüppel.

»Und wenn wir uns einen anderen Weg suchen?«

»Dann ebenfalls.« Der Glatzkopf grinste. Die Männer in seinem Rücken kicherten hämisch.

»Wir haben nicht viel. Mit welchem Betrag würdet ihr euch denn zufriedengeben?«

»Lass mich nachdenken.« Der Glatzkopf legte die Hand an sein kaum vorhandenes Kinn und spitzte die Lippen. »Mit allem …?«

Deprimiert ließ Glond die Schultern sinken. Wenn er ehrlich war, hatte er diese Antwort bereits erwartet. Aber aus irgendeinem Grund glaubte er jedes Mal wieder an einen letzten Rest Anstand in anderen. Vielleicht sollte er diese Einstellung langsam mal ablegen. Er breitete die Hände aus. »Lasst uns noch mal darüber reden.«

Der Glatzkopf legte erneut die Hand ans Kinn, dann schüttelte er den Kopf. »Kann ich nicht machen. Ich muss meine Männer bezahlen, und die werden ziemlich ungehalten, wenn sie nicht bekommen, was ihnen zusteht. Wenn ihr uns also bitte all eure Besitztümer übereignen würdet?«

Der Wolfmann verschränkte die Arme. »Einer Handvoll heruntergekommener Bauern mit Keulen und einer einzigen Armbrust? Nicht sehr beeindruckend. Sehen wir wirklich so wehrlos aus, dass wir uns deshalb ins Hemd machen?«

Der Glatzkopf zuckte mit den Schultern. »Hier oben in den Bergen läuft keiner herum, der besonders wehrlos aussieht.

Aber diese neumodischen Zwergenwaffen verändern das Kräftegleichgewicht nicht unerheblich.« Er hob die Hand, und hinter ihm trat ein weiterer Armbrustschütze aus dem Schatten hervor.

»Nicht schlecht«, gab der Wolfmann zu. »Doch ich zähle nur zwei. Wir sind aber zu dritt.«

»Reicht das nicht?«

»Ich finde schon, dass das zwei ganz großartige Argumente sind«, murmelte Glond. War es wirklich so heiß geworden, oder kam ihm das nur so vor? »Lass uns noch mal über seinen Vorschlag nachdenken, Wolfmann.«

»Nachdenken ist nicht so meine Sache. Sonst wäre ich gar nicht erst mit dir mitgekommen.«

Glond stöhnte und warf einen Seitenblick auf Dvergat. »Was sagst du dazu?«

»Ich bin stinksauer.« Dvergat stemmte die Hände in die Hüften. »Stinksauer, wie man eine Armbrust nur so nachlässig behandeln kann. Schaut euch doch mal die Sehne an. Ganz ausgefranst und ungefettet. Die fliegt euch bei nächster Gelegenheit um die Ohren! Die Schulterstütze wird scheinbar nur noch von ihrem eigenen Rost zusammengehalten, und dann erst die Führungsschiene ...«

»Was ist mit ihr?« Stirnrunzelnd beugte sich der vordere Armbrustschütze über seine Waffe.

»Das!« Dvergat machte einen schnellen Satz nach vorn, schlug von unten gegen die Waffe und schmetterte sie dem Menschen krachend in die Nase. Dann geschahen mehrere Dinge gleichzeitig. Während der Wolfmann die lange Klinge von seiner Schulter riss und in einem großen Bogen herumschwang, löste sich aus der Armbrust des zweiten Schützen ein Bolzen und schoss auf Glond zu. Schützend riss er die Arme in die Höhe und sprang zu Seite.

Die lange Klinge des Wolfmanns erwischte den Schützen am Hals und schlug ihm den Kopf beinahe vollständig vom Rumpf. Wie ein frisch geköpftes Huhn torkelte der Mann rückwärts und riss den Menschen neben sich zu Boden. Irgendjemand stieß einen Schrei aus, der Glond in den Ohren schmerzte. Im nächsten Augenblick explodierte seine Welt in einer Wolke aus Sternen. Sein Kopf wurde herumgerissen, und er stürzte schwer in den Straßendreck. Keuchend rappelte er sich auf und stand plötzlich dem Glatzköpfigen gegenüber, der seinen Knüppel schwang und ihm diesen ein zweites Mal kraftvoll gegen den Schädel schmetterte. Er hätte froh sein können, dass sich die Waffen der Menschen tatsächlich in einem miserablen Zustand befanden und der Knüppel beim Aufprall in zwei Teile zerbarst. Tatsächlich wurde er einfach nur stinksauer. Es war schon verdammt ungerecht, dass dieser Drecksack gerade ihn als Ziel ausgesucht hatte. Immerhin war er doch der Einzige gewesen, der etwas zur Beruhigung der Lage beigetragen hatte. Nur schien sein Gegenüber das nicht so recht zu würdigen, denn er schleuderte die Überreste seiner Waffe kurzerhand zur Seite und stürzte sich auf ihn. Unvermittelt fand sich Glond in einer wüsten Rangelei wieder, in der er deutlich mehr einstecken musste, als er austeilte. Dann wurde er auch noch angerempelt, stolperte und bekam den Stiefel des Glatzköpfigen in die Seite.

Das brachte das Fass endgültig zum Überlaufen. Mit einem Aufschrei griff er nach dem ausgestreckten Bein und drehte es ruckartig herum. Der Glatzköpfige kreischte auf, ruderte mit den Armen und verlor das Gleichgewicht. Glond setzte nach und schlug ihm die geballte Faust mitten auf die Nase. Es knackte vernehmlich, und Blut spritzte ihm ins Gesicht. *Schon besser.* Er schlug mit der Linken zu, und dann noch mal mit der Rechten. Links, rechts, links. Immer wieder mitten hinein in die hässliche Visage. Der Glatzkopf brüllte und zappelte, während ihm das Blut in Strömen aus dem zermatschten Gesicht floss. Er taumelte rückwärts, knickte mit dem verletzten Bein ein und stürzte schwer zu Boden.

»Erbarmen!«, wimmerte er und begann, auf allen vieren davonzukriechen. Glond packte ihn am Bein und zerrte ihn zurück. Während die Finger seines Gegners verzweifelt im Schlamm nach Halt suchten, lachte Glond ihm ins Gesicht. »Du wolltest doch alles von uns haben. Jetzt warte gefälligst, bis ich es dir gegeben habe.« Der Zorn vernebelte seine Sicht. Während er erneut zuschlug, stellte er fest, dass es ihm unglaubliche Freude bereitete, diesem hässlichen Menschen Schmerzen zuzufügen.

Eine Gestalt trat von der Seite an ihn heran und brüllte etwas, das er über dem Rauschen in seinen Ohren nicht mitbekam. Ärgerlich schubste er den Schreihals zur Seite, nur um festzustellen, dass der Drecksack ganz schön flink auf den Beinen war und ihm eine klatschende Ohrfeige verpasste. Der brennende Schmerz brachte ihn augenblicklich zur Besinnung.

»Du kannst aufhören«, knurrte der Wolfmann und schüttelte seine Hand aus. »Der ist am Ende.«

»Wer?« Glond starrte auf die blutige Masse hinab, die bis vor Kurzem noch das Gesicht des Glatzkopfs gewesen sein musste. Wenn noch eine Spur Leben in diesem zuckenden Haufen Fleisch zu finden war, dann würde es diesen Tag wohl bis in alle Ewigkeit verfluchen. Ein plötzlicher Würgereiz übermannte Glond, und er erbrach sich lautstark in den Schlamm.

»Dem hast du es aber ordentlich gegeben«, lachte Dvergat. »Du hast dich aufgeführt wie ein verdammter Kanalarbeiter.«

»Berserker meinst du wohl«, sagte der Wolfmann.

»Nee.« Dvergat tippte sich mit dem Zeigefinger gegen den Nasenflügel. »Du kennst offenbar unsere Kanalisationen nicht.« Er zog seinen Bierschlauch aus dem Gürtel und reichte ihn Glond. »Das ist wahrlich keine Schande, mein Junge. Ich glaube, langsam verwandelst du dich tatsächlich in so etwas wie einen richtigen Krieger.«

Glond dachte darüber nach, während er den Tumult in seinen Eingeweiden unter Kontrolle zu bringen versuchte. Wenn es einen echten Krieger ausmachte, seinem Gegenüber fröhlich lachend das Gesicht zu Brei zu schlagen, dann konnte er herzlich gern darauf verzichten.

»Ich weiß, ich weiß.« Dvergat klopfte ihm auf den Rücken. »Am Anfang ist es noch ungewohnt, aber mit der Zeit wirst du Gefallen daran finden.« Er beugte sich zu dem Glatzkopf hinunter und schnitt ihm den Geldbeutel vom Gürtel. »Zur Feier des Tages lassen wir uns von dem hier zu einem Humpen Bier einladen.« Er schüttete die Münzen in seine offene Handfläche und pfiff durch die Zähne. »Oder zwei oder drei. Das wird ein lustiger Abend.«

»Das bezweifle ich.« Am Ende der Gasse tauchte ein rotbärtiger Dalkar auf, dessen blank polierter Brustharnisch in dieser Gegend beinahe wie ein Fremdkörper wirkte. In seinem Schlepptau befand sich ein gutes halbes Dutzend Wachleute mit finsteren Mienen und schweren Armbrüsten. Im Gegensatz zu denen der Menschen schienen diese Waffen gut geölt und in exzellentem Zustand zu sein. Der Rotbärtige rümpfte die Nase und bahnte sich bedächtig seinen Weg zwischen den Schlammlöchern hindurch. Er sprach einen Dialekt, wie er um Ebenfurth herum gesprochen wurde. »Seid ihr für dieses Gemetzel verantwortlich?«

»Das kann man wohl sagen«, antwortete Dvergat – vermutlich das Falscheste, was man in so einer Situation antworten konnte. »Sie wollten uns ausrauben«, fügte er rasch hinzu.

Der Wächter warf einen Blick auf den Berg Münzen auf Dvergats Handfläche. »Das sehe ich.« Dann beugte er sich zu dem Glatzkopf herab. »Ich kenne ihn. Seine Freunde nennen ihn Schiefzahn. Ein schlimmer Bursche, der sich von niemandem so leicht unterkriegen lässt. Wer von euch hat ihn so übel zugerichtet?«

»Der hier.« Dvergat klopfte Glond auf die Schulter.

Der Wächter musterte Glond mit neu erwachtem Interesse. »Mit bloßen Fäusten?« Leise pfiff er durch die Zähne. »Sieht man dir auf den ersten Blick gar nicht an, Kleiner.«

»Auf die Größe kommt es ja auch nicht an«, stellte Dvergat fest. »Sondern auf den Lehrmeister.«

Der Wächter nickte. »Ihr befindet euch hier in einer üblen Gegend, in der Dalkar nicht gern gesehen sind. Die Menschen, die hier wohnen, gehören zu den verkommensten Subjekten, die diese Rasse je hervorgebracht hat. Diebe, Räuber und Halsabschneider, denen Recht und Gesetz am Arsch vorbeigehen. Schiefzahn ist einer der Übelsten. Ich habe mit eigenen Augen gesehen, wie er unten am Fluss einen Mann ersäuft hat, weil der ihm versehentlich auf den Fuß getreten ist.« Er richtete den Blick auf Glond. »Ein wirklich übler Kerl mit einer Menge genauso übler Freunde. Wenn sie das hier zu sehen bekommen, werden sie nicht besonders gut auf dich zu sprechen sein. Dabei hast du aber noch Glück, dass er keiner von Haarigs Männern ist. Denn dann hättest du jetzt ein richtiges Problem.«

»Haarig?«, fragte Glond, während er die erneut aufwallende Übelkeit in seinem Bauch niederkämpfte. »Kennt ihr ihn?«

»Wieso fragst du? Hast du vor, ihn genauso übel zuzurichten?«

»Vielleicht«, erwiderte Dvergat an Glonds Stelle. »Er ist gerade ganz gut im Training.«

»Na, meinen Segen hat er.« Der Wächter grinste. »Aber ganz im Ernst. Wenn euch euer Leben lieb ist, dann haltet euch besser fern von ihm. Dieser Mann ist äußerst gefährlich und kennt keine Gnade. Es heißt, dass ein Großteil der Menschen in dieser Stadt nach seiner Pfeife tanzt …«

»… oder am Strick«, beendete Glond den Satz. »Wir wissen Bescheid. Könnt Ihr uns sagen, wo wir ihn finden?«

»Ihr findet nicht ihn, er findet euch. Doch wenn ich an eurer Stelle wäre, würde ich es mal unten in der Schänke versuchen.« Der Wächter warf einen nervösen Blick über die Schulter. »Glücklicherweise bin ich nicht an eurer Stelle.«

Der Dalkar war in die Jahre gekommen. Groß, massig – vielleicht schon eine Spur zu massig, mit ausgeprägter Stirnglatze und einem gutmütigen Gesichtsausdruck. In dem völlig überfüllten Gasthaus hatte er einen Tisch ganz für sich allein. Als sie den Raum betraten, winkte er sie mit einem verschmitzten Augenzwinkern zu sich heran. »Ihr habt mich gefunden.« Seine Stimme besaß einen angenehmen, vollen Klang, der tief aus seinem mächtigen Brustkorb herausdröhnte. Der Tonfall eines selbstbewussten Mannes, der mit sich und der Welt im Reinen war.

»Du bist Haarig?« Glond griff nach einem der Bierkrüge, die der Wirt ohne Aufforderung vor ihnen abgestellt hatte. »Ich habe mir dich irgendwie anders vorgestellt.«

Haarig lachte gutmütig. »Behaarter vermutlich, was? Dann hat man euch diese alberne Geschichte also bereits erzählt. Dass ich selbst im tiefsten Winter nackt herumlaufen würde, einzig bekleidet mit meinem wallenden Haupthaar.« Grinsend strich er sich über die Glatze.

Glond fiel auf, dass an seiner Hand der Zeigefinger und ein Teil des Mittelfingers fehlten.

»So war es früher möglicherweise. Doch die Natur hat eines Tages auch bei mir ihren Tribut gefordert. Also habe ich mich entschlossen, wieder Kleidung anzuziehen und mich einem zivilisierteren Leben zuzuwenden. Hätte ansonsten ja auch ziemlich albern ausgesehen. Leider kleben solche Gerüchte auch nach Ewigkeiten noch wie Pech und Schwefel an einem ehrbaren Mann. Da kann man nichts gegen machen.« Er hob seinen Bierhumpen, nahm einen kräftigen Schluck und schaute sie der Reihe nach an. »Und ihr? Wer seid ihr, und welche Gerüchte kleben an euch?«

»Mein Name ist Glond. Unseren eigenen haarigen Begleiter nennen wir den Wolfmann, und der, der sich hinter seinem Bierkrug versteckt, ist …«

»Niemand«, grummelte Dvergat, ohne den Kopf zu heben. »Ich bin ein Oberer. Aus Ebenfurth.«

»Ebenfurth, ja?« Haarig musterte Dvergat amüsiert. »Habe nicht gewusst, dass die Leute dort gelernt haben zu kämp-

223

fen – außer gegen Schweine vielleicht.« Er lachte und schlug sich klatschend auf den Oberschenkel. »Nein, ganz im Ernst. Kaum setzt ihr drei einen Fuß in unsere Stadt, schon zieht ihr einen Rattenschwanz von Gerüchten hinter euch her. Wollt ihr etwas essen?« Ohne eine Antwort abzuwarten, winkte er den Wirt heran. »Meine Freunde sind weit gereist, bring ihnen etwas Anständiges zu essen. Am besten von gegenüber. Dann können wir sicher sein, dass es auch genießbar ist.« Augenzwinkernd wandte er sich an Glond. »Man erzählt sich, dass ihr überall nach mir fragt. Ihr seid nicht zufällig Clanjäger, die sich mit meinem Kopf einen goldenen Bart verdienen wollen?« Er wirkte überhaupt nicht besorgt. Nicht einmal misstrauisch. Eher amüsiert, so als wäre allein schon die Vorstellung, von einem Kopfgeldjäger gesucht zu werden, ein Riesenspaß. »In dem Fall habt ihr sicherlich gehört, dass hier oben alles nach meiner Pfeife tanzt – oder am Strick.«

»Wir unterstehen keinem Clan«, entgegnete Glond. »Wir haben nur gehört, dass du alles und jeden in den Bergen kennst. Wenn wir hier oben etwas suchen, dann soll kein Weg an dir vorbeiführen, sagt man.«

»Ihr versucht mir zu schmeicheln.«

»Klappt es denn?«

Haarig lehnte sich im Stuhl zurück und tätschelte lächelnd seinen Bauch. »Es stimmt mich zumindest positiv. Doch ihr seid nicht die Ersten, die versucht haben, mich mit Schmeicheleien zu beeindrucken. Mich beeindrucken eher Taten. Das, was ihr vorhin auf der Straße mit diesem Schiefzahn angestellt habt, zum Beispiel. Vor allem, wenn ihr trotz eurer bemerkenswerten Fähigkeiten wirklich keinem Clan untersteht. Was genau sucht ihr?«

»Eine Mine.«

»Ihr seid Prospektoren?« Haarig hob eine Augenbraue.

»So was in der Art. Sagen wir einfach, dass wir ein paar interessante Hinweise bekommen haben und ihnen nachgehen wollen.«

»Doch dazu müsst ihr in die Schürfgebiete gelangen.« Haarig nickte. »Das wird kein leichtes Unterfangen. Die Minen werden nach und nach von einem Konsortium aus dem Süden aufgekauft. Jedes alte Loch von hier bis zum anderen Ende der Hochebene, und sie bauen einen Zaun drumherum und lassen keinen mehr rein. Das ist der Grund, warum die Dalkar in dieser Region so aufgeschreckt sind. Sie bilden sich ein, dass es hier oben wieder etwas zu holen gibt, und fangen an, wie wild zu graben. Von Tag zu Tag ziehen mehr zu uns herauf. Vor allem Obere aus der Region um Derok, denen der Krieg alles genommen hat.« Er hob den Krug und drehte ihn in der Hand. »Wenn ich ehrlich sein soll, halte ich das für ein abgekartetes Spiel. Irgendwer mit Köpfchen und Geld hat dieses Gerücht in die Welt gesetzt und verdient sich jetzt einen golddurchwirkten Bart an der Dummheit der Clans. Hätte ich einen Karren voller Schaufeln und Spitzhacken zu viel, dann wäre ich bereits ein gemachter Mann. Aber meine Qualitäten liegen eher auf einem anderen Gebiet.« Entspannt lehnte er sich zurück und musterte sie noch einmal der Reihe nach. Glond entging nicht, dass Dvergat den Kopf noch ein wenig tiefer senkte und seinen Bierkrug mit eisernem Griff umklammert hielt. »Wenn ich euch so ansehe, dann vermute ich, dass das Schürfen auch nicht unbedingt in eurem Blut liegt. Seid ihr sicher, dass ihr eure Talente im Berg vergeuden wollt?«

»Das werden wir sehen, wenn wir die Mine gefunden haben.«

Haarig grinste. »Das muss ja ein besonders lohnenswertes Schätzchen sein, das ihr da aufgetan habt.«

Glond nahm einen Schluck aus seinem Bierkrug. »Könnt ihr uns nun in die Schürfgebiete bringen?«

Haarigs Grinsen wurde breiter. »Du lässt dir nicht gern in die Karten schauen, was?« Nachdenklich strich er sich über die Glatze. »Ich kann es versuchen, aber es wird einige Zeit dauern und hat seinen Preis.«

»Ah, der Preis. Endlich reden wir wie richtige Zwerge miteinander.«

»Ihr seid nicht nur mutig, ihr habt auch noch Humor. Das gefällt mir. Sehr gut sogar. Wisst ihr was? Warum vergesst ihr nicht diese alberne Mine und arbeitet eine Zeit lang für mich? Die Gegend ist nicht ungefährlich, und ich kann fähige Männer wie euch gut gebrauchen. In meinen Diensten kommt ihr den Minen so nahe wie sonst keiner; und wer weiß, vielleicht findet ihr ja dann auch ohne meine Hilfe, wonach ihr sucht. Eher sogar, als wenn ihr hier mit den anderen im Dreck wühlt. Was sagt ihr dazu?«

»Kein Interesse«, knurrte Dvergat hinter seinem Bierkrug hervor. »Sucht euch andere Dumme für eure üblen Geschäfte.«

Haarig ließ sich dadurch nicht im Geringsten irritieren. Sein Lächeln wurde sogar so breit, dass es eine Reihe goldblitzender Schneidezähne enthüllte. »Es ist eine Frage des Geldes, habe ich recht? Keine Sorge, ich speise meine Leute nicht mit Almosen ab. Meine Geschäfte haben Hand und Fuß. Wenn es eines gibt, auf das ihr euch verlassen könnt, dann, dass ich mit schwerem Gold bezahle.« Lächelnd nestelte er eine Handvoll

Münzen aus seinem Geldbeutel und ließ sie auf die Tischplatte kullern. Dann stand er auf. »Überlegt es euch. Aber überlegt nicht zu lange. Es gibt nämlich noch eine Menge anderer Männer, die auf so eine Gelegenheit warten. Wenn ihr euch entschieden habt, dann fragt einfach nach mir. Es heißt, dass Haarig alles und jeden kennt. Da ist schon was Wahres dran.«

»Was sollte denn das?«, fragte Glond, während er Haarigs Weg durch die Menge verfolgte.

»Was? Dass ich das erbärmliche Angebot dieses ungewaschenen Bettlers nicht annehmen will?«

»Er mag ein Arschloch sein, aber er ist möglicherweise die einzige Person, die uns in die Schürfgebiete schleusen kann.« Glond starrte ihn böse an. »Vielleicht, weil er ein Verbrecher ist?«

»Pah«, schnaufte Dvergat. »Ich war lange genug bei der Mauerwacht, um mich nicht über irgendwelche krummen Menschensachen aufzuregen. Das ist es nicht. Damit wäre ich zurechtgekommen.« Missmutig kratzte er sich über das Metallbein. »Ich war bis aufs Äußerste diplomatisch und zurückhaltend. Wenn ich wirklich meinen Gefühlen freien Lauf gelassen hätte, dann läge dieser Drecksack jetzt mit gespaltenem Schädel im Straßendreck.«

»Was soll das heißen?«

»Ich kenne diesen Mann.« Dvergats Augen verengten sich zu Schlitzen. Seine Hände ballten sich zu Fäusten. »Sein Name lautet in Wahrheit Schart Eirimm, und er schuldet mir ein Bein.«

ZEICHEN DES LETZTEN JAHRES

Razars Frage geht mir nicht aus dem Kopf«, sagte Bruggach leise.

Sie saßen dicht gedrängt um eine winzige Feuerstelle, in der
ein Torfbrocken brannte und das Wasser in einem kleinen
Eisentopf erhitzte. Über ihnen spannten sich Lederplanen
zwischen einer Schneewächte und einem eisverkrusteten Felsblock und hielten den stetig singenden Eiswind ab.

»Der hat viele Fragen«, knurrte Modrath unwirsch und
rieb sich die Schläfen. »Welche davon meinst du?«

»Warum genau sind wir hier?«

»Um es mit Modraths Worten zu sagen: Am Anfang der
Zeiten, als die Welt noch jung war, öffneten …« Krendar unterbrach sich, als er Modraths Blick aufschnappte. »Der war
doch von dir? Also, ich fand ihn gut. Was ist los?«

Der Oger schnitt eine Grimasse, enthielt sich jedoch einer
Antwort.

»… Kopf schmerzt«, sagte der Linke leise. »Das ist die
Höhe. Die verträgt nicht …«

»Jeder?«, hakte Krendar nach einer kleinen Pause ein.

Der Linke nickte stumm.

Sekesh musterte den Oger missbilligend. »Das ist idiotisch,

Modrath. Wenn du Probleme hast, sprich mit mir. Wozu habt ihr eine Urawi?«

Modrath fletschte seine gewaltigen Hauer und winkte ab. »Ich bin kein Welpe. Ich hab nur verdammte Kopfschmerzen, keinen Dolch zwischen den Rippen.«

»Kannst du aber haben, wenn du uns deswegen auf den Sack gehst«, sagte Corsha völlig humorlos. »Lass dir was von Sekesh geben.«

»Und wenn nicht?«

Die Aerc-Kriegerin sah ihn ernst an. »Sieh's mal so: Oger hin oder her – kein Weib braucht einen Mann mit Kopfschmerzen. Auch dieses hier nicht.« Sie verschränkte die Arme vor der ausladenden Brust. »Wenn du verstehst, was ich meine.«

Krendar stellte fest, dass er ebenso wie die anderen instinktiv bis an den äußersten Rand ihres Unterschlupfs gerückt war. Das war allerdings nicht weit. *Das wäre gerade vermutlich wesentlich amüsanter, wenn wir nicht alle in Reichweite seiner Arme sitzen würden.*

Modrath musterte sie mit zusammengekniffenen Augen, bevor sein Blick zu den auffällig desinteressiert aussehenden übrigen Kriegern zuckte. »Du bist ein hartes Weib, Corsha«, brummte er schließlich.

Unauffällig atmete Krendar aus. »Warum wir hier sind ...«, sagte er, vor allem, um irgendetwas zu sagen. Außerdem – wenn jemand die Aufmerksamkeit eines schlecht gelaunten Ogers auf sich zog, sollte es wohl der Broca sein. Vermutlich hätte der große Ragroth auch dazu etwas zu sagen gehabt. *Groshakk. Ich bin mir sicher, dass er etwas dazu gesagt hat. Ich will's gar nicht wissen.*

»Ich weiß, ihr habt es uns gesagt. Wir suchen etwas, das die

Welt vernichten könnte, irgendetwas Böses, das in den Gipfeln der Dobrog liegt und im Geistersturm erwacht ist, wenn ich das richtig verstanden habe.«

Krendar zuckte mit den Schultern. »Um ehrlich zu sein, haben wir keine Ahnung, ob es die Welt vernichten könnte. Aber was wir in den Ruinen dieser Waldstadt im Westen gesehen haben, kann mehr Aerc töten, als es das Heer der Wühler kann, wenn wir es nicht aufhalten.«

»Aber ich denke, ihr habt es zerstört?«, fragte Farosh. »Warum glaubt ihr, dass es hier mehr davon gibt?«

»Wir glauben es nicht, wir wissen es«, sagte Sekesh, während sie in einem kleinen Mörser irgendwelche Dinge zu Pulver zerrieb.

»Wir hatten einen Winter lang Zeit, die Ruinen zu untersuchen«, erklärte Krendar. »Als der Geistersturm vorübergezogen war, begann es dort ziemlich heftig zu schneien.«

»Nicht nur dort«, murmelte Bruggach.

Krendar nickte. »Der Lange Winter begann. Die Herzen der Krieger, die zu bewachen unsere einzige Aufgabe gewesen war, waren verloren. Kein Dorf der Weststämme hätte uns Unterschlupf gewährt. Wohin also hätten wir sonst gehen sollen?«

»Bis irgendein schlauer Krieger auf die Idee kam, einfach zu bleiben, wo wir waren«, sagte Ronkh.

»Zwei schlaue Krieger«, warf sein Bruder ein.

»Zwei schlaue Krieger«, verbesserte sich Ronkh. »Diese Drecksäcke von Skrag und diese Waldärsche sind verschwunden, nachdem ihre heilige Stätte niedergebrannt war. Als hätte es sie nie gegeben. Die Wühler haben sich mit ihren Menschen schneller davongemacht, als man es ihren kurzen

Beinen zugetraut hätte, und außer uns, den Toten und den Krähen war ja niemand mehr dort.«

Razar nickte. »Übrig war ein komplettes Lager, voll mit Fellen, mit Shranga, Brennholz und allem, was man so braucht. Wir hatten ein Dach über dem Kopf und mehr Rinder, als wir selbst mit Modraths Hilfe fressen konnten. Wir wären blöd gewesen, wegzugehen. Außerdem hatten wir für eine Weile die Schnauze voll vom Rennen.«

Ronkh starrte sinnend in das Feuer und kratzte am Tuch, das seine leere Augenhöhle verbarg. »Ich frage mich immer noch, warum wir nicht dort geblieben sind.«

Krendar seufzte. »Ewig hätten wir nicht bleiben können.« Er sah Bruggach an. »Nicht, dass wir es nicht gewollt hätten. Aber im Langen Winter haben wir uns die Ruinen angesehen. Wir waren recht schnell eingeschneit und hatten ja sonst nicht viel zu tun. Zwei der heiligen Hügel ihrer Drûaka waren noch in Ordnung, und in ihrem Inneren gab es Gänge voller Bilder. Die Geschichte ihrer Stadt. Könnt ihr euch vorstellen, dass diese Stadt schon eine Ruine war, als die ersten Wühler unser Land betreten haben?«

»Ich kann mir nicht einmal vorstellen, dass diese Stadt von Aerc gebaut wurde«, brummte der alte Krieger. »Nur Wühler bauen Städte aus Stein, nicht Aerc.«

»... baut auch aus Stein«, widersprach der Linke.

»Sein Volk baut aus Stein, meint er«, stelle Krendar mit einem Seitenblick auf den Korrach klar. »Allerdings auch nichts Vergleichbares, nach allem, was ich gehört habe. Wir haben nichts gefunden, das auf etwas anderes hingedeutet hätte, darauf, dass Menschen bei ihrem Bau beteiligt gewesen wären, oder die Wühler. Aerc haben Gulraka Valak, die Weiße

Stadt gebaut, vermutlich der größte Stamm, den unsere Völker je hervorgebracht haben. Die Ruinen boten Platz für zehn mal Tausend unserer Art. Vielleicht mehr. Wenn man den Bildern glaubt, herrschte Gulraka Valak über die meisten Stämme unserer Ahnen. Wenn sie nicht sogar unsere Ahnen selbst waren. Und ihre Jäger fanden etwas hier unter den Gipfeln der Dobrog, irgendetwas, das ihren weisen Frauen die Macht gab, mit den Toten, den Ahnen zu sprechen.«

Corsha nickte. »An dieser Stelle zeigten die Bilder zum ersten Mal jene Zeichen, mit denen die Weststämme ihre Drûaka kennzeichnen, und Sekesh meint, dass sie denen ähneln, die die Ayubo für ihre eigenen Totensprecherinnen verwenden. Gut möglich, dass diese Stadt also der Ursprung der Drûaka war.«

Farosh starrte Krendars Trupp mit offenem Mund an, bis sich Krendar erbarmte. »Ehrlich, ich habe keine Ahnung davon. Das sind Drûaka-Dinge, also muss ich mich auf das verlassen, was sie uns sagen.«

»Das gilt für die meisten Dinge«, sagte Sekesh, ohne aufzuschauen. Sie schabte das Pulver in einen Lederbecher und goss Wasser auf. Ein durchdringend bitterer Geruch erfüllte ihren Unterschlupf. Sie reichte den Becher an Modrath weiter. »Trink. Alles.« Dann sah sie Farosh an. »Auch wenn das der Beginn der Drûaka gewesen sein mag, es war der Beginn vom Ende des Volkes der Weißen Stadt. Sie nahmen nicht nur das Wissen aus dem Dobrog mit in ihre Heimat, sondern brachten auch noch etwas anderes, einen schwarzen Fels, den sie ›Das Herz der Dunkelheit‹ nannten. Die Totensprecherinnen lernten, das Herz zu kontrollieren. Die Bilder erzählen, dass jener Fels in ihren Träumen zu ihnen flüsterte. Sie lernten auch, dass sie Splitter davon mit sich tragen konnten und damit das Flüstern, auch wenn sie nicht in der Nähe des Herzens waren.« Sie zog ihr rußgeschwärztes Amulett, die Stammesmutter, hervor und warf sie auf die lederne Decke am Boden. »Sie nannten das, was sie gefunden hatten, Nol'Ru, die Flüsternde Dunkelheit, und aus den Splittern fertigten sie die Stammesmütter, aus denen die Dunkelheit zu den Drûaka sprach. Die Nol'Ru wurden das Gedächtnis der Stämme – und sie sind es bis heute.«

»Für die Weiße Stadt hatte das seinen Preis«, sagte Krendar. »Für Generationen wurden sie das mächtigste Volk der Aerc, doch irgendwann wurde ihnen wohl klar, dass ihre Drûaka die Nol'Ru nicht wirklich beherrschten. Sie brauchten Blutopfer, um die flüsternde Dunkelheit am Leben zu erhalten. Oder zu binden – das wissen wir nicht genau. Jedenfalls benötigten sie viel Blut, und es wurde immer mehr. Also eroberten sie Stamm nach Stamm und opferten deren Blut, deren Herzen. Dann kam der Tag, an dem es kaum noch Stämme gab, die einfach zu erobern waren, also begannen sie, das Blut ihres eigenen Volkes zu vergießen. Irgendwann jedoch zerbrach ihr Reich, und in einem gewaltigen Schlachten kehrte sich das Volk von Gulraka Valak gegen sich selbst. Was danach übrig war, verließ die Stadt und ihr Tal. Nach Süden, nach Norden, nach Osten. Zurück blieb nur eine kleine Schar, die entschlossen war, das Herz der Dunkelheit für immer gefangen zu halten.«

»Die Übrigen wanderten, weit genug, damit das Flüstern der Stammesmütter leiser wurde«, warf Corsha ein. »Wie es scheint, wurden aus ihnen die Weststämme.«

Farosh verzog nachdenklich das Gesicht. »Aber warum haben sie dieses Herz nicht zerstört, wenn es das ganze Problem war? Ich denke, Feuer zerstört diese … diese Dunkelheit?«

Corsha sah den jungen Aerc beeindruckt an. »Guter Gedanke. Aber die Stämme folgen den Drûaka – und die Drûaka folgen den Stimmen der Ahnen. Vermutlich war da schon niemandem mehr klar, dass das Flüstern der Stammesmütter nicht die Stimmen unserer Ahnen sind. Zumindest ist das heute so. Meine Schwester war eine Drûaka, und sie wusste es nicht.«

»Und ich habe die Wahrheit auch erst in der weißen Stadt gelernt«, ergänzte Sekesh bitter, bevor ein grimmiges Lächeln in ihre Mundwinkel kroch. »Dann haben wir genau das getan. Wir haben das Herz der Dunkelheit ausgebrannt. Und jede Stammesmutter, die wir finden konnten.«

»Und?« Farosh beugte sich neugierig vor.

»Ihr habt es selbst gesagt: Die Drûaka des Heers können die Ahnen nicht mehr hören. Also haben wir wohl Erfolg gehabt.«

Bruggach runzelte die Stirn. »Das gilt für viele, aber nicht für alle der Drûaka. Es gab einige, die darüber wahnsinnig wurden, dass die Ahnen zu schreien begannen, sagt man. Und die Totensprecherinnen ihres Volkes«, er warf Sekesh einen unsicheren Blick zu, »schienen überhaupt nicht betroffen.«

Die Ayubo nickte. »Deshalb sind wir hier. Mein Volk trägt ebenfalls die Stammesmütter, doch es stammt nicht vom Volk der Weißen Stadt ab. Die Urawi der Stämme des Nordens schneiden den Stein für die Stammesmütter seit ungezählten Generationen in einem heiligen Tal, einem geheimen Ort, hier oben in den Dobrog.«

»Dem Ort, von dem das Herz der Dunkelheit stammt?«, fragte Farosh.

Ronkh nickte. »Das vermuten wir. Es gab bei den Bildern solche wie die Zeichen, von denen Sekesh sagt, dass ihr Stamm sie für diesen Ort verwendet.«

»Aber was hat sich geändert?«, fragte Bruggach langsam. »Selbst wenn es stimmt – zumindest unser Stamm hatte nie Probleme damit, von den Drûaka geleitet zu werden. Ob Ahnen oder nicht – ging es uns unter ihrer Führung etwa nicht gut? Zumindest, bis dieser Kriegszug von Rogoru begann?«

»Das ist genau das Problem«, sagte Krendar. »Dieser Kriegszug wurde nicht von Rogoru begonnen.« Er nickte in Sekeshs Richtung. »Er wurde von den Totensprecherinnen ihrer Stämme beschlossen. Weil das Flüstern in ihren Träumen ihnen das gesagt hat. Und es waren unsere Drûaka, die es unterstützten. Weil *deren* Träume es ihnen gesagt haben.«

»Es ist kein Kriegszug der Aerc. Es ist der Krieg der Stammesmütter. Der Nol'Ru«, sagte Sekesh.

Farosh sah sie verständnislos an. »Aber ... warum sollten diese Dinger Krieg gegen die Zwerge führen?«

»Nicht gegen die Zwerge«, korrigierte Krendar. »Wir glauben, dass sie uns vernichten wollen. Die Aerc. Wir sind die, die sie seit Hunderten von Wintern eingeschlossen halten. Die Drûaka kontrollieren die Stammesmütter – und kein Mann darf die Steine berühren. Habt ihr euch nie gefragt, warum?

Bruggach und Farosh sahen sich an.

»Nein«, sagte der jüngere schließlich langsam. »Weil sie heilig sind?«

»Heilig – am Arsch!«, schnaubte Ronkh.

»Weil sie gefährlich sind«, sagte Sekesh. »Es dauert fünf Winter oder mehr, bis ein Mädchen, das Totensprecherin

werden soll, so weit ist, dass sie eine Stammesmutter gefahrlos berühren kann, und weitere drei, bis sie ihre eigene trägt.«
Corsha nickte.

»Ein Mann, der sie mit bloßer Hand berührt, geht schreiend zugrunde.«

»Nein, sie gehen nicht zugrunde«, übernahm Krendar wieder das Wort. »Die Dunkelheit ergreift Besitz von ihnen. Sie werden zu etwas anderem, zu Monstern. Das ist es, wogegen wir im Geistersturm gekämpft haben. Wir hatten Glück, nicht mehr.«

»Solange die Aerc die Nol'Ru kontrollieren, sind sie machtlos. Solange ruhten sie, seit Hunderten von Wintern, wie ein Raubtier seine Kräfte schont, wenn keine geeignete Beute in Sicht ist. Doch die Ankunft der Zwerge und der Menschen hat die Welt ins Ungleichgewicht gebracht. Wir glauben, dass die Dunkelheit deshalb erwacht. Sie spürt die Ankunft einer neuen Beute, die von der Gefahr nichts ahnt, die ihr nichts entgegenzusetzen hat. Vernichten die Wühler unsere Stämme, dann werden wir alle, Aerc, Menschen, vielleicht auch die Wühler, ihre Beute.«

»Ihr wollt damit sagen, dass die Stammesmütter diesen Krieg begonnen haben, um die Aerc loszuwerden?« Zweifel lag in Bruggachs Stimme.

Modrath trank den Rest aus seinem Becher in einem Schluck, schnitt eine Grimasse und grunzte. »Darauf darfst du deinen groshakk Arsch verwetten, alter Mann. Die sind ganz wild darauf, uns in ihre schleimigen Finger zu kriegen. Deswegen sind wir ja hier. Die oder wir. Und wir sind's nur über meine hässliche Leiche.«

»Du weißt schon, dass der Satz keine gute Idee ist?«, fragte Razar. »Mehr eine Einladung.«

Modrath leckte über seinen abgebrochenen Eckzahn. »Genau das. Ich bin nicht gut darin, eine hässliche Leiche zu sein. Worin ich gut bin, ist, hässliche Leichen zu machen. Wir gehen zu ihnen, bevor sie zu uns kommen, und wir bringen Feuer mit.«

Krendar starrte grimmig in die Flammen, und für einige lange Augenblicke war nichts als das Singen des Eiswinds über ihren Köpfen zu hören. »Ich habe keine Ahnung, ob das, was wir suchen, überhaupt eine Leiche abgeben wird«, sagte er schließlich, »aber das ist in etwa der Plan, ja. Wir finden dieses Tal, wir finden den Ursprung der Nol'Ru, und wir sorgen dafür, dass sie ... verschwinden. Für immer.«

»Und wie wollt ihr sie finden?«, fragte Bruggach leise.

»Mit Glück«, sagte Corsha. »Und zu unserem Glück haben wir den dort.« Sie deutete auf den Linken. »Er stammt aus einem der Bergstämme. Aus dieser Gegend. Und er glaubt, er hat eine Ahnung, wo dieses Tal ist.«

Der Linke lächelte schmal und hob eine Hand zu einem kurzen Winken.

Bruggach atmete tief durch. »Das erklärt das ›Was‹«, stellte er fest. »Aber nicht das ›Warum‹. Warum ausgerechnet ihr? Oder wir?«

Krendar ließ den Blick über die dicht zusammengedrängten Aerc und den Oger seiner Doppelfaust streichen, bevor er antwortete. »Weil wir hier sind. Weil es jemand tun muss. Weil wir Aerc sind.«

»Oder weil wir wirklich, wirklich bescheuert sind«, murmelte Ronkh, doch es klang nicht sonderlich traurig.

»Jo. Das auch.«

VERGESSENE KRIEGE UND INNEREIEN

Die Küche war warm und sogar beinahe gemütlich, wenn die Arbeit des Tages getan war. Nyorda trug den letzten Stapel tönerner Schalen zu einem der Regale und stellte ihre Last ab. Der Dampf des Spülwassers hing in der Luft und mischte sich mit dem Duft von übrig gebliebenem Essen, erkaltendem Fett, Holzrauch und dem Geruch von billigen Talgkerzen und Scheuerseife. Nyorda atmete tief durch und schloss die Augen. Die Geräusche des Heerlagers vor den Fenstern kamen langsam zum Erliegen, als sich die Clankrieger in ihre Zelte und an ihre Feuer zurückzogen. Ein paar Zwerge hatten ein leises Lied angestimmt, dessen Worte Nyorda fremd blieben. Es trug jedoch mehr Wehmut mit sich, als sie es den bärtigen Männern zugetraut hatte, die stoisch in der Kälte ausharrten und täglich dieselben Übungen exerzierten, als warteten sie nur darauf, Orks die Schädel einzuschlagen. Genau genommen traf das wohl sogar zu, aber vielleicht waren selbst sie nach dem langen Warten weniger mit dem Herzen dabei.

Nyorda schüttelte den Kopf, öffnete die Augen und wischte sich die Hände an der Schürze ab. *Sie sind Stumpen. Welche von der härtesten Sorte. Fang nicht an, sie mit menschlichen Maßstäben zu messen. Sie tun, was getan werden muss. Sogar singen. Ich sollte mir ein Beispiel an ihnen nehmen.*

»Nyorda.« Als die Herrin der Küchen ihren Namen rief, straffte sie die Schultern und wandte sich um. Neben Chert stand ein in Leder und Eisen gepanzerter Zwergenkrieger, der jetzt vor der Zwergin den Kopf neigte und die Küche durch eine kleine Nebentür verließ. Nicht ohne ein in Küchenleinen eingeschlagenes Päckchen entgegenzunehmen, wie Nyorda bemerkte. »Hilf mir, die Türen zu verriegeln. Bernys, Tresy, holt die Mädchen zusammen«, ordnete Chert mit ernster Stimme an.

Nyorda und Tresy wechselten einen stummen Blick. Der Miene der ergrauten Menschenfrau war deutlich zu entnehmen, dass auch sie keine Ahnung vom Grund der unerwarteten Änderung des täglichen Ablaufs hatte. Nyorda zuckte unauffällig mit den Schultern und eilte der Küchenherrin nach, die begann, schwere Riegel vor die Haupttüren der Küche zu legen.

Wenige Minuten später waren sämtliche Ausgänge der Küche verschlossen. Die Frauen von Cherts Küchenstab hatten sich vor einem der Hauptkamine versammelt.

Die Zwergin löste ihre Schürze, wischte sich sorgfältig die schwieligen Hände ab und gab das fleckige Kleidungsstück an das jüngste der Küchenmädchen weiter. »Wie es aussieht, wurden die Tore der Festung geschlossen.«

Die Frauen sahen sich alarmiert an. »Was? Wieso das? Greifen die Orks ...?«

»Geduld, Weib.« Chert hob eine Hand. »Nein, es sind

nicht die Orks. Nichts dergleichen. Nach dem, was ich weiß, suchen sie jemanden. Deshalb wurde mit sofortiger Wirkung eine Ausgangssperre verhängt.«

»Aber ich ... meine Familie wohnt unten in der Stadt! Wie soll ich jetzt nach Hause kommen?«, rief Bernys. Die Wangen der Hilfsköchin glühten schon wieder. Die vollbusige blonde Menschenfrau mit dem armdicken Zopf neigte dazu, sich aufzuregen. Männer fanden ihr Erröten offensichtlich anziehend, denn sie legten es häufig darauf an, wie Nyorda in den vergangenen Tagen hatte beobachten können. Nyorda dagegen fand Bernys' überdrehte Art eher anstrengend.

»Gar nicht. Zumindest nicht heute Nacht«, sagte Chert nüchtern. »Jemand wurde vergiftet, und sie suchen den Täter. Sie werden die Tore nicht öffnen, bis sie ihn gefunden haben.«

Ganz schlechter Zeitpunkt. Nyordas Gesicht erstarrte zu einer Maske. »Einen Mörder?«

Die Frauen sahen sich instinktiv in der dämmrigen Küchenhalle um.

»Wer wurde ermordet?«, erkundigte sich eine der beiden anderen Zwerginnen, eine rothaarige Matrone mit einer vom Alkohol gezeichneten Nase. Zumindest wäre man bei einem Menschen unweigerlich zu diesem Schluss gekommen.

Chert hob die Schultern. »Ich sagte: vergiftet. Der hochwerte Hertig Gabbro. Eines der letzten drei Fässer, die er in den vergangenen Tagen geleert hat, muss wohl schlecht gewesen sein. Ich habe keine Ahnung, ob er noch lebt. Nicht, dass ich seinen Verlust bedauern würde. Der Mann säuft mir den Keller schneller leer als ein ganzer Trupp von den Bergstämmen.«

Bernys schnaubte im misslungenen Versuch, ein Kichern zu unterdrücken, und erntete einen strafenden Blick der Küchenherrin.

»Könnte schlimmer sein«, warf die dritte Zwergenfrau ein. »Gabbro macht keinen Hehl daraus, dass er keine Lust hat, für den Erhalt der Festung zu zahlen. Wenn es nach ihm geht, wäre Derok schon aufgegeben.«

»Das könnte auch ein Grund sein, warum er unsere Vorräte persönlich vernichtet. Vielleicht hat auch einfach seine Leber aufgegeben«, stellte die Rothaarige trocken fest.

Nyorda und Tresy sahen sich verstohlen an. *Sarkasmus bei Stumpen? Auch nichts, was man alle Tage erlebt.*

»Haltet euch zurück«, rügte Chert die beiden Köchinnen, doch es klang halbherzig.

Die rothaarige Köchin nickte. »Weiß man, wen sie suchen?«

Chert schüttelte den Kopf. »Einen Menschen, hieß es.«

Die andere Zwergin schüttelte den Kopf. »Einen Menschen? Einer von denen hat seine Hand gegen einen von uns erhoben?« Sie warf den Menschenfrauen neben sich einen so düsteren Blick zu, dass man beinahe auf den Gedanken kommen konnte, sie mache sie persönlich dafür verantwortlich.

»Das wird hässlich werden, wenn sich das herumspricht«, brummte die rothaarige Zwergin. »Die kann doch niemand auseinanderhalten.«

Vielleicht solltet ihr jemanden fragen, der das kann. Ach nein. Geht ja nicht. Das müsste ja auch ein Mensch sein. So ein Pech aber auch. Nyorda musterte die verriegelten Türen und kam sich plötzlich eingesperrt vor. *Ich werde mich jedenfalls nicht anbieten.*

»Wieso suchen sie ausgerechnet einen Menschen?«, wollte

Bernys leicht quengelnd wissen. »Kann es nicht einer von euch gewesen sein? Ich meine, wenn er nicht sonderlich beliebt war, wäre das doch auch …«

Die Rothaarige schnaubte. »Dalkar und Gift? Ein Dalkar würde sich eher den Bart abschneiden, als zu Gift zu greifen, Weib! Gabbro hat bei den Wahlen ohnehin keine Chance, der würde ohnehin nur seine Stimme verkaufen. Vermutlich, um sofort in den Süden zurückzukehren und mehr zu saufen zu kaufen.«

Chert warf ihr einen düsteren Blick zu. »Es sind Hilfsarbeiter von eurer Art, die das Gepäck der versammelten Honoratioren transportieren – und die ihm seine Bierfässer gebracht haben. Es sind Menschen, die die Kammern reinigen. Sonst betritt niemand die Gemächer der Hertigs.« Sie wandte sich an die Menschenfrauen. »Deshalb die Ausgangssperre. Sie werden jeden, der in Frage kommt, überprüfen wollen, bis sie den Kerl gefunden haben. So lange wird keiner von euch die Festung verlassen können. Und ich werde ganz sicher nicht zulassen, dass irgendein jähzorniger Clankrieger da draußen meint, dass es auf ein paar weniger von euch auch nicht ankommt.« Sie deutete in Richtung der Türen. »Deswegen meine eigene Ausgangssperre. Niemand vergreift sich an meinen Weibern.«

»Aber wo sollen wir jetzt bleiben?«, fragte Bernys mit bebender Lippe.

Nyorda verdrehte die Augen, bevor ihr bewusst wurde, dass Chert in ihre Richtung sah. »Ihr könnt vor dem Feuer in der Gesindeküche schlafen«, sagte die Küchenherrin und deutete ans Ende der Halle, wo eine Tür in den Privatbereich der Zwergenköchinnen führte. »Der Raum ist warm, es gibt

Decken, und für ein Nachtmahl lässt sich sorgen.« Abermals hob sie die Schultern. »Wenn wir es hier nicht schaffen sollten, euch satt zu bekommen, mache ich etwas falsch.«

Unauffällig sah sich Nyorda in der Küche der Zwergenfrauen um. Sie arbeitete jetzt seit mehr als zwei Wochen hier, doch es war das erste Mal, dass sie mehr als einen flüchtigen Blick in diesem Raum werfen konnte. Menschen hatten hier keinen Zutritt. Der Raum war klein, wenn man ihn mit der großen Kochhalle hinter ihnen verglich, verfügte jedoch über Bänke, die mit Fellen gepolstert waren. Kleiderhaken und schmale Schränke säumten eine Wand, eine weitere wurde von einem Spülstein und einem kleinen Herd eingenommen. An einer dritten Wand brannte ein Torffeuer in einem kleinen Kamin und erfüllte den Raum mit würzigem Duft und wohliger Wärme.

»Steht nicht im Weg herum«, schnappte Chert und wedelte sie in Richtung des Spülsteins. »Wascht euch, dann setzt euch. Ihr«, sie deutete auf die drei Wurzelschäl-Mädchen, »macht euch nützlich, holt Schalen und Becher. Bernys und Tresy, bringt Brot und Kaldaunsuppe für alle.«

Nyorda runzelte die Stirn. *Kaldaunsuppe?* Die war den Hauptleuten der Zwerge aus den königlichen Regimentern vorbehalten. Jeder unter diesem Rang bekam nicht mehr als einige Fettaugen auf der Brühe. Auch wenn die Herren der Stumpen speisten, als wären die Kammern der Festung noch bestens gefüllt – Fleisch war nach dem Langen Winter rar. Küchenhilfen bekamen die Schalen der Wurzeln und sonstige Abfälle. Kaldaunsuppe? *Nein.* Sie warf Chert einen Blick zu.

Die Zwergin begegnete ihrer fragenden Miene mit Gleichmut. »Man sollte ab und an probieren, was man kocht. Nicht, dass sich die Truppen des Königs noch den Magen verderben.« Chert löste ihren Schlüsselbund vom Gürtel und warf ihn Nyorda zu. »Du weißt, wo die Fässer stehen. Bring ein Bierfass. Man kann Kaldaunsuppe nicht ohne das passende Getränk bewerten.«

Es gab eine Zeit, als ich dieses Zeug nicht mal an meine Hunde verfüttert hätte. Nyorda wischte mit einem Stück Brot die Reste aus ihrer Schale. Sie musste zugeben, dass das, was Chert und ihre Köchinnen aus den Innereien und Schlachtabfällen zubereitet hatten, wesentlich besser war als vieles, was sie im Lauf des letzten halben Jahres gegessen hatte. Zum ersten Mal seit Wochen breitete sich ein warmes Gefühl in ihrer Magengegend aus. *Wie sich die Zeiten ändern.* Sie nahm noch einen Schluck aus ihrem Becher und spülte sich nachdenklich die Zähne aus. *Wobei – vermutlich sinken nur unsere Ansprüche, während die Zeiten einfach nur beschissener werden.* Was immer es war, in diesem Moment konnte sie beinahe so etwas wie … *nein, Zuneigung wäre zu viel gesagt.* Aber sie empfand zumindest keine Abscheu für die Stumpen in diesem Raum, und auch das war mehr, als sie noch vor ein paar Tagen erwartet hätte.

Bernys kicherte zu laut, und die roten Flecken auf ihren Wangen waren inzwischen wohl weniger der Aufregung als dem dritten Becher Bier in ihrer Hand geschuldet. *Dem Wesen nach eher ein Mädchen, das eine Menge gutes Geld in einem Hurenhaus verdienen könnte. Nur trinkfester müsste sie dafür sein.*

Tresy hielt ihr die Bierkanne hin, doch Nyorda legte die Hand auf ihren Becher. Dieses Zwergenbier war stark, und es war keine gute Idee, die Kontrolle über ihre Augen, ihren Verstand oder gar ihre Zunge zu verlieren. *Diese Lektion habe ich schon gelernt. Ein Hoch auf mich.* Sie schniefte und schüttelte den Kopf.

»Es ist gut zu sehen, dass wenigstens einige meiner Mädchen wissen, wann sie aufhören müssen.« Chert goss sich einen vierten Becher des dunklen, schäumenden Gebräus ein. Im Gegensatz zu den Menschen schienen die Zwerginnen noch nichts von der Wirkung des Biers zu spüren. Sie sah Nyorda forschend an. »Du arbeitest hart, du kannst schlachten, du weißt, wann du aufhören solltest zu trinken, und die Mädchen hören auf dich.« Sie deutete auf die Wurzelschälerinnen, die über einen Witz von Bernys kicherten. »Du scheinst es gewohnt zu sein, Anweisungen zu geben. Was hast du gemacht, bevor du in meine Küche gekommen bist?«

Nyorda umschloss ihren Becher und nippte daran, bevor sie antwortete. »Ich hatte ein eigenes Gewerbe«, sagte sie ausweichend.

»Keine Küche, so viel steht fest.« Ein Lächeln hielt auf Cherts Gesicht Einzug; ein so ungewohnter Anblick, dass Nyorda ein leichtes Zusammenzucken nicht verhindern konnte.

Das Lächeln verbreiterte sich. »Hast du gedacht, ich wäre auch nur einen Augenblick auf diese Idee gekommen? Du magst schlachten können, Weib, aber kochen kannst du nicht. Selbst Bernys hat mehr Gefühl dafür.«

Nyorda schnaubte. »Ist das so offensichtlich? Nein, ich hatte einige Angestellte unter mir. Köchinnen waren auch dabei, aber die Küche war glücklicherweise nie meine Aufgabe«, sagte sie, bevor ihr aufging, dass sie mit einer leidenschaftlichen Köchin sprach. »Glücklicherweise für alle anderen, schätze ich«, fügte sie eilig hinzu. »Das sollte man den Leuten überlassen, die eine Begabung dafür haben.«

Chert nickte. Sie schien keinen Anstoß an ihren Worten zu nehmen. »Dann sag mir – was ist es, wofür du eine Begabung hast?«

Nyorda hob die Schultern. »Eine Zeit lang war ich mir ziemlich sicher, dass ich gut darin bin, Leute zu beurteilen und meinen eigenen Hof zu führen.« *Bis mich ein Haufen Arschlöcher abserviert und in meine eigene Zelle gesteckt hat. Um sich dann mit meinem Geld, meinen Waffen und meinen Leuten davonzumachen und einem Kerl nachzulaufen, der die Fresse einer Sumpfechse und das Gehirn einer wahnsinnigen Scheißhausmade hat. Möge die Blaufäule sie inzwischen geholt haben, allesamt.* »Wie sich herausgestellt hat, war das ein Trugschluss. Aber das hat sich ja inzwischen ohnehin erledigt.« *Ich hätte es allerdings schon ahnen müssen, als mich Cryn verlassen hat. Auch das hab ich ja nicht kommen sehen.*

Chert nickte nachdenklich. »Deine … Nichte, Ygrane, hat erzählt, ihre Tante würde im Westen von Derok leben. Einer der Bauernhöfe drüben am Nordufer?«

Nyorda zuckte abermals mit den Schultern. »So etwas in der Art.« *Ich hab es damals für einen Fürstenhof gehalten, aber ein Hof voller Bauern ist wohl die bessere Beschreibung. Bauern, Idioten, Schweine, Rindviecher und Hunde, voller Scheiße, Gestank und Arbeit, die vielleicht den Magen füllt, aber nirgendwohin führt. Und am Ende laufen die Hunde davon, um anderen Herren zu dienen, und überlassen den Hof den Raubtieren als Beute.*

»Tut mir leid«, sagte Chert. »Viele haben ihre Höfe verloren. Aber du lebst noch. Ich bin mir sicher, dass du ihn eines Tages zurückerhalten wirst. Die Festung ist nicht gefallen, und wir werden die Wilden von unserem Land vertreiben.«

Nyora sah in die Glut des Kamins. Ihre Kiefermuskeln arbeiteten. »Ich bin mir nicht sicher, ob noch irgendetwas da draußen übrig ist, das ich zurückhaben will.«

Die rothaarige Zwergin schnaubte durch ihre glühende Nase. »Ich kann ohnehin nicht verstehen, warum man außerhalb der Mauern einer Stadt wohnen wollen sollte. Warum ihr Menschen das wollt. Hier habt ihr unseren Schutz. Dort draußen? Ihr konntet den Wilden natürlich nichts entgegensetzen! Kein Wunder, dass ihr eure Höfe verloren habt. Ohne uns hätten sie euch schon vor Jahren gefressen.« Sie rülpste selbstgefällig und griff nach der Bierkanne.

»Du meinst, die fressen uns?«, mischte sich Bernys ein und wirkte dabei, als sei sie von dieser Vorstellung eher fasziniert als entsetzt.

»Sicher.« Die Rothaarige schenkte sich nach. »Orks fressen alles, was nicht Ork ist. Ach was, ich wette, sie fressen auch alles, was Ork ist. Ich habe gehört, dass das ihre Art ist, ihre Toten zu ehren. Sie schneiden ihnen die Herzen raus und fressen sie auf! Menschen?« Sie schnaubte. »Ihr wärt ohne uns doch gar nicht hier.«

Ohne euch und euren Krieg wäre ich tatsächlich nicht hier. Ohne euch wäre ich immer noch Fürstin meines eigenen Hofs. Nyorda ballte die Fäuste unter dem Tisch.

Chert warf der Zwergin einen missbilligenden Blick zu.

»Du vergisst, dass wir ohne sie auch nicht hier wären. Und ohne sie könntest du dich nicht daran betrinken.« Sie nahm der Rothaarigen die Kanne weg. »Was glaubst du, wer das Getreide liefert, aus dem wir das Brot machen, das du isst? Oder unser Bier? Du hattest für heute genug davon. Es wird Zeit, dass du ins Bett gehst«, sagte sie bestimmt.

Die Rothaarige sah für einen Moment so aus, als läge ihr eine heftige Entgegnung auf der Zunge, doch unter dem Blick Cherts verzog sie schließlich nur das Gesicht, schnaubte abermals, stemmte sich wortlos von der Bank und stampfte mit leicht unsicherem Schritt aus dem Raum.

Als die Tür hinter ihr ins Schloss fiel, seufzte die Herrin der Küche lediglich. »Entschuldigt sie. Sie hat ihre Familie drüben in der Nordstadt verloren.«

»Wie die meisten von uns«, sagte Tresy leise.

Ein langer, unangenehmer Moment der Stille hielt im Raum Einzug.

»Was hast du damit gemeint, dass ihr ohne die Menschen nicht hier wärt?«, fragte Nyorda schließlich, mehr um das Schweigen zu brechen.

Chert sah sie an und machte dann eine unbestimmte Kopfbewegung. »Ihr Menschen wart es doch, die dieses Land besiedelt haben.« Sie schien die verständnislosen Blicke der Frauen auf sich ruhen zu fühlen, denn gleich darauf hob sie die breiten Schultern. »Ich vergesse immer, dass euer Volk ein so kurzes Gedächtnis hat. Vor fünf oder sechs Generationen – Generationen der Dalkar, nicht der Menschen – war es eure Art, die hier ankam. Menschen gründeten die ersten Siedlungen hier, unten im Süden, am eisigen Meer. Vyndtport zum Beispiel, und Tenburro. Sie waren Flüchtlinge, die die

Küste des Eismeers entlangsegelten und sich dort niederließen.«

»Flüchtlinge? Woher ...?«, fragte eines der Küchenmädchen gespannt, um gleich darauf zu verstummen. Sie wirkte erschrocken über ihren eigenen Mut.

Chert nahm erstaunlicherweise keinen Anstoß daran. »Ein Krieg. Im alten Reich. Ich habe keine Ahnung, was für ein Krieg. Das steht mit Sicherheit in den Archiven, aber ich habe mich nie wirklich dafür interessiert. Es ist lange her.«

Fünf oder sechs Generationen der Stumpen. Nyorda überschlug die Zeit im Kopf. Zweihundertfünfzig, *vielleicht dreihundert Winter, wenn es stimmt, was man sich über das Alter von Zwergen erzählt. Wirklich lange.*

Chert nahm einen großen Schluck aus ihrem Becher. »Jedenfalls flohen die ersten Menschen damals mit Schiffen nach Westen. Das Mündungsgebiet des großen Flusses ist ein weites, wildes Sumpfland, habe ich mir sagen lassen. Flach und ohne soliden Fels als Fundament. Es war Orkland, nicht Dalkarland. Kein Dalkar erhob also Anspruch auf dieses unwirtliche Stück Küste. Unser Volk unterhielt zwei oder drei Befestigungen direkt an den Ufern und den vorgelagerten Inseln, aber es gab dort nichts, wofür sich ein ehrbarer Dalkar interessiert hätte.«

Bernys unterdrückte einen Schluckauf und beugte sich interessiert vor. »Und woher weißt du das alles?«

»Jeder Dalkar kennt die Geschichte seines Clans«, antwortete Chert ernst. »Wie könnten wir eine Zukunft haben, wenn wir unsere Fundamente vergessen? Das ist eines der Probleme der Menschen. Ihr vergesst gern, woher ihr kommt. Deshalb wisst ihr nicht, wohin ihr geht.«

Als ob ich vergessen könnte, woher ich komme, selbst wenn ich es wollte. Nyorda verzog das Gesicht. »Ich glaube, es wäre manchmal besser, wenn man die Vergangenheit ruhen lassen könnte«, murmelte sie.

Chert schüttelte den Kopf. »Aber sie ruht nicht. Sie ist in Stein gemeißelt, und alles, was wir sind, ist auf diesem Fundament errichtet. Ob wir es wollen oder nicht.« Die Zwergin seufzte. »Aber es ist die Art der Menschen, die gegebenen Tatsachen ignorieren zu wollen und ihrem Schicksal zu entfliehen. Das war es damals schon. Als es sich im alten Reich herumsprach, dass Menschen in diesem Landstrich weit jenseits der Grenzen des alten Reichs neue Siedlungen gegründet hatten, in einem Land mit mehr als genug Platz, wenn man ohne Fundamente wohnen wollte, folgten ihnen weitere Menschen. Also gingen die Dalkar mit ihnen, denn das Reich schützte seine Untertanen, selbst wenn die es nicht wahrhaben wollten. Hätte unsere Art eure den Orks überlassen sollen? Nein. Wir bauten euch also die Festung von Vyndtport und die Mauern von Tenburro, um euch vor den Wilden dieses Landes zu schützen. Doch als sich der Krieg im alten Reich seinem Ende näherte, waren die Dalkar gespalten, und jene Clans, die den Krieg verloren, wurden verbannt und suchten eine neue Heimat bei ihren Brüdern jenseits der Grenzen des Reichs. Immer mehr Dalkar fanden ihren Weg an unsere Küste, und sie befestigten die Siedlungen der Menschen, die ihnen Unterschlupf, Schutz und eine neue Heimat in der Verbannung boten.«

Das, oder sie haben einfach verloren und sind geflohen. Nyorda sah stumm in ihren Becher, während die Blicke der restlichen Frauen an den Lippen der Zwergin klebten. *Ihr stammt also entweder von Feiglingen ab, oder von Verbrechern. Nicht, dass das je ein Stumpen so formulieren würde. Aber es erklärt einiges.*

»Jedes Dalkarkind weiß darüber Bescheid«, fuhr Chert fort. »Es waren sechzehn Clans, die damals an der Mündung des großen Flusses ankamen. Zehn Clans der Oberen und sechs der Unteren. Jeder Dalkar, der heute hier lebt, stammt von ihnen ab. Damals wurde der Pakt zwischen eurer Art und unserer geschlossen. Wir schützen euch, ihr versorgt uns.«

Und so kamen die Stumpen an ihr Personal. Nyorda bemerkte, dass sie die Lippen zusammenkniff, und nahm eilig einen Schluck.

»Das habe ich gemeint – ihr seid dafür verantwortlich, dass wir hier sind. Und abgesehen von diesem Krieg hier war das vermutlich eine gute Sache. Ich denke, mehr sollten sich daran erinnern.« Die Zwergin schloss den Mund. Sie sah nicht so aus, als wollte sie noch mehr sagen.

Was gibt es auch schon zu sagen. Menschen sind vor der Herrschaft der Zwerge geflohen, um ihre Freiheit zu finden, und die Stumpen sind ihnen gefolgt und haben sich erneut zu ihren Herren aufgeschwungen. Wenn man eine Lehre aus der Vergangenheit ziehen kann, dann doch: Es hat keinen Sinn, davonzulaufen. Unsere Vergangenheit ist die Leine, die uns an die alten Herren kettet. Ungewollt schob sich ein Bild des Wolfmanns vor ihr geistiges Auge, der ihr wegen der Stumpen den Rücken gekehrt hatte. Zwei Mal. *Wie passend. Der Wolf, der sich selbst zum Hund macht, obwohl er hätte frei sein können. Hätten ihn besser Hundmann nennen sollen.* »Ich habe genug vom Schicksal und von der Erinnerung«, murmelte sie. »Was Fundamente angeht, lege ich mir wohl besser meine eigenen.«

Tresy warf ihr einen zweifelnden Blick zu. »Und wie willst du das machen?«

Nyorda hob den Blick. »Durch harte Arbeit, wie sonst? Und gegen die Erinnerung versuche ich's damit.« Sie hob ihren Becher zu einem spöttischen Salut und leerte ihn in einem Zug.

»Du klingst verbittert«, stellte Bernys besorgt fest.

»Ach. Sag bloß.« Nyorda schenkte sich nach. »Das war nicht meine Absicht. Ich habe alles verloren, was ich hatte, und was von meiner Familie geblieben ist, wohnt in einem zugigen Schweinestall und hat die Keuche. Ich finde nicht, dass ich einen Grund hätte, verbittert zu klingen. Du etwa?«

Chert runzelte die Stirn und stellte die Bierkanne außer Nyordas Reichweite. »Ygrane hat die Keuche? Hat sie nicht ein Kind?«

»Das vermutlich auch die Keuche hat.« Nyorda nickte düster. »Aber was soll's. Dank dieser Ausgangssperre werden sie wohl verhungern, bevor die Keuche sie erledigt hat. Es sei denn, sie haben Glück, und ihr Zwerge findet ... wen auch immer ihr sucht.«

Die Zwergin musterte Nyorda nachdenklich. »Das hättest du eher sagen sollen. Ygrane gehört zu meiner Küche.«

»Nicht mehr. Du erinnerst dich?« Nyorda klopfte auf ihren Ausschnitt, in dem ihr Passierschein verborgen lag. »Ich bin jetzt dafür zuständig, sie zu ernähren.«

»Und ich bin dafür verantwortlich, dass du es nicht kannst. Oder wir sind es«, gab Chert brüsk zurück. »Ich werde dafür sorgen, dass deine Familie ihre Ration erhält, wie es sich gehört. Und eure ebenfalls«, fügte sie mit einem Seitenblick auf Tresy und Bernys hinzu.

»So? Warum?« Die Worte rutschten bierschwer von Nyordas Zunge.

Die Zwergin schien noch immer keinen Anstoß an Nyordas Ton zu nehmen. »Weil ich es sage. Wie könnte ich Herrin der Herdfeuer sein, wenn jene, die für mich in den Küchen arbeiten, ihre Familien nicht ernähren könnten? Das hieße, dass ich meinen Beruf nicht erfülle und meine Aufgaben vernachlässige. Ihr arbeitet für mich, ich sorge für euch. Das ist die Abmachung, das ist mein Wort, und daran halte ich mich. Solange ihr das auch tut.« Sie sah die sechs Menschenfrauen der Reihe nach an, bevor sie die Hände auf den Tisch legte und sich hochstemmte. »Ihr habt mein Wort darauf. Und jetzt geht schlafen. Lasst die Feuer nicht verlöschen, und wenn ich morgen früh hier bin, möchte ich kochendes Wasser vorfinden. Wir haben einen langen Tag vor uns.« Sie strich einem der Mädchen am Tisch im Vorübergehen über den Kopf und nickte Tresy und Nyorda zu, bevor sie den Raum verließ und hinter sich abschloss.

WILLKOMMEN
IN MEINER WELT

Die Treppe zum Haupthaus wurde von zwei aufgerichteten steinernen Grubenbären flankiert. Schlicht und unscheinbar, aber äußerst kunstvoll gemeißelt. Eine nutzlose Spielerei, die darauf schließen ließ, dass es sich beim Hausherrn um einen Oberen handelte.

Das würde die Sache eventuell vereinfachen. Obere neigten weniger zu Verfolgungswahn und ließen sich dafür umso mehr von vernünftigen Argumenten überzeugen. Jedenfalls hoffte Axt, dass es in diesem Fall so war. Verlassen konnte sie sich nicht darauf. Sie nickte Kearn zu, der ohne eine erkennbare Gefühlsregung in den engen Durchgang an der linken Hausseite trat. *Kalt wie Gletschereis.* Besser, wenn diese Kampfmaschine nicht mit ins Haus kam. Sein Auftreten würde die Sache nur unnötig verkomplizieren. Lautlos zählte sie zu einem vollen Dutzend, dann hob sie die Hand. Jetzt musste es schnell gehen. Jedes Zögern konnte Dalkarleben kosten.

Eilig huschte der Ingenieur die Treppen hinauf und machte sich an die Arbeit. Sie konnte kaum hinschauen. Viel zu bedächtig, viel zu laut. *Die halbe Straße wird uns hören. Beim*

Herrn, sie werden bereits von meinem Herzschlag geweckt worden sein. Wie lange kann denn so etwas dauern?

Es klickte leise, und der Ingenieur trat zurück. Axt atmete aus. Es waren gerade einmal zwei, drei Wimpernschläge vergangen.

Die Lampen im Eingangsbereich waren gelöscht, doch das wenige Licht, das durch die geöffnete Haustür nach drinnen fiel, reichte aus, um ihnen den Weg zu weisen. Axt deutete nach links, und einer der Königlichen huschte mit gezückter Waffe in den Bereich, der laut den Bauplänen als Werkstatt diente. Zwei weitere Königliche erklommen die Treppe ins Obergeschoss. Der Rest kam mit ihr.

Unter der Tür am Ende des Flurs drang ein schmaler Lichtstreifen hervor, und sie hielt direkt darauf zu. Der Spalter in ihrer Hand fühlte sich seltsam schwer an. Trotz der klirrenden Kälte war der Griff nass von ihrem Schweiß. Im oberen Geschoss fiel irgendetwas leise klappernd zu Boden. Sie zuckte zusammen und hielt die Luft an. Vom anderen Ende des Hauses her ertönte ein trockenes Husten, aber hinter der Tür blieb alles ruhig. Behutsam, um nur ja kein Geräusch zu verursachen, schlich sie weiter. Sie streckte die Hand zum Türknauf aus, die in diesem Augenblick ohne ihr Zutun aufschwang.

»Was zum Grubenteufel …?«, donnerte eine tiefe Stimme.

Erschrocken fuhr Axt zurück und stieß dabei scheppernd mit einem der Königlichen zusammen. In der Türöffnung stand ein alter Mann mit schlohweißem wallenden Bart. Am Körper trug er nicht mehr als ein schlichtes Leinenhemd, unter dem seine bloßen Füße hervorragten. In der Hand hielt er einen tönernen Kerzenhalter, auf dem eine winzige Flamme flackerte. Mit weit aufgerissenen Augen starrte er sie an. Dann wurden hinter seinem Rücken weitere Stimmen laut.

»Scheiße!«, entfuhr es Axt. Die gesamte Küche war mit Dalkar angefüllt. Alte vor allem, und auch ganz junge. Sie lagen zusammengedrängt auf einfachen Lagern in der Mitte der Küche und starrten sie mit schlaftrunkenen Augen an.

Entsetzt ließ der Alte die Kerze fallen und stieß einen Hilferuf aus. »Die Orks«, brüllte er aus vollem Hals.

In der Küche sprangen Alte und Kinder von ihren Lagern auf, schrien und riefen durcheinander. Ein Säugling fing laut an zu schreien, und eine Horde zerlumpter Kinder kreischte und stolperte übereinander, während die Älteren nach den nächstbesten Gegenständen griffen, um sich damit zur Wehr zu setzen.

»Scheiße«, keuchte Axt noch einmal, während sie sich gerade so unter einer heranfliegenden Bratpfanne wegducken konnte, die hinter ihrem Rücken scheppernd gegen den Helm eines Königlichen prallte. »Wartet!« Beruhigend hob sie die Hände, doch der Alte packte sie am Ärmel und zog sie mit erstaunlicher Kraft zu sich heran. Mit gefletschten Zähnen knurrte er sie an, und sein nach säuerlichem Bier und Kohlsuppe stinkender Atem raubte ihr fast die Sinne.

»Wir geben niemals auf!«

»Sofort aufhören!« Gewaltsam stieß Axt ihn zurück und hob abermals die Hände, um ihre friedlichen Absichten zu betonen. Doch da schob sich ein Königlicher mit erhobenem Schwert an ihr vorbei und versetzte dem geifernden Alten einen gezielten Schlag auf den Kopf. Zum Glück nur mit der Breitseite, aber es reichte, um ihn in einem Durcheinander aus zappelnden Armen und Beinen zu Boden zu schleudern.

»Sie haben ihn umgebracht!«, brüllte jemand, und ein Hagel aus Küchenwerkzeugen und Essenabfällen prasselte auf sie nieder. Weitere Königliche drängten sich an Axt vorbei und trieben die panische Menge zurück. Ein schwerer Wasserkessel kippte in die Feuerstelle und fügte dem allgemeinen Chaos einen Schwall beißenden Wasserdampf und den Gestank tagealter Kohlsuppe hinzu. Hustend und mit tränenden Augen kämpfte sich Axt ihren Weg durch das Gedränge, fühlte, wie jemand an ihrem Brustpanzer zerrte, und versetzte dem Angreifer einen wütenden Fausthieb gegen das Kinn. Erst dann bemerkte sie, dass es sich um einen Königlichen gehandelt hatte, dessen Augen sich verdrehten, als die Wirkung des Schlags bis zu seinem Hirn vorgedrungen war. »Entschuldigt«, murmelte Axt und schob sich weiter. Beinahe stolperte sie über einen am Boden liegenden Greis und zerrte ihn in die Höhe. Sie zog ihn zu sich heran, bis sein haariges Ohr dicht vor ihrem Mund lag. »Wo ist die Dienstmagd?«

»Hä?« Verwirrt starrte er sie an.

»Ayna! Die Magd, die in diesem Haus arbeitet. Wo finde ich sie?« Irgendetwas stieß gegen ihren Rücken, und sie konnte sich gerade noch auf den Beinen halten.

»Im Stall.« Der zitternde Zeigefinger deutete auf eine schmale Tür am anderen Ende des Raums. »Sie wohnt draußen im Stall.«

Fluchend schob sich Axt an ihm vorbei. Zuerst klemmte der Riegel, aber nach einigem zornigen Rütteln gab er schließlich nach, und die Tür schwang auf. Süße, klare Nachtluft strömte ihr entgegen, und sie stolperte die Treppe hinab und sank auf die Knie. Der frostige Schnee durchnässte augenblicklich ihre Hose, aber das war ihr egal. Mit tiefen, keuchenden Atemzügen sog sie die frische Luft in die Lungen.

Der kleine Hof lag friedlich vor ihr im Dunkeln. Rechts der Stall, dessen Tore geschlossen waren, und links eine Handvoll niedriger Schuppen, zusammengefügt aus sorgfältig zugeschnittenen Brettern. Ein Stück davon entfernt befand sich ein kleiner Brunnen, vor dem eine Frau mit einem Tonkrug stand. Sie war groß, selbst für einen Menschen, und sehr hager. Die Haare hatte sie hinter dem Kopf zu einem strengen Dutt zusammengebunden.

»Ayna?«

Die Frau verharrte einen Augenblick regungslos, während das flackernde Licht aus dem Inneren des Haupthauses über ihr bleiches Gesicht zuckte. Dann fiel der Tonkrug mit dumpfem Klirren in den Schnee, und die Menschenfrau rannte davon. Direkt auf die schmale Gasse zu, die den Hof mit der Straße verband.

»Kearn!«, brüllte Axt und rappelte sich auf. Der alte Krieger war nirgendwo zu sehen, und die langbeinige Frau würde in wenigen Augenblicken in den Gassen der Stadt verschwunden sein. Sie dann noch rechtzeitig wiederzufinden wäre ein Ding der Unmöglichkeit. Der Gedanke ließ Axt frösteln. »Haltet sie auf!«

Keine fünf Schritte trennten die Menschenfrau noch von der Straße, als die Stalltür aufflog und eine zweite Frau herausstolperte. Einen Kopf kleiner als Ayna, beinahe noch ein Mädchen, und so unglaublich abgemagert, dass man die Rippen unter ihrem dünnen Kleid zählen konnte. Direkt dahinter trat Kearn in den Hof und stieß sie grob in den Schnee. Dann packte er sie an den Haaren, zog ihren Kopf in die Höhe und setzte ihr eine lange, matt schimmernde Messerklinge an den Hals. Bei all dem verzog er keine Miene, wie ein Schlachter bei der Verrichtung seines Tagewerks. Sein gesundes Auge funkelte im Schein des Feuers rot, und Axt hielt unwillkürlich den Atem an. Für einen winzigen Augenblick war sie sich vollkommen sicher, dass er dem Mädchen die Kehle durchschneiden würde. Der entsetzte Blick aus Aynas Augen ließ den gleichen schrecklichen Gedanken erahnen. Sie stieß einen lautlosen Schrei aus und schlug sich die Hand vor den Mund. »Bitte nicht«, hauchte sie mit matter Stimme.

Auf der Straße wurden Rufe laut. Irgendwo bellte ein wütender Hund, und ein kreischendes Signalhorn ertönte. Aus Fenster und Türen des Haupthauses quollen dicke Dampfwolken in den klaren Nachthimmel. Axt spürte, wie die nasse Kälte des Schnees ihre Hosenbeine hinaufkroch und bittere Galle ihre Kehle.

»Du verdienst also genügend Geld, nicht wahr?«

»Es reicht zum Leben. Wir sind zufrieden damit, Herr.« Das klang aufrichtig und überhaupt nicht schuldbewusst.

»Aber es war dir nicht genug«, knurrte Kearn. »Du wolltest mehr.« Er zog einen abgewetzten Lederbeutel aus dem Hemd und öffnete ihn. Eine einzelne goldschimmernde Münze klimperte auf den Stein, drehte sich im Schein der Fackeln einige Male um sich selbst und blieb wie ein stummer Vorwurf direkt vor Aynas Knien auf den Fliesen liegen. Die Menschenfrau starrte auf die Münze und presste die Lippen fest zusammen.

»Viel mehr...« Eine zweite Münze fiel zu Boden. Dann noch eine und eine weitere. Jedes Klimpern ließ die Frau zusammenzucken.

Schuldbewusst? Wir werden sehen. Axt blickte die Frau lange und aufmerksam an. »Woher habt Ihr diese Münzen?«

Ayna hob den Kopf und erwiderte trotzig ihren Blick. »Wir haben lange gespart, mein Mann und ich. Wir wollten draußen auf dem Land einen eigenen Hof kaufen, damit wir in Würde leben können. Doch er ist in den letzten Kriegstagen verschollen, und als meine Tochter schwer erkrankte, musste ich das Geld für den Heiler ausgeben. Das ist die Wahrheit.«

»Du lügst.« Axt schüttelte den Kopf. »Ich weiß, dass du lügst. Sag mir die Wahrheit, was verbirgst du vor uns?« Ihr Blick begegnete dem von Kearn, der ihn ausdruckslos erwiderte. Kein Mitleid. Kein Erbarmen.

Langsam beugte er sich zu der Menschenfrau hinab, bis sich sein Mund ganz dicht an ihrem Ohr befand. »Warum machst du es uns so schwer? Wir finden es ja doch heraus. Nur wirst du dir dann wünschen, schon viel eher gesprochen zu haben …«

Bei einem Dalkar wäre die Botschaft angekommen. Ein Dalkar hätte eingesehen, dass die Schmerzen der Folter ihn irgendwann ja doch zum Reden bringen würden. Also hätte er sich diesen Schritt erspart und alles gestanden. Zumal eine Lüge ohnehin nicht ehrenhaft für ihn gewesen wäre. Doch der Ausdruck auf dem bleichen Gesicht der Frau verriet etwas völlig anderes. Menschen waren Erniedrigungen und Schmerzen gewöhnt, das hatte Axt bereits an Dyrion gesehen. Das Einzige, was sie hatten, war ihr Stolz. Diejenigen, die noch einen Funken davon besaßen, redeten nicht. Die würden schweigen. Nicht für immer, das war klar. Aber eine Zeit lang. Bis die Schmerzen so überwältigend geworden waren, dass auch der größte Stolz in ihnen zerbrach. Diese Frau, da war sich Axt sicher, würde erst reden, wenn es zu spät für sie war. Doch für solche Dinge hatten sie jetzt keine Zeit. Irgendwo da draußen lief ein Mörder herum, und wenn sie ihn nicht rechtzeitig fanden, würde es weitere Tote geben.

Die Übelkeit kehrte zurück. Stärker diesmal als zuvor, und tausendfach verschlimmert durch die abgestandene, stinkende Luft in diesem Kellerloch. Der Drang, aufzustehen und weit fort zu rennen, wurde überwältigend. Weit weg an einen anderen Ort. Zurück in ihre Heimat, wo sie die Verantwortung abstreifen konnte wie ein schmutziges Hemd. Doch Kearns eisiger Blick hielt sie an ihrem Platz gefangen. Wenn sie jetzt ginge, würde er an ihrer Stelle weitermachen. So lange, bis von dieser Menschenfrau nicht viel mehr übrig war als eine zerbrochene Seele in einem zerbrochenen Körper. Das konnte sie nicht zulassen. Sie hatte die Verantwortung gewollt, jetzt musste sie auch dazu stehen. Zu welchem Preis auch immer.

Sie fuhr sich mit der Zunge über die Lippen und beugte sich leicht nach vorn. »Fangen wir noch mal von vorne an«, sagte sie mir ruhiger Stimme. »Ihr habt also das Geld gespart, um euch einen Hof zu kaufen. Doch als deine Tochter an der Schwelle des Todes stand, musstest du diese Reserven angreifen, um ihr Leben zu retten. Das verstehe ich. Familie ist das Wichtigste, was es gibt. Ich würde alles für meine Familie tun.« Sie strich sich eine Haarsträhne aus der Stirn. »Wie hieß sie noch mal? Ygrane?«

Ayna nickte. Ihre dünnen Finger waren so fest ineinander verschränkt, dass die Knöchel weiß hervortraten.

»Das ist wirklich ein sehr schöner Name. Wenn ich eine Tochter hätte, würde ich sie eventuell auch so nennen.«

Ayna blickte auf. »Wie geht es ihr?«

»Nicht sehr gut, aber das weißt du ja. Die Keuche ist eine ernsthafte Krankheit für euch Menschen, und sie ist noch immer dringend auf die Hilfe des Heilers angewiesen.«

Ayna war blass geworden. »Er wird sie doch weiterhin behandeln, nicht wahr? Ich habe ihm doch gegeben, was er wollte!«

Axt erwiderte nichts, aber das brauchte sie auch nicht. Das Gold, mit dem die Menschenfrau den Heiler bezahlt hatte, lag ja direkt vor ihren Füßen. Und kein dalkarischer Heiler würde aus lauter Nächstenliebe auch nur einen Finger rühren. Vor allem, wenn es sich bei dem Erkrankten um einen Menschen handelte.

Ihr Schweigen verfehlte die erwartete Wirkung auf die Menschenfrau nicht. Die Wirkung des Unausgesprochenen. Des bösen Hintergedankens, der sich still und leise im Kopf festsetzt, um am Stolz zu nagen. Unausgesprochene Worte, die manchmal mehr bewirken konnten als die schlimmste körperliche Folter. Ayna schaute sie mit großen, schmerzerfüllten Augen an. »Helfen sie ihr«, flüsterte sie mit kaum hörbarer Stimme. Ihre dünne Hand krallte sich verzweifelt in Axts Hosenbein. »Ich will nicht, dass sie stirbt.«

Axt spürte, wie sich ihr Magen zusammenkrampfte. Nur zu gern hätte sie die Menschenfrau beruhigt und ihr versichert, dass sie alles dafür tun würde, das Leben des Mädchens zu retten. Dass sie bereits alles dafür getan hatte. Doch das durfte sie nicht. Sie musste hart bleiben. Sie schob die Hand beiseite und wandte sich um. »Ich kann da nicht viel machen. Sie ist jetzt auf sich allein gestellt. Vielleicht behalten deine Dienstherrn sie ja im Haus, aber nach dem, was letzte

Nacht vorgefallen ist, bezweifle ich das. Wenn sie Glück hat, findet sie im Tempel Unterschlupf.«

»Das könnt Ihr nicht zulassen!«

»Kann ich nicht?« Axt stieß mit der Stiefelspitze eine der Münzen an, die auf dem Boden verstreut lagen. Sie zuckte mit den Schultern. »Nun gut. Hier liegt eine Menge Gold herum, das niemandem gehört. Eventuell könnte man das verwenden, um einen Heiler zu bezahlen. Doch dafür bräuchte ich eine Gegenleistung.« Sie drehte den Kopf und vermied es dabei, Ayna direkt in die Augen zu blicken. »Sag mir, wo du das Gold herhast, und ich werde sehen, was ich für Ygrane tun kann.«

Ayna zitterte. Der Kampf in ihrem Inneren war beinahe körperlich spürbar. Doch er dauerte nicht lange an. Nach einer Weile stieß sie einen lautlosen Seufzer aus, und ihre Schultern sackten nach unten. »Nyorda«, murmelte sie mit kaum hörbarer Stimme.

Axt schluckte schwer. Ihr Mund fühlte sich mit einem Mal furchtbar trocken an. »Wer ist Nyorda?«

»Meine ... Schwester. Sie ist ...« Und dann sprudelte es aus ihr heraus. Dass ihre Schwester eine Schmugglerin gewesen sei und in den Sümpfen vor Derok gehaust habe. In einer geheimen Siedlung, die die Menschen direkt unter den wachsamen Augen der Dalkar gebaut hatten. Dass sie stehle und raube und wahrscheinlich auch nicht vor einem Mord zurückschrecke. Das alles und noch viel mehr erzählte sie. Mit jedem weiteren Wort wurde Axts Staunen größer. Unweigerlich fragte sie sich, aus welchem Grund diese Frau ihre Schwester überhaupt beschützt hatte. Einen Menschen, der keinen Deut besser war als ein Ork, und dem Rücksicht beinahe ebenso fremd zu schein schien. Als Ayna schließlich geendet hatte, brach sie schluchzend zusammen.

Kearn nickte Axt kaum merklich zu. *Gut gemacht,* schien der Blick aus seinem Auge zu besagen. *Du hast nicht nur den Namen des Mörders herausgefunden, sondern dir auch zum ersten Mal in deinem Leben so richtig die Hände schmutzig gemacht. Willkommen in der Welt der hohen Politik und Ränkeschmiede. Willkommen in meiner Welt.*

Axt wischte sich mit dem Ärmel über den Mund, aber den bitteren Geschmack wurde sie nicht los.

Das Auditorium war von unzähligen flackernden Kerzen hell erleuchtet. Auf dem schwarzen, runenüberzogenen Altar in der Mitte des Raums lag der aufgedunsene Leichnam eines Mauerwächters. Süßlicher Verwesungsgeruch lag in der Luft.

»Edle Syen.« Dion stand tief über den Toten gebeugt, in der Hand ein langes dünnes Messer und in den Augen ein seltsames Glitzern. »Was verschafft mir die Ehre Eures späten Besuchs?«

»Wir haben ihn.« Axt presste den Ärmel fest vor ihre Nase und trat neben den Priester. »Wir wissen, wie er – oder besser gesagt sie – aussieht, und wir wissen, wo wir sie finden können. Es ist nur eine Frage der Zeit, bis wir sie gefangen haben.«

»Eine gute Nachricht, in der Tat. Indem Ihr bei den Händlern nach dem Gold Ausschau halten ließet, habt Ihr genau das Richtige getan.«

»Hm«, machte Axt. *Habe ich auch das Richtige getan, indem ich Menschen bedrohte und zuließ, dass man sie folterte?* »Wir sind zumindest auf der richtigen Spur. Doch solange sie frei herumläuft, können wir nicht aufatmen. Außerdem können wir nicht sicher sein, dass sie die Einzige ist. Wenn wir Dyrions Worten Glauben schenken können, werden noch weitere kommen. Wir wissen aber immer noch nicht, wie es ihnen gelingt, in die Festung einzudringen.«

Dion lächelte. »Ein Schritt nach dem anderen, wie es so schön heißt. Schaut Euch das hier an.« Er deutete mit dem Messer in den aufgeschlitzten Brustkorb des Toten, aus dem der Verwesungsgestank mit einer solchen Stärke drang, dass selbst der Ärmel vor ihrer Nase keinen Schutz mehr bot. Widerstrebend folgte ihr Blick der Klinge. »Das hier ist das Atmungsorgan des Dalkar.«

»Das was?«

»Das Ding, das die Atemluft in unsere Körper pumpt. Stellt es euch wie den Blasebalg in einer Schmiede vor. Es sorgt mit seiner Arbeit dafür, dass wir am Leben bleiben – neben all diesen anderen kleinen Wunderwerken von Gottes Schöpfung in unseren Körpern.« Mit einem widerlichen Geräusch, das Axt zum Würgen brachte, bohrte sich das Messer in das schleimige Gewebe hinein.

»Ich habe es verstanden.«

»Nein, das habt Ihr nicht.« Das Lächeln des Priesters wurde breiter. »Der Drang zu atmen, ist ein alles überstrahlendes Bedürfnis. Stärker noch als Bier trinken und scheißen. Wenn ich Euch unter Wasser tunke, was tut Ihr dann?«

»Ich halte die Luft an?«

»Zunächst schon, wenn Ihr schlau seid. Doch nach einiger Zeit meldet sich der Drang zu atmen. Er wächst und gedeiht, bis er alle anderen Bedürfnisse überstrahlt. Selbst dann noch, wenn Ihr das Bewusstsein verloren habt. Bis der Drang stärker ist als all Eure Kräfte zusammen – bis Ihr schließlich atmet.« Wie zur Bekräftigung stieß das Messer noch tiefer in das schlaffe Organ. »Doch was meint Ihr wohl, müsstet Ihr atmen, wenn Ihr Euch in diesem unseligen Augenblick immer noch unter Wasser befändet?«

»Wasser ...«, murmelte Axt. Eine stille Ahnung keimte in ihr auf.

»Wie ein Blasebalg«, bestätigte Dion, während er das Messer schmatzend wieder herauszog. »Ihr könnt überhaupt nichts dagegen tun. Als die Fischer den Leichnam aus dem Fluss gezogen hatten, enthielt dieses Atmungsorgan gerade einmal so viel Wasser, wie in einen Kinderbecher hineinpasst. Dieser Blasebalg hat nie unter Wasser gearbeitet. Als der Wächter in den Fluss stürzte ...«

»... war er bereits tot«, vollendete Axt den Satz.

»Jetzt habt Ihr es begriffen.« Dion legte das Messer in eine Wasserschale und wischte sich die Hände an einem Leinentuch ab. »Dieser Wächter wurde erst vor Kurzem aus dem Fluss gezogen. Er hatte sich stromabwärts in einem Fischernetz verfangen. Zunächst nahm man an, dass er betrunken in den Fluss gestürzt ist. Eine Sache, die leider gar nicht so selten vorkommt. Doch nachdem wir wussten, dass ein Mörder in der Festung sein Unwesen treibt, bin ich auf ihn aufmerksam geworden und habe ihn zur Untersuchung hierher bringen lassen.«

»Ein weiteres Opfer.«

»Ein zufälliges. Doch dank ihm wissen wir nun, wie die Menschen in die Festung gelangen konnten. Sie schwimmen über den Fluss. Etwas, das Dalkar oder Orks niemals im Leben tun würden. Die Menschen dagegen fürchten sich nicht vor dem Wasser, denn sie können schwimmen. Sie lassen sich mit der Strömung treiben und gelangen so an die Kais. Die Wächter dort unten halten nur nach Booten voller Orks Ausschau, doch eine einzelne Person kann sich unbemerkt einschleichen.« Dion deutete auf den Hals des Toten und schüttelte traurig den Kopf. »Nun, ganz so unbemerkt gelang es einem von ihnen wohl nicht, denn er musste sich dieses armen Mannes hier entledigen. Muss ihm wohl ein Messer in den Hals gerammt haben, um ihn dann im Wasser verschwinden zu lassen.«

»Hoffen wir, dass er der Letzte bleibt«, knurrte Axt. »Wir werden die Wachen am Flussufer verstärken und dafür Sorge tragen, dass kein Mörder mehr auf unserer Seite seinen Fuß an Land setzt. Und dann hoffen wir, dass dieser Spuk bald ein Ende hat.«

Aber so richtig konnte sie nicht daran glauben. Irgendetwas sagte ihr, dass an der Sache etwas faul war. Fauler noch als der Gestank, den die Leiche auf dem Altar verströmte.

GROSHAKK

Muss das so sein?«, erkundigte sich Ronkh hinter Krendar.

»Kein Wunder, dass du nie was von zu Hause erzählst«, pflichtete Razar bei und klopfte dem Linken mitfühlend auf die Schulter. »Würde ich auch nicht wollen, dass jemand erfährt, aus was für einem Drecksloch ich gekrochen bin. Sieht ja wirklich scheiße aus hier.«

Krendars Blick wanderte über das Hochplateau, das sich vor ihnen eröffnete. Auf den ersten Blick wirkte das Tal atemberaubend majestätisch. Eisverkrustete Felswände erhoben sich schier unmöglich hoch um einen lang gestreckten Einschnitt zwischen schneebedeckten Gipfeln. Der Talgrund zwischen ihnen war erstaunlich eben und wurde von einem wild schäumenden Fluss durchschnitten. Dessen milchig hellgrünes Wasser suchte seinen Weg in glitzernden Schleifen zwischen Felsblöcken und Schneefeldern hindurch, bevor es nicht weit von hier im Norden über eine scharfe Abbruchkante viele hundert Schritt in eine tiefer gelegene Schlucht stürzte. Das monotone Rauschen des Wasserfalls mischte sich mit dem leisen Singen des Winds zu einem Geräuschteppich, der die ansonsten hier herrschende Stille noch betonte. Weiter flussaufwärts, im Süden, bedeckten kleine Wäldchen aus niedrigen Nadelbäumen die Talsohle. Die gleißende Sonne hatte hier trotz der Höhe den Schnee stellenweise bereits geschmolzen. Die harschigen Reste gaben den Blick auf ascheverkrustetes Geröll frei, auf dem sich Flechten und stacheliges Gebirgsgras ihren Weg ans Licht erkämpften. Bereits der zweite Blick jedoch machte klar, was die Felsenbären-Brüder zu ihrer Bemerkung veranlasst hatte. Irgendwann vor nicht allzu langer Zeit waren wahrhaft riesige Lawinen in dieses Tal hinabgestürzt und hatten alles auf ihrem Weg zermalmt. Zerklüfteten Zungen gleich ragten ihre Überreste aus Eis, Schnee und Fels bis weit in die Talsohle hinein. So gewaltig waren sie gewesen, dass sie teilweise die gegenüberliegenden Wände erreicht hatten und den Fluss an mehreren Stellen zu schimmernden Seen aufstauten. Krendar brauchte einen Moment, um in den winzigen weißlichen Splittern zwischen den Felsblöcken die geborstenen Stämme zermalmter Bäume zu erkennen. Erst dann wurde ihm klar, dass einige dieser Felsen höher aufragten als die gewaltigen Mauern der Zwergenstadt Derok, die doch einst als uneinnehmbar gegolten hatten. Noch frische Bruchkanten leuchteten hell aus den Trümmerfeldern hervor, stumme Zeugen dafür, dass das, was dieses Tal heimgesucht hatte, noch nicht allzu lange zurücklag. Weiter hinten wirkte es, als sei eine ganze Bergflanke abgerutscht. Ihre chaotisch aufgetürmten Überreste verbargen den Blick auf das entfernte Ende des Tals nahezu vollständig.

»Groshakk«, murmelte Bruggach leise.

»Kannst du laut sagen«, stellte Ronkh fest. »Kann man nur hoffen, dass niemand zu Hause war. Mal ehrlich, wer wohnt denn freiwillig in so einer groshakk Gegend? Nur

Leute, denen ein paar Mal zu oft was auf den Kopf gefallen ist, oder?«

Krendar riss den Blick los und wandte sich dem Linken zu. Der gedrungene Korrach schien noch grauer, als er ohnehin war. Im harten Licht der Höhensonne wirkten die Falten in seinem Gesicht wie tief eingegrabene Risse, und Krendar wurde mit einem Mal klar, wie alt der Krieger wirklich sein mochte. In der narbigen Miene entdeckte er einen Ausdruck, den er dort noch nie wahrgenommen hatte: blankes Entsetzen.

Auch Modrath schien die Veränderung im Gesicht des Linken nicht entgangen zu sein, denn er packte Ronkh im Nacken und knurrte. »Du machst mir Kopfschmerzen. Vielleicht hilft es mir, wenn ich dich in den Fluss werfe. Ich schlage vor, du hältst für einen Moment dein großes Maul, bevor ich das ausprobiere.« Er stieß den Bulligen grob von sich.

Ronkh taumelte zwei Schritte von dem Oger weg und rieb sich mit düsterer Miene das Genick.

Razar ging sicherheitshalber ebenfalls einen Schritt beiseite und gesellte sich zu seinem Bruder. »Meine Güte, Dicker! Krieg dich wieder ein. Das war nur Spaß. Das viele Bluten schlägt dir auf's Hirn, was? Du tropfst übrigens schon wieder.« Er deutete auf Modraths Gesicht.

Der Oger schnitt eine Grimasse und wischte sich mit dem Handrücken über die Nase. »Wenn du willst, kannst du auch eine blutige Fresse haben«, knurrte er.

»Haltet das Maul. Alle drei.« Krendar rieb sich müde die Stirn. Er konnte die Kopfschmerzen des Ogers nachempfinden. Corsha berührte den Linken sanft an der Schulter. »Das ist wirklich dein Heimattal?«, erkundigt sie sich leise.

Die Berührung schien den Bergkrieger aus seiner Erstarrung zu rütteln. Er nickte stumm. »Dieses Tal ist Weidegrund meines Stamms«, sagte er schließlich leise. »Lawinen sind hier normal. Aber das …?« Wie so oft ließ er den Rest des Satzes in der Luft hängen.

»Wo befand sich dein Dorf?«, fragte Krendar schließlich.

»Ich hoffe, nicht dort drunter.« Vielleicht war es selbstsüchtig, doch Krendar hoffte das nicht nur für den unbekannten Stamm des Linken, sondern vor allem für seine eigene Doppelfaust. Ihre Vorräte gingen zur Neige, und im selben Maße wuchs die Gereiztheit des Ogers. Modrath litt noch immer unter heftiger werdenden Kopfschmerzanfällen, und der einsetzende Hunger machte ihn noch reizbarer, als es die Schmerzen taten. Krendar war sich nicht sicher, wie lange es noch dauern würde, bis die Nerven des Ogers reißen würden, wenn er sich nicht bald den Magen füllen konnte.

Der Linke schüttelte den Kopf. »Nicht dort. Wäre blödsinnig.« Er riss sich von der Verwüstung los und zeigte auf die westliche Flanke des Tals, an der sich eine gigantische Felswand in den Himmel erhob. »Nicht weit. Kommt.«

Krendars Blick folgte seinem Fingerzeig, bis er schließlich etwa auf halber Höhe der Wand etwas entdeckte, das er für einen Moment lediglich für den Schatten eines gewaltigen Felsüberhangs hielt, bevor ihm klar wurde, dass er einen quer verlaufenden Riss in der Wand sah. Einen Riss, der groß genug schien, um ein ganzes Dorf zu verbergen – gut vierzig oder mehr Schritt über dem Fuß der Wand.

»Ist das dein Ernst? Du willst uns verarschen, oder?«, fragte Ronkh.

»Noch mehr Kletterei? War ja irgendwie klar«, murmelte Razar.

»Nicht klettern. Es gibt Wege.« Der Linke hob seinen Kampfspieß auf und marschierte auf das Geröllfeld am Fuß der Wand zu.

Die übrigen Aerc sahen ihren Broca fragend an. Krendar hob die Schultern. »Er ist hier zu Hause. Er wird das besser wissen als wir.«

»Er war schon seit Jahren nicht mehr hier«, gab Modrath zu bedenken. »Er und sein Bruder waren mehr als zehn Winter bei Ragroth und mir. Und ich würde es wissen, wenn ich schon mal hier gewesen wäre.«

»Und was willst du uns damit sagen?«, fragte Krendar müde.

»Zehn Winter sind keine Ewigkeit.«

»Der letzte schon«, warf Razar ein.

»Bewegt euch.«

Missmutig setzte sich die Doppelfaust in Bewegung. Lediglich Modrath blieb zögerlich stehen. Krendar sah an ihm hinauf. »Noch irgendwas?«

Der Oger musterte die Steilwand und sog an seinem Eckzahn. »Ich mag keine Höhen. Müssen wir wirklich dort hoch? Du weißt, wie ich das hasse, Broca.«

Er mag keine Höhen. Da sind wir ja genau am richtigen Ort. Krendar seufzte. »Wie war das – du reist schon seit mehr als zehn Wintern mit dem Linken? Ich denke, dann kannst du davon ausgehen, dass er auch an dich gedacht hat, als er sagte, dass es Wege gibt.«

Modrath verzog das Gesicht. »Seine Ansicht darüber, was ein Weg ist und was nicht, unterscheidet sich von meiner. Außerdem ist er nicht mehr er selbst.«

Man könnte sagen, er ist nur noch die Hälfte von dem, was

er mal war, gab Krendar im Stillen zu. »Wir sehen uns das erst mal an. Und wenn du dich dann besser fühlst, darfst du Ronkh runterwerfen, wenn er heute noch mal das Maul aufreißt.«

»Dein Wort darauf, Broca?«

»Du darfst. Aber du weißt, dass dich Corsha ihm dann hinterherwirft.« Krendar grinste schmal, als der Oger gequält das Gesicht verzog. Wenn es jemanden gab, mit dem er es sich nicht verscherzen wollte, dann war es sein kurviges Weib.

»Du bist schon beinahe so grausam wie Ragroth«, knurrte der Hüne düster.

»Ich arbeite daran.«

Der Weg stellte sich schließlich als nicht halb so schlimm heraus, wie Krendar im Stillen befürchtet hatte. Keine Klettertour wartete auf sie, und der Pfad war bemerkenswert gut instand gehalten und weitgehend frei von Eis und Schnee. Aber vermutlich war das lebenswichtig, wenn er tatsächlich der Hauptzugang zu einer Siedlung sein sollte, von der sie bis jetzt noch nichts gesehen hatten. Krendar fiel auf, dass sich niemand die Mühe gemacht hatte, diesen Zugang zu verbergen. Er war nur schlicht kaum zu entdecken, wenn man nicht wusste, wonach man suchte. Der Pfad selbst war steil und führte ohne nennenswerte Absicherung an der Felswand entlang nach oben, immerhin breit genug, dass an den meisten Stellen zwei Aerc einander passieren konnten. Und damit breit genug, dass sich selbst Modrath nicht seitwärts an der Wand entlangschieben musste. Was er im Übrigen dennoch tat, ohne auf das Kichern der Felsenbär-Brüder zu achten. Als sich das Geröllfeld am Fuß der Wand schließlich mehr als zehn Mannlängen unter ihnen befand, ertappten sich Krendar und Farosh dabei, es dem Oger nachtun zu wollen.

»Das ist nicht richtig«, murmelte Modrath zum wiederholten Male. »Niemand sollte ein groshakk Dorf so groshakk hoch oben in einer groshakk Felswand bauen. Wir sind groshakk Aerc, keine groshakk Adler.«

»Ich glaube, das war genug ›groshakk‹ für einen Tag, Großer. Lass noch welche für morgen übrig.« Krendar sah sich um und vermied es dabei, nach unten zu sehen.

»Groshakk«, stellte der Linke an der Spitze ihrer Marschreihe leise fest.

Krendar drehte sich um und sah ihn fragend an.

»Etwas ist nicht richtig.«

»Das sag ich doch die ganze Zeit«, knurrte der Oger hinter ihm.

Krendar überhörte ihn. »Was ist?«

Der Korrach deutete auf eine kleine Plattform, die jetzt ein Stück weiter vor ihnen zu sehen war. »Wachposten. Spätestens jetzt müssten sie uns gesehen …«

Krendar runzelte die Stirn. »Ich sehe keinen Posten.«

Der Linke nickte knapp. »Eben.« Mit einem geübten Griff nahm er den Schild von seinem Rücken. »Irgendetwas stimmt nicht.«

Dieser Platz war kaum mehr als eine Verbreiterung des Pfads, in den Fels hineingeschlagen, vermutlich, um mehreren Personen Platz zur Rast zu bieten und nebenbei als Wachtposten zu dienen. Ein niedriger Eingang führte in die Wand hinein.

»Kammer des Postens«, flüsterte der Linke. »Ist immer besetzt.«

»Außer heute, wie es aussieht«, murmelte Razar.

Farosh schnüffelte. »Blut«, flüsterte er.

Die anderen sahen ihn an, bevor auch sie die eisige Luft einsogen. Ein süßlicher, metallischer Geruch wehte heran, und Krendars Magen reagierte mit einem hörbaren Knurren.

»Der Junge hat recht«, bestätigte Bruggach. Inzwischen hatte jeder seine Waffe in der Hand.

Krendar fletschte die Zähne. Er tippte dem Linken und Bruggach auf die Schulter. »Ihr kommt mit mir. Und ihr zwei«, er deutete auf die Felsenbär-Brüder, »behaltet den Rückweg im Auge. Das ist eine ganz beschissene Stelle für einen Hinterhalt.« *Oder eine hervorragende. Nur eben nicht für uns.* Krendar zog sich die Fäustlinge von den Händen und packte seinen Speer fester. Dann schob er sich an die Spitze ihres Trupps.

Vorsichtig legten sie den Rest bis zur Plattform zurück. Auch hier war der meiste Schnee sorgfältig beseitigt worden, sodass der Wind nur hauchfeine Schleier aus winzigen Kristallen vor sich hertrug. Vielleicht fiel es Krendar auch nur deshalb auf: In einer ausgetretenen Stelle im Felsboden war ein kümmerlicher Flecken Schnee zurückgeblieben, und diesen zierte ein halber Fußabdruck. Krendar runzelte die Stirn. Das war kein weicher Lederstiefel, wie er ihn trug. Stumm winkte er den Linken zu sich und deutete auf seinen Fund. Der Korrach musterte die Spur und fletschte die Zähne.

»Siehst du, was ich sehe?«, flüsterte Krendar.

»Nagelsohlen.« Der Linke spuckte das Wort geradezu aus. »Menschen tragen so was. Oder Wühler.«

Nachdenklich starrte Krendar auf den Abdruck. Ein weiterer Windhauch wehte seine Schleier vor sich her und ließ die Spur ein wenig undeutlicher zurück. »Das ist nicht alt.«

Der Linke nickte knapp.

Krendar warf einen Blick auf den weiteren Verlauf des Pfads, der nicht weit entfernt um eine Biegung in der Felswand verschwand, die den weiteren Weg vor ihnen verbarg.

»Lasst uns nachsehen«, sagte er schließlich und deutete auf die düstere Öffnung der Wachkammer.

Der kleine, in den Felsen hineingeschlagene Raum bot nicht viel Sehenswertes. Einen grob gezimmerten Tisch, zwei Bänke, einen kleinen Ofen, in dem ein kleiner Brocken Torf oder Tierkot langsam verglimmte, ein umgestoßener Krug, auf dessen vergossenem Inhalt Eiskristalle zu blühen begannen. Und ein Körper.

Der Linke knurrte einen unflätigen Fluch. Im Eingang der Kammer lag ein Aerc, die blicklosen Augen auf die rußgeschwärzte Decke gerichtet. Auf der Felljacke über seinem Herzen hatte sich ein großer, dunkler Fleck ausgebreitet, der die feinen Haare des Kleidungsstücks verklebte und langsam zu rubinroten Kristallen gefror. In der Mitte des Flecks gähnte ein zwei Finger breites Loch. Krendar musterte das Gesicht des Toten. Der Aerc war jung, vermutlich fast noch ein Welpe. Wenn er seine Krûnar-Riten bereits absolviert hatte, dann war das wohl erst in diesem Jahr geschehen. Eine seltsame Mischung aus Erstaunen und Furcht lag auf seinen erstarrten Zügen. Krendar zog die Fäustlinge aus und schob eine Hand unter die Kleidung des Ermordeten. Er spürte Wärme, die noch immer von seinem Körper ausging. »Ein Pfeilwerfer hat ihn getötet. Noch nicht lange her.«

Der Linke nickte grimmig. »Wachposten. Unerfahren«, stellte er fest. »Sonst hätten sie ihn hier nie ...«

Ein leiser Ausruf ließ Krendar herumfahren. Hinter ihnen

war eine Gestalt an der Wegbiegung aufgetaucht, die von der Anwesenheit von Krendars Doppelfaust mindestens so überrascht wirkte wie die Aerc von der ihren. Die untersetzte, bärtige Gestalt war in dicke Pelze gehüllt, die es beinahe unmöglich machten festzustellen, wo der Pelz aufhörte und der Bart anfing. Der Zwerg hob einen Pfeilwerfer, doch Bruggach war schneller. Seine Kriegskeule flog über das Dutzend Schritte zwischen ihnen, bevor der Zwerg die Bewegung vollendet hatte, und traf den Bärtigen mit dumpfem Krachen im Gesicht. Der Zwerg wurde zurückgeworfen, taumelte ein, zwei Schritte; sein Fuß verfehlte den Rand des Pfads. Mit rudernden Armen kippte er rückwärts und verschwand in der gähnenden Leere. Ein weiteres bärtiges Gesicht tauchte hinter der Biegung auf. Die Augen des Zwergs wurden groß, bevor er eilig wieder verschwand.

Links von ihnen bellte jetzt Modrath einen Fluch. Mit großen Schritten kam der Oger auf die kleine Plattform gestürmt. »Ein Wühler! Habt ihr das gesehen? Ein verschissener Wühler!«, bellte er.

»Ist uns nicht entgangen«, sagte Krendar. »Wir … ach, Scheiße!«

Mit einem unartikulierten Knurren war der Linke losgelaufen, den Schild vor sich gehoben, den Kampfspieß stoßbereit in der Faust. Bruggach folgte dem Bergkrieger dicht auf den Fersen. Er beugte sich nur kurz im Laufen hinunter, um seine Kriegskeule wieder aufzuheben.

»Scheiße«, wiederholte Krendar. »Hinterher. Seht zu, dass sie nichts Blödes anstellen!« *Nichts noch Blöderes als einfach loszurennen*, fügte er im Stillen hinzu. »Farosh – zu mir. Ronkh, Razar, deckt die Weiber! Und ihr …« Er sah Sekesh und Corsha an, dann zuckte er mit den Schultern. *Wem mache ich etwas vor? Sie tun ohnehin, was sie für richtig halten, egal, was ich sage.* »Ihr wisst schon. Bleibt am Leben.« Er wandte sich um und sprintete hinter dem Oger her. Hinter der Biegung knickte der Pfad an der Felswand für einige Doppelschritte scharf nach rechts ab, bevor sich die Wand weiter nach Süden fortsetzte. Noch hatte der fliehende Zwerg einen Vorsprung, doch der schrumpfte rapide. Kurz bevor ihn der Linke einholte, stieß er einen lauten Ruf in der kratzigen Sprache der Wühler aus. Sein Alarm wurde plötzlich durch die Klinge des Speers des Linken abgeschnitten, die durch seinen Nacken fuhr und ihm für einen Moment aus der Kehle ragte, ehe der graue Krieger seine Waffe zurückriss und den Sterbenden mit einer Drehung in die Tiefe beförderte. Krendar richtete seine Aufmerksamkeit weiter nach vorn. Der Zwerg hatte das Dorf der Korrach beinahe erreicht. Nur wenige Schritte hatten ihn von einem erstaunlich weiten Plateau getrennt, das unter einem wahrhaft gigantischen Felsüberhang verborgen lag. Der Raum von der Rückwand der Höhlung zur Kante des Abbruchs mochte sicher dreißig Doppelschritte oder mehr messen, die Entfernung vom Boden zur gewölbten Decke vermutlich die Hälfte davon. In diesen natürlichen Einschnitt hatte jemand flache, kastenförmige Gebäude gesetzt, die wie unregelmäßig übereinander gestapelte Steinquader wirkten. Der Stapel erhob sich an einigen Stellen bis hinauf zur Felsendecke und ragte an mehr als einer Stelle sogar gefährlich über den Abgrund hinaus. Wenn dies das Dorf des Linken war, dann bot es mehr als genug Platz für alle Bewohner von Krendars eigenem. Im Moment allerdings wimmelte es von Zwergen. Krendar konnte mindestens zwei Handvoll der Zwergenkrieger sehen. *Und … Menschen?* Weitere beinahe zweimal zehn der letzteren schienen eine ganze Reihe gefesselter Aerc zusammengetrieben zu haben und mit Pfeilwerfern, Schwertern und Speeren in Schach zu halten. Andere erklommen Leitern, um höher gelegene Terrassen des Bauwerks zu erreichen. Dort oben entdeckte Krendar einige wenige Aerc-Krieger, die die Angreifer noch zurückhielten. Mit zweifelhaftem Erfolg allerdings, denn in diesem Moment fielen zwei der Aerc, die sich zu weit vorgewagt hatten, unter den Kurzpfeilen der Wühler. Schwarzer Rauch stieg aus einigen der kleinen Fensteröffnungen auf.

Krendar stolperte, fing sich im letzten Moment an der Wand ab und fluchte durch zusammengebissene Zähne. Dann erhöhte er sein Tempo noch und ignorierte die durchaus realistische Gefahr, nochmals zu stolpern oder auszurutschen und den beiden Zwergen in die Tiefe zu folgen, noch bevor er das Dorf erreicht hatte. Drüben auf dem Vorplatz der Siedlung drehten sich jetzt die ersten Wühler um und starrten den Aerc überrascht entgegen. *Wenn sie sich erst an ihre Pfeilwerfer erinnern, war das ein kurzes Vergnügen.* Zumindest sollten sie dann wirklich von diesem verdammten Pfad runter sein.

Bruggach und der Linke sprangen vom Weg auf den Platz und mitten unter die dort versammelten Menschen. Die Kriegskeule des einen und die Speerklinge des anderen mähten zwei der Blassnasen nieder, noch bevor diese wussten, wie ihnen geschah. Ein dritter Mensch stieß seinen Speer in Richtung der Seite Bruggachs, nur um die Schulter und den halben Brustkorb vom Streithammer in Modraths Faust zermalmt zu bekommen. Der daneben stehende Mann starrte den Oger entsetzt an, bevor sich dessen riesige Pranke um seinen halb erhobenen Waffenarm schloss. Ein brutaler Ruck riss ihn in die Höhe, dann warf ihn Modrath mit einer mühelos wirkenden Geste beiseite. Der glücklose Mann beschrieb einen langen Bogen in der Luft und verschwand mit einem gellenden Schrei im nahen Abgrund. Die übrigen Menschen wichen hastig vor dem brüllenden Oger zurück. Die Zwerge allerdings wirkten weit weniger beeindruckt. Einer der Wühler bellte einen rauen Befehl, und drei der Schützen legten ohne Hast auf den Oger an.

»Modrath!« Krendars Warnruf erreichte den Riesen gerade noch rechtzeitig. Er packte einen der Menschen und hob ihn zwischen die heranfliegenden Geschosse und sich selbst. Zwei Kurzpfeile schlugen in den Körper des Mannes ein, der dritte verfehlte ihn und den Oger knapp und grub sich tief in den Hals eines knienden Korrach. Modrath ließ seinen menschlichen Schild fallen und wandte sich mit gefletschten Zähnen den Zwergen zu. Der kommandierende Zwergenkrieger beorderte seine Männer mit harschem Brüllen zurück.

Krendar erreichte endlich die Plattform und beeilte sich, zum Oger aufzuschließen, vor dem vier der gepanzerten Zwerge hastig einen Verteidigungswall aufbauten, während sich die Übrigen beeilten, über die Leitern auf eine der höheren Plattformen zu gelangen. Der junge Broca fletschte grimmig die Zähne. Wenn es den Wühlern gelang, sich dort oben zu verschanzen, waren sie erledigt. Den Pfeilwerfern hatten sie nichts entgegenzusetzen. Ein bulliger Mensch, beinahe so groß wie er selbst, sprang ihm in den Weg und holte mit einem schartigen Langschwert aus. Krendar entging dem Schlag nur mit Mühe und spürte, wie die Schneide der Waffe in seiner Jacke hängen blieb. Irgendetwas riss, doch bevor der Mann seine Klinge befreien konnte, tauchte Farosh neben ihm auf und hieb ihm die Axt tief ins Schlüsselbein. Krendar verschwendete keinen Gedanken an den Mann und ließ sich vom eigenen Schwung weitertragen. Sein Speer glitt von einem eilig in Stellung gebrachten Schild eines Wühlers ab, wurde ihm aus der Hand gerissen, und er rammte mit der Hüfte in seinen neuen Gegner – ein Aufprall, so schmerzhaft, als wäre er in vollem Lauf mit einem Felsblock kollidiert. Immerhin entging er damit um Haaresbreite einem Axthieb. Mangels Alternativen packte er den Schildrand, riss ihn nach unten und schmetterte die Faust in das dahinter zum Vorschein kommende Gesicht. Irgendetwas brach, und er hatte keine Ahnung, ob es die Knochen des Wühlers oder die seiner Hand gewesen waren. Dampfendes Blut sprühte über ihn, als der Bärtige zurücktaumelte und ihm damit die Chance gab, seinen Dolch zu ziehen und ihn tief in den Bart des Wühlers zu stoßen. Er riss die Klinge zurück, als der Zwerg ihn mit großen Augen anstarrte und mit gurgelndem Röcheln einen Schwall Blut erbrach, bevor er zusammensackte. Mit geblecktem Gebiss fuhr Krendar herum und brachte sich mit einem Sprung in Sicherheit, als ihn ein Streithammer mit dumpfem Brausen nur um Fingerbreite verfehlte. Krendar schlug hart am Boden auf und rollte sich weg, bevor er im nächsten Moment hastig bremste, um nicht über die Kante der Plattform zu rutschen. Der Hammerschwinger setzte nach. Der Kopf seiner Waffe verfehlte den jungen Krieger abermals nur knapp und schlug Splitter aus dem Fels direkt neben seinem Gesicht. Noch bevor Krendar reagieren konnte, tauchte Bruggach auf und schmetterte den steinernen Kopf seiner Kriegskeule gegen den Helm des Zwergs. Der Kerl wurde zur Seite gestoßen, taumelte ein, zwei Schritte und schüttelte dann den Kopf wie ein wütender Stier, bevor er trotzig seinen Schild hob und den nächsten Hieb des alten Aerc-Kriegers abfing. Wie es aussah, hatte Bruggach nicht mit der schier unglaublichen Zähigkeit des Wühlers gerechnet, denn die Verteidigung des Bärtigen brachte ihn aus dem Gleichgewicht. Der Dorn am Ende seiner Waffe hatte sich tief in den mit Leder bespannten Schild gegraben, und bevor er seine Waffe befreien konnte, riss der Zwerg den Schild und mit ihm die Keule zur Seite und ließ seinen Hammer mit mörderischer Gewalt gegen die Hüfte des Aerc krachen. Das Knacken von Knochen hallte laut in Krendars Ohren, und Bruggach ging mit einem gellenden Schrei zu Boden. Krendar schüttelte seine Erstarrung ab und warf sich nach vorn, noch bevor sich der Zwerg von seinem Schild befreien konnte, der unter dem Gewicht des fallenden Aerc-Kriegers beiseitegerissen wurde. Der Dolch in seiner Faust verschwand bis zum Heft unter dem Rand der Brustpanzerung des Wühlers. Trotzig fletschte der Zwerg die Zähne und versuchte, seinen Hammer auf Krendar fallen zu lassen. Dann jedoch ging ein Ruck durch seinen Körper. Er stolperte einen Schritt, blinzelte verblüfft, hustete Blut und brach tot über Bruggach zusammen. Farosh riss seine Axt aus dem Rücken des Wühlers und zog Krendar auf die Füße.

Der junge Broca nickte knapp und sah sich gehetzt um.

Modrath wurde von zweien der Wühler in Schach gehalten, die sich mit Schwert und Schild bemerkenswert erfolgreich gegen den Oger zur Wehr setzten. Neben ihnen lag ein dritter Wühler auf dem Gesicht. Sein eiserner Helm wies einen breiten Riss auf, in dem eine rosagraue Masse schimmerte, und eines seiner Beine zuckte unkontrolliert. Eine Blutlache breitete sich unter ihm aus.

Die Schilde der anderen beiden wiesen tiefe Dellen auf, und es war nur eine Frage der Zeit, wann sie unter den dröhnenden Hammerschlägen des Ogers zerbrechen würden. Doch Zeit war etwas, das sie nicht hatten. Die verbissene Gegenwehr der verdammten Wühler hatte ihren Kameraden tatsächlich genug Zeit verschafft, auf die höher gelegene Plattform zu gelangen. Einer der bärtigen Bastarde hatte die Geistesgegenwart, die Leiter wegzutreten, bevor Krendar oder Farosh sie erreichen konnten. Das hölzerne Konstrukt kippte zur Seite, geriet über die Kante und verschwand klappernd in der Tiefe.

»Groshakk!« Krendar fuhr herum. Nicht genug damit, dass sich die Zwerge in Sicherheit gebracht hatten; die Menschen hatten sich jetzt endgültig von ihrem Schreck erholt und rotteten sich zusammen, um ihnen den Weg zurück in die Mitte der Plattform abzuschneiden. Es waren weit mehr als drei Handvoll Bewaffneter gegen ihn und Farosh. *Könnte sein, dass ich mich doch verzählt habe.*

Hinter ihm krachte etwas, Metall kreischte, und einer der Zwerge ging mit einem feuchten Röcheln zu Boden. *Und Modrath natürlich. Aber wo zum Teufel ist der Linke? Oder der Rest?*

»Modrath!«, brüllte er über die Schulter, ohne die Augen von den näher kommenden Menschen zu nehmen. Alle waren dick in Pelze und Wollkleidung gehüllt, unter der man hier und dort Rüstung erahnen konnte. Das machte sie vielleicht etwas plumper, jedoch jetzt, wo das Überraschungsmoment nicht mehr auf der Seite der Aerc war, nur umso schwieriger zu verletzen. Außerdem entsprach ein Großteil von ihnen ganz und gar nicht dem traditionellen Bild, das die Aerc von den Menschen hatten: Sie waren groß, hatten harte Augen, trugen ihre Narben mit Stolz, der einem Aerc zur Ehre gereicht hätte, und hielten ihre Waffen so, als wüssten sie etwas damit anzufangen. *Nicht gut.* Er hob den Hammer des toten Zwergs auf und straffte die Schultern. *Kommt schon.*

Einer der Menschen, ein bärtiger Kerl mit von Blaufäule vernarbtem Gesicht, breiter Nase und vierschrötigem Kiefer, hob die Hand. Er war beinahe so groß wie Farosh, jedoch deutlich breiter, und war in eine dicke Felljacke gehüllt, über der sich zwei Waffengurte kreuzten. Der Narbige donnerte einen Befehl und wiederholte ihn gleich darauf in einem fremdartig zerhackten Dialekt des Frakra, der Sprache der aercischen Weststämme: »Halt. Hört auf zu kämpfen. Oder ihr werdet sterben.«

»Ach ja? Verwechselst du das nicht mit euch?«, grollte Modrath.

Der Mensch schenkte ihm einen ausdruckslosen Blick, dann nickte er wortlos nach rechts, wo die Zwerge auf der ersten Plattform des Terrassengebäudes standen. Und wie Krendar jetzt aufging, hatten sie alle ihre Pfeilwerfer auf seinen kleinen Trupp gerichtet.

Der Narbige wartete, bis sich Krendars Erkenntnis deutlich auf seinem Gesicht ablesen ließ, dann nickte er und bleckte seine braunen Zahnstümpfe zu einem Grinsen. »Ich verwechsle nichts, Oger. Ihr legt jetzt eure Waffen nieder, oder unsere Freunde dort oben sorgen dafür, dass ihr selbst flach liegt. Für immer.«

Krendars Faust schloss sich so fest um den Griff des Hammers, dass seine Finger schmerzten, und er fletschte die Zähne in hilfloser Wut.

»Was sollen wir machen, Broca?«, fragte Farosh neben seiner Schulter.

Du hast Angstwürmer, Kleiner. Du willst sie nicht zeigen. Aber ich kann sie hören. Krendar sah den narbigen Menschen geradeaus an und zwang seine Zähne auseinander. »Warum sollten wir es euch unnötig leichtmachen, uns abzuschlachten?« Er stellte fest, dass seine Stimme brüchig klang.

Der Narbige legte den Kopf schief. »Ich glaube, du verstehst da was falsch, Bruder. Euch abzuschlachten, wäre leicht. Euch zu überreden aufzugeben, damit wir euch nicht abschlachten müssen, das ist der schwierige Teil.« Er nickte nochmals in Richtung der Zwerge, von denen einer etwas Kehliges vom Hausdach herunterrief. »Die würden euch gerade liebend gern abschlachten, aber sie haben ihre Befehle. Und im Befolgen von Anordnungen sind sie noch besser als ihr Orks. Auf jeden Fall besser als Menschen. Aber andererseits – die machen auch, was man ihnen sagt, solange man genug Geld dafür gibt. Und dafür, dass das geschieht, dürfen wir euch nicht umlegen.«

»Ein Rudel verlauster Wühler und mickriger Menschen will mich lebend einfangen? Nur über meine Leiche«, knurrte Modrath verächtlich.

Der Narbige sah ihn irritiert an. »Ganz besonders dich. Wir werden für jeden gefangenen Ork bezahlt. Je kräftiger, desto besser. Und ein Oger? Verdammt, für dich kriegen wir mehr als für den mageren Haufen dort drüben zusammen.« Er wedelte abfällig in Richtung der noch immer gefesselten Bergaerc hinter sich. »Natürlich holen wir dich lebend.«

Ein tiefes Grollen entrang sich Modraths Brust. »Dann will ich sehen, wie ihr das probiert.«

Der Narbige gestattete sich ein Grinsen. »Schon passiert.« Als plötzlich ein Pfeifen in der Luft lag, flog Krendars Kopf herum. Ein Schatten senkte sich auf Modrath, und der nach oben schnellende Hammer traf mit einem leisen Klirren auf – fand aber keinen Widerstand. Der Schatten faltete sich um die Waffe und gleich darauf um den riesigen Oger selbst. Faustgroße Bleigewichte fielen mit dumpfem Krachen rings um ihn zu Boden. Der Oger stieß ein ohrenbetäubendes Brüllen aus und zerrte an dem Netz aus geflochtenem Draht und Kettengliedern, das sich eng um ihn legte. Haken an den Drähten gruben sich in seine Kleider und seine dicke Haut. Modrath kämpfte mit den metallenen Fäden, machte zwei, drei schlingernde Schritte rückwärts und brüllte abermals aus vollem Hals, dann rissen die Zwerge an Seilen, die an dem Geflecht befestigt waren, und brachten den Riesen zu Fall.

»Ihr beschissenen …!« Krendar sprang, noch bevor der Oger am Boden aufschlug. Oder vielmehr eben nicht den Boden des Plateaus traf, sondern mit einem rudernden Schritt den Rand des Abgrunds verfehlte und nach hinten in die Leere zu kippen begann.

Krendars Finger erwischten das Netz, und der Ruck riss ihm fast die Arme aus den Gelenken, während der Oger nach unten sackte. Die Drähte bissen tief in seine Hände, als er der Länge nach hinschlug und von Modraths Gewicht unerbittlich über den Fels gezogen wurde. Der Oger hatte lediglich einen Arm durch die Maschen des Netzes schieben können und versuchte fieberhaft, irgendetwas zum Festhalten zu finden, das seinen unweigerlichen Fall abwenden könnte.

Sein Gesicht war nur eine Armlänge von Krendars entfernt, und zum ersten Mal lag etwas darin, das Krendar nie in der Visage des alten Hünen zu sehen erwartet hätte: blanke Angst.

»Lass mich nicht fallen!«, presste Modrath zwischen den Zähnen hervor. »Ich will so nicht sterben!«

»Fresse«, zischte Krendar zurück.

Ein Schatten tauchte neben ihm auf, packte die Pranke des Ogers und stemmte sich gegen dessen Gewicht. Farosh. Endlich hörte Krendar auf, weiter in Richtung Abgrund zu rutschen. Das stählerne Seil des Netzes spannte sich, und langsam, Stück für Stück, wurde Modrath zurück auf das Felsplateau gezerrt.

Irgendein Zwerg rief etwas in der polternden Sprache der Bärtigen.

»Na also. Ihr habt es gleich geschafft.« Der narbige Mensch stand einen Schritt entfernt und grinste Krendar von oben herab an. »Grade noch mal gut gegangen, was? Ich muss mich wohl bei euch bedanken. Ihr habt uns soeben eine Menge Geld eingebracht. Haarig wird sehr zufrieden mit uns sein.« Dann hob der Narbige den Hammer auf, den Krendar kurz zuvor fallen gelassen hatte, und ließ ihn gegen den Schädel des jungen Broca krachen.

PELTZER

Es hatte wieder zu schneien begonnen: dicke Flocken, die die Sicht verschleierten und die Berge in einen schmutzig grauen Mantel aus Kälte hüllten. Beinahe hätten sie die Hütte verfehlt, doch glücklicherweise witterte die Nase des Wolfmanns den Gestank von nassem Holz und verbranntem Fleisch, der ihnen allen noch gut aus den letzten Kriegstagen in Derok bekannt war.

In dicken Schwaden drang er aus dem Dach einer niedrigen Hütte, die sich an den Fuß einer steilen Felswand duckte. Stümperhaft aus morschen Holzstämmen zusammengefügt, die Lücken notdürftig mit Moospolstern gestopft. Glond zählte drei Mann. Zwei, die gerade dabei waren, ihre Grubenausrüstung auf Vordermann zu bringen, und einen wahren Hünen, der sich in ein gemurmeltes Selbstgespräch vertieft in ein Gebüsch erleichterte. Der vierte befand sich wohl gerade im Inneren der Hütte und ließ dort das Essen verbrennen.

»Sehen nicht besonders gefährlich aus«, knurrte Dvergat. »Seid ihr sicher, dass das die Richtigen sind?«

»Glond sieht auch nicht besonders gefährlich aus«, entgegnete der Wolfmann. »Trotzdem schlägt er mit bloßen Händen einen Straßenräuber zu Brei.«

»Da hast du wohl recht.« Dvergat nickte.

»Die zwei hässlichen Kerle müssen die Mucfarm-Brüder sein, und den Großen nennen sie Bohne. Es heißt, dass er unglaublich stark ist, aber nicht besonders hell im Kopf. Der, auf den wir wirklich achtgeben müssen, ist Peltzer. Das ist ihr Anführer. Ein mieser Drecksack, der für Geld sogar seine Großmutter verkaufen würde, wenn er sie nicht schon als Kind umgebracht hätte.«

»Sagt wer?«

»Sagt Haarig.«

»Haarig …« Dvergat spuckte einen dicken Schleimklumpen in den Schnee. »Ihr glaubt ihm das?«

»Er hat uns den Steckbrief der Wacht mitgegeben.« Der Wolfmann klopfte auf seine Manteltasche. »In dem steht es schwarz auf weiß. Denkst du, wir hätten uns sonst auf so einen Auftrag eingelassen?«

»Hm«, machte Dvergat. Er wirkte nicht sonderlich überzeugt.

Der Wolfmann grinste. »Noch ein Zwerg mit Gewissen? Das wäre dann schon der zweite, den ich kennengelernt habe. Langsam beginnt mein Weltbild zu bröckeln. Aber keine Sorge, wir sollen sie ja nicht töten, sondern nur gefangen nehmen.« Immer noch grinsend klopfte er Dvergat auf die Schulter und deutete dann auf Glond. »Hast du gehört, Kanalarbeiter? Nur einfangen!«

»Haha«, sagte Glond.

»Also gut, hier ist der Plan. Wir warten, bis sie sich schlafen gelegt haben, und überwältigen sie dann. Immer schön einen nach dem anderen, ehe sie überhaupt wissen, was los ist.«

»Das ist alles?« Dvergat sah ihn zweifelnd an. »Das wäre selbst für einen Dalkar eine ungewöhnlich geradlinige Herangehensweise.«

»Das ist das Beste, was mir auf die Schnelle eingefallen ist. Der Rest wird sich schon irgendwie ergeben.« Wolfmanns Zeigefinger wies auf eine Gruppe niedriger Tannen, die ganz in der Nähe der Hütte standen. »Ihr versteckt euch dort drüben, während ich mich von hinten an die Wache heranschleiche. Sobald ich sie ausgeschaltet habe, stürmt ihr die Hütte und überwältigt den Rest. Noch irgendwelche Fragen?«

»Ja. Was machen wir, wenn sie sich wehren?«

»Dann müssen wir sie wohl doch Glond überlassen.«

Dvergat schnaufte. »Ich wusste von Anfang an, dass die Sache blutig endet.«

Kein Lüftchen regte sich. Der Schnee hatte aufgehört zu fallen, und bis auf das leise Plätschern des Bachs und die gemurmelten Selbstgespräche des Riesen war kein Laut zu vernehmen. Es war eine dieser friedlichen Nächte, wie sie selten geworden waren im Land der Dalkar.

Glond drückte sich tiefer in den Schnee, die kurze Klinge fest umklammert. Das Metall des Griffs war so kalt, dass er befürchtete, kein Gefühl mehr in den Fingern zu haben, wenn er sie schwingen musste. Andererseits hoffte er, dass das gar nicht erst nötig werden würde. Vorsichtig schaute er sich um. Vom Wolfmann war nirgends etwas zu sehen. Dieser Mensch war schon erstaunlich geschickt darin, sich in der Dunkelheit zu bewegen. Beinahe so, als besäße auch er die dalkarische Fähigkeit, im Dunkeln zu sehen. Glond beobachtete, wie der riesige Mensch, der auf den Namen Bohne hörte, mit tief in den Manteltaschen vergrabenen Händen vor dem Feuer auf und ab lief und dabei unablässig im Flüsterton auf die Dunkelheit einredete. Bei jedem Wort stieg sein Atem in winzigen Dampfwölkchen in den Nachthimmel hinauf. Ein leises Knacken ertönte, und Bohne fuhr herum und spähte angestrengt in das Unterholz. Seine Stirn zog sich in nachdenkliche Falten, und er schien mit sich selbst auszudiskutieren, ob es sich lohnte, die Hände aus den warmen Taschen zu ziehen. Schließlich gab er sich einen Ruck und hob eine schwere Spitzhacke vom Werkzeugstapel. Mit bedächtigen Schritten näherte er sich dem Bachufer, schob mit der Hackenspitze ein paar Äste zur Seite und verschwand aus Glonds Sichtfeld.

Gleich darauf ertönte ein dumpfer Schlag, dem ein gepresstes Keuchen folgte. Etwas Schweres platschte ins Wasser.

Glond fuhr in die Höhe. Von einem Augenblick auf den anderen war die eisige Kälte vergessen. »Das ist unser Zeichen!«

»Kann schon sein.« Dvergat kniff die Augen zusammen, die Gleve halb erhoben. »Erkennst du, ob er ihn erwischt hat?«

»Hat er nicht«, ertönte eine kratzige Menschenstimme in ihrem Rücken.

Langsam drehte sich Glond um und blickte auf die Spitze eines Armbrustbolzens, der direkt auf seine Stirn gerichtet war. Es war wirklich beängstigend, wie verbreitet diese Dinger hier oben in den Bergen zu sein schienen. »Du bist vermutlich Peltzer.«

»Gut erkannt.« Der Träger der Armbrust war ein dürrer Kerl mit schulterlangen grauen Haaren und einem struppigen Dreitagebart. Er hatte diese Art von irrem Funkeln in den Augen, das nur ein Mann bekommen konnte, der viel zu lange in der Wildnis auf sich allein gestellt gewesen war. »Und ihr wolltet unser Gold stehlen, wie? Aber da muss ich euch enttäuschen. Erstens haben wir noch keines gefunden, und zweitens werdet ihr wohl nicht mehr am Leben sein, wenn wir auf eine Ader gestoßen sind.« Er stieß einen schrillen Pfiff aus, und aus dem Unterholz am Bachufer lösten sich die Umrisse der Mucfarm-Brüder. In ihrem Schlepptau schlurfte Bohne heran, den bewusstlosen Wolfmann wie ein Bündel Reisig über die Schulter gelegt. Achtlos warf er ihn neben der Feuerstelle ab und machte sich brummend und gestikulierend daran, aus der restlichen Glut eine neue Flamme zu erzeugen.

»Die vier Jahreszeiten sind mir doppelt gewogen. Sie haben mir heute nicht nur ein Paar prächtiger Berghasen beschert, sondern auch noch diese zwei fetten Stumpen.« Lachend warf Peltzer zwei blutige Fellbündel neben dem Wolfmann in den Schnee, und die Mucfarm-Brüder machten sich zielstrebig daran, ihnen die Haut über die Ohren zu ziehen. »Bevor ich euch einen Bolzen zwischen die Augen jage, möchte ich noch eines wissen: Wer hat euch verraten, wo wir unser Lager aufgeschlagen haben? Wie ihr euch sicher vorstellen könnt, würde ich mich bei demjenigen gern auf gebührende Art bedanken.«

Trotz der unangenehmen Lage, in der sie sich befanden, schien Dvergat dieser Gedanke zu gefallen. Er kniff die Augen zusammen und strich sich über den schütteren Bart. »Haarig nennt sich der Kerl, und ich hätte überhaupt nichts dagegen, wenn du dich bei ihm bedankst.«

Die Reaktion fiel anders aus als erwartet. Peltzers entsetzter Gesichtsausdruck verriet, dass der Name ihm einen Heidenschreck einjagte. Sein Kiefer klappte nach unten, und er bekam eine gewisse Ähnlichkeit mit den Hasen, die er geschossen hatte. »Haarig schickt euch?« Seine Augen huschten nervös über die Lichtung. Die Armbrust in seiner Hand begann zu zittern.

Glond zog den Kopf zwischen die Schultern und versuchte, sich so klein wie möglich zu machen, um nur ja kein Ziel für ihn abzugeben. Ob das auf diese Entfernung sehr sinnvoll war, wagte er allerdings zu bezweifeln.

»Verdammte Scheiße«, knurrte Peltzer. »Dann seid ihr also gekommen, um mich umzulegen?«

Hastig schüttelte Glond den Kopf. »Wir sollten euch nur gefangen nehmen.«

»Verstehe.« Nervös leckte sich Peltzer über die Lippen. »Aber woher zum Teufel weiß Haarig, wo er mich finden kann? Ich habe niemandem ein Sterbenswörtchen erzählt, da bin ich mir sicher. Peltzer ist ein schlauer Fuchs, der weiß, wie er seine Spuren verwischen kann.«

Dvergat zuckte mit den Schultern. »Deine Freunde kennen deinen Aufenthaltsort ...«

»Schnauze!« Die Armbrust zuckte zu Dvergat herum. »Erzähl nicht so einen Unsinn. Ich muss nachdenken.« Sein Blick richtete sich auf den riesigen Kerl, der murmelnd mit einem Ast in der Glut herumstocherte. »Bohne ist ein dämlicher Hund. Der hat sein Lebtag noch keinen vernünftigen Satz über die Lippen gebracht. Er wäre der Letzte, dem ich so einen Verrat zutrauen würde.« Sein Blick wanderte weiter zu den Mucfarm-Brüdern die in ihrer Arbeit an den Hasenkadavern innehielten und zu ihm aufschauten. In ihren Händen hielten sie lange, dünne Messer, in deren Klingen sich das Licht des Feuers spiegelte.

»Lass dich von einem Scheiß-Stumpen nicht übers Ohr

hauen«, knurrte der Ältere. Er spuckte einen widerlichen Klumpen Schleim in den Schnee und wischte sich mit dem Ärmel über den Mund. »Wann hätten wir denn mit Haarig reden sollen?«

»Sag du es mir ...«

»Wir waren die ganzen beschissenen letzten Wochen unten in der Mine und haben gegraben«, knurrte der Jüngere, während er sich langsam erhob. »Keine fünf Schritte haben wir uns aus dem Lager entfernt.«

»Im Gegensatz zu Bohne«, fügte der Ältere leise hinzu.

»Bohne?« Peltzers Armbrust fuhr zu dem Riesen herum. »Wann?«

»Vor vier Tagen, als du auf die Jagd gegangen bist. Hat behauptet, dass er neues Salz braucht.«

Bohne unterbrach sein Selbstgespräch an der Feuerstelle und blickte nun ebenfalls sehr aufmerksam in die Runde. Glond entging nicht, dass er den Ast unauffällig gegen ein schweres Holzscheit ausgetauscht hatte.

»Ich habe nachgeschaut«, fuhr der ältere Mucfarm-Bruder ruhig fort. »In unseren Vorräten lagert noch genügend Salz, um damit in den nächsten Winter hineinzukommen.«

»Wie lange kennen wir uns schon?«, fügte der jüngere Mucfarm-Bruder mit blitzenden Augen hinzu. »Und wie lang kennst du Bohne?«

»Lang genug, um ihm weit mehr über den Weg zu trauen als euch zwei Halsabschneidern.« Nachdenklich strich sich Peltzer über den Stoppelbart. »Aber so richtig traue ich keinem. Damit bin ich mein Leben lang am besten gefahren. Wenn ich es jetzt recht bedenke, hätte ich diese Angewohnheit wohl besser beibehalten sollen.«

»Was willst du nun machen?«, brummte der ältere Mucfarm-Bruder mit Blick auf die Armbrust. »Uns alle drei umlegen?«

»Ich habe darüber nachgedacht.«

»Mach keinen Scheiß. Bohne ist hier der Verräter, und du weißt das. Vielleicht solltest du mal in seinen Taschen …«

»Halt dein Drecksmaul!«, brüllte Bohne und sprang auf. Mit einem gewaltigen Satz war er bei dem älteren Mucfarm-Bruder und zog ihm das Holzscheit krachend über den Schädel. Kreischend wirbelte der jüngere Mucfarm-Bruder herum und rammte Bohne sein Messer in den Bauch. Im gleichen Augenblick löste sich der Bolzen aus Peltzers Armbrust und bohrte sich tief in seinen Brustkorb.

All das geschah in Bruchteilen von Augenblicken. Und als seine drei Verbündeten wie nasse Säcke zu Boden sanken, dämmerte Peltzer wohl, dass er nun völlig allein und obendrein auch noch unbewaffnet war. »Scheiße«, murmelte er und ließ die nutzlos gewordene Armbrust sinken. Traurig sah er auf Bohne hinab, dessen Mund sich lautlos bewegte, als hätte er seine Selbstgespräche wieder aufgenommen. »Wem kann man denn heutzutage noch trauen, wenn selbst die eigenen Freunde versuchen, einen zu hintergehen?«

»Die Welt geht ihrem Ende entgegen«, murmelte Glond.

Peltzer nickte.

ES STINKT ZUM HIMMEL

Nyorda bemühte sich, nicht durch die Nase zu atmen, was den entscheidenden Nachteil hatte, dass sie die abgestandene Luft in den Mund bekam. Der beißende Geschmack legte sich auf ihre Schleimhäute und ließ sie trotz allem würgen. Sie presste die brennenden Augen zusammen und konzentrierte sich darauf, sich weder zu übergeben noch sonst wie zu bewegen, während sie in der bestialisch stinkenden Finsternis kauerte und wartete. Hier unten, in dem, was man im wahrsten Sinne des Wortes als die tiefsten Eingeweide der Festung bezeichnen konnte, gab es vor allem eines: Scheiße.

Wenn man derartig veranlagt war, konnte man noch weiter unterscheiden: Fäkalien von einigen hundert Menschen und inzwischen wohl mehr als tausend Zwergen, nicht eingerechnet das, was der Frühjahrsregen aus den Höfen und Stallungen herabschwemmte. Das schloss Schweinekot, Hundedreck und eine gelegentliche verreckte Katze ein. Am schlimmsten allerdings war wohl der Dreck, den Zwerge hinterließen. Die Stumpen verschlangen Fleisch und Alkohol zu jeder sich bietenden Gelegenheit, und das Ergebnis war … atemberaubend.

Weiter vorn in dem Gang, durch den sie gerade gekommen war, hörte sie Stimmen. Der Fackeltrupp näherte sich auf seinem Rundgang, und Nyorda schob sich tiefer in die dunkle Nische, in der sie die letzten Minuten verharrt hatte, und presste sich mit dem Rücken an die schmierige Wand. Der gestohlene Ledermantel eines Kanalreinigers verhinderte zwar, dass die Nässe an ihre ebenfalls gestohlene Arbeitskleidung drang, doch allein schon das Wissen darum jagte ihr unwillkürliche Schauder über die Haut. Sie verdrängte den Gedanken und zog sich lautlos die lederne Kapuze tief ins Gesicht.

Diese Fackeln waren hier unten lebenswichtig. Ihre blauen Flammen brannten in eisernen Fackelhaltern in regelmäßigen Abständen entlang aller größeren Gänge und rund um die Auffangbecken und tauchten die Gewölbe in unruhig flackerndes Licht. Das Licht war allerdings nicht ihr eigentlicher Zweck, wie Nyorda gelernt hatte. Vielmehr verbrannten sie die beißenden Ausdünstungen, die ansonsten die Luft für alle, die das Unglück hatten, hier arbeiten zu müssen, vergiftet hätten. Das Beste an ihnen war allerdings, dass sie das Gift verbrannten, ohne die Luft selbst zu entzünden – eine hässliche Angewohnheit, die andere Lichtquellen hatten. Die Zwerge stellten diese blauen Fackeln extra für die gefährlicheren ihrer Minen her, doch wie es aussah, leisteten sie auch an anderen Orten gute Dienste. Und genau deshalb mussten sie regelmäßig erneuert werden. Es war wirklich in niemandes Interesse, wenn dieser gigantische Berg Scheiße unter der Festung in die Luft flog. Wobei es natürlich kein Berg war, sondern eher stille, dunkle Seen im Inneren eines Bergs, die die Stille mit leisem Blubbern erfüllten.

Nyorda schloss die Augen, presste sich das feuchte Tuch fester vor den Mund und bemühte sich, flach zu atmen. Ein Berg Scheiße war diese ganze Geschichte, dieser ganze Krieg. Ihr war dabei egal, wer angefangen hatte – die Orks mit ihrem Feldzug oder die Zwerge zuvor mit dem Errichten von Siedlungen auf Land, das einst den Orks gehört hatte. Sie wollte nur, dass es endlich aufhörte. Dass Schluss war, bevor nichts mehr übrig blieb, in dem ihre Schwester, ihre Nichte, ihre Art leben konnten. Auf sich selbst verschwendete sie kaum einen Gedanken. Wozu auch? Sie hatte alles gehabt, was sich ein Mensch erhoffen konnte. Macht, Wohlstand und vor allem Freiheit. Freiheit vom Joch der Wühler und vor der Bedrohung durch die Grünhäute.

Und was hat mir das gebracht? Das Vergnügen, alles von Menschen genommen zu sehen. Letzten Endes sind wir alle Arschlöcher. Wie es aussieht, ist das kein Privileg einer bestimmten Art. Unwillkürlich schweiften ihre Gedanken zu jenem hochgewachsenen Mann, der einst, in glücklicheren Tagen, ihr Bett geteilt hatte. Cryn, den man den Wolfmann nannte.

Schon komisch, dass der einzige Mensch in meiner Umgebung, der kein Monster war, am meisten wie eines aussah. Da kann man mal sehen, wie wenig man sieht. Sie hatte es auch nicht gesehen. Nicht, bis der Wolfmann schließlich weg gewesen war, einem Menschen gefolgt, den er für besser gehalten hatte als alle anderen. Das schloss sie wohl mit ein. Sie war jahrelang wütend auf ihn gewesen, hatte geschworen, ihm die Gedärme aus dem Leib zu reißen, sollte sie jemals die Chance dazu erhalten. Es hatte geholfen, sich an den Arschlöchern, die ihr geblieben waren, abzureagieren, und das hatte sie letztendlich härter gemacht.

Als sie Cryn schließlich wieder begegnet war, hatte sie für einen kurzen Moment geglaubt, alles könnte sich zum Guten wenden. Der Wolfmann war zurückgekehrt, und sie hatte festgestellt, dass der Drang, ihn zu töten, verschwunden war. Doch er war nicht ihretwegen gekommen, war nicht geblieben. Er hatte die Prinzipien, die er gefunden hatte, nicht aufgegeben. Noch immer war er seinem Weg gefolgt, der ihn von ihr fortgeführt hatte, selbst wenn er sich dafür mit Zwergen verbünden musste. Also hatte sie ihn gehen lassen. Tief in ihrem Innersten bewunderte sie ihn dafür. Prinzipien waren etwas, das sie schon lange nicht mehr hatte. *Vermutlich haben sie ihn inzwischen umgebracht, seine Prinzipien. Das ist das Problem mit diesen Drecksdingern. Sie bringen die guten Leute um und lassen nur die Drecksäcke dieser Welt übrig, die sich nicht um sie scheren. Meistens zumindest.*

Schon seltsam, wie das Leben spielte. Als die Orks schließlich gekommen waren, hatten die Prinzipien der Grünhäute sie gerettet. Sie hatte nichts mehr zu verlieren gehabt, und genau das war es, was die Orks an ihr schätzten. Es waren Leute wie sie, die sie brauchten. Man hatte sie vor einen ihrer Anführer geschleift, einen Riesen, selbst unter seinesgleichen. Diesem Kriegshäuptling, dem Shirach, den seine Leute Drangog nannten, hatte es imponiert, dass sie vier seiner Krieger mit nicht mehr als einem Messer getötet hatte. Und noch mehr respektierte er, dass sie auch in diesem Moment willens gewesen war, noch mehr Grünhäute umzulegen, wenn man ihr nur die Gelegenheit dazu gegeben hätte. Was er natürlich nicht tat. Man konnte viel über die Grünhäute sagen, aber blöd waren sie nicht. Die meisten von ihnen jedenfalls. Der abgrundtief hässliche Shirach hatte sie lange mit den blutunterlaufenen kleinen Schweinsäuglein in seiner tätowierten Visage gemustert. Sie hatte den Blick nicht gesenkt, bis schließlich, vollkommen unerwartet, ein Grinsen um die gewaltigen Hauer in seinem Maul aufgetaucht war. Als er seine Worte an sie richtete, waren sie kaum verständlich, und Nyorda hatte einige Augenblicke gebraucht, um festzustellen, dass es ihre eigene Sprache war, die Drangog da verstümmelte. Ob sie nur Orks töte, hatte er wissen wollen, oder ob es ihr auch recht sei, ihre Fähigkeiten gegen Zwerge zu richten.

Nyorda musste ihn ziemlich begriffsstutzig angesehen haben, doch schließlich hatte sie genickt. Natürlich. Die Stumpen waren nicht besser als die Orks und schon gar nicht besser als die Menschen, die sie geführt hatte. Und wenn sie da schon keine Probleme mit hatte …

So war es gekommen, dass sie Drangog die Treue geschworen hatte. Und selbst wenn sie nicht über genug Prinzipien verfügte, um sich im Ernstfall auf diesen Schwur zu verlassen, so hatte ihr der monströse Shirach doch in den folgenden Wochen die Augen geöffnet.

»Die Weststämme wollten diesen Krieg nicht mehr«, hatte Drangog gesagt. »Wir haben erreicht, was wir wollten. Die Zwerge sind aus dem Norden vertrieben. Der Kriegsherr Rogoru und seine Ayubo wollen den Krieg in den Süden tragen, doch das wäre der Untergang unserer Völker. Wir würden zerrieben werden, und mit uns die Menschen. Wenn die Zwerge auf der Südseite des Flusses bleiben, können wir einen dauerhaften Frieden erreichen, der Aerc und Menschen gleichermaßen nutzt. Wir wissen, dass die Zwerge eine Entscheidung treffen werden, wenn das Frühjahr kommt. Ein Teil von ihnen sieht dieses Problem genauso wie wir. Sie wollen sich nach Süden zurückziehen und hier, an diesem Fluss, eine Grenze ziehen. Ein anderer Teil jedoch will die Vernichtung der Aerc. Sie wollen unser Land, sie wollen eine Welt ohne uns.« Er hatte sie lange angesehen, mit einem Lauern im Blick. »Und wer«, hatte er schließlich hinzugefügt, »wird das nächste Volk sein, das sie aus ihrer Welt entfernen werden, wenn wir nicht mehr sind? Was meinst du? Werden sie freie, selbstständige Menschen auf ihrem Land wollen? Werden sie teilen wollen? Werden sie euch wenigstens einen Platz unter dem Tisch lassen, weil sie jemanden brauchen, der ihre Felder bestellt und ihre Scheiße wegräumt? Bei den Ahnen – werden sie überhaupt genug Land übrig lassen, das sich zu teilen lohnt, oder werden sie es zerwühlen und ihm seine Reichtümer entreißen, bis nichts mehr übrig bleibt als die blanken Knochen? Was würdest du an meiner Stelle tun, um sie aufzuhalten?«

Er hatte ihr Zeit gelassen, seine Worte zu bedenken. Erst eine Woche später war sie wieder vor den Shirach getreten. Sie hatte ihren Nacken entblößt, wie es Art der Aerc war, dann hatte sie sich aufgerichtet, wie es ihre eigene Art war. »Du hast gesagt, es gibt Männer unter den Zwergen, die den Krieg wollen. Wenn ich an deiner Stelle wäre, würde ich dafür sorgen, dass diese Männer verstummen.«

Drangog hatte sie angesehen, und unter den Tätowierungen auf seinem grobschlächtigen Gesicht glaubte sie, so etwas wie Anerkennung zu sehen. »Aber wie würdest du das tun? Wenn du an meiner Stelle wärst. Wenn du ein Aerc wärst. Aerc kommen nicht dicht genug an diese Männer heran.« Er schnaubte und kratzte sich an einem der vergoldeten Eberhauer, die seine unteren Eckzähne zierten. »Glaubst du nicht, wenn es so einfach wäre, diesen Krieg zu gewinnen, hätten wir das schon getan?«

Nyorda schniefte ebenfalls. »Ich glaube, wenn ich du wäre, würde ich deshalb unter den Menschen hier nach denen suchen, die Grund, den Willen und die Fähigkeiten dazu haben, diese Aufgabe zu übernehmen. Menschen können sich unter den Stumpen bewegen. Sie sind uns gewöhnt – ich glaube, die meiste Zeit sehen sie uns nicht einmal richtig.« Sie runzelte die Stirn und überlegte einen Augenblick. »Grund und Willen sind nicht das Problem. Das gilt wohl für jeden von uns.« Sie zuckte mit den Schultern. »Fähigkeiten – da könnte es schwierig werden.«

Drangog nickte langsam. »Ich denke, ich würde eine Handvoll finden, wenn ich gründlich suchen würde.« Er wandte sich zu seinem Leibwächter um, der hinter seinem Thron stand und noch größer und vor allem hässlicher war als er selbst. »Was meinst du?«

»Drei«, stimmte dieser mit unbewegter Miene zu. »Drei sind bisher über den Fluss gegangen.« Der Wächter zog die Brauen zusammen, dann schüttelte er den narbigen Schädel. »Nä. Zwei. Einer hat's nicht bis rüber geschafft.«

Drangog nickte und drehte sich wieder zu Nyorda um. »Drei würde ich also finden. Oder meinst du, dass ich noch einen Vierten auftreiben könnte?«

Nyorda hatte ihn abschätzend angesehen. »Es kommt darauf an, was du dem Vierten bieten würdest«, hatte sie schließlich entgegnet.

»Du meinst, außer der Freiheit und der Chance, zu dem Helden zu werden, der diesen Krieg beendet und eine Zukunft für sein Volk schafft?«

»Ja. Außer Freiheit, Heldentum und Zukunft. Davon wird man meiner Erfahrung nach auch nicht satt.«

Drangog hatte genickt, als habe er genau das erwartet. »Wühlergold«, war seine Entgegnung gewesen. Auf seinen Wink hin warf sein Leibwächter einen ledernen Beutel auf den Tisch. Dem metallischen Klirren nach war er ziemlich voll. Drangogs riesige Finger öffneten die Verschnürung, und ein halbes Dutzend Münzen rutschte heraus und landete klappernd auf der Tischplatte. Große, neue Münzen aus Zwergengold, vollkommen unbeschädigt. Nicht die üblichen abgegriffenen, beinahe bis zur Unkenntlichkeit beschnittenen, die ein Mensch gelegentlich zu sehen bekam. Satt und seidig hatte das Gold im Schein der Talglichter geschimmert.

»Ich weiß nicht genau, wie viel man dafür unter Menschen kaufen kann, aber ich habe gehört, dass es viele von euch Blassnasen gibt, die dafür töten würden.«

Dafür? Eine kleinere Stadt im Süden. Vielleicht auch ein Fürstentum. Dafür würden viele einen Krieg anfangen. Oder einen beenden, wenn das dafür nötig ist. Nyorda hatte sich bemüht, ihr Gesicht unbewegt zu halten. »Es wäre eine angemessene Anzahlung, würde ich sagen.«

»Das dachte ich mir.« Drangog hatte genickt und die Schnur des Beutels wieder zugezogen. Lediglich die herausgefallenen Münzen waren auf dem Tisch liegen geblieben. Nyorda hatte schon den Mund zum Protest geöffnet, doch der Blick in Drangogs Augen hatte sie zögern lassen. »Mach nicht den Fehler und halte mich für blöd, Weib. Der Beutel wartet hier, bis die Aufgabe erfüllt ist.«

Nyorda hatte die sechs Münzen gemustert. *Immer noch mehr als genug.* Sie könnte damit weit von hier verschwinden. *Oder ich kann das Richtige tun.* Ihr Mund war so trocken gewesen, dass sie hatte schlucken müssen. »Wer sind die Männer, die ich töten soll?«

Drangog hatte breit gegrinst. Er nahm sechs Pergamente aus einer ledernen Hülle, die ihm sein Leibwächter reichte, und breitete sie vor Nyorda aus. »Präge sie dir gut ein.« Auf jedem der Bögen befand sich ein Name und eine Federzeichnung – die Porträts von sechs Zwergen, bemerkenswert detailliert und so lebendig, dass jeder von ihnen unverwechselbar schien. Wäre Nyorda einer jener Menschen gewesen, die sich in Kunstwerken verlieren konnten, wäre sie wohl in Ehrfurcht erstarrt. Stattdessen hatte sie aufgesehen.

»Hässliche Bande. Ich werde sehen, was ich tun kann, um die Welt etwas zu verschönern. Habt ihr irgendwelche Wünsche, was das angeht? Soll ich euch irgendetwas mitbringen? Finger? Bärte? Ich habe gehört, ihr sammelt Bärte.«

Drangog hatte die Hände gehoben und sie schwer auf den Tisch zurückfallen gelassen. »Dein Vorgehen überlasse ich dir, Weib. Wichtig ist nur, dass diese Zwerge so schnell wie möglich die Reise zu ihren Ahnen antreten. Was den Beweis angeht – das ist nicht nötig. Wir werden es erfahren, wenn der Angriff der Wühler erfolgt oder ihre Krieger sich zurückziehen. Keine Sorge. Genauso, wie wir erfahren werden, ob du versuchst, uns zu betrügen.«

Nyorda hatte genickt, die Goldmünzen eingestrichen und in ihrer Tasche verschwinden lassen. *Vielleicht kann man das Richtige tun und sich dafür bezahlen lassen. Das wäre mal etwas Neues.* »Verliert den Beutel nicht. Ich komme ihn mir später holen.« Abermals hatte sie die Pergamentseiten studiert und begonnen zu überlegen, was sie benötigen würde.

Die Schritte und Stimmen der Fackelanzünder verloren sich langsam in den entfernteren Gewölben, und Nyorda lockerte ihre verspannten Schultern, bevor sie vorsichtig aus der Nische sah. Die Gestalten der drei Menschen waren weit genug entfernt. Nyorda schnaubte und bereute das Atmen durch die Nase sofort. Bei den Göttern, die Luft hier konnte einen wirklich umbringen. Verständlich, dass die Stumpen Menschen für die niederen Arbeiten hier unten nutzten. Meist waren es jene, die Strafen für geringere Vergehen erhielten. Kaum eine der Küchenhilfen war in den zwei Wochen, die Nyorda hier verbracht hatte, nicht hier unten eingeteilt gewesen. Ein Essen verbrannt, einen Stapel Schüsseln versehentlich zerbrochen, eine Kanne Milch vergossen – schon fand man sich hier unten in der stinkenden Tiefe beim Fackeldienst wieder. Oder bei Schlimmerem, wenn man ein Mann war. Dann wurde man dazu eingeteilt, mit Eimern die Gruben in Fasswagen zu entleeren, die täglich die Festung in Richtung der Felder im Umland verließen. Die Zwerge waren da pragmatisch. Auf den Mahlzeiten von gestern ließen sich schließlich die von morgen ziehen. Und so oder so waren es die Menschen, die am Ende durch die Jauche wateten. Also war es nur logisch, sie das von Anfang an machen zu lassen. Soweit Nyorda gehört hatte, ließen sich die Männer jedoch freiwillig hier unten einteilen. Wer hier arbeitete, entkam der klirrenden Kälte und erhielt anständige Mahlzeiten. Dass man von allen anderen gemieden wurde, war ein Opfer, das zu bringen viele bereit waren, wenn sie nur hungrig genug waren. Wenn es eine Verdammnis nach dem Tod gab, wie manche Priester behaupteten, dann war sie für jene, die länger in diesen Gruben arbeiteten, sicherlich eine Erlösung. Es sei denn natürlich, die Verdammnis war genau das hier. Sie konnte sich kaum eine schlimmere Art vorstellen, in alle Ewigkeit gequält zu werden.

Nyorda warf der Gruppe noch einen letzten Blick hinterher, dann nahm sie die Fackel aus der nächsten Halterung, huschte eilig durch die Halle und in einen der breiteren Kanäle, der vom Zentrum der Festungsanlage hierherführte. Sie musste gebückt laufen, da die Höhe des in den Fels geschlagenen Tunnels nicht auf Menschen zugeschnitten war, doch immerhin waren Wände und Decke bemerkenswert sauber. Das musste man den Stumpen lassen: Sie waren gründlich, sogar wenn es um das Reinigen von Kanälen ging. Bei den Göttern, wenn das, was sie gehört hatte, stimmte, hatten sie sogar eine eigene Gilde dafür, Männer, die stolz darauf waren, diese Arbeit auszuführen. Stumpen waren wirklich seltsam.

Aber, wie gesagt, gründlich. Deshalb war sie hier. Gründlichkeit und Ordnung waren das, was sie brauchte – die Besessenheit der Zwerge, Dinge zu ordnen. Wie zum Beispiel Kanäle. Oder Scheißhäuser.

Sie tastete sich so zügig, wie sie es wagte, den leicht ansteigenden Tunnel hinauf, sorgfältig darauf bedacht, nicht auf dem trügerischen Grund auszurutschen, auch wenn das bedeutete, in eben jene Vertiefungen zu treten, die sie am liebsten vermieden hätte. Ihre behandschuhten Finger glitten dabei über die zwergischen Runen, die neben jedem der gelegentlich in der Decke mündenden Schächte in den Fels graviert waren. Unaussprechliches tropfte aus den Schächten über ihr, und einmal klatschte etwas mit einem widerlichen Geräusch auf ihren Rücken und ließ sie mit einem erstickten

Fluch vorwärtsstolpern. Die braune Masse rann ihren Mantel hinab. Nyorda murmelte einen weiteren Fluch und zog die Kapuze des Mantels tiefer in die Stirn. Wenn einem die Scheiße schon ins Genick fiel, steckte man wohl wirklich, wirklich tief drin.

Endlich fanden ihre Finger die Rune, die sie gesucht hatte. Der dritte Schacht im Norden der zentralen Festung. Die Gästequartiere. Jetzt kam der lustige Teil. Sie griff nach oben in die Öffnung und ertastete die Handgriffe im Inneren. Entschlossen klemmte sie die flackernde Fackel in einen Eisenring an der Wand und zog sich hinauf in den Schacht. Stinkende Luft strich an ihrer Wange vorbei, während sie sich Hand über Hand an den Griffen emporhangelte. Das Gute an diesem Fallrohr hier war, dass es von Zwergen aus dem Fels geschlagen worden war, die deutlich breiter gebaut waren als sie. Sie hatte also mehr als genug Platz, um sich zu bewegen, und als ihre Stiefel schließlich die schmierigen Sprossen des Schachts fanden, ließ sich der Aufstieg erstaunlich zügig bewerkstelligen.

Das Schlechte daran: Sie musste halb hängend klettern, denn der Schacht war nicht senkrecht in den Fels getrieben, sondern nur beinahe, um die Abwässer ungehindert ablaufen zu lassen. Und die Griffe waren an der Deckenseite. Das schützte sie zwar vor dem schlimmsten Dreck, machte die Kletterei jedoch zur Tortur. Wenn sie ausruhen wollte, blieb ihr nichts anderes übrig, als sich mit dem Rücken in die weichen, stinkenden Ablagerungen der gegenüberliegenden Seite zu drücken. Ihr gestohlener Mantel der Kanalreinigerzwerge schützte zwar ihre Haut, nicht jedoch ihre Fantasie.

Keuchend hielt sie abermals inne und sah vorsichtig zwischen ihren Beinen hindurch nach unten, wo ein zusammengeschrumpfter, bläulicher Lichtschein anzeigte, wo sie die Fackel zurückgelassen hatte. Sie musste bereits dreißig Schritt hoch gestiegen sein, und noch immer führte der Schacht durch massiven Fels. Direkt über ihr gabelte er sich. Sie tastete einen Moment lang blind umher, bis sie die Runen fand, die ihr verrieten, wohin welcher der Schächte von hier aus führte. Das Markierungssystem der Zwerge war einfach und effektiv, wenn man wusste, wonach man zu suchen hatte. Nyorda hatte es vor zwei Tagen von einem der Scheißeschaufler erfahren, der bereits vor dem Krieg hier unten gearbeitet hatte. Er war ein grobschlächtiger Mann gewesen, beinahe so widerlich wie seine Arbeit. Diesem Umstand und seinem bestialischen Geruch war es geschuldet gewesen, dass er nur selten die Gelegenheit hatte, sich der Aufmerksamkeit einer Frau zu erfreuen. Umso einfacher war es gewesen, ihm sein Wissen zu entlocken. Unglücklicherweise hatte es nicht nur ein paar Bier, sondern auch körperlichen Einsatz erfordert, und die Aufmerksamkeit, die er Nyordas Körper gewidmet hatte, war das Widerlichste von allem gewesen. Immerhin würde er nie wieder Gelegenheit haben, irgendjemandem von ihren Fragen zu erzählen oder seine Aufmerksamkeit einer anderen Frau zu widmen. In ein oder zwei Tagen würde sein aufgedunsener Leichnam wieder an die Oberfläche eines der Güllebecken kommen. Es würde jedoch lediglich so aussehen, als sei er ausgeglitten und ertrunken. Nyorda hatte sorgfältig darauf geachtet, keine Spuren an ihm zu hinterlassen.

Mit zusammengebissenen Zähnen schwang sie sich in den rechten der Schächte und stieg weiter. Vierzig Schritt, fünfzig. Ihr Handschuh glitt an einer der rostigen Sprossen ab, und der Ruck ließ ihre Stiefel von ihrem Halt abrutschen. Mit einem leisen Aufschrei sackte sie nach unten. Für einen endlosen Augenblick hing sie an nur einem Handgriff in der völligen Dunkelheit, während ihre Fußsohlen verzweifelt versuchten, an der schmierigen Oberfläche aus Schleim und Kot Halt zu finden.

»Ihr Götter! Bitte, lasst mich nicht fallen! Nicht so!« Einen Sturz von fast dreißig Mannlängen würde sie nicht überleben. Oder wenn doch, dann würde sie wünschen, dass sie es nicht täte. Eine Vision davon, mit zerschmettertem Leib dort unten in einem Rinnsal aus Scheiße zu verrecken, zuckte durch ihren Kopf, und es gelang ihr nur mit Mühe, sie zu verbannen. Schließlich fand ihre zweite Hand eine der Sprossen wieder, und es gelang ihr, ihren protestierenden Körper wieder an die Steigleiter zu bekommen. Keuchend verharrte sie so lange, wie sie es wagte, bevor ihr der Gedanke kam, dass es wohl auch keinen Sinn ergab, hier zu hängen, bis ihre Kräfte sie verließen, und sie mit zusammengebissenen Zähnen daranging, weiterzusteigen.

Die Felswände wichen gemauerten, exakt genug gefügt, um den Unterschied kaum zu bemerken. Sie hatte drei weitere Abzweigungen genommen, und die Abstände zwischen ihren Pausen wurden kürzer. Die Muskeln in ihren Armen und Beinen brannten inzwischen schlimmer als ihre Augen, und der stetig stärker werdende Luftzug, der den Schacht nach oben stieg, drohte sie von der Wand zu reißen. »Wenn dieses Arschloch mir falsche Informationen gegeben hat – ich schwöre, ich fische ihn aus der Scheiße und bringe ihn noch mal um«, murmelte sie.

Eine letzte Abzweigung lag unmittelbar vor ihr. Wenn ihre

Informationen stimmten, war sie kurz vor ihrem Ziel. Ächzend zog sie sich in den schmalen Seitenkamin und kroch drei Mannlängen weiter nach oben, als das Material der Wand unter ihrer Hand unvermittelt zu Holz wurde. Nyorda hielt inne. Sie konnte den erleichterten Seufzer, der ihr plötzlich auf den Lippen lag, gerade noch zurückhalten. Vorsichtig, um ja kein Geräusch zu verursachen, tastete sie den steinernen Rand ab und fand die Runen, die ihr bestätigten, dass sie sich am Ziel befand. Jetzt fiel ihr auch auf, dass die Dunkelheit um sie herum nachgelassen hatte. Es war nicht gerade Licht, das durch haarfeine Spalten in dem hölzernen Kasten über ihr drang. Mehr eine Art weniger dichte Dunkelheit. Lautlos hob sie eine Hand und drückte gegen die Holzfläche über ihr. Mit einem leisen Schaben gab der Deckel nach, und ein weiterer Seufzer der Erleichterung stieg in ihrer Kehle auf. Sie wusste nicht, was sie getan hätte, wäre die Öffnung über ihr blockiert gewesen. In einem war sie sich sicher – bis zurück hätte sie es nicht geschafft. Mit einer letzten Anstrengung schob Nyorda den Deckel des Aborts zur Seite und zog sich nach oben zur kreisrunden Öffnung. Zu eng für einen breiten Zwergenarsch, aber wie erwartet groß genug, um einer schlanken Menschenfrau die Möglichkeit zu geben, sich hindurchzuzwängen. Keuchend blieb sie liegen und wartete darauf, dass das Zittern in ihren Armen und das Hämmern in ihrer Halsschlagader nachließ. *Scheißlöcher im Inneren von Häusern! Das ist in mehr als einer Hinsicht keine gute Idee, so viel ist mal sicher.*

Schließlich war sie weit genug zu Atem gekommen, um sich aufzurichten und umzusehen. Es war tatsächlich nicht vollkommen dunkel hier. Der schwache Widerschein von

Kerzenlicht drang durch winzige Spalten in der Wand zu ihrer Rechten, gerade genug, um zu erkennen, dass sie sich in einer Art hölzernem Schrank befand. Neben dem Podest mit dem Abortloch gab es vor allem eine Stange über ihrem Kopf, von der dunkle Schemen hingen. Nyorda streckte die Hand aus und fühlte Fell.

Was bei den Göttern …? Sie erstarrte. Erst als das Fell auch nach mehreren Augenblicken noch keine Anstalten machte, sich zu bewegen, tastete sie weiter und identifizierte einen Ärmel, Knöpfe, eine Gürtelschließe. *Kleidung. Pelzmäntel und Jacken. Wer bei allen Göttern ist so krank und hängt seine Kleider in ein Scheißhaus?* Nyorda runzelte die Stirn. *Zwerge natürlich. Was für eine blöde Frage. Dann kommt es ja wohl auf ein Stück mehr nicht an.* Lautlos ließ sie den verschmierten Ledermantel von ihren Schultern gleiten und musterte die Spalten der Wand genauer, bis sie den Umriss einer Tür ausmachen konnte. Sie presste ein Auge an eine der Fugen des Rahmens. Soweit sie es erkennen konnte, befand sich niemand im angrenzenden Raum, der nur von einer einsamen Kerze auf dem Tisch spärlich beleuchtet wurde.

So weit, so gut. Nyorda korrigierte den Sitz der beiden Küchenmesser an ihrem Gürtel, bevor sie vorsichtig und so geräuschlos wie möglich den Riegel beiseiteschob und die Tür einen winzigen Spalt öffnete. Der Raum war tatsächlich leer. Nicht vollkommen leer natürlich. Genau genommen war er mit gepolsterten Möbeln vollgestellt. Teppiche bedeckten den Boden, hingen an den Wänden, und selbst der Kamin war reich verziert. Ein Torfbrocken glühte in seinem Inneren und kämpfte mit schwacher Wärme gegen die eisige Luft an, die vom verhängten Fenster herüberzog. Einen Moment lang betrachtete Nyorda staunend die Sitzgelegenheiten, die sie am allerwenigsten in den Räumen eines Zwergs erwartet hätte. *Sieh an. Und ich hatte gedacht, Holz wäre weich genug für die steifen Steinhintern.*

Die Mitte des Raums wurde von einem klobigen Tisch eingenommen, auf dem mehrere Dutzend Pergamente unordentlich verstreut lagen. Nyorda nahm einen der Mäntel von der Stange und wischte sich so sorgfältig wie möglich den Dreck von Handschuhen und Stiefeln, bevor sie leise die Kammer betrat. Eilig überflog sie die Schriftstücke. Die meisten waren eng mit akkuraten Schriftzeichen und Zahlenreihen beschriftet. Nichts, was sie hätte lesen können. Die Schrift der Zwerge gehörte nicht zu ihren zahlreichen Kenntnissen. Aber das war auch nicht notwendig. Als sie den Blick hob, entdeckte sie die düstere Büste, die auf dem Kaminsims stand. Das steinerne Abbild eines Zwergs, dessen Gesicht sie schon einmal gesehen hatte – als Federzeichnung auf dem Tisch im Zelt des orkischen Kriegsherrn. *Krudd Hundstodt*, das war der Name, der zu diesem Gesicht gehörte. Der Stumpen, der diesen Raum bewohnte, der Mann, den sie suchte. Als Büste sah er härter, imposanter aus, und die vergoldeten Bartspangen glänzten matt im Schein der Kerze. Nyorda schnaubte geräuschlos. *Wie eitel muss jemand sein, der auf eine Reise zu einem Kriegsrat eine Büste von sich selbst mitschleppt?* Sie schenkte dem Portrait ein düsteres Grinsen und wandte sich einer kleinen Tür zu, die in ein angrenzendes Schlafgemach führte. Ein monströser Schrank und ein Bett, das dort, wo sie geboren war, für eine ganze Familie gereicht hätte, waren die einzigen bemerkenswerten Möbel in dieser Kammer. Sie musterte sie nachdenklich, wog ab, ob sich eines davon als

Versteck lohnen würde, dann sah sie an sich hinab und rümpfte die Nase. Es bestand vermutlich keine Chance, dass ihr Geruch sie nicht vorzeitig verraten würde, wenn sie sich hier verbarg.

Sorgsam zog sie die Tür wieder zu und wandte sich der zweiten Tür im Raum zu, als sie plötzlich erstarrte. Auf dem Gang waren die Schritte beschlagener Stiefel zu hören.

SEKESH

Corsha stemmte sich gegen Sekeshs Griff, erstaunlicherweise jedoch ohne Erfolg. Die wesentlich leichtere Schamanin hielt sie mit eisernem Griff fest. »Kssssschhh!« Sie zischte Corsha leise ins Ohr. »Reiß dich zusammen. Wir können nichts tun!«

Die füllige Leibwächterin gab schließlich ihre Gegenwehr auf, löste ihre Augen jedoch nicht von dem Spalt, den die Lederdecke vor der Türöffnung des Wachraums ließ. »Nichtstun ist nicht die Art der Felsenbären!«, zischte sie ebenso leise zurück. »Und sie haben Krendar, den Kleinen und Modrath!«

»Und vier mal zehn andere, Weiber und Welpen inbegriffen. Ich weiß«, sagte Sekesh leise. »Außerdem sind sie zweimal zehn Menschen und über eine Doppelfaust Zwerge. Wir sind zu viert. Was glaubst du, können wir tun?«

»Ich glaube, wir könnten uns zum Beispiel ziemlich einfach umbringen lassen«, bemerkte Ronkh.

Corsha warf ihm einen düsteren Blick zu.

»Ich kann den Linken und den alten Mann nicht sehen«, bemerkte Razar, der vorsichtig aus der Fensteröffnung schielte.

Sekesh biss die Zähne zusammen. *Darum kann ich mich nicht auch noch kümmern.* »Wir bleiben hier«, entschied sie. »Warten, bis sie vorbei sind. Sie sind nicht schnell. Ihr wisst doch: Stumpenbeine. Wenn sie den Broca und Modrath bis jetzt nicht umgebracht haben, dann werden sie es so schnell nicht tun. Niemand fängt einen Oger, wenn er ihn umbringen kann. Es sei denn, er hat wirklich gute Gründe dafür. Wir sehen zuerst nach, was dort hinten passiert ist.«

Corsha schielte auf die Marschkolonne, die in kaum vier Doppelschritten Entfernung an dem kleinen Wachunterschlupf vorüberzog. »Und die Ahnen darum zu bitten, dass keiner von denen auf die Idee kommt, hier noch mal reinzusehen, kann auch nicht schaden«, murmelte sie.

Sekesh verzog das Gesicht. *Die Ahnen sind tot. Wir haben sie getötet.* Sie sah auf das Gesicht des toten Aercjungen hinab. Angespannt streichelte sie die winzige Flugechse, die sich im Pelz ihres Kragens verbarg. Ihre andere Hand umklammerte den Griff eines Messers, so fest, dass ihre Knöchel weiß hervortraten.

Erst als die Stille draußen länger als hundert Atemzüge anhielt, ohne dass sich mehr regte als der Wind, der zarte Schneeschleier vor sich her trug, wagten es die Aerc, aufzuatmen.

»Sie sind weg«, stellte Sekesh schließlich fest.

»Oder es ist eine Falle«, gab Ronkh zu bedenken.

Sein Bruder warf ihm einen Seitenblick zu. »Meinst du?«

Ronkh erwiderte den Blick. »Klar. Sie werden direkt um die Ecke auf dem schmalen Pfad in der Felswand auf uns warten, um uns einen nach dem anderen anzugreifen.«

Razar kratzte sich die Nase. »Hm. Zuzutrauen wäre es ihnen. Hinterlistige kleine Scheißer, die Zwerge.«

Der andere schüttelte den Kopf und sah Corsha an. »Bist du sicher, dass ich nicht doch allein geboren wurde und der nur meine Nachgeburt ist?«

Sekesh achtete nicht länger auf die Brüder. Sie schob die steife Plane vor der Türöffnung beiseite und duckte sich nach draußen auf den kleinen Platz. Das leise Pfeifen des Winds schien die Stille nur noch zu vertiefen. *Sie sind tatsächlich weg.*

Die Schamanin sah den Bergpfad hinab, auf dem die Zwerge mit ihren Gefangenen verschwunden waren. *Und mit ihnen Krendar und Modrath.*

Die Wühler legten ein ordentliches Tempo vor. Ihre Marschkolonne war schon in beachtlicher Entfernung und ein ganzes Stück tiefer in der Wand zu sehen.

»Wir folgen ihnen wirklich nicht?«, fragte Corsha leise hinter ihr. »Du weißt hoffentlich, dass ich den Großen wiederhaben will?«

Jeder von uns will Dinge. Manche bekommen wir, die meisten allerdings nicht. »Später vielleicht.« Sekesh wandte sich ab und schlug den Weg ein, der ins Dorf führte. *Oder in das, was die hier dafür halten.*

Corsha stieß verärgert die Luft aus. Dann maulte sie die beiden Brüder an, die daraufhin ihr Gezänk einstellten und mit eingezogenen Köpfen ihre Waffen einsammelten.

Als sie um die Kurve traten und die Siedlung des Bergorkstamms in Sicht kam, wurde ein einzelner Ruf laut, dünn wie der Schrei eines Vogels. Ein Welpe. Man hatte sie bemerkt. Drei

Gestalten liefen auf jenen Ort zu, an dem der Pfad auf den Vorplatz der Siedlung unter dem Felsüberhang traf. Zwei von ihnen trugen Kampfspieße, der dritte hob im Vorbeilaufen einen herumliegenden Krummdolch auf.

Zu dritt? Mit einem Kampfmesser? Sekesh lockerte die Dolche in ihrem Gürtel. *Und der Junge links mag noch nicht einmal seine Krûna-Riten abgelegt haben.* Sekesh verlangsamte ihre Schritte nicht.

»Sekesh, vielleicht wäre es jetzt an der Zeit, ihnen zu zeigen, dass du eine Drûaka bist«, gab Corsha zu bedenken. »Nicht, dass ich mir wegen der Kinder dort vorn Sorgen mache, aber eigentlich sind wir nicht hier, um Aerc umzulegen, oder?«

»Hm.« Sekesh war sich nicht sicher, ob sie wirklich etwas dagegen hätte. »Es heißt Urawi. Und ich bin keine Totensprecherin mehr.«

Corsha griff nach ihrer Schulter und wurde von einem erbosten Zischen des Spilo in Sekeshs Kragen belohnt. Eilig zog sie ihre Hand zurück. »Von mir aus. Aber das müssen die ja nicht wissen, oder? Ich weiß, du bist sauer, aber wir brauchen ihre Hilfe.« Nach einigen Schritten fügte sie leiser hinzu: »Und wie es aussieht, brauchen die unsere Hilfe noch viel mehr. Bei den ... bei Modrath!« Corsha fluchte leise, und Sekesh konnte ziemlich genau erkennen, warum.

Mit einem unhörbaren Seufzen nahm sie die Hand vom Dolchgriff und zog an der ledernen Schnur um ihren Nacken, um die Stammesmutter aus ihrem Ausschnitt hervorzuholen.

Die drei Burschen, die ihnen entgegenliefen, waren das Wehrhafteste, was die Siedlung in diesem Moment aufzubieten hatte. Alte Weiber hielten Welpen fest, wiegten Sterbende in den Armen oder standen mit versteinerten Gesichtern neben Toten. Nicht vielen Toten. Sekesh zog das Amulett vom Kopf und hielt es den Herbeieilenden abwesend entgegen, während sie sich umsah. Die Zwerge hatten nur wenige Tote zurückgelassen, und noch weniger Verwundete. *Nur die Alten, die ganz Jungen und jene, die nicht selbst laufen können.*

Ein Ruf wurde laut, und sie hob den Blick zu den oberen Ebenen der verschachtelten Siedlung. Zwei Krieger ließen soeben einen Baumstamm, der ihnen als Leiter diente, hinab auf das nächst niedrigere Dach. *Und die, die sie nicht schnell genug kriegen konnten.*

»Das war kein Angriff von Kriegern«, sagte Corsha neben ihr leise. »Das war ein Raubzug. Die wollten Aerc. Gesunde Aerc.«

»Wofür sollten die Wühler Aerc-Krieger brauchen?«, zischte Razar aus dem Mundwinkel. Die Brüder bauten sich rechts und links der beiden Frauen auf.

»Das ist die Frage«, sagte Sekesh und hielt weiterhin ihr Amulett gut sichtbar in die Luft. Endlich zeigte die Geste Wirkung. Während die drei jungen Krieger langsamer wurden, kam Bewegung in die anderen. Ein Murmeln erhob sich.

Der Junge mit dem Krummdolch blieb einige Schritte vor ihnen stehen. Er war mehr als einen Kopf kleiner als sie und beinahe genauso schlank, und in seiner Miene rangen Unsicherheit und Angst miteinander, als er den Blick auf die geschwärzte Stammesmutter in Sekeshs Hand heftete. Dann riss er sich los und musterte die nachtschwarze Schamanin, die seinen Blick ungeduldig erwiderte.

»Du bist eine Drûaka«, stellte er schließlich fest.

»Ich gratuliere zu deiner scharfen Beobachtungsgabe«, erwiderte sie knapp, bevor sie sich betont abwandte. Laut sagte sie: »Ich bin Sekesh, Totensprecherin der Ayubo, aus dem vereinigten Heer der Stämme unter Rogoru. Wir sind hier, um mit den Drûaka dieser Siedlung zu sprechen.«

Ausdruckslose Augen starrten zurück.

»Diese Siedlung hat Drûaka, richtig?«

Mehr ausdrucksloses Starren.

Sekesh biss die Zähne aufeinander. Dieses Starren war auf seine Art sehr beredt. Es erzählte von Schock und Misstrauen. *Wer kann es ihnen verdenken? Aber das hilft uns nicht weiter.* Wieder sah sie den Jungen vor sich an. »Wer hat hier das Sagen?«

Unter ihrem Blick zuckte er sichtlich zurück, und Sekesh unterdrückte ein genervtes Knurren.

Corsha schob sie beiseite. »Wir wissen, dass das im Moment kompliziert ist, aber wir müssen wissen, wer hier das Sagen hat. Sonst kommen wir nicht weiter.« Sekesh war sich nicht sicher, warum die muskulöse Kriegerin mit der zwergischen Axt und dem zerkratzten Brustpanzer, der unter ihrem Pelzmantel hervorsah, vertrauenerweckender zu sein schien als sie selbst. Doch der junge Korrach wirkte geradezu froh, sie zu sehen und seine Augen von Sekesh abwenden zu können.

Er schluckte. »Der... der Bruderfresser und diese anderen Aerc... Sie gehören zu euch?«

Corsha zog die Brauen zusammen. »Bru... oh. Der Oger. Das ist kein netter Ausdruck, Junge. Ja, sie gehören zu uns. Wie es aussieht, sind uns zwei abhandengekommen, aber darum geht es nicht.«

Der Junge sah sie verwirrt an. »Sie haben versucht, uns zu helfen.«

»Das war dumm«, stellte Sekesh ruppig fest.

Corsha warf ihr einen befremdeten Seitenblick zu. »Es war dumm, nicht auf unsere Drûaka hier zu warten«, sagte sie. »Und das Wichtigste, was wir jetzt tun müssen, ist, mit eurer Drûaka zu sprechen, bevor noch mehr Zeit vergeht. Also, wer hat hier das Sagen?«

Der junge Aerc sah zögerlich zwischen ihr und Sekesh hin und her. »Ich ...«

Corsha murmelte etwas. Es klang nach irgendetwas, das ihre Söhne und deren Langsamkeit mit dem Jungen verglich, doch sicher war sich Sekesh nicht.

Eine alte Frau schob den jungen Krieger beiseite. Ihr Gesicht wirkte gelblich braun und war von tieferen Falten durchzogen als ein abgetragener Stiefel. Die Tätowierungen auf ihren kantigen Zügen waren beinahe vollständig verblichen. Wahrscheinlich war sie fast sechzig Winter alt. »Du?«, zischte sie den Krieger an. »Tzk. Das nenne ich Initiative, Junge. Du wirst es weit bringen.« Sie schlug dem Verwirrten mit einem Gehstock gegen die Schulter. »Dann sorge dafür, dass hier aufgeräumt wird und die Verwundeten versorgt werden.«

Sie richtete sich vor den beiden Frauen auf, musterte argwöhnisch Sekeshs Stammesmutter und nickte dann kaum merklich. »Wir haben euch erwartet. Ihr seid spät dran. Vielleicht zu spät.«

Sekeshs Augen zuckten zu Corsha, die unauffällig mit den Schultern zuckte. »Ihr habt uns erwartet?«

Die Alte zog die eingefallenen Lippen zurück und zeigte

ihre letzten drei oder vier Zähne. »Tzk.« Sie stieß abermals das scharfe Geräusch aus. »Das habe ich gesagt, oder? Hast du was an den Ohren? Und bevor du dumm fragst: Ich habe euch kommen sehen. Die schwarze Totensprecherin, den Broca, den Bruderfresser und Chupacc.«

»Wen?«, fragte Ronkh.

»Und was ist mit uns?«, fragte Razar. »Uns habt ihr nicht erwartet?«

Die Alte ignorierte sie. »Folge mir, Urawi«, befahl sie Sekesh. Es klang nicht wie eine Bitte, und Sekesh war sich ziemlich sicher, dass es auch nicht so gemeint war. »Finden wir Chupacc.«

»Wen?«, wiederholte Ronkh noch nachdrücklicher als zuvor.

»Ich habe keine Ahnung«, murmelte sein Bruder.

»Stehst du immer noch hier herum?« Die Alte wandte sich noch einmal zu den drei Jungen um. »Kümmere dich darum, dass die Verletzten in die Höhlen gebracht werden, bevor ich dir Beine mache! Und ihr beiden behaltet den Aufstieg im Auge.« Sie winkte Sekesh zu und hinkte erstaunlich schnell davon.

Ihr Weg endete dort, wo die Mauern der Gebäude mit der hinteren Felswand des Überhanges verschmolzen. Ein umgeworfener Stapel Körbe lag hier, seine Bestandteile teilweise verstreut und von Klingen zerschnitten. Blut hatte das Flechtwerk besudelt und bildete Lachen auf dem Boden, deren Ränder bereits zu gefrieren begannen.

Sekesh sah genauer hin. Ein Arm ragte unter dem Stapel hervor. Es war nicht die Hand eines Aerc. Kurze kräftige Finger, haarige Knöchel, dicke, helle Fingernägel, augenscheinlich von ihrem Besitzer zurückgebissen bis aufs Fleisch. Ein Wühler.

»Was …?«

Die Alte folgte ihrem Blick und schüttelte den Kopf. »Nicht der. Den hat Chupacc erwischt. Und noch drei andere. Die Erdmaden haben ihn hier vergessen.« Sie humpelte drei Schritte weiter, wo unter einer hingeworfenen Decke zwei Stiefel hervorsahen. Corsha und Sekesh sahen sich alarmiert an, als die Alte den Stoff ohne Zeremoniell beiseitezog.

»Groshakk«, fluchte Corsha. »Der Linke!«

»Chupacc«, warf die Greisin ein. Sie sah Sekesh fordernd an. »Du kannst heilen?«

Sekesh nickte. *Nicht so gut, wie ich gern würde. Die Frage ist, ob es reicht.*

»Dann heile. Noch lebt er.« Mit einer knappen Geste wies die Alte sie auf die Wunde am Kopf des Linken hin.

Sekesh hockte sich neben den Leblosen und warf einen Blick auf seinen Brustkorb. Sie konnte keine Bewegung erkennen, doch wenn sie ganz genau hinsah, glaubte sie, feine Schleier zu sehen, die aus seinem Mund aufstiegen. Sie runzelte die Stirn. Der Linke hatte so viel Blut verloren, dass sein Zopf jetzt am Fels festfror. Über seinem rechten Ohr klaffte ein breiter Riss in der Haut. Sekesh zog ihre Handschuhe aus und betastete den Schädel. Ihre Finger fanden keine Löcher oder Splitter; inwiefern die Schädeldecke jedoch beschädigt war, konnte sie nicht beurteilen. »Was ist hier passiert?«

Die Greisin hob die dürren Schultern. »Tzk. Die Zwerge haben Chupacc hier in die Ecke gedrängt, wo sich drei unserer Weiber hinter den Körben verborgen hatten. Er hat zwei von ihnen abgestochen, bevor ihm der Dritte einen Hammer an den Kopf schlug. Er fiel, doch die Frauen haben den Wühler abgelenkt. Irgendwer hat die Decke über ihn geworfen, und die Zwerge haben vergessen, ihn mitzunehmen.«

Sekesh nickte. Sie rieb sein beinahe kaltes Blut zwischen den Fingern. *Genug, um einen Zauber zu versuchen. Das ist der Vorteil, wenn einem nur Blutmagie zum Heilen bleibt. Es ist meist mehr als genug davon da. Die Frage ist nur, ob noch genug drin ist, damit sich der Aufwand lohnt.* Sie griff in ihre Taschen und förderte Pulver und andere Dinge zutage. »Feuer«, sagte sie knapp. Corsha sah die Alte an, die abwesend mit der Hand in Richtung der Gebäude wedelte. »Schnell!«, blaffte sie. »Viel Zeit hat er nicht.« Die Kriegerin stürmte davon, während Sekesh weiter Pulver mit Blut mischte und daraus eine Paste anrührte. »Was ist mit den Weibern passiert?«

»Was wohl? Die Erdmaden haben sie mitgenommen! Sie haben jede Siedlung in fünf Tagesmärschen Umgebung überfallen, und immer schleppen sie jeden weg, der genug Kraft hat. Männer, Weiber, die älteren Welpen. Alles, was übrig bleibt, sind die Alten, die Jüngsten und die, die zu verletzt sind, um selbst zu gehen.«

Sekesh sah auf und warf den wenigen Kriegern, die sich um Ronkh und Razar versammelten, einen Blick zu.

»Tzk. Unser Dorf ist besser befestigt als die meisten«, stellte die Alte fest. »Und ihr habt sie gestört. Als sie den Kinderfresser gefangen hatten, haben sie ihren Angriff abgebrochen. Sie hatten wohl nicht gehofft, einen von denen hier oben zu finden. Aber keine Sorge, sie kommen wieder.«

»Sie kommen wieder?« *Oder, noch wichtiger, wohin bringen sie ihre Gefangenen?*

»Sie kommen immer wieder, bis niemand mehr übrig ist.«
Die Alte wirkte niedergeschlagen. »Wir sind das letzte Dorf.
Wir hatten gehofft, dass sie uns nicht finden. Man muss den
Weg kennen.«

»Ihr wurdet verraten«, mutmaßte Sekesh.

Die Alte zuckte abermals mit den Schultern. »Das konnte
wohl nicht ausbleiben. Andere Dörfer unseres Stamms kennen den Zugang. Und vor zweimal zehn Tagen verschwanden
unsere besten Krieger und Herdenwächter unten aus dem
Tal.«

Sekesh rührte den bräunlichen Brei in einer Holzschale
durch, zerkaute ein Blatt und spie den Saft in die Masse.
»Warum habt ihr das Dorf dann nicht verlassen?«

Die Alte sah ihr gespannt zu. »Weil es unsere Aufgabe ist,
hierzubleiben. Wir sind die Wächter des Verbotenen Tals. Wir
waren schon immer hier.«

Ist nicht viel mit bewachen, wenn niemand mehr übrig ist.
Sekesh schnaubte. »Haben die Wühler den Weg ins Tal gefunden?«

Die Greisin verzog das Gesicht und schmatzte zahnlos.
»Tzk. Was glaubst du, woher sie kommen?«

Sekesh hielt inne und starrte die Korrach an. »Die Zwerge
kommen aus dem verbotenen Tal?«

Die Alte nickte.

»Aber wie …?«

»Tzk, tzk, tzk.« Missbilligend deutete die Alte auf den
leblosen Linken. »Kümmere dich zuerst um ihn.«

Corsha tauchte neben ihnen auf und hielt Sekesh eine kleine
Tonschale mit glühenden Holzkohlestückchen hin. Sekesh
nickte. Mit bloßen Fingern wählte sie einen der Glutbrocken

aus. Dann schloss sie die Augen und murmelte eine Reihe kehliger Silben in der Sprache der Ayubo und warf die Glut in die vorbereitete Masse. Der Brei zischte und nahm eine leuchtend orangerote Farbe an. Mit schnellen Bewegungen strich sie die zähe Masse auf die Wunde des Linken. Mehr Ayubosilben folgten in leisem, abgehacktem Singsang, während sie die Paste verteilte. Das Fleisch des Linken zischte, und ein Zucken durchlief seinen Körper. Sekesh schob ein Augenlid des Kriegers nach oben und musterte die Iris, dann nickte sie. »Das sollte genügen.« *O ja, das sollte es. Sonst fällt mir nämlich nichts mehr ein.*

Die Greisin nickte ebenfalls. »Tsk. Du bist begabt, Ayubo. Besonders wenn man bedenkt, dass du deine Stammesmutter nicht eingesetzt hast. Es wäre ein Leichtes gewesen, die Wirkung zu verstärken.« Interessiert musterte sie das geschwärzte Amulett, das Sekesh vom Hals hing.

Die junge Schamanin schob die Figurine zurück in ihren Ausschnitt. »Man braucht sie nicht für alles. Also sollte man sie nicht für alles verwenden.«

Die Alte stieß ein meckerndes Lachen aus. »Weise bist du auch noch. Tsk. Vielleicht können wir uns glücklich schätzen, dass du den Weg zu uns gefunden hast.« Schwer auf ihren Stock gestützt richtete sie sich auf und winkte Sekesh und Corsha mit sich. »Kommt, Weiber, kommt. Wir haben viel zu besprechen.«

Sekesh hob eine Braue. »Und wir müssen dringend mit der Drûaka dieses Dorfs reden«, erwiderte sie.

Die Alte nickte. »Das sage ich ja. Wir müssen reden.«

ÜBERRASCHUNGEN

Mit einem geflüsterten Fluch zog Nyorda eines der Messer aus ihrem Gürtel und eilte zurück in den Wandschrank, der den Abort verbarg. Sie hatte kaum die Tür des Verschlags hinter sich zugezogen, als die Eingangstür geöffnet wurde. Polternde Zwergenworte wurden gewechselt, dann fiel die Tür zurück ins Schloss. Ein tiefes Seufzen, gefolgt von einem beeindruckenden Rülpsen, dann kam ein untersetzter Zwerg in Nyordas Blickfeld. Krudd Hundstodt, ohne jeden Zweifel. Er war selbst für einen Zwerg bemerkenswert klein, jedoch breitschultrig wie die meisten dieser kleinen Bastarde. Im Licht der einsamen Kerze sahen die Spangen in seinem struppigen Bart weniger nach Gold, sondern vielmehr nach Kupfer aus, doch das mochte täuschen. Insgesamt wirkte der Mann längst nicht so beeindruckend wie die Büste hinter ihm. Zum einen sah er deutlich älter aus, zum anderen wesentlich müder. Doch Nyorda hatte nicht vor, sich täuschen zu lassen. Drangogs Informationen zufolge war dieser Stumpen ein durchaus fähiger Kämpfer, der das Schlachtfeld kannte und in mehr als einem Feldzug als Anführer einer Veteraneneinheit der Zwerge gedient hatte.

So sieht also ein Kriegstreiber aus, ein Mann, der dafür

steht, dass dieser Krieg nicht endet, bis wir alle Rattenfutter sind. Wegen widerlichen kleinen Arschlöchern wie dir brennt die Welt, werden die Menschen unter den Stiefeln der Orks und Zwerge zerstampft. Tja, Stumpen. Das hat heute ein Ende. Vorsichtig zog Nyorda die Tür noch näher zu sich heran, bis nur ein kaum sichtbarer Spalt übrig blieb. Krudd Hundstodt stampfte weiter, seine Schritte schleppend und nicht unbedingt sicher. Grunzend stützte er sich am Tisch ab, schüttelte den Pelzumhang von den Schultern und warf ihn achtlos auf eine der gepolsterten Bänke, um sich ausgiebig die Brust zu kratzen. Er entzündete mit etwas unsicherer Hand die Talglichter auf einem Kerzenleuchter, den er auf den Tisch stellte. Dann runzelte er die buschigen Brauen und sog schnüffelnd die Luft ein, bevor er das Gesicht verzog und dem Verschlag, in dem sich Nyorda verbarg, einen unwirschen Blick zuwarf. Mit einem gemurmelten Fluch öffnete er den Gurt, der seinen massigen Leib umspannte, und warf ihn mitsamt der Dolchscheide dem Mantel hinterher. Dann jedoch hob er die Schultern und machte sich schließlich daran, sein Hosenband aufzunesteln, während er auf Nyordas Versteck zuschlurfte.

Verdammter Scheißdreck! Nyorda sah sich gehetzt um. Einer plötzlichen Eingebung folgend, hob sie den besudelten Pelzmantel auf und lockerte die Hand, die das Messer hielt. Mit einem unterdrückten Gähnen zog der Zwerg die Tür auf, wedelte die Wolke von Gestank beiseite, die ihm entgegenschlug, und starrte verständnislos auf Nyordas Brust. Erst mit einem kleinen Augenblick Verzögerung sah er hinauf in ihr Gesicht. Erkennen flackerte in seinen Augen auf, und sein Mund öffnete sich zu einem Ruf, doch er war zu langsam.

Der schwere Pelz in Nyordas Hand fiel über seinen Kopf und erstickte seinen Ausruf. Krudd ließ seine Hose los, griff nach dem Mantel und stolperte rückwärts. Das stellte sich als Fehler heraus, denn das fallende Beinkleid verheddterte sich um seine Knöchel. Nyorda setzte nach und trat Krudd in die entblößten Weichteile. Mit einem gedämpften Aufschrei stürzte der Zwerg rückwärts und schlug dumpf auf dem Teppich auf. Noch bevor er sich von dem Schreck erholen konnte, warf sich Nyorda rittlings auf ihn und stieß das Messer durch den Pelzmantel in seine Brust. Der Zwerg bäumte sich auf und warf sie beinahe ab. Sie riss die Klinge zurück und stieß erneut zu und ein drittes Mal in die Stelle, von der ein heiseres Gurgeln aufstieg. Der Zwerg zuckte noch ein letztes Mal, die Hacken seiner Stiefel trommelten auf den Boden, das Geräusch verschluckt vom tiefen Teppich. Dann erschlaffte er und lag still.

Keuchend hockte Nyorda auf dem Leichnam, bevor sie sich mit dem Ärmel über die Stirn wischte, nur um im nächsten Moment einen Würgereflex unterdrücken zu müssen, als ihr klar wurde, was sie sich gerade ins Gesicht gerieben hatte. Schnell wischte sie mit einer Ecke des Pelzmantels nach und warf ihn beiseite, um den Toten zu betrachten. Blut sickerte ihm aus Brust und Kehle und färbte sein Hemd und den Teppich langsam dunkel, während er mit blicklosen Augen an die Decke starrte. *So große Pläne zur Eroberung des Nordens. Und das ist alles, was davon übrig ist.* Sie nahm einen der blutigen Bartzöpfe in die Hand und drehte die Spange an seinem Ende nachdenklich zwischen den Fingern. Tatsächlich Kupfer. *Vielleicht sollte ich mir eines von den Dingern abschneiden. Die Orks scheinen sie ja zu sammeln. Vielleicht zahlen sie dafür extra.*

Sie schnitt eine Grimasse und schickte sich gerade an, von ihrem Opfer zu steigen, als sich die Tür öffnete.

Ach Kacke. Sie warf einen schnellen Blick auf den offenen Abort, doch so nah der Schrank auch war – keine Chance. Sie korrigierte ihren Griff am Küchenmesser, stand auf und machte den Arm bereit zum Wurf. *Kann man hier nicht mal in Ruhe einen kleinen Stumpen umlegen, ohne dass jemand nachsehen kommt?*

Die Tür schwang auf, und eine Gestalt im grauen Kleid einer Bediensteten betrat den Raum, die Arme beladen mit einem Tablett voller Geschirr. Die Frau blieb wie angewurzelt stehen. »Nyorda?«

Nyorda erstarrte. »Bernys?«

Ein bärtiges Gesicht tauchte hinter Bernys auf. Als er die blutüberströmte Gestalt zu Nyordas Füßen sah, wurden die Augen des Stumpen riesig, und er öffnete den Mund. Vermutlich hatte er zu einem Alarm ansetzen wollen, doch dazu kam er nicht mehr. Das Messer verließ Nyordas Wurfhand, beinahe noch bevor sie sich selbst darüber im Klaren war. Die unterarmlange Klinge bohrte sich in den Hals des Zwergs, ließ ihn rückwärts stolpern und an die gegenüberliegende Wand des Gangs prallen, wo er mit blutigem Gurgeln zu Boden rutschte. Noch bevor der Wachmann den Boden erreicht hatte und zur Seite zu kippen begann, hatte Nyorda die drei Schritte bis zur Tür überbrückt und presste Bernys die Klinge des zweiten Messers an den Hals. »Halt die Klappe, verstanden?« Wider Erwarten erwies sich die blonde Hilfsköchin als schlau genug, nicht mit einem Nicken zu antworten. Stattdessen kniff sie die Lippen zusammen und starrte die andere nur an. Nyorda warf einen schnellen Blick aus der

Tür, doch abgesehen von diesem einen Wächter war glücklicherweise niemand zu sehen. Sie zog den Kopf zurück und legte den Mund dicht an Bernys' Ohr. »Ich sollte dich umbringen«, zischte sie. »Irgendein Grund, der dagegenspricht?«

Bernys wich ihrem Blick nicht aus. »Drangog«, flüsterte sie.

Um ein Haar hätte Nyorda ihr in diesem Moment den Hals durchtrennt, so sehr ließ sie dieses unerwartete Wort zusammenzucken. Sicherheitshalber zog sie das Messer einen Fingerbreit zurück. »Was?«

»Drangog«, wiederholte Bernys leise. »Der Häuptling hat dich geschickt, oder?« Sie schien Nyordas Schweigen als Bestätigung zu betrachten. »Du bist nicht die Einzige, die er geschickt hat, wusstest du das?«

Nyorda starrte sie an. Dann blinzelte sie. »Er hat *dich* geschickt?«, fragte sie ungläubig.

Bernys sah sie beleidigt an. »Was verwundert dich daran? Dass er nicht nur Leute geschickt hat, die«, ihr Blick zuckte zu Krudd Hundstodts Leiche, »so eine Sauerei anstellen, um seine Ziele zu erreichen?«

»Ach«, knurrte Nyorda. »Du hättest das also besser gemacht?«

»Ich war gerade dabei.« Bernys schielte bedeutungsvoll auf die Klinge an ihrem Hals. »Könntest du dich entscheiden, das da wegzunehmen, bevor noch jemand kommt?«

Nyorda starrte sie verkniffen an und steckte dann das Messer weg. »In Ordnung. Komm rein.«

Die blonde Hilfsköchin stellte Ihr Tablett sorgfältig neben der Tür auf den Boden und betrachtete Krudds Leichnam, der mit entblößtem Unterleib mitten im Raum lag. »Da ist der

Hund wohl tot.« Bernyce grinste und umrundete die Leiche. »Hund tot. Hundstodt. Kapiert?«

Nyorda verzog das Gesicht, und die Blonde rollte mit den Augen, bevor sie sich wieder dem Toten zuwandte. »Sieht so aus, als stimmt zumindest etwas von dem, was man so über Zwerge sagt«, stellte sie fest.

»Was?« Mit einem besorgten Blick den Gang hinab packte Nyorda den Wächter an den Stiefeln und zog ihn in den Raum hinein.

»Du weißt schon.« Bernice deutete auf den halb entblößten Toten.

»Ich habe keine Ahnung, wovon du sprichst«, knurrte Nyorda. »Was hast du damit gemeint, du hättest es besser gemacht? Was machst du überhaupt hier? Ich dachte, Menschen dürfen nicht in diesen Teil der Festung. Wie bist du …«

»… hierhergekommen? Hundstodt hat mich selbst herbestellt.« Bernices Hand wedelte in Richtung des Tabletts. »Vyndtporter Schweinskopfeintopf. Er hat erfahren, dass wir welchen für die Clankrieger haben, und bestand darauf, unbedingt noch heute was davon zu bekommen. Wie es aussieht, war er ganz wild darauf.«

Irgendetwas in ihrer Stimme ließ Nyorda aufhorchen. »Gift«, stellte sie fest. »Du hattest vor, ihn zu vergiften!«

Bernys riss ihren Blick von der Leiche los und sah sie abfällig an. »Gift? Du meinst, wie du Gabbro vergiftet hast? Ich bin mir sicher, dass du das warst, denn ich war's nicht.« Sie trat an Nyorda vorbei, um die Axt des Wächters aufzuheben, die immer noch auf dem Gang lag. »Gift fällt auf. Das war wirklich blödsinnig von dir. Jetzt suchen die Drecksstumpen nach uns. Was glaubst du, wie lange sie brauchen, um in der

Küche nachzusehen? Und ich muss das jetzt wieder geraderücken.« Unvermittelt schwang sie die Axt gegen Nyorda, die sich im letzten Moment nach hinten fallen ließ. Die messerscharfe Schneide zog eine brennende Spur über ihren Oberarm.

»Scheiße!« entfuhr es Nyorda. »Was soll das?« Sie zog ihre Füße weg, als der nächste Hieb dumpf in den dicken Teppich krachte.

»Ganz einfach. Wenn sie dich tot finden, werden sie nicht mehr nach mir suchen.« Da ihr Überraschungsangriff missglückt war, trat Bernys einen Schritt beiseite und raffte mit der freien Hand ihr Kleid, sorgsam darauf bedacht, nicht in die sich noch immer ausbreitende Blutlache zu treten. »Also sei so nett und lass uns das schnell hinter uns bringen. Ich will nicht hier sein, wenn sie diese Sauerei finden.«

Nyorda versuchte auf die Füße zu kommen, doch Bernys machte einen weiteren Ausfall, dem sie nur mit Mühe entging. »Ich denke, wir arbeiten beide für Drangog? Sollten wir nicht zusammenarbeiten?« Nyorda rutschte unter den Tisch, um dem nächsten Schlag zu entgehen. *Zumindest bis ich dich in die Finger kriege, du Dreckstück.*

Bernys schien ihre Gedanken zu ahnen, denn sie lächelte. »Netter Einfall. Hat aber zwei Fehler. Erstens habe ich schon einen Partner. Und zweitens arbeite ich nicht für Drangog, sondern für sein Geld. Oder besser noch: für sein Zwergengold. Er hat dir doch den Beutel gezeigt, oder? Dafür bekomme ich im Süden alles, was ich will. Aber nicht, wenn ich es mit jeder dahergelaufenen Schlampe teile. Und jetzt komm raus!« Die letzten Worte begleitete sie mit schnellen, kraftvollen Axthieben, die Nyorda zwangen, ihre Deckung aufzugeben. Sie zog sich auf der anderen Seite des Tischs auf die Beine, nur um beinahe ein Auge zu verlieren, als Bernys ihr den Kerzenleuchter entgegenschleuderte. Blut spritzte aus ihrer Nase, und für einen Moment drohte sie das Bewusstsein zu verlieren. Dann schüttelte sie den Kopf und biss die Zähne zusammen. Inzwischen wurde ihr klar, dass es sicher nicht das erste Mal war, dass Bernys eine Waffe benutzte. Das war nicht die Axtarbeit einer Hilfsköchin. Nyorda hatte schon genügend Söldnern Unterschlupf geboten, um Kriegshandwerk zu erkennen. *Das heißt vermutlich, dass sie mit mir spielt.* »Ich dachte, du hast es eilig?«, keuchte sie und wischte sich das Blut von der Oberlippe.

Bernys hielt im Ausholen inne und runzelte die Stirn. Stimmt. Aber das schneller zu beenden, wäre … unbefriedigend. »Weißt du, was mich wirklich aufregt? Dass du Hertig Gabbro unbedingt vergiften musstest. Wir haben schon den Zinnkopf und den Wurmberg-Hertig ausgeschaltet, ohne dass auch nur einer dieser bärtigen Scheißer bemerkt hat, dass etwas nicht stimmt. Genauso wie der hier nur einen bedauerlichen Unfall gehabt hätte! Aber du musstest ja unbedingt eine Sauerei veranstalten, die zum Himmel stinkt.« Sie umrundete den Tisch, und Nyorda folgte ihrer Bewegung, um das schwere Möbelstück zwischen ihnen zu halten. »Der Witz war Absicht. Hast du gewusst, dass das kleine Arschloch hier keine Nuragnüsse vertrug? Bekam Atemnot, wenn er nur die geringste Messerspitze voll davon zu sich nahm. Und wir haben in der Küche nun mal zu wenig normales Mehl. Also haben wir Nuragmehl verwendet. Davon haben wir noch eine ganze Menge, und man schmeckt's ja im Schweinskopfeintopf ohnehin nicht.« Sie zuckte mit den

Schultern. »Kann ja niemand ahnen, dass sich der Zwerg hier unbedingt was bestellt, das er nicht verträgt, oder?« Sie grinste breit. »Es gab genug Zeugen dafür, dass es seine eigene Idee war. Vollkommen saubere Sache. Außer für ihn natürlich. Aber nein…« Unvermittelt packte sie die Tischkante und kippte den Tisch auf Nyorda zu. Die stolperte rückwärts, fiel über den Leichnam des Wächters und schlug zum zweiten Mal hin. Bernys sprang über den Tisch, landete neben ihr und ließ die Axt herabsausen. Mehr durch Glück und pure Verzweiflung gelang es Nyorda, den schlaffen Arm des Zwergs zwischen sich und die herabsausende Klinge zu bringen. Der Stahl seiner eigenen Axt biss tief in das Fleisch, zerbrach den Knochen und wurde erst von der eisernen Armschiene auf der Rückseite des Arms aufgehalten, nur wenige Fingerbreit vor Nyordas Gesicht. Bernys starrte verwundert auf das unerwartete Hindernis, dann zog sie an der Waffe, doch diesmal war Nyorda schneller. Sie packte die Axt kurz hinter dem Kopf und riss daran. Die andere stolperte einen Schritt vorwärts, und Nyorda trat mit aller Kraft zu. Mit einem hässlichen Krachen knickte Bernys' rechtes Knie nach innen weg, und die Blonde kippte mit einem Aufschrei zur Seite. Nyorda riss den Dolch aus der Scheide am Gürtel des Toten, warf sich herum und stach zu. Die Klinge war scharf genug, um kaum auf Widerstand zu treffen, als sie zwischen Bernys' Rippen in die Brust drang. Die Augen der Blonden wurden groß. Dann hustete sie und besprühte Nyorda mit schaumigem Blut. »Ehrlich?«, gurgelte sie.

»Ehrlich«, sagte Nyorda und drehte die Klinge. Bernys zitterte und erschlaffte.

»Selber Schlampe«, murmelte Nyorda. Sie atmete tief durch,

schob den Arm mit der Axt beiseite und stemmte sich schwerfällig auf die Füße. »Warum hast du mir diese ganze Scheiße eigentlich erzählt? Hast du im Ernst gedacht, dass mich das interessiert?« Sie sah sich um. Hundstodt war tot, der Wächter ebenfalls, und beinahe hätte sie ebenfalls hier gelegen, getötet von der Axt des Zwergenkriegers. Es hätte tatsächlich so ausgesehen, als wäre die Mörderin bei ihrem Anschlag überrascht und getötet worden. Und Bernys wäre die hysterische Bedienstete gewesen, die die Sauerei gefunden hätte. *Muss ich ihr lassen. Der Plan war nicht schlecht. Das Problem liegt wohl immer nur in den Details.* Immerhin – vier der Stumpen waren also tot. Blieben noch zwei. Das musste doch zu schaffen sein.

Mit schmerzverzerrtem Gesicht warf sie einen Blick auf die offene Aborttür und verwarf den Gedanken, diesen Weg zurück zu nehmen. Ihr Schädel hämmerte, und der Schnitt in ihrem Oberarm brannte. Sie würde keine fünf Mannlängen weit kommen, bevor sie abstürzte. Mit zusammengebissenen Zähnen ging sie zur Tür und sah hinaus. Wie durch ein Wunder war der Gang noch immer leer. Das würde sicher nicht lange so bleiben. Mit einem leisen Fluch entschied sie sich für die linke Seite. Dieser Krieg beendete sich nicht von selbst.

DAS WOHL EINZELNER
UND DAS WOHL ALLER

Die alte Bergorkfrau hatte sie in einen großen dunklen Raum geführt, der im Herzen der verschachtelten Siedlung lag. Sie waren über eine Leiter hinabgestiegen, die in der Mitte einer der höher gelegenen Plattformen durch ein Loch nach unten ragte. Zwei kleine Feuer brannten in der Mitte des Raums und tauchten alles in unstete Töne von Orange und Rot. Die Wände waren über und über mit farbigen Bildern bemalt, Figuren, die die Geschichte dieser Siedlung und dieses Stamms erzählten. Im flackernden Licht tanzten sie über die Wände und erfüllten den stillen Raum mit einer zuckenden Ahnung von Leben. In jeder der vier Ecken lagen die Schädel toter Aerc in sorgfältig aufgeschichteten Haufen, die beinahe bis zur Decke reichten, und der Boden war mit einer dünnen Schicht grauschwarzen Sands bedeckt. Rauch von schwelenden Kräutern und Harzen erfüllte die Kammer mit intensivem, süßlichem Geruch und suchte sich kräuselnd seinen Weg durch das Loch in der Decke, das den einzigen Zugang zu diesem Raum bot.

Sekesh und Corsha hatten in einem mit hellerem Sand

gezeichneten Kreis Platz genommen. Es war warm hier drin, warm genug, um das erste Mal seit Tagen die Pelzjacken abzulegen. Die Alte saß ihnen gegenüber, ihre faltigen Arme sahen unter einer ausgeblichenen, grob gewebten Decke hervor, die ihre mageren Schultern bedeckte. Sie hatte den beiden Frauen bedeutet, schweigend zu warten, und stellte jetzt unter näselndem Singsang komplizierte Muster in den Sand. Außer ihnen befand sich nur noch ein Mädchen von vielleicht sieben oder acht Jahren im Raum, das schweigend einen kleinen Wasserkessel auf einer der beiden Feuerstellen überwachte. Die Kleine hatte ihnen beiden Schalen mit heißem Kräutersud überreicht und warf Sekesh jetzt scheue und faszinierte Blicke zu. Sekesh versuchte es mit einem Lächeln, was jedoch nur dazu führte, dass das Mädchen vor Schreck beinahe den Kessel umstieß. *Kinder. Nicht meine Stärke.*

Sie richtete ihre Aufmerksamkeit auf die Wandbilder. Eines der Symbole fiel ihr ins Auge. Sie hatte es schon einmal gesehen: die Abbildung eines hoch aufragenden, beinahe nadelartigen Bergs, in dessen Zentrum ein schwarzer Kreis lag. Es war dieses Symbol, das sie in den Ruinen der vergessenen Aercstadt Gulraka Valak weit im Osten gefunden hatte. Es markierte die Herkunft des Heiligtums jener Stadt, eines Heiligtums, das sie zerstört hatten. *Der Linke hat recht gehabt. Es sieht ganz so aus, als wären wir hier richtig.* Unterhalb des Symbols befand sich ein weiteres. Sekesh legte den Kopf schief, um es aus einem anderen Winkel zu betrachten. Es schien eine verschachtelte Ansammlung von kastenförmigen Gebilden darzustellen, eingebettet in zwei parallele Linien. Sie runzelte die Stirn. *Ist es möglich, dass es diesen Ort hier zeigt?* Sie betrachtete die verschlungenen Linien auf der Wand in neuem

Licht. *Eine Karte?* Höchstwahrscheinlich. Striche schienen das Tal zu zeigen, durch das sie hinaufgestiegen waren. Sie führten auf den Nadelberg zu, der seinerseits in einem Talkessel zu liegen schien, umgeben von Zickzackmustern, die ebenso gut Gipfel darstellen konnten. Die gezackten Linien waren an vier Stellen unterbrochen, eine direkt über dem Symbol für diesen Ort hier. *Zugänge zum verbotenen Tal?* Ihre Augen wanderten weiter über die Wand, wo weiter im Osten – wenn die Lage der Symbole auf der Wand eine solche Richtungsbestimmung zuließen – ein weiterer Berg aufragte. Seine Spitze fehlte, und rote und schwarze Wellenlinien liefen von dort aus über den Rest der Wand, rot und schwarz nach Osten hin, vereinzelte schwarze jedoch auch nach Süden und Westen, bis weit über den Punkt hinaus, an dem sie sich zu befinden schienen. Wie es aussah, waren diese Linien jünger. Sie waren über viele der anderen hinweggezogen, doch keine überlagerte sie.

»Der donnernde Berg«, sagte die Alte, und Sekesh zuckte beim Klang ihrer Stimme zusammen. Der Blick der greisen Schamanin war auf den gipfellosen Berg gerichtet. »Die Quelle der Dunkelheit, die uns heimgesucht hat.«

Sekesh zog die Brauen zusammen. »Steht er hinter allem?«

Die Alte riss den Blick los und sah die jüngere Schamanin an. »Tsk. Er ist die Quelle, jedoch nicht der Grund. Vor dem Langen Winter nannten wir ihn in unserer Sprache ›Das Weiße Haupt‹. Nach unseren Legenden ist er der Sitz der Ahnen, die über die Welt wachen.« Sie kicherte leise. »Es sieht so aus, als hätte den Ahnen ihr Sitz nicht mehr gefallen.«

»Der Geistersturm«, stellte Corsha fest. »Was ist passiert?«

Die Alte zuckte mit den Schultern. »Unsere Fährtensucher sind bis dorthin gegangen, wo man einen guten Blick auf das

Weiße Haupt hat. Es lag in Trümmern, und das Land zu seinen Füßen stand in Flammen. Die Ahnen quollen aus ihm hervor, in so dichten und hohen Wolken, dass ihr sie selbst noch im Westen gesehen haben müsst. Ihre Asche fiel auf uns. Tsk. Es scheint, dass uns die Toten nicht bekommen. Unsere Rinder starben, wenn sie das graue Wasser tranken und das graue Moos fraßen.« Sie wiederholte ihr Schulterzucken, das sie wie einen alten, zerfledderten Vogel wirken ließ. »Aber deshalb seid ihr nicht hier.«

Sekesh überlegte, dann schüttelte sie den Kopf. »Nein. Wir haben den Geistersturm aufgehalten.«

»Aufgehalten? Tzk.« Die Alte kicherte trocken. »Wohl kaum. Der Sturm hat getan, was er wollte, und so lange er wollte. Und ich glaube, wir hatten mehr Glück als jene Stämme, die weiter in Richtung Sonnenaufgang gelebt haben. Sie liegen jetzt unter Asche begraben, die höher reicht als die Decke dieses Raums.« Sie wurde ernst. »Doch wie ich gesagt habe – deshalb seid ihr nicht hier.«

»Wir haben den langen Winter an einem Ort verbracht, an dem wir dieses Zeichen dort gefunden haben«, sagte Sekesh und deutete auf das Abbild des Nadelbergs. »Etwas an diesem Ort stammte von dort. Man nannte es ›Das Herz‹.«

Die alte Schamanin sah sie abwartend an.

»Wir suchen diesen Ort.«

Die Miene der Alten wirkte noch immer wie grob behauener Stein. Sie ließ einige lange Augenblicke verstreichen, bevor sie die knorrige Hand ausstreckte. »Zeig mir deine Stammesmutter«, forderte sie.

Diesmal gelang es Sekesh, nicht zusammenzuzucken. »Warum sollte ich?«

»Tsk. Ist es nicht üblich bei den Stämmen des Westens, ihre Stammesmütter zu vereinen, um die Ahnen ihre Stimmen austauschen zu lassen?«

»Ich sehe eure Stammesmutter nicht«, gab Sekesh knapp zurück.

»Tsk, Tzk, Tzk.« Die Alte zischelte durch ihre Zahnlücken. »Das ist richtig. Du siehst sie nicht. Und ich sehe deine nicht. Ich spüre deine nicht. Du weißt, dass eine Drûaka die Anwesenheit einer Stammesmutter spürt?«

Sekesh nickte.

»Du trägst keine bei dir«, stellte die Greisin fest. »Du trägst nur eine Hülle. Was hast du mit ihr gemacht? Feuer?«

Sekesh stellte fest, dass sie inzwischen die Zähne gefletscht hatte. In ihren Haaren zischte der Spilo und breitete seine Flughäute aus. Instinktiv tastete ihr Geist nach der Anwesenheit einer anderen Stammesmutter, doch sie fand nichts.

»Feuer wirkt«, stellte die Alte ungerührt fest. »Es ist eine der besseren Methoden. Es gibt andere. Salz zerstört sie, Eruqac vergiftet sie, Kälte lähmt sie, doch Feuer ist am schnellsten und gründlichsten.«

»Ihr habt eure Stammesmütter zerstört?«, fragte Corsha vorsichtig.

Die Greisin warf ihr einen Blick zu, so als bemerke sie ihre Anwesenheit erst jetzt wirklich. »Tsk. Nein. Stammesmütter sind Dinge, die die Stämme des Westens mit sich tragen, und die schwarzen Stämme des Nordens. Wir wissen, was sie sind. Tsk! Bei den Ahnen, ich würde eher sterben, als mir eine solche Monstrosität um den Hals zu hängen.« Sie kicherte abermals dünn, als sie sich wieder Sekesh zuwandte. »Und ich glaube, ihr habt erkannt, warum.«

Sekesh nickte vorsichtig, und die Alte lehnte sich vor. »Das Herz. Wir haben davon gehört. Vor vielen Generationen gab es einen Krieg. Wir hatten den Stämmen nicht gestatten wollen, das, was im verbotenen Tal liegt, wegzubringen. Die Drûaka der Weststämme jedoch meinten, dieser Schatz gehöre allen Aerc, und wir seien zu gierig, um die Macht dieses Schatzes mit ihnen zu teilen. Tzk! Kein Schatz, meine Liebe. Ein Fluch. Wir hielten sie ab, und sie kamen mit Kriegern. Sie erschlugen unsere Ahnen und raubten sich, was sie als ihren Anteil des Schatzes betrachteten, um ihre Stammesmütter daraus zu schaffen. Sie tragen die Stammesmütter bis heute, also müssen sie das Herz bis heute verborgen halten.«

Langsam schüttelte Sekesh den Kopf. »Wir haben das Herz gefunden. Und die Nol'Ru darin.«

Die Greisin schien etwas in ihrer Miene zu sehen, denn sie sah sie lauernd an. »Was habt ihr damit getan?«

»Feuer«, gab Sekesh knapp zurück. »Es ist verbrannt und liegt unter Felsen begraben. Die Stammesmütter der Weststämme starben mit ihm.«

Die alte Schamanin lehnte sich zurück, und Sekesh hatte das Gefühl, dass es Erleichterung war, was sich in ihrer Miene widerspiegelte. »Meine Stammesmutter schwieg nicht«, fügte sie leiser hinzu und streichelte den Spilo beruhigend. »Ich habe sie ausgebrannt.«

Jetzt verschob ein so breites Lächeln das faltige Gesicht der Alten, dass es beinahe wirkte, als würde es zerfallen wollen. »Du bist fürwahr ein ungewöhnliches Weib, Ayubo, und bereit zu ungewöhnlichen Taten. Natürlich schwieg deine nicht.« Der Gehstock deutete auf die Karte an der Wand, auf eine der anderen Lücken im Zackenband. »Eure eigenen Totensprecherinnen gehen noch immer gelegentlich in das verbotene Tal, um sich neue Stammesmütter zu erschaffen. Deine stammte also nicht aus dem Herzen, das die Weststämme verehren. Tsk! Sie stammt aus dem Kopf.«

Sekesh sog scharf die Luft ein. »Die Urawi meines Volkes wissen davon?«

Die Alte zuckte mit den Schultern. »Tsk. Natürlich. Einige. Wenige, denke ich. Es ist nicht an uns, sie davon abzuhalten. Sie bewachen den Weg im Norden, wir den im Westen, wieder andere den im Süden. Wir sorgen dafür, dass niemand aus dem Westen das Tal betritt, doch was dein Volk tut, liegt nicht in unseren Händen. Wir sind wenige. Wir hätten nicht einmal die Macht dazu, wenn wir es wollten. Nicht mehr.«

»Was ist passiert?«, fragte Corsha.

»Tsk. Was wohl? Das weiße Haupt hat den Kopf verloren. Die Erde hat schon seit zwei Jahren gezittert. Unsere Nol'Ru waren unruhig und sandten uns Träume, sie zu befreien, um den kommenden Untergang zu verhindern. Wir ignorierten sie natürlich. Tsk. Im Grunde ist es das, was sie immer wollen – Freiheit. Aber als der Berg ausbrach, brach mit ihm die feste Ordnung um das Verbotene Tal zusammen. Ihr habt gesehen, wie unser Dorf aussieht. Gut einen dritten Teil davon hat der Berg in den Abgrund gerissen, als der Fels austrat wie ein irrsinniges Rind. Und dieses Tal hier traf es bei Weitem nicht am schlimmsten. Überall gingen Lawinen ab, brachen Felswände zusammen, stürzten Gipfel. Und die Nol'ru verstummten. Einfach so. Stille herrschte, als seien sie nicht mehr da.«

»Sie sind verschwunden?«

Die alte Schamanin zog missbilligend eine Braue hoch, als

Corsha sie schon wieder unterbrach. Dann winkte sie das Mädchen heran, das noch immer in einer Ecke des Raums kauerte, und flüsterte ihr etwas in der Sprache der Bergstämme zu. Die Kleine huschte eilig zu einer dunklen Wandnische und entnahm ihr eine silbrig eingefasste Schale etwa von der Größe eines Aercschädels, die sie mit beinahe andächtiger Sorgfalt vor sich hertrug und behutsam vor der Greisin abstellte.

Sekesh warf einen Blick in die Schale. Sie war etwa zur Hälfte mit einer dunklen Flüssigkeit gefüllt, die im Schein der Feuer rötlich schimmerte. Fragend sah sie auf. Die Alte beugte sich vor und blies vorsichtig in das Gefäß. Konzentrische Kreise bildeten sich und liefen als Wellen über die Oberfläche. Corsha schnappte nach Luft, und erst mit einem Augenblick Verspätung begriff Sekesh, warum: Die Wellen liefen nicht nach außen, zum Rand hin, sondern vielmehr zur Mitte, dorthin, wo der Atem der Schamanin die Oberfläche traf. Unwillkürlich zuckte sie zurück.

Die Alte hatte ihre Reaktion natürlich gesehen und kicherte. »Keine Sorge. Sie können nicht heraus.« Sie zupfte einen Federkiel aus ihrem Haar und tauchte ihn in die ölige Flüssigkeit, die beinahe sofort begann, daran hinaufzusteigen. Ohne Eile zog die Greisin die Feder wieder heraus und wischte mit ihr über den matt-silbernen Rand des Gefäßes. Die schwarze Masse zischte, sobald sie mit dem Metall in Berührung kam, und schien sogar zu versuchen, davor zurückzuweichen. »Eruqac. Mondsilber. Diese Berge sind voll davon.« Die Alte schmatzte zufrieden, dann warf sie den Federkiel in die Flammen eines der Feuer, wo der Rest der schwarzen Masse zischend verdampfte. »Wie ihr seht, sie sind nicht verschwunden. Sie schwiegen einfach nur, haben aufgehört, uns Dinge einflüstern zu wollen. Tsk. Diese Stille ist so ungefähr das Bedrohlichste, was ich je gehört habe. Was, wenn etwas passiert war, das jenem, das im Verbotenen Tal eingeschlossen war, die Flucht ermöglicht hatte? Die Lawinen hatten unser Tal zerstört, wie also sah es jetzt im Verbotenen Tal aus? Solange unsere Erinnerungen reichen, liegen die Nol'Ru tief im Fels begraben, hinter Wänden von Eruqac. Waren sie jetzt frei? Also sind die Drûaka unseres Stamms hinauf in das Tal gegangen, sobald die Winterstürme hinter uns lagen. Um uns Sicherheit zu verschaffen. Um aufzuhalten, was aufgehalten werden muss. Nur ich bin zurückgeblieben. Diese Beine sind zu alt, um dort hinaufzusteigen.« Sie deutete wie zur Entschuldigung auf ihren Gehstock.

Sekesh schnaubte. »Lass mich raten. Es gelang ihnen nicht.«

»Tsk. Ich weiß es nicht. Die Drûaka und die Krieger, die sie begleiteten, kamen nicht wieder. Stattdessen kamen die Zwerge und die Menschen. Sie kamen aus dem Tal! Sie überfielen unsere Dörfer, auf der Jagd nach Rindern und Aerc. Sie ließen nur die Toten und Sterbenden zurück, die meisten jedoch nahmen sie mit sich, als sie abermals in das verbotene Land verschwanden. Wir sandten Boten in die anderen Dörfer hier oben, doch dort sah es noch schlimmer aus. Drei davon waren leer. Vielleicht wurden sie alle gefangen, vielleicht sind sie geflohen. Wir wissen es nicht. Im vierten war kaum eine Handvoll Aerc übrig, nur die Alten, die Kranken, die Schwachen, zurückgelassen ohne Schutz und sterbend an Hunger und Kälte, weil die Wühler niemanden gelassen hatten, der sie versorgte. Und dennoch haben wir uns hier sicher gefühlt.«

»Unsinn«, murmelte Corsha. »Als sie eure Krieger gefangen hatten, musste euch doch klar gewesen sein, dass sie früher oder später erfahren würden, wo dieses Dorf hier ist.«

Die alte Schamanin schnaubte. »Tsk. Unsere Krieger würden eher sterben, als uns zu verraten.«

Corsha verzog das Gesicht. »Als ob ihnen die Wühler einen so einfachen Ausweg lassen würden.«

Ich fürchte, da hast du recht. Sekesh bedeutete Corsha zu schweigen. »Du hast gesagt, die Zwerge kamen aus dem Tal?«

Die andere Schamanin nickte.

»Dann müssen wir dorthin.«

Die Alte nickte nochmals. »Jemand muss das wohl tun. Eine Drûaka. Wenn die Wühler die Nol'Ru entdecken, ist niemand mehr sicher.«

»Na so ein Glück, dass wir ganz zufällig eine dabeihaben«, murmelte Corsha. »Was hättet ihr sonst gemacht?«

Die beiden Schamaninnen ignorierten sie.

»Wenn ich sie entdecke, werden sie brennen«, sagte Sekesh düster.

»Wen genau meinst du? Die Wühler oder den schwarzen Schleim?«, warf Corsha ein.

Sekesh fletschte die Zähne. »Spielt das eine Rolle?«

Die Kriegerin zuckte mit den Schultern. »Eigentlich nicht, nein. Also gut, retten wir die Krieger und zünden dann die Nol'Ru an.«

Die Greisin sah die beiden jüngeren Frauen scharf an. »Ihr seid willens, die Ahnen für immer verstummen zu lassen, die Drûaka aller Stämme ihrer Kräfte zu berauben?«

Corsha schnaubte ein abfälliges Lachen. »Wir dachten, wir

hätten das schon getan. Wir waren nur noch nicht gründlich genug.«

»Und was die Kräfte angeht, wir brauchen die Ahnen oder das, was sich dafür ausgibt, nicht dafür. Wir kommen auch ohne sie zurecht. Wir werden frei sein«, fügte Sekesh hinzu.

Die Greisin nickte, als habe sie nichts anderes erwartet. »Tsk. Dann tut, was getan werden muss.« Sie stieß die Schale vor ihren Füßen an, und die schwarze Flüssigkeit schwappte träge und zischte leise, als sie den metallenen Rand der Schale berührte. »Ich bin ihres Flüsterns müde. Bringt sie zum Schweigen. Ich zeige euch den Weg.«

»Ihr wollt uns begleiten?«

Die alte Aerc lachte leise. »Tsk. Ich bin doch nicht verrückt. Chupacc wird euch führen. Das ist seine Bestimmung.«

Sekesh sah auf die Linien, die die Alte jetzt erneut in den Sand vor sich zu ziehen begann. Langsam entstand ein Bild des spitzen Bergs, und dieses Mal zog sich ein gewundener Pfad eine seiner Flanken hinauf.

»Und was werdet ihr tun?«, fragte sie schließlich.

»Wir werden diesen Ort verlassen und nach Norden gehen. Ich habe gehört, dass es bei euch im Norden wärmer ist als hier. Das wird meinen alten Knochen guttun. Und wir werden hoffen, dass ihr Erfolg habt, denn sonst wird es keinen Ort mehr geben, an den wir gehen können.«

Sekesh und Corsha trugen wieder ihre dicken Pelze, als sie die düstere Höhle betraten, in die die Aerc ihre Verletzten gebettet hatten. Zwei flackernde Feuer flankierten den Eingang und hielten die eisige Kälte zurück. Vier Krieger lagen hier, zwei Welpen von etwa vier oder fünf Jahren und zwei Weiber.

Einer der Krieger hatte eine Hand verloren, von einer Axt oder einem Schwert am Ellbogen abgetrennt. Eines der Weiber war eine alte Vettel, das andere hatte eine hässliche Platzwunde am Kopf und würde wohl ihr Auge verlieren, falls sie überhaupt die Besinnung wiederfand. Immerhin, Sekesh würde ihre Leben retten können. *Was immer das wert sein mag.* Die Alte hatte recht: Die Wühler hatten nur dagelassen, wer nicht allein laufen konnte. Ansonsten hatten sie jeden mitgenommen, dessen sie habhaft werden konnten. *Warum tun sie das? Was wollen sie mit ihnen?*

Als Sekesh den nächsten Verwundeten sah, schob sie den letzten Gedanken beiseite. »Bruggach?«

»Groshakk!«, knurrte Corsha.

Ich hätte es nicht treffender sagen können. Sekesh ging neben dem alten Aerc-Krieger in die Hocke. Sein Atem ging flach, und im flackernden Licht wirkten seine Wangen blass und hart, als wären sie aus Stein gehauen. Oder eher: aus altem Fels ausgewaschen. Der Krieger schien ihre Anwesenheit zu spüren, denn er öffnete die Augen. »Drûaka«, sagte er leise und verzog das Gesicht, als hätten ihm bereits seine eigenen Worte Schmerzen bereitet. »Gut, dass du da bist. Ich könnte gerade deine Kunst gebrauchen. Glaube ich.«

Sekesh ließ den Blick über die liegende Gestalt wandern. Jemand hatte ihn auf Felle gebettet und eine Decke über ihn gelegt, die seinen Körper von der Brust an verbarg. Ein dunkler Fleck hatte sich auf der linken Seite des Stoffs gebildet, und jetzt sah sie auch, dass der Fuß des Kriegers in einem unnatürlichen Winkel lag.

»Was hast du denn getrieben?«, fragte sie leise.

Bruggach grinste. »Ich werde langsam alt.« Er schnaubte

und verzog abermals das Gesicht. »Nein, ich werde vor allem langsam. Der Streithammer von einem der groshakk Wühler. Hat mich an der Hüfte erwischt. Ich schätze, da ist das eine oder andere zu Bruch gegangen.«

Sekesh nickte und hob die Decke beiseite. Irgendjemand hatte Hose und Gurt des Mannes bereits gelöst, so hatte sie freien Blick auf die Wunde. Der Hammer hatte ganze Arbeit geleistet. Bruggachs Hüfte war mit Sicherheit zertrümmert, und wenn sie es richtig sah, war das, was aus der bereits angeschwollenen Platzwunde herausragte, ein Stück Beckenknochen.

Corsha schnalzte beeindruckt. »Nichts, was eine gute Drûaka nicht wieder hinbekommen würde, oder, Sekesh?«

Sekesh musterte die Verwundung. *Mit genügend Zeit – denkbar. Mit Hilfe einer Stammesmutter und der Kraft, die uns der Nol'ru verleiht – möglich. Mit Unterstützung mehrerer Urawi – wahrscheinlich. Ich habe Männer gesehen, die so etwas überlebt haben. Nur: Zeit, Stammesmutter und Unterstützung – wir haben nichts davon.* Fahrig strich sie sich einen ihrer verfilzten Zöpfe hinter das Ohr und sah Bruggach an.

Bruggachs Blick begegnete ihrem, und nach einem langen Moment verdüsterte sich seine Miene. »Ich schätze, uns bleibt keine Zeit dafür«, stellte er fest.

Sekesh schüttelte knapp den Kopf. »Wir brauchen alle Kraft, die ich habe, und die Zeit ist knapp.«

»Dann bleibe ich also hier«, sagte Bruggach.

Wieder schüttelte Sekesh den Kopf und schob den widerspenstigen Zopf abermals zur Seite. »Dieser Stamm hier zieht fort. Du würdest sie nur belasten.«

Bruggach biss die gelblichen Zähne so fest aufeinander,

dass sie knirschten. »Verstehe.« Seine Hand tastete nach dem Griff seines Krummdolchs. »Ich spiele wohl keine Rolle mehr beim Untergang unserer Art.«

Zum dritten Mal schüttelte Sekesh den Kopf.

Der alte Krieger atmete tief durch. »Na gut. Dann gehe ich wohl vor.«

»Soll ich …?«, fragte Corsha, doch Sekesh hob die Hand und schnitt ihr damit das Wort ab. »Ich bin die Urawi. Es ist meine Aufgabe.« Sie zog ihr Messer und nickte Bruggach zu. »Gute Reise«, sagte sie.

»Quatsch nicht, Weib, lass mich aufbrechen.«

Sekesh nickte und stieß ihm das Messer durch das rechte Auge in den Schädel. Bruggach zitterte für einen Augenblick heftig, dann erschlaffte er. Sekesh wischte ihr Messer ab und stand auf, ihr Gesicht eine harte Maske. Sie ergriff eines der vorbeilaufenden Weiber am Arm und deutete auf den Leichnam des alten Kriegers. »Sorgt dafür, dass er würdig zur Ruhe gelegt wird.«

Sie wandte sich ab und sah den Linken auf sich zukommen. Die eine Hälfte seines Gesichts war noch immer angeschwollen, der Schädel von der Heilpaste verkleistert. Er stützte sich schwer auf seinen Kampfspieß und sah auf Bruggachs Körper hinab. »Richtige Entscheidung?«, fragte er schließlich. Da seine Wange geschwollen war, klang er undeutlich. Vermutlich hatte er auch einen oder zwei Zähne eingebüßt.

Ein Wunder, dass er überhaupt schon wieder steht. Sie zuckte mit den Schultern. »Das wird sich herausstellen. Es war die einzige Wahl, die zu treffen war. Wir können uns durch ihn nicht aufhalten lassen. Ihn zu retten und dafür

Gefahr zu laufen, unser Ziel nicht zu erreichen, können wir uns nicht leisten.«

Der Linke schnalzte mit der Zunge. »Du meinst es wirklich ...«

»... ernst«, ergänzte die alte Schamanin und ließ Sekesh zusammenzucken. Sie trat neben den Linken, der den Kopf senkte und den Nacken entblößte, sobald er sie sah. »Chupacc«, sagte sie und legte ihm eine knorrige Hand auf den Kopf. »Du hast dir lange Zeit gelassen, nach Hause zu kommen.«

»Ich war mir sicher, nicht willkommen zu sein«, erwiderte der alte Korrachkrieger leise.

Die Greisin schnaubte. »Das ist nicht falsch, Chupacc. Ihr seid verschwunden und habt fünf Tote zurückgelassen. Natürlich waren wir nicht erfreut.«

Der Linke blickte nicht auf. »Ich war mir sicher, Cabracc wäre dafür verantwortlich. Er floh, und ich ...«

»... du folgtest ihm. Und war er es?«

Der Linke schüttelte den Kopf. »Ich glaube nicht. Ich denke, er war sich sicher, dass ich der Schuldige war und ...«

»... floh, um dein Leben zu retten«, vollendete die Schamanin abermals seinen Satz.

Man könnte glauben, dass der Rechte aus ihr spricht. Sekesh schauderte unwillkürlich.

»Tsk. Ihr hättet nicht fliehen müssen«, fuhr die Alte fort. »Wir fanden den Schuldigen drei Tage später. Es war eine der Anwärterinnen, die im verbotenen Tal gewesen waren, um Drûaka zu werden. Sie war unvorsichtig gewesen. Ein Nol'Ru hatte Besitz von ihr ergriffen. Sie war es selbst gewesen, die die anderen getötet hat, nicht einer von euch.« Sie sah auf den Linken hinab, der vor ihr wirkte wie ein ungehorsamer Welpe, der seine Krûnar-Riten noch vor sich hatte, und nahm die Hand weg. Ihre Miene verdüsterte sich. »Dennoch, ihr habt euren Posten am Tor des Tals verlassen. Tsk. Ihr hättet damit den Untergang aller über uns bringen können.«

»Wir haben mehr als zehn Winter gekämpft, um das ...«

Die Greisin sah den Linken zweifelnd an. »... zu verhindern. Gegen Nol'Ru?«

»Gegen Zwerge, Menschen, Skrag und mehr Stämme, als ich mich ...«, murmelte der Linke.

Die Alte musterte sein vernarbtes Kriegergesicht, auf dem die Tätowierungen ebenfalls zu verblassen begannen. »... erinnern kann. Wo ist dein Bruder?«

Der Linke hob die Schultern und ließ sie wieder fallen. »Er ist als Krieger gefallen, ins Feuer gegangen ...«

»... und liegt unter dem größten Steinhaufen, den wir ihm abseits der Berge verschaffen konnten«, beendete Corsha seinen Satz. »Er war ein feiner Kerl, soweit ich das beurteilen kann, ein großartiger Krieger, und wir werden seine Lieder singen, wenn das alles hier vorbei ist. Sind wir dann endlich fertig?« Sie schulterte ihr Gepäck und sah Sekesh gereizt an.

Die seufzte. »Das war unfreundlich ...«

Corsha verdrehte die Augen.

Sekesh fuhr ungerührt fort. »... aber berechtigt. Mit allem Respekt«, sie nickte der alten Schamanin zu, »wir haben einen Berg zu finden. Wenn die Zwerge bereits im Verbotenen Tal sind, dann ist das Letzte, was wir brauchen, jemanden, der den einzigen Krieger hier ablenkt, dem ich mein Leben anvertrauen würde.« Mit einem Seitenblick auf Corsha setzte sie hinzu: »Anwesendes Weibsvolk ausgeschlossen. Wenn du also nichts dagegen hast, Drûaka«, sie wandte sich der Alten zu, »sollten wir uns jetzt auf den Weg machen.«

Die Greisin wackelte einen Moment lang mit dem Kopf, bevor sie nickte. »Das solltet ihr. Geht, und rettet unser Volk. Es war ... interessant, dich kennengelernt zu haben, Drûaka.« Sie neigte ihr schütteres Haupt vor der jüngeren Schamanin und hinkte davon, um sich um die Verwundeten zu kümmern.

Corsha zurrte ihren Gepäckriemen fest. »Also gut, lass uns Modrath und den Broca finden, und dann nehmen wir uns diese Nol'ru vor.«

»Nein«, gab Sekesh zurück.

Corsha hielt inne. Auch der Linke hörte auf, sich mit der Zunge in der geschwollenen Wange herumzubohren. »Wie – nein?«

»Nein, wir versuchen nicht, Modrath und den Broca zu finden. Die Alte hat recht. Wir müssen eine Welt retten, auf den einen oder anderen Krieger kommt es dabei nicht an. Wenn wir es nicht schaffen, bleibt kein Aerc mehr übrig.«

Die Kriegerin sah sie verständnislos an. »He! Es geht um Modrath! Und ... ich dachte, du magst den Broca? Du hast sein Blut geleckt!«

Sekesh schnürte ihr eigenes Bündel zusammen, ohne aufzusehen. »Es spielt keine Rolle, Corsha. Sie sind Krieger. Entweder sie sind tot, oder sie finden ihren eigenen Weg. Dafür sind sie schließlich da. Als Klingenfutter, damit wir tun können, was getan werden muss. Dafür bist du da, Krûshal. Was nützt es, sie zu retten, wenn deshalb die Welt untergeht?«

Corsha schnaubte. »Was nützt es, die Welt zu retten, wenn dann niemand mehr übrig ist, für den sich das lohnt?«

Sekesh sah auf, und der Blick ihrer bernsteinfarbenen

Augen bohrte sich in Corsha. »Ich habe meine Entscheidung getroffen, Krûshal. Die Zeit zu reden ist vorbei. Wir brechen auf.«

Die Kriegerin hielt ihrem Blick einen Moment lang stand, dann wandte sie sich brüsk ab und klopfte dem Linken auf die Schulter. »Komm. Du hast die Drûaka gehört. Wir sind Klingenfutter, alter Mann. Tun wir unsere Pflicht.« Mit zusammengebissenen Zähnen verließ sie die Höhle.

ANTWORTEN

Noch so viele ungeklärte Fragen, und die Wahl rückte unaufhaltsam näher. Drei Mörder hatte sie fangen können, drei Tote standen dagegen. Solange sie nicht alle gefasst hatte, würden weitere Dalkar sterben. Stellte sich nur die Frage, wer der Nächste war. Nachdenklich drehte Axt den Goldamboss zwischen ihren Fingern. Das Licht der Laterne ließ die schwere Münze hübsch aufblitzen. *Kaum zu glauben, wie viel Blut an dir klebt. Du müsstest eigentlich ein hässlicher, dunkelbrauner Klumpen sein. Das würde viel eher deinem Charakter entsprechen. Stattdessen strahlst du, als könntest du keiner Fliege etwas zuleide tun.*

Das Zimmermädchen empfing sie mit einem ungelenken Knicks und nahm ihr den Umhang ab. Sie war ein Mensch, wie so viele Bedienstete in der Festung. Dürr, hochgeschossen und nach menschlichen Maßstäben vielleicht sogar hübsch. Vielleicht war sie darüber hinaus auch eine Mörderin. Eine eiskalte Killerin, die hinter ihrem schüchternen Lächeln eine Messerklinge verbarg und nur auf den geeigneten Augenblick wartete, um sie ihr in den Rücken zu rammen. Axt seufzte. Es war schon unheimlich, welche Wirkung zwei, drei gezielte Morde entfalten konnten.

Das Mädchen lächelte schüchtern. »Sie haben Besuch, Herrin. Er wartet im Kaminzimmer. Ich habe ihm einen Krug Schieferwein angeboten.«

Axt zwang sich, das Lächeln zu erwidern. Sie nickte. Schieferwein … nur die hartgesottensten Dalkar tranken dieses widerliche Gesöff, das im besten Fall zur Reinigung von Waffen taugte. Sie selbst kannte nur eine Person auf dem gesamten Weltenrund, die sich freiwillig der Wirkung dieses Gifts aussetzte. Dass ausgerechnet diese Person ihr einen Besuch abstattete, machte den Tag nicht unbedingt besser.

Als sie den Raum betrat, stand Hertig Tallit Berglogga über den großen Kartentisch gebeugt und hielt den Blick starr auf die unzähligen, bunt bemalten Figuren gerichtet, die über die gezeichneten Umrisse der Bergfestung verteilt standen. In der einen Hand hielt er einen Weinkrug, in der anderen seine alte, reich beschnitzte Pfeife, aus der Rauch in dicken Schwaden zur Decke stieg. Seine Stimme klang ungehalten und selbstgerecht wie eh und je. »Ich warte nicht gern, Syen.« Er besaß noch nicht einmal den Anstand, sich ihr zuzuwenden, während er sprach. Gerade so, als wäre er der Herr des Hauses.

Axt unterdrückte den aufkeimenden Zorn, den bereits seine ersten Worte in ihr ausgelöst hatten, und trat neben ihn an den Tisch. Tallit hatte die Zeichen sämtlicher in Derok versammelter Clans in fünf unterschiedlich große Haufen aufgeteilt, die sich in der Mitte des Tischs stapelten. Genau dort, wo sich der große Versammlungssaal der Bergfestung befand. »Was wollt ihr, Vater?«

»Meiner geliebten Tochter einen Besuch abstatten. Sie nach ihrem Befinden befragen, und nach ihrem Wohl.«

»Das wäre das erste Mal.«

Tallit warf ihr einen Seitenblick zu. »Ich bin auch zum ersten Mal in ernsthafter Sorge um dich.«

Axt schnaufte. »Diesen Eindruck habe ich auch. Aber ich kann dich beruhigen. Es geht mir besser als je zuvor. Hier in der Bergfestung geschieht es recht selten, dass ich von wütenden Orkhorden mit Keulen und Messern angegriffen werde.«

»Und was ist mit Menschen?« Tallits Hand fiel wie zufällig auf eine unscheinbare hölzerne Münze, die im Kampf um Derok als Symbol für die Bürgerwehr der Menschen Verwendung gefunden hatte. »Mir sind Gerüchte zu Ohren gekommen, dass du Ärger mit Menschen bekommen hast. Dass der eine oder andere von ihnen möglicherweise in unseren Kerkern sitzt …«

Axt hob eine Augenbraue. Es hatte sich also schneller herumgesprochen als befürchtet. Wenn selbst die Oberen bereits Wind davon bekommen hatten, wusste inzwischen wohl jeder Clanherr, was in der Festung vor sich ging.

Tallit legte die Holzmünze in die Mitte des Versammlungssaals, genau zwischen die fünf Clanstapel. »Erzähl mir davon, Tochter. Was hat der Gefangene gesagt?«

Der Gefangene … Also wusste ihr Vater doch nicht alles. Offenbar waren seine Quellen doch nicht ganz so ergiebig, wie er vielleicht denken mochte. Oder sie hatten ihm Nyordas Schwester absichtlich verschwiegen. Vielleicht war es besser, wenn es auch dabei blieb. Sie zuckte mit den Schultern. »Nicht viel. Wir haben ihn aufgegriffen, als er gerade die Stadt verlassen wollte. Sein Name ist Dyrion. Er ist einer der Gesellen von Meister Dornem.«

»Das ist alles?« Stirnrunzelnd zog Tallit an seiner Pfeife und ließ den weißen Rauch in die Höhe steigen. »Das ist in der Tat nicht viel. Er hat dir nicht von weiteren Mördern erzählt, die in der Festung ihr Unwesen treiben sollen?«

Axt sah ihn an. »Ihr wisst von weiteren?«

»Das war nicht schwer zu erraten.« Er suchte aus einem der Stapel ein Clanzeichen heraus, hielt es prüfend gegen das Licht und schob es dann in die Mitte des Flusses. »Borm Zinnkopf ist von den Mauern der Festung gestürzt. Man konnte das zunächst noch als den bedauerlichen Unfall eines unverbesserlichen Saufkopfs abtun. Doch dein Mensch hat den Mord an ihm bereits gestanden.« Ein weiteres Zeichen wanderte in die Mitte des Tischs. »Das Ableben von Gabbro klingt ebenfalls nach einem schlechten Scherz Gottes. So wie auch der Tod von Gund, als ihr Dyrion schon längst gefasst hattet. Lauter scheußliche Unfälle...« Er sog an seiner Pfeife und schmatzte genüsslich. »Ganz zu schweigen von der Sache mit Krudd, auch wenn dessen Mörderin tot zu sein scheint. Ein bisschen viel für bloßen Zufall, findest du nicht? Erzähl mir nicht, dass dir das noch nicht aufgefallen ist. Ich weiß, dass es so ist.«

Axt nickte. *Zumindest in dieser Hinsicht sind deine Quellen gut unterrichtet.* Sie legte den Goldamboss auf der gegenüberliegenden Flussseite in die Ruinen von Derok. »Der Mörder hat gestanden, von den Orks dafür bezahlt worden zu sein – sehr gut dafür bezahlt worden zu sein.«

Bedächtig legte Tallit die Pfeife auf der Tischplatte ab und rieb sich das bärtige Kinn. »Orks, sagst du? Das erklärt die Sache natürlich. Den Menschen allein hätte ich so eine Entschlusskraft auch gar nicht zugetraut. Sie sind wie Vieh, das bei allem, was es tun soll, angeleitet werden muss. Doch gerade das macht sie so gefährlich für uns. So leichtgläubig und dumm, wie sie sind, fallen sie auch auf die Lügen eines Orkanführers herein. Vor allem, wenn sie mit Gold geschmückt worden sind.« Traurig schüttelte er den Kopf. »Das Schlimmste daran ist, dass es unser eigenes Gold ist, das sie gestohlen haben, um es nun gegen uns zu verwenden.« Einen Augenblick lang standen sie schweigend über den Tisch gebeugt und musterten die glänzende Münze. So hübsch und doch so hässlich.

»Ich bin stolz auf dich, Syen. Du hast unserem Clan in den letzten Wochen und Monaten wahrhaftig Ehre gemacht. Doch jetzt sollen sich andere darum kümmern, die Trümmer einzusammeln. Jetzt, wo klar ist, woher der Wind weht, solltest du dich keiner weiteren Gefahr mehr aussetzen. Vor allem, wenn wir es hier mit Orks zu tun haben.«

»Du hast mich damals ohne Zögern auf die Mission zum Tempel geschickt. Mitten in die umkämpfte Stadt hinein ...«

Tallit schnaufte. »Damals waren die größten Helden unseres Volkes an deiner Seite. Jetzt bist du ganz auf dich allein gestellt.«

»Hertig Kearn ist immer noch dabei.«

»Kearn?« Tallit zog eine Grimasse. »Der alte Drecksack ist gefährlicher als alle Orks zusammen. Nimm dich vor ihm in acht. Man kann ihm nicht trauen.«

»Genau aus diesem Grund muss ich mich selbst um die Sache kümmern.«

»Und dabei noch einmal dein Leben riskieren? Das Leben einer Berglogga für einen Haufen intriganter Unterer? Im Grunde sollten wir froh sein, dass die Mörder so gute Arbeit leisten. Sie tun uns Oberen am Ende sogar noch einen großen Gefallen.«

»Damit, dass sie unsere Anführer töten?«

»Damit, dass sie die Richtigen töten.« Tallit nahm das Clanzeichen von Borm in die Hand und drehte es zwischen den Fingern. »Vielleicht meint es das Schicksal endlich auch mal gut mit uns.« Mit einer nachlässigen Geste warf er es zurück in den Fluss und griff nach seiner Pfeife. »Es war schön, dich mal wieder zu sehen, Syen. Du bist eine tapfere Frau, aber lass dich nicht auf überflüssige Schlachten ein. Wir haben schon zu viel in diesem Krieg verloren. Jetzt sollen andere für uns einstehen.« Mit diesen Worten wandte er sich ab und verließ den Raum.

Axt atmete tief durch. Es war schon erstaunlich, wie ihr Vater es jedes Mal vermochte, sie mit nur wenigen Worten zur Weißglut zu bringen. Selbst wenn er es augenscheinlich gut mit ihr meinte, vermasselte er die Sache noch. Sie hätte jetzt gern Glond an ihrer Seite gehabt. Den Mann, dem Standesdünkel und Weltpolitik so fremd waren wie keinem anderen Dalkar. Der einfach nur da war, wenn sie ihn brauchte, und ihr zuhörte, wenn sie die Sorgen loswerden musste, die ihr Posten mit sich brachte. Sie merkte, wie sie zitterte, und ballte die Hände zu Fäusten. Es hatte keinen Zweck, deswegen jetzt in Trübsal zu verfallen. Sie nahm den Goldambos vom Tisch und wollte ihn schon in ihre Tasche stecken, als ihr etwas auffiel. Die Jahreszahl am unten Rand. Sie runzelte die Stirn und schaute noch einmal genauer hin. Einen Augenblick zuvor hatte sie noch geglaubt, dass alles ganz einfach war. *Auf der einen Seite die Orks, auf der anderen Seite wir. Irgendwo dazwischen eine Handvoll rachsüchtiger Menschen, die im Tausch für das aus Derok geraubte Gold bereit sind, ihr eigenes Leben zu riskieren, um das der Dalkar auszulöschen.* Doch je länger sie auf den Goldamboss starrte, desto klarer wurde ihr, dass sie die ganze Zeit einem Irrtum aufgesessen war. Die Münze konnte niemals aus Derok geraubt worden sein. Sie war gerade einmal zwei Monate alt.

»Nein«, hauchte sie. Der Raum begann sich um sie zu drehen, und sie musste sich an der Tischplatte festhalten. *Es gibt tausend einfache Erklärungen dafür, wie sie in den Besitz der Orks gelangt sein konnte. Es muss sie einfach geben!*

Aber das stimmte nicht. Es gab nur eine einzige.

Die ganze Sache schien mit einem Mal so klar wie nie zuvor. *Im Grunde sollten wir froh sein, dass die Mörder so gute Arbeit leisten. Sie tun uns Oberen am Ende sogar noch einen großen Gefallen...* Die Mörder töteten nicht wahllos. Sie hatten Zeichnungen von den Orks erhalten und wussten dadurch ganz genau, wen sie aus dem Weg schaffen sollten. Wie sagte Dyrion noch? »Shirach Drangog verfügt über dunkle, unheilvolle Kräfte, die ihm alles über euch verraten. Er weiß, wer eure Anführer sind und wie sie aussehen.« Natürlich wusste er das. Er musste dafür nicht über magische Fähigkeiten verfügen. Jemand musste ihm nur diese Zeichnungen in die Hand drücken, und dieser Jemand konnte nur ein Dalkar sein. Niemandem sonst wäre es gelungen, sie unbemerkt anzufertigen. Niemand sonst hätte mit einem Haufen Gold im Gepäck ungehindert den Fluss überqueren können. Axt betrachtete die goldene Münze nun mit fasziniertem Entsetzen. *Es ist alles ein abgekartetes Spiel gewesen. Jedes der Opfer wurde sorgfältig ausgewählt. Wahrscheinlich nur, weil es so dumm war, sich zu weit aus dem Fenster zu lehnen, oder sich nicht genügend hatte bestechen lassen. Bleibt noch die alles entscheidende Frage. Von wem und aus welchem Grund?*

Ihr Blick wanderte zu dem Haufen Clanzeichen in der Mitte des Tischs. Sie griff nach einem der Symbole, verschob es ein paar Fingerbreit, um es sogleich mit einem unwirschen Schnaufen wieder zurückzulegen. Sie griff nach einem weiteren Symbol und wiederholte das Spiel. *So viele Möglichkeiten. So viele Konstellationen. Wer kämpft auf welcher Seite? Wer profitiert von wessen Tod? Wer würde die Wahl zum neuen General gewinnen, wenn die letzten verbliebenen Mörder ihr Ziel erreichten?* Sie schob weiter, bildete neue Stapel und verwarf sie wieder. Sie entfernte Clansymbole, legte sie an anderer Stelle wieder auf den Tisch, bis nur noch eine einzige Möglichkeit übrig blieb. Eine einzige Kombination, die schrecklich passend war. Sie starrte auf die drei Symbole hinab. Zwei Opfer blieben noch übrig. Und ein Täter.

Hastig stopfte sie den Goldamboss in die Tasche und griff nach ihrem Umhang. Wenn ihre Befürchtungen stimmten, dann hatte sie nicht mehr viel Zeit.

VERKAUFT

Krendar schob sich eine weitere Handvoll Schnee in den Mund und schluckte die eisige Flüssigkeit gierig. Ihm war klar, dass Schnee zu fressen seinen Durst nicht stillen konnte. Aber zumindest dämpfte es ihn. In den zwei Tagen, die sie seit ihrer Gefangennahme durch die Zwerge bereits marschiert waren, hatte man ihnen weder Nahrung noch Wasser gegeben. Wenigstens hatten die Zwerge sie ihre Winterkleidung anbehalten lassen, bis hin zu den Handschuhen. Es war ihnen wohl nicht daran gelegen, dass die Aerc erfroren. Allerdings war ihnen das wiederum nicht wichtig genug, um ihnen zusätzliche Kleidung zu geben. Die Bergaerc trugen das, was sie am Leib hatten, als sie gefangen genommen wurden. Und auch wenn die grauen Bergbewohner weder zu übermäßigem Frieren noch zu allzu leichter Kleidung neigten, waren einige unter ihnen, die nicht darauf vorbereitet gewesen waren, im ewigen Eis übernachten zu müssen. Krendar hatte seine Handschuhe schon am Vortag einer jungen Aerc überlassen, deren Finger bereits fast steif gefroren ausgesehen hatten. Inzwischen bereute er diesen Anflug von Großzügigkeit. Die half ihm auch nichts, wenn er sich die Finger abgefroren hatte.

Immerhin, in der Nacht hatten sie sogar ein Feuer für die Aerc entfacht, und auch wenn man von Wärme nicht reden konnte, hatte es dennoch dafür gesorgt, dass niemand erfroren war.

Eine vorsichtige Bewegung neben ihm ließ ihn aufsehen.

»Lass dir nichts anmerken, Raut.« Farosh rutschte unauffällig näher an ihn heran und steckte ihm etwas zu. Krendar sah auf seine zusammengebundenen Hände. Trockenfleisch. Drei Streifen. Er hob den Blick. »Woher hast ...«

»Eines der Bergstammweiber hat sie mir zugesteckt. Sie haben sie nicht wirklich gründlich durchsucht«, flüsterte der junge Krieger. »Sie hatte sie in ihrer ...«

Krendar hob abwehrend die Hände. »Tu mir den Gefallen, sag es mir nicht. Es gibt Dinge, die ich nicht wissen will.« Er sah die drei Streifen in seiner Hand an. »Was ist mit dir?«

Farosh deutete eine dicke Wange an. »Ich habe mir erlaubt, einen zu behalten. Das war doch in Ordnung so, Raut?«

Krendar hob eine Braue. »Es heißt Broca. – Was glaubst du?« Auf dem Gesicht des Jüngeren machte sich Unsicherheit breit, und Krendar gab sich Mühe, nicht die Augen zu verdrehen.

War ich auch so einfach zu beeindrucken? »Das war schon richtig so. Du solltest auch bei Kräften bleiben.«

Farosh wirkte erleichtert und begann, unauffällig zu kauen.

Krendar senkte die Hände und zog vielleicht zum hundertsten Male unauffällig an den so unscheinbar dünnen Ketten um seine Handgelenke. Und zum hundertsten Mal gab der Zwergenstahl nicht im Geringsten nach. »Wir sollten alle bei Kräften bleiben.«

Der junge Krieger nickte. »Wie geht es Modrath?«, flüsterte er.

Krendar sah zu dem Oger, der drei Schritte entfernt im Schnee kauerte. Die Zwerge waren kein Risiko eingegangen. Nicht nur, dass sie ihm die Hände auf dem Rücken gefesselt hatten – sie hatten ihn in das eiserne Netz aus Hakenketten gewickelt, das bei jeder hastigeren Bewegung in sein Fleisch schnitt. Verdammt dazu, still zu sitzen, brütete der Hüne mit geschlossenen Augen vor sich hin. Das Nasenbluten kehrte jetzt öfter wieder, und das geronnene Blut umrahmte das narbige Kinn wie ein grausiger Bart.

Krendar schloss seine Faust um die drei Fleischstreifen und zwang sich, nicht darauf zu hören, wie sein Magen protestierte.

Farosh sah ihn stirnrunzelnd an. »Keinen Hunger, Rau… Broca?«

Krendar zuckte mit den Schultern. »Wenn es einen gibt, der unbedingt etwas essen sollte, dann Modrath«, sagte er leise. »Er wird dann wirklich ungehalten. Du würdest ihn nicht mögen, wenn er hungrig ist.« Bedeutungsvoll hob er eine Braue. *Die verdammten Wühler wissen wirklich nicht, womit sie da spielen.* »Hast du inzwischen etwas gehört, das sie mit uns vorhaben?«

Farosh schüttelte unauffällig den Kopf. »Sie bringen uns auf jeden Fall in das Verbotene Tal. Darüber hinaus scheint niemand eine Ahnung zu haben, warum dorthin. Oder was sie mit uns vorhaben. Sie haben Angstwürmer«, fügte er flüsternd hinzu.

Krendar nickte. »Angst ist gut. Sie hält uns am Leben.«

Der junge Krieger runzelte die Stirn. »Nicht vor den Zwergen. Sie hassen die Wühler, natürlich. Aber Angst haben sie vor dem Verbotenen Tal. Sie sagen, niemand, der keine Drûaka ist, verlässt das Tal, wenn das Tal es nicht will.«

»Na haben wir nicht ein groshakk Glück?«

»Broca?« Farosh sah ihn verwirrt an.

»Dass wir Modrath dabeihaben«, erklärte Krendar, während er die Fleischstreifen in seine Jackentasche gleiten ließ. »Wie mir mal ein weiserer Broca, als ich es bin, erklärt hat: Modrath ist so schlecht darin, Dinge zu akzeptieren, die ihm gegen den Strich gehen, dass es sogar aufhört zu regnen, weil Modrath nicht nass werden will. Einfach, weil die Wolken aufgeben.«

Farosh sah zu dem stumm brütenden Oger. »Er ist stur, was?«

»Stur ist gar kein Ausdruck. Und hungrig dazu. Ich kann mir nicht vorstellen, dass das gut ist.«

Der junge Aerc nickte und musterte den Oger mit einer Mischung aus Faszination und Furcht. Schließlich lehnte er sich zu Krendar und flüsterte: »Also, was ist dein Plan, Raut? Wie entkommen wir?«

Krendar runzelte die Stirn. *Mein Plan? Was weiß denn ich. Er fragt nicht mal, ob ich überhaupt einen habe. Er setzt es voraus.* »Vorerst gar nicht«, murmelte er dann.

Der Junge sah ihn fragend an.

»Sie bringen uns ins Verbotene Tal. Hast du doch selbst gesagt. Und das ist genau der Ort, an den wir wollen. Wozu sollten wir also fliehen?«

Farosh nickte nachdenklich. »Daran hatte ich noch gar nicht gedacht.«

Ich bis gerade eben auch nicht. »Außerdem sind Sekesh,

Corsha und die anderen nicht mit uns gefangen. Sie werden uns folgen und im geeigneten Augenblick zur Stelle sein«, fuhr Krendar fort. »Mit Waffen und dem Überraschungsmoment. Und wir wollen ihnen die Überraschung doch nicht verderben.«

»Du meinst, sie werden uns retten?«

»Du kannst darauf wetten, dass sie es versuchen werden.«

»Und das ist dein Plan?« Farosh sah auf einmal unsicher aus.

Ich habe nie gesagt, dass er gut ist. Bei den Ahnen, ob sich Ragroth auch so gefühlt hat? Oder wusste der wirklich immer, was zu tun war? Krendar bleckte die Zähne. »Das ist der Plan.«

»Reichlich schlicht für einen Plan.« Farosh klang zweifelnd.

Was hat Ragroth damals gesagt? »Manchmal ist ein schlichter Plan der beste«, sagte er leise. »Mit so was rechnet niemand. Das gibt uns den Vorteil der Überraschung.«

Farosh nickte.

»Auf geht's, die Teepause ist vorbei«, bellte der Sprecher der Menschen plötzlich, und die beiden Aerc sahen auf. Die Zwerge hatten ihr Marschgepäck wieder aufgesetzt, während ihre menschlichen Helfer mit Stöcken und Peitschen zwischen den Aerc herumgingen und den Zug mit Hieben und Stochern wieder auf die Füße zu bekommen versuchten.

Der Sprecher marschierte an der Reihe der Aerc vorbei. »Na los, auf die Beine, ihr Säcke. Wer noch auf dem Boden ist, der kann gleich dort bleiben. Wir haben keine Verwendung für Schwächlinge. Also hopp, der schöne Pass dort oben liegt noch vor uns, dann haben wir es bald geschafft.« Einer seiner vierschrötigen Begleiter ließ seine Peitsche auf den reglos kauernden Oger klatschen, was Krendar zu jedem anderen Zeitpunkt amüsiert hätte. Nicht nur, dass Modrath ein Oger war, ihn also die kraftlosen Hiebe eines Menschen kaum beeindrucken würden; auch der Große trug dicke Kleider aus Pelz, Filz und Leder, sodass von den Hieben kaum genug ankommen konnte, um auch nur seine Aufmerksamkeit zu erregen. Dennoch öffnete Modrath die Augen und fletschte zornig die gewaltigen Zähne. »Mach 'nen Abflug«, grollte er leise.

Der Mensch schien allerdings nicht in der Lage zu sein, eine Drohung zu erkennen, denn er trat an den Hünen heran und packte eine der Zugketten am Eisennetz, um dem Befehl Nachdruck zu verleihen. Tief schnitten die dornigen Kettenglieder in die zerschundene Kopfhaut des Ogers. Ein Grollen drang aus Modraths gewaltigem Brustkorb. Dann stand er plötzlich mit einem Ruck auf den Füßen. Der verblüffte Mensch verlor das Gleichgewicht und stolperte auf den Oger zu. Modraths Stiefel traf ihn in den Magen wie ein Rammbock, und der Mensch flog mit einem erschrockenen Schmerzenslaut rückwärts, krachte mehrere Schritte vom Pfad entfernt auf dem Schneefeld auf, überschlug sich und rutschte dann mit entsetztem Quieken die steile Flanke des Bergs hinab.

Die übrigen Menschen brachen in alarmiertes Gebrüll aus; doch noch bevor einer von ihnen reagieren konnte, erreichte der Unglückliche das Ende des Schneefelds und verschwand kreischend über die Klippe in den Abgrund. Sein Schrei wurde noch für einen langen Augenblick leiser, ehe er abrupt verstummte. Nur sein Echo hallte noch zwischen den schneebedeckten Gipfeln nach.

»Ich hab's ihm gesagt«, grollte Modrath.

Der Wortführer der Menschen überwand als Erster seine Erstarrung. Er wandte sich Modrath zu und riss sein Schwert aus dem Gürtel. Doch noch bevor er einen Schritt gemacht hatte, bellte der Anführer der Zwerge einige scharfe Worte, und der Mensch hielt inne. Mit wutverzerrter Miene stieß er die Klinge zurück in die Scheide.

»Wenn du nicht so viel Silber wert wärst, würde ich dich auf der Stelle umlegen, Zwerge hin oder her«, knurrte er Modrath leise an. »Sobald Haarig uns bezahlt hat, solltest du mit offenen Augen schlafen ...« Dann wandte er sich um und brüllte seinen Männern Befehle zu. Langsam setzte sich der Zug der Gefangenen in Bewegung.

Modrath stieß nochmals ein dumpfes Grollen aus und leckte sich das Blut, das über sein Gesicht rann, von seinem abgebrochenen Eckzahn.

In ihrem Rücken sank bereits die Sonne, als sie den Pass erreichten. Vor ihnen erstreckte sich ein düsteres, schmales Tal von Norden nach Südosten. Von den gegenüberliegenden Hängen strömte ein gewaltiger Gletscher hinab nach Osten und endete weit unter ihnen an der Eisfläche eines zugefrorenen Bergsees, die in den letzten Strahlen der Abendsonne matt schimmerte. Am Ufer der Eisfläche glommen die Lichter von etwas, das auf den ersten Blick wie eine kleine Stadt wirkte.

Die Korrach stießen erschrockene Rufe aus. Einige der Weiber fielen auf die Knie und machten Zeichen der Abwehr gegen das Böse. Krendar kniff die Augen zusammen. *Stadt ist zu viel gesagt.* Es gab kaum Häuser, die diesen Ausdruck verdienten. *Hütten, Zelte und unzählige Feuer.* Nach allem, was er erkennen konnte, waren die meisten Gebäude von der windschiefen Bauart der Menschen. Lediglich zwei oder drei im Zentrum der Siedlung erinnerten an die steinernen Häuser der Zwerge.

Krendar betrachtete die Reaktionen der Korrach. *Ich nehme an, dass das nicht hier sein sollte.* Er fing einen Blick des jungen Farosh auf. »Das ist das Verbotene Tal?«

Krendar zuckte mit den Schultern. »Sieht ganz so aus, als hätten nicht alle von diesem Verbot gehört.«

»Aber warum bringen sie uns hierher?«

»Wenn ich das wüsste, wäre mir wohler«, murmelte er. »Dieser Dunghaufen sieht nicht so aus, als würden sie eine Verwendung für Aerc haben.«

Farosh schluckte. »Vielleicht brauchen sie uns für ihre Kochtöpfe? Ich habe gehört ...«

»Schwachsinn«, brummte Modrath hinter ihnen. »Wenn es ums Fressen ginge, hätten sie nicht uns zähe Säcke geholt, sondern die zarten Welpen. Die Wühler sind vieles, aber nicht bescheuert.« Er hob das Kinn und nickte zu einer dunklen Felsnase, die sich aus der Gletscherzunge hoch über der Siedlung erhob. »Kommt dir das bekannt vor, Broca?«

»Groshakk«, murmelte Krendar. Die Silhouette des steilen Felsens war den Zeichnungen in den Ruinen von Gulraka Valak ähnlicher, als er erwartet hatte. Und an seinem breiten Fuß leuchteten weitere Lichter auf dem Eis des Gletschers. Ein dunklerer Streifen zog sich in lang gestrecktem Zickzackmuster die Flanke des Gletschers hinab bis dorthin, wo ein Engpass im Fels den Strom des Eises bremste und den Weg zur Siedlung am See versperrte. Im Schatten jener Felsen konnte er etwas ausmachen, das wie eine grob aufgeschichtete Mauer aussah.

»Ich denke, sie wollen uns dort drüben haben. Was auch immer sie dort tun.«

»Ihr meint«, sagte Farosh langsam, »wir sind hierher geeilt, wurden von Wühlern gefangen genommen und verschleppt, nur um von ihnen genau dorthin gebracht zu werden, wo wir ohnehin hinwollten?«

Krendar und Modrath sahen sich an.

»Sieht so aus, ja«, stellte der junge Broca dann fest.

»Was mir viel mehr Sorgen macht«, brummte der Oger, »warum sind die Wühler überhaupt hier? Woher wissen sie von diesem Ort?«

Krendar schniefte. »Manchmal bin ich fast versucht, doch an Schicksal oder die Führung durch die Ahnen zu glauben.«

Modrath verzog das Gesicht. »Wie Ragroth schon sagte: Das Schicksal ist ein Arschloch. Die Ahnen übrigens auch.«

Frakosh sah ihn fragend an. »Ist Ragroth nicht auch einer der Ahnen?«

Der Oger spuckte aus. »Jo. Jetzt schon. Er wusste eben, wovon er redet.«

Krendar schürzte die Lippen. *Da könnte durchaus was dran sein.*

Bevor er zu einer Antwort ansetzen konnte, ließ ihn ein Ausruf herumfahren. »He! Ihr da! Auseinander!« Der menschliche Sprecher ihrer Wächter zeigte mit dem Finger auf sie. Neben ihm standen zwei Zwerge mit schweren Pfeilwerfern. Sie sahen nicht einmal besonders angespannt oder auch nur grimmig aus. Zumindest nicht, sofern Krendar derartige Empfindungen aus den haarigen Gesichtern der Wühler lesen konnte. Sie taten einfach, was ihnen aufgetragen wurde. *Tja, das macht Wühler wohl aus. Und im Moment ist ihr Befehl vermutlich, der Blassnase Nachdruck zu verleihen. Das machen ihre Pfeilwerfe auch ziemlich gut.*

Farosh fletschte die Zähne, doch Krendar schlug ihm die gefesselten Hände gegen die Seite.

»Lass das«, fauchte er. »Wenn sie dich jetzt erschießen, nur weil du ihnen imponieren willst, haben wir nichts gewonnen.«

Der Junge sah ihn trotzig an. »Wir sind Aerc. Wir kennen keine Angst.«

Modrath trat zwei Schritte von ihnen weg und wandte sich um. Die Spitzen der Pfeilwerfer folgten seiner Bewegung. »Wer hat dir denn den Scheiß erzählt, Kleiner? Sogar ich weiß, was Angstwürmer sind«, brummte er und reihte sich in den Zug der Gefangenen ein. Aus seiner Nase rann schon wieder ein dünner Blutfaden. Täuschte sich Krendar, oder schwankte der Große tatsächlich?

Er biss die Zähne aufeinander und schubste den verwirrten Jungen hinter den Oger in die Reihe, bevor er ihren Bewachern zunickte. »Das verwechselst du mit den Wühlern, Farosh«, murmelte er. »Wir kennen Angst. Sie hält uns am Leben. Also halt den Kopf unten und marschier. Es gibt eine Zeit für Heldentaten. Aber die ist nicht jetzt.«

»Ist jetzt der Moment für Heldentaten?«, flüsterte Farosh.

Ich bin mir nicht sicher, ob er nicht schon vorbei ist. Das Scheißding kann man aber auch so schnell verpassen. Krendar schüttelte den Kopf. »Zu viele Pfeilwerfer«, murmelte er. *Es sei denn, man will ein toter Held und bei den Ahnen sein. Aber ich fürchte, die wollen mich nicht sehen. Und das beruht auf Gegenseitigkeit.* Er hielt dem Blick des Zwergenkriegers stand, der ihn unbewegt anstarrte, den Pfeilwerfer im Anschlag. *Sind die Dinger größer als in Derok? Oder kommt einem das aus der Nähe nur so vor?*

Der Zwerg war bullig und trug wattierte Kleider unter seinem Eisenpanzer. Selbst sein Gesicht war, wo es nicht vom Helm verdeckt war, mit einer Art Stoffmaske verhüllt, und von dort, wo sein Mund liegen musste, stiegen weiße Atemwolken auf. Selbst wenn der Pfeilwerfer nicht auf seine Brust gerichtet gewesen wäre, hätte Krendar die Situation nicht als Zeit für Heldentum gewertet. Modrath, Farosh und er standen mit den Korrach in einem Gang, der so niedrig war, dass die Aerc die Köpfe einziehen mussten. Zudem war dieser Gang durch ein eisernes Gitter der Länge nach halbiert. Auf der einen Seite standen sie, auf der anderen die Wühler mit den Schusswaffen. Und ihr unmissverständlicher Befehl lautete, die Jacken, Stiefel und alles, was entfernt so aussah, als könnte es einen Aerc warm halten, abzulegen. Es sah so aus, als würden die Wühler die Armlänge eines Aerc unterschätzen. Krendar war sich ziemlich sicher, dass er den Pfeilwerfer zur Seite drücken und den Wühler am Hals packen konnte, wenn er es darauf anlegen sollte. *Andererseits – vielleicht auch nicht. Vielleicht schätzen sie auch nur die Intelligenz eines Aerc richtig ein. Es sind genug Pfeilwerfer auf uns gerichtet, um die Hälfte von uns mit der ersten Salve auszulöschen.* Und die Tore an beiden Seiten des Gangs waren verschlossen.

Schnaubend löste er sein Hosenband und ließ das haarige Beinkleid zu Boden fallen. Jacke, Hemd und Stiefel folgten, sodass er kurz darauf nur in wollener Unterhose in dem gemauerten Durchgang stand. Unbarmherzig trug ein leichter

Wind die eisige Kälte durch den Eingang und riss den letzten Rest Wärme mit sich fort.

»Groshakk«, knurrte Modrath neben ihm. Der Oger trug als Einziger schwere eiserne Ketten. *So sehr trauen sie ihren Pfeilwerfern wohl doch nicht. Oder der Intelligenz eines Ogers.* »Was meinst du, was die kleinen Drecksäcke mit uns vorhaben?«

Ziemlich nutzlos, sich jetzt Gedanken darüber zu machen, was? Krendar zuckte mit den Schultern. »Ich fürchte, wir werden es bald herausfinden. Hoffen wir, dass uns das in Richtung des Bergs führt. Bis dahin haltet einfach den Kopf unten.«

Modrath sah auf ihn herab, die Schultern an die niedrige Decke geklemmt. »Witzig«, stellte er fest. »Junge, du hast gehört, was der Broca gesagt hat.«

Farosh stand so hoch aufgerichtet, wie es ging, und zeigte den Zwergen auf der anderen Seite des Gitters trotzig die gefletschten Zähnen. Krendar spielte mit dem Gedanken, es ihm gleichzutun. Aber auch das wäre eine heldenhafte Geste, die nichts brachte. Außer vermutlich, dass er noch schneller auskühlte. Er warf Modrath einen resignierten Blick zu, den der Oger ebenso resigniert zurückgab.

Inzwischen hatten sich alle Aerc so weit entkleidet, wie die Wühler es verlangten, und das vergitterte Tor am Ende des Gangs wurde geöffnet. Einzeln traten sie in den dahinter liegenden Raum, und einzeln wurden sie durch zwei Türen hinausgetrieben. Die meisten der Aercweiber, wurde Krendar klar, wurden durch die rechte der Türen geschickt, so gut wie alle Welpen und ein oder zwei der Krieger. Die meisten der Männer und zwei oder drei der kräftigsten Weiber dagegen wurden einer sorgfältigeren Begutachtung unterzogen, immer unter den wachsamen Augen von gleich vier schwer bewaffneten Wühlern. Zwei weitere Zwerge saßen an einem grob gezimmerten Tisch, zwei Becher mit Wein und einen Haufen Münzen vor sich. Jedes Mal, wenn einer der Aerc durch die rechte Tür getrieben wurde, wechselten einige Münzen vom Stapel in einen ledernen Beutel. Verließ der Aerc den Raum durch die linke Tür, war der Stapel der Münzen, der den Besitzer wechselte, deutlich größer. Neben dem Tisch entdeckte Krendar den grauhaarigen Anführer des Trupps, der ihn gefangen genommen hatte, und den Menschen, der ihm als Übersetzer diente.

Ein oder zwei Mal versuchte der Grauhaarige, mit den beiden Sitzenden zu handeln, doch es gelang ihm kein einziges Mal, die zwei davon zu überzeugen, ihre Entscheidung zu verändern. Seine Miene, ebenso wie die des Menschen, wurde zusehends düsterer.

»Sie suchen sich die stärksten aus«, flüsterte Farosh.

Krendar nickte abwesend.

»Oh. Großartig«, stellte Modrath fest. »Womöglich sind sie auf der Suche nach einem Oger?«

»Ich wüsste nicht, wo sie hier einen finden wollen«, sagte Krendar. »Du blutest übrigens schon wieder.«

»Ich hab keine Zeit zu bluten.«

»Dann solltest du damit aufhören. Auch in dir ist nur eine begrenzte Menge.«

Modrath befingerte seine Nase. »Ich denk drüber nach. Lenkt vielleicht von den Kopfschmerzen und dem Hunger ab.«

Farosh war der Nächste, der in den Raum getrieben wurde.

Die Wühler brauchten angesichts des hochgewachsenen, sehnigen Klingengras-Kriegers nicht lange, um sich zu entscheiden. Ein größerer Stapel Münzen wanderte in den Beutel, und Farosh wurde zur linken Tür hinausgetrieben.

»Du bist dran, Großer. Versuch, unauffällig zu bleiben.«

Der Oger warf ihm einen Seitenblick zu. »Versuchst du absichtlich, witzig zu sein?«

Krendar hob die Schultern. »Es lenkt von der Kälte und den Angstwürmern ab.«

»Du brauchst auf jeden Fall mehr Übung«, knurrte Modrath.

Einer der Wühler bedeutete ihm vorzutreten, und der Hüne zwängte sich durch die Gittertür.

Sogar Krendar hörte das Durchatmen der Zwerge im angrenzenden Raum. Natürlich hatten sie gewusst, dass Modrath hier war. Er war schwer zu übersehen. Aber es war doch immer noch etwas anderes, ihn in Lebensgröße zu erblicken. Selbst die beiden Zwerge am Tisch konnten nicht ganz verbergen, dass sie beeindruckt waren. Zumindest hatte Krendar das sichere Gefühl, dass sie den Stapel Münzen zu schnell über den Tisch schoben. Sie nahmen sich nicht einmal die Zeit, die Zähne des Ogers zu inspizieren. Modrath zeigte sie ihnen trotzdem. Es war ein blutiges Grinsen.

Hoffen wir, dass sie ihm etwas für seine Nase geben. Oder wenigstens was für seinen Magen.

Immerhin schienen sich auch die Zwerge der Gefahren bewusst, die selbst ein gefangener Oger bereithielt, denn ausnahmslos alle Pfeilwerfer waren auf den Riesen gerichtet.

Ich glaube kaum, dass sie ihn damit aufhalten könnten. Nicht schnell genug zumindest. Krendar stellte fest, dass er jeden Muskel angespannt hatte, und zwang sich, sich zu entspannen.

Die Zwerge diskutierten mit dem Grauhaarigen, und diesmal schien er deutlich besser gelaunt zu sein als die beiden Sitzenden. Ein zweiter Stapel Münzen wurde dem ersten hinzugefügt, mehrere hitzige Worte später ein dritter, noch größerer. Endlich zeigte sich der Grauhaarige zufrieden, und Modrath wurde zur linken Tür hinausgewinkt. Er warf einen Blick zurück, und Krendar schüttelte kaum merklich den Kopf.

Der Oger leckte sich über den Eckzahn und verschwand geduckt nach draußen.

Krendar wurde als Nächster vor den Tisch gerufen. Er fühlte die Augen der Zwerge auf sich ruhen, als wäre er ein zumindest leidlich schmackhaftes Rind bei einem Tauschgeschäft zwischen den Stämmen.

»Zähne zeigen«, wies ihn der Übersetzer an, und Krendar fletschte das Gebiss.

»Hände«, blaffte der Mensch.

Einer der Zwerge musterte nachdenklich Krendars Rechte, an der Zeige- und Mittelfinger fehlten, bevor er etwas brummte.

Der Mensch betrachtete ihn düster. »Er will wissen, ob dich deine Hand behindert.«

Krendar schnaubte. »Es reicht, um ihn zu erwürgen. Falls er es ausprobieren möchte.« Er ballte die übrig gebliebenen Finger so fest zur Faust, dass seine Knöchel knackten.

Einer der beiden Sitzenden brummte etwas, das nach einer Frage klang. Der Mensch machte eine wegwerfende Geste und erwiderte etwas, woraufhin der andere Zwerg nickte und ein weiterer größerer Geldstapel in den Beutel wanderte.

Der Mensch grinste gehässig. »Spar dir deine Kraft, Ork«, sagte er. »Du wirst sie noch brauchen.« Er winkte in Richtung der linken Tür, doch Krendar blieb stehen. »Was habt ihr mit uns vor?«, fragte er.

Das Grinsen verbreiterte sich. »Wir? Gar nichts. Wir haben unser Silber. Von mir aus können die Stumpen mit euch machen, was sie wollen.« Er zuckte mit den Schultern. »Ich schätze, ihr werdet in den Minen gebraucht. Ein kräftiger Kerl wie du könnte dort eine Weile überleben.«

Einer der Sitzenden bellte etwas, woraufhin der Mensch seine Peitsche hob. »So, und jetzt sieh zu, dass du weiterkommst, bevor ich dir das Fell gerbe.«

Krendar rührte sich noch immer nicht. »Was ist mit den Übrigen?«

»Was geht es dich an?«, sagte der Mensch. »Sie gehen in die Gießerei, du in die Mine. Ihr werdet euch also ohnehin nicht wiedersehen.« Mit einer schnellen Bewegung aus dem Handgelenk ließ er die Peitsche schnalzen und zog eine brennende Spur über den Rücken des Aerc.

Krendar fletschte die Zähne. *Du solltest hoffen, dass wir uns nicht wiedersehen.* Dennoch senkte er den Kopf und hielt dem Zwerg neben der Tür gehorsam die Hände hin, um sich die bereitgehaltenen Ketten anlegen zu lassen.

Es hatte schließlich keinen Sinn, sich blutig schlagen zu lassen, solange man die Wahl hatte.

Die eisige Nachtluft hinter der linken Tür traf ihn wie ein Faustschlag in den Magen und stach wie mit Nadeln in seine Lungen. Neben ihm schnappten auch die anderen Aerc nach Luft.

»Groshakk, ist das kalt!«, fluchte Farosh leise. Sein Atem

blieb als Wolke vor seinem Gesicht stehen und driftete dann nur langsam davon. *Was für eine Überraschung.*

Er trat neben Modrath und sah hinauf zur Gletscherfront, die einer gewaltigen Wand gleich über ihnen aus dem Schneefeld ragte. Und weiter entlang an dem von zwei Monden beschienenen Eiswall bis zu dem daraus aufragenden Felsen. Wobei Letzterer aus dieser Entfernung jetzt eher wie ein schmaler, jedoch ziemlich hoher Tafelberg aussah, dessen Flanken vom unablässigen Schaben des Gletschers abgeschliffen waren. Das blasse Mondlicht beschien die zerfurchten Flanken des Bergs und ließ tiefe Scharten erkennen. Einst hatte der Gletscher diesen Berg wohl vollständig umschlossen. Man konnte sehen, dass er in der Vergangenheit noch weit höher an ihm genagt hatte. Jetzt markierte der Fels das Ende des Eisstroms, den er wie eine dunkle, schartige Riesenklinge in zwei Zungen zerteilte.

»Ziemlich beeindruckender Berg«, stellte er leise fest. »Kein Wunder, dass er den Ahnen heilig ist.«

»Ich hasse Berge«, knurrte Modrath. »Sollten verboten werden.«

»Man nennt das hier auch das Verbotene Tal«, gab Farosh zu bedenken.

»Meine Rede.« Modrath leckte über seinen abgebrochenen Zahn. Düster starrte er zu dem Dutzend Zwerge, die, in Pelz und Eisen gehüllt, ihre Pfeilwerfer unverwandt auf die gefesselten Aerc gerichtet hielten. »In die Minen, hm? Sind sich die Erdmaden jetzt schon zu fein, selbst zu graben?«

Krendar sah noch immer zum Fels am Fuß des Gletschers hinauf. Dort, wo die zerschundene Flanke des Bergs in das Eis überging, dort im Schatten, drang Feuerschein zwischen gewaltigen Säulen aus Eis hervor, sodass der Zugang zu den Minen wie das glühende Maul eines Untiers wirkte.

»Immerhin bringen sie uns genau dorthin, wo wir hinwollen«, stellte er fest.

»Immerhin sieht es dort wenigstens warm aus«, gab Modrath düster zurück. »Lasst uns gehen.«

Farosh sah sie entgeistert an. Seine Lippen begannen bereits, sich dunkel zu verfärben. »Sollten wir nicht warten, bis die Wühler den Befehl geben?«

Krendar stellte fest, dass er selbst sein Zittern kaum unterdrücken konnte. »Je eher wir dort oben sind, desto besser. Der Weg ist ja kaum zu verfehlen.« Er atmete tief durch und schloss sich Modrath an, der mit schweren Schritten vorwegstapfte. Nach einem Augenblick folgten ihnen auch die übrigen Aerc.

Die Zwerge riefen sich verwirrt klingende Worte zu, doch da es nicht so wirkte, als versuchten die Gefangenen zu fliehen, stellten sie schließlich ihr Geschrei ein und beeilten sich stattdessen, aufzuschließen.

WAS GETAN WERDEN MUSS

Nyorda fühlte sich fiebrig, und ihr Oberarm brannte. *Das ist wohl kein gutes Zeichen. Nicht einmal, wenn man auf Schmerzen steht. Und das kann ich nicht behaupten.* Nur mit Mühe konnte sie das Verlangen unterdrücken, an dem Verband zu reiben, der unter dem Ärmel des unauffälligen, grauen Bedienstetenkleids verborgen lag. Sie hatte das schon versucht. Es brachte nur noch mehr Schmerzen. Noch stärker verdrängte sie allerdings den Wunsch, nachzusehen. Einmal hatte genügt. Sie wusste, wie es aussah, wenn eine Wunde zu schwären begann. Sie glaubte sogar, die Wunde riechen zu können, was sehr schlecht wäre. Sicher sein konnte sie sich nicht, denn der Fäkaliengeruch schien noch immer in ihrer Nase zu hängen. Andererseits war auch auf ihre Nase nicht allzu viel Verlass. Sie juckte und fühlte sich wund an, ebenso wie ihre Augen. Und so klar ihr auch war, dass die Luft noch immer das Tragen der Pelze empfahl, die die Krieger der Bergclans so bevorzugten, sie wäre gern das Kleid losgeworden. Es schien ihr zu schwer, zu heiß, und es scheuerte an ihrer Haut, als hätte jemand Nesseln hineingewoben.

Verdammt. Ganz sicher musste sie einen Heiler aufsuchen, und das bald. Sehr bald. Was nicht ging, solange die Zwerge die Tore der Festung für Menschen verschlossen hielten. Oder sie musste es auf die andere Seite des Flusses schaffen. Auch die Orks hatten Heilerinnen, für die dieser verdammte Kratzer kein Problem sein würde. Das eigentliche Problem war, lange genug am Leben zu bleiben, bis sie Gelegenheit fand, sich darum zu kümmern. Und wie es aussah, standen die Chancen gut, dass sie an etwas anderem starb, noch bevor das Fieber seine Arbeit verrichten konnte. *Eisenvergiftung durch einen Armbrustbolzen. Oder eine Klinge im Magen, zum Beispiel.* Sie ballte die Hand zur Faust, um sich vom Pochen in der Schulter abzulenken, und rieb sich die trockenen Lippen. Einer der Zwerge auf dem Hof sah in ihre Richtung, und Nyorda senkte eilig den Kopf, während sie den Korb mit Wäsche aussortierte. Aus dem Augenwinkel sah sie, wie der Stumpen sich abwandte und stattdessen fortfuhr, seine Axt zu schleifen.

Es war bemerkenswert. Niemand schien sie wirklich wahrzunehmen oder sich für sie zu interessieren, solange sie auch nur den Anschein erweckte, beschäftigt zu sein. Dass die Zwerge sich schwer damit taten, Menschen auseinanderzuhalten, war sie inzwischen gewohnt. Dutzende Menschenfrauen und Mädchen trugen die schlichten grauen Wollkleider der Bediensteten, und Dienstboten wurden schon unter Menschen kaum richtig angesehen. Aber hier ging das noch weiter. Die Zwerge verfügten über die menschliche Dienerschaft, wie es ihnen gerade passte, was so weit ging, dass kaum jemand wusste, wo er am nächsten Tag arbeiten würde. Es hieß nicht, dass sie die Menschen wie Sklaven behandelten.

O nein. Sklaven gehören jemandem. Sie müssen versorgt werden. Das macht Arbeit. Wir werden lediglich bezahlt. Und wenn es uns nicht passt, dürfen wir gehen und verhungern, wo immer es uns beliebt.

Das bedeutete aber auch, niemand wunderte sich über ein neues Gesicht – und niemand machte sich die Mühe, es sich zu merken, da es wenig später vermutlich ohnehin wieder verschwunden sein würde. Im Grunde waren sie alle unsichtbar. Und das hieß: Niemand interessierte sich für Nyorda, obwohl die Zwerge mit Sicherheit inzwischen nach dem Mörder in ihrer Festung suchten. Den Gerüchten zufolge, die sie in den letzten Stunden zu hören bekommen hatte, suchten sie allerdings nach einem Mann. *Zwerge.* Sie schnaubte abfällig, während sie das geruhsame Treiben im dicht gedrängten Heerlager der Bergclans beobachtete. Hier und da sah sie andere Menschen, meist Frauen oder Kinder. Dort putzte ein kaum Fünfjähriger die Stiefel einiger Krieger, ein paar Zelte weiter bürstete eine Alte mit gichtverknoteten Händen einige Umhänge aus, und ihr gegenüber unterhielt sich ein Mädchen angeregt mit zwei der Bergklankrieger, deren knotige Unterarme nur wenige Narbenmarkierungen aufwiesen. Ihr fröhliches Lachen drang bis zu Nyorda herüber.

Nyorda lachte nicht. Sie wusste, wofür die parallelen Schnitte auf den Armen der Zwerge standen: Jeder für einen getöteten Gegner, wobei die Stumpen keinen Unterschied zwischen Zwerg und Ork zu machen schienen. Ob ein Mensch in ihren Augen eine dieser Linien überhaupt wert war? Eine der Frauen hier? *So überzeugt von der Minderwertigkeit der Menschen, dass sie einer Menschenfrau nicht zutrauen, zwei Stumpen zu erstechen? Bornierte …* Sie bremste sich. Es war ärgerlich, ja. Aber es verschaffte ihr Zeit. Wieder ertappte sie sich dabei, sich den Arm reiben zu wollen. Na ja.

Ein wenig Zeit zumindest. Es blieb ihr wohl immer noch weniger, als ihr lieb war. *Das nennt man wohl Pech.*

Dabei war sie sich sicher gewesen, unglaubliches Glück zu haben, als es ihr gelungen war, auf ihrem Weg von den Räumen des Hundstodt zurück in die Eingeweide der Festung allen Wachen auszuweichen. *Raus geht's immer leichter als rein. Besonders beim ersten Mal.* Diesen Spruch hatte einer ihrer Liebhaber vor Jahren fallen gelassen. *Wenn man schon auf dem Weg hinein nicht bemerkt wird, geht es noch leichter raus*, hatte sie geantwortet, bevor sie ihn hinausgeworfen hatte. *Schon komisch, dass er am Ende recht behalten hat.*

Irgendwie hatte sie den Weg zurück in die Wäscherei geschafft, wo sie die verschmutzte Kleidung im Ofen unter einem der riesigen Waschzuber entsorgt hatte. Sie hatte sich im heißen Seifenwasser gewaschen, bis ihre Haut rot und wund aussah, bevor sie ihre eigenen Kleider angezogen hatte.

Dann war sie zurück in die Küche geschlichen und hatte sich darangemacht, das erste Frühstück zu bereiten. Chert schätzte es, wenn ihre Bediensteten fleißig waren. Aber das tat ja ohnehin jeder Zwerg. Die Kunde, dass man Bernys ermordet vorgefunden hatte, entlockte ihr am nächsten Tag jedenfalls keine großartige Regung. Stattdessen hatte sie lediglich Nyorda die Aufgaben der anderen übertragen. *Und dafür sollte ich das Dreckstück gleich noch mal abstechen.*

Umständlich faltete sie einige abgewetzte, jedoch frisch gewaschene Wolldecken und sah sich weiter um. Ihr Standort war gut gewählt. Hier am hinteren Ende des lang gestreckten Hofs hatten die lagernden Krieger der Bergklans Stroh gestapelt. Niedrige Dächer aus rohen Brettern schützten die Bündel gegen das Wetter. Es war natürlich nur altes, vorjähriges

Stroh, das sie nutzten, um ihre Schlafstätten aufzufrischen und gegen den schlimmsten Morast auf den Wegen anzukämpfen. Die Zelte der Krieger versanken jetzt, wo der Winter wich, langsam im aufgeweichten Boden, der im letzten Sommer noch ein schattiger Ziergarten gewesen war. Auch altes Stroh war in diesem Jahr kostbar. Genau das, wonach sie gesucht hatte.

Nyorda entnahm ihrem Korb eine kleine tönerne Dose und stellte sie so im Schatten der Wäsche auf den Holzblock, dass sie vom Hof aus nicht zu sehen war. Dann öffnete sie vorsichtig das warme Gefäß. In seinem Inneren glomm ein kleiner Brocken Holzkohle. Behutsam blies sie die hellgraue Asche von dem Klümpchen und stellte erleichtert fest, dass darunter noch dunkle Glut glomm. Als Nächstes nahm sie ein Schneuztuch aus ihrem Korb. Im Gegensatz zur übrigen Wäsche war es noch feucht und verbreitete einen stechenden Geruch nach Alkohol. Mit einem letzten schnellen Blick vergewisserte sich Nyorda, dass sich noch immer niemand für sie interessierte, dann hielt sie den Lappen an die Kohle und blies vorsichtig dagegen. Mit einem leisen Rauschen fing der Stoff Feuer, und eine schnelle Bewegung aus dem Handgelenk beförderte den brennenden Fetzen ins Innere des Strohlagers. Dann nahm Nyorda ihren Korb auf und ging ohne Eile an der Brüstungsmauer entlang, die das Lager nach Norden, zur Flussseite hin, begrenzte. Bei jedem Schritt erwartete sie den scharfen Ausruf eines aufgebrachten Zwergs in ihrem Rücken, der ihr mit scharfer Stimme befahl, stehen zu bleiben. Oder vielleicht auch einfach eine Axt. Doch nichts geschah.

Langsam ging sie weiter, auf den Turm am Ende der Mauer zu. Es war ein unspektakulärer, geduckter Wehrturm, mit einer unscheinbaren Holztür zum Hof hinaus. Und doch wurde diese von einem gepanzerten Zwerg der Bergclans bewacht. Er stützte sich auf eine reich verzierte Langaxt und starrte stoisch auf das gemächliche Treiben. Sein Bart war lang, kunstvoll geflochten und mit mehreren silbernen Spangen bestückt. Seine bloßen Unterarme wiesen genug rituelle Narben auf, um einem halben Dutzend Krieger zur Ehre zu gereichen. An ihm vorbeizukommen war ziemlich unmöglich. Außer, man trug das Kleid einer Bediensteten und einen Korb Wäsche. *Unsichtbar.*

Nyorda hatte beinahe den ganzen vergangenen Tag damit zugebracht zu überlegen, was ihr nächster Schritt sein würde. Das, und mit dem Kochen von Unmengen Eintopf für die Stumpen, die tagein, tagaus nichts anderes taten, als hier herumzusitzen und darauf zu warten, dass der Krieg weiterging. *Tja, der Teil stimmt offenbar. Krieg besteht wohl vor allem aus langen Perioden der Langeweile. Angeblich auch aus kurzen, intensiven Abschnitten blanker Panik, aber …* Zwerge schienen keine Langeweile zu kennen, und Nyorda war sich nicht sicher, ob sie wenigstens zur Panik neigten.

Im Grunde war es eine Entscheidung zwischen zwei Übeln. Vier der sechs Ziele waren tot. Blieben also noch zwei Namen auf ihrer Liste: Arber Schildenstein und Tantal Kronh. Ersterer war ein Großhertig der Oberen, einer jener Leute, die nicht mit Gästequartieren im Außenbereich der Festung zufrieden sein mussten, sondern im Herz der Anlage residierten. Also dort, wo es nicht einmal mehr menschliche Bedienstete gab. Die Arbeiten im Herz der Festung wurden ausschließlich von Zwergen erledigt. Unmöglich, an ihn heranzukommen, oder? Der andere war Tantal Kronh, der in den Außenanlagen

Quartier bezogen hatte. Inmitten von über zweihundert seiner Krieger aus den Bergclans. Man musste schon verrückt sein, wenn man auch nur versuchte, einen solchen Mann an einem anderen Ort als auf dem Schlachtfeld aus dem Weg zu räumen. *Aber war man nicht auch verrückt, wenn man einen Selbstmord-Auftrag wie den der Orks überhaupt annahm? War nicht dieser ganze Scheiß-Krieg verrückt? Die ganze verdammte Welt?*

Gegen Abend hatte das Fieber eingesetzt und ihr damit die Entscheidung abgenommen. Sie musste sich beeilen. Also das Verrückte vor dem Unmöglichen.

Sie war jetzt am Eingang des Turms angekommen und hielt dem Wächter den vollgepackten Korb unter die Nase.

»Was willst du?«, knurrte der Zwerg, der aus der Nähe nicht so alt wirkte, wie sie erwartet hatte.

»Laken«, sagte sie mit so viel Demut in der Stimme, wie sie aufbringen konnte. »Ich hole alte Laken und bringe neue.«

Der Zwerg zuckte mit den Schultern. »Der Hertig ist beschäftigt. Komm später wieder.«

Nyorda senkte den Kopf. »Ich brauche nicht lange und verspreche, niemanden zu stören. Ich glaube nicht, dass dein Hertig etwas gegen frische, warme Decken hat.«

Der Zwerg brummte etwas, dann zuckte er mit den Schultern. »Hast du noch eine von diesen Decken übrig?«, fragte er mit einem Blick auf Nyordas Korb. »Ist tatsächlich noch verdammt kalt.«

»Ich denke, das wird sich ziemlich bald ändern.« Dieses Mal musste sie sich nicht einmal zwingen zu lächeln. »Aber ich glaube, ich kann eine oder zwei erübrigen«, fügte sie scheinbar zögerlich hinzu. »Ein Vorschlag: Ich lasse dir zwei Decken hier, und wenn ich fertig bin, nehme ich deine alten mit in die Wäscherei.« Ein Privileg, das normalerweise nur den höherrangigen Zwergen zustand, doch Nyorda wusste, dass diese Art von Gefälligkeit in der Wäscherei gang und gäbe war.

Die Augen des Zwergs huschten zur Seite, wie um sich zu vergewissern, dass sie nicht gehört worden waren, bevor er nickte. Mitten in der Bewegung hielt er inne, und seine Augen wurden groß. Er stieß irgendeinen zwergischen Fluch aus. Hinter Nyordas Rücken kam Tumult auf, und der Wächter schob sie grob beiseite. Sie drückte sich bereitwillig an die Wand neben der Tür. Wenn der Stumpen alles richtig sehen konnte, war das nur hilfreich für ihre Zwecke. Eine hellgraue Rauchwolke quoll aus dem Strohlager am anderen Ende des Zeltdorfs, kroch aus den Ritzen der Holzstapel daneben und wallte hinaus in das Lager. Flammen schlugen unter dem Dach des Unterstands hervor und trugen brennende Strohhalme hoch in die Luft und hinaus über die Zelte, die auf Leinen gehängte Wäsche und die fettigen Pelze der Zwerge. Für mehrere Augenblicke saßen oder standen die meisten der Zwerge nur verständnislos herum, bevor die Ausrufe zunahmen und die ersten Krieger in Richtung Feuer liefen. Einige der menschlichen Bediensteten eilten in die Gegenrichtung und wurden beiseitegestoßen. Erste Füße stolperten über Zeltschnüre, und mit jedem Moment wuchs die Unordnung, während der leichte Wind den Rauch auf das Lager drückte und herabfallende Funken zu heller Glut anfachte.

»O je. Das sieht nach Ärger aus«, murmelte sie nicht allzu leise. Der Zwerg beachtete sie ohnehin nicht mehr. Er stieß einen erneuten Fluch aus, wirbelte herum und riss die Tür auf, ohne Zeit mit Anklopfen zu verschwenden.

Einen Augenblick später erschien er wieder im Türrahmen und trat zur Seite, um einem bulligen, graubärtigen Zwerg Platz zu machen, der sogar für einen Bergclankrieger außergewöhnlich hochgewachsen war. Selbst jetzt, nur mit einem Leinenhemd bekleidet, wirkte das breite Kreuz des Mannes nicht weniger beeindruckend als die muskelbepackten Rücken der Orkkrieger. Bis auf einen von grauen Strähnen durchzogenen Pferdeschwanz war sein Schädel völlig kahl rasiert. Sein Bart war in zwei dicke Zöpfe geflochten, die von goldenen, reich ornamentierten Spangen und Ringen zusammengehalten wurden. Auch die Zeichnung, die die Orks von diesem Zwerg hatten, wurde dem Stumpen absolut gerecht. Großhertig Kronh. Nyorda musste sich zusammenreißen, um sich nicht anzuspannen, obwohl es vermutlich ohnehin niemand bemerkt hätte.

Der Großhertig musterte die Unordnung in seinem Lager unter zusammengezogenen buschigen Brauen hervor. Dann knurrte er seinem Wächter zwei, drei kurze Sätze zu, die Nyorda nicht verstand. Aus seiner Miene konnte Nyorda allerdings ohne größere Mühe den Sinn erraten. *Löscht das Feuer, bringt diese Sauerei dort in Ordnung und findet den Idioten, der dafür verantwortlich ist. Und du stinkst nach Bier, Kerl!* Die letzte Bemerkung war noch freier interpretiert, aber der Gesichtsausdruck des Wächters deutete darauf hin, dass ihre Einschätzung nicht weit danebenlag. Sie hatte den Geruch an ihm auch bemerkt.

Mit zerknirschter Miene eilte der Wächter davon und brüllte einige nahe stehende Krieger an, ihm zu folgen.

Bei dem Atem sollte er aufpassen, dass er dem Feuer nicht zu nahe kommt.

Der alte Hertig sah sie scharf an, und mit einem Mal war sich Nyorda nicht sicher, ob sie die Worte nur gedacht hatte.

»Und wer bist du?«

»Wäsche«, entgegnete Nyorda und hielt ihren Korb hoch. »Frische Laken und Decken. Man hat mir gesagt, Ihr ...«

»Ich bin beschäftigt.« Kronh wandte sich ab, doch Nyorda hielt ihren vorgestreckten Wäschekorb so, dass der Hertig nicht zurück in seinen Turm kam, ohne sie beiseitezuschieben.

»Ich weiß. Euer Mann hat es mir gesagt.« Sie stützte den Wäschekorb, als sei es eine besondere Last, ihn zu halten. »Aber jetzt bin ich nun schon mal hier. Vielleicht könnte ich also trotzdem ...« Sie stockte, als sei sie zu schüchtern, um den Satz zu beenden.

Der alte Clankrieger ließ seinen Blick einen Moment auf ihr ruhen. Dann sah er auf und betrachtete nochmals die verrauchte Unordnung des Zeltlagers. Schließlich schnaubte er und schob mit einem leichten Kopfschütteln den Korb beiseite.

»Also gut. Aber beeil dich und mach keine Unordnung.«

Nyorda senkte gehorsam den Blick. »Ich bin hier, um etwas Unordnung zu beseitigen«, sagte sie leise.

»Gut, gut. Wir haben mehr als genug davon. Irgendwo muss man anfangen.« Der Graubärtige wandte ihr bereits den Rücken zu, während er zurück in den runden Raum marschierte.

Irgendwo war immer ein Anfang. Nyorda folgte ihm. Mit dem Fuß schob sie die Tür hinter sich zu. Das Turmzimmer war geräumig und nahm das komplette Stockwerk ein. Große, offene Fenster boten eine beeindruckende Aussicht über den Fluss und die grauen Ruinen Deroks, in deren Schatten noch immer der schmutzige Schnee des Langen Winters aushielt.

Weit dahinter, im Dunst des Frühlingstags, erhob sich die Hügelkette, an deren Hängen noch immer das Heer der Orks lagerte. Sonne fiel durch die Öffnungen und ließ die Maserung auf dem ausgetretenen Dielenboden deutlich hervortreten. Der Raum selbst enthielt wenig mehr als ein zerwühltes Bett, das kaum breit genug für den Rücken des Zwergs schien, einen gewaltigen Schreibtisch, einen Schrank und einige Kleinigkeiten, die Nyorda als uninteressant abtat. Was ihr sehr wohl ins Auge fiel, waren die beiden schweren Schlachtenhämmer an der Wand über dem Schreibtisch und die alte, zerkratzte, vielfach reparierte Rüstung, die auf einem Gestell an der Rückwand des Raums stand. Insgesamt keine beeindruckende Behausung für einen der mächtigen Anführer des Zwergenheers, aber vermutlich passend für einen Mann, dessen Krieger den Langen Winter in Zelten überdauert hatten. Nahrungsmittel oder Trinkgefäße konnte sie im gesamten Raum nicht erkennen. *Tja. Schade aber auch. Damit scheidet Gift auch diesmal wohl aus.*

Der Zwerg schenkte ihr keine weitere Beachtung. Vermutlich ging er davon aus, dass sie das Bett gerade noch selbst fand, oder er hatte ihre Anwesenheit bereits vergessen. Mit schweren Schritten ging er zum Schreibtisch und ließ sich auf den Hocker fallen, der ihm als einzige Sitzgelegenheit zu dienen schien.

»Ich würde ja darum bitten, bei dieser Gelegenheit das Stroh im Bettkasten zu erneuern«, brummte er plötzlich, und Nyorda fuhr jetzt doch zusammen. »Aber wie es aussieht, muss ich darauf wohl erst mal verzichten.« Er lachte trocken auf, ohne sich nach ihr umzusehen. »Was soll's. Ich komme ohnehin kaum dazu, mich wund zu liegen.«

Achtet er auf mich, oder nicht? Nyorda war sich ihrer Sache nicht sicher. Sie warf einen besorgten Blick auf die geschlossene Tür. Vermutlich blieb ihr nicht viel Zeit. Noch weniger allerdings würde es sein, wenn sie weiter einfach so herumstand. Also ging sie zum Bett und begann, die alten Decken und Laken zusammenzuraffen. Unauffällig tastete sie dabei nach dem Dolch, der am Boden des Korbs verborgen lag. *Entscheidungen, Entscheidungen …*

»Wie heißt du?«

»Nyorda«, antwortete Nyorda, viel zu überrascht von der plötzlichen Frage, um etwas anderes herauszubringen.

»Nyorda.« Der Zwerg wälzte ihren Namen im Mund herum wie einen Knorpel, den er in seiner Suppe gefunden hatte. »Eure Namen sind seltsam. Enthalten immer dieses ›Y‹«, stellte er fest, während er nach einer Gänsefeder griff und begann, ihren Kiel zu einer Schreibspitze zu beschneiden.

Nyorda runzelte die Stirn. »Nicht immer«, stellte sie schließlich fest. »Ich habe einen Onkel, der Lausch heißt. Warag Lausch.« Sie zögerte. »Ich hatte«, verbesserte sie sich. »Vermutlich liegen seine Knochen irgendwo da drüben in den Ruinen.«

Der Großhertig ließ die Feder sinken und sah zum Fenster hinaus. »Wir haben dort drüben alle Freunde und Verwandte verloren. Und jetzt sitzen wir hier und wissen nicht, ob wir den Krieg gewonnen oder verloren haben. Ob sie am Ende völlig umsonst gestorben sind.« Er deutete mit dem kleinen Federmesser auf den Hügel, der im Zentrum der Ruinenstadt lag. »Mein Sohn Beryll liegt dort, hat man mir gesagt. Beryll mit einem ›y‹. Weil irgendwem Traditionen und alte Knochen wichtiger waren als die Lebenden. Traditionen sind wichtig.«

Er stieß ein rasselndes Seufzen aus. »Aber wichtiger als die Lebenden? Kannst du das verstehen, Nyorda?«

Unauffällig verbarg Nyorda das Messer in den Falten ihres Kleids und trat neben ihn an das Fenster, um hinaus auf die zerstörte Stadt zu sehen.

Der alte Zwerg seufzte abermals. »Vermutlich nicht. Eure Menschenleben sind so verdammt kurz, dass Beständigkeit wohl nicht zu euren Stärken zählt. Warag Lausch.« Er schnaubte, und es klang beinahe amüsiert. »In der Tat. Wirklich kein Name, in dem ein ›Y‹ Platz hat. Seltsam. Immer wenn ich denke, ich habe euch verstanden, werft ihr das alles mit so einer Kleinigkeit über den Haufen. So wenig Ordnung und Beständigkeit. Manchmal glaube ich, dass ihr den Orks ähnlicher seid als uns. Wie fühlt sich das an?«

Nyorda dachte einen Moment lang darüber nach. »Befreiend«, stellte sie schließlich fest. »Man hat immer die Möglichkeit, neu anzufangen und das Richtige zu tun, egal, was die Traditionen sagen.«

Diesmal klang das Schnauben des Zwergs ganz sicher amüsiert. »Es würde mehr als deine Lebenszeit brauchen, um das den meisten Zwergen zu erklären. Und dann würden wir es erst einmal ausdiskutieren. So tun wir das, traditionell. Und dann ziehen wir in den Krieg. Weil wir das im Zweifelsfall immer machen.« Er wandte den Blick von der Aussicht ab und nahm seine Schreibfeder wieder zur Hand. »Also gut, genug geredet. Das hier schreibt sich nicht von allein. Erledige, wofür du gekommen bist, und dann geh.«

Nyorda nickte und trat einen Schritt zurück. Sie musterte den massigen Rücken des Mannes. »Das habe ich vor«, sagte sie und stach zu.

VERRATEN

Das ist ein guter Anfang!«, rief Haarig und prostete ihnen anerkennend zu. Er hatte es sich in einem schweren Lehnstuhl bequem gemacht, einen gefüllten Bierkrug in der Hand und ein breites Lächeln auf dem faltigen Gesicht. Im Hintergrund lauerte eine Handvoll zerlumpter Gestalten, die die Einschätzung ihres Anführers offenbar nicht zu teilen vermochten. Ihre finsteren Blicke und das Arsenal schwerer Waffen an ihren Gürteln verursachten ein mulmiges Gefühl in Glonds Magengegend. »Peltzer ist ein hinterlistiger Fuchs, der sich nicht so einfach fangen lässt«, fuhr Haarig fröhlich fort. »Aber wem erzähle ich das? Wirklich bedauerlich, dass es die anderen nicht überlebt haben. Doch letzten Endes waren sie kaum von Bedeutung.« Er machte eine wegwerfende Handbewegung.

»Was hat Peltzer denn getan?«, fragte Glond.

»All das, was auf dem Steckbrief steht, und noch viel mehr. Aber in erster Linie schuldete er mir noch eine Menge Gold.«

»Für euch Zwerge das wohl schlimmste aller Verbrechen«, murmelte der Wolfmann.

»Ay.« Haarig hob den Bierkrug. »Du hast die Seele meines Volkes durchschaut.«

»Werdet Ihr uns nun helfen?«, fragte Glond, der die Sache endlich hinter sich bringen wollte.

»Ay, auf mein Wort könnt ihr euch verlassen. Ich bringe euch in die Minen, so wie ich es versprochen habe.« Lächelnd stellte Haarig den Bierkrug zurück auf die Tischplatte und stemmte sich in die Höhe.

Es war bereits dunkel, als sie den Ort erreichten. Zwischen dicken Schneewolken leuchtete fahl der Mond hervor und beschien eine erbärmliche Ansammlung gleichförmiger, aneinandergereihter Holzhütten, die von einer Mauer aus Stein und Dreck eingezäunt waren. Die schwer bewaffneten Wächter am Tor verfolgten jeden ihrer Schritte mit grimmigen Blicken. Irgendwo hustete sich eine arme Seele die Lunge aus dem Leib, und von irgendwoher war das leise Klirren von Ketten zu vernehmen. Während sie sich ihren Weg über den schlammigen Boden bahnten, hörten sie aus den Hütten abgehackte, kehlige Laute, die an die Sprache der Orks erinnerten.

»Das ist nicht der Zugang zu den Minen.« Stirnrunzelnd umklammerte der Wolfmann den Griff seines Schwerts.

»Es ist einer der Zugänge.« Haarig lächelte. »Einer der schmutzigeren, kleinen, den nur wenige Eingeweihte kennen. Nichtsdestotrotz begehen ihn Tag für Tag weit mehr Bergleute als den Hauptzugang am Ende des Tals.« Er machte eine ausladende Geste, die den gesamten ummauerten Bereich umfasste. »Hier in diesen Hütten hausen jene selbstlosen Männer und Frauen, die den Glanz der Dalkarischen Reiche mehren, ohne je eine Gegenleistung dafür zu verlangen. Was ihr hier seht, sind die Sklavenlager der Minen.«

Sie erreichten einen nur notdürftig von Fackeln beleuchteten Platz, auf dem ein gutes Dutzend in Plattenpanzer gehüllte Dalkar standen. Die Hälfte mit Äxten und Spießen bewaffnet, der Rest mit schweren Armbrüsten. Im Schatten stand eine Reihe hochgeschossener, massiger Gestalten, deren Hände und Füße in Ketten geschlagen waren.

»Das sind Orks!« Die Überraschung war Dvergat deutlich anzumerken.

»Kriegsgefangene.« Das Lächeln ließ Haarigs Zähne im Dunkeln blitzen. »Aber keine Sorge, mein Ebenfurther Freund. Sie können dir keine Angst mehr machen, denn sie sind in besten Deroker Stahl geschlagen worden.« Einer der Gepanzerten löste sich aus der Gruppe, und Haarig trat ihm entgegen und flüsterte ihm etwas ins Ohr. Der Gepanzerte warf einen finsteren Blick auf Glond und nickte. Dann wandte er sich um und marschierte zurück zu den anderen.

»Das gefällt mir nicht«, murmelte Dvergat.

»Mir noch viel weniger.« Unruhig nestelte der Wolfmann an seiner Klinge.

»Warten wir es ab«, sagte Glond, während er seine schmerzende Schulter massierte. »Bislang lief es mit Haarig doch ganz gut. Was sollte denn jetzt noch passieren?«

Mit lautem Rüstungsgeklapper wich die Gruppe Gepanzerter auseinander und aus ihrer Mitte trat ein unglaublich massiger Mann, mit gewaltigen Muskelbergen und eng zusammenstehenden Augen. Seine Hand ruhte auf dem Griff eines überdimensionierten Streithammers. »Was für ein unverhofftes Wiedersehen!«, dröhnte er mit tiefer Stimme. Einer Stimme, die unangenehm vertraut klang. Bresch Wludstein, der Sohn von Großhertig Zornthal Wludstein.

»Du?« Glond erkannte den Heetmann kaum wieder, so

sehr hatte er sich innerhalb der wenigen Monate seit den Geschehnissen in der Orkstadt verändert. Aus dem einst stattlichen Krieger im glänzenden Plattenpanzer war ein ungepflegter Kerl geworden, dessen nachlässig geflochtener Bart ihm in wirren Strähnen über den Bauch hing. Seine blutunterlaufenen Augen lagen so tief in ihren Höhlen, dass sie in der aufgedunsenen Masse seines Gesichts kaum zu erkennen waren, und statt einer Rüstung trug er einen zotteligen Pelzmantel, der von oben bis unten mit Schlammspritzern und den Resten vergangener Mahlzeiten befleckt war. »Sieh mal an, wen wir da haben. Glond, den Helden von Derok. Den Retter der Welt. Gut siehst du aus.«

Was man von dir nicht gerade behaupten kann.

»Du trägst silberne Bartklemmen.« Anerkennend klatschte Bresch in die Hände. »Das ist eine ganz bemerkenswerte Entwicklung für einen dahergelaufenen Niemand, nicht wahr?«

»Was wollt ihr, Bresch?« Glond kniff die Augen zusammen.

»Dir gratulieren, nichts weiter.« Grinsend breitete Bresch die Hände aus. »Wir alle wollen dir gratulieren. Du bist ein leuchtendes Vorbild für unser Volk. Eine Inspiration für den gemeinen Dalkar auf der Straße, der durch dich erkannt hat, dass er es mit Glück zu etwas bringen kann.« Er hielt inne und starrte für einen Augenblick ins Leere. Aus einer der Hütten drang ein erbärmliches Husten. »Wenn ich eines dort draußen gelernt habe, dann, dass einzig Glück einen Mann zum Helden macht. Nicht Können, nicht Stärke, und schon gar nicht jahrelanges, hartes Training. Egal, wie sehr du dich abrackerst und quälst, auf dem Schlachtfeld entscheidet dann doch nur ein verirrter Bolzen oder eine fehlgeleitete Axt darüber, ob du ruhmreich nach Hause zurückkehren darfst oder in Bedeutungslosigkeit versinkst.« Er trat einen Schritt auf Glond zu, und die Gepanzerten hoben ihre Armbrüste.

Glond spürte einen ungeheuren Zorn in sich aufwallen. Das Bedürfnis, diesem selbstgerechten Arschloch das aufgequollene Gesicht zu Brei zu schlagen. Er hätte das schon in der Orkstadt machen sollen, aber damals hatte er ihn gehen lassen. Damals hatte er keinen Streit mit Bresch gewollt, und das war vermutlich ein großer Fehler gewesen.

Immer noch grinsend streckte Bresch die Hand aus. »Ich möchte dir wirklich nur danken. Nichts weiter. Du hast mir eine Lektion erteilt, die mein Leben verändert hat. Durch dich habe ich erkannt, dass Heldentum keine Leistung ist, auf die man stolz sein kann, sondern lediglich eine Gnade Gottes, die denen zuteilwird, die nichts anderes in ihrem Leben besitzen.« Er stieß sich den massigen Zeigefinger gegen die Brust. »Ich dagegen bin zu Höherem geboren. Ich bin von königlichem Blut. Ich wurde nicht geboren, um als Held zu sterben, sondern um Völker zu regieren und Länder zu erobern.«

»Es ist schön, wenn ein Mann noch Ziele in seinem Leben hat.« Nur mit Mühe zwang sich Glond, die Ruhe zu bewahren. »Dann habt Ihr euch also endlich auf das Anführen verlegt, so wie es Euch Euer Vater gelehrt hat. Warum seid Ihr dann hier und nicht am Nordufer des Flusses, wo die Orks immer noch das Land unsicher machen?«

Bresch schnaufte abfällig. »Mein Vater hat die Dalkar von Sieg zu Sieg geführt und die Orks empfindlich getroffen. Doch das Siechtum unseres Generals hat alles verändert. Unser Vormarsch ist ins Stocken geraten, die Karten werden neu gemischt. Die Dalkar warten ab, was passiert. Die Orks warten ebenfalls ab, sie weichen uns aus.«

»Vielleicht sind sie kampfesmüde geworden. Oder sie haben erreicht, was sie wollten, und sind wieder nach Hause zurückgekehrt.«

»Unsinn. Das ist nur die Ruhe vor dem nächsten Sturm. Dieser Krieg ist noch nicht vorbei.«

»Woher wisst Ihr das?«

»Ich weiß es eben. Mein Vater weiß es, denn er erkennt als Einziger die Gefahr. Die anderen dagegen ...« Bresch verzog das Gesicht, als hätte er in einen sauren Apfel gebissen. »In der Bergfestung sind nur Schwachköpfe und Jammerlappen am Werk. Aber die Clans des Südens machen sich kampfbereit. Sie warten nur noch auf das Zeichen.«

»Was uns wieder zu der Frage zurückbringt, was ihr dann hier oben in den Bergen sucht.«

»Erz natürlich. Unsere Armeen brauchen Eisen für den Krieg. Das ist unsere Stärke. Die Orks greifen uns mit Knochen und Ästen an, und sie werden an unseren Panzern zerschellen.«

Glond lachte. Er wollte verflucht sein, wenn das die ganze Wahrheit war. »Eine Aufgabe, die ein Prospektor genauso gut erfüllen könnte. Wahrscheinlich sogar besser als Ihr. Hat Euch Euer Vater wieder aus der Gefahrenzone genommen, oder war das Eure eigene Idee?«

Bresch riss die Augen so weit auf, dass sie sogar aus seinem fetten Gesicht überdeutlich hervorstanden. Seine Hand wanderte zu dem Streithammer an seinem Gürtel. »Du weißt, warum ich wirklich hier bin ...«

»Bei so viel Wiedersehensfreude kommen mir die Tränen.« Lächelnd schlenderte Haarig auf Bresch zu und tätschelte seine massige Schulter. »Ich möchte euer Geturtel auch nur ungern unterbrechen, aber es gibt Dinge, die besser unausgesprochen bleiben. Nicht wahr, Bresch? Wir sollten uns lieber auf unsere Geschäfte konzentrieren. Denn trotz meiner Angewohnheit, inzwischen warme Kleidung zu tragen, frieren mir hier draußen im Schnee langsam die Eier ein.«

Bresch starrte Haarig für einen Augenblick an, als wollte er ihm seinen Streithammer über die Glatze ziehen. Doch dann nickte er und warf ihm einen Lederbeutel zu. »Du hast mir diesen Scheißkerl gebracht, also sollst du das versprochene Gold erhalten.«

Lächelnd stopfte Haarig den Beutel unter sein Hemd. »Nichts anderes habe ich von einem Ehrenmann wie Euch erwartet.«

»Apropos versprochen ...«, zischte Glond mit kaum unterdrücktem Zorn in der Stimme.

»Ich habe mein Wort nicht gebrochen.« Immer noch lächelnd hob Haarig den Zeigefinger. »Ich bringe euch in die Mine, so war es abgemacht. Was wäre ich denn für ein Dalkar, wenn ich mein Wort nicht halten würde?«

»Ein typischer?«, vermutete der Wolfmann.

Haarigs Lächeln wurde noch eine Spur breiter. »Sagt Ihr es ihnen, Bresch.«

»Wir werden sie in die Minen bringen, keine Sorge. Dein verschissenes Wort soll Bestand haben.«

»Seht ihr?« Haarig breitete die Arme aus. »Niemand soll je behaupten können, dass Haarig sein Wort nicht hält. Was danach allerdings geschieht ...« Er zuckte mit den Schultern.

»Du elender Drecksack!« Dvergat riss die Gleve von der Schulter, woraufhin ein halbes Dutzend Armbrustschützen ihre Waffen auf ihn richteten. »Du hast uns verraten und verkauft!«

»Du warst aber auch nicht so ganz aufrichtig zu mir.«
Haarigs erhobener Zeigefinger wackelte hin und her. »Nicht
wahr, Dvergat. Hast mir einfach so verschwiegen, dass wir
uns in einem früheren Leben schon einmal begegnet sind.«

»Ich hätte gern darauf verzichtet.« Dvergat spuckte einen
dicken Klumpen Schleim vor seine Füße.

»Ich nicht, mein Freund, denn unsere damalige Begegnung
war mir eine beinahe ebenso große Lehre wie das Aufeinandertreffen von Glond und Bresch. Ich habe gelernt, dass
Recht und Gesetz nicht ein und dasselbe sind.«

»Allerdings. Recht wäre es gewesen, wenn du mehr als nur
zwei Finger und eine Handvoll Zähne verloren hättest.«

Zum ersten Mal verschwand das Lächeln aus Haarigs Gesicht. »Ich habe meine Ehre verloren.«

»Du hast mir mein Bein gestohlen!«

»Ist das so?« Überrascht legte Haarig die Stirn in Falten.
»Und du bist trotzdem Clankrieger geworden?«

»Erst vor wenigen Wochen. Damals, nach unserem verbotenen Zweikampf, hatten sie mich aus der Festung verstoßen.
Ich wurde Unteroffizier in der Mauerwacht von Derok.«

»An der Oberfläche.« Haarig stieß ein trauriges Lachen
aus. »Dann unterscheiden sich unsere Schicksale ja doch
nicht allzu sehr voneinander. Auf der einen Seite der junge
Schart, der seine Ehre und seinen Namen verloren hat, und
auf der anderen Seite der einbeinige Dvergat, der Unteroffizier in der Mauerwacht geworden ist.« Er machte eine Bewegung, als wollte er mit dem Ärmel eine Bierpfütze vom Tisch
wischen. »Doch das sind alte Geschichten. Längst im Nebel
der Geschichte verloren gegangen. Sie interessieren mich
nicht mehr.«

Dvergat hob die Waffe. »Bringen wir fertig, was wir damals begonnen hatten. Um die Ehre!«

»Die Ehre?« Haarig dachte einen Augenblick darüber nach. »Gäbe uns so ein Kampf denn unsere Ehre zurück?«

Der schmale Pfad führte im Zickzack einen steilen Hang hinauf in die Berge. Geröll und Schneematsch machten ihn schwer passierbar, und sie hatten große Schwierigkeiten, den langbeinigen Orks zu folgen, ohne das Gleichgewicht zu verlieren und ein schmerzhaft langes Stück in die Tiefe zu stürzen. Nicht, dass das auf mittlere Sicht einen Unterschied gemacht hätte. Sie waren von Breschs Leuten entwaffnet und in die Reihe der gefangenen Orks eingegliedert worden, die sie nun mit hasserfüllten Blicken und möglicherweise auch ein wenig Schadenfreude musterten. Vielleicht wäre es besser gewesen, kämpfend unterzugehen. Doch was hätten sie schon gegen ein Dutzend schwer bewaffneter Clankrieger ausrichten können?

Nach einem anstrengenden Marsch, in dessen Verlauf selbst Dvergat irgendwann das Fluchen eingestellt hatte, um sich darauf zu konzentrieren, auf den Beinen zu bleiben, hielten sie schließlich auf eine Felswand zu, aus der an einer Stelle Rauch hervorquoll und in dicken Schwaden in den kalten Nachthimmel aufstieg. Vor dem Eingang stützte sich ein mürrisch dreinblickender Wächter auf einen langen Spieß. Während die Orks an ihm vorbeimarschierten, glitten seine Augen gelangweilt über sie hinweg und blieben irritiert an Glond und Dvergat hängen. Bresch zischte dem Wächter etwas zu, und er senkte hastig den Blick.

Sie traten in einen dunklen Gang, der so niedrig war, dass

die Orks ihre Köpfe einziehen mussten, um nicht an die Decke zu stoßen. Schniefend und hustend kämpften sie sich durch den dichten Rauch voran, bis mit einem Mal die Wände vor ihnen zurückwichen und den Blick auf eine gewaltige Felsenhalle freigaben, deren Decke sich irgendwo hoch über ihren Köpfen in der Dunkelheit verlor.

Die dunstige Luft war erfüllt von Lärm und Hektik. Überall liefen Dalkar herum, schleppten Kisten und Werkzeug, brüllten sich gegenseitig Anweisungen zu oder bahnten sich gestikulierend und schimpfend ihren Weg durch ein Durcheinander aus Wagen, Baumaterial und Bergen von aufgeschüttetem Erz. Gewaltige Maschinen ratterten und knarrten, Zahnräder drehten sich knirschend im Kreis, und ganze Baumstämme schwebten wie von Zauberhand bewegt an armdicken Seilen durch die Luft. Entlang der rußgeschwärzten Wände brannten gewaltige Schmiedefeuer. Sie rauchten und sprühten Funken, und schwere Hämmer schlugen auf halb geschmolzenes Metall, das in langen Rinnen kreuz und quer durch die Höhle transportiert wurde. Der Anblick war überwältigend. Es war, als hätten sie eine riesige Baustelle betreten, in der Hunderte schwieliger Arbeiterhände dabei waren, eine Stadt zu errichten.

Doch all das verkam neben dem riesigen Schlund, der sich im Zentrum der Höhle auftat, zur Bedeutungslosigkeit. Eine gewaltige gezackte Felsspalte, die sich quer über den Boden zog und deren Grund sich irgendwo in der pechschwarzen Tiefe verlor.

»Das ist der obere Bereich«, rief Bresch, während er sich seinen Weg durch das Gedränge bahnte. »Hier wird das Erz geschmolzen und verarbeitet.« Sein Zeigefinger deutete in die

Höhe. »In den Brennöfen wird es verflüssigt und fließt über diese Rohre zu den Schmieden hinab, wo es gegossen und geformt wird.«

Waffen? Ist es das, was ihr hier macht?

»Blei«, rief Bresch, als hätte er Glonds Gedanken erraten. »Unmengen von feinstem Blei. Die Schmiede formen Beschläge und Teller daraus. Fensterrahmen und Wasserrohre. Unser Volk hat einen unerschöpflichen Bedarf an diesem feinen Material.«

Glond runzelte die Stirn. Die Förderung von Blei war nicht gerade das, was er erwartet hatte. Wieso sollte Bresch ein so großes Geheimnis daraus machen, dass er Blei abbaute?

Es dauerte noch eine ganze Weile, bis sie den Rand der Felsspalte erreicht hatten und auf ein riesiges Gerüst zusteuerten, das allem Anschein nach ein Lastenaufzug war. Dutzende armdicker Seile liefen zu einem hölzernen Ausleger hinauf, der weit über den Abgrund hinausragte. An ihrem Ende hing eine Plattform, die so gewaltig war, dass gut und gern eine Herde Kühe darauf Platz gefunden hätte. Dutzende schwitzender Arbeiter waren dabei, zum Bersten mit Erz gefüllte Karren von der Plattform zu schieben oder Vorräte und Werkzeug einzuladen.

Schnaufend drängte sich Bresch durch die Menge, und die Gepanzerten stießen ihre von dem Anblick überwältigten Gefangenen hinterher. Mit jedem Schritt, den sie sich der klaffenden Wunde im Boden näherten, wirkten die Orks verunsicherter. Immer öfter blieben sie stehen, knurrten und grunzten und warfen sich verängstigte Blicke zu, bis die Dalkar sie mit Hieben und Tritten zum Weitergehen zwangen. *Sie fürchten die Dunkelheit*, ging es Glond durch den Kopf.

Sie hatten aber auch allen Grund dazu.

Am Rand der Plattform stand ein hagerer Mann in einem schlichten grauen Leinenkittel, der das emsige Treiben mit ruhigem Blick überwachte. Als Glond und Dvergat an ihm vorbeistolperten, musterte er sie ebenso irritiert wie zuvor der Wächter am Höhleneingang.

»Lasst den Aufzug runter«, herrschte Bresch ihn mit Ungeduld in der Stimme an.

Der Graukittel dachte einen Augenblick darüber nach. »In Kürze«, erwiderte er bedächtig. »Sobald der Aufzug gefüllt ist.«

»Sofort!« Bresch ballte die Fäuste.

»Das kann ich nicht machen. Ihr wisst, wie lange der Aufzug braucht, und ich habe ein Soll zu erfüllen.«

»Dann erfüllt Ihr euer Soll eben heute nicht.« Bresch stieß ihn grob gegen die Brust, und der Graukittel stolperte einen Schritt zurück. »Aber das ist allemal besser, als mit geborstenem Schädel auf dem Grund der Mine zu landen, nicht wahr?«

Der Graukittel verzog das Gesicht und ließ sich auch diese Worte einen Augenblick lang durch den Kopf gehen. Offenbar gehörte er zu der Art von Dalkar, die zuerst ausgiebig über eine Sache nachdachten, ehe sie leichtfertig eine Entscheidung trafen. In Bergwerken waren solche bedächtigen Männer Gold wert. »In diesem Fall werde ich eine Ausnahme machen«, murmelte er und gab den Arbeitern ein Zeichen.

Unendlich behäbig senkte sich das hölzerne Ungetüm in die Dunkelheit hinab. Langsam versiegte der Lärm der Schmiedehämmer und wurde durch das gleichförmige Rauschen eines warmen Luftzugs ersetzt, der ihnen aus der Tiefe entgegenschlug. Die wenigen Laternen, die die Plattform erhellten, warfen unheimliche, flackernde Schattenbilder auf kahle Felswände, die so glatt waren, dass selbst ein Meisterkletterer an ihnen scheitern musste.

Bresch trat neben Glond und starrte düster in die Tiefe. »Du weißt, was ich in Wirklichkeit suche«, murmelte er. »Ich suche das Gleiche wie du ... den Ursprung der Dunkelheit. Den Schatz der Ahnen.«

Die schweren Zahnräder klackten, und das Holz des Aufzugs stöhnte und ächzte wie ein gewaltiges, geschundenes Urtier. Glond nickte. Es war keine Überraschung für ihn, er hatte es ohnehin bereits gewusst. »Warum?«

»Meister Steinhand stieß auf die ersten Spuren genau an der Stelle, wo heute Derok steht. Er war ein kluger und besonnener Mann, der immer genau wusste, was er tat. Deshalb erkannte er die unermessliche Macht, die dort irgendwo in der Tiefe schlummerte. Doch er ließ sich von ihr nicht verwirren und forschte gewissenhaft, bevor er etwas unternahm. Er zog alte Quellen zurate und befragte die wilden Orkstämme, die damals noch in den Wäldern um Derok herum hausten. Nachdem er all dieses Wissen zusammengetragen hatte, wurde ihm die Gefahr bewusst, die von der Dunkelheit ausging. Ein Ding, das die Orks mächtig machen und ihnen große Taten ermöglichen konnte. Doch glücklicherweise waren sie dumm und wild und wussten nichts damit anzufangen. Sie glaubten, dass es ihre Ahnen waren, die zu ihnen sprachen. Sie verstanden nicht, was es ihnen bieten wollte. Du hast es in der Orkstadt selbst gesehen, sie waren blind.« Bresch zog die Augenbrauen zusammen. »Aber was, wenn sie es eines Tages doch herausfinden würden? Eilig stellte Steinhand eine Expedition zusammen und führte sie hinauf in die Dobroghöhen. Zu ihrer eigenen Sicherheit sagte er den Männern und Frauen nicht, um was es wirklich ging. Vordergründig sollten sie Erz schürfen. Silber und Blei.«

»Warum Blei?«

»Es hätte jedes beliebige andere Metall sein können.« Bresch zuckte mit den Schultern. »Es war nun einmal Blei. Was kümmert es mich? Er reiste hierher an das Ende der Welt, und er fand das, was ich suche. Was wir beide suchen, nicht wahr?«

»Aus unterschiedlichen Gründen. Ich habe vor, es zu vernichten. Du hingegen ...«

»Ich versuche, unser Volk zu retten!« Bresch war unvermittelt laut geworden. Er hielt inne und warf einen verärgerten Blick über die Schulter. Leiser fuhr er fort: »Du hast mir beigebracht, dass ich nicht zum Kämpfer geboren bin. Aber deswegen bin ich noch lange nicht nutzlos. Ich bin kein Mensch. Ich habe gesehen, was mit der Macht der Dunkelheit möglich ist, und ich werde sie einsetzen, um die Orks aus unserem Reich zu vertreiben. Ich werde ein mächtiger Anführer sein, dessen Name eines Tages in Stein gemeißelt steht. Gleichwertig neben Meister Steinhand, neben dem Großkönig und neben den Stammvätern unseres Reichs.«

»Ihr wisst nicht, auf was Ihr euch einlasst«, zischte Glond. Das Bedürfnis, Bresch über den Rand in die Tiefe zu stoßen, war schier überwältigend geworden. Doch vermutlich hätten seine Kräfte kaum ausgereicht, um den fetten Krieger auch nur einen einzigen Schritt weit zu bewegen. »Die Dunkelheit ... dieses Ding ist kein Automat, der sich unserem Willen beugt, wenn wir am Hebel ziehen. Es handelt sich um etwas völlig Fremdes mit einem eigenen Willen. Es wird uns vernichten, wenn es kann. Meister Steinhand hatte es gewusst. Wieso sonst ist er damals zurückgekehrt und hat alle Spuren dieser Expedition vernichtet?«

»Nicht alle«, entgegnete Bresch ungehalten. »Er hat seine Erlebnisse in Stein gemeißelt, sonst hätten wir niemals davon erfahren. Er wusste, dass die Zeit einfach noch nicht reif war. Das Reich befand sich zu seinen Lebzeiten noch nicht in Gefahr. Doch heute stehen die Orks vor den Toren unserer Städte. Sie bedrohen unsere Kinder und zerstören, was wir mit eigenen Händen aufgebaut haben. Und sie sind näher dran als je zuvor, die Macht der Dunkelheit gegen uns einzusetzen. Erinnere dich an unsere Erlebnisse in der Ruinenstadt.«

Ein verschreckter Schwarm Fledermäuse flatterte ihnen entgegen und verschwand über ihren Köpfen in der Dunkelheit. Dann ertönte ein einzelner dumpfer Laut.

Bumm.

Wie ein Herzschlag.

Ein weiterer Schlag folgte, hallte einen Augenblick von den Wänden wider und wurde von einem dritten abgelöst.

Bumm. Bumm. Bumm.

Bresch legte die Hand an die Ohrmuschel und lauschte. »Hörst du das, Glond? Das ist der Herzschlag dieser Mine. Der Takt, in dem dort unten das Erz abgebaut wird. Der Takt, in dem sich die Spitzhacken heben und senken, auf der Suche nach der unbekannten Macht.« Er wandte sich um. »Das ist der einzige Grund, warum ich dich noch am Leben lasse. Ich will, dass du erkennst, dass ich recht habe. Mein Triumph soll deine endgültige Niederlage sein.«

Ein winziger Lichtpunkt tauchte in der Tiefe auf, wuchs,

wurde noch größer und breitete sich aus, bis schemenhaft erste Einzelheiten zu erkennen waren. Auf einem großen, nur unzureichend von Fackeln erhellten Platz schlurften unzählige abgemagerte Gestalten herum. Die Rücken von schweren Lasten gebeugt und die Blicke gesenkt, strömten sie aus unzähligen Gängen hervor, die am Fuß der Felsspalte weiter in die Tiefe führten. Schwer mit Säcken voller Erz beladen, wankten sie auf den freien Platz, luden ihre Lasten ab und wurden kurz darauf erneut von der Dunkelheit verschluckt. Auf einer hohen, alles überblickenden Plattform überwachte ein knappes Dutzend schwer gepanzerter Dalkarkrieger mit gespannten Armbrüsten die Arbeit. In der Mitte der Plattform befand sich eine gewaltige Trommel vom Umfang einer kleinen Hütte. Ein muskelbepackter Mann mit bodenlangen Bartzöpfen stand aufrecht davor und schlug mit einem gewaltigen Schlegel auf das Fell ein. Jeder Schlag entlockte dem mächtigen Instrument diesen dumpfen, durch Mark und Bein dringenden Ton, den sie schon seit einiger Zeit vernommen hatten.

Bumm.

Das Herz der Mine.

Am Boden war die Hitze beinahe unerträglich. Träge waberte sie über die Köpfe hinweg und legte sich wie ein erstickendes Tuch über alles Lebendige. Blinzelnd wischte sich Glond den Schweiß aus den Augen. Waren das tatsächlich alles Orks? Es mussten Hunderte sein. Ein paar Menschen waren ebenfalls darunter. Jämmerliche Gestalten, die inmitten dieser Untiere noch erbärmlicher wirkten. Die ihre Blicke noch tiefer gesenkt hielten und deren Rücken unter den schweren Lasten noch stärker gebeugt schienen als die der anderen Gefangenen. Mit einem dumpfen Schlag setzte der Aufzug auf dem Höhlenboden auf.

Ein dürrer Ork, der gewisse Ähnlichkeit mit dem Sumpfork hatte, gegen den sie damals in der Ruinenstadt gekämpft hatten, drängte sich durch die Menge der Lastenträger und hielt direkt auf sie zu. In der Hand hielt er eine bösartig aussehende Lederpeitsche mit drei Strängen, in die scharfkantige Steinsplitter eingeflochten waren. Das Leder wirkte abgenutzt und spröde, so als wäre es schon oft zum Einsatz gekommen. »Willkommen am Ende der Welt«, zischte er in der Gemeinsprache und neigte dabei unterwürfig den Kopf.

Bresch schnaufte geringschätzig. »Wie gehen die Arbeiten voran, Aufseher?«

»Schnell und gut, Herr.« Der Ork zeigte ein spitzzahniges Grinsen.

»Das will ich auch hoffen. Ich bringe euch neue Arbeiter. Einen Menschen und zwei Dalkar.« Bresch deutete auf Glond.

»Grubenmeister?« Irritiert runzelte der Ork die Stirn.

»Arbeiter, habe ich gesagt. Spreche ich undeutlich?«

Nach einem kurzen Augenblick des Zögerns verzog der Ork das Gesicht erneut zu einem Grinsen und neigte den massigen Schädel noch ein Stück tiefer.

»Na also«, murmelte Bresch und wandte sich erneut zu Glond um. »Wenn all das hier vorüber ist, dann kehre ich zurück. Ich werde ein großer Kriegsherr sein und du nichts weiter als ein gewöhnlicher Sklave, der um Gnade bettelt. Ich werde sie dir vielleicht gewähren. Vielleicht werde ich dich aber auch für den Rest deines erbärmlichen Lebens in diesen Minen schuften lassen. Auf jeden Fall werde ich der sein, der zuletzt lacht. Denn du bist nur einer unter vielen. Du bist ein Nichts!«

Knirschend setze sich der Aufzug wieder in Bewegung. Glond stand da und bewegte sich nicht. Er fixierte Bresch mit finsterem Blick, während dieser langsam in der Dunkelheit verschwand. Mehr denn je verfluchte er sich dafür, diesem fetten Feigling kein Messer zwischen die Rippen gejagt zu haben, als noch die Möglichkeit dazu bestanden hatte. Die Wut, die in ihm kochte, war beinahe unerträglich.

»Und was jetzt?«, fragte der Wolfmann.

»Kommt«, zischte der Aufseher und marschierte davon. Er machte sich nicht einmal die Mühe nachzuschauen, ob sie seinem Befehl Folge leisteten. Vermutlich war es ihm egal. Wohin sollten sie auch sonst gehen, wenn sie nicht sterben wollten?

Sie folgten dem Verlauf der Felsspalte tiefer in den Berg hinein, vorbei an Reihen ausgemergelter Gestalten, die der Aufseher mit Flüchen und Peitschenhieben zur Seite trieb. An einer Biegung lag ein Ork mit dem Gesicht im Schlamm. Der Aufseher trat ihm mit dem Fuß in die Seite und knurrte dann zwei vorbeitrottende Menschen an. Wortlos und mit gesenkten Köpfen packten sie den Leblosen unter den Achseln und schleiften ihn aus dem Weg.

Sie kamen an einer Reihe niedriger Öffnungen vorbei, vor denen ein Dutzend grobschlächtiger Orks herumlungerte und ihnen mit finsteren Blicken hinterherstarrte. Im Vergleich zu den übrigen Gefangenen wirkten sie ausgesprochen gut genährt. Aus dem Augenwinkel beobachtete Glond, wie sich der hässlichste von ihnen langsam von seinem Sitzplatz erhob und sich gähnend streckte. Um seinen Hals baumelte eine Kette aus verrottenden Zähnen, und sein Gesicht war so voller Narben, dass man den Mund darin kaum erkennen konnte.

Der Aufseher deutete mit seiner Peitsche auf eine der hintersten Öffnungen. Dahinter erstreckte sich ein toter Gang, der gerade so weit verbreitert worden war, dass etwa zwei bis drei Dutzend Gefangene darin Platz fanden. Der Boden war mit fauligem Stroh ausgelegt, und in einer Ecke stand ein stinkender Holzeimer, von dem auf den ersten Blick nicht erkennbar war, ob er als Trinkwasserbehälter oder als Klo dienen sollte. Es stank unerträglich nach Urin und altem Schweiß.

»Ich habe schon in schlechteren Unterkünften übernachtet«, sagte der Wolfmann achselzuckend.

»Du bist ja auch ein Mensch.« Dvergat klopfte mit dem Fingerknöchel gegen die Wand. »Aber immerhin haben wir ein Dach über dem Kopf, und es regnet nicht rein. Das ist tatsächlich besser als eine Menschenbehausung.«

Glond fragte sich, ob die beiden etwas anderes sahen als er, oder ob ihnen die unerträgliche Hitze bereits zu Kopf gestiegen war. Es war wirklich unglaublich heiß. Wie in einem Hochofen. Mit dem Ärmel wischte er sich den Schweiß von der Stirn. Als er sich umblickte, sah er, dass sich um den Eingang herum das Dutzend Orks zusammengeschart hatte, das ihnen vorhin so böse Blicke zugeworfen hatte. Zwei von ihnen trugen jetzt selbstgebaute Keulen, einer eine bösartig geschwungene Spitzhacke und der mit der Kette aus Zähnen ein langes, schartiges Messer.

Wenn eine Höhle voller schlecht gelaunter Orks schon keine besonders schöne Sache war, dann war eine Höhle voller schlecht gelaunter und bewaffneter Orks eine richtig üble Angelegenheit. Unauffällig hielt Glond nach dem Vorarbeiter Ausschau, aber von dem war weit und breit nichts mehr zu sehen. Offenbar hatte er sich in der Zwischenzeit aus dem Staub gemacht. Von der Handvoll Menschen, die sich der zunehmend größer werdenden Schar Schaulustiger angeschlossen hatten, war wohl ebenfalls keine allzu große Hilfe zu erwarten. Sie wirkten ohnehin nicht gerade hilfsbereit – oder auch nur milde besorgt. Eher gespannt. Einige schienen sogar Wetten abzuschließen, denn kleine Steinbrocken und Brotstückchen wechselten eilig die Besitzer.

»Mit solchen Situationen kennt ihr zwei Wettkönige euch doch aus«, murmelte Glond aus dem Mundwinkel. »Irgendwelche Vorschläge, wie wir uns verhalten sollten?«

»Auf keinen Fall auf die Zwerge wetten«, schlug der Wolfmann vor. »Mehr fällt mir dazu leider auch nicht ein.«

Der Ork mit der Halskette trat vor und deutete auf Glonds Mantel. »Das mir«, stellte er mit Nachdruck fest. Er deutete auf Glonds Stiefel. »Das auch.«

Glond spürte erneut die Hitze aufwallen und rieb sich die Nasenwurzel. Wenn es allein nach der Temperatur in diesem Höllenloch gegangen wäre, dann hätte er dem Ork seinen Mantel sogar freiwillig überreicht. Und sein Hemd noch dazu. Aber aus irgendeinem Grund kratzte ihn das unverschämte Grinsen dieses Scheißkerls am Ego. Er war zwar nicht gerade der mutigste Dalkar von Derok – ganz im Gegenteil, normalerweise floh er lieber, bevor er sich einer unangenehmen Situation aussetzte –, aber wenn die Lage ohnehin aussichtslos war, konnte er wenigstens mit Würde abtreten.

Andererseits … ach, was solls. Er atmete tief durch und ließ die Schultern sinken. Langsam zog er den Mantel aus und streckte ihm den Ork entgegen. »Hier, mein Mantel …« Als der Ork grinsend danach griff, biss er die Zähne zusammen und trat so fest zu, wie er nur konnte. »Und mein Stiefel!«

Zuerst reagierte der Ork nicht. Stand einfach nur da, während sein Blick langsam nach unten wanderte, wo ihn Glond genau zwischen die Beine getroffen hatte. Dann rollten seine Augäpfel nach oben, bis nur noch das Weiße darin zu sehen war. Mit einem leisen Winseln sackte er in sich zusammen.

»Scheiße«, stellte irgendjemand mit Verwunderung in der Stimme fest. Es dauerte einen Augenblick, bis Glond begriff, dass er es selbst war. Behutsam löste er den Mantel aus den verkrampften Fingern des Orks und legte ihn sich über den Arm. Dann beugte er sich noch einmal herab und riss ihm die Zahnkette vom Hals.

»Warum bin ich eigentlich noch nicht auf den Trick mit dem Fuß gekommen?«, fragte Dvergat in die atemlose Stille hinein. »Den muss ich mir unbedingt merken.«

»Lohnt sich nicht«, entgegnete der Wolfmann zähneknirschend. »Die Orks werden dir ohnehin keine Gelegenheit mehr bieten, ihn anzuwenden. Sie werden uns vermutlich auch keine Gelegenheit geben, weiterzuleben.«

»Ehrlich? Ich dachte, sie müssten Glond jetzt zu ihrem Häuptling ernennen.«

»Wenn Glond ein Ork wäre, vielleicht. Da er aber ein Zwerg ist, werden sie uns in Kürze allen miteinander die Schädel einschlagen.«

Langsam verschwand der Schleier vor Glonds Augen und machte eiskalter Ernüchterung Platz. Er musste kein Ork sein, um zu erkennen, was in den Köpfen dieser Kreaturen gerade vorging. Einer nach dem anderen lösten sie sich aus ihrer Erstarrung und richteten die Blicke auf ihn. In ihren wutverzerrten Gesichtern konnte man mehr als deutlich lesen. Hatten sie bis dahin nur vorgehabt, sie bis aufs letzte Hemd auszurauben und danach vielleicht noch ein wenig hin und her zu schubsen, so würden sie jetzt wohl kaum noch aufgeben, bevor nicht auch der Letzte von ihnen mausetot war. Das hatte man also davon, wenn man den Helden spielen wollte. Bresch hatte vermutlich gar nicht so unrecht gehabt, wenn er behauptete, dass Helden aus einer Laune Gottes heraus entstanden. Nur hatte es ganz den Anschein, dass Gott den Spaß an ihnen so langsam verlor.

Das Narbengesicht knurrte etwas, vermutlich eine Mischung aus Beleidigung und Befehlen, und die anderen Orks schwärmten mit der zielgerichteten Ruhe von Jägern aus, die ihre Beute in die Enge getrieben hatten.

Narbengesicht hob die Spitzhacke und öffnete das Maul. Doch noch ehe er den Befehl zum Angriff geben konnte, legte sich von hinten eine gewaltige Pranke um den Griff seiner Waffe und zog sie ihm sanft aus der Hand.

Eine riesige Gestalt trat an ihm vorbei in die Höhle, größer als jeder Ork, den Glond je gesehen hatte. Den massigen Schädel hielt sie gebeugt, so als fürchte sie, gegen die Höhlendecke zu stoßen.

Die Spitzhacke, die in der Hand von Narbengesicht noch den Eindruck einer üblen Mordwaffe erweckt hatte, wirkte in der Pranke dieses Monstrums wie ein Spielzeug. Die Orks standen erstarrt da, als hätte ein böser Zauber sie in Stein verwandelt. Kein Laut war zu vernehmen, bis auf das rhythmische Schlagen der Trommel.

EIN GLÜCKSSPIEL

Arber Schildenstein oder Tantal Kronh? Wen würde es als Nächstes treffen?

Wenn Axts Vermutung stimmte, dann konnte es nur einer dieser beiden Hertige sein, den sich die Mörderin als nächstes Opfer ausgesucht hatte. Es war wie ein Glücksspiel, bei dem es nur einen Gewinner geben konnte, aber unzählige Verlierer.

Die Gänge, die sich durch den Bauch der Bergfestung zogen, waren beinahe vollständig verlassen. Sämtliche Königliche waren im inneren Bereich zusammengezogen worden, um die letzten Vorbereitungen für die Versammlung zu überwachen. Nur eine Handvoll menschlicher Bediensteter huschte noch von Raum zu Raum, sorgfältig darauf bedacht, nur ja nicht aufzufallen. Axt lief die leeren Gänge entlang zu einem selten genutzten Nebentor. Zwei Krieger der Festungswacht stützten sich träge auf ihre Spieße, die Augen halb geschlossen.

Axt stürmte auf sie zu. »Hoch mit euch, ich brauche eure Hilfe!«

»Um diese Zeit?« Die Aussicht auf Arbeit schien die Wächter nicht gerade mit Begeisterung zu erfüllen. »Wer sagt das?«

»Syen Berglogga, die rechte Hand des Generals.«

»Ist das so?« Die Wächter wirkten nicht sonderlich beeindruckt. »Habt Ihr nicht unseren Hertig festnehmen lassen?«

»Das war Hertig Kearn.« Axt stützte die Hände in die Hüften und lächelte finster. »Der ist der Nettere von uns beiden. Ich bin die, die eure Ärsche in Ketten legen und zu den Orks bringen lässt, wenn ihr nicht auf der Stelle Haltung annehmt.«

Diese Worte schienen ihre Wirkung nicht zu verfehlen. »Oh«, sagten die Wächter beinahe im Chor und drückten ihre Rücken gerade. »Verzeiht, wir wollten nicht ungehörig erscheinen.«

»Schon gut.« Axt winkte ab. »Jetzt, wo ich eure Aufmerksamkeit habe, bewegt euch auf dem schnellsten Weg zu den Räumen von Großhertig Schildenstein. Bewacht seine Tür und lasst niemanden hinein, der nicht ausdrücklich von mir geschickt wurde. Und damit meine ich wirklich niemanden. Selbst wenn es der Großkönig persönlich sein sollte.«

»Der Großkönig kommt in die Bergfestung?« Die Rücken der Wächter waren mit einen Schlag so gerade, dass man sie als Speere hätte verwenden können.

»Tut einfach, was ich euch gesagt habe«, knurrte Axt und eilte weiter. *Und betet, dass ich recht behalte.*

Die Bergclans des Großhertig Tantal Kronh waren furchterregende Krieger, die nichts auf der Welt mehr schätzten als Krieg und Ehre. Sie waren wild und unzivilisiert, aber ihre Stimme besaß Gewicht. Keiner der Clans konnte wirklich mit ihnen auskommen, aber kaum einer hätte auf ihre gewaltige Kampfkraft verzichten wollen. General Variscit galt in ihren Kreisen als hoch angesehener Krieger, der all das erfüllte, was diese Männer von einem Anführer erwarteten. Genau aus diesem Grund war es ziemlich sicher, dass sie bei der Wahl seines Nachfolgers unverrückbar an seiner Seite stehen würden. Wenn Axts Vermutungen richtig waren, dann musste der Mörder an ihrem Hertig vorbei. Und noch etwas anderes sprach für diese Theorie. Arber Schildenstein wohnte in innersten Bereich der Bergfestung, während Tantal sein Lager am äußersten Rand der Festungsanlagen hatte aufschlagen lassen. Dort, wo auch Menschen ungehinderten Zutritt hatten.

Eine dicke Rauchwolke lag über den Zelten der Bergclans. Es war das reinste Durcheinander. Dalkar rannten durch die Straßen, einige mit Decken in den Händen, andere mit Holzeimern, aus denen Wasser herausschwappte. Eine Handvoll Männer war dabei, eilig ein Zelt abzureißen, aus dessen Inneren bereits Flammen schlugen, während andere fluchend ihre Habe in Sicherheit brachten. Eine Handvoll menschlicher Bediensteter drückte sich angstvoll in die Ecken, um nur ja nicht versehentlich unter die eisenbeschlagenen Stiefel der zornigen Krieger zu geraten. Irgendwer schrie laut und ausdauernd »Feuer!«. Als ob das nicht schon längst der Blindeste unter ihnen mitbekommen hätte. Sie machten wirklich mächtig viel Lärm, diese Barbaren. Axt hätte gern das Kommando übernommen, um die Löscharbeiten in geordnete Bahnen zu lenken, aber sie hatte Wichtigeres zu tun. Sie hastete dem Turm am Ende der Zeltstadt entgegen.

Die Tür war unbewacht. Das war ungewöhnlich, denn es musste schon eine Menge passieren, damit ein Clankrieger seinen Posten verließ. *Ein Feuer zum Beispiel.* Vorsichtig öffnete sie die Tür und schlich hinein. Der dahinter liegende Raum war groß und dunkel, die Wände mit Regalen voll blitzender Waffen zugestellt. Überall waren Kisten und Truhen übereinandergestapelt. In der Mitte stand ein schwerer Eichentisch, der vor Landkarten und Schriftstücken überquoll. Alles sehr schlicht und pragmatisch. Keine Spur von der Prunksucht der Oberen oder der martialischen Zurschaustellung von Stärke, wie sie den Unteren zu eigen war. Bis auf die Waffen vielleicht. Die waren wirklich beeindruckend. Sie überlegte kurz, ob sie eine der gewaltigen Streitäxte zur Hand nehmen sollte, entschied sich dann aber doch für ihre eigenen kampferprobten Spalter und erklomm die Treppe zum ersten Stock. Angestrengt lauschte sie in die Dunkelheit. Der Lärm und die Schreie aus dem Hof drangen nur noch gedämpft zu ihr herauf. Hinter der Tür erklang der tiefe Bass des Großhertigs. Ruhig und bedächtig. Kaum so wie die Stimme eines Mannes, der sich in größter Lebensgefahr befand. Sie blickte auf den Spalter in ihrer Hand und war sich mit einem Mal gar nicht mehr so sicher, dass sie das Richtige tat. Möglicherweise war es keine so gute Idee, mit gezogener Waffe in die Räumlichkeiten eines Großhertigs zu stürmen. Was, wenn sie sich geirrt hatte und niemals eine Gefahr für Tantal bestanden hatte? Was, wenn er gerade im Nachthemd am Fenster stand oder sich mit einer seiner Frauen vergnügte? *Entschuldigen Sie, Großhertig, die gezogene Waffe in meiner Hand soll Sie nicht beunruhigen. Ich wollte nur mal kurz vorbeischauen, um sicherzugehen, dass nicht gerade jemand dabei ist, Sie umzubringen.*

Ihre Hand verharrte auf dem Türriegel, als sie die zweite Stimme hörte. »Das habe ich vor«, zischte sie mit hartem Akzent. Die Stimme einer menschlichen Frau. *Scheiße!* Manchmal durfte man sich ein Zögern einfach nicht leisten. Axt zog am Riegel und riss die Tür auf. Der Großhertig saß an einem gewaltigen Schreibtisch, den Rücken zur Tür gewandt. Hinter ihm stand eine schlanke, groß gewachsene Menschenfrau, die ihm in diesem Augenblick einen langen Dolch in den Rücken rammte. Axt stieß einen warnenden Laut aus, aber er kam zu spät. Mit einem verblüfften Keuchen kippte der Großhertig vom Hocker und schlug schwer auf den Dielen auf. »Nein!«, brüllte sie und griff an.

Die Menschenfrau fuhr herum, stürzte beinahe über den herumliegenden Hocker und riss dann ohne zu zögern einen schweren Streithammer von der Wand. Axts Spalter schlug nur wenige Fingerbreit entfernt in der Schreibtischplatte ein und hinterließ einen klaffenden Riss im Holz. »Verdammte Mörderin!« Den zweiten Hieb parierte die Menschenfrau mit dem Stiel des Streithammers und sprang zurück. Axt setzte nach, doch der Spalter verfehlte erneut sein Ziel.

Mit unglaublicher Gewandtheit wirbelte die Menschenfrau herum und ließ den Hammer auf ihren Kopf niedersausen. Hastig duckte sich Axt unter dem Schlag weg und hörte die Waffe dicht hinter ihrem Rücken auf die Dielen schlagen. Sie rollte sich ab und sprang auf. »Warum?«, zischte sie, den Blick starr auf die Waffe ihrer Gegnerin gerichtet. Im Grunde war es ihr egal, warum die Frau gemordet hatte. Sie wollte sie nur lange genug ablenken, um den nächsten Angriff zu starten. »Warum all diese Morde, Nyorda? War es das Gold?«

»Rache!« Die Menschenfrau spuckte das Wort förmlich aus und schlug im gleichen Atemzug zu. Axt parierte mit dem Kopf ihres Spalters und drehte ihn so, dass sich die Waffen ineinander verkeilten. Ruckartig zog sie den Spalter zu sich heran und trat Nyorda kraftvoll gegen das Schienbein.

Die Menschenfrau schrie auf, prallte rücklings gegen den Schreibtisch und rollte sich über die Platte ab, noch bevor Axt ihr den Rest geben konnte. Mit der Tischplatte zwischen ihnen standen sich die beiden Frauen gegenüber und beäugten einander misstrauisch.

»Rache also, ja? Soweit ich weiß, war ein Großteil der Getöteten noch nie zuvor in Derok. Was können dir diese Männer schon angetan haben?«

»Nicht nur sie. Ihr alle. Ihr verdammten Zwerge habt mit eurer Habgier meine Heimat zerstört. Ihr habt alles kaputt gemacht, was mir etwas bedeutete, und das ist meine Rache. Das Gold ist mir völlig egal. Ich brauche es nicht.«

Axt schnaubte. »Wie edel das klingt. Als wärst du ein verdammter Ritter. Ihr Menschen habt wirklich seltsame Vorstellungen von Ehre.« Vorsichtig umkreisten sie den Schreibtisch. Axt fiel auf, dass die Menschenfrau leicht humpelte. »Aber ein Mord bleibt ein Mord, egal, wie sehr man seine Moralvorstellungen dabei verbiegt. Was glaubst du wohl, wird deine unsinnige Tat für Folgen haben? Wie viele Menschen werden darunter leiden, dass du deine Rache bekommst?«

»Halt dein Maul!« Mit wutverzerrtem Gesicht sprang Nyorda vor. Doch Axt war darauf vorbereitet und wirbelte geschickt zur Seite, sodass der Hammer lediglich den Putz von der Wand schlug. Brüllend riss Nyorda ihn in die Höhe und schleuderte ihn unvermittelt in ihre Richtung. Axt konnte gerade noch den Spalter hochreißen und wurde von der Wucht des Aufpralls zurückgeschleudert. Mit ohrenbetäubendem Scheppern prallte sie gegen einen Rüstungsständer und ging mitsamt der Panzerung zu Boden. Einen Augenblick lang drehte sich alles um sie, und sie schüttelte den Kopf. Verzweifelt versuchte sie die Orientierung wiederzufinden.

»Ich bin keine Mörderin!«, zischte Nyorda. Sie hätte ohne Weiteres Axts Hilflosigkeit ausnutzen können, um ihr den Kopf einzuschlagen. Stattdessen stand sie noch immer an derselben Stelle, schwer atmend und mit funkelnden Augen. »Ich töte keine Frauen und keine Kinder. Keine unschuldigen Handwerker. Nur die, die es wirklich verdient haben. Eure Anführer, die diesen sinnlosen Krieg führen.« Sie wandte sich um und nahm den zweiten Streithammer von der Wand. Mit zusammengekniffenen Augen trat sie auf den in einer Blutlache am Boden liegenden Großhertig zu. »Ich will nur, dass es aufhört. Mit dem Tod dieses Mannes habe ich mein Ziel erreicht.«

Verzweifelt hob Axt die Hand. »Warte!«

»Worauf? Dass sich die Welt rückwärts dreht und alles wieder so wird wie früher? Nichts ist mehr so, wie es einmal war, nichts lässt sich ungeschehen machen. Aber zumindest kann ich noch etwas tun. Einmal im Leben ...« Sie hob die Waffe weit über ihren Kopf. »Einmal im Leben das Richtige tun.«

»Das Richtige?« Unauffällig tastete Axt nach dem Spalter, der ihr irgendwo in dem Haufen verbogenen Blechs abhandengekommen war. »Indem du genau jene Dalkar tötest, die diesen Krieg beenden wollen?«

Nyorda wandte ihr den Kopf zu. »Das ist nicht wahr«, zischte sie. »Borm, Gabbro und Hundstodt. All diese Männer sind Kriegstreiber und Verbrecher gewesen, die von den Kämpfen profitiert haben. Tantal Kronh ist der Letzte, dann ist meine Arbeit beendet. Wenn ich ihn beseitigt habe, werdet ihr aus dem Norden abziehen und uns endlich in Frieden lassen.«

Axt schnaubte. »Wie dumm kann man nur sein? Diese Männer sind Untere gewesen. Keiner von ihnen war jemals dafür, die Gebiete der Dalkar in den Norden auszuweiten oder gar Städte über der Erde zu errichten. Wenn es nach ihnen gegangen wäre, dann gäbe es bis heute keine Oberen. Dann würde unser Volk noch immer in Höhlen hausen und Pilze züchten. Ihr Tod bewirkt das genaue Gegenteil von dem, was du damit bezweckst. Großhertig Zornthal Wludstein hat dich hereingelegt, Nyorda. Er hat dich nur für seine Zwecke missbraucht.«

»Du lügst!«, schrie Nyorda. »Wie kannst du behaupten, dass ich Befehle von einem Stumpen entgegennehme? Für kein Gold der Welt würde ich ...«

»Das hast du bereits«, entgegnete Axt ruhig. »Das Gold, das du deiner Schwester gegeben hast. Es stammt aus den Truhen des Wludsteinclans. Zornthal hat auch die Zeichnungen anfertigen lassen, mit denen ihr eure Opfer ausfindig machen konntet. Wusstest du das nicht?«

»Wie ... aber wieso?« Nyorda senkte den Streithammer und starrte sie entgeistert an. Von draußen drang das Rufen und Schreien der Clankrieger zu ihnen herein. Irgendwo schrie noch immer jemand lauthals »Feuer«.

»Weil Zornthal der neue General des Großkönigs werden will. Er hat die Oberen auf seine Seite gezogen, indem er ihnen versprochen hat, diesen Krieg für sie weiterzuführen. Doch das allein hätte niemals ausgereicht. Er musste dafür sorgen, dass auch genügend Untere auf seiner Seite standen. Wer sich nicht bestechen ließ, den musste er aus dem Weg schaffen. Natürlich nicht seine direkten Konkurrenten. Das wäre viel zu auffällig gewesen, und wahrscheinlich auch undurchführbar. Aber jene Männer, deren Clans ihm für kein Geld der Welt ihre Stimme gegeben hätten. Borm und Gabbro, weil sie dem Großkönig treu ergeben waren. Gund Wurmberg, weil er niemals jemand anderem als Kalmit Blankenstein seine Stimme gegeben hätte, und Krudd Hundstodt, der Zornthal so abgrundtief verabscheute, dass er eher einem Menschen die Stimme gegeben hätte.« Axts Finger erfühlten den Griff ihres Spalters und umklammerten ihn, während ihre Augen den Blick der Menschenfrau gefangen hielten. »Tantal Kronh und Arber Schildenstein sind die Letzten. Es reicht vollkommen aus, wenn einer von ihnen stirbt. Dann steht niemand mehr zwischen Zornthal und dem Thron.«

Nyorda starrte sie an, ohne sich zu bewegen. Alle Farbe war aus ihrem Gesicht gewichen. »Die Orks haben mir die Porträts von den Clanchefs gegeben. Sie haben uns erzählt, dass es um die Rettung ihres Volks ginge. Um Ehre und um Stolz.«

Axt schnaubte. »Woher glaubst du denn, haben sie diese Zeichnungen? Keiner von ihnen hat je eines unserer Clanoberhäupter zu Gesicht bekommen.«

»Dann waren es eben Menschen.«

»Wir haben Zornthals Hofmaler gefangen genommen, Nyorda. Er hat bereits gestanden, diese Porträts angefertigt zu haben. Wir hätten selbst nicht gedacht, dass der Großhertig so tief sinken würde, dass er mit den Orks gemeinsame Sache macht. Auf der anderen Seite kann ich es mir wiederum gut vorstellen. Die Orks sind keinen Deut besser als wir oder ihr Menschen. Ich habe es damals in Derok selbst erlebt. Sie sind genauso gierig nach Gold wie jeder Dalkar, den ich kenne. Ich kann mir vorstellen, dass der eine oder andere ihrer Feldherrn von diesem Krieg genauso profitieren will wie Zornthal. Es gibt immer welche, die an einem Konflikt gewinnen, egal wie er ausgeht. Gewissenlose Männer, denen das Wohl ihres Volkes herzlich egal ist. Solange genügend Männer bereit sind, den Kopf für sie hinzuhalten, funktioniert dieses Spiel.«

»Ein Spiel …« Nyorda lachte traurig. »Und wir sind nur die unbedeutenden hölzernen Münzen darin, wie?«

»Unser Adel lernt es von Kindesbeinen an. Die Orks wohl auch, auf die eine oder andere Art.«

Nyorda nickte. »Dieser Mann … Zornthal. Wo finde ich ihn?«

»Das ist unmöglich.« Axt schüttelte den Kopf. »Er sitzt schwer bewacht im Herzen der Bergfestung. Er vertraut niemandem. Schon gar keinem Menschen. Du wirst niemals nah genug an ihn herankommen, um ihm gefährlich zu werden. In tausend Jahren nicht.«

»Lass das meine Sorge sein.« Nyorda umklammerte den Griff des Streithammers so fest, dass die Knöchel an ihrer Hand weiß hervortraten.

»Nein.« Axt schüttelte bestimmt den Kopf. »Es ist meine Aufgabe, Zornthal aufzuhalten. Ich werde es auf meine Art tun, nicht durch einen weiteren Mord!«

Lange sahen sie sich aufmerksam an. Schließlich senkte Nyorda den Streithammer.

Axt atmete erleichtert auf. Von der Treppe näherte sich Stiefelgetrampel, und gleich darauf stürzte ein groß gewachsener Clankrieger durch die Tür. Hinter ihm drängten weitere

Bewaffnete in den Raum. Einer von ihnen riss mit einem erschrockenen Ausruf seine Armbrust in die Höhe und drückte ab. Der Bolzen schoss quer durch den Raum und prallte nutzlos von der Wand ab.

Nyorda sprang hinter dem Schreibtisch hervor und hastete geduckt an Axt vorbei auf das Fenster zu. Es hätte nicht mehr als einer Armbewegung bedurft, um ihr den Spalter zwischen die Beine zu schleudern. Doch Axt rührte sich nicht. Sie wusste nicht recht, warum. Nur, dass es die richtige Entscheidung war. Jedenfalls hoffte sie das.

»Haltet sie auf!«, schrie der große Clankrieger und wedelte mit seiner Waffe. Weitere Bolzen pfiffen an ihm vorbei, doch Nyorda wich den ungezielten Schüssen mühelos aus. Mit einem kräftigen Hieb ihres Streithammers zerschlug sie das Fensterkreuz und schwang sich auf das Sims.

Axt wusste, dass es an dieser Stelle steil in die Tiefe ging. Der Turm grenzte an die äußere Mauer, und dahinter befand sich nichts außer steilem Fels, ein paar kargen Büschen und einem freien Fall von mehr als vierzig Fuß in die eiskalten Fluten des Beag. Ein weiterer Bolzen prallte dicht über Nyordas Kopf gegen den Fensterrahmen und hinterließ ein hässliches Loch im Holz.

»Einmal im Leben das Richtige tun«, presste die Menschenfrau zwischen zusammengebissenen Zähnen hervor und ließ sich fallen.

»Hinterher!«, brüllte der Clankrieger. Mit zwei, drei schnellen Schritten war er am Fenster und spähte hinaus. Nach einer Weile stieß er einen Fluch aus und schüttelte den Kopf.

»Ist sie tot?« Stöhnend stemmte sich Axt in die Höhe und humpelte an seine Seite.

Der Clankrieger ballte die Fäuste. »Ich kann sie nirgendwo entdecken. Wir müssen sie sofort suchen lassen!«

»Ihr solltet euch zuerst einmal um euer Clanoberhaupt kümmern.«

Erschrocken wandte der Clankrieger sich um und blickte zu dem am Boden liegenden Hertig hinüber. »Oh. Ihr habt natürlich recht.«

Clankrieger … Axt zog eine Grimasse und lehnte sich mit schmerzverzerrtem Gesicht gegen den Fensterrahmen. So stand sie eine ganze Weile mit geschlossenen Augen da und hielt sich die Seite.

Sie vermisste Glond so sehr. Sie vermisste seine Gefühle in Situationen, wo andere Männer nur Stärke kannten, und sie vermisste seine Zärtlichkeit. Sie vermisste seine Besonnenheit und seine klugen Ratschläge in Situationen wie dieser.

Was sie nicht ganz so sehr vermisste, war allerdings seine Ruhelosigkeit, und sie fragte sich zum wiederholten Mal, wo er sich jetzt wohl wieder herumtreiben mochte. *Wo bist du, du Drecksack, wenn man dich mal braucht? Warum hast du mir verdammt noch mal nicht gesagt, was du vorhast …?* Sie merkte, wie jemand an sie herantrat.

»Geht es euch gut?«, fragte Dion mit sorgenvoller Stimme. Sie nickte. »Besser als Hertig Tantal, vermutlich.«

»Er wird es wohl überleben. Die Wunde war tief, aber sie hat keine lebenswichtigen Organe verletzt. Doch er hat sehr viel Glück gehabt. Wenn ihr die Mörderin nicht rechtzeitig aufgehalten hättet, säße er jetzt mit Sicherheit schon an der Tafel des Herrn.«

»Das ist gut zu hören. Dann war doch nicht alles umsonst.« Sie richtete sich auf und stöhnte, als ein stechender Schmerz durch ihre Eingeweide fuhr.

»Ich schau besser mal nach.« Behutsam tastete Dion ihre Seite ab, untersuchte ihren Rücken, legte ihr die Hand auf den Bauch. »Ein paar Prellungen hier, eine Schramme da. Im schlimmsten Fall eine angebrochene Rippe.« Er lächelte und legte ihr die Hand auf die Schulter. »Die Bauchschmerzen müssen Euch nicht beunruhigen. Sie sind ganz normal. Und auch die Übelkeit und die Schwindelgefühle werden irgendwann wieder vorbeigehen. Dennoch solltet Ihr Euch in nächster Zeit von allzu heftigen Kämpfen fernhalten. Euch zuliebe und für die Gesundheit Eures ungeborenen Kindes.«

TROMMELN IN DER TIEFE

Ich hasse diese Trommel«, grollte Modrath. »Wirklich. Mein Schädel platzt mir sowieso schon fast.« Er reichte die Spitzhacke, die er dem Narbengesichtigen abgenommen hatte, an Krendar weiter. »Halt das mal.«

Krendar zuckte unwillkürlich zusammen, als die Blicke der Aerc der Waffe folgten und auf ihm landeten. Sah man von Modrath ab, gaben sie kein übermäßig bemerkenswertes Bild ab. Sie mochten noch immer deutlich besser genährt sein als die Aerc, denen sie hier unten begegnet waren, doch was Muskeln und Narben anging, stand ihm keiner aus dem Dutzend der anderen Aerc nach. Und Farosh war anzusehen, dass seine Krûnar-Riten noch nicht allzu lang zurücklagen. Dass sie alle drei lediglich wollene Beinkleider trugen und vollkommen unbewaffnet waren, machte sie auch nicht beeindruckender.

»Wir sind neu hier«, erklärte er. *Blöde Bemerkung. Das dürfte ihnen auch so klar sein.* »Und wir sind auf der Suche nach dem, der hier das Sagen hat«, fügte er hinzu.

Das Narbengesicht verzerrte sich so, dass Krendar halb erwartete, Stücke herausbröckeln und zu Boden fallen zu sehen. »Seid ihr Gnarra-Ärsche vollkommen verrückt?«, bellte er. »Ihr wagt es, Hand an mich zu legen?«

»Genau genommen hat er nicht Hand an dich, sondern nur an deine Spitzhacke gelegt«, sagte Krendar ruhig und reichte das Werkzeug an Farosh weiter. Die Geste ließ einige der anderen Aerc, die sich bereits anspannten, in der Bewegung erstarren. Unauffällig warfen sie sich unsichere Blicke zu.

»Aber wer bin ich, die Entscheidungen eines Ogers in Frage zu stellen? Wie gesagt, wir wollten eigentlich nur wissen, wer hier das Sagen hat, und euch dann mit dem weitermachen lassen, womit immer ihr gerade beschäftigt seid.«

Modrath bedachte ihn mit einem Seitenblick. »Im Ernst?«

»Natürlich nicht.« Krendar rollte mit den Augen. »Was uns außerdem interessiert: Was ist das Problem mit diesen Zwergen hier?«

Der Narbige rang, sichtlich aus dem Konzept gebracht, nach Luft. »Sie sind verschissene Zwerge! Was geht euch das an?«

Krendar musterte die beiden Zwerge und den hochgewachsenen Menschen, die ihn und Modrath vollkommen verwirrt anstarrten. Dann schniefte er. »Sonderlich verschissen sehen sie nicht aus, wenn du mich fragst«, stellte Krendar fest. »Was meint ihr?«

Modrath und Prakosh schüttelten die Köpfe.

»Besser gewaschen als einige andere hier«, bestätigte der Oger.

Krendar nickte. »Da siehst du's. Und wird diese Mine hier nicht von den Zwergen betrieben? Könnte ein Fehler sein, zwei von ihnen anzugreifen, oder?«

»Nicht diese hier«, spie der Narbige aus. »Die Wühler haben sie hier abgesetzt. Es wird kein Gnarra nach ihnen grunzen, wenn sie verschwinden.«

Krendar schnalzte mit der Zunge. »Da bin ich ja froh, dich vor einem Fehler zu bewahren ... wie war dein Name?«

Der Narbige holte grimmig Luft. »Ich bin Yar, vom Stamm ...«

»Fehler, Yar. Fehler!« *Nicht so groß wie der, den ich vermutlich gerade begehe, aber man muss mit dem arbeiten, was man hat.* »Ich kenne diese Zwerge. Und ich kann dir versichern, dass mehr als nur ein Gnarra nach ihnen grunzen wird, wenn du jetzt die falsche Entscheidung triffst. Die eigentliche Frage ist aber doch: Wird von dir dann noch genug übrig sein, dass es lohnt, danach zu grunzen?«

Yar öffnete das narbige Maul, doch Krendar ließ sich nicht unterbrechen. »Ich weiß, ich könnte nicht mehr reden, wenn nicht ein Oger neben mir stünde. Kann ich euch nicht verdenken. Ich würde es mir auch dreimal überlegen, bevor ich einen von denen angreife. Besonders, wenn es der ist, den man Modrath nennt. Ihr wisst schon, der aus dem Trupp, die die Mauern von Derok im Alleingang zu Fall gebracht haben. Sagt euch was?« Es fiel Krendar schwer, sich seine Erleichterung nicht anmerken zu lassen, als er die erschrockenen Blicke sah, die sich zumindest einige der Schläger zuwarfen. Er deutete auf Dvergat. »Der da hat Dinge besiegt, denen Modrath unterlegen war. Und er nimmt Befehle von dem da entgegen.« Sein Finger wanderte zu Glond. »Und *der* hat einen Leibwächter. Der Mensch da, mit den Haaren im Gesicht wie ein Hund. Ihr könnt euch also vorstellen, wie knapp ihr an einem wirklich großen ...« Ein Grollen von Modrath unterbrach ihn. »Na, wie auch immer. Zum Dank könntet ihr uns einfach zeigen, wer hier unten regiert.«

Farosh räusperte sich. »Sicher, dass das nicht Yar ist?«

Der Narbige blinzelte, bevor er abermals den Mund öffnete. »Genau. Wer sagt dir, dass nicht ich es bin, den ihr sucht?«

Krendar und Modrath hoben die Brauen und wechselten einen Blick.

»Na, ich hoffe für dich, dass das nicht der Fall ist«, sagte der Oger.

Yar sah ihn verwirrt an.

Der Große zuckte mit den Schultern. »Dich hat gerade ein Wühler mit einem Tritt in den Sack niedergestreckt. Wenn du hier der Häuptling wärst, hättest du jetzt wirklich große Probleme.« Er saugte an seinem Eckzahn, während hinter Yar spöttisches Grinsen auf mehr als einem Aercgesicht erschien. »Ich meine – wer will schon unter einem laufen, der sich so von einem …«

»Genug!«, donnerte eine heisere Stimme, laut genug, um das Grinsen vom Gesicht jedes Aerc zu wischen. Yar zog instinktiv den Kopf ein, als aus dem Schatten einer der Höhlungen ein untersetzter Aerc trat, dessen fassförmige Brust beinahe den Umfang von Modraths aufwies. Sie war weitgehend nackt und von einem Netzwerk aus wulstigen Narben überzogen, soweit Krendar sehen konnte, denn der Aerc trug eine lederne Schürze nach Art der Menschen. Vom kahlen Schädel bis zu den gefetteten Stiefeln strahlte der alte Krieger Gewaltbereitschaft aus, und die locker über seine Schulter getragene Axt unterstrich diesen Eindruck noch.

»Genug«, wiederholte er leiser. »Wer glaubt ihr zu sein, dass ihr in meine Mine kommt und meinen Männern Vorschriften machen wollt?«

»Vorschläge«, korrigierte Modrath.

Der Schürzenträger runzelte die Brauen und musterte den

Oger. Krendar fiel auf, dass er nicht einmal über den Augen noch Haare besaß. »Modrath, hm? Hab von dir gehört. Warst du nicht mit einem alten Sack namens Ragroth unterwegs? Drangogs Trupp? Was macht der alte Mann? Ich kann ihn hier nicht sehen.«

Der Oger leckte abermals über seinen Zahnstumpf. »Ragroth hat sich zur Ruhe gesetzt. War mit dem Herzen nicht mehr dabei.«

Der mit der Schürze nickte. »Und du? Immer noch in Drangogs Dienst?«

Modrath schüttelte den Kopf. »Nicht mehr mein Krieg. Ragroth war Drangogs Mann. Ich bin Ragroth gefolgt, nicht dem großen Shirach. Jetzt folge ich ihm hier.« Er deutete mit dem Daumen auf Krendar.

»Gut zu hören. Gut zu hören.« Der mit der Schürze nickte vor sich hin, nahm die Axt von der Schulter und stellte sie auf den Boden. »Also gut, ich erkläre euch das jetzt ein Mal. Man nennt mich Urag, den tiefen König. Ich bin der Raut über jeden Aerc in diesem Berg, und über jeden Menschen, wo wir schon dabei sind. Ich bestimme, wer hier lebt und wer stirbt. Ist das klar?«

Krendar warf einen Blick auf den Wolfmann und die beiden Zwerge. »So weit, ja. Aber eines verstehe ich nicht: Ich dachte, die Zwerge, die uns hergebracht haben, betreiben die Mine. Aber ich sehe nur Aerc hier unten, und du sagst, du bist der Raut über all das hier. Was auch immer das ist. Wie passt das zusammen?«

»Die Zwerge betreiben sie?« Urag stieß ein abfälliges Grunzen aus. »Die Wühler betreiben hier nichts. Sie bezahlen uns dafür.«

Krendar sah den Gang entlang, in dem sich eine ganze Reihe abgemagerter Aerc in die Nischen und Schatten drückte, wie um der Aufmerksamkeit Urags zu entgehen. Die wenigsten von ihnen sahen gesund aus. »Ich schätze, sie bezahlen nicht jeden allzu gut«, stellte er fest.

Urag zuckte gleichgültig mit den Schultern. »Sie bezahlen mich und meine Krieger. Und der Rest macht, was ich sage, wenn er leben will. Das gilt ab jetzt auch für euch.«

Krendar nickte nachdenklich. »Verstehe. Aerc, die mit Wühlern zusammenarbeiten.« Er sah Modrath an. »Eine Idee, die man in diesem Krieg nur selten hört. Aber ich kann erkennen, dass das gewisse Vorteile hat.«

»Schön, dass ihr einer Meinung mit mir seid. Dann würde ich sagen, ihr neigt den Nacken vor mir, und wir beseitigen den Abfall aus meiner Mine.« Urag winkte nachlässig in Glonds Richtung, und seine Krieger hoben erneut ihre Waffen.

Modrath hob eine Augenbraue und nickte kaum merklich.

»Halt«, sagte Krendar. »Ich stimme deiner Entscheidung nicht zu.«

Urag erstarrte. Dann fuhr er herum, die Axt erhoben. »Das interessiert mich einen Scheiß, du kleines Stück Dreck! Ich bin Raut, und du bist hier nichts. Aber wie du willst – legt diese Arschlöcher auch um!«

»Genau genommen«, warf Farosh schnell ein, »ist Krendar ebenfalls Raut.«

»Er ... was?«

Für diesen Moment ruhten die Augen aller auf Farosh. Der junge Aerc entblößte eilig den Nacken. »Krendar ist Raut der Klingengras-Krieger«, fügte er eilig hinzu und deutete auf die

Tätowierungen in seinem Gesicht. »Das gibt ihm das Recht, dir zu widersprechen.«

Urag zog die Oberlippe hoch und entblößte ein lückenhaftes Gebiss. »Raut, eh?«, knurrte er und sog schnüffelnd die Luft ein. »Raut mit zwei Kriegern?«

Krendar musste alle Kraft aufbringen, um nicht zu zittern. Etwas in seinem Magen wand sich und versuchte, einen Weg nach draußen zu finden. Trotzig biss er die Zähne aufeinander und setzte Urags Zähnefletschen ein eigenes entgegen. »Einem Krieger des Klingengrases und einem Oger, die mein Wort bestätigen«, presste er hervor. »Beziehungsweise vorwegnehmen.« Er schenkte Farosh einen düsteren Blick. Er lockerte seinen plötzlich steifen Nacken. Links. Rechts. »Und ich sage, diese Wühler und der Mensch stehen unter meinem Schutz. Wenn du damit ein Problem hast, darfst du das gern mit Modrath ausdiskutieren.«

»Zwei Raut in dieser Mine«, knurrte Urag mit unverhohlener Wut. »Ich glaube nicht, dass ich das akzeptieren werde. Ich denke, das werden wir beide unter uns klären müssen, damit die Männer wissen, dass hier alles seine Ordnung hat.«

Schade. Für einen Augenblick hab ich wirklich geglaubt, es funktioniert noch mal. Wäre schön gewesen. Das Ärgerliche war – machte er jetzt einen Rückzieher, waren sie alle tot. Andererseits … vermutlich waren sie das ohnehin. Er zwang das Zähnefletschen zu einem Grinsen, nach dem ihm ganz und gar nicht war, und sah sich um. Tatsächlich waren alle Augen auf ihn und den glatzköpfigen Raut gerichtet. In den Mienen von Urags Schlägern sah er vor allem Vorfreude, in den Gesichtern einiger anderer Aerc im Hintergrund eine Mischung aus Mitleid und so etwas wie einen Anflug von

Hoffnung. *Frage mich nur, was sie hoffen.* Abwesend massierte er seine Stirn und versuchte, das Wühlen in seinem Magen zu ignorieren. *Immer wieder dieselbe Scheiße. Man könnte meinen, das verfolgt mich.* »Ich nehme an, du hast soeben eine Herausforderung ausgesprochen, Urag?«

Der fassförmige Raut bleckte sein Gebiss noch weiter zu einem absolut humorlosen Grinsen. »Da kannst du sicher sein«, knurrte er, bevor er einen Seitenblick auf Farosh und Modrath warf. »Und wenn das geklärt ist, werdet ihr meinen Befehlen folgen, oder ich lasse euch die Zungen herausreißen.« Er sah Krendar von oben bis unten an, während er seine Axt hob und sich mit der scharf geschliffenen Klinge einen Schnitt in die Haut auf dem linken Brustmuskel setzte. Erst jetzt wurde Krendar klar, dass die zahlreichen Narben des Aerc alle gleich aussahen. »Ist das hier üblich?«

»Jeder Kampf ein Schnitt«, bestätigte Urag und schüttelte das Blut von seiner Klinge. »Du bist nicht der erste Scheißer, der so etwas hier versucht.« Einige seiner Männer lachten hämisch.

Krendar sah an sich und seiner weitgehend narbenfreien Brust hinab. »Das wird mir gerade bewusst«, sagte er leise. »Das heißt, entweder beuge ich den Nacken, oder ich nehme die Herausforderung an, und wir entscheiden das im Zweikampf?«

»So, wie es unter den Stämmen üblich ist«, nickte Urag.

»Ob die Zwerge leben oder nicht, hängt also von mir ab?« Krendar blickte zu den Schlägern des Raut, von denen einige nickten oder mit den Schultern zuckten. *Gut, vermutlich interessiert sie das ohnehin nicht, jetzt, da sie einen Zweikampf in Aussicht haben. Ist ja nicht so, als könnten die Wühler*

ihnen weglaufen. Oder wir, wenn wir schon mal dabei sind.
Er sah abermals auf seine Brust, dann atmete er tief durch und streckte dem Kerl mit dem Krummdolch die Hand hin. Auf einen Wink Urags hin reichte ihm jener die Klinge, und Krendar zog sich mit der Spitze der Waffe ebenfalls einen Schnitt über die Brust. »Die Regeln«, sagte er und versuchte, beiläufiger zu klingen, als ihm zumute war, »besagen, dass ich als der Herausgeforderte bestimme, wann der Zweikampf stattfindet, richtig?«

Urag nickte.

Krendar seufzte und machte eine wegwerfende Geste. »Ach, was soll's. Genug geredet. Ich nehme deine Herausforderung an, Raut Urag. Und ich sage, der Zweikampf beginnt jetzt.«

Urags Grinsen erstarrte, und seine Brauen schnellten in die Höhe, als Krendar die nachlässige Bewegung seiner Hand umkehrte und ihm die Klinge durch die Schürze in den Bauch rammte.

Der vernarbte Raut keuchte verblüfft. »Ich…«

Krendar riss den Dolch wieder heraus und zog die gebogene Klinge so heftig über den Hals des anderen, dass dessen Kopf nach hinten fiel und eine klaffende Wunde öffnete. Das Blut aus der Kehle des Raut sprühte über Krendar und die umstehenden Aerc, bevor Urags Körper nach hinten fiel und zuckend liegen blieb.

»Ich sagte: Genug geredet«, knurrte Krendar heiser. Er leckte sich das Blut von den Lippen, dann hob er die Axt auf, die Urags Fingern entglitten war, und funkelte die übrigen Krieger an. »Noch jemand Interesse an einem Zweikampf?«

Die erschüttert wirkenden Krieger traten beinahe gleichzeitig einen Schritt zurück.

Krendar streckte das blutige Messer aus und deutete auf den Narbengesichtigen. »Du. Yar. Ich will es hören. Ich bin jetzt der Raut hier?«

Yar fixierte die Dolchspitze, und als er antwortete, sprach er durch zusammengebissene Zähne. »Du hast Urag im Zweikampf besiegt. Du bist der Raut.«

»Völlig richtig. Ich bin der Raut! Auch wenn es ein unüblicher Sieg war.« *Und ich mehr Glück als Verstand habe. Mal wieder.* »Ich weiß, dass ihr das denkt. Vielleicht glaubt ihr auch, ich hätte betrogen. In Ordnung. Könnt ihr von mir aus. Aber stellt euch die Frage: War Urag ein fähiger Raut, wenn er so leicht zu überrumpeln war? Und dann überlegt: Würde ein Oger wie Modrath einem Raut folgen, dessen einziger Trick das gerade war? Und dann nehmt euch noch einen Augenblick, und denkt darüber nach, ob ihr euch mit einem Raut anlegen wollt, der freiwillig hier reingekommen ist und sich freiwillig wegen denen da auf einen Zweikampf einlässt.« Er deutete mit dem blutigen Messer auf die beiden Zwerge und den Menschen. Dann ließ er den Blick über die versammelten Aerc wandern. »Kommt schon, seht mich an! Ich will es in euren Gesichtern sehen! Fragt euch: Bin ich irrsinnig genug, um mich mit einem Aerc wie diesem anlegen zu wollen, ohne zu wissen, was er in der Hinterhand hat? Was er vorhat? Will ich wirklich alles riskieren und diesen Aerc angreifen?«

Vereinzelt hoben Krieger die Köpfe, doch keiner hielt seinem Blick stand.

Schließlich nickte er. »Ich hab einen Rat für euch. Lasst es zuerst jemand anderen ausprobieren.«

Die Aerc sahen sich unsicher an. Yar beugte als Erster den Kopf und entblößte seinen Nacken und dann, zu Krendars

Verwunderung, folgte einer nach dem anderen seinem Beispiel. *Aerc.* Krendar konnte ein Schnauben nicht unterdrücken. *Der Raut ist tot. Es lebe der Raut.* Einen Augenblick später war jeder Nacken in Sichtweite entblößt.

Modrath trat hinter Krendar und leckte sich den Zahnstummel. »Wenn Ihr meine Meinung hören wollt – lasst es am besten gleich ganz bleiben«, fügte er hinzu. »Also los. Ihr«, er deutete auf die noch immer unsicher herumstehenden Aerc, »besorgt dem Raut was zu essen. Die Wühler waren auf dem Weg hierher nicht gerade gastfreundlich.«

Krendar sah zu ihm auf. Den anderen fiel das Zucken unter dem linken Auge des Ogers vermutlich nicht auf. *Hoffentlich auch nicht das unter meinem eigenen.* »Besorgt genug für uns alle«, sagte er laut. »Und lasst die Finger von diesen Zwergen und dem Menschen hier. Ich werde mich zuerst mit ihnen unterhalten.«

Der Narbengesichtige erholte sich zuerst. »Ihr habt den Raut gehört! Besorgt Essen für ihn und seine Leute. Und sagt ...«

»Sagt kein Wort!«, unterbrach ihn Krendar scharf. Er hob den Blick und sah in die eingefallenen Gesichter der Aerc weiter hinten im Gang. »Keines, das die Wühler hören können, zumindest. Für den Moment. Solange es möglich ist.«

Die Aerc starrten ihn verwirrt an. *Raut. Ich und Raut. Langsam begreife ich, warum Ragroth kein Raut werden wollte. Jeder sieht einen an und wartet darauf, gesagt zu bekommen, was man tun soll, dabei habe ich selber keine Ahnung.* Er sah zu der dunklen Blutlache hinab, die inzwischen seine bloßen Füße erreicht hatte. *Kleine Schritte. Einen nach dem anderen. Stiefel.* Die Stiefel des Toten sahen gut und warm aus, und Krendar gelang es wider Erwarten leicht, seinen Widerwillen beiseitezuschieben. *Seltsam eigentlich, wie viel kalte Füße ausmachen können.* Er schob die blutige Schürze beiseite und deutete auf die beiden Messer, die im Gürtel des toten Raut staken. »Farosh, nimm das da an dich, und zieh dir seine Stiefel an.«

»Ich …«

»Mach. Du wirst hier unten nicht viele finden, denke ich. Yar.«

Der Narbige erstarrte.

»Du bleibst hier.«

»Aber ich …«

»Ich, ich, ich.« Krendar verzog das Gesicht. »Könnt ihr mal damit aufhören? Zeig mir das Lager des Raut. Und dann wirst du mir erklären, wie das hier unten läuft. Und vor allem: was.« Ein Räuspern ließ ihn unwillkürlich zusammenzucken. Die beiden Zwerge und der Mensch hatten sich noch immer nicht von der Stelle gerührt oder auch nur entspannt. Alle drei musterten ihn angespannt. »Ich habe keine Ahnung, was ich mir mit euch eingebrockt habe«, knurrte er. Irgendwie ging das alles etwas schnell. *Und ›etwas‹ ist dabei die Untertreibung des Tages.* Hilfesuchend sah er sich nach Modrath um.

Glond holte vorsichtig, jedoch tief Luft. »Krendar, richtig?«

Dvergat sah ihn von der Seite an. »Das könnte jetzt kompliziert werden. Das letzte Mal hatten sie ein Orkweib dabei, das übersetzen konnte. Und wir hatten Navorra.«

»Komplizierter als vorhin, als uns noch alle erschlagen wollten?«, fragte der Wolfmann.

Dvergat zuckte mit den Schultern. »Einfacher als erschlagen wollen geht's nicht. Da weiß man genau, woran man ist.«

»Auch wieder wahr.«

»Seinen Namen wird er verstehen«, sagte Glond, ohne die Augen von Krendar zu nehmen. »Du bist Krendar, richtig?«

Der mit Blut besudelte Aerc nickte langsam. »Richtig«, antwortete er langsam. »Ich bin Krendar. Du bist Glond.« Er sprach die Worte in der Sprache der Menschen langsam, so als lege er sie sich sorgsam zurecht. »Wir müssen reden.«

»Da hör sich einer das an. Er kann sprechen«, murmelte Dvergat verblüfft.

»Es geht«, stellte der Ork fest. »Modrath ist besser darin.«

Hinter ihm entblößte der Oger sein mächtiges Gebiss zu einem breiten, beunruhigenden Grinsen. »Ist gar nicht so schwer, wenn man's mal raus hat«, grollte er.

Glond stellte fest, dass er den Oger mit offenem Mund ansah, und riss sich zusammen. »Aber wie …«

Der Oger zuckte mit den mächtigen Schultern. »Corsha ist eine gute Lehrerin. War ein langer Winter, und wir hatten nicht viel anderes vor. Dachten, es könnte mal nützlich sein. Reden ist ja manchmal sinnvoll, und die Menschenzunge ist einfach. Hässlich, aber einfach.«

»Wo du recht hast«, sagte Dvergat und gab das Grinsen zurück. »Ich hätte nie gedacht, dass ich mal froh sein würde, euch wiederzusehen.«

Krendar sah Glond an. »Darauf hoffe ich. Gilt der Waffenstillstand noch, den wir das letzte Mal geschlossen haben?«

Glond schnaubte. »Die einzigen Waffen, die ich sehe, liegen in euren Händen.« Als der Ork allerdings die Stirn runzelte, nickte er schnell. »Ja, von meiner Seite aus hat sich nichts geändert. Ihr kommt gerade rechtzeitig.«

Krendar nickte. »Das sehen wir. Aber was, bei den Ahnen, tut ihr hier?«

Glond hob die Schultern. Er spürte noch immer die Augen der Orks im Tunnel auf ihm ruhen. »Das ist eine lange Geschichte. Ich weiß nicht, ob jetzt die richtige Zeit dafür ist.«

Der Ork und der Oger warfen sich einen Blick zu. »Kurzform«, entschied Krendar.

»Kurzform. In Ordnung.« Glond rieb sich die feuchten Hände. »Nachdem wir uns in dieser Ruinenstadt getrennt haben, sind wir, also der Wolfmann, Dvergat und ich, mit dem, was von Breschs Leuten übrig war, zurück in die Festung von Derok gezogen. Gerade noch rechtzeitig, bevor der Winter ...«

Dvergat unterbrach ihn mit einem Räuspern. »Kürzere Kurzform«, schlug er vor. »Der Winter war lang genug, und ich würde gern aus dem Tunnel kommen. Irgendwohin, wo es weniger ... Orkaugen gibt.«

Glond schluckte. »In Ordnung. Kürzeste Form. Das, was wir in dieser Ruinenstadt gefunden haben, was wir ... verbrannt haben – wir glauben, es gibt noch mehr davon.«

Der Ork und der Oger sahen sich kurz an. Dann nickten sie.

»Hier«, ergänzte Glond.

Die beiden zögerten, dann nickte Krendar abermals knapp. »Wir sind zum selben Schluss gekommen. Aber warum seid ihr hier? In der Mine? Ihr seid Gefangene. Von Zwergen?«

Glond atmete tief durch. »Jemand anders kam auf dieselbe Idee. Und er will es für sich.«

»Jemand?«

»Lass mich raten«, murmelte Modrath. »Dieser kleine Menschenscheißer. Navorra. Ich wusste, dass der mal noch Probleme macht!«

Der Wolfmann verdrehte die Augen. »Er meint Bresch. Der steckt hinter dieser Mine hier. Er sucht die Macht der Dunkelheit.«

Dvergat spuckte aus und nickte. »Dieses Stück fette Schande für alle Unteren will ein Held werden und glaubt, das Zeug macht ihn dazu.«

Modrath stieß ein Knurren aus. »Bresch? Euer Anführer?«

Glond schüttelte den Kopf. »Nicht unser Anführer. Wir haben ihn nicht mehr gesehen, seit wir uns zu Beginn des Winters von ihm getrennt haben. Wir hatten keine Ahnung, wohin er verschwunden ist.« Glond beobachtete die Reaktion der Orks genau. Sie schienen ehrlich verwundert. »Jetzt wissen wir auch, wohin«, fügte er hinzu.

»Und ihr seid ihm gefolgt«, sagte Krendar.

Hätten wir gewusst, dass er dahintersteckt, hätten wir uns nicht so reinlegen lassen. Glond zuckte unbestimmt mit dem Kopf. »So ähnlich, ja. Und ihr? Was bringt euch hierher?«

Krendar zuckte mit den breiten Schultern. »Die Aerc haben Überlieferungen. Uns war allerdings nicht klar, dass euer Volk bereits hierher vorgedrungen ist.«

Dvergat verzog das Gesicht. »Da seid ihr nicht allein. Können wir das jetzt abkürzen? Wir müssen dieses Zeug finden, bevor Bresch es tut. Wenn er das in die Finger bekommt, geht diese ganze Geschichte von vorn los. Und ich weiß nicht, ob ich das noch mal durchstehe.«

Krendar sah sie ernst an, und Glond war nur zu bewusst, dass der Ork noch immer Axt und Krummdolch in den Pranken hielt. »Was habt ihr vor, wenn ihr die Nol'Ru gefunden habt?«

Glond hielt dem lauernden Blick des Orks stand. »Wir wollen das Problem aus der Welt schaffen. Es ist eine zu gefährliche Waffe, gerade in den Händen von jemandem wie Bresch. Er wird nicht aufhören, Krieg zu führen. Und wir können es auch nicht den Orks überlassen. Das versteht ihr, oder?«

Krendar starrte ihn lange unter zusammengezogenen Brauen hervor an. Dann lockerte er die Schultern und nickte. »Wenn es befreit wird, wird es nicht nur euer Volk vernichten, sondern auch unsere Art. Das ist größer als dieser Krieg. Und das lasse ich nicht zu.« Er sah sich in dem Minengang um, in dem sich inzwischen, beinahe unbemerkt, weitere der abgehärmten, kränklich wirkenden Orks versammelt hatten und in einer Mischung aus Furcht und Neugier zu ihnen starrten. »Glücklicher Zufall, dass ich jetzt der Raut hier bin, was? Könnte aber sein, dass wir dabei etwas Hilfe brauchen.« Der junge Ork schien sich zu einer Entscheidung durchzuringen, denn er hielt Glond die Axt hin.

Zögerlich ergriff Glond das Werkzeug und nickte dem Ork zu. Die Waffe lag schwer in seiner Hand. Sie fühlte sich gut an. Nach Kontrolle. *Falls es das hier unten überhaupt gibt. Schon wieder ein Waffenstillstand. Und da sag noch einer, mit Reden würde man zu nichts kommen. Die Frage ist nur, ob das überhaupt einen Unterschied macht.*

Krendar wandte sich ab und schien dem narbengesichtigen Ork, der noch immer in ihrer Nähe stand, eine Frage zu stellen. Der hässliche Ork senkte den Kopf noch ein Stück mehr, so weit, dass selbst Glond seinen Nacken sehen konnte. »Ja«, antwortete er. »Wenig. Genug.«

Krendar nickte. »Dann sprich weiter in der Menschenzunge. Du bist ein Broca des alten Raut gewesen?«

Der Narbengesichtige zögerte, und Krendar wischte seine Antwort beiseite. »Du bist auf jeden Fall jetzt Broca des neuen Raut. Du weißt, wonach die Zwerge graben?«

Der Narbengesichtige zuckte mit den Schultern. »Ich weiß nicht. Zwerge sagen, wo Aerc graben – Aerc graben. Zwerge sagen: ›Macht hier Tunnel.‹ Aerc machen Tunnel. Zwerge sagen: ›Vergesst diesen Tunnel, macht dort drüben Tunnel‹. Aerc graben an neuer Stelle. Immer tiefer. Wir bringen Steine und Erz nach oben, Zwerge bringen Sprengpulver nach unten, sprengen neues Loch.«

Glond gestattete sich ein grimmiges Lächeln. »Also hat Bresch noch nicht gefunden, was er sucht.«

»Ich weiß nicht, was sie suchen, aber ich weiß, dass Zwerge kurz davor sind«, warf der Narbengesichtige ein.

Krendar sah ihn scharf an. »Warum glaubst du das?«

»Seit etwa zehn Pausen sie lassen uns doppelt so viel arbeiten. Mehr Erz denn je hoch, mehr Sprengpulver denn je runter. Keine anderen Schächte mehr. Nur noch einen, seit die Stimmen angefangen.«

Ein unwillkürliches Grunzen entfuhr dem Wolfmann, und Glond konnte am Gesicht des jungen Raut sehen, dass jener ebenfalls wusste, was das bedeutete. »Groshakk«, murmelte Krendar.

»Ich habe keine Ahnung, was du damit meinst, Ork. Aber ich vermute, du hast recht damit«, sagte Dvergat.

Krendar packte den Narbengesichtigen an der Schulter. »Yar, du bringst uns hin.«

Der Narbige sah ihn mit großen Augen an. »Raut, wir gehen nicht dort hinunter!«

Krendar hob eine Braue, und Yar beeilte sich, hinzuzufügen: »Arbeiter gehen hinunter. Wir sorgen für Ordnung hier oben. Hier oben hören wir die Stimmen nicht. Solange wir tun, was Zwerge sagen, wir müssen nicht hinunter zu den Stimmen. Luft dort unten macht Aerc krank. Wasser macht Aerc tot. Groshakk Felsen bringen Aerc um! Und wenn du lebst, Stimmen machen dich *nakal*. Sturm im Kopf!« Er ließ den Zeigefinger vor der Stirn kreisen. »Wir bleiben oben, wir sicher! Scheiß auf Sklaven. Sie nicht mein Stamm.« Yar wedelte mit der Hand in Richtung der ausgemergelten Orks weiter hinten im Gang und spuckte aus.

Glond sah rechtzeitig auf, um das Zucken in Krendars Kiefermuskeln zu sehen, bevor der Ork Yar im Genick packte und gegen die nächste Tunnelwand schleuderte. Noch bevor der Narbige sich gefangen hatte, war Krendar bei ihm, hatte seine Faust um dessen Kehle gelegt und presste ihm den schartigen Krummdolch gegen den Hals. »Scheiß auf deinen Stamm«, knurrte der junge Aerc, und Glond wurde bewusst, dass er noch immer die Sprache der Menschen verwendete. *Wir sollen ihn verstehen. Auch auf die Gefahr hin, dass ihn die übrigen Orks nicht verstehen. Warum?*

»Ich bin Raut. Damit sind diese Aerc mein Stamm. Jeder. Es ist meine Aufgabe, sie am Leben zu halten und Feiglinge nicht zu dulden. Weißt du, was passiert, wenn wir uns nicht darum kümmern, was die Zwerge unten tun? Dann wird es keinen Stamm mehr geben. Überhaupt keinen. Das, was sie

445

ausgraben, wird wegfegen, was sie von uns übrig gelassen haben. Es wird auch die Zwerge beseitigen. Aber das werden wir nicht mehr mitbekommen. Also erzähl keinen Scheiß von ›hier oben sind wir sicher‹! Verstanden? Zeig uns das Lager des Raut. Wir brauchen Waffen. Stiefel.«

»Essen«, erinnerte Modrath.

»Essen«, wiederholte Krendar. »Und dann bringst du uns runter. Oder, bei den Ahnen, Stimmen in deinem Kopf sind dein kleinstes Problem.«

Die Oberlippe des Narbigen zuckte, doch er schien es nicht zu wagen, die Zähne zu zeigen. Stattdessen nickte er, so gut es ging.

Krendar sah Glond an. »Wir sind uns einig? Wir gehen runter und halten es auf?«

Glond sah die abgerissenen Orks im Tunnel an, dann zu Krendar. »Wir gehen runter und vernichten es«, antwortete er. *Was bleibt uns auch anderes zu tun. Ist ja sonst keiner da.*

DIE WAHL

Wie oft hatte Axt nun schon in diesen Hallen gestanden, geduldig den endlosen Diskussionen und Streitgesprächen gelauscht und sich weit fort an einen anderen Ort gewünscht. Heute allerdings gab es wohl keinen Ort auf der Welt, der weit genug entfernt sein konnte. An diesem Tag hatte die Politik endgültig das Zepter übernommen und ihr das letzte bisschen Freiheit entrissen, das ihr geblieben war. Sie war tatsächlich so naiv gewesen zu glauben, dass sie Großhertig Zornthal das Handwerk legen konnte, wenn sie nur genügend Beweise für seine Beteiligung an der Verschwörung fand. Doch je näher die entscheidende Stunde der Abstimmung rückte, desto sicherer wurde sie, dass man sie nur hingehalten und vertröstet hatte. Das Reich konnte sich in diesen Tagen einfach keinen Skandal leisten. Selbst wenn dadurch unzählige Dalkarleben aufs Spiel gesetzt wurden.

Hertig Gurn Graustein hatte sich in eine uralte Bronzerüstung geworfen. Ein Relikt aus längst vergangenen Zeiten, das in einem Kampf keine zwei Schläge ausgehalten hätte, aber vermutlich einiges an symbolischer Kraft für seinen Clan besaß. *Dass zum Beispiel diesem Clan die Traditionen wichtiger sind, als das Schlachtfeld lebendig wieder zu verlassen, nehme ich an.* Gurn machte einen nachdenklichen und irgendwie auch besorgten Eindruck. Immer wieder zupfte er nervös an den Gurten seines Waffengehänges herum, so als würde er sich nicht wirklich wohl in seiner Haut fühlen. Großhertig Kalmit Blankenstein schien solche Sorgen nicht zu kennen. In seinem zweckmäßigen grauen Plattenpanzer gab er ein imposantes Bild ab. Seinem scharfen Blick schien keine Bewegung, keine Gefühlsregung im Rund zu entgehen. Die stahlharten Augen huschten über die Reihen der Adligen hinweg. Hier ein kurzes Nicken, dort eine verstohlene Handbewegung. Seine Chancen hätten nicht schlecht gestanden, wenn alles mit rechten Dingen zugegangen wäre. Ihm gegenüber auf der anderen Seite des Gangs stand der einzige Kandidat der Oberen. Arber Schildenstein hatte es nicht lassen können, sich in seinen prächtigsten Ornat zu werfen. Goldbestickt und so mit protzigem Edelmetall überladen, dass sich Axt fragte, wie es der Hertig geschafft hatte, aus eigener Kraft in den Saal zu gelangen. Diese Zurschaustellung von Reichtum würde ihm allerdings nichts nützen. Eher im Gegenteil. Das Einzige, was die Unteren so einem Gockel entgegenbrachten, waren Hohn und Spott.

Ihr Blick wanderte weiter über die Anwesenden hinweg, und dann spürte sie die beinahe schon vertraute Übelkeit in ihrer Speiseröhre aufsteigen. Am anderen Ende des Saals betrat, umringt von einer großen Ansammlung ihm untergebener Clanchefs, Großhertig Zornthal Wludstein die Halle. Er trug eine silberne Rüstung. Schlicht und praktisch, wie es den Unteren anstand, aber dennoch unverkennbar so wertvoll, dass er damit auch den einen oder anderen Oberen beindrucken konnte. Zornthal lächelte, als wäre er bereits als

Sieger aus der Abstimmung hervorgegangen und nähme huldvoll die zähneknirschenden Beglückwünschungen der Unterlegenen entgegen. Nichts deutete darauf hin, dass er mit seinen Schandtaten konfrontiert worden wäre. So sah viel eher ein zukünftiger Heerführer aus.

Ganz im Gegenteil zu Variscit. Ihr Blick blieb am Thron des Generals hängen, der wie schon so oft in den letzten Wochen auch an diesem bedeutenden Tag leer geblieben war. Als sie Variscit das letzte Mal gesehen hatte, war er nur noch ein Schatten seiner selbst gewesen. Ein lebender Toter, kaum mehr zu einem Fingerzeig fähig, doch auch in seinen letzten Stunden noch immer in den Winkelzügen der Politik gefangen. In ihrem Kopf überschlugen sich widerstrebende Empfindungen. Sie hatte ihm alles über die Attentäterin berichtet. Jede Kleinigkeit des abscheulichen Plans, den Zornthal sich ausgedacht hatte und der so viele ehrbare Männer das Leben gekostet hatte, und dem, sollte der Großhertig am Ende Erfolg haben, noch unzählige weitere Männer zum Opfer fallen würden. Sie hatte gehofft, dass Variscit ihm das Handwerk legen und ihn verhaften lassen würde. Doch nichts dergleichen war geschehen. Zornthal stand noch immer inmitten seiner Männer, und die Räder der Politik drehten sich munter weiter.

Ihre Hand wanderte zum Gürtel hinab, an dem zu jeder anderen Zeit ihre vertrauten Waffen hingen. Nur nicht an diesem Tag. Die Wahl war zu bedeutend, um sie durch das unbedachte Ziehen einer Waffe zu gefährden. Kein Mann und keine Frau durfte innerhalb dieser Mauern heute eine tragen. Nicht einmal die Führer der Bergclans, denen man unter anderen Umständen ihre Streitäxte und Keulen aus den toten Fingern hätte herausbrechen müssen. Wie sinnvoll diese Regeln waren, begriff sie erst jetzt, wo sie nichts lieber getan hätte, als Zornthal einen ihrer Spalter gegen den Schädel zu schleudern. *Ich kann ihn ja immer noch mit bloßen Händen erwürgen. Zwei, drei schnelle Schritte und ...* sie wäre im Handumdrehen von den Königlichen überwältigt und hätte nichts erreicht, außer ihr eigenes Todesurteil zu unterschreiben. Bliebe ihr nur noch die Möglichkeit, selbst vorzutreten und den Großhertig vor allen Anwesenden mit den Vorwürfen zu konfrontieren. Nur war sie sicher, dass sie sich damit nur furchtbar lächerlich machen würde. Wer würde ihr zuhören? Sie hatte ja noch nicht einmal das Rederecht. Noch dazu, wenn alle aufgefundenen Beweise nun in den tatenlosen Händen des Generals lagen, dem in seinen letzten Stunden der Burgfrieden näher am Herzen lag als die Gerechtigkeit. Sie warf Zornthal einen letzten brennenden Blick zu, ehe sie den Kopf abwandte. Die versammelte Ungerechtigkeit in diesem Saal war verdammt noch mal zum Kotzen!

»Welch ein erhabener und berührender Anblick!«

»Wie?«

Unbemerkt war Dion an sie herangetreten. Freundlich lächelte er ihr zu.

Sie schnaufte bitter. »Was zum Teufel meint Ihr?«

»Das alles hier.« Dion machte eine allumfassende Geste. »Diese prachtvolle Ansammlung der kühnsten und klügsten Geister unseres Volkes. Trotz ihrer Unterschiede und Differenzen finden wir sie nun an diesem Ort vereint, um über das Wohl unseres Volkes abzustimmen. Nur das Beste im Sinn und Güte im Herzen. Findet Ihr das denn nicht ebenso berührend, Syen?«

»Wollt Ihr mich verarschen?« Ihre Hände ballten sich zu Fäusten. »Ihr wisst doch selbst am besten, was hier schiefläuft. Diese ganze Wahl ist ein abgekartetes Spiel, und Ihr unternehmt nichts, um es zu unterbinden!«

»Es gibt eine Macht, gegen die die Gerechtigkeit machtlos ist.« Über Dions faltiges Gesicht huschte ein Schatten. »Politik ist ein Spiel, bei dem das Gute unweigerlich auf der Strecke bleiben muss. Wenn ich Euch einen guten Rat geben darf, dann erinnert Euch später an meine Worte. Mit Nachsicht und Friedfertigkeit werdet Ihr dieses Spiel niemals gewinnen.«

In der Mitte des Saals hatte inzwischen Meister Anon Position bezogen, festlich herausgeputzt und mit vor Aufregung gerötetem Gesicht. Der weißbärtige Obere füllte die ihm übertragene Rolle als Versammlungsältester mit überzeugender Präsenz aus. Wohltönend dröhnte sein Bass durch den Saal, während er ausschweifend von den Anfängen des Reichs berichtete. Von den heldenhaften Taten vergangener Tage, von Wohlstand und Frieden und von all den wohlklingenden Lügengeschichten, die sich im Laufe der Geschichte angesammelt hatten. Die Betrügereien, Kriege und Scharmützel unter den Clans ließ er dabei wohlwissend außer Acht oder veränderte ihre Bedeutung so weit, dass sie nun ebenfalls wie Heldentaten klangen. Ein zufälliger Beobachter mochte am Ende tatsächlich glauben, dass in dieser Halle das gute Gewissen und die geballte Gerechtigkeit des gesamten Volkes versammelt waren. Dumm nur, dass Dion mit seinen Worten recht hatte. Keiner dieser Männer stünde heute an seinem Platz, wenn ihm hungernde Kinder oder streunende Hunde mehr am Herzen gelegen hätten als die Macht.

Endlich stieß Anon seinen knorrigen Eichenstab auf den

Boden und neigte den Kopf. Dem Protokoll war Genüge getan, und die Wahl konnte beginnen. »Vereinigte Clanherren, edle Hertige und Großhertige des Reichs, wir haben uns heute erneut an diesem Ort versammelt, um aus unseren Reihen den Nachfolger von General Variscit zu bestimmen. So hat es der Drachentöter selbst in seiner Weisheit bestimmt und in Stein meißeln lassen.«

Ein Raunen ging durch die Menge, und hier und da erscholl vereinzeltes, zustimmendes Stiefelgetrampel.

Anon räusperte sich. »Noch immer stehen die Orks vor den Toren unserer Städte und bedrohen unsere Heimat. Bedrohen unsere Frauen, Kinder und Besitztümer. Groß ist die Gefahr und finster die Zeit.«

Diesen Worten folgte in erster Linie Stiefelgetrampel vonseiten der Oberen, während die Unteren sich vornehm zurückhielten. Einzig Zornthal neigte leicht den Kopf.

»Wenn ich mich umschaue«, fuhr Anon donnernd fort, »so sehe ich Lücken in euren Reihen. Tapfere Clanherren, die heute nicht unter uns sein können. Borm Zinnkopf. Grabbo Talschrofen. Gund Wurmberg. Krudd Hundstodt.« Er legte eine dramatische Pause ein und ließ den Blick über die Menge schweifen. Hier und da furchte sich sorgenvoll eine Stirn, ertönte verhaltenes Fußscharren, wurde verstohlen eine Träne aus dem Augenwinkel gewischt. Im Allgemeinen schien sich die Anteilnahme aber in Grenzen zu halten. Vor allem den Mienen der aussichtsreichsten Kandidaten war die Ungeduld anzusehen. »Trotz allem haben wir entschieden, diese Wahl stattfinden zu lassen ...«

»Ay«, brummte Arber Schildenstein voller Ungeduld.

»Ay«, stimmte ihm eine Handvoll Hinterbänkler zu.

»Fang endlich an, das Bier wird warm!«

Vereinzeltes Gelächter erhob sich im Saal.

Missbilligend runzelte Anon die Stirn. »Ich entnehme euren Worten, dass es keinen Einspruch gegen diese Entscheidung gibt? Nun, dann lasst uns die Wahl zum General beginnen!« Er hob den Stab, und aus irgendeiner Ecke des Saals erscholl ein tiefer Gong. Während der Ton langsam verklang, legte sich eine erwartungsvolle Stille über die Menge. Mit theatralischer Geste zog Anon ein Pergament aus den Untiefen seiner Robe hervor und entrollte es. »Wie es einst vor Urzeiten unsere Väter beschlossen haben, so soll nun ein jeder der hier Anwesenden …«

Das Klimpern einer Münze ließ ihn innehalten.

Kearn hatte sie fallen gelassen. Mit einem hellen Pling prallte sie auf der Treppenstufe vor dem Thron auf, sprang in die Höhe und drehte sich dabei funkelnd um sich selbst. Mit einem weiteren hellen Pling landete sie auf dem Hallenboden und rollte zielstrebig auf die Reihen der Unteren zu. Es hatte schon einen Hauch von Zauberei, wie sie zielstrebig auf Zornthal zurollte, gegen seine Stiefelspitze prallte und leise kreiselnd vor ihm zum Liegen kam.

»Blutgeld«, knurrte Kearn in die verwirrte Stille hinein. »Hebt es auf, Großhertig Zornthal Wludstein. Es ist aus Eurer Tasche gefallen.«

Zornthal klappte der Unterkiefer nach unten. »Was hat das zu bedeuten?«

»Das wollte ich Euch gerade fragen«, erwiderte Kearn. »Wir haben diesen Goldamboss im Besitz eines der Mörder gefunden. Und neben ihm noch viele mehr. Sie alle sind nagelneu, und sie stammen aus euren Prägestätten.«

Aus den Reihen der Zornthal untergebenen Clanherrn wurden wütende Protestrufe laut.

»Ihr verdächtigt Zornthal, etwas mit den Morden zu tun zu haben?«

»Unerhört, das ist ein Skandal!«

»Bringt ihn zum Schweigen!«

Anon stieß seinen Stab zu Boden. »Ruhe! Das ist kein Tollhaus, sondern eine Clanversammlung.«

»Ich dachte, das wäre ein und dasselbe«, rief ein witziger Oberer, doch der Mehrzahl der Anwesenden war überhaupt nicht zum Lachen zumute. Clanstreitigkeiten hin oder her, aber so ein unerhörter Vorwurf hatte in so einem wichtigen Augenblick nichts zu suchen.

Nervös wischte sich Anon über die Stirn. »Erklärt Euch, Hertig Kearn. Doch bedenkt Eure Worte. Wollt Ihr tatsächlich einen Großhertig anklagen?«

»Ihr habt eine rasche Auffassungsgabe, Meister Anon.« Kearns Auge blitzte angriffslustig.

Erneut brandete Protest auf. Fäuste wurden gereckt und Drohungen ausgestoßen, und die Königlichen hatten alle Hände voll zu tun, die aufgebrachte Menge in ihren Bereichen zu halten. »Fünfundzwanzig Goldambosse haben wir gezählt...«

»Die Orks haben sie während der Eroberung Deroks geraubt!«, rief ein Unterer aufgebracht.

»... allesamt vor gerade mal zwei Monaten geprägt. Lange Zeit nach Beendigung der Kampfhandlungen.« Damit trat Kearn vor und zählte all die Dinge auf, die Axt herausgefunden hatte. Angefangen vom ersten Verdacht bis hin zu dem Gespräch zwischen Axt und Nyorda. Er berichtete auch, wie sie die Bediensteten des Großhertigs befragt hatten, und präsentierte das Geständnis seines Hofmalers, der die Porträtzeichnungen angefertigt hatte. Als er fertig war, wurde der Tumult im Saal ohrenbetäubend.

»Er wagt es, einen Großhertig zu beschuldigen?«, brüllte einer von Zornthals Speichelleckern aufgebracht. »Er ganz allein? Wer ist er, dass man ihm diese Ungeheuerlichkeit durchgehen lässt!«

»Einer allein darf nicht richten«, schrie ein zweiter. »Benennt Eure Zeugen!«

»Er hat gar keine. Man sollte ihm für seine Lügen den Kopf einschlagen!«

»Ruhe im Saal!«, brüllte Anon, doch sein ausgestreckter Zeigefinger deutete dabei auf Kearn. Der Gedanke, dass ein Freund der Oberen so unverhofft in Bedrängnis geraten war, schien ihm überhaupt nicht zu gefallen. »Ihr habt es gehört, Hertig Kearn. Einer allein darf über einen Großhertig nicht richten. Ehe Ihr mit Euren ungeheuerlichen Anschuldigungen fortfahrt, müsst Ihr uns Eure Zeugen benennen.« Sein Zeigefinger fuhr herum und stocherte wie ein Speer in den Raum. »Wer unter den Anwesenden wagt es, diese ungeheuerlichen Anklagen zu unterstützen?«

»Ich!«, rief eine Stimme dicht neben Axts Ohr. Ihr Kopf fuhr herum, und sie starrte fassungslos in Dions Gesicht, das von einem feinen Lächeln überzogen war.

»Ihr?« Von dieser Seite hatte sie das nun am wenigsten erwartet. Im Grunde hatte sie die aktuellen Entwicklungen überhaupt nicht erwartet. Ebenso wenig wie der Rest der Versammelten, denen vor Verblüffung schier die Augen übergingen.

»Im Namen Gottes bezeuge ich Hertig Kearns Worte«, rief Dion. »Sie sind rechtens und ohne Zweifel.«

Erneut erbebten die Mauern unter dem Toben der Menge, und Axt schüttelte stumm den Kopf. *Das ist also der Plan des Generals gewesen. Er hat nur auf den geeigneten Augenblick warten wollen, um die Bombe platzen zu lassen. Ein gefährlicher Plan, aber einer, der unglaubliche Sprengkraft entwickeln kann. Falls er gelingt ...*

Kopfschüttelnd hob Anon die Hand und streckte zwei Finger in die Höhe. »Das sind nun also zwei. Wer ist der dritte Zeuge eurer Anklage?«

Betretenes Schweigen war die Antwort. Wie ein Mahnmal streckten sich die zwei Finger in die Höhe, während die Clanchefs verstohlene Seitenblicke auf ihre Nachbarn warfen. Jeder wollte sehen, wer der dritte Zeuge war, doch niemand meldete sich zu Wort.

Irritiert schaute sich Axt um. Sollte das tatsächlich alles gewesen sein? Hatte der General denn keine weiteren Personen ins Vertrauen gezogen? Oder hatte denjenigen vielleicht im letzten Moment noch der Mut verlassen? *Ist dies der Augenblick, in dem ich vortrete und mich melde? Aber was hätte das für einen Sinn? Ich bin doch kein Hertig, meine Stimme hat an diesem Tag kaum mehr Gewicht als die eines toten Orks.*

»Wartet.« Als hätte er ihre Gedanken erraten, legte sich Dions Hand auf ihren Arm. »Euren Sinn für Gerechtigkeit in allen Ehren, Syen, aber Ihr seid weder ein Clanherr noch ein Kirchenführer. Ihr besitzt kein Stimmrecht und könnt folglich nicht als Zeugin auftreten.«

»Aber was sollen wir tun? Wenn sich niemand meldet, seid

Ihr des Meineids angeklagt. Dann wird man Euch an Zornthals Stelle zur Rechenschaft ziehen.«

»Das ist wahr«, brummte Dion, und seine Stirn legte sich in sorgenvolle Falten. »Unser Schicksal liegt nun in Gottes Hand.«

»Ich habe es gleich gewusst!«, rief Zornthal, der sich nun endlich aus seiner Starre gelöst hatte. »Das ist nichts weiter als ein lächerlicher Versuch, im letzten Augenblick vor der Wahl meine Aufrichtigkeit in Frage zu stellen.« Mit zorniger Geste strich er sich über den Bart. »Nehmt diesen Lügner fest! Schafft ihn mir aus den Augen.« Zustimmend stampften seine Anhänger mit den Stiefeln, und selbst die ärgsten seiner Feinde neigten unwirsch ihre Köpfe.

»Wer ist der Dritte?«, wiederholte Anon lautstark seine Frage. Funkensprühend schlug sein Stab auf den Boden. »Lasst Hertig Kearn sprechen!«

»Ich danke Ihnen, Meister Anon.« Der Angesprochene deutete ein Kopfnicken an und lächelte. *Wie bringt es dieser Kerl fertig, in so einer Situation noch zu lächeln? Habe ich Kearn überhaupt schon einmal im Leben lächeln gesehen?* »Doch verzeiht mir, wenn ich an dieser Stelle auf eine Antwort verzichte und ihn lieber selbst sprechen lasse ...« Sein ausgestreckter Arm wies zum gegenüberliegenden Ende der Halle, wo in diesem Augenblick die mächtigen Tore aufschwangen und den Blick auf eine in Plattenpanzer gehüllte Gestalt freigaben, die sich schwer auf einen uralten, mächtigen Schlachtenhammer stützte. »General Variscit!«

Er war es. Ganz ohne Zweifel. Die Hände dürr wie Spinnenbeine, das Gesicht eingefallen und ausgemergelt wie das eines Toten. Doch der Blick seiner tief in den Höhlen liegenden Augen war klar und stechend wie zu früheren Zeiten. Ein Ausdruck ungehaltenen Zorns lag darin.

Im Saal wurde es mucksmäuschenstill, während der alte Drachentöter würdevoll und aufrecht durch den Mittelgang schritt. So als hätte er nicht vor wenigen Stunden noch an der Schwelle des Todes gestanden, sondern in vorderster Reihe auf dem Schlachtfeld. Mit weit aufgerissenen Augen stolperte Anon aus dem Weg und stieß scheppernd mit einem Königlichen zusammen. Arber Schildenstein klappte der Unterkiefer herunter, und das Gesicht von Zornthal färbte sich kalkweiß.

»Ich bin der Dritte«, rief Variscit, nachdem er sich auf dem verwaisten Thron niedergelassen hatte. »Im Namen des Großkönigs bezeuge ich Hertig Kearns Anklage. Sie ist rechtens und ohne Zweifel!«

Als die Bedeutung seiner Worte langsam ihren Weg in Axts Kopf gefunden hatte, war ihr noch immer nicht klar, welches Ausmaß die Entwicklungen damit erreicht hatten. *Ein Groß-hertig wird des Mordes angeklagt.*

»Das sind … drei«, stotterte Anon, und streckte zaghaft drei Finger in die Höhe. Er warf einen zögerlichen Seitenblick auf Zornthal und öffnete den Mund, nur um ihn kopfschüttelnd wieder zu schließen. Was sollte er auch sagen? In der gesamten Geschichte des Königreichs war es noch kein einziges Mal vorgekommen, dass ein Großhertig in Anwesenheit der Clanversammlung des Mordes bezichtigt wurde. Das Protokoll sah für so eine Situation einfach keine passenden Worte vor.

Es war Zornthal selbst, der den Sprecher schließlich aus seiner misslichen Lage befreite. »Es ist noch nicht vorbei«, zischte er und warf Variscit einen Blick zu, der jeden anderen auf der Stelle getötet hätte. Doch einem Dalkar, der von den Toten aufzuerstehen vermochte, dem konnten solche Blicke nichts mehr anhaben. »Es ist noch lange nicht vorbei!« Mit diesen Worten wandte er sich um und verließ erhobenen Hauptes den Saal. Kearn schickte ihm mit einem Kopfnicken eine Handvoll Königlicher hinterher.

Mit hilflos aufgerissenen Augen wandte sich Anon an den General. »Und jetzt?«, krächzte er und räusperte sich. »Ist die Wahl damit abgeblasen?«

»Ganz im Gegenteil«, donnerte Variscit. »Jetzt fängt sie erst richtig an. Und ich rate Euch, schnell zu machen, denn meine Zeit ist knapp bemessen.«

»Sehr wohl«, versicherte Anon und zerrte ungeschickt die Pergamentrolle aus seiner Robe hervor. Nervös huschte sein Blick über die Zeilen. »Dann benennen wir wohl zunächst ...«

»... die Edle Syen aus dem Bergloggaclan!«, unterbrach ihn Variscit. »Sie hat die Stimme des Großkönigs.«

»Wer?«

»Eine gute Wahl.« Kearn verschränkte die Arme und nickte.

»Eine ausgezeichnete Wahl«, rief Dion und klopfte Axt so heftig auf den Rücken, dass sie einen Satz nach vorn machte. Sämtliche Köpfe wandten sich ihr zu, sämtliche Augen musterten sie. Die meisten überrascht, manche genauso entsetzt wie sie selbst, andere wiederum so, als hätten sie es schon die ganze Zeit geahnt. Dieses Mal dauerte es noch eine ganze Weile länger, bis sie die gesamte Tragweite von Variscits Worten erfasst hatte. Als sie es endlich begriff, wurde sie so vollkommen rot im Gesicht, dass sie im Dunkeln vermutlich zu leuchten angefangen hätte.

»Meine Tochter!«, rief ihr Vater und klatschte begeistert in die Hände.

»Eine Obere«, krächzte irgendjemand entsetzt. »Eine Frau!« Doch sein Protest ging im einsetzenden Stiefelgetrampel der Oberen unter.

Aus der Mitte der Unteren humpelte nun ein gewaltiges, fellbedecktes Monstrum hervor und erhob die Stimme. »Die Bergclans wissen Kampfgeist und Mut zu schätzen. Ihnen ist es egal, ob es sich dabei um einen Unteren oder Oberen handelt – oder gar um eine Frau. Unsere Weiber kämpfen schon seit Generationen Schulter an Schulter mit ihren Männern. So wie meine eigene Gattin, deren Zorn ich mehr fürchte als alle Grubenteufel der Welt. Ich bin Tantal Kronh, Herr über die Berglande des Südens, und Syen Berglogga hat mir im Kampf gegen die feigen Mörder zur Seite gestanden. Aus diesem Grund stimme ich für Syen!«

Weitere Untere folgten seinem Vorbild und hoben die Hand. Dann trat Gurn Graustein in die Mitte und strich sich nachdenklich über den Bart. »Nach allem, was ich über Syen weiß, ist sie eine kluge und weitsichtige Frau. Sie hat die Gebeine von Meister Steinhand aus Derok gerettet, und sie hat den General im Kampf gegen die Orks unterstützt. Ich halte sie für eine ausgezeichnete Wahl und gebe ihr ebenfalls meine Stimme.«

Damit war die Wahl so gut wie entschieden, denn all jene Clanherrn, die bislang den alten Großhertig bevorzugt hatten, stellten sich nun wie ein Mann hinter Axt. Zusammengenommen hätten Kalmit und Arber an dieser Entscheidung vielleicht noch rütteln können, doch ihre Clans waren so sehr zerstritten, dass sie eher mit Beilen aufeinander losgegangen wären, als sich gegenseitig ihre Stimmen und die ihrer Anhänger zuzuschieben. Die Clans, die einst Zornthal die Treue geschworen hatten, enthielten sich ratlos der Abstimmung und sorgten auf diese Art dafür, dass Axt mit überwältigender Mehrheit zur Nachfolgerin von General Variscit bestimmt wurde.

Sie selbst stand sprachlos im Zentrum des aufgeregten Durcheinanders und ließ das Gezeter und Gebrüll der Clanherren schicksalsergeben über sich ergehen. Sie warf einen Seitenblick auf Dion, der ihr aufmunternd zublinzelte, dann auf Kearn, der weiterhin keine Miene verzog. Aus dem alten Krieger wurde sie einfach nicht schlau. War er nicht eigentlich ihr Widersacher gewesen? Hatte Variscit ihn einfach nur so weit im Griff, dass er tat, was der ihm befahl? Was würde geschehen, wenn der General letzten Endes doch verstarb?

Ratlos blickte sie zum Thron hinüber. Variscit saß aufrecht, die Augen geschlossen, den Mund leicht geöffnet. Seine Hände lagen schlaff und leblos auf den Lehnen. Der Mann, der zu Lebzeiten einst ehrfurchtsvoll Drachentöter genannt worden war, hatte soeben die allerletzte Schlacht seines Lebens geschlagen.

ES GIBT ZWEI SORTEN VON LEUTEN

Die Hitze hatte noch zugenommen, je weiter sie in den Berg vorgedrungen waren. Vielleicht war es aber auch nicht so sehr die Hitze. Vielleicht wurde nur die Atemluft immer schlechter.

Die Schächte hier waren zumindest nicht so ordentlich angelegt, wie Glond das kannte. Sie wirkten im Gegenteil eher provisorisch, wie sie sich durch den Fels wanden, dem Verlauf von Erzadern und Gesteinsfaltungen folgend, mal ansteigend, dann wieder unerwartet die Richtung wechselnd oder steil abfallend. Das war nicht sorgsam nach Art der Unteren geplant – und zudem nicht sorgfältig gesichert, wie das überall stetig tropfende Wasser zeigte, das über den Boden rann und ihn schlüpfrig machte. Es bildete schmutzige Pfützen und kleine, dunkle Tümpel in aufgegebenen Seitengängen. Eine ordentliche Mine war besser belüftet – und besser entwässert. Ein Eindruck, der noch durch das nahezu völlige Fehlen von hölzernen Stützbalken unterstrichen wurde. Sicher, die Mine trug trotz allem die Handschrift dalkarischer Bergmannskunst und war damit wohl stabiler als alles, was die Orks allein hinbekommen hätten. Trotzdem – es genügte ein kleiner Ruck des Bergs, ein Stöhnen der gewaltigen Gesteinsmassen über ihren Schultern, und das Ganze würde in sich zusammenfallen, ohne die geringste Dämpfung durch flexible Holzstämme, ohne die leiseste Vorwarnung durch stöhnendes Holz. Und über allem lag das dumpfe Dröhnen der Trommel, die weit hinter ihnen unablässig geschlagen wurde, und erfüllte den düsteren Schacht mit einem unheimlichen Puls.

Glond schauderte.

Noch jemand schien seine Besorgnis zu teilen. »Ich hasse Höhlen«, rumpelte Modrath.

»Ich denke, du hasst Höhen?«, gab Krendar zurück.

»Höhen, Höhlen – alles keine Orte für Oger.« Er wischte mit der Hand über die schmierige Wand, über die ein steter Wasserfilm rann. »Muss das hier so aussehen, Zwerg?«

Glond sah zu ihm hoch. Der Schacht war gerade hoch genug aus dem Fels gehauen, um die riesigen Orks einigermaßen aufrecht passieren zu lassen, doch der Oger musste den größten Teil der Strecke gebückt laufen.

Glond schüttelte den Kopf. »Woher beim Grubenteufel soll ich das wissen? Seh ich aus, als hätte ich schon mal in einer Grube gearbeitet?«

Der Oger erwiderte seinen Blick und verzog seine hässliche Visage. »Du bist ein Zwerg«, brummte er. »Ihr seht alle so aus.«

So viel zum Verständnis füreinander.

Dvergat schniefte. »Bevor du fragst – ich habe genauso wenig Ahnung wie Glond. Bin seit über fünfzig Jahren in keiner Mine mehr gewesen. Aber ich finde nicht, dass das hier vertrauenerweckend aussieht. Ich denke, einem ordentlichen Grubenmeister würde sich der Bart sträuben.«

»Oh. Gut. Da fühle ich mich gleich besser.«

Vor ihnen tauchte ein Trupp Orks auf. Bereits der dritte, der ihnen entgegenkam, etwa ein Dutzend abgerissener Gestalten, die drei hoch beladene Karren voller Gestein mit sich zerrten. Die Brocken auf den Fahrzeugen glänzten dumpf im Schein ihrer Fackel, und Glond war sich nicht sicher, ob das an der allgegenwärtigen Feuchtigkeit lag. Hinter ihnen folgten weitere Orks, bewaffnet mit Spitzhacken, Schaufeln und Hämmern. Als sie den Trupp um Glond erreichten, warfen einige von ihnen dem riesigen Oger Blicke zu, die vielleicht Neugier enthalten mochten, doch erstaunlicherweise starrten die meisten von ihnen nur stumpf vor sich hin. Krendar und die anderen Orks drückten sich eng an die Wand des Tunnels, um die Arbeiter passieren zu lassen, und Glond tat es ihnen gleich. Ihr Führer, Yar, wechselte einige Worte mit dem Aufseher des Trupps. Der verdreckte Ork musterte Krendar, den Oger und die Zwerge flüchtig und knurrte eine Antwort, bevor er seine Arbeiter zu höherem Tempo anhielt.

»Nicht mehr lange«, erklärte Yar, als die Wagen sie endlich passiert hatten und in der Dunkelheit verschwanden. »Wir besser hier warten.«

Glond wischte sich über das Gesicht und hatte sofort das Gefühl, den Schmutzfilm nur verschmiert zu haben. »Warum?«

Yar kratzte sich im Nacken. »Zwerge vor uns. Sprengmeister. Werden gleich neues Loch machen. Besser hinsetzen.«

»Sprengmeister?« Dvergat lehnte sich an die Wand und stützte sich schwer auf den Vorschlaghammer, den Yar für ihn organisiert hatte. »Du willst mir nicht erzählen, dass irgendein Dalkar verrückt genug ist, in einem solchen Tunnel zu sprengen.« Er sah Yar argwöhnisch an, doch der Ork zuckte nur mit den Schultern.

»Sprengen ständig. Bester Weg, Schacht schnell zu vergrößern.«

»Beim Bier des Herrn«, stöhnte Dvergat. »Und ich hätte gesagt, es ist der beste Weg, den Schacht wieder verschwinden zu lassen. Diese Idioten müssen den Verstand verloren haben.« Er musterte die roh behauene Decke und fluchte leise vor sich hin.

Sieht so aus, als hätte die ganze Welt den Verstand verloren. Einschließlich uns. Sonst wären wir wohl nicht hier. Glond wechselte einen stummen Blick mit dem Wolfmann. Wie auf ein Stichwort dröhnte vor ihnen der scharfe Ton eines Horns und ließ Glond zusammenzucken. Ein Grubenhorn, und es klang, als würde es ganz in der Nähe geblasen. »Was …?«

Der narbengesichtige Ork wurde blass und kauerte sich eilig an die Felswand. »Besser Ohren halten«, sagte er eilig und presste die Handflächen gegen den Kopf.

»Scheiße.« Glond folgte dem Beispiel des Orks, und nach kurzem Zögern schlossen die Übrigen sich an.

Abermals dröhnte das Horn, dann herrschte für drei, vier Herzschläge eine atemlose Stille im Berg.

Wie schlimm kann es werden? So, wie das hier gebaut ist, wird kein vernünftiger Dalkar es wagen …

Der Felsboden schien unter ihm wegzusacken, bevor er bockte und sie beinahe von den Füßen warf. Nur einen Lidschlag später brandete ein dumpfes Grollen auf, das sofort in den scharfen Donner einer Explosion überging, die ihn wie ein Fausthieb in den Magen traf und seine Ohren klingeln ließ. Kleine Steinbrocken rieselten auf sie herab und zogen graue Staubfahnen hinter sich her. Ein größerer Brocken krachte auf die Schulter des Ogers und prallte ab.

Im nächsten Augenblick rollte eine Staubwolke auf sie zu, die so dicht wirkte, dass Glond für einen Moment das Gefühl hatte, die Gangdecke stürze ein. Noch bevor er jedoch reagieren konnte, hatte die Wolke sie erreicht und verschluckt.

Hustend und keuchend rang Glond nach Luft, und im Dunst neben sich hörte er orkische Flüche, die sich mit denen Dvergats mischten. Zu seiner Rechten rang der Wolfmann nach Atem. Er presste sich den Ärmel vor das Gesicht, dessen Behaarung aussah, als sei er auf einen Schlag ergraut. Staub und der beißende Gestank von Sprengpulver krochen in Glonds Nase und brachte ihn zum Niesen. Irgendjemand flüsterte ihm etwas Unverständliches ins Ohr. Oder schrie vielleicht. Er war sich da nicht sicher; seine Ohren pfiffen im Nachhall der Explosion. Es dauerte eine ganze Weile, bis sich der Staub verzogen hatte, davongetragen von einer kaum spürbaren Brise im Schacht.

Dvergat zog geräuschvoll Schleim hoch und spuckte aus. »Was habe ich gesagt?«, krächzte er. »Vollkommen bescheuert. Bresch muss wirklich den Verstand verloren haben.«

Der Wolfmann klopfte sich den Staub von den Ärmeln, selbst wenn das eine vollkommen nutzlose Geste war. »Du meinst immer noch, er hat jemals welchen gehabt?«

Dvergat hielt inne. Dann nickte er. »In Ordnung. Wenn du es so formulierst ...«

Ein drittes Mal hallte ein Hornstoß durch den Schacht, diesmal etwas dumpfer als zuvor.

Der Narbengesichtige stemmte sich auf die Füße. »Sprengung vorbei. Wir noch leben. Also Arbeiter gleich kehren zurück.«

Krendar rieb sich die Augen. »Sehen wir uns an, was sie dort vorn tun?«

Glond runzelte die Stirn. »Was tun die Dalkar... die Sprengmeister jetzt?«

Yar zuckte erneut mit den Schultern. »Gehen nach oben. Wenn gesprengt, sie gehen aus Mine bis nächste Schicht. Kommen nie an einem Tag zweimal. Nächstes Mal kommen andere. So sie nicht hören müssen Stimmen lange.«

Jemand flüsterte etwas hinter Glond, und er drehte sich um und sah den Wolfmann fragend an. »Was?«

Der Wolfmann schüttelte den Kopf, legte einen Finger an die Lippen und bedeutete ihm, aufmerksam zu horchen. Wieder flüsterte jemand etwas neben Glonds Ohr, und dieses Mal lief ihm ein kalter Schauer den Rücken hinab. Neben seinem Ohr befand sich nur die Felswand.

»Diese Stimmen«, sagte der Wolfmann leise. »Wir haben sie unter Derok gehört, erinnerst du dich?«

Glond nickte.

»*Frei!*«

»Was?« Er schüttelte den Kopf. Das Summen in seinem Kopf nahm zu, ein Sirren wie von Dutzenden zorniger Wespen. Nein, Hunderten.

»*Frei!*«

Grauen stieg in ihm auf und schnürte ihm die Kehle zu. »*Frei!*«

Das Flüstern wurde von Augenblick zu Augenblick lauter, deutlicher, tausend raschelnde Stimmen, die ein Wort immer und immer wieder wiederholten.

Frei!

Glond biss die Zähne aufeinander, bis sie schmerzten, während der Druck in seinem Kopf anstieg und seinen Schädel zu sprengen drohte. »Verdammt! Ihr hört das auch, oder?« Ächzend kippte er nach vorn und krallte die Finger in den rauen Felsboden.

Dvergat starrte ihn mit offenem Mund an. »Glond?«

Glond hob eine Hand und wedelte eine unbestimmte Geste, von der er selbst nicht wusste, was sie bedeuten sollte. *Alles in Ordnung vielleicht, oder: Ich muss mich nur kurz übergeben.* Etwas Dunkles tropfte von seiner Nase in den Staub. *Nasenbluten. Großartig.* Immerhin schienen die Stimmen langsam zu verstummen. Oder nein, nicht zu verstummen – sie schienen lediglich in den Hintergrund zu treten. Mühsam hob er den Kopf.

Krendar ragte vor ihm auf. »Alles in Ordnung, Zwerg?«

»Lass uns mal was klarstellen, Ork. Es heißt Dalkar. Nicht Zwerg.« Er wischte sich die Nase am Ärmel ab und versuchte mühsam, auf die Füße zu kommen.

Krendar rieb sich die hässliche Narbe auf der Stirn. »Das war wohl ein ›Ja‹.« Er packte Glond am Ärmel und zog ihn auf die Beine. »Es heißt übrigens Aerc. Nicht Ork. Ja, wir haben es auch gehört.« Er sah die anderen an.

Der Wolfmann spuckte einen grauen Klumpen Schleim aus und massierte sich die Schläfen. »Das war schlimmer als in Derok«, sagte er. »Viel schlimmer.«

»Wovon redet ihr?«, fragte Dvergat verwirrt.

»Kopfschmerzen«, knurrte Modrath und wischte sich Blut von der Nase. Sofort rann neues nach. »Beschissene Kopfschmerzen.« Er sah die fragenden Gesichter von Krendar und

Glond und zuckte mit den Schultern. »Und die Stimmen der groshakk Ahnen, die mir sagen, dass ich euch alle umbringen soll, ja. Aber die Kopfschmerzen sind das Schlimmste.« Er klopfte dem erschrocken aussehenden Farosh auf die Schulter. »Keine Sorge, Kleiner. Ich habe mir angewöhnt, einen Scheiß auf die Ahnen zu geben. Die gehen mir wirklich, wirklich auf den Sack. Und ich habe die Schnauze voll von Leuten, die mir sagen, wen ich töten soll. Das entscheide ich immer noch selbst. Sehen wir zu, dass wir sie zum Schweigen bringen.«

Glond schüttelte nochmals den Kopf. Das Summen der Stimmen war in den Hintergrund getreten. Er horchte in sich hinein. *Aber nicht verschwunden. Ganz sicher nicht.*

Tatsächlich mussten sie noch ein ordentliches Stück Weg zurücklegen, bevor sie am Kopf des Stollenvortriebs ankamen. Zweimal waren ihnen Dalkar entgegengekommen und vorbeigeeilt, ohne ihnen mehr als einen interessierten Blick auf Modrath zu widmen. Beide trugen Insignien der Sprengmeistergilde; Glond schätzte jedoch, dass sie kaum so alt sein konnten wie er. *Lehrburschen oder allenfalls Gesellen.*

»Zornthal-Leute«, brummte Dvergat. »Wie viele von denen haben die eigentlich hier?

»Eine halbe Doppelfaust und einen Sprengmeister«, sagte Yar und signalisierte mit den Fingern sechs. »Und eine ganze Doppelfaust Helfer. Außerdem Wachen mit Pfeilwerfern. Sie wechseln sich ab. Sind aber nie weniger als halbe Doppelfaust hier unten, wenn gesprengt wird.«

Dvergat verzog das Gesicht. »Verdammt viele Sprengmeister für eine so abgelegene Mine, wenn ihr mich fragt.«

Sie umrundeten einen mit Eisenplatten verkleideten Unterstand, der dem Sprengtrupp wohl als Schutz diente, und schließlich kam das Ende des Schachts in Sicht.

»In Ordnung, langsam mache ich mir Sorgen«, sagte der Wolfmann. Im sich langsam setzenden Staub und Rauch der Explosion wurden Dutzende Gestalten sichtbar. Die meisten waren Orksklaven mit einem Sammelsurium an Minenwerkzeugen. Sie standen einige Schritte vom Tunnelende entfernt neben zwei leeren Förderwagen und wirkten unschlüssig darüber, was sie jetzt tun sollten. Was vor allem an der Gruppe Dalkar lag, die direkt vor dem frischen Sprengungsabraum standen und lebhaft zu diskutieren schienen. Zwei der Männer trugen die traditionelle, dicke Lederpanzerung der Sprengtrupps, die Übrigen steckten in Rüstungen von Minenwachen. Drei von ihnen hielten ihre Armbrüste auf die orkischen Arbeiter gerichtet, während sich die übrigen drei an der Diskussion der Sprengmeister beteiligten. Es fiel schwer, sie zu unterscheiden. Die schmutzig graue Staub- und Ascheschicht überzog hier alles, ließ die Augen tränen und juckte in Hals und Nase.

»Wenn die Sprengmeister aufgeregt sind, sollte man sich auch Sorgen machen«, sagte Dvergat und spuckte zum wiederholten Mal aschefarbenen Schleim aus.

»Ich denke, du warst noch nie in den Minen?« Der Wolfmann sah ihn von der Seite an.

Dvergat zuckte mit den Schultern. »Es sind Sprengmeister. So ziemlich die abgebrühtesten Hunde, die es geben kann. Man muss nicht in den Minen gewesen sein, um zu ahnen, dass es kein gutes Zeichen sein kann, wenn die sich aufregen.«

Glond nickte und trat auf die Gruppe zu. Er versuchte es

zumindest, denn beinahe sofort waren zwei der Armbrüste auf ihn gerichtet.

»Ihr da. Stehen bleiben!«, bellte einer der Minenwächter. »Ich habe gesagt, keiner kommt hier ran.«

Der zweite kniff die Augen zusammen. »Ich glaube, das ist ein Dalkar«, gab er seinem Kollegen zu bedenken.

»Ist mir völlig egal, wer die sind«, stellte der andere unwirsch fest. »Sie sind keine von uns, das sieht man. Und sie haben einen Haufen Orks dabei. Also bleiben sie, wo sie sind!«

»Wir haben auch einen Haufen Orks dabei«, sagte der zweite.

»Aber die stehen da drüben«, knurrte der Unwirsche und wechselte in die Sprache der Menschen. »He, ihr, stellt euch zu den anderen, und wartet eure Befehle ab!«

Glond wechselte einen Blick mit Krendar und nickte ihm zu. »Wir bringen frische Arbeiter«, erklärte er laut. »Bresch sagt, wir sollen uns bei euch melden.« Er deutete auf Dvergat und sich. »Er will wissen, wie weit ihr seid.«

Die beiden Wächter sahen sich an. »Ihr seid Leute von Bresch?«

Dvergat schnaubte. »Kennst du Dalkar hier, die nicht Leute von Bresch sind?«

Der Unwirsche wirkte verunsichert, sofern man das unter seiner Maske aus Staub erkennen konnte. »In Ordnung. Ihr zwei dürft herkommen. Die Orks sollen sich gefälligst zu den anderen stellen.«

Glond nickte und näherte sich vorsichtig den Wächtern. Auch aus der Nähe waren sie kaum zu unterscheiden. »Was ist das Problem hier? Warum arbeitet ihr nicht weiter?«

»Das Problem? Diese ganze verdammte Mine ist ein Problem!« Der Unwirsche beäugte sie blinzelnd. »Diese Wand vor uns ist beinahe aus massivem Bleiglanz. Die haben uns gerade fast den Hintern weggesprengt und trotzdem kaum mehr als ein paar Fußbreit Fels gelockert.«

»Klingt so, als wäre das gut«, gab Dvergat zurück. »Bresch will mehr Blei.«

Einer der Sprengmeister wandte sich um. »Wofür auch immer er das braucht«, knurrte er. »Das Ganze wird zu gefährlich.« Er deutete auf den Schuttberg am Ende des Tunnels. »Ohne vernünftige Absicherung können wir hier nicht weitermachen. Seht ihr den Riss dort vorn in der Wand? Wir haben keine Ahnung, was dahinter liegt. Aber wenn der größer wird, fällt uns am Ende der ganze Berg auf die Köpfe.« Erst jetzt schien er zu bemerken, dass Glond und Dvergat nicht zu ihren eigenen Leuten gehörten, denn er musterte sie argwöhnisch. »Wer seid ihr?«

Glond überging die Frage. Der andere Sprengmeister, der sich von den übrigen grauen Gestalten nur durch seinen in drei Zöpfe geflochtenen Bart unterschied, hielt etwas in den Händen, das der eigentliche Grund für die hitzige Diskussion zu sein schien. »Was ist das?«

Der Sprengmeister kratzte sich am Kopf. »Das ist noch so eine Sache. Das kam aus dem Riss gerollt. Einige davon.« Er deutete auf einen runden Brocken, der auf den ersten Blick wie ein weiterer Stein aussah.

Dvergat hob ihn auf und pfiff leise durch die Zähne. »Schwer«, stellte er fest und wischte mit dem Ärmel über das Fundstück. Dann holte er verblüfft Luft. Unter der grauen Staubschicht kam etwas zum Vorschein, das eher die Farbe eines alten Zahns hatte. Er drehte den Brocken um und hielt ihn Glond hin.

Leere Augenhöhlen starrten ihn an, und brüchige Reißzähne staken in einigen Löchern der Unterseite. »Ein Schädel?« Glond sah den Sprengmeister verwirrt an.

Der Dalkar nickte. »Ein halbes Dutzend, mindestens.« Dvergat kratzte an der schwarzen Masse, die in den Tiefen der Augenhöhlen lag. »Metall.«

»Blei.« Dem Sprengmeister war deutlich anzusehen, dass er sich selbst keinen Reim auf das Fundstück machen konnte. »Die Dinger sind vollkommen mit Blei ausgegossen.«

Inzwischen hatten sich auch die anderen vier Männer zu ihnen umgewandt. »Ich sage immer noch, dass das nur irgendeine Schweinerei der Orks ist«, brummte einer der beiden Minenwächter. Im Gegensatz zu seinem Kollegen hatte er nur einen kurzen Bart. »Sie wollen uns Angst machen.«

Einem Dalkar Angst machen? Die Orks wissen genau, dass wir keine Angst haben. Ein Anwesender vielleicht ausgenommen. Sie verachten uns dafür!

Einer der Sprengmeister lachte höhnisch auf. »Mit bleigefüllten Orkschädeln? Das glaubst du doch selbst nicht. Wer sollte sich vor so etwas fürchten?«

Glond schauderte.

Dvergat drehte den Schädel nachdenklich in den Händen. »Das sieht alt aus«, murmelte er. »Habe ich das richtig verstanden – die Orks haben die Schädel in einem Riss in der Wand versteckt, der erst sichtbar wurde, als ihr den Fels davor weggesprengt habt?« Er sah den Dreizöpfigen mit hochgezogener Braue an.

Der Sprengmeister runzelte die Stirn.

Das ist es also? Das Ende? Die Frage ist jetzt nur: Ist es das Ende des Wegs oder das Ende der Welt? Glond trat näher an den Dreizöpfigen heran. »Ich fürchte, ihr habt etwas gefunden, das besser begraben bleiben sollte. Wir sind hier wegen des Silbers, des Bleis. Das ist es, was Bresch interessiert. Ich denke nicht, dass wir mit alten Orkschädeln herumspielen sollten.« Er warf einen bedeutungsvollen Blick in Richtung der Orks. »Nicht, wenn ihr wollt, dass die da noch weiterarbeiten.«

Täuschte er sich, oder sah der Sprengmeister jetzt besorgt aus? »Du meinst, die waren schon dort drin?«, probierte der Dreizöpfige diese neue Idee aus.

Glond senkte nochmals die Stimme, und die übrigen Männer traten unwillkürlich näher. »Ich glaube, dort drin ist irgendeine Höhle der Orks, eine Begräbnishöhle. Was glaubt ihr, wie die Orks reagieren, wenn sich herumspricht, dass ihr das aufgesprengt habt? Ganz davon abgesehen, dass so eine Höhle einen Eingang haben muss. Das hier war er ja nicht.« Er drückte dem Minenwächter neben ihm den Schädel in die Hand. »Und Eingänge sind auch Ausgänge. Ihr solltet sie besser nicht in die Nähe lassen.«

Der Minenwächter nickte zögerlich. »Vielleicht habt ihr recht ...«

»Spielt keine Rolle«, unterbrach ihn der Dreizöpfige. »Wir haben nach Bresch geschickt. Soll er entscheiden, was mit dieser Entdeckung geschehen soll. Es ist seine Mine.«

Plötzlich schien ein eiskalter Klumpen in Glonds Magen zu liegen. »Ihr habt nach Bresch geschickt.«

Der andere Sprengmeister nickte. »Natürlich. Wir haben Befehl, ihm alles Ungewöhnliche sofort zu berichten. Ein Riss im Stollenkopf ist schon ungewöhnlich genug.« Er warf seinem Kollegen einen düsteren Blick zu. »Aber bleigefüllte Schädel ... Natürlich haben wir ihm Bescheid gesagt.«

»Großartig«, murmelte Dvergat.

»Dann haltet wenigstens die Orks fern, bis er hier ist«, knurrte Glond. »Wenn ihr nicht wollt, dass es eine hässliche Szene gibt, während er sich das ansieht.«

Der kurzbärtige Anführer der Minenwächter nickte langsam. »Das halte ich für eine gute Idee.« Er winkte seinen Männern zu. »Sagt den Orks, sie sollen sich zurückziehen!«

Glond sah zu den Orks hinüber, und seine Blicke trafen sich mit denen des Wolfmanns. Er schüttelte kaum merklich den Kopf, woraufhin dieser einige Worte mit Krendar und Modrath wechselte. Murrend, jedoch ohne Widerstand zogen sich die Orks in den Gang zurück. Vermutlich waren sie froh über die verlängerte Pause. Er wandte sich um. »Wenn wir schon hier warten, kann ich mir diesen Riss vielleicht mal ansehen?«

»Das lässt du schön bleiben!«, befahl eine Stimme hinter ihnen so scharf, dass Glond zusammenzuckte. Bresch.

»Ich fasse es nicht.« Der feiste Herr der Mine scheuchte die Orks beiseite und drängte sich zum Tunnelende vor. »Da schickt man dich hier runter, damit du ... zur Abwechslung mal etwas Nützliches tust, und schon stehst du hier und gibst Anweisungen.« Er sah Glond abfällig an, bevor er sich den anderen zuwandte. »Dieser Mann ist ein Verbrecher. Er hat hier überhaupt nichts zu sagen.«

Der Dreizöpfige sah verwirrt zwischen Glond und Bresch hin und her. »Aber er sagte, dass Ihr ihn geschickt habt.«

»So, hat er das?« Bresch seufzte theatralisch. »Natürlich

habe ich ihn geschickt. Zum Arbeiten! Aber ich kann mich nicht erinnern, dass ich befohlen habe, den Orks eine Pause zu gönnen!« Er wedelte die Wächter beiseite. Hinter ihm konnte Glond ein halbes Dutzend schwer gepanzerter Krieger erkennen, die auf seinen Wink die abziehenden Orks aufhielten. »Ihr bleibt verdammt noch mal hier.« Abfällig musterte er Glond. »Ich habe keine Ahnung, wie du das machst. Wohin du auch gehst, du verursachst mir nichts als Ärger. Kaum denke ich, wir hätten unser Problem behoben, da muss ich hören, dass du einen Streit vom Zaun brichst, der dazu führt, dass mein geschätzter Raut Urag ermordet wurde. Von einem Oger! Glaubt man das? Wir haben das Glück, einen Oger für unsere Arbeit hier zu gewinnen, und der hat nichts Besseres zu tun, als sich auf die Seite eines abtrünnigen Niemands zu schlagen und die schöne Ordnung in meiner Mine durcheinanderzubringen!« Er sah sich um und deutete auf Modrath, der neben dem Unterstand der Sprengmeister an der Wand lehnte. »Ist das der da? Das Arschloch soll hier rüberkommen!«

Modrath wechselte einen Blick mit Krendar, dann stieß er sich von der Wand ab. »Ich hab gehört, dass du hier der Häuptling bist, Bresch«, rumpelte er.

»So. Hast...« Bresch unterbrach sich und kniff argwöhnisch die Augen zusammen. »Ich kenne dich.«

Modrath leckte sich über den Zahnstummel und grinste düster. »Jo. Ich freue mich auch, dich zu sehen, kleiner Mann.«

Bresch öffnete den Mund, doch es kamen nur unverständliche Laute heraus, bevor er sich zusammenriss. »Was bei allen Grubenteufeln tust du hier?«

Es war Krendar, der die Antwort übernahm. »Wir sind

hier, um zu verhindern, dass irgendjemand eine große Dummheit macht.« Krendar hob die Hände, um Breschs Krieger sehen zu lassen, dass er unbewaffnet war. Glond fiel auf, dass das Messer des jungen Raut nirgendwo zu sehen war. »Wir wissen, was du suchst, Bresch. Und das ist keine gute Idee.«

»Du weißt es, Ork?« Bresch funkelte Krendar an. »Du weißt einen Scheiß! Ihr Idioten habt schon einmal eine Waffe vernichtet, mit der man diesen Krieg hätte gewinnen können! Und jetzt, wo ich kurz davor bin, eine neue zu finden, glaubt ihr, mir erklären zu können, was eine gute Idee ist und was nicht?« Abrupt wandte er sich um. »Erschießt diese Drecksäcke!«

Die Krieger seiner Leibgarde hoben ihre Waffen, doch Bresch schien es sich schon wieder anders überlegt zu haben. »Halt!«, donnerte er. »Halt. Planänderung.« Er sah zwischen Glond, Dvergat, Krendar und Modrath hin und her. »Wenn ich es mir recht überlege, dann muss das wohl ein Wink des Herrn sein. Ich meine, es kann doch kein Zufall sein, dass ausgerechnet wir gerade jetzt und hier wieder aufeinandertreffen. Wie es aussieht, möchte der Herr, dass ihr dabei seid, wenn das neue Zeitalter anbricht.«

»Dein Gott hat nichts damit zu tun«, knurrte Modrath.

»Da muss ich ihm recht geben«, sagte Dvergat. »Der Herr hat zwar einen seltsamen Humor, aber so seltsam auch wieder nicht.«

Breschs Miene verhärtete sich. »Haltet die Schnauze. Alle beide. Sonst nehme ich mit Glond und dem Ork da vorlieb und lasse euch gleich erschießen. Ich brauche euch nicht.« Er wandte sich ab und sah den dreizöpfigen Sprengmeister an. »Ihr habt etwas gefunden. Orkschädel?«

Der Sprengmeister nickte. »Einen Riss im Fels, aus dem Schädel rollen. Der da«, er deutete auf Glond, »meint, dass wir womöglich auf ein Grab der Grünhäute gestoßen sind. Sollen wir besser in eine andere Richtung ...?«

Doch Bresch hörte ihm schon nicht mehr zu. Er ließ ihn einfach stehen und näherte sich beinahe ehrfürchtig der Öffnung im Fels. Kurz davor blieb er stehen, hob einen staubigen Schädel aus dem Geröll auf und betrachtete ihn. »Gut«, flüsterte er. »Gut.« Achtlos ließ er das knöcherne Artefakt zu Boden fallen, wo es mit einem trockenen Knirschen zerbarst. Er trat über den Trümmerhaufen und musterte den Spalt eindringlich. »Das ist es«, flüsterte er andächtig. Dann streckte er die Hand aus. »Fackel!«, bellte er. Einer seiner Leibwächter reichte ihm das Gewünschte. Bresch schob die Lichtquelle in die Öffnung und starrte mehrere lange Momente in den dahinter liegenden Hohlraum, bevor er tief durchatmete. »Das ist es«, wiederholte er und wandte sich um. Ein triumphierendes Grinsen lag auf seinem Gesicht. »Lasst diese Wand einschlagen!«

Glond runzelte die Stirn. »Das würde ich nicht tun«, warf er schnell ein.

Bresch verzog abfällig den Mund. »Das denke ich mir. Aber was du tun würdest oder auch nicht, spielt glücklicherweise keine Rolle mehr.«

Glond sah ihn entnervt an. »Ich kann dich kaum davon überzeugen, das nicht zu tun, so viel ist mir auch klar. Aber du willst nicht wirklich den Orks befehlen, eine Kultstätte ihrer Art aufzubrechen?«

Bresch sah die zurückgedrängten Arbeiter neben dem Unterstand an. Dann nickte er langsam. »Ich verstehe, was du meinst.« Er wandte sich an die Minenwächter. »Schickt die Orks noch ein Stück weiter in den Gang. Und gebt dem Mann hier eine Spitzhacke. Ach ja, und bringt mir den vorlauten Ork und seinen Oger hier herüber. Wenn wir schon so einen haben, sollten wir ihn nutzen.« Er grinste Glond an. »Außerdem mag ich die Vorstellung, dass ihr es seid, die mir diesen letzten Schritt sozusagen eröffnen.«

»Und das hältst du für eine bessere Idee?« Dvergat schnaubte und schulterte seinen Hammer.

Bresch griff sich die Armbrust des Minenwächters neben ihm und richtete den Bolzen auf Glonds Kopf. »Das halte ich sogar für eine ausgezeichnete Idee. Wisst ihr, was mich dieser Winter in den Scheiß-Bergen hier oben gelehrt hat? Meiner Erfahrung nach gibt es nur zwei Sorten von Leuten auf dieser Welt. Die einen halten eine geladene Armbrust in der Hand, und die anderen – buddeln.« Er ließ seine Nackenwirbel knacken und grinste gehässig. Mit dem Fuß schob er eine herumliegende Spitzhacke in Glonds Richtung und trat einen Schritt zurück. »Also buddelt.«

DER SCHATZ DER AHNEN

Tatsächlich war es eine schweißtreibende Arbeit, den Riss in der Felswand so weit zu erweitern, dass sich ein Zwerg von Breschs Ausmaßen hindurchducken konnte. Immerhin hatte Krendar auf diese Weise seine aufgestaute Wut so weit abreagieren können, dass er wieder klar dachte. Sie waren zu spät. So knapp und doch zu spät. Und im Moment sah er keine Möglichkeit, Bresch noch daran zu hindern, sein Ziel zu erreichen. Er sah zu Glond, der neben ihm seine Spitzhacke grimmig in den Fels trieb, während Modrath und der Zwerg namens Dvergat die großen Brocken beiseiteräumten, die die Sprengung hinterlassen hatte. Glond war aus demselben Grund hier wie er. Und er hatte genauso versagt. *Schon seltsam, wie das Leben spielt. Wir sind den ganzen groshakk Weg hierher gegangen, um das zu vernichten, was dort liegt. Und jetzt sind wir es, die es auf die Welt loslassen.* Grimmig hackte er an einem letzten widerspenstigen Felszacken herum. Als sich der Brocken löste, rollte ihm eine weitere Kaskade von Orkschädeln entgegen, und die leeren Augenhöhlen schienen anklagend zu ihm hinauf zu starren. Genau jetzt fiel ihm auf, dass das Flüstern in seinem Kopf, das triumphierende Wispern der Ahnen, seit einiger Zeit verstummt und von einer lauernden Stille ersetzt worden war. Seine Nackenhaare stellten sich auf, und mit einem Mal spürte er, wie sich die Angstwürmer in seinem Magen regten. Früher, in einem anderen Leben, als er noch die Herden seines Stamms bewachte, hatte diese Stille nur eines bedeutet: Ein großes Raubtier befand sich in der Nähe und machte sich zum Sprung bereit. Für einen Moment hatte er das sichere Gefühl, dass in der Schwärze vor ihnen ein gewaltiges Wesen kauerte, jeder Muskel, jede Sehne angespannt, um sich auf ihn zu stürzen, Klauen und Zähne in ihn zu schlagen und seine Knochen zu zermalmen. Es wartete nur darauf, dass er die Augen schloss, auf einen winzigen Moment der Unaufmerksamkeit, ein Zwinkern. Zischend biss er die Kiefer aufeinander und sah in den gähnenden Hohlraum hinter der Öffnung.

Inzwischen fiel genug Fackellicht hinein, dass er erkannte, was sie freigelegt hatten. Die Höhle war nahezu kreisrund, durchmaß etwa sechs oder sieben Doppelschritte und erstreckte sich so hoch in die Dunkelheit, dass ihre Decke nicht zu erkennen war. Ein spürbarer Luftzug zog an ihm vorbei. Er ließ die Fackeln unruhig flackern und erfüllte die Kammer mit einem dumpfen, unheimlichen Dröhnen. Der Zwerg neben ihm schnappte plötzlich nach Luft, und im selben Augenblick erkannte Krendar, warum. Die Wände der Kammer waren nicht aus Fels. Oder zumindest: Die Felswände waren nicht zu sehen, denn jede Handbreit war ohne Ausnahme mit Schädeln bedeckt. Schädel, gestapelt auf Schädel, Hunderte und Aberhunderte, die untersten davon so alt, dass die Knochen als gelbliche Splitter und Staub den Boden davor bedeckten und an ihrer Stelle schädelförmige Klumpen aus Blei die Basis des grausigen Wandschmucks bildeten.

Über die Gesichter der Schädel waren dunkel die Zeichen der Schamaninnen gemalt, einige, an die er sich aus der Ruinenstadt im Westen erinnerte, dazu unzählige mehr, die er noch nie zuvor gesehen hatte. Bündel aus Knochen und Federn waren an die Wände geheftet. Das Bemerkenswerteste an der Kammer war jedoch ihr Boden. Er war sorgfältig bearbeitet und, abgesehen von einer dicken Schicht Staub, vollkommen eben. Einzige Dekoration war eine in den Felsboden geschlagene Doppelspirale, die sich von den Wänden bis zur Mitte des Raums zog, ebenfalls ausgegossen mit Blei, das im Licht der Fackeln dumpf schimmerte. Ihre Arme überschnitten sich in einem immer enger werdenden Muster, je weiter sie sich der Mitte näherten. Und genau dort, im Zentrum der Höhle, ruhte eine schimmernde, schlierige Fläche, einem unregelmäßigen Becken gleich, das bis zum Rand mit einer ölig-schwarzen Flüssigkeit gefüllt war. Die schillernde Schwärze durchmaß vielleicht zwei Doppelschritte, und für einen Augenblick vermeinte Krendar, eine Welle über ihre Oberfläche ziehen zu sehen. Neben ihm knurrte Glond leise einen langen, zwergischen Fluch. Krendar schloss sich ihm im Stillen an. Aus irgendeinem unerfindlichen Grund hatte er bis zum Schluss gehofft, nicht das zu finden, wonach sie alle gesucht hatten.

»In Ordnung. Genug. Lasst die Werkzeuge fallen und tretet zurück.« Breschs Stimme riss sie aus ihrer Erstarrung.

Krendar grunzte in ohnmächtiger Wut und meinte, die Zähne des Zwergs knirschen zu hören. Vorsichtig suchten sie sich ihren Weg über den Schutthaufen.

»Na macht schon. Aus dem Weg!«

Krendar sah dem Anführer der Zwerge in die Augen, ging

jedoch nicht zur Seite. »Tu es nicht, Bresch. Du hast gesehen, was aus denen wurde, die damit in Kontakt kamen.«

Bresch runzelte die Stirn. »Was aus ihnen wurde? Sie wurden beinahe unbesiegbar! Und jetzt geh mir aus dem Weg, bevor ich dich erschießen lasse!«

Krendar zögerte einen Augenblick, doch die Armbrüste richteten sich unerbittlich auf ihn, und schließlich machte er einen widerstrebenden Schritt zur Seite und neigte den Kopf. »Sie waren nicht mehr sie selbst«, gab er eindringlich zurück.

»Für manche Leute ist das eine Verbesserung.« Bresch sah ihn abfällig an, während er auf den Schutthaufen stieg. »Beim Herrn, sie waren Orks! Und schwächliche Menschen! Und gerade ihr wisst am besten, wie stark das Zeug dort selbst diese … diese einfachen Kreaturen gemacht hat. Wir? Wir sind Dalkar! Wir verlieren nicht so schnell den Verstand. Wir kennen keine Angst. Überlegt nur, was es aus uns machen wird!«

Krendar sah zur Seite und entdeckte Glonds schmerzlich verzogenes Gesicht. *Genau das ist mein Problem. Dass ich mir das nur zu gut überlegt habe. Was hätte Ragroth wohl an seiner Stelle getan? Einen heldenhaften Angriff unternommen?*

»Ich schätze, es wird dich größer machen«, sagte Glond und trat weiter zurück. Er war laut genug, um von allen gehört zu werden, und er verwendete die Sprache der Menschen, sodass ihn jeder verstand.

»Richtig!«, donnerte Bresch. »Hört auf den Mann. Er hat es verstanden! Ich gratuliere, Glond. Ich dachte schon, du kapierst das nie. Du hast unsere erste Chance zerstört, diese Macht an uns zu bringen. Du hattest sie in der Hand und hast sie weggeworfen! Hier haben wir die zweite – und ich bin nicht zu feige, sie anzunehmen.« Er duckte sich durch die Öffnung und sah sich in der Kammer um. Die Fackel in seiner Hand flackerte und ließ helle Funken stieben. Zuckende Schatten tanzten über die zahllosen Schädel und verliehen ihnen den Anschein von unhörbar gemurmelten Flüchen. »Seht es euch an!« Er breitete die Arme aus. »Kommt her und seht es euch an! Wisst ihr, was das ist?«

Zögernd traten die übrigen Zwerge näher an die Öffnung. Über ihre Köpfe hinweg konnte Krendar noch immer Breschs Gesicht sehen. Spielte ihm das Licht einen Streich, oder grinste der Kerl tatsächlich?

Krendar zuckte zusammen, als Glond ihn am Ellbogen berührte.

»Es macht ihn zu einem größeren Idioten«, murmelte Krendar.

»Oder zu einem größeren Arschloch«, stimmte Glond zu. »Ich bin noch unentschieden. Wir sollten gehen, solange sie beschäftigt sind.«

Krendar sah zu dem Zwerg hinunter. »Nicht noch versuchen, ihn aufzuhalten?«

Glond schnaubte. »Ich habe einen Ruf zu verlieren.«

In der Kammer hatte Bresch seine Umrundung des Beckens vollendet.

»Ruf?«, fragte Krendar.

»Ich bin der einzige feige Dalkar. Man wollte mich sogar dafür töten.« Glond ging vorsichtig rückwärts. »Deswegen lebe ich vermutlich noch.«

Einen Mann töten, dafür, dass er auf die Angstwürmer hört?
»Ihr seid kompliziert.«

Der Zwerg verzog das Gesicht. »Du hast ja keine Ahnung.«

»Das hier«, rief Bresch, auf dessen Gesicht jetzt unzweifelhaft ein triumphierendes Grinsen lag, »ist der größte Schatz der Orks. Das ist es, was ihre Zauberweiber seit Generationen vor uns verbergen, was sie sogar vor ihresgleichen verbergen! Eine Macht, diesen Krieg endgültig zu entscheiden. Meister Steinhand hat sie entdeckt, doch er konnte sie zu seinen Lebzeiten nicht den Orks entreißen. Also hinterließ er uns im Tod sein Geheimnis, auf dass einer, der nach ihm kommt, es findet und zum Wohl aller Dalkar einsetzt. Wir werden sein Werk vollenden! Wir, Dalkar, werden jene sein, die diesen Krieg beenden!«

Genau in diesem Augenblick erhob sich ein Schatten hinter Bresch. Ein Schatten, der über ihm aufragte, hoch wie ein Aerc. Die Dalkar am Durchbruch des Risses stießen überraschte Rufe aus und griffen nach ihren Waffen, doch die schattenhafte Gestalt war schneller. Sie packte Breschs Kopf, riss ihn nach hinten und beugte sich über ihn. Noch während sich Breschs Miene von Triumph in Entsetzen verwandelte, öffnete die Kreatur den Mund, weiter und immer weiter, und erbrach sich in einem dicken schwarzen Schwall in das Gesicht des Zwergs. Genau in diesem Augenblick wurde Krendar klar, dass die Schwärze nicht aus Schatten bestand, sondern ganz und gar aus einer glänzend schwarzen Masse. Derselben Masse, die in jener Nacht in Gulraka Valak aus den Wunden Dudakis und der anderen geflossen war, die von den Nol'Ru besessen waren.

»Bei den groshakk Ahnen!«, ächzte er. Plötzlich standen Modrath und Dvergat neben ihnen.

»Es macht ihn zum größeren Idioten *und* Arschloch!«, sagte der alte Zwerg.

Die Nol'Ru-Kreatur in der Höhle ließ den würgenden Bresch fallen und drehte sich zu den Zwergen am Durchbruch um. Gleich drei Pfeilwerfer klackten, und drei Kurzpfeile schlugen in die schwarze Gestalt ein. Ein Stück ihrer Schulter wurde herausgerissen, ein zweiter Kurzpfeil durchschlug ihre Brust und verschwand darin, ohne eine Spur zu hinterlassen. Das dritte Geschoss grub sich in den Hals des Wesens und blieb stecken. Das Wesen schien die Treffer nicht einmal zu bemerken. Abermals öffnete es das Maul und spuckte einen Fladen schwarzer Masse in die dicht gedrängten Zwergenkrieger. Fluchend sprangen die Gepanzerten zur Seite und wischten sich die ölige Flüssigkeit aus den Gesichtern. Einer der Minenwächter war schneller gewesen. Er hatte sich rechtzeitig weggeduckt, kam jetzt wieder hoch und hieb mit grimmiger Entschlossenheit seine Minenaxt in den Schädel der Kreatur – oder versuchte es zumindest. Der Nol'Ru riss im letzten Augenblick den Kopf herum, sodass die Klinge nur die Hälfte des schwarzen Fleischs von seinem Gesicht schälte, bevor sie sich tief durch ihr Schlüsselbein grub. Im nächsten Moment jedoch krochen schwarze Fäden, Würmern gleich, aus den Rändern der Wunde und bedeckten die bloß liegenden Knochen erneut. Anscheinend ohne auch nur beunruhigt zu sein, hob das Wesen eine Hand. Ihre Finger schossen nach vorn, wurden unwirklich, unmöglich lang und gleichzeitig zu spitzen Dornen, die sich durch die Augenhöhlen des Wächters bis in seinen Schädel bohrten. Der Zwerg zuckte heftig, bevor er zusammenbrach und aus Krendars Blickfeld verschwand. Die übrigen Zwerge, die von dem schwarzen Öl getroffen worden waren, begannen zu brüllen, und mehrere gingen zuckend zu Boden.

»In Ordnung, das ist auf jeden Fall unser Zeichen«, stellte Modrath fest, packte Krendar an der Schulter und wirbelte ihn herum, um ihn in Richtung des Minentunnels zu stoßen. »Lauft!«, donnerte er den verwirrten Aerc neben dem Unterstand der Sprengmeister zu. »Lauft, ihr groshakk Schwachköpfe! Aus dem Weg!« Er stieß die ersten der staubigen Arbeiter beiseite.

»Was? Was bei den Ahnen ist los?«, rief Yar über den einsetzenden Lärm.

Farosh schloss zu Krendar auf. Der junge Krieger sah ihn verständnislos an. »Wir sind genug Männer – können wir die Zwerge nicht überrennen? Sie scheinen abgelenkt.«

»Abgelenkt?« Krendar fletschte die Zähne. »Die sind gleich noch viel schlimmer als vorher! Bleib hinter Modrath!«

»Wir laufen davon?«

Sie kamen an dem eisernen Unterstand vorbei, und Krendar hob eine Kreuzhacke auf und drückte sie Farosh in die Hand. »So lange wir können.«

Neben ihnen holte der Wolfmann das Schwert, das er im Lager des ehemaligen Raut gefunden hatte, unter seinem Flickenumhang hervor und sah die schartige Klinge zweifelnd an. »Ich bin ebenfalls für Laufen«, stellte er fest.

Hinter ihnen ließ das Brüllen der Zwerge nach und wurde von einem anderen Laut ersetzt. Ein gurgelndes Knurren erhob sich in ihren Rücken. Wider besseres Wissen riskierte Krendar einen Blick nach hinten.

Die Zwerge kamen bereits wieder auf die Füße. Sie schwankten noch und bewegten sich, als würden sie gegen eine starke Strömung ankämpfen, aber sie würden schnell sicherer werden. Der dreizöpfige Sprengmeister hob als Erster den Kopf.

Das tiefe Grollen stieg direkt aus seiner Kehle auf, und seine Augen waren schwärzer als die dunkelste Nacht.

»Jetzt geht diese Scheiße schon wieder los!«, fluchte Dvergat und hob seinen Vorschlaghammer. Der Sprengmeister knurrte nochmals, machte einen unsicheren Schritt, dann lief er los. Noch im Laufen streckte er die Hände aus, und aus ihnen wuchsen schwarze Krallen, jede so lang wie der Finger eines Aerc. Binnen weniger Schritte hatte er die Aerc erreicht, die sich zwischen dem Unterstand und den Grubenwagen hindurchzudrängen versuchten, und grub seine neuen Waffen in die Leiber der Arbeiter.

Sie kommen nie schnell genug weg! Mit aufkeimendem Entsetzen sah Krendar, wie zwei, drei, dann vier Aerc fielen. Die anderen schüttelten endlich ihre Verwirrung ab, und ihre Kriegerinstinkte übernahmen. Sie griffen nach ihren Bergbauwerkzeugen und stellten sich dem Zwerg entgegen. Es machte überhaupt keinen Unterschied.

Krendar wechselte einen Blick mit Glond. Der Zwerg nickte ihm zu. »Ach verdammt.« Krendar hob die Stimme über die Kriegsrufe und Schmerzensschreie der Aerc. »Modrath, sorg für Platz! Wir müssen ihnen Zeit verschaffen!«

Ohne auf die Reaktion des Ogers zu achten, stieß er den nächsten Aerc, einen ausgemergelten Alten, beiseite und zog sein Krummmesser. »Verschwindet!«, bellte er die Arbeiter an. »Warnt die anderen!«

»Wer bist du, dass du hier Befehle gibst, Junge!«, maulte ein anderer Aerc, ein bulliger Krieger mit den Tätowierungen eines der Weststämme.

»Er ist der Raut, du blöder Arsch«, schnauzte Yar ihn an.

»So?« Der Bullige sah sie argwöhnisch an. »Was ist mit Urag?«

Krendar bleckte die Zähne und hielt dem Krieger den Krummdolch unter die Nase. »Willst du's wirklich wissen?« Yar zuckte mit den Schultern. »Er hat blöde Fragen gestellt«, erklärte er hilfreich.

»Yar, nimm, wer immer auf dich hört, und gib Alarm! Wir müssen aus dieser verdammten Mine raus!«

Der Bullige grinste plötzlich. »Dieser Raut gefällt mir besser als der alte.« Er bleckte die Zähne in einem breiten Grinsen und eilte davon.

Krendar wandte sich um und schob sich neben Glond. Der Zwerg hielt eines der Zwergenmesser aus Urags Besitz in der Hand. Krendar sah auf seinen Krummdolch. »Wir brauchen größere Waffen.«

»Steht ganz oben auf meiner Liste«, gab der andere zurück.

Dann bin ich ja beruhigt. Und dann war das, was bis vor Kurzem noch der dreizöpfige Sprengmeister gewesen war, heran. Ein zäh aussehender Minenarbeiter warf sich ihm mit gefletschten Zähnen entgegen. Seine Spitzhacke fegte eine der Hände des Zwergs beiseite und grub sich im Rückschwung tief in seinen Brustkorb. Die Kreatur erwiderte seine Grimasse mit einem Grinsen, das jetzt aus ölig schwarzen Reißzähnen bestand. Dann hob sie die andere Hand, und die Krallen schnellten vor und bohrten sich in die Augenhöhlen des Arbeiters. Schreiend ging der Aerc auf die Knie. Mit einem Schütteln der Hand brach Dreizopf die Klauen ab, und voller Grauen sah Krendar, wie die schwarzen Reste in die Augen des unglücklichen Arbeiters hineinkrochen und in seinem

Schädel verschwanden. Seine Schreie gingen in ein Gurgeln über, und Krämpfe schüttelten seinen Körper, heftig genug, dass Krendar ein- oder zweimal das Krachen von brechenden Knochen hörte. Plötzlich entspannte sich der Arbeiter. Er holte tief Luft, wie ein Ertrinkender, der im letzten Moment die Wasseroberfläche erreicht. Dann setzte er sich auf und sah Krendar an. Seine Augen waren durch zwei glänzend schwarze Pfützen ersetzt, und als er die Zähne bleckte, konnte Krendar sehen, wie sich die schwarze Masse in zähen Fäden in seinem Mund verteilte und neue, spitzere Reißzähne formte. Mit einem gurgelnden Knurren riss er seine Waffe aus dem Brustkorb des Dreizöpfigen und schwang sie nach Krendar, der hastig zurücksprang und gegen die Wand des Unterstands prallte.

Ein weiterer Arbeiter traf den Dreizöpfigen mit einem Spaten fest genug am Kopf, um für einen kurzen Moment festzuhängen. Die Kreatur stolperte, fing sich und wandte ihre Aufmerksamkeit dem neuen Gegner zu. Sie packte den Spatenstiel, zog den Arbeiter zu sich heran und trat ihm mit solcher Gewalt gegen das Knie, dass es nach hinten durchknickte und der Aerc mit einem Aufschrei zusammensackte. Dann schlug er dem Mann seine grotesk verlängerten Zähne in den Hals, und Krendar konnte sehen, wie sich die Augen des Unglücklichen mit Schwärze füllten.

Das kann doch einfach nicht wahr sein! Sein Entsetzen kostete Krendar beinahe das Leben. Die Spitzhacke des Bergstammkriegers kehrte in einem Bogen zurück und verfehlte ihn nur deshalb erneut, weil auf einmal Farosh zur Stelle war, den Hieb unterlief und ihrem Gegner einen Krummdolch in den Unterarm rammte. Die Spitzhacke entglitt der plötzlich kraftlosen Faust des Korrach und verschwand zwischen den fliehenden Arbeitern. Dann war mit einem Mal der Wolfmann zur Stelle. Sein Schwert beschrieb einen rauschenden Bogen und hackte tief in den Hals des Korrach, der mit immer noch gefletschten Zähnen zurücktaumelte. Schwarze Fäden begannen, aus der Halswunde zu fließen, verbanden sich mit der Unterkante des Schnitts und zogen die eigentlich tödliche Wunde wieder zusammen.

»O nein!«, knurrte der Wolfmann, hieb erneut nach und trennte den Kopf vollständig von den Schultern. Wie vom Blitz gefällt brach der Korrach zusammen. Sein Kopf schlug dumpf vor Krendar in den Staub, dann rannen schwarze Rinnsale aus allen Öffnungen und begannen zu zischen, wo immer sie mit dem Staub in Berührung kamen.

»Beruhigend zu wissen, dass wenigstens das hilft«, knurrte der Wolfmann und nickte Krendar zu.

»Hoffen wir, dass du das öfter schaffst«, keuchte Glond und deutete nach vorn. Dort erhoben sich bereits drei oder vier weitere Aerc, die der verwandelte Dreizöpfige niedergestreckt hatte.

»Weg da!«, brüllte Modrath dicht hinter ihnen.

Krendar wirbelte herum. Etwas Großes, Dunkles ragte hinter ihm auf, und er riss Farosh mit sich zur einen Seite, während Glond und der Wolfmann zur anderen fortsprangen. Ein schwerer Minenkarren rollte an ihnen vorbei, kippte und schlug krachend in dem Dreizöpfigen ein, überschlug sich einmal und begrub die Kreatur unter sich.

Mit zwei schnellen Schritten kam Modrath herangestapft.

»Halt das mal«, grunzte er die Kreatur an und hieb seine riesige Faust mit solcher Wucht gegen ihren Schädel, dass der auf den Boden krachte und hörbar zerbarst. Dvergat folgte dem Oger auf dem Fuß. Ohne zu zögern, hieb er seine Axt in den Hals der Kreatur, die gerade schon wieder anfing, den Wagen mit übernatürlicher Kraft von sich herunterzuschieben. Das Axtblatt schnitt glatt durch den Hals und prallte klirrend auf den Felsboden, als sich der Kopf löste und davonrollte. »Du bleibst liegen!«, knurrte er.

Krendar hatte schon den Dolch erhoben, um sich gegen den nächsten Angreifer zu wehren, doch in diesem Augenblick brachen all jene, die der besessene Dreizöpfige zu seinesgleichen gemacht hatte, wie vom Blitz getroffen zusammen. Schwarze Flüssigkeit lief ihnen aus Mündern, Augen und Ohren und breitete sich zischend auf dem Felsboden aus.

»In Ordnung – das war unerwartet«, stellte Glond neben ihm fest.

Krendar nickte.

»Wir sollten trotzdem machen, dass wir verschwinden«, sagte der Wolfmann leise.

Krendar sah auf. Am Ende des Stollens hatten sich soeben die übrigen Zwerge umgewandt und starrten mit kohlschwarzen Augen zu ihnen herüber. Langsam bleckten sie die Zähne zu einem hässlichen schwarzen Grinsen.

»Dann steht nicht rum und glotzt, sondern fasst mit an!«, schnauzte Dvergat. Zusammen mit Modrath zerrte er bereits den zweiten Minenkarren heran. »Das wird sie etwas aufhalten.«

»Hofft er.« Mit knirschenden Zähnen wuchtete Modrath den Wagen auf den ersten, und gemeinsam verkeilten sie ihn zwischen der Gangdecke und der eisernen Hütte. Keinen

Augenblick zu früh, denn beinahe im selben Moment krachte etwas von der anderen Seite gegen die Barrikade, und schwere Schläge ließen den Unterstand wie einen großen, misstönenden Gong dröhnen.

»Lauft!«, brüllte Krendar.

Und sie liefen.

GRUBENGAS

Sie liefen. Glond war sich bislang immer sicher gewesen, dass Dalkar einen angeborenen Richtungssinn hatten, der sie in Höhlen nie die Orientierung verlieren ließ. Zumindest war ihm das so beigebracht worden. *Na ja, unsereins kennt ja auch keine Angst, hieß es immer. Und hier bin ich, der lebende Beweis, dass nicht alles stimmt, was man so über uns sagt.*

Von irgendwo im Gewirr der Tunnel hinter ihm ertönte ein Schrei, der jedoch abrupt abbrach und durch ein markerschütterndes Brüllen ersetzt wurde. *Der noch lebende,* korrigierte sich Glond im Stillen.

»Ich kann nicht mehr«, keuchte Dvergat hinter ihm.

Glond sah sich um. Der alte Krieger war bereits etwas zurückgeblieben. Sein Hinken war jetzt deutlich zu sehen.

»Du hättest dir wirklich ein Laufbein machen lassen sollen«, knurrte der Wolfmann, fiel jedoch zurück, um Dvergat aufschließen zu lassen.

»Was glaubst du, was das hier ist?«, knurrte Dvergat zurück. »Ein Tischbein? Ich bin zu alt für diesen Dreck!«

Glond verzog das Gesicht. Stehen bleiben war zumindest eine ganz schlechte Idee. »Krendar, wie weit noch?«

Der langbeinige Ork drehte sich um, und seine wulstigen Brauen zogen sich zusammen, als er den hinkenden Dvergat sah. »Nicht mehr weit.« Er hielt an, bis Dvergat und die anderen beiden zu ihm aufgeschlossen hatten. Dann packte er den alten Krieger unter dem Arm, und Farosh übernahm ohne weitere Umstände die andere Seite. Dvergats Augen wurden groß. »He! Lasst eure stinkenden Finger von mir! Das ist entwürdigend, ihr ... ihr ...«

Der Ork sah ihn an. »Was ist dir lieber, Zwerg? Würde oder Leben?«

Dvergat sah zwischen den beiden Orks hin und her und dann ins Gesicht des Wolfmanns, in dessen Mundwinkel Glond ein leises Zucken zu sehen glaubte. »Ach, vergiss es. Das mit der Würde hat sich schon in Derok erledigt. Und seitdem zieh ich mit dem da durch die Gegend. Was soll's. Lauft.«

Krendar sah Glond an, und auch in seinem Gesicht schien zumindest ein Funken Erheiterung zu liegen, obwohl sich Glond da nicht so sicher war. Es war schwer, die Orkvisagen zu deuten.

»Nicht mehr weit«, sagte Krendar knapp. »Dann kommt der schwierige Teil. Hast du eine Idee, wie wir aus der Mine kommen?«

Ich? Bisher warst du doch ganz zufrieden, der Anführer zu sein. Ich dachte eigentlich, du hast hier die ganzen Ideen. Glond schüttelte stumm den Kopf, doch Krendar schien seine Gedanken erahnt zu haben. »Wir sind Aerc. Wir sind gut im Kämpfen. Das heißt, ich bin gut dafür, den Oger in die richtige Richtung zu drehen. Meistens. Du bist Zwerg. Das hier ist eine Mine. Zwerge kennen Minen besser als wir. Also noch mal: Wie kommen wir raus?« Er und Farosh setzten sich wieder in Bewegung und zogen Dvergat mit sich.

Na sicher. Wenn es um Minen geht, sind wir wieder gefragt. Wir kennen uns ja aus. Ist ja so typisch Dalkar. Allerdings musste sich Glond im nächsten Moment eingestehen, dass das vermutlich im Allgemeinen sogar stimmte. Er schloss zu den laufenden Orks auf. »Wenn ich Bresch richtig verstanden habe, ist der Aufzug die einzige Verbindung nach oben. Wir müssen dort hin«, rief er.

»Was ist mit dem Signalturm?«, warf der Wolfmann ein. »Das Ding mit der Trommel? Ist näher.«

»Schon. Aber er hat nur einen Zugang von oben, und den bewachen Zwerge mit Pfeilwerfern«, sagte Modrath. »Wie willst du dort hinaufkommen? Und wozu? Der Aufzug führt nach oben. Der groshakk Turm steht hier unten.«

»Keine Ahnung. Lass uns das Problem lösen, wenn wir dort sind. Aber ich bezweifle, dass die Dalkar jedes Mal den Aufzug nehmen.«

Der Oger sah auf den Wolfmann hinunter. »Ein zweiter Zugang?« Er leckte sich über den Zahnstummel. »Das ist ein Problem.«

Der Wolfmann sah verwirrt aus. »Ich dachte, es ist eine Chance, hier rauszukommen?«

Der Oger schnaubte. »Für uns weniger als für die hinter uns.«

»Du bist ganz schön negativ eingestellt, Oger.«

»Wie Ragroth sagte: Man muss die Dinge sehen, wie sie sind. Und meist sind sie halt beschissen.«

Vor ihnen öffnete sich der Tunnel in die natürliche Höhle, die das Zentrum der Mine darstellte. Unzählige Orks hatten sich hier versammelt, hielten Minenwerkzeug in den Händen und wirkten verunsichert, was grundsätzlich nichts Gutes sein konnte. Die große Trommel auf dem Turm schwieg, und die Gepanzerten standen am Rand der Plattform und hatten ihre Armbrüste auf die sich unten versammelnde Menge gerichtet. Einer der Gepanzerten brüllte den Orks etwas zu, das im allgemeinen Lärm unterging.

Vermutlich etwas in der Richtung von »Geht zurück an die Arbeit, Pack« *oder* »Geht auseinander, oder ich lasse euch alle erschießen.« *Die meisten der Panzerträger sind nicht sonderlich gut in Drohungen. Muss man ja normalerweise auch nicht, wenn man so aussieht. Es interessiert nur einen Ork nicht.* Glond grinste freudlos. *Deswegen sind wir ja in diesem Scheiß-Krieg.* Bei näherem Hinsehen schien der Gepanzerte allerdings wohl wirklich kurz davor zu stehen, etwas Dummes zu tun. *Was das Letzte ist, was wir brauchen können.*

Glond holte tief Luft. »Hey!« Er winkte, um auf sich aufmerksam zu machen, und die meisten der Orks wichen instinktiv zurück, als sie sich des Dalkar in ihrer Mitte bewusst wurden. »He, Heetmann!«

Der Wortführer trug lediglich die Bartspangen eines Sergeanten, soweit Glond das von unten erkennen konnte, doch es schadete wohl nie, einem Soldaten etwas zu schmeicheln. Immerhin wandte ihm der Gepanzerte seine Aufmerksamkeit zu und unterließ es, den Abzug seiner Armbrust zu betätigen. Ein Mann mit Selbstkontrolle. Vielversprechend. »Heetmann, wir haben hier ein Problem!«

»Das sehe ich!«, bellte der Gepanzerte in einem dröhnenden Bass zurück. »Was soll dieser Aufstand? Warum arbeiten die verdammten Orks nicht?« Er stutzte und kniff die Augen zusammen, um Glond von der Plattform aus zu erkennen. »Wer bist du überhaupt?«

Glond sah auf Dvergat, der gerade völlig eingestaubt von zwei ebenso verdreckten Orks auf die eigenen Füße gestellt wurde. *Viel Glück dabei. So würd ich mich ja nicht mal selbst erkennen.* »Mein Name ist Glond. Ich gehöre zu Bresch. Wir ...«

»Glond? *Der* Glond?« Der Gepanzerte musterte ihn verblüfft. »Der die Gebeine von Meister Steinhand ...?«

»Jaja, der«, unterbrach ihn Glond. *Und jeder andere Glond, der dir einfällt, solange dich das davon abhält, uns zu erschießen.* »Hör mir mal zu. Es gab einen Unfall unten im neuen Schacht! Die Sprengmeister haben Grubengas freigesetzt! Wir haben die Arbeiter rausgeschickt, bis das Problem behoben ist.«

»Grubengas?« Der Gepanzerte wirkte unsicher.

Glond ächzte. »Der Kerl ist keiner von der schnellen Sorte«, murmelte er. Laut brüllte er: »Hör mal, wir haben nicht viel Zeit. Ist ne hässliche Art von Grubengas. Die drehen dort unten alle durch! Wir müssen dringend nach oben, um jemanden zu holen, der sich damit auskennt! Einen Tunnelmeister oder so etwas.«

Der Gepanzerte zögerte noch immer. »Aber ... Bresch ist doch dort hinuntergegangen!«

Glond verdrehte die Augen. »Was meinst du, warum wir es eilig haben? Könnt ihr uns eine Leiter runterlassen oder so was?«

»Ich weiß nicht. Ich müsste ...«

»Du müsstest was? Bresch fragen?« Glond schüttelte den

Kopf. »Jetzt mach schon! Oder willst du Bresch selbst erklären, warum keine Hilfe kommt?«

Der Mund des Gepanzerten bewegte sich, als ginge er lautlos seine Möglichkeiten durch. »In Ordnung«, donnerte er dann in der Sprache der Menschen. »Zurück. Alle Orks zurück vom Turm. Jeder, der sich mehr als zehn Schritte nähert, bekommt einen Bolzen ab, verstanden! Zurück an die Wände!« Er winkte Glond zu. »Kommt hier rüber, Meister Glond!«

»Sieht aus, als hätte ich recht gehabt«, sagte der Wolfmann leise.

»Was habt ihr vor?«, fragte Krendar.

Glond sah den jungen Orkanführer an. »Wir gehen den Aufzug holen«, sagte er, während sich die Orks murrend vom Fuß der Plattform zurückzogen. »Die werden nur uns hochlassen. Ihr müsst hier unten aushalten, bis wir zurück sind. Schafft ihr das?«

Krendar sah ihn nachdenklich an und rieb sich die vernarbte Stirn. »Das kommt darauf an, wie lange ihr euch Zeit lasst.« Er zögerte. »Falls wir euch trauen können.«

Ein berechtigter Einwand. »Was bleibt euch übrig?«, fragte Glond.

Krendar verzog das Gesicht. »Beeilt euch«, sagte er schlicht.

Glond nickte und wandte sich um. Inzwischen war die Fläche um den Turm geräumt, und zwei der Gepanzerten ließen eine Strickleiter herab. Ohne zu zögern, begann Glond, nach oben zu steigen. Dvergat und der Wolfmann folgten ihm.

Oben erwartete sie der gepanzerte Sergeant. Seine Armbrust war nicht direkt auf Glonds Gesicht gerichtet, allerdings auch nicht weit genug weg, um den Eindruck zu erwecken, dass sich das nicht in einem Wimpernschlag ändern könnte. *Er traut uns also doch nicht. Spricht für ihn.* Jetzt, aus der Nähe gesehen, war sich Glond beinahe sicher, dass der Mann nicht wesentlich älter als er selbst sein konnte. Er klopfte sich den gröbsten Staub von den Ärmeln und versuchte, seinen Atem zu beruhigen, bevor er Dvergat bei den letzten Sprossen half. »Ich danke dir, Heetmann. Ich entschuldige …«

»Sergeant, Meister Glond«, antwortete der Sergeant etwas kleinlaut.

Glond sah auf die bronzenen Bartspangen des Mannes, dann winkte er ab. »Nicht, wenn es nach mir geht, Heetmann. Nicht, wenn es nach mir geht.«

Der Sergeant schien ein Stückchen zu wachsen und senkte die Armbrust etwas weiter. *Aber es geht selten nach mir.* »Also gut, wie ich gerade sagen wollte: Ich entschuldige mich für die Eile, doch wir müssen unbedingt einen Tunnelmeister finden. Jemanden, der sich mit diesem Zeug auskennt. Oder habt Ihr Ahnung davon?«

Der Sergeant schüttelte den Kopf. »Ich bin mit Minen nicht vertraut.«

Glond nickte. »Da sind wir schon zwei. Oder vier.« Er winkte in Richtung von Dvergat und dem Wolfmann, der sich gerade auf die Plattform schwang. Der Sergeant bekam zum ersten Mal einen guten Blick auf das behaarte Gesicht des Wolfmanns, und seine Armbrust hob sich wieder. »Was beim Bart des Herrn ist der da?«, fragte er mit einem kaum verborgenen feindseligen Klang in der Stimme.

Glond zuckte mit den Schultern. »Loyal. Und nützlich.

Also, könnt Ihr mir jemanden mitgeben? Wie Ihr selbst festgestellt habt: Bresch sitzt dort unten fest, und falls Euch daran liegt, ihn zu retten, sollten wir uns beeilen. Bei denen, die da kommen, wird er nicht lange durchhalten.«

Der Sergeant sah ihn verständnislos an. »Wer kommt?«

Dvergat klopfte ihm auf die Schulter. »Lauter Irrsinnige. Wir haben keine Ahnung, was dieses ... dieses Grubengas da unten anstellt. Die Orks drehen vollkommen durch.«

Der Sergeant sah alarmiert auf die Masse der Arbeiter hinab, doch Dvergat drehte ihn an der Schulter zurück. »Nicht diese Orks. Die anderen, die noch in der Mine sind. Es besteht nicht zufällig die Chance, dass ihr die Orks hier hoch lasst, damit sie sich in Sicherheit bringen können?«

Die alarmierte Verwirrung im Gesicht des Sergeanten vertiefte sich noch. »Hier hinauf? Seid ihr irrsinnig?«

Dvergat zog die Brauen hoch. »Das ist eine Diskussion, auf die ich mich nicht einlasse. Na gut, also nicht. Hab ich mir fast schon gedacht. Wenn du meinen Rat willst, Sergeant, haltet die Armbrüste bereit und den Orks dort unten den Rücken frei. Wenn ihr völlig durchgedrehte Orks aus dem Tunnel dort kommen seht, denen schwarzer Geifer aus den Mäulern läuft, während sie sich auf die anderen stürzen – schießt sie ab.«

»Aber ...«

»Frag nicht.« Dvergat ließ seine Schulter los, und Glond sah den Sergeanten ungeduldig an.

»So, wie sieht's jetzt aus? Tunnelmeister? Oder müssen wir uns selbst einen suchen?«

Endlich schüttelte der Sergeant seine Erstarrung ab. »Sicher. Calf!« Er deutete auf einen der Gepanzerten. »Bring sie zu einem Tunnelmeister! Schnell!«

Glond nickte und folgte dem älteren Clankrieger, der sich ohne ein Wort abwandte und die Plattform über eine schmale Hängebrücke verließ.

»Ein Mann nach meinem Geschmack«, murmelte Dvergat.

Der Wolfmann verließ das Podest als Letzter. Im Vorübergehen beugte er sich zu dem Sergeanten hinunter. »Haltet die Orks am Leben. Denkt dran – wenn sie fallen, bevor wir Hilfe bringen können, seid ihr die Nächsten.« Er grinste wölfisch und folgte Dvergat über die Brücke.

Auf der anderen Seite der Brücke zog sich ein unregelmäßiger Sims hoch über dem Boden der Höhle an der Felswand entlang. Es gab ein paar spartanische Lagerstätten und ein Wachfeuer, über dem ein dampfender Kessel hing. Der Boden war abgetreten von zahlreichen beschlagenen Stiefeln, deren Spuren jedoch alle zum selben Ort führten: einem kleinen natürlichen Tunnel, dessen Wände nur grob bearbeitet waren, vermutlich, um störende Tropfsteine zu beseitigen. Der Krieger namens Calf entzündete eine Fackel am Wachfeuer und marschierte zügig vor ihnen her.

»Wohin führt dieser Gang?«, erkundigte sich Glond nach einer Weile. Ihr Weg zog sich steil nach oben. Hier und dort waren Stufen in den Fels geschlagen, und an ein oder zwei tückischen Stellen, wo ihnen Wasser in kleinen Rinnsalen entgegenlief, hatte jemand Seile an den Wänden befestigt, um auf dem schlüpfrigen Boden nicht den Halt zu verlieren.

»Nach oben«, antwortete Calf einsilbig.

»Tatsache.« Dvergat keuchte. Sein Hinken hatte sich weiter verstärkt, und sein rechter Fuß glitt unter ihm weg. Fluchend fing er sich an der Gangwand. »Wer zum Grubenteufel hat diese schlampige Arbeit hier zu verantworten?«

»Steinhand. Sagt Bresch.« Calf wurde nicht gesprächiger. »Ist der alte Zugang nach unten in Steinhands Mine. Man gewöhnt sich daran.«

»Ich hatte nicht vor, so lange zu bleiben«, murmelte der Wolfmann.

Glond setzte zu einer weiteren Frage an, als Geräusche von voraus zu ihnen drangen. Nur wenige Schritte weiter erkannte er Einzelne von ihnen: das Klingen von Hämmern, das Zischen von flüssigem Erz, das Knarren von hölzernen Hebeln, das Klirren von Ketten. Der scharfe Geruch heißen Metalls schlug ihnen entgegen, vermengt mit dem sauren Schweißgeruch von Orks und einem Dutzend anderer Duftnoten, die zu entschlüsseln Glond weder Zeit noch Lust hatte. Hinter der nächsten Biegung öffnete sich der Gang in eine Höhle. Sie war niedrig, jedoch weitläufig und ihrer Unregelmäßigkeit nach natürlichen Ursprungs. In zahlreichen Gruben brannten Kohlefeuer, zur Weißglut angefacht von ledernen Blasebalgen, und über ihnen kochte Erz in schwarzen Kesseln und erfüllte die Grotte mit Rauch, Dampf und beinahe unerträglicher Hitze. *Beinahe unerträglich wohl nur für einige von uns.* Während Dvergat die Nase rümpfte, schritt Calf ungerührt aus. Glond musterte die beiden Gepanzerten, die den Durchgang bewachten. Schweiß stand auf ihren kantigen Gesichtern und rann in ihre Bärte, doch auch sie ließen nicht erkennen, dass ihnen die Hitze etwas ausmachte.

Zwischen den Feuergruben und Kesseln bewegten sich Dutzende und Aberdutzende Orks. Orkweiber, wie Glond gleich darauf klar wurde, die kaum mehr als Beinkleider, Ketten und die allgegenwärtigen Tätowierungen ihrer Art trugen. Wunden von Verbrennungen bedeckten viele Körper, und bei einigen glaubte er im flackernden Licht der Feuer auch die langen Spuren von Peitschenhieben zu erkennen. Das Gesicht des Wolfmanns war eine steinerne Maske, und Dvergat murmelte Flüche in seinen Bart. *Ist das die Art der Dalkar?* Dvergat wandte seine Augen von den nackten, mageren Körpern ab. *Die Art von Arschlöchern,* stellte er im Stillen fest. *Ich schätze, Monster zu sein, ist nicht das Privileg einer einzelnen Art. Irgendjemand muss damit aufräumen. Irgendwelche Freiwilligen anwesend?* Er folgte Calf aus der Schmiedehöhle. *Nicht? Dann müssen es wohl die machen, die keine Lust dazu haben. Oder die schlicht zu blöd sind, um zu wissen, wann es besser wäre aufzuhören. Wenn man so darüber nachdenkt – eine Aufgabe für Dalkar also.*

Die angrenzende Grotte war größer und höher als die Schmiede, und der scharfe Geruch von Schnee vertrieb den beißenden Gestank der Schmelze. Ihnen gegenüber gähnte hinter flackernden Fackeln ein dunkles Höhlenmaul, und Glond brauchte einen Moment, um sich darüber klar zu werden, dass dieser Tunnel tatsächlich jener war, durch den sie den Berg betreten hatten. Es wäre so leicht, sich abzusetzen. Einmal die Welt retten müsste doch eigentlich reichen. Sollte man meinen. Stumm marschierte er den anderen hinterher, die sich ihren Weg zwischen Kisten und Dalkar hindurchwanden. Eigentlich absurd, dass sie jetzt exakt denselben Weg gingen wie vor einigen Stunden mit Bresch.

»Wartet hier«, brummte Calf und deutete auf eine aus Kisten gebildete Ecke, in der jemand eine Grubenlampe auf einem Fass abgestellt hatte. Vermutlich, um eine Pause mit dem daneben liegenden Schinken einzulegen. Es schien ihm nicht vergönnt gewesen zu sein, denn vom Besitzer von Lampe, Fass und Schinken war nichts zu sehen. »Ich hole einen Tunnelmeister.«

»Geht klar.« Dvergat nickte und musterte den Schinken sehnsüchtig.

Sobald der Gepanzerte im hinteren Teil der Höhle verschwunden war, zog sich Dvergat einen Schemel heran, um es sich am provisorischen Tisch bequem zu machen. Der Wolfmann trat ihm den Hocker unter dem Hintern weg. »Bist du noch ganz bei Trost?«, zischte er. »Wir haben zu tun!«

Dvergat verzog das Gesicht. »Ich habe verdammt noch mal Hunger. Und Durst.« Er beäugte das Fass. »Habt ihr gesehen, woher das ist? Steinhammer-Brauerei. Das ist…«

»…jetzt egal. Du kannst nachher zurückkommen, wenn alles zu Ende ist«, sagte Glond. »Wir müssen einen Aufzug erwischen.«

Dvergat griff sich den Schinken vom Tisch, schob sich das zugehörige Messer in den Stiefel und warf dem Fass einen sehnsüchtigen Blick zu, bevor er den anderen folgte. »Wisst ihr, ich glaube, das ist mein Fluch«, brummelte er.

»Was?«

»Dass es immer ein ›Nachher‹ gibt.«

Der Wolfmann warf Dvergat einen Seitenblick zu. »Du hast eine seltsame Definition von Fluch. Andere würden sich darüber freuen.«

»Im Ernst«, sagte Dvergat. »Es gibt immer irgendein Nachher, aber nie ist Zeit, das Fass aufzumachen.«

Vor ihnen kam der Turm des Lastenaufzugs in Sicht. Die

hölzerne Plattform hing am Rand des gähnenden Abgrunds. Diesmal waren kaum Dalkar zu sehen. Die Plattform war nahezu leer, und nur zwei Arbeiter waren damit beschäftigt, unter den gelangweilten Augen des hageren Graukittels Kisten hin und her zu schieben, wohl, um die nächste Ladung für die Tiefe vorzubereiten.

Glond atmete tief durch. Dann trat er auf den Graukittel zu. »Ich störe nur ungern«, sagte er. »Aber Ihr müsst dringend den Aufzug hinunterlassen. Sofort.«

Der Hagere warf ihm einen flüchtigen Blick zu. »Wenn er gefüllt ist«, sagte er.

»So lange können die unten nicht warten.«

Der Dalkar zuckte mit den Schultern. »Warum? Wohin sollten sie gehen?«

»Bresch ist unten«, sagte Glond.

»Auch der kommt nicht weit«, gab der andere zurück, hob jedoch den Blick von der Liste in seiner Hand. Dann kniff er die Augen zusammen. »Habe ich euch nicht schon mal gesehen?« Seine Augen weiteten sich. »Ihr seid doch mit Bresch hinuntergegangen, oder?«

»Richtig«, stellte Glond fest. »Und jetzt sind wir wieder hier und brauchen den Aufzug, um Bresch hochzuholen. Es gab einen Unfall in der Mine. Ich glaube, Bresch würde es schätzen, wenn Ihr Euch etwas beeilt.«

Der Graukittel hob eine buschige Braue. »Sollten in diesem Fall nicht Fachleute hinabfahren?«

»Wir haben alle Fachleute unten, die wir brauchen«, entgegnete Dvergat. »Was sie brauchen, ist der verdammte Aufzug.«

Die Miene des Graukittels verdüsterte sich. »Nicht in diesem Ton. Es gibt hier Regeln und Zeitpläne. Es reicht, wenn ihr mir einmal den Ablauf durcheinanderbringt. Ein zweites Mal an einem Tag kann ich nicht akzeptieren. Wie ich schon sagte: Wenn der Aufzug gefüllt ist.«

Der Wolfmann trat vor. »Bresch hat Euch vorgeschlagen, Euch dort runterzuwerfen, oder?« Er nickte in Richtung Abgrund.

Der Graukittel sah in die Tiefe und nickte ebenfalls.

»Vielleicht magst du schnell mal runter zu ihm«, sagte der Wolfmann leise. »Vielleicht erklärt er dir unten, warum er eine weitere Zeitplanänderung für richtig hält.«

Der Graukittel verschränkte die Arme. »Wer bist du, dass du glaubst, mir drohen zu dürfen, Mensch?«

Ohne dass Glond es bemerkt hatte, lag plötzlich das Schwert in der Hand des Wolfmanns. Die Spitze der Waffe zeigte auf die Kehle des Graukittels. »Wir haben keine Zeit für diese Diskussion«, knurrte er. »Lass den verdammten Aufzug runter, oder ich verspreche dir, dass dein Zeitplan das letzte deiner Probleme ist. Und das ist wörtlich gemeint.«

Der Graukittel schielte auf die Klinge an seinem Hals. Er wirkte eher beleidigt als erschrocken. »Das wird Folgen haben«, sagte er düster.

»Keine, die dich noch sorgen müssten, wenn du nicht endlich machst, was er sagt.«, stellte Dvergat fest. »Glond, einer von uns sollte mit hinunter.«

Glond nickte. Er warf einen Blick hinüber zu den Kistenschiebern, die die Szene alarmiert beobachteten. Einer der beiden griff nach einem Stemmeisen. »Wolfmann«, sagte er. »Hör auf, den Mann von seiner Arbeit abzuhalten. Geh runter, und hole, wen du holen musst.« Er warf dem Graukittel einen Seitenblick zu. »Entschuldigt meine überhastigen Begleiter, aber es ist wirklich dringend.«

Der Wolfmann schnaufte, dann ließ er die Klinge verschwinden und sprang auf die Plattform.

Glond wandte sich dem Graukittel zu. »Jetzt macht schon.«

»Ich lasse mich nicht …« Er brach erstickt ab.

Glond war beinahe selbst erstaunt, als er feststellte, dass er den Graukittel am Hals gepackt hatte und über die Kante des Abgrunds hielt. Jetzt flackerte doch so etwas wie Angst in den Augen des Mannes auf. Fieberhaft versuchte er, Halt an Glonds Unterarm zu finden.

»Es ist mir scheißegal, was du dich lässt«, flüsterte Glond. »Solange dieser Aufzug jetzt nach unten fährt. Die einzige Wahl, die du hast, ist die, ob du ihm dabei von oben oder von unten zusehen willst.«

Die Augen des Graukittels quollen aus ihren Höhlen, während er vergeblich versuchte, nach Luft zu schnappen.

»Hm. Ich glaube, er will etwas sagen«, stellte Dvergat fest.

»So?« Glond musterte das Gesicht des Graukittels.

»Er könnte aber Luft dafür gebrauchen.«

»Meinst du?«

Dvergat legte Glond eine Hand auf die Schulter. »Ich denke, er hat deine Sichtweise begriffen, Glond. Lass ihn seine Arbeit machen.«

Aus irgendeinem Grund fiel es Glond schwer, nicht einfach die Hand zu öffnen. Mühsam atmete er durch zusammengebissene Zähne, bevor er den Graukittel schließlich zurückholte und auf festem Boden abstellte. »Für mich sieht der Aufzug voll aus«, sagte er leise.

Der Graukittel starrte ihn mit weit aufgerissenen Augen an, dann wandte er sich um und stolperte zu einem großen Eisenhebel, den er mit sichtlicher Mühe umlegte. Knirschend und knarrend begann die Plattform in die dunkle Tiefe zu sinken.

»He! Du da! Was macht ihr da?« Die beiden Packer hatten sich inzwischen genähert, doch der Anblick der Axt in Dvergats Faust und vor allem der Ausdruck auf Glonds Gesicht ließ sie langsamer werden. »Wer seid ihr?« Der mit der Brechstange starrte Dvergat und Glond argwöhnisch an, während sein Kollege langsam rückwärts ging.

»Ich glaube, das wird gleich ungemütlich hier«, stellte Dvergat fest.

»Das kannst du laut sagen!«, mischte sich eine andere Stimme ein.

Glond fuhr herum. Aus Richtung der Kistenstapel in der Mitte der Höhle kam jetzt eine Gestalt, deren Anblick Dvergat zu einem Knurren veranlasste. Haarig.

Hinter ihm tauchten weitere Dalkar auf, zwei der Handlanger Haarigs, in Begleitung eines halben Dutzend gepanzerter Minenwächter und einem düster blickenden Calf, der einen in Leder gekleideten Mann mit den Insignien eines Tunnelmeisters im Schlepptau hatte.

Haarig deutete auf Glond und Dvergat. »Nehmt diese beiden Drecksäcke fest! Sie sind entlaufene Sklaven!«

Glond sah Dvergat an. »Wir sind Dalkar, Haarig! Wie können wir Sklaven sein?« Er erhob seine Stimme im selben Moment, in dem die Minenwächter ihre Armbrüste auf sie richteten. »Seit wann sind Dalkar so weit gesunken, überhaupt Sklaven zu halten?« Er sah Calf und die Wächter direkt an und hob, für alle sichtbar, die Hände. »Seit wann geben ehrenwerte Clanmänner etwas auf das Wort eines Ausgestoßenen wie dem dort?« Er nickte in Haarigs Richtung, ohne die Augen von Calf und dem Tunnelmeister zu nehmen. »Schämt ihr euch nicht?«

Haarig öffnete den Mund, doch der Tunnelmeister hob die Hand und gebot ihm mit einem Wink zu schweigen. Er war ein alter Dalkar mit einer fassförmigen Brust, stechend blauen Augen, und einem silberdurchwirkten Bart, an dessen zwei Zöpfen die silbernen Abzeichen seines Stands klemmten. »Wer bist du, dass du es wagst, nicht nur die Hand gegen den ehrbaren Meister der Maschinen zu erheben, sondern auch derartig dreiste Anschuldigungen gegen die rechte Hand unseres Clanführers vorzubringen?«

»Sein Name ist Glond!«, kam Dvergat Glonds Antwort zuvor. »Wie wir Calf bereits gesagt haben: Glond, der Held von Derok. Ihr habt von ihm gehört. Glond, der von General Variscit selbst hierher gesandt wurde, um mit eigenen Augen zu sehen, was das Haus Wludstein hier im Hinterland treibt.« Der alte Krieger stellte seine Axt ab und sah den Tunnelmeister herausfordernd an. »Was habt ihr zu Eurer Verteidigung zu sagen, Meister?«

Der Tunnelmeister hielt Dvergats Blick stand. »Ein Gesandter Variscits? Und wer bist dann du?«

»Ich? Mein Name ist Dvergat, Unteroffizier im Clan Wludstein. Ich gehöre zu Glonds handverlesenem Wachtrupp.«

Die Falte zwischen den Brauen des Tunnelmeisters vertiefte sich. »Wludstein? Der Hertig ist darüber informiert, dass ihr hier seid?«

Dvergat schnitt eine Grimasse. »Weiß der Hertig, dass ihr

hier seid?« Er hob die Schultern und drückte Glonds Hand sanft nach unten. »Natürlich weiß er, dass wir hier sind. Der Hertig überlässt nichts dem Zufall, oder?« Er zog eine bronzene Stange aus seinem Bart, polierte sie kurz an seinem Ärmel und warf sie dem ratlos aussehenden Calf zu. Der Wächter fing sie mehr aus Reflex. Er betrachtete sie mit gerunzelter Stirn, bevor er sie dem Tunnelmeister zeigte. »Ein Unteroffizier. Clan Wludstein. Wie er sagt.«

Dvergat hob eine Braue und sah Glond an. »Zweifelt der wirklich an meinem Wort?«

Glond zuckte mit den Schultern.

Der Tunnelmeister musterte sie abschätzend. »Warum bezeichnet euch dieser da dann als Sklaven?« Er deutete auf Haarig, in dessen Gesicht Verwirrung mit Wut kämpften.

»Weil er seine Schande verbergen will.« Glond senkte die zweite Hand und deutete auf Dvergat. »Meister Haarig, dessen Name in Wirklichkeit Schart ist, und Unteroffizier Eirimm hier haben eine unbegliche Rechnung aus früherer Zeit. Etwas, bei dem Schart seine Ehre und seinen Namen verloren hat. Er fürchtete wohl, dass das bekannt werden würde.«

Mit einem Mal fanden sich alle Augen auf Haarig gerichtet. Der Glatzköpfige fletschte die Zähne. »Meine Ehre? Was geht dich meine Ehre an, Dvergat? Was ist mit deiner eigenen?«

»Wenn es darum geht, festzustellen, wer das eigentliche Arschloch hier ist – viel. Der feine Kerl, der sich hier Haarig nennt, hat sich bei Bresch eingeschlichen, ganz ohne Zweifel ohne dessen Wissen. Und als er erkannte, dass ich seinen Betrug auffliegen lassen kann – wie ich es gerade tue –, hat er wohl beschlossen, uns loszuwerden.«

Glond wurde sich bewusst, dass er den alten Krieger mit ebenso offenem Mund anstarrte wie einige der übrigen Dalkar, und zwang sich, eine etwas intelligentere Miene aufzusetzen.

»Auffliegen?« Haarig spie das Wort aus wie einen Schluck saures Bier. »Du bist kein Mann Zornthals, Dvergat. Du gehörst zu Clan Eirimm, ebenso wie ich. Diese Kerle wollen Breschs Arbeit hier vernichten«, fauchte er an den Tunnelmeister gewandt.

Ein Grinsen hielt auf Dvergats Gesicht Einzug. »Wenn ich mich richtig erinnere, hat man dich aus unserem Geburtsclan hinausgeworfen, Schart. Ich dagegen habe unter Bresch selbst geholfen, die Informationen zu bergen, aufgrund derer ihr hier grabt. Nur durch Glond und zu einem kleinen Anteil auch durch mich gibt es heute diese Mine. Und was bist du? Ein Sklavenjäger? Ein Geldeintreiber und Anführer gedungener Schwerter?« Er schüttelte mitleidig den Kopf. »Du bist tief gesunken, Schart.«

Der untersetzte Tunnelmeister sah zwischen Haarig und Dvergat hin und her. Glond war sich nicht sicher, doch er glaubte, im Blick des alten Zwergs eine gewisse Abneigung gegen Haarig zu erkennen. Schließlich schürzte der Tunnelmeister die Lippen und winkte seinen Männern zu. »Bringt diesen Mann weg. Bresch mag ihn für nützlich halten, doch ich will ihn nicht in meiner Mine sehen, solange er sich nicht in Breschs Begleitung befindet.«

Haarig schnappte hörbar nach Luft. »Das könnt ihr nicht machen! Ich werde …«

»Du wirst draußen warten«, unterbrach ihn der Tunnelmeister rüde. »Soll Bresch entscheiden, was mit dir wird, aber ich habe genug gehört. Geh zurück in dein Loch, Haarig, bevor ich dich hinauswerfen lasse.«

Es war deutlich zu sehen, dass es in Haarig brodelte, doch zwei der gepanzerten Minenwächter traten auf ihn zu, und er machte vor Wut zitternd einen Schritt zurück. »Bresch wird davon erfahren!«, bellte er.

Der Tunnelmeister nickte. »Ich werde dafür sorgen«, sagte er und wandte sich ab. Haarig war ganz offensichtlich entlassen. Mit gefletschten Zähnen starrte Haarig Glond und Dvergat an, bevor er sich ebenfalls abwandte und mit seinen Gefolgsleuten in Richtung Höhlenausgang davonstapfte.

Der Tunnelmeister musterte Glond mit zusammengezogenen Brauen. »Wenn es stimmt, was ihr sagt, warum habt ihr dann den Meister der Maschinen angegriffen?«

Verzweiflung? Wut? Ideenlosigkeit? Pure Dummheit? Such dir etwas aus. Laut sagte Glond: »Mein aufrichtiges Bedauern dafür. Doch der Meister stand uns im Weg. Wie wir Meister Calf gesagt haben: Es gab ein Unglück in der Mine, und Zeit ist etwas, das wir nicht haben! Wenn der Aufzug nicht rechtzeitig unten ankommt, ist Bresch verloren. Mehr noch, die Mine verliert alle Arbeiter. Das ist nicht akzeptabel.«

Der Tunnelmeister starrte ihn an. »Ich denke, ihr wolltet einen Tunnelmeister? Deshalb habt ihr doch Calf geschickt.«

Glond rieb sich die Schläfe. Irgendwo in seinem Hinterkopf murmelten noch immer die Stimmen aus der Tiefe. Täuschte er sich, oder wurden sie lauter? »Wir haben keine Zeit für dieses Gespräch«, sagte er. »Die Sprengmeister haben etwas aus dem Fels befreit. Wenn wir die Orks dort unten nicht rechtzeitig hochholen, ist die ganze Mine verloren.«

»Ich verstehe nicht.« Die Stimme des Tunnelmeisters bekam einen bedrohlichen Klang. »Calf sagte etwas von Tunnelgas.«

»Glaubt mir, Meister. Tunnelgas wäre unser kleinstes Problem. Doch das, was sie gefunden haben, zu erklären, hätte zu viel Zeit in Anspruch genommen. Bresch hat zu tief gegraben und einen Fluch der Orks befreit, der uns alle bedroht. Aus der Tiefe naht der Wahnsinn, und jeder dort unten ist verloren, wenn er zu lange bleibt. Ein Wahnsinn, der mehr bedroht als nur uns. Er verzehrt Dalkar, Menschen und Orks gleichermaßen, und es ist an uns, ihn aufzuhalten.«

»Was ist mit Bresch?«, warf Calf ein.

Glond zuckte unbestimmt mit den Schultern. »Wenn er es rechtzeitig hinausschafft, werden wir ihn wiedersehen. Wenn nicht, wird Clan Wludstein um ihn trauern. Doch Ihr wisst es selbst, Tunnelmeister: In diesem Krieg bringt jeder Clan Opfer. Bresch kennt das Risiko, und er weiß, dass Zornthal, dass vor allem General Variscit diese Mine braucht, wenn der Krieg gewonnen werden soll.« Er sah den Zweifel in den Augen des Mannes und setzte hinzu: »Keine Sorge: Wenn er zu retten ist, wird der Wolfmann ihn retten. Wir haben Männer dort unten, die ihm dabei helfen werden.«

»Männer? Dort unten gibt es nichts als Orks!« Calf schnaubte empört. »Ich habe keine Männer gesehen!«

»Dann bist du blind.« Glond sah ihn so kalt an, wie er es fertigbrachte. »Der Oger ist nicht zu übersehen, ebenso wenig wie seine Begleiter.«

Calf sah ihn entgeistert an. »Der ... Oger? Du willst uns

nicht allen Ernstes erzählen, dass der Oger zu deinen Leuten gehört?«

Glond lächelte spöttisch zurück. Diesmal musste er sich nicht einmal verstellen. »Jetzt erzählt mir bloß nicht, dass es undenkbar ist, dass Orks für Wludstein arbeiten. Wir haben Urag kennengelernt.« Der Ausdruck im Gesicht des Tunnelmeisters verriet ihm, dass er richtig lag. »Übrigens«, fügte er hinzu, »wir haben ihn ablösen müssen. Schlampiger Umgang mit seinen Leuten. Er ist jetzt durch einen der unseren ersetzt.«

»Was?«

»Sein Name ist Krendar. Er und der Oger haben schon vor dem Winter einmal unter uns für Bresch gearbeitet. Und zusammen mit unserem menschlichen Begleiter sind sie wohl ausreichend, um sich um dieses Problem zu kümmern. Außerdem werden sie die Arbeiter in Ruhe rausbringen, wenn es nötig werden sollte.«

»Erklärt mir noch mal, warum das nötig sein sollte«, forderte der Tunnelmeister.

Dalkar. Dalkar und Diskussionen. Ewige Diskussionen, die jeden Blickwinkel eines Problems bis zum Erbrechen ausleuchten müssen. Ein Wunder, dass wir überhaupt irgendetwas fertig bekommen. Glond bemühte sich, ruhig Luft zu holen, und warf einen Blick über die Schulter. Über das gewaltige Gestell des Aufzugs liefen immer noch leise klickend die mächtigen Ketten. Es würde noch eine Weile dauern, bis die Plattform den Boden des Abgrunds erreicht hätte. »Ich werde es euch erklären, Meister. Aber zuerst müssen wir uns auf eine Verteidigung vorbereiten.«

Der Gesichtsausdruck des Tunnelmeisters wurde noch eine Spur verständnisloser.

Eigentlich erstaunlich, dass er das schafft.

»Verteidigung? Gegen was?«

»Das Ende der Welt?«, schlug Dvergat vor. »Schon wieder. Keine Sorge, wir haben damit Erfahrung.«

Glond warf Dvergat einen Seitenblick zu. »Beachtet ihn nicht«, kam er der nächsten Frage des Tunnelmeisters zuvor. »Zuerst einmal verteidigen wir diese Mine.«

DAS LETZTE GEFECHT

K rendar sah den Zwergen und dem Wolfmann hinterher, als sie hoch über ihnen von der Plattform verschwanden. Die Wächter hatten die Strickleiter eingezogen, sobald die drei oben angekommen waren. *Ich denke, das heißt, dass sie uns nicht auch rauslassen werden. Hol uns raus, Glond. Sonst haben wir ein echtes Problem.* Er wandte sich ab und sah Faroshs fragende Augen auf sich gerichtet. »Keine Sorge«, hörte er sich selbst sagen. »Dieser Wühler weiß, was er tut.«

»Das mag sein, Raut«, sagte der junge Krieger. »Aber wissen wir das auch?«

Ich fürchte nicht. Wir können nur hoffen. Krendar hob die Schultern. »Du und Modrath bleibt in meiner Nähe und haltet mir den Rücken frei. Ich für meinen Teil traue Glond jedenfalls mehr als Yar und seinen Leuten.« Er sah sich um und winkte den narbigen Broca zu sich. »Yar, wie viele der Krieger hier unten haben wir?«

Der Narbige musterte die versammelte Truppe. »Etwa die Hälfte«, mutmaßte er zögerlich.

Das heißt wohl, wir haben im schlimmsten Fall genauso viele gegen uns. Krendar rieb sich die dumpf pochende Narbe auf der Stirn. »Es muss reichen. Mach den Leuten klar, wer ich bin.«

Yar sah ihn unsicher an. »Es hat sich herumgesprochen, dass du der Raut bist, falls du das meinst.«

Krendar nickte. »Gut. Und sag ihnen, dass sie auf uns hören sollen, wenn sie lebend hier rauswollen.«

Yar erwiderte Krendars Nicken, wenn auch zögerlich. »Ihr wisst, wie man diese … diese Dinger besiegt?«

»Wir haben einen Plan.« *Oder zumindest den Anfang davon. Den Plan, einen Plan zu haben.* »Zuerst einmal müssen wir dafür sorgen, dass sie uns nicht einfach überrennen. Dieser Tunnel«, Krendar deutete auf die dunkle Öffnung, die sie in die Kaverne gebracht hatte, »hat er noch weitere Ausgänge?«

Yars Blick folgte seinem Fingerzeig. »Ich … ich glaube nicht.«

»Du glaubst. Du bist dir nicht sicher?«, brummte Modrath.

Der Narbige sah ihn verletzt an. »Hier wurde kreuz und quer gegraben. Ich glaube, nicht mal die Wühler wissen noch, wo jeder einzelne Gang hinführt.«

»Großartig. Das beruhigt mich ungemein.« Krendar seufzte. »Also gut, nimm dir ein paar Männer, und holt alles aus Urags Waffenversteck, was ihr tragen könnt. Beeilt euch!«

Yar rannte davon, und Krendar drehte sich zu den übrigen Aerc, die unsicher herumstanden, zu den Zwergen auf der Plattform hinaufsahen und miteinander tuschelten. *Tuschelnde Krieger sind nie etwas Gutes.*

»Tuschelnde Krieger sind nie was Gutes, hat Ragroth immer gesagt«, murmelte Modrath neben ihm. »Besser, man gibt ihnen etwas zu tun.«

Krendar sah zu ihm hinauf. »Das wollte ich auch gerade sagen. Und du kannst mit gutem Beispiel vorangehen. Schnapp dir ein paar Krieger und schiebt diese Karren dort vor den Tunnel. Ich hätte gern eine ordentliche Barrikade, aber ich nehme alles, was du schaffst, bevor die hier sind.«

Modrath nickte. »Wird erledigt, Raut.« Er senkte die Stimme: »Aber vielleicht solltest du die Übrigen etwas motivieren. Uns hilft die beste Barrikade nichts, wenn sie niemand verteidigt. Gib ihnen was zu tun und sag ihnen, wo ihr Gegner ist.« Er leckte sich besorgt über den Zahnstummel und stiefelte davon.

Krendar atmete nochmals tief durch. »He, ihr da!« Er deutete auf einen Haufen untersetzter Bergkrieger. »Macht euch nützlich! Besorgt Waffen für jeden! Äxte, Hämmer, diese Spitzhacken, die ihr hier unten verwendet, Messer, von mir aus auch Schaufeln! Verteilt sie!« Er wandte sich an den Rest der Krieger, die jetzt ihr Gemurmel einstellten und ihn ansahen. »Ich mach's kurz. Ihr seid Urag gefolgt, jetzt folgt ihr mir. Aus diesem Tunnel dort kommen jeden Moment Aerc und Wühler. Falls ihr sie kanntet – lasst euch nicht täuschen! Sie sind nicht mehr die, die sie noch heute Morgen waren. Jeder von denen will nur noch eines: Jeden von euch umbringen. Und sie werden nicht eher aufhören, bis ihr sie zerhackt habt. Also tut das!« Er sah in die verständnislosen Gesichter der Arbeiter und bleckte frustriert die Zähne. »Wir haben keine Zeit für Erklärungen. Dieser Berg wird von einem Fluch bewacht, und die Wühler haben ihn freigesetzt. Jeder, der damit in Berührung kommt, völlig egal, ob Zwerg oder Aerc, ist verdammt und verloren! Ihr könnt ihnen nicht helfen, aber ihr könnt verhindern, dass dieser Fluch den Berg verlässt! Ihr seid Aerc, und ihr seid aus einem Grund hier. Nicht, weil euch die Wühler hierhergeschleppt haben, damit ihr euch für sie totschuftet, sondern weil wir euch hier und heute brauchen!« Krendar stellte fest, dass er unbewusst lauter geworden war, sodass seine Stimme jetzt durch die Höhle hallte. Selbst die Zwergenposten über ihnen schienen seinen Worten zu lauschen, auch wenn er sich ziemlich sicher war, dass keiner von ihnen auch nur ein Wort verstand. Die Aerc rückten näher, und Krendar sprach schnell weiter, bevor ihn der Mut verlassen konnte.

»Die Stämme brauchen euch. Wir kämpfen gegen etwas, das unsere Ahnen hier, am Ende der Welt, verborgen haben. Etwas, das die Drûaka vielleicht hätten vernichten sollen, bevor es irgendwelche dahergelaufenen Wühler ausgraben konnten. Jetzt ist das, was ewig in diesem Berg hätte ruhen sollen, erwacht. Und wir sind es – ihr seid es, die das Schicksal hierher gebracht hat, um es zu entscheiden. Ihr steht zwischen dem Ende eurer Dörfer und ihrem Überleben. Mehr denn je! Also kämpft!«

Für einen langen Augenblick herrschte atemlose, angespannte Ruhe. Erst jetzt wurde Krendar klar, dass das Herz des Bergs aufgehört hatte zu schlagen, und die Abwesenheit des monotonen Dröhnens hallte beinahe lauter durch die dunkle Halle, als es der gleichmäßige Puls vorher getan hatte. *Prima. Das funktioniert auch, um denen dort drin zu sagen, wo wir sind.* Er ließ den Blick ein letztes Mal über die Aerc schweifen. Vielleicht fünf oder sechs Mal zehn Männer. Mindestens die Hälfte allerdings wirkte ausgemergelt, krank und müde. *Was soll's. Sie sind Aerc-Krieger. Jeder von ihnen ist alt genug, seine Krûnar-Riten hinter sich zu haben. Das heißt vermutlich, dass beinahe jeder von ihnen mehr über das Kämpfen weiß als ich.*

Dann erhob sich ein seltsames Geräusch. Es war dumpf und ebenso rhythmisch wie der Herzschlag der riesigen Trommel, und Krendar brauchte einen Moment, um sich darüber klar zu werden, dass es die Aerc waren, die dieses Geräusch verursachten. Werkzeugstiele stießen auf den Boden, und jene, die kein Werkzeug zur Hand hatten, stampften mit den Füßen oder schlugen sich auf die bloße Brust.

»Das Schicksal?«, murmelte Farosh leise neben ihm. »Du hast doch behauptet, dass du nicht an das Schicksal glaubst, Raut.«

»Tu ich auch nicht«, antwortete Krendar, ohne den Blick von den Kriegern – seinen Kriegern – zu lassen. »Aber es reicht, wenn sie es tun. So können sie wenigstens als Helden sterben und nicht als Horde von Schroggra.«

»Du glaubst nicht, dass wir diese Nol'Ru-Kreaturen besiegen können?«

Krendar klopfte dem Jüngeren auf die Schulter. »Ich glaube, dass wir mit viel Glück so lange durchhalten können, bis der Aufzug kommt, der uns hier rausbringt. Und *dann* machen wir uns Gedanken, wie wir diese Dinger aufhalten.«

Er hob die Hand. »Wer Waffen hat – haltet den Tunnelausgang! Der Rest von euch: Bewaffnet euch und bringt Fackeln. Öl. Holz. Alles, was brennt. Mit Feuer kann man sie aufhalten! Und zielt ...«

»Sie kommen!«, unterbrach ihn der dröhnende Ruf des Ogers.

Beinahe im selben Moment hörte Krendar ein Scharren aus dem Tunnel, und dann prallte etwas mit solcher Wucht gegen die soeben errichtete Barrikade, dass sie ins Rutschen zu geraten drohte. Ein gedämpftes Brüllen von der anderen Seite der Absperrung war zu hören, dann tauchte an ihrem oberen Ende die Gestalt eines Aerc auf, dessen rechte Gesichtshälfte von langen, parallelen Wunden bis auf den Knochen aufgerissen war. Sein verbliebenes Auge starrte schwarz hervor und fixierte einen der Aerc, die Modrath mit der Barrikade halfen. Er öffnete einen Mund voller zerbrochener Zähne, dann krachte ein oberschenkeldicker Balken in sein Gesicht und schleuderte ihn aus dem Blickfeld. Modrath verkantete das Holz mit einem Knurren zwischen Wagen und Decke. »Mehr Holz!«, bellte er. Hinter ihm kroch ein weiterer hagerer Aerc zwischen den Rädern des Karrens hindurch. Mit angstgeweiteten Augen zog er sich vorwärts. »Helft mir!«, keuchte er erstickt und streckte Krendar eine Hand entgegen. Einer der Barrikadenbauer ergriff seinen Arm, zerrte ihn vollständig unter dem Wagen hervor und zog ihn auf die Füße. Der Gerettete lehnte sich schwer gegen ihn, bevor seine Hand hochruckte und dem Retter die Kehle herausriss. Noch während der Unglückliche rückwärtstaumelte, riss ihm der Angreifer das Messer aus dem Gürtel und rammte es dem nächststehenden Aerc bis zum Heft in die Brust. Ein weiterer Aerc zog sich durch die schmale Lücke unter dem Wagenboden, doch inzwischen hatte Modrath seine Überraschung abgeschüttelt. Sein Fuß stampfte so heftig auf den Schädel der Kreatur, dass dieser platzte und ölig schwarze und graue Spritzer auf dem Höhlenboden verteilte. Das charakteristische metallische Klacken von zwergischen Pfeilwerfern ließ Krendar zusammenzucken, doch die Bolzen der Wühler hatten nur ein Ziel: den Aerc, der gerade sein Messer aus der Brust des Verteidigers riss. Drei Bolzen schlugen in der breiten Brust des Aerc ein, doch die Kreatur taumelte nur kurz unter der Wucht der Einschläge, bevor sie sich fing und mit gefletschten Zähnen auf den nächsten Aerc an der Barrikade losging.

Im Laufen riss Krendar einem der Aerc eine Eisenstange aus der Hand und warf sich gegen die Kreatur, noch bevor sie ihr nächstes Ziel erreichen konnte. Das langschäftige Brecheisen durchbohrte den Körper seines Gegners glatt, trat auf der anderen Seite wieder aus und verkantete sich im Holz des dahinter stehenden Wagens. Die Kreatur schrie auf, ein Geräusch, das fast sofort in ein grollendes Knurren überging, als das, was einmal ein Aerc gewesen war, seine Aufmerksamkeit auf Krendar richtete. Sie hieb nach dem jungen Raut und verfehlte sein Gesicht nur um Haaresbreite. Krendar zuckte zurück, ließ dabei den Schaft los, und die Kreatur folgte ihm, bis sich der Haken am Ende der Brechstange unter ihren Rippen verkantete. Mit gefletschten Zähnen stieß sie ein weiteres Knurren aus und riss an dem Hindernis, doch jetzt war Farosh zur Stelle. Er schob sich an Krendar vorbei, und sein Krummdolch ging auf den Nacken des abgelenkten Wesens nieder. »Der Kopf!«, rief er und schlug erneut zu. Sein dritter Hieb durchtrennte endlich den Hals der Kreatur. Der Körper an der Brechstange erschlaffte, und schwarze Flüssigkeit rann aus der grausamen Wunde.

Keuchend deutete Farosh mit dem triefenden Messer auf den Toten. »Wir müssen ihre Köpfe zerstören! Oder abhacken!«

Krendar starrte ihn an. Dann nickte er. »Ihr habt ihn gehört!«, rief er den herbeieilenden Kriegern zu. »Und unterschätzt sie nicht!«

Er deutete auf den Aerc, der mit herausgerissener Kehle zu seinen Füßen lag und noch immer vergebens versuchte, den gurgelnden Blutfluss zu stoppen. Dann zog er seinen eigenen Krummdolch und stieß ihn dem Sterbenden ins Herz.

Zwei weitere der Kreaturen erschienen über der Barrikade, und irgendwer zerrte an dem Leichnam zwischen den Rädern. Der nächste Ansturm ließ das hölzerne Hindernis ein weiteres Mal erzittern. Hinter der Barrikade wurde das Knurren und Kreischen von vermutlich einem halben Dutzend der Kreaturen laut. Einer der beiden Aerc oben angelte mit einem Arm nach Modrath, und die ölig-schwarzen Krallen seiner Hand wurden zusehends länger. Der Oger stemmte den breiten Rücken gegen die schwankende Barriere. »Ich könnte wirklich etwas Hilfe gebrauchen.« Er duckte sich unter den Krallen weg.

Ein Minenarbeiter tauchte neben Modrath auf, riss einen aus einem Stück Alteisen improvisierten Dolch in die Höhe und rammte ihn durch das suchende Handgelenk in die Planke dahinter. Noch bevor der Arbeiter sich jedoch über die gebannte Gefahr freuen konnte, packte ihn der Aerc oben am Kriegerzopf und riss ihn gegen den Wagen. Der Kopf des Minenarbeiters wurde mit unerbittlicher Gewalt nach hinten gebogen. Mit vor Entsetzen geweiteten Augen starrte er nach oben, als sein Angreifer ihm einen Schwall schwarzen Schleim ins Gesicht erbrach. Er riss sich los und taumelte mit einem gurgelnden Schrei zurück. Doch noch ehe einer der Umstehenden reagieren konnte, sirrte ein Kurzpfeil heran und durchschlug mit dumpfem Knacken seinen Hinterkopf. Ein anderer Minenarbeiter sprang über ihn hinweg und trieb seine Spitzhacke in das Gesicht des Angreifers. Dem anderen

Aerc oben gelang es inzwischen, sich durch die Lücke zu schieben. Er stürzte neben Modrath zu Boden, war jedoch fast sofort wieder auf den Beinen und pflügte in die herbeieilenden Aerc-Krieger. Die Wunden, die ihm die improvisierten Waffen der Minenarbeiter rissen, schlossen sich, noch während er einem von ihnen mit einem einzigen Hieb das Genick brach und die Finger seiner anderen Hand in die Augen des nächsten grub.

»Aus dem Weg!« Eine Gruppe der Verteidiger schob einen weiteren Minenkarren heran und rammte die Kreatur mit brachialer Gewalt in die Barrikade zurück. Eingeklemmt schlug sie in rasender Wut um sich, bevor ein Axthieb seinen Schädel spaltete. Mit vereinter Kraft kippten die Verteidiger den Wagen um und zertrümmerten den Toten am Fuß des Hindernisses. Endlich konnte Modrath zur Seite treten. Er hob den Vorschlaghammer eines der Gefallenen auf und zertrümmerte einen Arm, der sich durch eine Lücke zwischen den Balken schob. »Groshakk! Feuer!«, brüllte er. »Wir brauchen hier verdammtes Feuer!«

Drei hagere, schwer keuchende Aerc schleppten tönerne Krüge herbei, von denen ein stechender Geruch aufstieg. Der Oger grinste humorlos und entriss einem von ihnen seine Last. Er schleuderte das Gefäß gegen die Tunneldecke, wo gerade ein weiterer Angreifer dabei war, sich durch den Spalt zu winden. Der Krug zerschellte und übergoss Kreatur und Holz gleichermaßen mit scharf riechendem Lampenöl. Die übrigen Aerc verschwendeten keine Zeit. Sie übergossen die Barrikade mit den restlichen Krügen.

»Zurück!« Ein weiterer Minenarbeiter riss eine Fackel aus einer Wandhalterung und warf sie auf die Barrikade. Für einen Augenblick leckten die Flammen über das nasse Holz, bevor sie langsam in sich zusammensanken.

Krendar schüttelte den Kopf. »Das ist Lampenöl«, knurrte er. »Kein beschissenes Brandöl.« Er packte einen nahe stehenden Arbeiter am Hemd und riss ihm ohne weitere Umstände das Kleidungsstück kaputt. Ohne auf den Protest des Kriegers zu achten, hielt er einen Fetzen an die flackernden Flammen. Öl und Stoff fingen fast augenblicklich Feuer, und Krendar warf das lohende Tuch mit einem schnellen Schwung über den Kopf des mit Öl getränkten Nol'Ru. Fauchend griffen die Flammen über und hüllten die Kreatur in ein gleißendes Inferno. Das Kreischen des brennenden Nol'ru gellte durch die Kaverne und übertönte den Lärm der hinter ihm verborgenen Kreaturen und die Kampfrufe der Aerc. Nur wenige Herzschläge später stand der größte Teil der Barrikade in Flammen. Die Orks wichen vor der plötzlichen Hitze zurück und wandten die Augen vor der Helligkeit ab. Einzelne Jubelrufe kamen auf, wurden von weiteren Stimmen aufgenommen und verbanden sich zu einem rauen Siegesschrei.

Modrath leckte sich über den Eckzahn. »Das dürfte sie etwas aufhalten«, rumpelte er grimmig.

»Für wie lange?«, fragte Farosh. Er hob eine herrenlose Axt vom Boden auf und wog sie prüfend in der Hand.

»Hoffentlich lange genug«, murmelte Krendar. Lauter setzte er hinzu: »Bringt mehr Holz! Verstärkt das Hindernis und sorgt dafür, dass das Feuer nicht erlischt! Wir müssen verhindern, dass sie durchbrechen!« *Hier drin sind wir nichts als Klingenfutter. Hoffentlich beeilen sich die groshakk Zwerge.* Er trat zurück, während die Minenarbeiter weiteres Holz herbeischleppten und gegen die Barrikade schichteten. Dichter schwarzer Rauch quoll aus den Flammen und zog als brodelnde Wolke an der Plattform vorbei und hinauf in die gähnende Schwärze der Höhle über ihnen. Erst jetzt, im Schein des großen Feuers, wurde Krendar klar, wie tief unten in den Eingeweiden des Bergs sie sich befanden, am Grund eines riesigen, lichtlosen Schachts, der den Berg durchzog, von hier, wo sie standen, bis in ungesehene Höhen. Und dort oben glaubte Krendar den schwachen Lichtschein der Höhlen zu sehen, in denen die Zwerge ihre Schmelzen betrieben. Wahrlich, ein verfluchter Ort. Und was, wenn die Zwerge den Aufzug nicht schickten und das Feuer schließlich niederbrannte? Krendar senkte den Blick und musterte das gewaltige Balkenwerk der Plattform, auf der die zwergische Trommel noch immer schwieg. Auf ihrem Rand standen ihre Wächter, und er glaubte das Klicken zu hören, mit dem sie in stoischer Ruhe ihre Pfeilwerfer neu luden. Seine Miene verdüsterte sich. Die Zwerge hatten sich darauf eingelassen, nicht auf sie, sondern lediglich auf die Bedrohung aus dem Tunnel zu schießen. Auf jeden, der in ihre Richtung lief. Sie würden die Orks jedoch auf keinen Fall zu sich hinauflassen, so viel wurde ihm in diesem Augenblick klar. Orks waren im Moment vielleicht nicht der Feind – aber sie waren noch immer Gefangene und letztendlich ersetzbar.

Krendar ließ den Blick über die Dutzende von anderen Tunnelöffnungen schweifen, die in der Höhle mündeten. Sie waren hier alles andere als sicher. Er sah ans entfernte Ende des Spalts, an dem der Transportaufzug ankommen würde. Stapel von Kisten und weitere Erzkarren warteten dort auf ihre Verteilung oder darauf, an die Oberfläche gebracht zu werden.

»Modrath, Farosh, nehmt euch zwei Doppelfäuste und schafft dort vorn eine zweite Barrikade.« Er deutete in Richtung Aufzug. »Wir müssen unseren Abzug sichern.«

»Falls uns die Wühler abziehen lassen«, stellte der Oger düster fest.

Krendar bemühte sich, sich nichts anmerken zu lassen. »Wenn«, korrigierte er.

»Falls«, entgegnete Modrath. Er nickte Farosh zu. »Komm mit, Kleiner. Vielleicht hat unser ewig optimistischer Häuptling ja recht, und die herzlosen kleinen Drecksäcke schicken uns tatsächlich Hilfe. Man kann nie wissen.«

Farosh sah zu ihm hoch. »Du glaubst nicht daran?«

Der Oger lachte auf; ein raues, freudloses Geräusch. »Abgesehen von Krendar traue ich hier niemandem auch nur so weit, wie ich ihn werfen kann.« Er zog die Brauen zusammen. »Oder in diesem Fall: nicht weiter, als du sie werfen kannst. Einarmig«, setzte er hinzu. »Krendar ist derjenige von uns, der sich Vertrauen leistet. Es ist meine Aufgabe, dafür zu sorgen, dass das nicht böse endet.«

»Du kannst mich mal, Modrath.« Krendar fletschte die Zähne und wandte sich ab. Er marschierte zu einem Wasserfass, schöpfte sich eine Kelle der brackigen Flüssigkeit und trank. Das Wasser hatte einen widerlich metallischen Beigeschmack, aber es erfrischte seine verstaubte Kehle. *Wie lange halten wir durch?* Er nahm einen weiteren Schluck, spülte sich den Staub aus den Zähnen und klopfte nachdenklich mit der Kelle auf den Rand des Fasses. *Falsche Frage. Wie halten wir sie auf? Feuer verbrennt sie, so viel wissen wir. Ohne ihre Köpfe kommen sie nicht weit, auch das haben wir gelernt. Was noch? Magie. Die Magie der Drûaka. Was uns nichts bringt, denn wir haben keine.* Die kleine Grotte am Ende des Grabungsstollens kam ihm wieder in den Sinn, mit ihrem schwarzen Becken, das Bresch verschlungen hatte. Ein Gefängnis, eingefasst von Hunderten und Aberhunderten Schädeln, aus deren Augenhöhlen ihm stumpf schwarzes Blei entgegensah. Eine Spirale auf dem Boden, eingelegt mit noch mehr Blei. *Blei. Bleiglanz!* Er hob eine Handvoll Staub vom Boden und leckte daran. Bitterer, metallischer Geschmack erfüllte seinen Mund – derselbe Geschmack, den das Wasser hatte. Krendar überlief es heiß. Er sah sich um. Der graue Staub lag überall, bedeckte Boden, Kisten und Gerätschaften, schimmerte als feiner Film auf dem Wasser im Fass neben ihm, bedeckte seine Haut und seine Kleidung. Das war es, was die Zwerge hier abbauten, und das war es, was die Nol'Ru eingesperrt hatte. Erst die Zwerge hatten ihr bleiernes Gefängnis durchbrochen.

Das beginnende Grinsen in Krendars Gesicht verblasste in einem frustrierten Knurren. Was brachte es ihnen, das zu wissen? Das Blei schien den Nol'Ru ganz offensichtlich nichts auszumachen, wenn sie in den Körpern ihrer Opfer geschützt waren. Und man konnte sie ja schlecht mit Staub füttern. »Groshakk.« Er hieb die Kelle heftig genug auf den Rand des Fasses, dass sie sich verformte.

»Raut!« Eine schrille Stimme durchbrach seine Gedanken. »Raut! Bei den Ahnen, Raut!« Alarmiert wirbelte Krendar herum. Yar kam aus einem der Tunnel gerannt, dicht gefolgt von zwei weiteren Kriegern. Alle drei trugen ihre Arme voller Waffen, von denen sie einige noch im Laufen verloren. Sie schienen es nicht zu bemerken. »Raut!«, schrie Yar. »Sie kommen!«

Hinter den dreien kam ein vierter Aerc aus dem Tunneleingang gestolpert. Er hinkte, prallte gegen die Wand, hinterließ einen langen, dunklen Schmierfleck am Fels und stolperte zwei weitere Schritte, als eine weitere Gestalt aus dem Dunkel auftauchte. Sie packte den Krieger am Gürtel und schleuderte ihn wie eine Lumpenpuppe gegen die Wand. Krendar krümmte sich angesichts der knochenbrechenden Gewalt instinktiv zusammen. Der zerschlagene Krieger schrie noch immer, als ihn die Gestalt ohne sichtbare Mühe aus dem Tunneleingang in die Grotte hinausschleuderte. Schreie wurden laut, da auch andere Aerc die neue Gefahr bemerkten.

Der Angreifer trat aus dem Dunkel, und auf seiner Rüstung schimmerte das Licht des Feuers. Eine Zwergenrüstung. *Bei den verschissenen Ahnen. War das jetzt wirklich nötig?*

Von den Zwergen oben auf der Plattform waren jetzt Rufe der Erleichterung zu hören, als der Tunnelwächter ins Licht trat, in der einen Faust eine blutige Minenaxt.

Krendar fluchte lautlos vor sich hin. Hinter den Zwergen tauchten weitere Figuren in der Tunnelöffnung auf. Weitere Zwerge. Und Aerc. Sie rannten.

»Zurück!«, schrie Krendar den Aerc in der Grotte zu. »Geht zurück! Zum Aufzug!« Er lief Yar entgegen.

Der narbige Krieger atmete rasselnd und ließ die Waffen vor Krendars Füße fallen. »Sie haben uns überrascht«, krächzte er. »Sind durch die Schlafhöhle geschlichen.«

Krendar hob eine langstielige Axt auf. »Wie viele?«

»Eine Doppelfaust. Mehr! Ich weiß nicht!« Panik stand in Yars Augen, und Krendar konnte einen langen Schnitt sehen, der am Oberarm des alten Kriegers hinablief. »Sie haben uns einfach niedergemacht! Wir können die nicht aufhalten, wir …« Er sah an Krendar vorbei auf den Turm, der die Plattform der Zwerge trug. »Wir müssen hier raus!« Damit stieß er Krendar beiseite und rannte los, auf den Fuß des hölzernen Bauwerks zu.

»Nein!«, schrie Krendar, doch Yar hörte ihn schon nicht mehr. Andere Aerc sahen die heranstürmenden Gegner, und sie sahen Yars Flucht. Einer der Korrach ließ seine Spitzhacke fallen und schloss sich Yar an, dann ein zweiter, ein dritter, ein Dutzend. Von einem Augenblick auf den anderen war jede Ordnung der Verteidiger in Auflösung, während die Aerc anfingen, in Richtung des Zwergengerüsts zu fliehen. Einer der Schützen oben bellte etwas, das Krendar über den Lärm nicht verstand. Dann richtete er seinen Pfeilwerfer auf Yar und schoss. Der Bolzen traf den narbigen Aerc in die Brust. Die Beine des Kriegers gaben so plötzlich nach, dass er nach unten sackte und sich überschlug, bevor er kaum eine Mannlänge vor dem Fuß des Gerüsts liegen blieb. Sein Arm war noch immer ausgestreckt, nach einer Rettung, die es hier nicht gab. Weitere Pfeilwerfer krachten, und mehr der fliehenden Aerc brachen zusammen.

Krendar stieß ein ohnmächtiges Brüllen aus, bevor er sich im letzten Moment zur Seite drehte, als der Erste der heranstürmenden Angreifer mit einer Schaufel nach ihm hieb. Noch in der Drehung trat Krendar dem geifernden Aerc das Knie weg, und als der Mann kreischend zur Seite sackte, trieb er ihm die Axt in den Nacken. Jemand packte ihn an der Schulter und wirbelte ihn herum. Urplötzlich gähnte vor seinem Gesicht der weit aufgerissene Rachen eines weiteren Aerc, über dessen Hauer schwarze Fäden rannen und sich zu langen Fängen zusammenzogen. Ohne nachzudenken, stach

Krendar zu. Der spitze Gegenstand in seiner Faust drang tief in das schwarze Maul. So plötzlich, wie der Aerc ihn gepackt hatte, ließ er wieder los. Ein Kreischen entrang sich der Kehle der Kreatur, als sie nach dem verbogenen Gegenstand griff, der ihr aus dem Gaumen ragte: die verbeulten Reste der bleiernen Wasserkelle, die Krendar immer noch in der Hand gehalten hatte. Grunzend riss Krendar die Axt empor und ließ sie gegen das Gesicht der Kreatur krachen. Die Kelle ruckte und verschwand tiefer in ihrem Schädel. Sie kippte nach hinten und begann unkontrolliert zu zucken, noch bevor sie am Boden aufschlug. Ihre Arme und Beine vollführten einen grotesken Tanz, als sie die Kontrolle über ihren Körper zu verlieren schien.

Krendar nahm sich nicht die Zeit, weiter zuzusehen. Er blickte auf, gerade rechtzeitig, um mit anzusehen, wie die Nol'Ru in die Menge der Aerc hineinpflügten, die jetzt zwischen dem Turm der Zwerge und ihnen gefangen waren. Weitere Nol'Ru kamen aus dem Tunnel. Unter ihnen waren zwei weitere Zwerge und einer der Sprengmeister, doch diesmal wurden sie nicht mit dem Jubel der Wächter oben empfangen. Stattdessen schoss einer der Bärtigen einen Bolzen auf sie ab, der jedoch harmlos von der Rüstung eines Tunnelwächters abprallte. Immerhin zog er damit die Aufmerksamkeit der Kreaturen auf sich.

Mit gefletschten Zähnen wirbelte Krendar herum und rannte auf die Männer am Feuer zu. »Rückzug!«, wiederholte er seinen früheren Befehl. »Zieht euch zurück, verdammt! Zum Oger!«, setzte er hinzu, als er die verwirrten Mienen der Arbeiter sah. Endlich schien er zu ihnen durchzudringen. Vielleicht war es auch die Hoffnung auf so etwas wie Sicherheit in der Gegenwart des Hünen – jedenfalls ließen die Aerc ihre Lasten fallen und rannten in Richtung des hinteren Endes der Grotte. Hinter ihnen knirschte und erbebte die Barrikade unter dem Ansturm weiterer Nol'Ru.

Krendar rannte. Es mochten etwa fünfzig Doppelschritte bis zum Ende der Höhle sein, doch es kam ihm wie eine Ewigkeit vor, bis der Oger in Sicht kam. Die Aerc hatten hier eine behelfsmäßige Barrikade errichtet, doch Krendar sah auf den ersten Blick, dass ihnen das nur Augenblicke verschaffen würde. *Zu wenig. Zu spät.*

Ein Licht zog seine Aufmerksamkeit auf sich, und Krendar keuchte vor Erleichterung unwillkürlich auf. Dort vorn, unfassbar, beinahe schon unerwartet, schwebte die riesige hölzerne Plattform des Aufzugs herab. Noch war sie mehrere Mannlängen über dem Boden, doch sie kam. Und auf ihr stand einsam die Silhouette des haarigen Menschen, des Wolfmanns, eine Fackel hoch über den Kopf erhoben. Krendar verdoppelte seine Anstrengung, setzte über einen Stapel Kisten hinweg und bemerkte aus dem Augenwinkel eine Gestalt, die auf ihn zupreschte. Noch bevor er reagieren konnte, stürzte sie sich auf einen der fliehenden Korrach, der unmittelbar neben ihm lief. Krendar geriet beinahe aus dem Tritt, als er sich unwillkürlich umsah, doch dem Krieger war schon nicht mehr zu helfen. Ein zweiter schwarzäugiger Aerc stürzte heran und warf sich auf den Gefallenen, und die beiden Kreaturen, die einmal selbst Krieger eines der Bergstämme gewesen waren, fingen an, ihn gnadenlos zu zerfleischen. Krendar stieß sich von einem plötzlich in seinem Weg auftauchenden Kistenstapel ab, strauchelte und rannte weiter. Auf allen vieren erklomm er die vor ihm aufragende Barrikade, rammte seine Fackel zwischen das trockene Holz und rollte sich über den Kamm des Hindernisses. Ein Aerc, dessen Hals und linke Gesichtshälfte vollständig aus schwarzer Masse bestand, tauchte mit gefletschten Zähnen über ihm auf und sprang auf ihn herab. Noch im Flug fuhr Modraths riesige Hand dazwischen, ergriff den ausgestreckten Arm der Kreatur und schleuderte sie zur Seite. Die Kreatur landete rücklings auf einem aufragenden Balken, der mit ekelerregendem Knirschen in ihren Rücken drang und am Brustkorb wieder austrat. Dann war Farosh zur Stelle und hackte mit seiner Axt auf sie ein, bis sie sich nicht mehr rührte.

Mehr Arbeiter flüchteten über die Barrikade, bevor ein weiterer Nol'Ru über das Hindernis sprang und dem Hintersten eine Spitzhacke in den Rücken trieb. Knurrend hebelte er sein Mordwerkzeug wieder heraus, warf sich auf einen weiteren, dem er die Bauchdecke aufriss, bevor ihn drei der Aerc-Krieger mit Hämmern und Brecheisen zu Brei verwandelten.

Der Oger half ihm auf die Füße. »Verletzt, Raut?«

»Nur mein Stolz.« Krendar versuchte, seinen rasselnden Atem zu beruhigen. »Aber der ist verzichtbar.«

»Kommen noch mehr?« Modrath war groß genug, um über die behelfsmäßige Barrikade sehen zu können.

Krendar schüttelte den Kopf. »Wenn, dann gehören sie ziemlich sicher nicht zu uns.«

Hinter ihnen setzte die Plattform rumpelnd auf dem dafür vorgesehenen Podest auf. *Viel zu laut.* Krendar biss die Zähne zusammen. »Los, los! Das Ding bleibt keinen Augenblick länger unten als nötig!«, rief er.

Die übrigen Aerc, kaum dreimal zehn, rannten beinahe schon zu hastig die Rampe hinauf.

»Du hast dir Zeit gelassen!«, rief Modrath dem Wolfmann zu. »Wie kriegt man das Ding nach oben?«

Der Wolfmann würdigte ihn keiner Antwort. Stattdessen sprang er vom Gerüst und riss eilig an einer Kette, die aus der Dunkelheit über ihnen herabhing.

»Und jetzt?«

Der Wolfmann zog sein Schwert und erklomm die Plattform. »Jetzt beten wir zu jedem Gott, der uns einfällt, dass die da oben schnell genug sind.«

In diesem Moment lief ein Stöhnen durch die Plattform, und mit einem fernen Rumpeln kroch sie langsam wieder nach oben.

»Groshakk«, murmelte Modrath, als sich der Aufzug langsam vom Höhlenboden entfernte. Auch die anderen Aerc murmelten entsetzt. Einige der Nol'Ru rannten in ihre Richtung, doch das war es nicht, was allen den Atem verschlug. Die Kreaturen hatten die Aerc, die zur Plattform der Zwerge gelaufen waren, vollkommen überrannt und begannen jetzt, das hölzerne Gerüst zu erklimmen, schneller, als Krendar es für möglich gehalten hätte. Immer wieder fiel einer von ihnen, von einem Wühlerpfeil in den Kopf getroffen, zurück in die Menge, doch andere nahmen seinen Platz ein. Der größte Teil der Nol'Ru jedoch hatte begonnen, gegen die Pfeiler der Plattform anzurennen oder sie mit Hacken und Äxten anzugreifen. Die Klingen der beiden Tunnelwächter unter den Nol'Ru fraßen sich mit beeindruckender Geschwindigkeit durch die Balken, und noch bevor der Aufzug zu hoch geklettert war, um sie aus den Augen zu verlieren, drang ein gequältes Stöhnen zu ihnen herauf, als sich die Konstruktion zur Seite neigte und beinahe behäbig in Richtung Höhlenwand kippte. Die gewaltige Trommel in ihrer Mitte geriet ins Rutschen, rollte beiseite und stürzte dann in die Tiefe, hinab auf die brodelnde Menge der Angreifer. Ein dumpfes, anklagendes Donnern hallte zu ihnen hinauf, der letzte Schlag des Herzens der Mine. Er klang noch nach, als die Nol'Ru das schräg lehnende Gerüst hinaufströmten und über die winzig wirkenden Gestalten der Minenwächter herfielen. Es wirkte wie ein Omen.

Quälend langsam kroch die Plattform weiter nach oben.

TOD UND EHRE

Zum Grubenteufel mit diesen Idioten!«, brüllte Dvergat. »War es denn zu viel verlangt, einen einzigen beschissenen Durchgang zu sichern?«

Glond gab ihm im Stillen recht. Die Kreaturen, die aus der Tiefe heraufströmten, hatten sich von einem halben Dutzend Minenwächter nicht aufhalten lassen. Während die Tunnelmeister noch diskutierten, waren die Ersten von ihnen aus dem Durchgang in der Gießerei geströmt und hatten die dort postierten Dalkar einfach überrannt. Sie schienen keinen Unterschied zwischen Orks und Dalkar zu machen, sondern stürzten sich auf alles, was sich in der glühend heißen Grotte bewegte. Die Orkweiber waren die Nächsten gewesen, die unter dem brutalen Ansturm zu Boden gegangen waren. Wer es nicht rechtzeitig schaffte, die Höhle zu verlassen, wurde einfach überrollt, ob Gegenwehr oder nicht.

Dvergat hackte auf einen geifernden Ork ein, der über die eilig aufgeschichteten Kisten zu klettern versuchte. Er trennte der Kreatur einen Arm ab, was diese nicht im Mindesten zu beeindrucken schien. Mit dem triefenden Stumpf schlug sie nach dem alten Dalkar, bevor der Wolfmann hinzusprang und mit einem Schwertstreich den Schädel der Kreatur spaltete. Rechts von Glond verbiss sich ein weiterer Aerc im Gesicht eines Minenwächters, der schreiend zu Boden ging. Modrath rammte mit einem orkischen Fluch auf den Lippen eine Eisenstange durch Angreifer und Opfer und nagelte beide auf dem Boden fest, bis Krendar und Farosh die kreischende Kreatur enthaupten konnten. Gut zwei Dutzend Leichen stapelten sich vor ihnen, und noch immer rückten unzählige weitere Kreaturen nach.

Immer mehr Verteidiger fielen, und selbst wenn jeder der hartgesottenen Dalkar drei, vier oder mehr der Nol'Ru mitgenommen hatte – was konnten sie am Ende gegen den Strom der Kreaturen aus der Tiefe ausrichten? Solange man ihnen nicht die Köpfe einschlug, waren sie beinahe durch nichts aufzuhalten.

Die Folge war pures Chaos. Ein Großteil der verbliebenen Orks war mit den wenigen Orkweibern, die aus der Gießerei entkommen konnten, bereits geflohen. Orks schienen zu wissen, wann ein Kampf aussichtslos war, und im Gegensatz zu Dalkar hatten sie kein Problem damit, ihr Heil in der Flucht zu suchen. Da konnte der Oger noch so fluchen.

Die Dalkar waren starrsinniger. Obwohl einer nach dem anderen fiel, kamen sie nicht auf den Gedanken, diese verdammte Mine aufzugeben, die ihnen den Tod entgegenspie.

Links von ihnen hatte sich eine weitere Gruppe aus Minenwächtern und dalkarischen Arbeitern verschanzt und hackte auf alles ein, was ihnen zu nahe kam, wobei sie keinen Unterschied zwischen Angreifern und fliehenden Orks machten.

Glond versuchte, das Zittern in seinem Körper zu unterdrücken. *Vielleicht haben sie damit auch recht. Wer weiß*

schon noch, wer flieht und wer verfolgt. Wer weiß schon, wie
viele dieser Kreaturen bereits nach draußen gelangt sind.
Die Dalkar auf der anderen Seite brüllten sich grobe Scherze
zu, selbst jetzt noch, wo die Hälfte ihrer Kameraden blutend
am Boden lag, und Glond stellte fest, dass er sie dafür verabscheute. Die Erinnerung an eine ähnliche Situation überrollte
ihn ungebeten – an eine bunt zusammengewürfelte Schlacht-
reihe, in der Arbeiter aus den Deroker Gildenverbänden sich
Witze zugerufen hatten, noch während sie abgeschlachtet
wurden. Ganz ähnlich wie diese. Damals war er davongelau-
fen. Ironischerweise war das der Grund, warum er jetzt hier
war, während jeder andere von damals bereits in der Erde
ruhte. Das Schicksal war wirklich ein Drecksack.

Schreie hallten durch die Höhle – Wutschreie, aber vor allem
Schmerzensrufe und die Laute von Sterbenden, die allzu oft
abrupt abrissen. Es gab kaum eine Gruppe der Verteidiger, bei
der die Lage so gut war wie bei ihnen. Und bei ihnen war sie
beschissen. Eine weitere Welle der Nol'Ru brandete über die
Behelfsbarrikade weiter links und begrub die dort verschanz-
ten Dalkar einfach unter sich. Irgendwo hinter ihnen plärrte
ein Signalhorn der Minenwächter. »Rückzug!«, donnerte die
Stimme des graubärtigen Tunnelmeisters durch die Halle.

Auf sein Kommando schlossen sich die verbliebenen zehn
oder zwölf gepanzerten Wächter zu einer Schildwand zusammen und marschierten grimmig in Richtung Ausgang, ohne
sich weiter um die wenigen Verteidiger zu kümmern, die noch
festsaßen. So wie Glond und seine Truppe. Er wechselte einen
Blick mit Krendar.

»Das kann doch jetzt nicht wahr sein, oder?«, fragte der
Ork ungläubig.

Glond zuckte mit den Schultern. »Was willst du machen?«, rief er zurück. »Wir können sie nicht aufhalten. Wir haben verloren!«

»Und sie lassen uns hier zurück?«

Dvergat grinste wild. Es wirkte nicht nur ein klein wenig irrsinnig. »Es sind Dalkar! Unser Opfer nützt dem Gemeinwohl.«

Aus dem Augenwinkel sah Glond etwas heranhuschen und duckte sich. Mehr aus einem Reflex riss er sein Schwert hoch und schlitzte damit einen anspringenden Nol'Ru vom Brustbein bis in den Schritt auf. Die Kreatur kam zwei Schritte hinter ihm am Boden auf. Ein Dalkar, stellte Glond seltsam abwesend fest, einer der Gießereiaufseher. Die Kreatur versuchte sofort, brüllend wieder auf die Füße zu kommen, auch wenn die aus ihrem Bauchraum herausfallenden Innereien sie dabei behinderten. Kalte Wut wallte in Glond auf. Mit zwei schnellen Schritten war er bei dem Dalkar und trat ihm ins verzerrte Gesicht. »Ihr Arschlöcher!« Erneut trat er zu. »Ihr gottverdammten Drecksäcke! Ihr musstet diese Scheiße auf uns loslassen!« Nochmals trat er zu, und dann ein weiteres Mal. »Ihr musstet Bresch folgen! Und was haben wir jetzt davon?« Wieder ging sein Stiefel auf den Kopf der Kreatur nieder, und diesmal hörte er wie aus weiter Ferne die Knochen krachen. »Wir sind am Arsch, und der Rest der Welt gleich mit! Weil ihr den gottverdammten Hals nicht voll genug bekommen konntet!« Ein letztes Mal ging sein Stiefel nieder, diesmal zerbarst der Schädel endgültig.

»Glond!«

»*Was?*« Er fuhr herum und spießte dabei um ein Haar den Wolfmann auf.

»Es reicht. Lass uns von hier verschwinden.«

»Ach ja?« Glond presste die Zähne aufeinander und versuchte, das Rauschen in seinen Ohren zu unterdrücken. Er breitete die Arme aus. »Und wie stellst du dir das vor? Wir können sie nicht länger aufhalten. Vermutlich schaffen wir es nicht einmal bis in den verdammten Tunnel! Nicht ohne Rückendeckung!«

Die Nol'Ru links von ihnen hatten die Verteidiger dort jetzt ausgelöscht, und ihre nachtschwarzen Augen richteten sich auf Glond und die Orks.

»Versuch macht klug!«, stellte der Wolfmann fest. »Den Letzten fressen die ...« Noch bevor er ausgeredet hatte, waren Krendar, Glond und Farosh losgelaufen. Auch Dvergat sprang auf und rannte in Richtung Eingangstunnel.

»Was ...?«

Modrath drückte ihm eine Fackel in die Hand und stieß ihn hinter den anderen her. »Das sind sie, die jungen Leute von heute«, brummte er, während er den Wolfmann mit langen Schritten überholte. »Keine Geduld. Aber was will man machen?«

Für einen Moment sah es nicht so aus, als ob sie den rettenden Tunnel erreichen würden, als plötzlich Bolzen an ihnen vorbeisirrten und in den Pulk ihrer Verfolger einschlugen. Glond hechtete durch eine schmale Lücke zwischen aufgestapelten Kisten, schlug auf dem Fels auf und rollte sich zur Seite. Ein Tunnelwächter ragte über ihm auf, den struppigen schwarzen Bart von Blut verkrustet. »Sind noch mehr da draußen?«

Hinter ihm polterte Dvergat durch die Öffnung, direkt gefolgt von dem Oger, der sich nur mit Mühe hindurchquetschen konnte. »Der Wolfmann!«, rief er schnell. »Der haarige Mensch. Ob sonst noch jemand lebt, weiß ich nicht.«

Der Tunnelwächter sah düster auf ihn hinunter, dann wandte er sich ab und brüllte einen Befehl. Mit vereinter Kraft stemmten sich vier seiner Männer gegen einen Stapel Kisten, der bereits zu kippen begann, als endlich auch noch die dünne Gestalt des Wolfmanns durch die Lücke flog. Ihm direkt auf den Fersen folgten zwei zerschlagen aussehende Orks, die auf allen vieren liefen, wie irgendeine Art grotesker Tiere. Der Kistenstapel begrub einen unter sich, der andere jedoch war einen Hauch schneller und stürzte sich mit einem gellenden Kreischen auf den Nächststehenden. Krendar. Überrumpelt riss der Ork sein Kampfmesser hoch, doch er reagierte zu spät. Die Wucht des Ansturms fegte ihn von den Füßen. Die krumme Orkklinge in seiner Faust glitt in den Brustkorb der Kreatur, heftig genug, um am Rücken wieder auszutreten, doch sie schien es nicht einmal zu spüren. Mit gebleckten Hauern schnappte sie nach Krendars Kehle, und nur im letzten Moment gelang es dem Ork, den Hals seines Gegners zu packen und ihn zwei, drei Fingerbreit vor seinem Gesicht zu bremsen. Doch der Nol'Ru verfügte über eine Kraft, die der des jungen Ork überlegen war. Er schnappte abermals nach Krendars Gesicht, und jetzt konnte Glond schwarze Schlieren erkennen, die über seine entblößten Hauer krochen.

Farosh war der Erste, der reagierte. Er packte die Kreatur und riss sie von Krendar herunter. Der Nol'Ru fuhr herum. Mit einer Gewalt, die Glond nicht für möglich gehalten hätte, packte er den Arm des jungen Orkkriegers und drehte ihn so heftig beiseite, dass die Knochen brachen. Farosh schrie auf und versuchte zurückzuweichen, doch die Kreatur zog ihn heran und schnappte nach seinem Hals. Farosh konnte sich gerade weit genug wegdrehen, dass die Zähne den Hals verfehlten und sich stattdessen in sein Schlüsselbein gruben. Mit einem heftigen Kopfschütteln riss der Nol'Ru einen langen Streifen Muskeln aus der bloßen Brust des Kriegers. Farosh schrie erneut. Dann rammte ihm die Kreatur die ausgestreckten Finger in die Magengrube. Das Geräusch, als die Krallen in die Haut eindrangen, erinnerte Glond an das Reißen nassen Leders.

Krendar schnellte auf die Füße, doch Glond kam ihm zuvor. Hätte er nachgedacht, wäre er so schnell zurückgesprungen, wie es ihm möglich gewesen wäre, doch zum Nachdenken blieb keine Zeit. Also tat er das Zweitbeste, was ihm einfiel: Er packte den Arm des Nol'Ru, riss ihn aus Faroshs Bauch und brach mit einem Hieb den Unterarm durch. Die Kreatur fuhr mit einem Kreischen herum und zuckte zurück, als sie Glonds Gesicht sah. Der nutzte die Gelegenheit und rammte ihr den Ellbogen ins Gesicht. Immer noch kreischend versuchte der Nol'Ru, von ihm wegzukommen, doch Glond hielt den gebrochenen Arm unerbittlich fest. Ein Stiefeltritt zerschmetterte das Knie der Kreatur. Als sie nach hinten kippte und sich panisch loszureißen versuchte, hob Glond sein Schwert auf und rammte es ihr durch den Unterkiefer in den Schädel. Angewidert ließ er den erschlaffenden Körper zu Boden fallen. Erst als er den Blick hob, wurde er sich der Blicke der anderen bewusst.

»Was?«, fragte er gereizt. »Ich hasse diese Dinger!«

»Das«, sagte Dvergat leise, und Glond glaubte, so etwas wie Ehrfurcht in seiner Stimme zu hören, »ist Glond. Der verdammte Held von Derok.«

Krendar warf ihm einen Seitenblick zu und hockte sich neben Farosh. »Heldentum«, schnaubte er und presste eine Hand auf das fransige Loch in der Bauchdecke des jungen Orkkriegers. Mehr zu ihm als zu irgendwem sonst sagte er leise: »Was habe ich zum Heldentum gesagt?«

Farosh starrte mit schweißnassem Gesicht an die Höhlendecke. Für einen Moment war sich Glond sicher, dass der junge Ork bereits tot war, doch dann zuckte die Ahnung eines Grinsens in seinen Mundwinkeln. »Nicht jetzt?«, flüsterte er.

»Verdammt richtig«, knurrte Krendar.

»Du oder ich, Raut. Wenn nicht jetzt, wann dann?«

Heldentum? Möglichst nie. Meist ist es den Ärger nicht wert. Glond schwieg.

Krendar öffnete den Mund, dann sah er in das blasser werdende Gesicht und auf das Blut, das in Stößen zwischen seinen Händen hervorquoll. »Jeder muss selbst seinen Moment finden«, sagte er leise.

»Ich fand meinen gar nicht schlecht. Mein Leben gegen das eines Raut.«

Nach kurzem Zögern nickte Krendar. »Ja, er war nicht schlecht. Es sind schon viele Krieger nutzloser gestorben.«

Jetzt grinste Farosh deutlich. »Das will ich aber …«

Für einen langen Augenblick warteten alle anderen stumm auf seine nächsten Worte. Schließlich wurde Glond klar, dass das leise Zischen der letzte entweichende Atemzug des jungen Orks war, der blicklos an die Höhlendecke starrte und noch immer grinste.

Langsam setzte sich Krendar auf und nahm die Hände von der Wunde, deren Blutstrom langsam schwächer wurde.

»Groshakk«, murmelte jemand.

Krendar zuckte sichtbar zusammen und sah auf. Mit einem Moment Verzögerung wurde auch Glond und den übrigen Dalkar klar, dass der Orkfluch nicht von Modrath gekommen war. Im Tunnel, der in Richtung Ausgang führte, war eine Gruppe Orks zu sehen. Mit erschrockenen Ausrufen griffen die Dalkar nach ihren Waffen, und einer der Minenwächter betätigte, eher aus Reflex als mit Absicht, den Abzug seiner Armbrust. Der Bolzen schoss den Gang hinab, bevor er ins Trudeln geriet und klappernd von der Wand abprallte.

Modrath riss die Hände hoch. »Halt!«, donnerte er laut genug, um die Männer erstarren zu lassen. »Corsha? Sekesh?« Ungläubig schüttelte er den massigen Schädel. »Die gehören zu mir. Zu uns«, fügte er schnell hinzu. »Glond, macht jetzt keinen Scheiß.«

An mir soll's nicht liegen. Eilig wiederholte Glond die Bitte des Ogers für die Dalkar, auch wenn er sich nicht sicher war, dass das halbe Dutzend Bergleute wirklich auf ihn hören würde. Andererseits... Kaum brachte man einen Nol'Ru mal mit bloßen Händen um, schon sahen einen alle mit anderen Augen. Es schien, als habe seine Stimme plötzlich an Gewicht gewonnen.

»Glond? Was bei den Ahnen macht ihr hier?« Corsha sah ihn an, als hätte sie einen Geist gesehen.

»Dieselbe Frage wollte ich euch gerade stellen«, warf Dvergat ein. »Aber da Krendar hier ist, erübrigt sich das wohl.« Er drehte sich zu dem Minenwächter und seinen Leuten um. »Diese Orks sind auf unserer Seite. So wie der Oger.« Er sah sich zu Sekesh, Corsha und den drei Kriegern hinter ihnen um. »Das hoffe ich zumindest.«

»Es kommt darauf an, auf welcher Seite ihr steht«, zischte

Sekesh und musterte Glond. Die Sprache der Menschen klang aus ihrem Mund irgendwie melodiöser. »Ich hätte nicht gedacht, euch noch einmal wiederzusehen. Andererseits ergibt das Sinn. Wir haben das zusammen angefangen; das Schicksal will es wohl, dass wir alle bei seinem Ende dabei sind.«

Dvergat grinste. »Zumindest gibt es viele Leute, die ich gerade weniger gern sehen würde. Eure Hilfe kommt sehr gelegen.«

»Wir sind nicht hier, um zu helfen«, gab Sekesh zurück. Sie betrachtete den toten Nol'Ru, bevor sie Glond nachdenklich musterte. »Lasst uns gehen.«

Krendar sah die Schamanin mit gerunzelter Stirn an. »Gehen? Wohin?«

Sekesh seufzte, als hätte der junge Orkkrieger gerade etwas ziemlich Dummes gefragt. »Zur Quelle. Wir müssen die Quelle zerstören. Das war der Plan.«

»Wir hatten einen Plan?«, brummte Modrath. »Wieso sagt mir das niemand?«

»Wieso soll's dir anders gehen als mir?«, fragte Dvergat.

»Die Quelle zerstören?« Krendar schnaubte müde. »Wie willst du dort durchkommen?« Er deutete auf den Kistenstapel. »Und durch die vielleicht zehn mal zehn dieser Kreaturen dahinter? Durch die verdammten Tunnel in diesem Berg?«

Die Schamanin sah ihn ausdruckslos an. Oder zumindest mit keinem Ausdruck, den Glond lesen konnte. »Überhaupt nicht.«

Der Minenwächter neben Glond fand endlich die Sprache wieder. »Wer beim Herrn sind diese …«

Sekesh hob einen Finger. »Wir haben keine Zeit für Vorstellungen«, unterbrach sie ihn. »Wir müssen nicht dort hinunter, Krendar. Wir wissen, wo die Quelle ist, und wir kennen den Weg dorthin. Er führt nicht durch diese Höhlen.«

Krendar und Glond sahen sich an. »Tut er nicht? Und was macht ihr dann hier?«

Sekesh trat näher an Krendar heran. »Das habe ich mich auch gefragt«, sagte sie leise. »Aber eine weise Frau hat mich darauf hingewiesen, dass es keinen Sinn hat, die Welt zu retten, wenn dann niemand mehr übrig ist, für den sich das lohnen würde.« Sie streckte die Hand aus, wischte das Blut ab, das aus einer Platzwunde an seiner Schläfe rann, und leckte ihre Finger ab. Modrath stieß ein seltsames Grunzen aus, und hinter der Schamanin grinste Corsha breit.

Krendars Miene nach sah Glond hier etwas, das bei Dalkar nicht in der Öffentlichkeit stattfinden sollte. Bei Orks offensichtlich auch nicht. Er räusperte sich.

Die Schamanin trat einen Schritt zurück, strich sich die verfilzten Zöpfe aus dem Gesicht und ließ den Blick über die Orks, die Zwerge und die Barrikade wandern, bis er schließlich auf den beiden Leichen ruhte. »Ihr habt eine Menge Ärger losgetreten«, stellte sie fest.

»Wir tun, was wir können«, brummte Modrath. »Ihr kommt zu spät. Habt euch verdammt viel Zeit gelassen.«

»Wir kommen nicht zu spät«, entgegnete die Schamanin.

Krendar atmete tief durch und wischte sich Faroshs Blut an der Hose ab. »Sag das ihm.« Er nickte zu dem Toten. »Und es waren die Wühler, die befreit haben, was wir finden wollten. Wir konnten es nicht verhindern.«

Modrath schnaubte. »Wir können es nicht mal lange aufhalten. Auch mit Hilfe der Zwerge nicht.« Mit dem Daumen deutete er auf die Barrikade, die unter dumpfen Schlägen von der anderen Seite her erzitterte.

Beiläufig betrachtete Sekesh die Barrikade aus beladenen Minenkarren, mit Bleikugeln gefüllten Fässern und bis unter die Decke geschichteten Kisten. »Es ist nicht zu spät«, widersprach sie. »Solange sie im Berg sind, ist noch nichts verloren. Oder, Glond?«

Er sah sich unsicher um. »Ich glaube.« Es klang eher nach einer Frage.

»Wer bei allen Grubenteufeln sind diese Orks?«, versuchte es der Minenwächter erneut, die Axt noch immer zu Angriff oder Verteidigung bereit. Er sah nicht so aus, als wüsste er selbst, wofür.

Dvergat seufzte. »Diese Orks sind der Grund, warum die Drecksäcke dort drin noch nicht in Derok sind. Und Bresch und ihr seid der Grund, warum ich mich lieber auf sie verlasse als auf meinesgleichen. So traurig das ist.« Er drückte die Axt des Kriegers nach unten. »Du hast also einen Plan, Sekesh?«

Die Schamanin löste den bernsteinfarbenen Blick von Glond und nickte Dvergat zu. »Wenn ihr sie bis dahin daran hindern könnt, den Berg zu verlassen.«

»Gut. Dann beeilt euch besser ein wenig damit. Wir geben uns Mühe, aber wir werden das hier nicht lange halten können.« Er drehte sich zu den Dalkar um. »Ihr da: Hört auf, herumzustehen und Löcher in die Luft zu starren. Verstärkt diese verdammte Barrikade!«

Der Tonfall des alten Kriegers riss die übrigen Dalkar endlich aus ihrer Erstarrung. Auf ein Nicken des Minenwächters hin begannen sie, weitere Kisten aus dem Gang heranzuschleppen.

Glond sah Sekesh nachdenklich an. »Und was ist der Plan?«

»Wir wissen, wo der Zugang in die heilige Höhle ist. Wir gehen hinauf und werden die Quelle der Dunkelheit vernichten«, sagte die schwarze Orkfrau einfach.

»Ich hoffe, du verfügst über genügend Magie«, sagte Krendar. »Es ist ein groshakk See!«

Glond nickte. »Es ist anders als beim letzten Mal. Es gibt zum Beispiel keine Feuergrube, in der wir das Zeug versenken könnten. Und ich glaube nicht, dass es etwas bringt, eine Fackel hineinzuwerfen. Selbst wenn wir dorthin gelangen.«

Dvergat verzog das Gesicht. »Sie haben recht. Es ist verdammt viel. Du würdest ein ganzes Fass Flüssiges Feuer brauchen, um auch nur eine Chance zu haben.«

»Flüssiges Feuer?«, mischte sich der Minenwächter ein.

»Jetzt nicht«, winkte Dvergat ab. »Wir haben hier ein Problem.«

»Wir haben Flüssiges Feuer«, sagte der Wächter.

»Wir müssten …« Dvergat unterbrach sich, als sich alle Augen dem Minenwächter zuwandten. »Was?«

»Wir haben Flüssiges Feuer«, wiederholte der Wächter. »Mehrere Fässer. Wir haben vorhin schon überlegt, ob wir die Barrikade damit tränken. Aber was bringt uns das, wenn wir sie selbst zerstören?«

Glond stellte fest, dass er die Luft angehalten hatte, und atmete tief durch. *Das ergibt tatsächlich einen Sinn. Es ist Clan Wludstein, der dieses Zeug erfunden hat.* »Das heißt, ihr habt es hier, wo wir rankommen, und nicht … dort, also dahinter?« Er deutete auf die Barrikade, doch der Minenwächter schüttelte den Kopf, sodass seine Bartspangen klirrten.

»Natürlich nicht. Wir werden es doch nicht dort lagern, wo es sich selbst entzünden kann oder ein Ork seine dreckigen …« Er unterbrach sich, als ihm seine Gesellschaft bewusst wurde. »Wo es Unbefugten in die Hände fallen könnte. Nein, es lagert dort vorn, dreißig Schritt vom Eingang, in einer Seitenhöhle.«

Dvergats Miene war unlesbar, als er betont ruhig nachhakte. »Ihr habt Fässer mit Flüssigem Feuer direkt am Eingang gelagert. Am einzigen Eingang der Mine. Es ist doch der einzige, oder?«

Der Minenwächter nickte.

»Was habt ihr da noch? Lasst mich raten: Sprengpulver. Ihr habt hier ja eine Menge gesprengt. Richtig?«

Der andere sah ihn verwirrt an, nickte jedoch. »Unsere Vorräte, ja. Es ist kalt und zugig genug, dass es dort sicher liegt. Keine giftigen Dämpfe und so.«

»Ihr lagert Flüssiges Feuer und Sprengpulver zusammen am Eingang«, wiederholte Dvergat, und in seinem Gesicht zuckte es seltsam. Dann jedoch grinste er. »Ich halte es selbst gerade nicht für möglich, aber ich war noch nie so froh über so viel Inkompetenz.« Er drehte sich zu Glond um. »Hört her, ich habe jetzt auch einen Plan. Und ich bin glücklich, das endlich mal sagen zu können. Ich weiß, wie wir diese Drecksäcke loswerden. Vielleicht alle auf einmal.«

Der Wolfmann sah den alten Krieger nachdenklich an. »Du willst den Tunnel sprengen.«

Dvergats Grinsen wurde breiter. »So was wollte ich schon immer mal machen. Aber du weißt ja, wie das ist. Die Sprengmeister lassen keinen an die guten Sachen heran, der nicht zu ihnen gehört. Los schon. Geht. Geht und verbrennt dieses

Scheißzeug. Und ich kümmere mich um den Empfang für die Drecksäcke hinter dieser Wand.« Ein Schlag ließ die Wand erbeben. »Ich verspreche euch, das werden die nie vergessen.« Er dachte kurz nach. »Das nehme ich zurück. Ich verspreche euch, dass keiner von ihnen mehr übrig sein wird, der sich daran erinnern kann. Ihr da, kommt mit.« Er deutete auf drei der Arbeiter. »Und ihr ...«, er wedelte den Übrigen zu, »macht hier weiter. Wir sind gleich zurück.«

»Dvergat ...« Glond hielt den alten Dalkar am Arm zurück, doch Dvergat streifte seine Hand sanft ab.

»Ihr geht und sorgt dafür, dass dieser Dreck keinen weiteren Dalkar das Leben kostet. Wir sehen uns ... später. Bringt es zu Ende, und das nächste Fass Bier geht auf mich. Und jetzt lasst uns mal sehen, was Bresch Schönes für uns zurückgelassen hat.« Er rieb sich die Hände und stampfte mit den beiden Minenarbeitern davon.

Glond öffnete nochmals den Mund, aber diesmal kam ihm Corsha zuvor. »Lass ihn. Wo wir hingehen, kann er uns ohnehin nicht folgen.« Sie sah seinen fragenden Blick und deutete nach oben. »Wir müssen ganz nach oben. Auf die Spitze dieses Bergs. Es gibt einen Pfad der Drûaka, doch das wird eine Kletterei, bei der er mit seinem zerschlagenen Bein ohnehin zurückbleiben müsste.«

Sekesh nickte. »Jeder von uns hat seine Aufgabe. Seine liegt nicht dort oben. Kommt.«

Die Seitenhöhle lag tatsächlich nahe am Ausgang. Im Grunde war sie keine Höhle, sondern eine Felsspalte, die zu einer Reihe von Räumen erweitert worden war. Die meisten von ihnen dienten als Zwischenlager für wertvolle Waren. An einer der Wände waren gegossene Silberbarren in Holzkisten gestapelt, ein vermutlich willkommenes Nebenprodukt von Breschs Suche nach Bleiglanz. Andere Kisten enthielten sorgfältig verschlossene Behälter, in denen die scharf riechenden Substanzen lagerten, die die Dalkar zur Herstellung von Sprengpulver verwendeten. Armbrüste lagerten hier, zusammen mit Bolzen und ganzen Fässern voller bleierner Schleudergeschosse, angefangen von taubeneigroßen Kugeln für Handschleudern und den tragbaren Kugelwerfern, die Clan Wludstein erst im Winter vorgestellt hatte, bis hin zu kopfgroßen Klumpen, die für Katapulte bestimmt waren. *Wofür brauchte Bresch hier oben derart viel Munition?* Zu schade, dass er keine Antworten mehr geben konnte. Glond hatte so einige Fragen. Ein überraschter Ruf Dvergats riss ihn aus seinen Betrachtungen. *Das muss warten.*

Zusammen mit Krendar rannte er in die nächste Kammer und prallte beinahe gegen den alten Krieger, der soeben seine Axt aus dem Gürtel riss. Am anderen Ende kamen vier Dalkar aus einem weiteren Durchgang. Beim Anblick Dvergats und der Orks ließen sie die Säcke und Kisten fallen und griffen ebenfalls nach ihren Waffen.

»Du verdammter Drecksack!«, brüllte Dvergat dem glatzköpfigen Anführer entgegen.

»Macht sie nieder!«, hielt der entgegen und deutete auf Dvergat. Erst jetzt erkannte Glond den Glatzkopf. Haarig.

Die drei anderen Dalkar hatten die Waffen bereits erhoben, als Unsicherheit über ihre Mienen flackerte. Glond konnte es ihnen nicht verdenken. Neben ihm zog der Wolfmann sein Schwert, und hinter sich hörte er, wie die Orks, allen voran Modrath, den Raum betraten.

Er packte Dvergat am Kragen, bevor der sich auf die Dalkar stürzen konnte. »Ich glaube, sie halten das selbst für keine gute Idee«, sagte er, ohne die Augen von Haarigs Trupp zu lassen. »Hab ich recht?«

Die drei Begleiter des Glatzköpfigen machten zumindest keine Anstalten, Haarig sofort zu gehorchen.

Haarig fletschte die Zähne. »Ich habe euch einen Befehl gegeben!«, presste er hervor.

Glond legte den Kopf schief. »Er bezahlt euch, oder?«, wandte er sich an Haarigs Männer.

Die drei nickten vorsichtig.

»Glaubt mir – er bezahlt euch nicht genug. Ich würde sagen, ihr lasst die Waffen fallen.«

Die drei wechselten stumme Blicke. Dann legten sie ihre Waffen ab und traten von Haarig zurück, der sie entgeistert anstarrte.

»Ihr … ihr …!«

»Halt's Maul, Haarig«, bellte Dvergat. »Was macht ihr verschissenen Drecksäcke überhaupt hier?«

»Sie plündern«, stellte Glond fest und deutete auf die Silberbarren, die aus einer der Kisten gerutscht waren.

Haarig funkelte ihn mit hochrotem Kopf an. »Genauso wie ihr!«, blaffte er zurück. »Wir nehmen, was uns zusteht, und verschwinden von hier! Bresch wird sich ja kaum darüber beschweren, oder?«

Glond nickte. »Kaum«, stimmte er ruhig zu. Er sah die Säcke und Kisten an und hob dann den Blick zu den drei Zwergen hinter Haarig. »Ihr könnt gehen. Die Waffen lasst ihr liegen, ansonsten nehmt, was ihr nehmen wollt, und verschwindet.«

Die drei sahen überrascht zurück, und Haarig klappte der Mund auf. »Wir können gehen?«, fragte er ungläubig.

»Nur über meine Leiche!«, brüllte Dvergat und versuchte, sich loszureißen.

Glond legte dem alten Krieger die andere Hand auf die Schulter. »Du hast Dvergat gehört«, entgegnete er Haarig noch immer ruhig. »Die anderen können gehen. Was aus dir wird, bestimmt Dvergat. Ihr habt noch etwas, das geklärt werden muss – und heute ist irgendwie einer der Tage, an dem Dinge beendet werden. So oder so.«

»Aber ...«

Haarigs Männer hoben ihre Säcke und Kisten auf und drängten sich an ihrem Anführer vorbei.

»Ihr verschissenen Verräter!«, schäumte Haarig schrill, doch keiner der drei warf einen Blick zurück.

Krendar beugte sich herunter und flüsterte Glond etwas ins Ohr.

»Oh, ja.« Glond streckte sein Kurzschwert aus und blockierte den Weg der drei. »Eines noch. Ihr lasst Jacken und Stiefel hier.«

Das Gesicht des einen Dalkar verdüsterte sich, doch bevor er protestieren konnte, tippte ihm Glond mit der Klinge auf die Brust. »Ihr könnt es gleich tun oder es mit den Orks ausdiskutieren. Was immer euch lieber ist.«

»Aber es ist schweinekalt draußen! Sollen wir erfrieren?«

Glond sah ihn an. Er spürte nichts als Verachtung für diese verdreckten Dalkar, die die Bezeichnung Krieger nicht verdienten. »Ihr dürft das Silber behalten. Vielleicht wärmt es euch genug bis hinunter in die Siedlung. Und dann habt ihr genug, um euch neue Sachen zu kaufen.« Er warf einen Blick auf Haarig, dann ließ er Dvergat los. »Und wenn ihr euch beeilt, könnt ihr sicher auch noch Haarigs Besitztümer in Sicherheit bringen, bevor er nachkommt.« Er gestattete sich ein grimmiges Lächeln. »Falls er nachkommt.«

Die drei schienen intelligenter zu sein, als sie aussahen, denn nur Augenblicke später waren sie ohne weiteren Widerspruch verschwunden. Glond drehte sich wieder zu Haarig um. »Nimm deine Waffe«, sagte er ruhig.

»Wir sollten uns wirklich um Wichtigeres kümmern«, schnaubte Sekesh hinter ihm, doch Glond hob die Hand. »Das hier dauert nur einen Moment. Es geht um Ehre. Das versteht ihr doch wohl.« Er sah Haarig an. »Es geht um deine Ehre und um die Dvergats. Er ist gewillt, seine wiederherzustellen. Also heb deine Waffe auf.«

Haarig knirschte so laut mit den Zähnen, dass Glond halb erwartete, sie brechen zu sehen. Schließlich spuckte er aus. »Und wenn nicht? Diese ganze Ehrensache ist doch Schwachsinn. Was willst du tun, wenn ich nicht will? Mich trotzdem töten? Wo wäre da deine Ehre?«

Glond legte den Kopf leicht zur Seite. »Nein«, gab er zu. »Das werde ich nicht. Das überlasse ich dann den Orks. Deine Sache.«

Haarig starrte ihn an, Unsicherheit flackerte plötzlich in seinem Blick. »Zum Grubenteufel mit euch allen!«, stieß er hervor und bückte sich nach seiner Streitaxt.

Glond nickte Dvergat zu. »Viel Glück«, sagte er, drehte sich um und verließ die Höhle.

Sie hatten gerade die ersten Sprengfässer in den Mineneingang getragen, als die Kampfgeräusche aus dem Vorratstunnel verstummten. Ohne dass jemand ein Wort sagte, hielten sie alle inne und wandten sich dem Durchgang zu, aus dem jetzt schwerfällig eine bärtige Gestalt humpelte.

Der Wolfmann stieß als Erster erleichtert den angehaltenen Atem aus.

»Dvergat! Alles in Ordnung?«

»Sehe ich so aus?«, keuchte der alte Krieger schwer. Eine lange Schnittwunde zog sich über seine Wange, und einer seiner Bartzöpfe fehlte. Auch auf seiner Seite wuchs langsam ein dunkler Fleck, wo sein Hemd einen Riss bekommen hatte. »Aber kein Vergleich zu dem Drecksack dort hinten«, fügte er hinzu. Dann legte er etwas Klobiges auf eines der Fässer neben ihm. Blut rann an der Seite des Fasses hinab, und Glond wurde klar, dass er einen Unterschenkel vor sich sah, der noch immer in einem Stiefel steckte.

Dvergat bemerkte seinen Blick. »Ich habe mir ein Bein zurückgeholt.«

Glond sah den abgetrennten Fuß an. »Und? Fühlt sich das jetzt besser an?«

Der alte Dalkar zuckte mit den Schultern. »Es ist vorbei. Das ist die Hauptsache. Wir haben zu tun.« Er musterte die Fässer genauer, dann zog ein triumphierendes Grinsen über sein blutiges Gesicht. »Sie hatten recht! Bresch hat wirklich Flüssiges Feuer hier!«

Der Wolfmann legte den Kopf schief und deutete auf die Wand hinter Dvergat, an der Dutzende gleichartiger Fässer gestapelt waren. »Genug, um diesen kompletten Gletscher abzuschmelzen. Und Sprengpulver genug, um den Berg einzureißen«, sagte er trocken.

Vermutlich war genau das der Plan. Er wollte die Nol'Ru

wohl wirklich dringend. Er war ein hartnäckiger Drecksack.
Das muss man ihm lassen. Glond hob den Deckel einer der
Kisten an. Sorgsam in Stroh eingebettet, lagen tönerne Wurf-
töpfe, bereit, mit dem tückischen Gebräu gefüllt zu werden.
Er schüttelte den Kopf.»Man könnte glauben, er wollte einen
eigenen Krieg anfangen.«

»Er *hat* einen eigenen Krieg angefangen«, erinnerte ihn
Krendar und hob eines der kleineren Fässer auf seine Schul-
ter. Der Ork trug inzwischen Stiefel und Pelzjacke eines der
Dalkar Haarigs. Er sah Glond an.»Könnt ihr mit diesem
Sprengpulver umgehen?«

Der Wolfmann zuckte mit den Achseln.»Es ist einfach genug. Selbst ein Ork dürfte damit keine Probleme haben.«

Krendar nickte.»Ronkh, Razar, nehmt zwei Fässer von
dem Zeug mit. Wir beenden diese Gnarra-Scheiße jetzt.«

Die Orkbrüder sahen sich an.

»Ist das nicht gefährlich?«, fragte Razar vorsichtig.

Modrath schnaubte.»Ihr seid Aerc. Fällt euch was ein, das
an unserem Leben nicht gefährlich ist?«

»Auch wieder wahr. Überleben wird überbewertet.«
Ronkh gab seinem Bruder einen Rippenstoß und packte eines
der kleinen Pulverfässer.

Corsha gab ihm eine kräftige Kopfnuss.»Diesen Schwachsinn will ich von meinen Söhnen nicht hören, verstanden?«

Ronkh zog den Kopf ein und beeilte sich, nach draußen zu
kommen.»Überleben!«, grunzte er gehorsam.»Ich liebe es!«

»Also gut, lasst uns verschwinden. Zeit zum Reden ist später. Wir sehen uns, alter Mann.« Der Wolfmann widmete
Dvergat einen nachlässigen Salut und folgte den Orks nach
draußen.

Krendar sah Glond an. »Brauchen wir sonst noch was?«
Gutes Wetter, ordentliche Kleidung und viel Glück? Er
schüttelte den Kopf. »Nein, wir haben alles.«

Sekesh schien der offensichtliche Sarkasmus in seiner Stimme zu entgehen. »Gut. Dann los.«

»Ohne mich«, rumpelte der Oger hinter ihr. Corsha und
Sekesh hielten inne und starrten ihn an.

Modrath zuckte mit den Schultern. »Auf den Berg? Nicht
mit mir. Ich werde garantiert keinen weiteren groshakk Berg
mehr hochklettern. Ich hasse Höhen.« Er leckte sich über den
Zahnstummel und sah Krendar an. »Ich bleibe hier, Raut. Die
kleinen Männer hier können meine Hilfe brauchen. Sonst
werden sie mit den Fässern nie fertig, bevor die Nol'Ru
durchgebrochen sind.«

Für einen langen Moment sahen sich Oger und Ork an.

Dann nickte Krendar. »Wir sehen uns bei Ragroth.«

»Lass dir Zeit damit, Raut.« Der Oger grinste und gab
Corsha einen kräftigen Schlag auf ihr Hinterteil. »Hat Spaß
gemacht, Kleine.«

Sekesh starrte den Oger an. »Wäre es zu früh, wenn ich
jetzt noch mal ›Dann los‹ sage?«, fragte sie.

SCHLEIER VON GRAU

Nach der Hitze in den Höhlen schlug ihnen die Kälte wie eine eisige Faust in die Gesichter. Der Wind pfiff lautstark von den Bergen herab und warf ihnen Schnee und Graupel entgegen, als wollte er sie von ihrem wahnwitzigen Vorhaben abbringen. Glond hatte er beinahe schon so weit. Sein Bart hatte sich in einen Wald aus haardünnen Eiszapfen verwandelt, und seine Füße brannten wie Feuer. Jeder keuchende Atemzug versetzte ihm winzige Nadelstiche in die Lungen, jeder Schritt bereitete ihm Qualen.

Den anderen ging es kaum besser. Der Wolfmann, Corsha, Ronkh, sein Bruder Razar und der Linke, sie alle keuchten und husteten, als hätte ihr letztes Stündlein geschlagen. Nur Sekesh schien das Wetter nichts anhaben zu können. Stolz und aufrecht marschierte sie voran, ohne ein Wort zu verlieren oder einen Augenblick innezuhalten. Auf Glonds Vorschlag, eine Rast einzulegen, reagierte sie mit einem Blick, der es an Kälte jederzeit mit dem Wetter aufnehmen konnte. Ein kaum merkliches Kopfschütteln, dann wurde sie sogar noch ein wenig schneller. Erst als Corsha ihr die Hand auf die Schulter legte, gab sie widerstrebend nach.

Glond ließ sich an Ort und Stelle in den Schnee plumpsen,

und Razar bot ihm einen Schluck Shranga an. Das widerliche Gesöff verätzte ihm die Speiseröhre, aber es weckte seine Lebensgeister so weit, dass er es fertigbrachte, wieder auf die Füße zu kommen. »Das ist stark«, krächzte er, nachdem Husten und Brechreiz nachgelassen hatten. »Was ist da drin? Pferdepisse?«

Der Ork grinste ihn an und nickte, und Glond hoffte, dass er die Frage einfach nur nicht verstanden hatte. Er ließ sich neben Sekesh nieder, die schweigend auf einem Stein hockte und ins Tal hinunterstarrte. »Warum rennen wir so? Es hat mehr von einer Flucht als von einer Suche.«

»Ja.« Sekeshs Gesichtsausdruck blieb unverändert starr.

»Wir fliehen? Vor wem?«

Sekesh erwiderte nichts.

Glond wollte die Frage schon wiederholen, als sie ihm den Kopf zuwandte und ihn mit einem eisigen Blick ihrer dunklen Augen musterte. »Ich weiß es nicht. Wir sind nicht die Einzigen hier oben. Noch jemand ist auf dem Weg.«

»Dalkar?«

»Vielleicht.« Ein kaum merkliches Schulterzucken.

»Oder haben wir es wieder mit irgendwelchen Wächtern zu tun, die uns ihren alten Göttern opfern wollen?«

»Was an ›ich weiß es nicht‹ hast du nicht verstanden?« Abrupt stand Sekesh auf und stapfte an ihm vorbei. »Wir haben lange genug gerastet. Wir müssen weiter!« Sie war schon hinter dem nächsten Felsen verschwunden, als die anderen ebenfalls aufstanden und ihr wortlos folgten. Der Wolfmann bildete das Schlusslicht. Seufzend klopfte er ihm auf die Schulter. »Dachte ja immer, ihr Zwerge wärt die Verrückten mit der Vorliebe für Berge.«

»Wir sind die Verrückten mit einer Vorliebe für die sicheren Höhlen unter den Bergen«, murmelte Glond. »Solche Schneefelder sind der Grund.«

Der Schnee fiel jetzt dichter, und zu allem Überfluss zog auch noch eine dichte Nebelwand den Berg herauf. Um sie herum versank die Welt ein einem Schleier aus Grau. Düstere Schatten tauchten vor ihnen aus dem Nebel auf. Schrecklich verunstaltete Riesen mit gierig ausgestreckten Armen wurden größer und nahmen Gestalt an, bis sie sich als harmlose Felskuppen entpuppten, oder als traurig verkrüppelte Bäume. Es war eine unwirkliche Welt aus Licht und Schatten und beißender Kälte. Eine halbe Ewigkeit kämpften sie sich durch diese Landschaft bergan, bis Glond sicher war, dass sie sich rettungslos verirrt hatten und in der eisigen Stille zugrunde gehen würden. Als ihm vom nächsten Felsen ein Seil entgegengeworfen wurde, gelang es seinen tauben Fingern kaum noch, danach zu greifen. Keuchend blieb er stehen und warf einen Blick über die Schulter. Die Wolkendecke hatte sich gerade ein Stück gelichtet, und zwischen den eingeschneiten Bäumen sah er kurz etwas hervorblitzen.

Sie waren noch zu weit entfernt, um etwas Genaues erkennen zu können, doch dem vielen Metall nach zu schließen, waren ihre Verfolger allesamt schwer bewaffnet. Sie rückten in breiter Front durch den Nebel vor, und der Wolfmann meinte, über ihren Köpfen die Fahne der Wludsteins wehen zu sehen. Er seufzte und rieb sich die Augen. »Dass diese verdammten Clankrieger aber auch niemals aufgeben. So dumm, wie sie sind, so zielstrebig gehen sie dabei vor.«

Glond nickte. Die Kälte war bereits so tief in seine Knochen gezogen, dass er kaum noch einen klaren Gedanken fassen konnte. Er fühlte sich müde. So unglaublich müde, dass er sich am liebsten in den Schnee gelegt hätte und eingeschlafen wäre. »Sie werden uns einholen«, murmelte er.

»Das darf auf keinen Fall geschehen«, zischte Sekesh. »Wir müssen weiter. Doppelt so schnell, wenn es sein muss …«

Der Wolfmann schnaufte. »Keiner von uns kann noch schneller laufen, als wir es ohnehin schon tun. Ich selbst kann kaum noch einen Fuß vor den anderen setzen.«

»Wir müssen aber! Wir müssen das Plateau erreichen. Koste es, was es wolle.«

Corsha legte ihr die gewaltige Pranke auf die Schulter. »Der Mensch hat recht, Drûaka«, grunzte sie in der Gemeinsprache. »Selbst wenn wir den Gipfel noch vor den Zwergen erreichen sollten, werden wir nicht mehr genügend Zeit haben, bis sie da sind. Doch können wir dir diese Zeit verschaffen. Hier unten ist der Nebel auf unserer Seite. Meine Söhne und ich bleiben und kämpfen.« Sie sagte es in einem endgültigen Ton, der keinen Widerspruch duldete. »Ihr anderen geht weiter und tut, was getan werden muss.«

Sekesh warf ihr einen finsteren Seitenblick zu. Nach einer Weile nickte sie widerstrebend. »Nur Glond. Ich traue dem Menschen nicht …«

»Und ich traue dir nicht«, knurrte der Wolfmann. »Ich habe geschworen, auf den Zwerg aufzupassen. Ich lasse ihn nicht mit einer Horde Orks allein.«

Glond seufzte müde. Da waren sie so einen weiten Weg gemeinsam gegangen, und es gelang ihnen immer noch nicht, einigermaßen friedlich miteinander auszukommen. Dabei konnte er sich kaum noch daran erinnern, warum er überhaupt hierhergekommen war. Er wusste nur, dass es wichtig war, auf diesen Berg hinaufzusteigen. Sie mussten weiter. »Ich komme schon klar, Wolfmann«, murmelte er. »Ich vertraue Sekesh, und ich vertraue auch Krendar. Wir gehen zu dritt hinauf.«

Der Wolfmann sah ihn mit grimmig gerunzelter Stirn an. Schließlich zuckte er mit den Achseln und spuckte in den Schnee. »Also gut. Dann bleibe ich ebenfalls hier und kämpfe. Wird Zeit, dass wir den Stumpen mal ordentlich Feuer unter dem Hintern machen.«

DAS FASS LÄUFT ÜBER

odrath sah der kleinen Gruppe der Dalkar-Bergleute nach, bis sie im Nebel verschwunden war. Was allerdings nicht lange dauerte, denn die grauen Schleier wallten vom nahen Gletscher herab und verbargen alles, was in mehr als zwanzig oder dreißig Schritten Entfernung lag.

Dvergat stand neben ihm. »Bereit für ein Feuerwerk?«, fragte der alte Zwerg, als die letzten Schemen nicht mehr von der wirbelnden Nebelbank zu unterscheiden waren.

»Ich weiß nicht, was du damit meinst, aber ich denke schon.« Modrath nickte und sah zurück in den gähnenden Tunnel, aus dem das Splittern und Krachen der Kisten zu hören war. »Meinst du, die brauchen noch lange?«

Dvergat betastete seine mit Blut verkrustete Wange und verzog das Gesicht. »Nein. Denke nicht.«

Er prüfte noch ein letztes Mal die breite Pulverspur, die sich von hier bis weit zurück in den Tunnel zog, bis hin zur Barrikade, an der sie weitere Fässer mit Sprengpulver und Flüssigem Feuer gestapelt hatten. »Ich kann's immer noch nicht glauben, dass diese Idioten nicht genug Zündschnüre hier haben«, brummte er.

Modrath hob die Schultern. »Ich hab ohnehin nicht damit

gerechnet, hier noch mal rauszukommen.« Er ließ sich neben dem beinahe mannshohen Fass nieder, das sie vor dem Höhleneingang abgestellt hatten, und lehnte sich an die mächtige Wand aus Eiszapfen, die den größten Teil des natürlichen Eingangs verdeckten. Vielleicht war dies im Sommer ein kleiner Wasserfall; jetzt glänzte seine Rückseite von Schmelzwasser, das die aus der Höhle kommende Wärme hervorgerufen hatte. In den freien Raum dahinter hatten Dvergat, die Zwerge und er so viele Fässer mit Bleikugeln, Sprengpulver und Flüssigem Feuer gestapelt, wie sie in der Eile bewegen konnten. Schließlich drohte die Barrikade weiter innen an mehreren Stellen in sich zusammenzufallen, und Dvergat hatte die Männer weggeschickt. »Es reicht, wenn einer hierbleibt, um sie zu empfangen«, hatte er erklärt.

Modrath hatte genickt. »Zwei«, hatte er bestätigt.

Jetzt saßen sie also hier, zwei sorgsam abgeschirmte Fackeln bereit, und warteten.

Dvergat trat neben ihn und musterte das Bierfass. Sie hatten es in Breschs persönlichem Lagerraum am hinteren Ende entdeckt, und es erschien Dvergat nur angemessen, dass es ihnen in diesem Moment Gesellschaft leistete. Modrath hatte nicht widersprochen.

»Weißt du, irgendwie ist das für mich das geworden, was diesen Krieg am besten beschreibt: ein ewiges Ringen, Hauen, Stechen und Töten, und alles, was ich seit Beginn dieser ganzen Scheiße will, ist, in Ruhe mein Bier zu trinken.«

Der Oger brummte nachdenklich. »Im Grunde wird das den meisten von uns so gehen«, stellte er fest.

»Ich weiß. Bescheuert, nicht?« Dvergat seufzte und sah sich nach dem Zapfhahn um, den er vorhin in der Höhle gefunden hatte.»Und das Blöde dabei ist, dass irgendwie nie Zeit dafür ist.«

Modrath sah einen Moment dabei zu, wie der Zwerg seine Taschen abtastete.»Diesmal schon«, sagte er und hob eine Faust. Mit einem kräftigen Hieb schlug er den Deckel des Fasses ein.»Ich wollte schon immer mal wissen, wie Zwergenbier schmeckt.«

Dvergat starrte das offene Fass an und leckte sich über die trockenen Lippen.»Und auch das ist irgendwie symbolisch«, sagte er dann.»Da sieht man mal, was man alles erreichen kann, wenn man zusammenarbeitet, statt sich die Köpfe einzuschlagen.«

Modrath nickte.»Ja«, sagte er.»Bier.« Er hielt dem alten Zwerg einen verbeulten Topf hin.

»Zum Beispiel.« Dvergat reichte ihm das volle Gefäß zurück und setzte sich mit seinem eigenen Krug neben den Oger. Mit andächtigen Schlucken leerte er das halbe Bier, bevor er sich zurücklehnte und die Augen schloss.»Da muss man sich bis ans Ende der Welt kämpfen, um zu finden, was man schon am Anfang hatte.«

Modrath trank einen vorsichtigen Schluck. Das Gebräu war eiskalt und prickelte auf der Zunge, ohne dass jedoch das charakteristische Brennen einsetzte, das den Genuss von Shranga begleitete.»Hm«, brummte er gedehnt.»Und das wäre?«

»Frieden«, stellte Dvergat fest.»Ruhe.«

Hinter ihnen in der Dunkelheit krachte etwas, gefolgt von einem lang anhaltenden Poltern. Gedämpft drang das Heulen der Nol'Ru zu ihnen.

Modrath seufzte tief.»Und dann kommt jemand, der einem wegnehmen will, was man hat.«

»Vielleicht wollen sie auch nur einen Anteil. Wie jeder von uns.« Dvergat schnaubte belustigt und nahm noch einen Schluck. »Einen Anteil würde ich ihnen gern abgeben, wenn das was hilft. Solange genug für uns übrig bleibt.«

Modrath leckte sich über seinen Zahnstummel und grinste wehmütig. »Das hat Ragroth auch immer gesagt.« Er leerte seinen Topf in einem Zug. Dieses Zwergenbier war wirklich gut.

»Ein weiser Mann, dieser Ragroth.«

Modrath nickte. »Und ein toter Mann.«

»Früher oder später sind wir das alle«, entgegnete Dvergat.

Modrath musterte das Fass nachdenklich. »Wenn wir Glück haben«, sagte er und streckte dem Zwerg eine riesige Pranke hin. »Es war mir eine Ehre, an deiner Seite zu kämpfen, kleiner Mann. Manchmal sogar ein Vergnügen.«

Dvergat schlug ein. »Gleichfalls«, sagte er und sah ihn fragend an. »Wollen wir?«

Modrath stand auf und trat an das Bierfass. »Ich finde nicht, dass sie etwas davon abhaben sollten«, sagte er nachdenklich und kippte es um. Das Bier schoss schäumend über das Eis und rann bräunlich in das zertretene Schneefeld unter ihnen, bevor es einsickerte. Dann hob er das Fass auf. »Weißt du«, sagte er langsam, »du hast vorhin recht gehabt.«

»Womit?«, fragte der Zwerg, der sehnsüchtig dem Bier hinterherblickte.

»Es reicht, wenn einer hierbleibt, um sie zu empfangen.« Damit stülpte er das Fass über Dvergat.

»He! Bist du bescheuert?«, brüllte der Zwerg dumpf aus dem Behältnis und rumpelte gegen die dicken hölzernen Wände. »Was wird das, du Riesenarschloch?«

567

Modrath stützte sich auf das Fass und sah über das Schneefeld, auf dem die Sonne jetzt den Nebel allmählich zu grauen Fetzen zerrieb. »Erzähl der Welt davon, Zwerg. Und vielleicht von mir. Vielleicht lernt sie ja was draus.«

»Was? Dass Oger Drecksäcke sind, denen man nicht trauen darf?«, brüllte Dvergat dumpf und ließ das Fass unter schweren Schlägen erzittern.

»Auch das, ja.« Mit einem Stoß schickte Modrath das Zwergenfass auf die Reise den Berg hinab, wo es mit seinem brüllenden Inhalt rollend und hüpfend über das Schneefeld Fahrt aufnahm und in Richtung Tal davonrumpelte.

Der Oger drehte sich um, nahm die Fackel und hielt sie an die Pulverspur. Fauchend und funkensprühend erwachte das graue Pulver zum Leben, und die gleißende Stichflamme raste davon in die Dunkelheit, aus der das Getrampel Hunderter Füße auf ihn zukam. Modrath grinste. Dann setzte er sich wieder mit dem Rücken an die Eiswand, hob den übrig gebliebenen Bierkrug des Zwergs auf und leerte ihn mit einem großen Schluck. *Wirklich gut. Ich hätte das schon früher probieren sollen.* Unter ihm riss der Nebel auf und gab den Blick auf das winzige Fass frei, das dem fernen Lager im Tal, am Fuß des Schneefelds, zurollte. Die Eisfläche des kleinen Bergsees blinkte, als wäre es ein Gruß nach oben.

Neben ihm kamen die ersten Nol'Ru aus dem Maul der Höhle gepresscht, Aerc und auch drei oder vier Zwerge. Sie sahen ihn erst spät und rissen ihre Mäuler auf.

Modrath zwinkerte ihnen zu und legte die Fackel auf die zweite Pulverspur, die zu dem gewaltigen Stapel Sprengpulver hinter ihm führte. »Ich würde euch ja jetzt gern etwas Schlaues sagen«, brummte er fröhlich. »Aber ich bin nur ein Og...«

Ein gleißender Blitz zerriss den Tag, und der Donnerschlag trieb die Nebelfetzen auseinander wie eine Horde verschreckter Schroggra. Der Berg trat dem Oger in den Rücken und schleuderte ihn inmitten eines noch in der Luft schmelzenden Schauers aus Eisdolchen hinaus in den gleißenden Blitz. Dann war da nichts mehr.

WIE BESIEGT MAN EINEN STUMPEN?

Der Nebel hatte sich ein wenig gelüftet. Hier und da waren wieder vereinzelte Konturen zu erkennen. Die Umrisse von Steinen, Bäumen, vielleicht auch etwas anderes. Der Wolfmann hatte schon immer ein besonderes Gespür für drohende Gefahren gehabt. Es war manchmal so, als wären seine Ohren aufmerksamer, seine Nase empfindlicher und seine Augen schärfer als die anderer Menschen. Gelegentlich hatte er das Gefühl, einen herannahenden Gegner meilenweit riechen zu können, und gerade dieser Berg stank regelrecht nach ihren biergeschwängerten Ausdünstungen. »Sie sind ganz nah«, murmelte er, während er angestrengt in das nasse Grau starrte.

Corsha nickte. »Wie viele?«

»Woher soll ich das wissen?« Er zuckte mit den Schultern. »Hier ist doch alles voller Nebel.« Er stellte das Schwert mit der Spitze nach unten vor sich ab und überprüfte mit dem Daumen die Schärfe der Klinge. Er hatte das in letzter Zeit ziemlich oft gemacht. Doch egal, wie oft er es wiederholte, es änderte nichts daran, dass diese Waffe ziemlicher Schrott war.

Kein Vergleich mit der Qualität seiner langen Klinge, die jetzt irgendwo in den Tiefen der Zwergenmine vor sich hin rostete. Nicht unbedingt die besten Vorrausetzungen für den Kampf gegen eine Armee gut gerüsteter Zwergenkrieger. Er kniff die Augen zusammen und hob die Nase in den Wind. »Auf jeden Fall kommen sie immer noch in breiter Front. Sie wollen uns auf keinen Fall verfehlen.«

»Das trifft sich gut, denn uns geht es ganz genauso.« Corsha grinste. Ihre dunklen Augen leuchteten vor Aufregung.

Der Wolfmann fuhr mit dem Daumen über die Klinge. Er hätte das gern genauso gesehen, aber für ihn war der Tod keine so leichte Sache wie für die Orks. Er hätte gern noch ein wenig länger gelebt. Er musterte seine ungewöhnlichen Verbündeten. »Hätte nie gedacht, dass ich schon wieder Seite an Seite mit einer Horde Orks kämpfen würde. Ausgerechnet gegen Zwerge. Dieser Krieg stellt doch die gesamte Welt auf den Kopf, findet ihr nicht? Ich frage mich, was als Nächstes kommt…«

»Als Nächstes kommt der Tod«, knurrte der Linke, der ungerührt mit einem Stein die Spitze seines Speers nachschärfte.

Der Wolfmann seufzte. Mit Orks konnte man vor bedeutenden Schlachten wohl eher keine tiefschürfenden Gespräche führen. Er unterdrückte das flaue Gefühl im Magen und hob sein Schwert. »Es ist so weit. Ihr wisst, was ihr zu tun habt. Sie werden vermutlich in Zweiergruppen unterwegs sein. Der Erste ist der Schildträger, und der Zweite führt meist eine Armbrust oder einen Spieß. Nehmt euch vor dem Zweiten in Acht, denn es handelt sich bei ihm um den erfahreneren Krieger. Versucht, ihn zuerst auszuschalten, und lasst euch nicht ablenken. Ohren abschneiden und Trophäen sammeln könnt ihr danach immer noch. Jedenfalls, wenn wir das hier überleben sollten.«

»Ohren abschneiden. Alles klar ...«, murmelte Razar und verschwand lautlos im Nebel.

»Wir kommen schon zurecht, kleiner Mann.« Corsha klopfte dem Wolfmann freundschaftlich auf die Schulter. »Wühler jagen ist unser Spezialgebiet.«

Er duckte sich hinter eine knorrige Wurzel und zwang sich, den Daumen von der Klinge fortzuhalten. Etwas oberhalb, dort, wo sich Ronkh schnaufend in Position gebracht hatte, vernahm er das leise Knacken von Zweigen. Wenige Schritte unterhalb knirschten bereits die Rüstungen der Zwerge, die sich stetig und unaufhaltsam den Berg hinaufwälzten. Der Nebel verfälschte die Geräusche, die sie erzeugten. Erweckte einmal den Eindruck, als wären es gerade einmal ein Dutzend, dann wiederum schienen ganze Hundertschaften auf sie zuzuströmen. Ganz in der Nähe rumpelte es, und kleine Steinchen polterten den Hang hinab. Er hörte einen unterdrückten zwergischen Fluch und presste sich mit dem Rücken dicht an das nasse Holz. Schwere Schritte näherten sich. Eine Rüstung blitzte auf, dahinter eine zweite. Er wartete, bis sie an ihm vorbei waren. Dann stieß er die Luft aus und sprang hinter der Wurzel hervor. Seine Klinge beschrieb einen sauberen Bogen und schlug mit lautem Scheppern gegen einen Schild.

Der Erste ist also immer der Schildträger. So viel zu meinen eigenen bescheuerten Ratschlägen.

Glücklicherweise war sein Gegner viel zu überrascht, um

einen Vorteil aus dem misslungenen Angriff ziehen zu können. Noch ehe er sich herumdrehen konnte, hatte der Wolfmann ihm die Klinge in die ungeschützte andere Seite gehauen. Der Zwerg schrie auf, und der Wolfmann gab ihm einen Stoß, der ihn bergauf gegen seinen Kameraden stolpern ließ. Ein Bolzen zischte dicht an seinem Ohr vorbei. Er ließ sich fallen und kugelte ein paar Schritte den Hang hinab, knallte mit der Schulter unsanft gegen einen großen Steinbrocken und krabbelte auf allen vieren dahinter in Deckung.

Während sein verletzter Kamerad wie am Spieß schrie, brüllte der Armbrustschütze Befehle und lud hektisch seine Waffe nach. Weitere Zwerge näherten sich im Laufschritt, und der Wolfmann duckte sich hinter seinem Stein zusammen und machte sich so klein, wie es ihm nur möglich war. Er hatte schon wieder Glück im Unglück, denn die Zwerge waren viel zu sehr auf den Lärm weiter oben konzentriert, als dass sie auf ihre unmittelbare Umgebung achtgaben. Mit angehaltenem Atem ließ er sie vorbeiziehen, wartete einige Augenblick ab und hob dann den Kopf. Der Nebel hatte die meisten von ihnen schon wieder verschluckt. Nur einer stand noch da, den Spieß vor sich ausgestreckt, und starrte angestrengt in das undurchdringliche Grau.

Der Wolfmann sprang auf und stürmte auf ihn zu. Im Vorbeirennen schwang er die kurze Klinge, hackte dem Dalkar tief in die Schulter und rannte weiter. Bloß nicht stehen bleiben! Halb kletterte, halb stolperte er den Berg hinauf, sprang von Wurzel zu Wurzel und sah sich unvermittelt einem weiteren Zwerg gegenüber, der ihn überrascht anglotzte. Ein narbenzerfurchter Kerl mit einer langen Streitaxt, die er nun mit beiden Händen über dem Kopf schwang und dabei brüllte wie ein fleischgewordener Grubenteufel. Der Wolfmann konnte dem gewaltigen Hieb gerade so ausweichen. Die Axt schlug mit solcher Wucht auf, dass sie einen Felsbrocken komplett in zwei Hälften spaltete. Funken sprühten, und winzige Steinsplitter schossen dem Wolfmann ins Gesicht. Er schrie auf, stolperte über eine Baumwurzel und stürzte kopfüber in den Dreck. Der Zwerg kam auf ihn zu, behäbig, aber zielstrebig, die Axt hoch über dem Kopf erhoben und völlig ohne Deckung. Der Wolfmann hätte sich nur noch aufrichten müssen, um ihm die kurze Klinge in den fetten Wanst zu rammen. Dummerweise war sie beim Sturz in zwei Hälften zerbrochen, und er konnte nichts tun, außer dazuliegen und auf das Ende zu warten.

»Arr!«, brüllte der Zwerg, und der Wolfmann sah durch halb geschlossene Augenlider die Axt auf sich zusausen. Dann ertönte ein Knacken, wie von einem schweren Stiefel, der auf einen Käfer trat, und die Axt verschwand aus seinem Sichtfeld.

»Sieben!«, ertönte die kratzige Stimme von Razar. Genau an der Stelle, wo soeben noch der Zwerg über ihm aufgeragt war.

»Hä?« Der Wolfmann blinzelte.

»Sieben Gegner.« Razar beugte sich über den zertrümmerten Schädel des Axtkämpfers und säbelte mit geübten Schnitten an seinem Ohr herum. Triumphierend streckte er seine Beute in die Höhe. »Sieben Wühler. Und du?«

»Zwei«, murmelte der Wolfmann. Jedenfalls, wenn Verletzte ebenfalls zählten. »Aber das ist ohnehin ein dämliches Spiel. Du solltest das besser sein lassen.«

Razar grinste. Wahrscheinlich hatte er Wolfmanns Worte

nicht verstanden, denn er setzte seine Arbeit ungerührt am anderen Ohr des Zwergs fort. Augenblicke später erscholl ein vielfaches Klacken, und eine Salve Armbrustbolzen schlug krachend um sie herum in Felsen und Bäumen ein. »In Deckung!« Der Wolfmann zog den Kopf ein und sah aus dem Augenwinkel, wie der Ork verwundert auf seinen Bauch blickte, aus dem das gefiederte Ende eines Bolzens ragte.

»Groshakk.« Razar schaute auf und runzelte die Stirn.

»Das kannst du laut sagen.« Mit zitternden Händen zog der Wolfmann die kurze Klinge aus dem Gürtel des getöteten Axtkämpfers und schickte ein Stoßgebet zu Takhasa.

Es war schon ein beeindruckender Anblick, wenn eine Reihe Zwergenkrieger in voller Montur und mit erhobenen Schilden auf den Feind zumarschierte. Blitzender Stahl, so weit das Auge reichte, nirgendwo eine Stelle, in die man die Klinge stoßen konnte, dafür umso mehr spitze Enden von Waffen, die einen aufzuspießen drohten. Bislang kannte der Wolfmann diesen Anblick nur von der anderen Seite. Auf diese neue Erfahrung hätte er gern verzichtet. Sie waren zu sechst, und sie sahen nicht so aus, als würden sie besonders viel Mitleid mit Menschen zeigen. Ausgerechnet diesen Augenblick suchte sich die Sonne aus, um den Nebel aufzubrechen und die Sicht auf die dahinter stehenden Armbrustschützen freizugeben. Sie standen über ihre Waffen gebeugt und kurbelten eifrig an den Sehnen.

»Ergebt euch oder sterbt!«, brüllte der Vorderste. Ein blonder Clankrieger, dessen Gesicht mit der gewaltigen Knollennase dem Wolfmann vage bekannt vorkam.

»Wir sollten tun, was er sagt ...«

»Dreizehn«, grunzte Razar und hob seine Keule.

Der Wolfmann starrte ihn an, als wäre er vollkommen durchgedreht. Er wollte nach seinem Arm greifen, doch der Ork war bereits aufgesprungen und brüllend auf die Zwerge zugestürmt. Scheppernd prallte die Keule gegen einen Schild und warf seinen Träger von den Füßen. Razar nutzte den Schild als Brücke und sprang über den Gestürzten hinweg, um direkt im Rücken der Nahkämpfer zu landen. Noch im Vorbeirennen schlug er eine tiefe Delle in einen Helm und schwang die Keule weiter, um sie auf den vordersten Armbrustschützen niederfahren zu lassen. Kurz bevor er ihn erreicht hatte, riss der Schütze seine Waffe nach oben und drückte ab. Der Wolfmann sah noch, wie der Schädel des Zwergs in einem Schauer aus Blut und Knochensplittern zerbarst und Razar zu Boden ging. Dann stand plötzlich der Knollennasige vor ihm, und er hatte ganz andere Sorgen, als sich um das Schicksal eines verrückten Orks zu kümmern.

Sein Gegner war das Paradebeispiel eines Zwergs. Gedrungen, kräftig, mit einem gewaltigen Vollbart, an dem die kupfernen Schellen eines Unteroffiziers klimperten, und mit eng zusammenstehenden Augen, in denen Mordlust glitzerte. An seinem rechten Arm trug er einen stabilen Schild, und in der Linken eine geschliffene lange Klinge, die der des Wolfmanns in Länge und Breite weit überlegen war.

»Ich kenne dich«, sagte der Wolfmann, während er einen Schritt zurückwich. »Du bist einer von den Zwergen, mit denen wir in der Orkstadt gegen die Dämonen gekämpft haben.«

»Ich habe einen Namen«, knurrte der Knollennasige und zog die Stirn kraus.

»Das freut mich für dich.« Der Wolfmann sah auf die Klinge

in seiner Hand hinab. »Warum belassen wir es denn nicht dabei und trennen uns in gegenseitigem Einvernehmen? So unter Waffenbrüdern?«

»Das würde ich gern.« Der Knollennasige trat über den getöteten Axtkämpfer hinweg. »Aber dafür ist es jetzt ein wenig zu spät. Außerdem habe ich meine Befehle.« Er machte einen Satz nach vorn, den Schild vor sich ausgestreckt und die Waffe zum Schlag erhoben.

Der Wolfmann drehte sich im letzten Augenblick zur Seite, und die Klinge schrammte kreischend über den Handschutz seiner Waffe hinweg. Dafür schlug ihm der Schild hart gegen die Schulter. Mit rudernden Armen stolperte er rückwärts. Der Knollennasige setzte nach und streifte noch seinen Oberschenkel, ehe er sich fangen und den nächsten Stich zur Seite ableiten konnte. Keuchend taumelte er rückwärts und presste die Hand auf die Schnittwunde. Dunkles Blut sickerte zwischen seinen Fingern hervor und tropfte zu Boden. »Warum machst du dir für jemanden wie Bresch noch die Hände schmutzig? Er ist tot! Getötet von seinen eigenen wahnsinnigen Plänen. Warum geht ihr nicht einfach zurück nach Hause zu euren Familien und trinkt ein Bier, oder was immer ihr Zwerge zu Hause so macht?«

Der Knollennasige zog eine Augenbraue in die Höhe. »Was erzählst du da für einen Unsinn? Bresch ist nicht tot. Er erfreut sich im Gegenteil bester Gesundheit. Er hat uns selbst den Befehl gegeben, hier heraufzusteigen.«

»Was?« Der Wolfmann riss die Augen auf. »Wann soll er das getan haben?«

»Vor wenigen Stunden erst. Als er aus den Kämpfen in den Minen zurückgekehrt ist.« Der Knollennasige grinste und richtete die Schwertspitze auf Wolfmanns Brust. Scheppernd schlug der Wolfmann sie zur Seite. »Er hat genau gewusst, wo ihr hinwollt, und aus diesem Grund hat er uns ausgeschickt. Wir sollten euch nur lange genug aufhalten, damit er unbemerkt an euch vorbeikommt. Während wir hier reden, ist er bereits auf dem Weg zur Spitze des Bergs.«

»Nein!«

Der Knollennasige senkte das Schwert. Ein verächtliches Lächeln umspielte seinen Mund. »Glaubst du, ihr Menschen wärt die Einzigen, die sich eine List ausdenken können? Da irrst du dich aber gewaltig. Wir Dalkar wären niemals so weit gekommen, wenn unsere Anführer nichts von Taktik verstünden. Bresch ist euch die ganze Zeit einen Schritt voraus gewesen.«

Der Wolfmann schüttelte verzweifelt den Kopf. »Du verstehst nicht! Bresch ist … er ist …«

»Er ist euch überlegen? Da hast du vollkommen recht.« Der Knollennasige stieß ein abgehacktes Lachen aus. »Zeig dich als anständiger Verlierer, mein Junge. Sieh einfach ein, dass ihr die Dümmeren seid. Alles, was ihr mit eurem Opfer bewirkt habt, war, dass ihr Bresch genügend Zeit verschafft habt, den Rest von euch einzuholen und einzeln fertigzumachen.« Mit einem Satz war er heran und stach in schneller Folge auf den Wolfmann ein.

Der Wolfmann humpelte rückwärts den Berg hinab, parierte, wich aus und versuchte vergeblich, zu einem Gegenangriff anzusetzen. Doch der Zwerg war viel zu gut gerüstet und hatte mit seiner langen Klinge sogar einen echten Reichweitenvorteil. Seine Gedanken rasten. Was sollte er tun? Wie sollte er seinem Gegner klarmachen, dass er einen gewaltigen Fehler beging? »Warte!«, rief er und streckte die Hand aus.

»Worauf?«

»Bresch ist nicht mehr der, der er war!«

»Ich weiß.« Der Knollennasige hob die Klinge. »Zum ersten Mal in seinem Leben hat der Heetmann echten Mumm in den Knochen.«

»Das ist leider nicht das Einzige …«, keuchte der Wolfmann und duckte sich gerade noch unter einem tödlichen Schlag weg, rollte zur Seite und schrie auf, als ein stechender Schmerz durch die Wunde in seinem Oberschenkel fuhr. Erneut griff der Knollennasige an. Knurrend und grunzend wie ein Eber, die blonden Augenbrauen gerunzelt und die Zunge voller Konzentration zwischen die Zähne geklemmt. Krachend stieß er mit den Schild zu, warf den Wolfmann von den Füßen und ließ ihn Hals über Kopf den Hang hinunterstürzen.

Hilflos kugelte der Wolfmann durch den Nebel. Knallte mit allen möglichen Körperteilen gegen Steine und Wurzeln und schlug schließlich mit dem Hinterkopf hart gegen einen Baumstamm. Benommen schüttelte er den Kopf und stemmte sich in die Höhe. Sein Fuß rutschte auf dem nassen Waldboden aus, und dann war da plötzlich nichts mehr. Nur leere Luft und der Nebel, der sich genau diesen Augenblick aussuchte, um sich ein wenig zu lüften und den Blick auf eine steile Felskante freizugeben, die direkt unter seinen Füßen in die Tiefe abfiel. Mit einem Aufschrei warf er sich nach vorn und umklammerte panisch den Baumstamm. Endlich fanden seine Füße Halt, und er presste sich keuchend an das morsche Stück Holz, das ihm das Leben gerettet hatte – oder es zumindest für ein paar Herzschläge verlängern würde. Er drehte den Kopf und sah den Knollennasigen durch den Nebel auf ihn zustürmen.

»Groshakk«, murmelte er und schluckte. Er wusste zwar nicht genau, was das bedeutete, aber es schien auf diese verfahrene Situation zu passen wie die Faust aufs Auge. Hinter seinem Rücken drohte der Sturz in den sicheren Tod, und vor ihm ein wütender Dalkar mit einem Langschwert, während oben auf dem Berg ein in was auch immer verwandelter Bresch lauerte. Da blieb nicht mehr viel Spielraum, außer aufrechten Hauptes zu sterben. *Manchmal muss ein Mann eben tun, was er tun muss, oder so was in der Art.* Stöhnend löste er sich von dem Baumstamm, richtete sich kerzengerade auf und umklammerte den Griff der kurzen Klinge.

Der Knollennasige war jetzt so nah, dass er bereits seinen sauren Bieratem zu riechen glaubte. »Komm her, Knollennase!«, brüllte er, so laut er konnte. Er stemmte die Füße in den Boden und hob die Klinge zum Schlag.

Dann war der Knollennasige heran, und der Wolfmann sprang zur Seite. Der Zwerg gab ein überraschtes Schnaufen von sich, und gleich darauf einen lang gezogenen Schrei. Kurz darauf ertönte das Geräusch eines in Metall gehüllten Körpers, der dumpf scheppernd auf dem Fels aufschlug. Der Wolfmann schloss die Augen und verzog das Gesicht zu einem schmerzverzerrten Grinsen. *Weißt du noch, wie man einen angreifenden Zwerg besiegt? Man tritt zur Seite, lässt ihn vorbeilaufen und wartet, bis er irgendwann von allein umfällt – oder aber von einer Felskante in den Tod stürzt.*

Corsha kam aus dem Unterholz geschlurft. Ein ziemlich übler Schnitt lief quer über ihre Stirn, und der linke Arm hing nutzlos an ihrer Seite herab. Sie stellte sich neben ihn und blickte auf den zerschmetterten Leichnam des Zwergs hinunter. »Dann ist das also nur ein Gerücht, dass die Wühler die Freunde des Steins sind«, stellte sie ungerührt fest.

Der Wolfmann zuckte mit den Schultern. »Er hat ihn immerhin mit offenen Armen empfangen.« Er deutete auf ihren blutverschmierten Arm. »Bist du in Ordnung?«

»Es wird mit der Zeit verwachsen. Razar hatte weniger Glück. Er ist tot.«

»Das tut mir leid. Er war ein großer Kämpfer.«

»Er war ein großer Idiot. Furchtbar leichtsinnig.« Sie stieß ein Schnaufen aus. »Aber was macht das schon? Er ist nur ein Einzelner, und wir sind viele. Es werden andere nach ihm kommen und seinen Platz einnehmen. So war es, und so wird es immer sein.«

Der Wolfmann blickte auf und sah, dass ihre Schultern leise bebten. *Nach außen so hart und unverletzlich. Aber im Innern trauert ihr Orks über euren Verlust genauso wie wir.*

Er öffnete den Mund, aber ihm fiel nichts ein, womit er sie hätte trösten können. Trotz ihrer Opfer hatten sie auf ganzer Linie versagt. Bresch war jetzt dort oben auf dem Plateau allein mit den anderen, und nur die Götter wussten, wie die Sache ausgehen würde. Dabei hatte er Axt doch geschworen, auf Glond aufzupassen. Aber jetzt blieb ihm nichts anderes mehr übrig, als zu beten, dass es doch noch irgendwie gut ausging. Er fuhr mit dem Daumen über die blutige Klinge seines Schwerts und seufzte. Etwas Besseres fiel ihm einfach nicht mehr ein.

ENTSCHEIDUNGEN

Die Gipfel waren jetzt zum Greifen nah. Eingehüllt in eine Decke aus Schnee, der so weiß und strahlend war, dass der Anblick in den Augen schmerzte. Gleißender Sonnenschein fiel auf ein lang gestrecktes Plateau, das wie mit einem Meißel aus der Flanke des Bergs geschlagen vor ihnen lag. Bedächtig bahnten sie sich ihren Weg durch ein Feld aus steinernen Hügeln, jeder aufgeschichtet aus unzähligen Findlingen, die ohne erkennbare Ordnung über die Hochfläche verstreut lagen. Ihre Oberflächen waren zerkratzt und abgeschliffen, doch als Glond einen genaueren Blick darauf warf, entpuppten sich die Kratzer als Schriftzeichen und Bilder. Sie mussten uralt sein. Manche Bilder waren noch gut erkennbar, die meisten aber schon so verwittert, dass man ihre Bedeutung nur noch erahnen konnte. Je weiter sie wanderten, desto größer wurden Hügel und Steine. Zunächst groß wie Bierfässer, dann beinahe mannshoch. Ganz im Zentrum befand sich ein kreisrunder Platz, der von zwölf gewaltigen Monolithen eingerahmt war. Die meisten waren gebeugt von den unablässig auf sie einwirkenden Elementen, und drei oder vier lagen umgestürzt und halb verschüttet im Schnee. Nur einer stand noch vollkommen aufrecht und wie ein mahnender Zeigefinger in den Himmel gereckt.

Sekesh schritt mit finster zusammengezogenen Brauen die weiße Fläche ab. Schob hier mit dem Stiefel den Schnee beiseite und beugte sich dort hinab, um einen Steinbrocken zur Seite zu rollen. Glond schlurfte ihr müde hinterher, unschlüssig, was zu tun war. Der Wind blies ihm pfeifend ins Gesicht und ließ seine Augen tränen. »Nach was suchen wir?« Sekesh erwiderte nichts, suchte nur weiter mit gesenktem Kopf das Gewirr aus Geröll und Schotter ab. Krendar zuckte nur mit den Schultern. Der Ork wirkte beinahe ebenso ratlos wie Glond.

Langsam senkte sich die Sonne dem Horizont entgegen, und der Himmel färbte sich rot. Nicht dass Glond eine Vorahnung von dem gehabt hätte, was noch kommen würde. Selbst nach all dem, was er erlebt hatte, glaubte er noch immer nicht an Vorahnungen. Alles hatte eine logische Erklärung, und wenn er sie auf den ersten Blick vielleicht nicht erkennen konnte, war sie trotz allem irgendwo verborgen. Es war wohl eher der Wind, der nachgelassen hatte und die durch Mark und Bein ziehende Kälte für einen Augenblick zurückdrängte. Für einen winzigen Moment lag das Plateau in völliger Stille vor ihm. Die Sonne war beinahe schon hinter den Bergen verschwunden, und der letzte noch aufrecht stehende Monolith warf einen langen Schatten auf den eisigen Boden. Einen Schatten in Form einer Mutter, wie die Orks sie nannten.

Wie hoch war die Wahrscheinlichkeit, dass die Sonne genau zum richtigen Zeitpunkt an der richtigen Stelle stand? Glond hob seine kurze Klinge und ließ sie mit der Spitze voran auf den gefrorenen Boden niederfahren. Eis und vom Frost verklumpte Erde flogen auf. Er arbeitete konzentriert und ausdauernd. Die Kälte spürte er kaum noch, während er sich Schritt für Schritt vorarbeitete. Es dauerte eine ganze Weile, dann stieß die Klinge auf festen Widerstand. Er ließ sich auf die Knie fallen und schob Erde und Schnee mit bloßen Händen zur Seite, bis er eine etwa mannsgroße Platte freigelegt hatte. Mattgrau und ohne Verzierungen, jedoch von dünnen Linien aus Silber und Blei durchzogen. Auf einer Seite war ein metallener Griff in die Oberfläche eingelassen.

Er hatte nicht erwartet, dass sich die Platte bewegen würde, doch als er an dem Bügel zog, ließ sie sich mit überraschender Leichtigkeit anheben. Keuchend zog er sie in die Höhe und stieß darunter auf eine kreisrunde Öffnung, ähnlich einem Brunnen. Mit einer letzten Kraftanstrengung zerrte er die Platte zur Seite und warf einen Blick in die Tiefe.

Die Wände waren auf den ersten Metern sorgsam aus losen Geröllbrocken geschichtet und gingen danach in stabilen Fels über. Ein langer Baumstamm mit fußgroßen Kerben diente als eine Art altertümliche Leiter. Das Holz wirkte alt und morsch, und die Stricke, die es festhielten, waren zerfasert wie der Bart eines alten Clankriegers. Glond griff nach einem etwa faustgroßen Stein und ließ ihn in die Tiefe fallen. Es dauerte eine halbe Ewigkeit, bis sich das Poltern verlor. Er stieß ein triumphierendes Keuchen aus. Er hatte ihn gefunden, nach so langer Zeit des Wartens. Den Zugang zum orkischen Heiligtum. Es war wie in einem Traum. Seine Hände zitterten, als er sie nach der Leiter ausstreckte.

Sekeshs Stimme in seinem Rücken ließ ihn innehalten. »Nein«, zischte sie, und es klang wie ein böser Fluch. Langsam drehte er den Kopf. Sein Blick fiel auf die Spitze des Messers, das sie auf ihn gerichtet hatte. Bitterer Hass lag in ihren dunklen Augen, und ihr Gesicht war eine Grimasse des Zorns. Langsam zog er die Hand von der Leiter zurück, doch die Messerspitze bewegte sich keinen Fingerbreit von seinem Rücken fort. Krendar stand nur wenige Schritte entfernt, und seinem entsetzten Gesichtsausdruck zufolge war er ebenso überrascht wie Glond.

Glond atmete tief durch. »Was willst du?«

Sekesh leckte sich über die Lippen. Unsicherheit lag in ihrem Blick. »Ich weiß nicht ... ich werde ... dich töten.« Irgendetwas in ihrer Stimme sagte ihm, dass sie es ernst meinte.

Im Grunde hätte ihn das beunruhigen müssen, doch trotz der irrwitzigen Situation, in der er sich befand, bereitete ihm das nicht die geringste Sorge. Sorgfältig wischte er sich die Hände an den Hosenbeinen ab. Die Flächen waren aufgerissen und blutig, doch es tat kaum weh. »Das muss nicht sein, Sekesh. Es ist vorbei. Der Kampf zwischen Orks und Zwergen ist zu einem Ende gekommen. Er ist nicht mehr von Bedeutung. Steck das Messer weg.«

»Ich kann nicht«, murmelte Sekesh. »Es liegt nicht an mir. Es sind die Stimmen. Sie haben wieder zu sprechen begonnen.«

Glond dachte darüber nach. Er nickte. »Ich bin mir sicher, dass es eine Lösung gibt. Für uns alle.«

»Ich muss ...« Sie blinzelte und warf einen hilflosen Blick auf Krendar, der daraufhin näher trat und ihr die Hand auf den Arm legte. Er sprach einige Worte, und sie schüttelte den Kopf.

»Hör auf ihn«, sagte Glond. »Wir stehen alle auf einer Seite. Ich brauche eure Hilfe, und ihr braucht meine. Nur gemeinsam können wir es schaffen.«

»Gemeinsam ...« Sekeshs Blick verfinsterte sich. »Das habe ich schon einmal geglaubt. Doch ich wurde belogen. Sieh dir an, was daraus geworden ist.«

»Das tut mir wirklich leid. Es lag niemals in unserer Absicht. Diesmal wird alles anders, ich verspreche es.«

»Lügen.« Sekesh spuckte in den Schnee. »Das sind doch alles nur Lügen. Erzähl mir etwas Neues.«

»Wie wäre es mit der Wahrheit?«

Sekesh fuhr herum und stieß einen orkischen Fluch aus.

Zwischen den umgestürzten Monolithen schob sich Breschs massiger Körper auf die freie Fläche hinaus. Seine Rüstung war zerbeult und fleckig, über sein Gesicht zog sich ein tiefer Schnitt, und seine Bartzöpfe hatten sich nun endgültig in Wohlgefallen aufgelöst. Er schwankte leicht, doch den gewaltigen Streithammer hielt er erstaunlich ruhig. »Die Wahrheit ist, dass ihr alle sterben werdet.« Er stapfte mit schweren Schritten näher. »Der Schatz gehört mir, ich habe ihn mir verdient. Ihr dagegen besitzt nicht die Weitsicht, damit umzugehen.«

»Du etwa?« Glond stieß ein trockenes Lachen aus. Er stellte fest, dass die kurze Klinge wie von Zauberhand zurück in seine Hand gewandert war. Langsam stand er auf.

»Du verstehst überhaupt nichts«, zischte Sekesh und wich einen Schritt zurück.

»Mir geht es allerdings genauso«, murmelte Krendar.

Sie standen in einem Kreis um das Loch herum. Bresch, Glond, Sekesh und Krendar, dessen Augen irritiert vom einen zum anderen huschten. Der Wind hatte aufgefrischt und trieb eisige Schneekristalle über das Plateau. Glond kniff die Augen zusammen. »Das muss nicht sein«, versuchte er es noch einmal, auch wenn er wusste, dass er damit gegen Wände anredete. Aber einen Versuch war es immerhin wert. »Es ist noch nicht zu spät.«

»Doch, das ist es.« Die Spitze des Streithammers deutete zu der Stelle hinüber, an der sie vor Kurzem auf das Plateau heraufgestiegen waren. »Sie sind alle tot. Die Silberschürfer, die Schmiede und die Clankrieger. Es gibt keinen mehr, der dort unten im Tal noch am Leben wäre.«

Sekesh verzog das Gesicht. »Corsha?«, fragte sie. Die Hand mit dem Messer zitterte leicht.

»Tot. Genauso wie die anderen Orks. Sie wurden alle von meinen Männern getötet. Dalkarstahl ist nichts gewachsen. Nicht einmal die Klinge dieses hässlichen, haarigen Menschen.«

Glond atmete tief durch. Es tat weh, das zu hören, aber war es jetzt wirklich noch von Bedeutung? »Ich dachte, du machst dir nichts mehr aus Kämpfen?«

»Wenn der Zufall dabei eine Rolle spielt, ja. Doch nun ist alles anders geworden. Ich habe unten in der Mine von der Macht gekostet. Und was für eine Macht! Was immer war – es ist Vergangenheit. Ich bin stärker als je zuvor. Stärker, als du es dir je träumen lassen könntest!«

Glond machte einen Schritt auf ihn zu. »Wir sind zu dritt, und du bist allein. Glaubst du wirklich, dass du mit all deiner neu gewonnenen Kraft mit uns allen gleichzeitig fertigwirst?«

Bresch verzog das Gesicht zu einem bösartigen Grinsen. Ein dünner schwarzer Schleier zog über seine Augäpfel hinweg. »Ihr seid aber nicht auf einer Seite. Ihr werdet euch niemals gegen mich zusammentun.«

»Da irrst du dich, Bresch. Wir haben bereits einmal Schulter an Schulter gestanden, und wir werden es wieder tun. Sag es ihm, Sekesh.«

Sekesh runzelte die Stirn. Lauernd blickte sie vom einen zum anderen. Dann bleckte sie die Zähne. »Ihr sollt beide verrecken!«

Glond verdrehte die Augen. »Kannst du mir sagen, was du plötzlich gegen mich ...«

Diesen kurzen Augenblick der Ablenkung nutzte Krendar, um einen Satz nach vorn zu machen und Bresch seine Axt in den Kopf zu schmettern. Mit einer tänzerischen Eleganz, die seinen massigen Körper Lügen strafte, wich der Heetmann aus und ließ ihn ins Leere laufen. Er packte den Ork am Zopf, als er vorüberstolperte, zerrte ihn grob zu sich heran und riss sein Maul auf. Schwarze Fäden tropften wie Speichel von seinen Zähnen herab. Krendar schnaufte und beugte den Kopf so weit nach hinten, wie es ihm nur möglich war, biss die Zähne fest zusammen und hämmerte seine Stirn krachend gegen Breschs Nasenbein. Für einen Augenblick standen sie sich wortlos gegenüber und glotzten sich an. Dann verdrehte Krendar die Augen und sackte grunzend in sich zusammen. Sekesh stieß einen wütenden Laut aus und hob ihr Messer zum Wurf. Bresch lachte, stemmte den benommenen Krieger mühelos in die Höhe und schleuderte ihn der Schamanin entgegen. In einem Durcheinander aus Armen und Beinen gingen die beiden Orks zu Boden. Halb besinnungslos kugelte Krendar durch den Schnee, rollte über den Rand des Lochs und stieß hart gegen den Baumstamm, dessen morsches Holz knirschend unter seinem Gewicht nachgab. Mit einem Aufschrei warf sich Sekesh nach vorn und krallte ihre Finger um sein Handgelenk. »Krendar!«, keuchte sie, das Gesicht vor Entsetzen verzerrt. Breschs Augen waren jetzt beinahe pechschwarz. Mit einem tiefen Grollen trat er auf die am Boden liegende Schamanin zu, hob den Streithammer über den Kopf, drehte ihn dabei so, dass der lange Dorn nach vorn zeigte, und ließ ihn mit Macht auf Sekesh niederfahren.

Glond war vielleicht mal ein elender Feigling gewesen, aber wenn er eines gelernt hatte, dann, dass Angriff manchmal die einzig sinnvolle Verteidigung war. Ohne zu zögern, sprang er vor, riss seine Waffe in die Höhe und lenkte den Streithammer mit der Klinge zur Seite ab. Kreischend und funkensprühend rutschte der Dorn über das Metall, beschrieb einen Bogen und bohrte sich mit einem hässlichen Schmatzen tief in Glonds Bauchdecke. Beinahe erschrocken ließ Bresch den Griff los, und die beiden Männer starrten sich einen Augenblick lang wortlos an.

»Das kam jetzt unerwartet.« Vorsichtig blickte Glond an sich hinab und strich mit der Hand über das kalte Metall. Er war kein Heiler, aber wenn ihn nicht alles täuschte, war diese Verletzung ziemlich schwer. Höchstwahrscheinlich sogar tödlich. »So fühlt sich das also an, wenn man umgebracht wird«, stellte er erstaunt fest. Und völlig unerwartet ging ihm durch den Kopf, dass er schon seit längerer Zeit nicht mehr an Axt gedacht hatte. *Dabei gibt es doch noch so viele Dinge, die ich ihr sagen wollte. Man sagt nie die wirklich wichtigen Sachen, wenn man die Gelegenheit dazu hat. Aber das merkt man immer erst, wenn es zu spät ist ...* Er blickte auf. »War es das dann also? Einfach so?«

»Ich habe dich besiegt«, stieß Bresch hervor und wich einen Schritt zurück. »Ich habe den großen Helden Glond besiegt!«

»Andererseits ...« Mit einem Stirnrunzeln legte Glond die Hand um den Griff des Streithammers und zog die Spitze langsam aus seinem Bauch heraus. Eine pechschwarze, ölige Masse quoll aus der Wunde hervor und tropfte in langen Fäden zu Boden. Beinahe sofort begannen sich die Wundränder zu schließen, und Augenblicke später erinnerte lediglich das Loch in seinem Hemd an die tödliche Verletzung. »Andererseits habe ich es tief im Innern bereits seit langer Zeit gespürt. Ich wollte es bis jetzt nur noch nicht wahrhaben.« Er wandte sich an Sekesh, die ihn mit hasserfüllten Augen anstarrte. »Du hast es ebenfalls geahnt, nicht wahr?«

Sekesh nickte düster. »Du wurdest damals im Heiligtum infiziert, als du den Stein berührt hast. Ein Teil der ihm innewohnenden Macht ist auf dich übergegangen, kurz bevor du ihn in die Tiefe gestoßen und im Feuer vernichtet hast. Ich hätte es sehen müssen, doch damals war ich verletzt und schwach.«

»Das ist also der Grund, warum ich die ganze Zeit wusste, dass es noch nicht zu Ende ist. Warum es mich mit aller Macht in diese verdammten Berge gezogen hat.« *Warum ich sogar den Dalkar vergessen habe, der mir am meisten bedeutet.* »Wenn man es erst einmal verstanden hat, liegt die Sache klar auf der Hand. Es ist genauso wie bei Meister Steinhand. Auch er hatte damals so einen Stein berührt und wurde davon besessen. Glücklicherweise scheint es auf die meisten von uns Dalkar weniger Einfluss zu haben als auf die Menschen oder auf euch Orks. Im letzten Augenblick muss Steinhand erkannt haben, was mit ihm geschehen ist, und er brach daraufhin die Expedition ab.« Glond leckte sich über die Lippen. »Steinhand ist nicht bei einem Unfall ums Leben gekommen, nicht wahr? Er hat sich selbst umgebracht. Deshalb hat er auch verfügt, dass er verbrannt werden soll.«

»Du bist einer von ihnen ...«, winselte Bresch. »... von uns. Aber wieso?«

»Halt dein Maul«, fuhr Glond ihn an. Erneut spürte er, wie die Hitze des Jähzorns in ihm aufwallte. Jetzt allerdings war ihm klar, woher er rührte, und es fiel ihm leicht, ihn wieder unter Kontrolle zu bringen. »Wir haben es doch gerade erklärt.« Seufzend schüttelte er den Kopf. »Du bist wirklich ein Riesenidiot und Arschloch ...«

Mit einem hässlichen Reißen lösten sich die letzten Stricke, die die Baumstammleiter an der Wand des Felslochs befestigt hielten. Stöhnend krallte sich Krendar mit der einen Hand am Holz und mit der anderen an Sekeshs Handgelenk fest. »Was willst du nun tun?«, keuchte er.

»Was ich tun will?« Glond runzelte die Stirn. »Ich werde wohl das tun, was jeder Mann tun sollte, der so eine Macht besitzt wie ich.« Er trat auf Sekesh und Krendar zu, die im ersten Augenblick vor ihm zurückzuckten. Er lächelte und streckte die Hand aus.

Krendar betrachtete sie mit misstrauisch zusammengezogenen Brauen. Schließlich nickte er und griff danach. Das morsche Holz des Baumstamms splitterte und knackte, löste sich mit quälender Langsamkeit von seiner letzten Befestigung und stürzte krachend in die Tiefe.

»Das war knapp«, sagte Glond und zog Krendar mit spielerischer Leichtigkeit in die Höhe. Er sah auf die dreifingrige Hand des Orks hinab und der Ork auf seine.

»Danke«, sagte Krendar und schüttelte langsam den Kopf. »Du bist wirklich der erstaunlichste Wühler, den ich kenne. Da besitzt du die größte Macht der Welt und weißt damit nichts Besseres anzufangen, als einem dreckigen Ork das Leben zu retten ...«

Glond lächelte. »Ich wüsste schon noch etwas anderes. Aber hier ist leider weit und breit kein Bier zu finden, das ich trinken könnte.« Er wandte sich um und blickte über das Plateau hinweg in die Ferne. Das Lächeln verschwand aus seinem Gesicht. »Mit mir hat es begonnen, mit mir muss es enden. Das habe ich geschworen, also wird es so sein.«

»Vielleicht gibt es eine andere Lösung?«

Glond zuckte mit den Schultern. »Ja, vielleicht. Aber wir kennen sie nicht. Und ich weiß nicht, wie lange ich das Ding in meinem Inneren noch unter Kontrolle habe. Ich muss es unschädlich machen, solange ich stärker bin. Falls der Wolfmann und Dvergat noch am Leben sind, sag ihnen, dass ich stolz bin, Schulter an Schulter mit ihnen gekämpft zu haben. Und sagt Axt, dass ... sagt ihr, dass ich sie liebe!« Eine ölig schwarze Träne löste sich aus seinem Augenwinkel und bahnte sich ihren Weg über seine Wange. Er drehte den Kopf und wischte sich mit dem Ärmel über das Gesicht.

»Was soll das bedeuten?«, flüsterte Bresch, der immer noch erstarrt an Ort und Stelle stand.

»Komm«, sagte Glond und packte ihn mit eiserner Kraft am Hals. »Du wolltest diese Macht doch unbedingt haben. Ich bringe dich jetzt zu ihr.«

Bresch wehrte sich nur zaghaft und ließ sich dann beinahe

widerstandslos zum Rand des Lochs ziehen. Glond wandte sich noch einmal um. »Gießt das Flüssige Feuer hinab und sprengt den Zugang. Macht ihn dem Erdboden gleich. Sorgt dafür, dass niemand je wieder dort hinuntergelangen kann.«

Krendar erwiderte nichts, nickte nur grimmig und hob die Hand. Glond machte einen Schritt nach vorn und trat ins Leere.

DAS ENDE DES KREISES

Wer?« Drangog schaute verwirrt von seinem Mahl auf.
»Nyorda«, wiederholte der Wächter mit entblößtem
Nacken. Er war beinahe so groß wie der gewaltige Shirach
der Weststämme, schaffte es jedoch, vor dem Sitzenden unterwürfig zu wirken.

Drangog bleckte die Zähne. Ein Fleischfetzen hatte sich an
einem der Eberhauer verhakt, die der Shirach auf den Eckzähnen seines Unterkiefers trug, und bespritzte den Aerc mit
Bratensaft. »Ich habe dich verstanden«, knurrte er. »Ich habe
nur keine Ahnung, wer das sein soll.«

Der riesige fleischige Leibwächter, der hinter seinem Sitz
stand, beugte sich nach vorn. Auch er trug die rituellen Hauer
des Warzeneberstamms, wie jeder aus der Leibgarde des zweit-
mächtigsten Kriegsherrn der Aerc-Heere. »Menschenweib«,
grollte er knapp. »Hast sie über den Fluss geschickt.«

Drangog sah auf. »Ah. Ja. Welche noch gleich? Die mit
den …?« Er deutete vor seinem Brustkorb eine übertriebene
weibliche Anatomie an.

»Andere«, rumpelte der Leibwächter. »Lang. Dürr.«

»Oh. Sie ist noch nicht tot?« Der Shirach legte Löffel und
Messer beiseite.

Der Überbringer der Nachricht wirkte unsicher. »Ich glaube nicht«, sagte er vorsichtig.

»Nicht? Na, auch gut. Und was will sie?«

Der Wächter vor dem Thron brachte es fertig, mit geneigtem Kopf mit den Schultern zu zucken. »Was sie alle wollen, vermutlich. Gold.«

»Was soll's. Bringt sie herein.«

Die Menschenfrau stolperte mehr in das Innere des großen Kuppelzelts, als dass sie ging, und einer der Wächter hinter ihr packte sie grob am Kragen, um zu verhindern, dass sie geradewegs in die Feuergrube in der Mitte stolperte. Jetzt konnte Drangog verstehen, warum der Wächter gezögert hatte. Es war wirklich nicht einfach zu sagen, ob dieses Weib überhaupt noch zu den Lebenden zählte. Einer ihrer Arme hing nutzlos in einer Schlinge, und die Hand wirkte entzündet und seltsam aufgedunsen, die Nägel dunkel verfärbt. Auch eines ihrer Knie war mit einem Verband aus Lumpen umwickelt. Ihr Gesicht war eine seltsame Mischung aus Schwellungen, blauen Flecken, Schürfwunden und einer aschenen Wächsernheit, die Drangog mehr an einen Toten erinnerte. Rot geränderte Augen glühten fiebrig. Allerdings – was wusste er schon, welche Farben die Blassnasen so annehmen konnten. Auch der Zustand ihrer Kleidung ließ jedoch darauf schließen, dass Nyorda tatsächlich mehr tot als lebendig war. Vermutlich war sie nicht einmal mehr imstande, das Messer zu ziehen, das in ihrem Gürtel steckte. Dennoch – Drangog war nicht Shirach geworden, weil er so etwas dem Zufall überließ.

»Nehmt ihr die Klinge ab. Und schaut nach, ob sie noch mehr davon hat«, schnauzte er seine Wächter an.

Für einen Augenblick wirkte Nyorda tatsächlich so, als wollte sie sich wehren, dann jedoch hob sie die freie Hand vom Griff der Waffe und brachte ein schmales Lächeln zustande. »Es ehrt mich, dass du mich für so gefährlich erachtest, Drangog.«

Drangog schnaubte und winkte den Boten vor ihm aus dem Weg. »Was verschafft mir die Ehre deines unerwarteten Besuchs, Nyorda?«

»Unerwartet, hm?« Das Menschenweib hustete. »Ich habe dir doch gesagt, dass ich wiederkomme, um mir den Rest meines Goldes zu holen.«

»Nachdem du hier auftauchst, nehme ich an, dass erledigt ist, wofür ich dich ausgesandt habe.«

Nyorda wiegte den Kopf. »Sie sind zäh«, sagte sie nachdenklich. »Aber nicht unsterblich. Wir haben ordentlich aufgeräumt, ja.«

Drangog gestattete sich ein breites Grinsen. »Das höre ich gern. Erzähl mehr.«

»Dachte ich mir.« Nyorda schwankte leicht und sah sich in dem schwach erleuchteten Zelt um. Ihr Blick blieb an einem grob gezimmerten Holztisch hängen, auf dem einige Becher und Tonkrüge standen. »Wein?«, fragte sie. »Ich könnte einen Schluck vertragen. Mir geht es gerade nicht so gut.«

Drangog zog spöttisch eine wulstige Braue hoch. »Das ist nicht zu übersehen. Was ist passiert?«

Nyorda hob die Schultern und verzog gleich darauf schmerzerfüllt das Gesicht. »Bin aus einem Fenster gefallen«, sagte sie. »Tief. Und dann über den verdammten Fluss geschwommen. Ich schätze, das ist mir nicht so gut bekommen.« Sie kratzte sich abwesend die geschwollene Hand. »Außerdem habe ich mir vermutlich das Knie gebrochen. Nichts, was eine Drûaka nicht wieder hinbekommt.«

Drangog legte den Kopf schief. »Was bringt dich auf die Idee, dass ich dich zu einer bringen lasse?«

Nyorda riss ihre Augen von den Weinkrügen los. »Nicht? Auch gut. Vielleicht muss ich mich auch einfach nur mal wieder richtig ausschlafen. Kann natürlich sein, dass du dann nicht erfährst, was drüben gerade passiert.« Sie hustete erneut, lang und trocken.

Der Shirach sog sich den Fleischfetzen aus den Zähnen und schmatzte. »Also gut. Wein. Dann erzählst du mir, wie es gelaufen ist. Und wenn ich zufrieden bin, lasse ich dich zu einer Drûaka bringen.« Er winkte nachlässig in Richtung Tisch.

Nyorda starrte vor sich hin, bevor sie schließlich nickte. »Klingt gut.« Sie humpelte unter den argwöhnischen Blicken der Wächter zu den Weinkrügen, schenkte sich einen Becher ein und stürzte ihn in gierigen Zügen hinunter. Dann hob sie den Krug abermals auf und wankte schwerfällig auf den Shirach zu. Die Wächter spannten sich unwillkürlich an, doch Drangog wedelte sie mit einer nachlässigen Geste zurück, als Nyorda sich vor seinem Thron fallen ließ und mit zitternden Händen ihren Becher erneut füllte. »Auch was?« Auf ein Nicken Drangogs füllte sie den Becher des Shirach ebenfalls und nahm einen weiteren Schluck. »Also gut, wie gesagt, es lief nicht alles nach Plan, aber die Festung der Stumpen hat jetzt sechs Bewohner weniger. Eigentlich noch weniger, aber wer zählt schon so genau. Ich hoffe, du bist zufrieden.« Sie hob den Becher und prostete Drangog zu.

Der gewaltige Aerc-Häuptling sah ihr nachdenklich beim Trinken zu, dann erwiderte er ihren Salut und trank auf sei-

597

nen Sieg. Jetzt musste nur noch der Rest des Plans aufgehen – aber das sollte kein Problem sein. »Wie viele Krieger haben sie jetzt dort drüben?«

Nyorda dachte nach. Ihren fiebrigen Augen nach zu schließen, fiel es ihr nicht leicht. »Fünfhundert. Vielleicht sechshundert.«

Drangog schnaubte verächtlich.

»Ich schätze, dass außerdem tausend außerhalb der Festung lagern. Vielleicht auch ein paar Hundert mehr. Ich bin nicht dazu gekommen, sie zu zählen.«

Das Schnauben des Shirach verstummte.

»Aber das spielt ja jetzt keine Rolle mehr, wenn diejenigen ihrer Anführer tot sind, die einen Krieg überhaupt wollten, richtig?«, fügte Nyorda hinzu. Sie runzelte die Stirn. »Aber weißt du, was ich mich frage?« Sie sah auf. »Warum erzählt man sich drüben, dass die, die sterben mussten, genau die Anführer der Zwerge waren, die sich gegen eine Fortführung dieses Kriegs ausgesprochen haben? Ich verstehe das nicht. Würde das nicht bedeuten, dass die Stumpen jetzt erst recht keine Ruhe geben?«

Drangogs Augen verengten sich. Dann lachte er gedämpft. »Du bist scharfsinnig. Ich muss zugeben, ich habe dich unterschätzt, Weib.«

Nyorda atmete resigniert durch. »Da bist du nicht der Einzige«, sagte sie leise. »Es ging also gar nicht um Frieden, oder?«

»Frieden?« Drangog zuckte mit den mächtigen Schultern, leerte seinen Becher und goss sich nach. »Wir sind Aerc. Krieger. Ich bin Kriegshäuptling der Stämme. Was sollten wir mit Frieden? Du weißt, wie unsere Stämme funktionieren? Der Krieg hält sie zusammen. Wenn er vorbei ist, laufen sie nach Hause und beginnen, noch ehe der nächste Winter kommt, wieder damit, sich in kleinlichen Fehden gegenseitig zu bekriegen. Weil sie mit Frieden überhaupt nicht umgehen können!«

Nyorda nickte langsam. »Aber dafür brauchen sie keinen Kriegsherrn mehr. Keinen Rogoru und keinen Drangog.«

Der Shirach zog anerkennend die Brauen hoch. »Ich sage es ja: scharfsinnig.«

»Nicht scharfsinnig genug«, entgegnete Nyorda. »Ich habe eine ganze Weile dafür gebraucht. Aber manchmal habe ich helle Momente, ja.«

Drangog nickte. »Du hast recht. Dieser Krieg eint die Stämme, und solange das der Fall ist, brauchen sie einen Kriegshäuptling. Keinen wie Rogoru. Den braucht niemand. Dieser Idiot will unbedingt weiter in den Süden. Hehre Ziele. Das Land der Ahnen befreien und so weiter.« Er machte ein unanständiges Geräusch. »Hast du eine Ahnung, wie viele Leben guter Krieger das kosten würde? Ich habe eine Verantwortung für meine Leute. Es sollten so wenige wie möglich sterben. Ein paar – sicher. Ganz ohne hätten wir ja keinen Krieg. Aber das würden sie in den Stammesfehden ohnehin. Bleiben wir dagegen auf dieser Seite des Flusses, können wir ein Gleichgewicht herstellen.«

Nyorda trank langsam und wälzte einen Schluck im Mund herum, bevor sie antwortete: »Ein Gleichgewicht des Kriegs.«

»Natürlich.«

»Aber würden die Zwerge dabei mitspielen?«

Drangog lachte prustend auf, hustete und wischte sich die breite Nase. »Aber sie tun es doch, Weib! Das tun sie von Anfang an!«

Nyorda starrte ihn verständnislos an, und Drangog schüttelte belustigt den mächtigen Schädel. »Der Fluss ist die Grenze, das stand von Anfang an fest. Wir tun so, als wollten wir ihn überschreiten, sie tun so, als würden sie den Norden zurückerobern wollen. Ich bleibe Kriegsherr der Weststämme, die drüben bleiben Kriegsherren – oder wie sie sich nennen – bei den Wühlern und verdienen Unmengen von ihrem heißgeliebten Gold.«

»Was? Womit?«

»Mit Krieg natürlich. Waffen, Rüstungen, Festungen, Versorgung von Truppen – all das, was man eben nur im Krieg braucht. Und das Schöne – sie geben uns genug davon ab.« Er überlegte einen Augenblick und rieb sich den speckigen Hals. »Na gut, nicht allen von uns. Mir. Rogoru, dieser Trottel, wird bald seinen neuerlichen Eroberungsangriff starten. Flöße über den Fluss und Unsinn dieser Art. Er muss handeln, wenn er oberster Kriegsherr bleiben will. Er sitzt schon viel zu lange hier unten im Süden herum. Aber jetzt, wo die Zwerge bereit sind zu kämpfen, wird das ein blutiges Desaster werden. Ich allerdings war die ganze Zeit dagegen, und die Weststämme werden sich nicht anschließen. Wenn wir etwas Glück haben, geht der Drecksack dabei drauf. Aber selbst wenn nicht, ist er erledigt. Doch dann wissen die Wühler, dass wir es ernst meinen. Und die Stämme werden wissen, dass dem Frieden der Wühler nicht zu trauen ist. Also werden wir unser Kriegslager behalten, die Wühler werden das Südufer halten, wir werden uns ein oder zwei Mal im Jahr unbedeutende Scharmützel in Flussnähe liefern, und alle sind glücklich.«

»Nicht alle«, wandte Nyorda ein. »Nicht die Toten.«

Drangog zuckte mit den Schultern. »Meiner Erfahrung nach sind die Toten die, die sich als Letzte beschweren.«

»Und Derok? Es ist umsonst gefallen? All die Leute, die dort gestorben sind?«

Der Shirach hob erneut die Schultern. »Opfer, die wir gebracht haben. Zum Wohle des Ganzen. Ich schätze, das kannst du nicht verstehen. Aber deswegen bist du auch nur ein Menschenweib und ich Shirach.« Er lachte rau und spülte das Kratzen im Hals mit einem Schluck Wein hinunter. Verdammtes Feuer. Eine der ersten Sachen, die er ändern würde. Vernünftiges Holz für Feuer, die nicht so sehr rauchten, nicht diese getrocknete Gnarrascheiße, die Rogoru bevorzugte.

»Opfer, hm?« Nyorda schniefte. »Doch, das kann ich verstehen.« Sie stemmte sich mühsam auf die Füße und ließ ein Stück Papier in Drangogs Schoß fallen. Dann humpelte sie zum Feuer, wedelte hustend den stinkenden Rauch beiseite und sagte: »Ich dachte, das da würde dich interessieren.«

Drangog wendete das Stück Papier ratlos zwischen den Fingern. »Es ist leer?«

Nyorda nickte. »Jetzt schon. Das Zeug, das ihr mir mitgegeben habt, funktioniert. Der Stumpen, Gabbro, von deiner Liste ist daran verreckt.« Sie hustete. »Hatte es in seinem Bier.« Sie kicherte und wischte sich eine kleine Schaumflocke von der Lippe. »So, wie wir es im Wein hatten, du und ich.« Sie hustete erneut, sackte auf die Knie und spuckte etwas ins Feuer.

Drangog starrte sie alarmiert an. Ein Husten schüttelte ihn. Mit einem unwirschen Aufschrei stemmte er sich von seinem Thron hoch, streckte die Hand nach Nyorda aus und brach in die Knie. »Ich bring dich um, du dreckige …«, presste er zwischen Zähnen voller Schaum hindurch, bevor ihm ein neuerlicher Husten die Luft nahm.

Nyorda kicherte und nickte. »Dachte ich mir. Deshalb habe ich dir das auch gleich abgenommen.« Sie schwankte, versuchte sich mit dem gesunden Arm abzustützen und kippte dennoch nach vorn, bis sie mit dem Gesicht kurz vor Drangogs liegen blieb. »Du wolltest eine Mörderin, die dafür sorgt, dass Frieden herrscht. Du hast eine bekommen«, flüsterte sie. »Ich denke, diesmal habe ich es richtig gemacht.«

Sie hustete ein letztes Mal, dann brachen ihre Augen, noch bevor der erste der herbeistürzenden Leibwächter sie erreichte.

NEUE WEGE

Das ist es?«, fragte Krendar.

»Das ist es«, bestätigte Sekesh neben seiner Schulter. Dicht neben seiner Schulter. Ihre Hand lag besitzergreifend auf seinem Schulterblatt. Aus Sicht der Stämme war es entschieden ungehörig. Aber andererseits – Sekesh war eine Drûaka. Oder Urawi. Vielleicht die einzige Urawi auf viele Tagesmärsche hinaus, die ihren Verstand behalten hatte.

Also konnte sie letztendlich wohl machen, was sie wollte. Wenn das der neue Weg war, den sie beschreiten wollte – wer wollte ihr widersprechen? Corsha vielleicht? Die Krûshal hätte es sicherlich gekonnt. Aber Krendar hatte den nicht allzu leisen Verdacht, dass die füllige Kriegerin eher maßgeblich daran schuld war. Na gut. Es war ja nicht so, als ob es ihm unrecht wäre.

»Sieht gut aus«, stellte er nach einer Weile fest und holte tief Luft. Der würzige Geruch von jungem Gras und ersten Kräutern lag in der Luft, gemischt mit sonnengebackenem Staub, dem jeder Hauch von saurer Asche fehlte. »Riecht gut. Und du bist dir sicher, dass das hier freies Land ist?«

»Vor einem Jahr war es das«, sagte Sekesh.

Krendar ließ den Blick über das hügelige Land unter ihnen

streifen, dessen langes Gras in sanften Wellen wogte, als der milde Wind darüberstrich. Ein seichtes Flüsschen wand sich nach Südwesten. Weit im Süden würde es auf den Großen Fluss treffen, doch er hatte nicht vor, so weit zu gehen. Er drehte sich langsam um die eigene Achse. Hinter ihnen ragten die letzten Hänge des Gebirges auf, das sich nach Süden hin in den Himmel erhob. Hoch oben glänzten weiße Schneefelder im Sonnenlicht, doch das lag hinter ihnen. Er schnaubte sacht. Das war eine Richtung, in die er nie wieder zu gehen vorhatte. Trotzdem würde er ihr nicht den Rücken kehren. Zu viele Tote lagen dort oben, und sie konnten sich nicht sicher sein, dass alle von ihnen wirklich tot waren. Wie viele Nol'Ru hatten überlebt? Wie viele waren entkommen? Hatte das überlebt, was sie eingeschlossen hatten?

Sie konnten sich nicht sicher sein. Die Lawinen hatten zu viel verschüttet. Was einst dort wieder zutage treten würde, konnte niemand wissen. Für jetzt war die Gefahr gebannt. Wenn sie aufmerksam blieben, vielleicht auch für die Zukunft, die es plötzlich wieder zu geben schien. Das war unerwartet genug.

»In einem Jahr kann sich viel ändern«, sagte er.

»Jede Menge«, stimmte Sekesh zu. »Eine ganze Welt. Aber was soll man machen.« Beiläufig streichelte sie den Spilo, der in ihrem verfilzten Haar schimmerte wie ein wertvolles Schmuckstück und die warmen Strahlen der Sonne tankte.

»Sich ebenfalls ändern«, schlug Krendar vor.

»Halt still!«, schnauzte Corsha einige Schritte entfernt. »Du benimmst dich wie ein Welpe.«

»Bei Ragroth, du machst das absichtlich!«, knurrte der Oger. »Es macht dir Spaß, mir Schmerzen zu bereiten, gib's zu.«

Corsha versetzte ihm einen Schlag auf die Schulter, der Modrath grunzen ließ und lachte. »Normalerweise dir doch auch.«

»Nicht diese Art von Schmerzen«, knurrte Modrath. »Nun mach schon. Werd fertig.«

Corsha lachte sichtlich in sich hinein, während sie die Verbände auf Modraths Rücken erneuerte. Die Wunden heilten, aber sie heilten langsam, und der Oger würde Narben davontragen, die jeden anderen entstellt hätten. Auf seiner von alten Verletzungen durchfurchten Haut würden sie irgendwann vermutlich gar nicht mehr auffallen, wenn man davon absah, dass ihm das linke Ohr fehlte und eingebranntes Sprengpulver den Großteil seines Rückens dauerhaft schwarz gefärbt hatte. Aber jeden anderen hätten die Spritzer des flüssigen Feuers umgebracht, also hatte Modrath wohl keinen Grund, sich über ein paar Narben mehr zu beschweren. Was ihn nicht daran hinderte.

Ronkh und der Linke saßen einige Schritte weiter auf einem Felsen und schwiegen. Wie meist. Es gab Wunden, die länger zur Heilung brauchten. Aber manchmal reichte es zu schweigen. Solange man das nicht allein tun musste.

Weiter über ihnen hatten sich die übrigen Aerc über die leicht abfallende Wiese des Hangs verteilt. Anfänglich waren es vielleicht viermal zehn gewesen. Zwei Doppelfäuste Krieger, zwölf Weiber, die aus der Gießerei der Mine entkommen waren, und eine Handvoll Welpen: Die wenigen Überlebenden, die sie aus den Resten des Minen-Camps hatten bergen können, nachdem die Lawinen die Siedlung der Zwerge unter sich begraben hatten.

Inzwischen waren sie mehr. Einige mehr. Auf ihrem Weg

aus den Bergen waren Flüchtlinge zu ihnen gestoßen. Einige aus den sterbenden Bergdörfern der Korrach, andere aus dem unter einer Aschekruste versunkenen Westen. Eine Doppelfaust Krieger aus Derok, die bis hier gelaufen waren, um nicht mehr zurückkehren zu müssen.

Von ihnen hatten sie Nachricht aus dem Süden erhalten: Das Stammesland war in Aufruhr. Es hieß, Drangog sei von einem Meuchelmörder der Zwerge getötet worden. Der zweite Shirach der Weststämme, Aktok, hatte den Rückzug seiner Krieger befohlen und war wohl geneigt, mit den Zwergen in Derok zu verhandeln. Ohne die Rückendeckung der Weststämme hatte Feldherr Rogoru den Plan aufgeben müssen, nach Süden vorzustoßen. Mehr noch: Es hieß, er habe durch eine mysteriöse Seuche seine Totensprecherinnen, die Urawi, verloren und sei abgesetzt worden. Die Krieger der Deroker Doppelfaust hatten es nicht mit eigenen Augen gesehen, doch vermutlich bedeutete das schlicht, dass man ihn beseitigt hatte. Niemand mochte einen Kriegsherrn, der einen Krieg begann und schließlich auf ganzer Linie versagte.

Aber all das geschah weit weg im Süden, und Krendar war hier. Mit mehr als zehn mal zehn Aerc, die ihm nachliefen und ihn Raut nannten. Er hatte keine Ahnung, warum. Als ob er wüsste, wohin er lief.

»Also gut.« Er atmete tief durch. »Suchen wir uns einen Weg dort hinunter. Es wird Zeit, dass wir einen geeigneten Platz für ein Lager finden. Modrath?«

»Jo?«

»Was hältst du von dieser Senke dort hinten am Waldrand?«

»Das nennst du Wald?« Der Oger schnaufte abfällig und

kniff die Augen zusammen. »Schön flach. Keine Berge in der Nähe. Gefällt mir.«

Stumm musterten sie das ferne Wäldchen.

»Na sag's schon«, seufzte Krendar schließlich.

»Was?«, fragte Modrath

»Es liegt dir die ganze Zeit auf der Zunge.«

»Ich weiß nicht, was du meinst.«

»›Ragroth hätte gesagt‹ …«

Modrath verzog das Gesicht.

»Ragroth hätte gesagt«, brummelte er einen langen Augenblick später, »ein Platz, an dem ein alter Aerc fett werden kann.«

»Na also.«

ZUKUNFT

Axt hatte alles erreicht, von dem sie als Kind je geträumt hatte. Sie hatte kämpfen gelernt wie ein Mann, sie war eine Heldin geworden, und sie saß auf einem Thron, von dem aus sie mit einem Fingerzeig ganze Armeen in die Schlacht schicken konnte. Selbst ihr Vater schien so etwas wie Stolz für seine Tochter zu empfinden, denn er ließ keinen Tag verstreichen, an dem er sich nicht mit ihren Taten brüstete. Warum fühlte sich das alles nur gar nicht so gut an?

»Ihr müsst furchtbar stolz auf Euch sein«, sagte Meister Dornem. Er hatte eine große Karte der Dobroghöhen vor ihr ausgebreitet, in die er mit einer Feder sorgfältig Linien und Kreise eingezeichnet hatte.

»Was?«

»Dass der Wall nach Euch benannt wird. Es ist mir eine große Ehre, ihn in Eurem Namen errichten zu lassen.«

Das glaube ich gern. Meister Dornems Ruf hatte unter den Ereignissen um die Bergfestung nicht unerheblich gelitten. Vor allem die Anschuldigungen der Veruntreuung von Baumaterial ließen ihn lange Zeit in einem schlechten Licht dastehen. Es war noch immer nicht vollständig geklärt, ob und in welchem Umfang er an den Verschwörungen beteiligt gewesen war. Um seinen Namen zu retten, hatte Dornem daher beinahe sein halbes Vermögen dafür aufgewendet, den Wall zu errichten, der das Reich der Dalkar vor der dunklen Gefahr aus dem Osten schützen sollte. Die andere Hälfte wurde aus den Besitztümern des Wludsteinclans bezahlt, der zuvor zerschlagen und dessen Ländereien unter den anderen Clanchefs aufgeteilt worden war. Es war schon erstaunlich, wie bereitwillig die ihm unterstellten Familien dem in Ungnade gefallenen Großhertig abgeschworen hatten, als sie erfuhren, dass auch sie dadurch einem Teil seiner unglaublichen Reichtümer habhaft werden konnten. Zwei Jahrhunderte sollte es nun auf Todesstrafe verboten sein, den Namen Wludstein zu tragen oder sein Wappen zu führen. Angesichts der Tatsache, dass sein einziger Sohn in den Bergen ums Leben gekommen war, war es fraglich, ob der Clan je wieder zu neuem Leben erweckt werden konnte. Eine Strafe, die für einen stolzen Mann wie Wludstein weit schlimmer war, als ihn an seinem Bart durch die Straßen zu schleifen und ihm den Schädel mit einem Hammer einzuschlagen.

»Ihr habt hervorragende Arbeit geleistet, Meister Dornem.« Axt beugte sich über die Karte und fuhr mit dem Zeigefinger die Linien entlang. Bis sie zu der Stelle gelangte, hinter der der Leichnam von Glond begraben lag. Auf der Karte nur einen Fingerbreit vom Wall entfernt, aber doch so unerreichbar fern, als läge er auf einem anderen Kontinent. Sie spürte, wie sich eine Träne aus ihrem Augenwinkel löste, und wischte sie verstohlen ab. Trauer war eine Empfindung, die sich ein General nicht leisten konnte. Tränen bedeuteten Schwäche.

Die weiteren Worte des Baumeisters drangen kaum noch zu ihr vor, und als Dornem irgendwann endlich gegangen war, starrte sie noch lange Zeit schweigend auf die Karte hinab. Sie besaß kaum die Kraft aufzuschauen, als erneut die Tür aufging und eine hochgewachsene Gestalt den Raum betrat. »Ich grüße Euch, Exzellenz, Syen Berglogga, Generalin der vereinigten Clanbünde«, sagte der Wolfmann und verbeugte sich elegant.

Es entstand eine kurze Pause, dann zog ein Lächeln über Axts Gesicht. »Für dich immer noch ›Axt‹, mein Freund!« Sie umarmten sich, und dann schob der Wolfmann sie auf Armlänge von sich fort und musterte ihren runden Bauch.

»Ganz schön zugenommen hast du, das muss ich schon sagen. Ich hoffe, euch beiden geht es gut. Wann ist es denn so weit?«

»In ein paar Wochen …«

»Und die Clans nehmen das so einfach hin?«

»Was denn? Dass ich zugenommen habe? Es gibt doch nichts Ehrenvolleres für einen General, als einen wohlgenährten Bauch zur Schau zu tragen. Das viele gute Bier und das Essen, du weißt schon …« Axt machte ein unschuldiges Gesicht und tätschelte die gewaltige Wölbung. »In Kürze werde ich mich dann auf eine längere, anstrengende Reise begeben, von der ich einige Kilo leichter wieder zurückkehre.«

Der Wolfmann grinste und nickte. »Was wird aus dem Kind?«

»Die Priester werden es in ihre Obhut nehmen. Ein Kriegswaisenkind, das Gott in seiner großen Güte behüten wird. Wenn es alt genug ist, kann es eines Tages als Bediensteter im Generalstab anfangen. Wer weiß, ob es dann nicht irgendwann auch für mich arbeiten wird.«

Der Wolfmann nickte. »Das freut mich zu hören. Dann kann ich also beruhigt meine Sachen packen.«

»Du willst fort?«

»Wie ich es angekündigt habe. Ich mache mich daran, einen Orden aufzubauen. Unsere Aufgabe ist es, all jene verlorenen Seelen einzusammeln, die über besondere Kräfte verfügen und aus diesem Grund aus der Gesellschaft ausgestoßen sind. Männer wie Glond oder Navorra. Wir werden ihnen Nahrung und Unterkunft bieten und sie für den Kampf gegen die bösen Kräfte ausbilden, die das Reich im Osten bedrohen.« Er zog ein Tuch aus dem Ärmel und faltete es stolz auf. »Was hältst du davon?«

»Ein Tannenbaum?«

Der Wolfmann runzelte die Stirn und drehte das Tuch zu sich herum. »Jetzt, wo du es sagst… Es sollte eigentlich ein Flammenschwert darstellen. Das Zeichen des Ordens. Aber ich werde es wohl noch einmal überarbeiten lassen.« Er beugte sich zu Axt herab und drückte sie fest an sich.

Diesmal ließ sie den Tränen freien Lauf. »Ich werde dich vermissen.«

»Ich dich auch«, murmelte er. »Und aus nicht nachvollziehbaren Gründen werde ich auch Dvergat vermissen. Grüß den alten Dickschädel von mir, wenn du ihn siehst.«

»Das werde ich«, schniefte Axt. »Im Augenblick weiß ich allerdings nicht, wo er sich aufhält. Es heißt, dass er mit seinem Metallbein den Abgesandten der Clanversammlung vermöbelt hat, als der sich abfällig über Oger geäußert hat. Er ist sicher noch immer auf der Flucht.«

»Den Abgesandten der Clanversammlung? Mit seinem Bein?« Nachdenklich strich sich der Wolfmann über das haarige Kinn. »Ja, doch. Das sieht ihm irgendwie ähnlich.«

DRAMATIS PERSONAE

PERSONEN (ORKS)

Corsha – Krûshal, Wächterin der Schamanin, in Krendars Trupp, füllige Orkkriegerin mit einem Faible für knurrige Oger

»Der Linke« – der Verbliebene der Korrach-Zwillinge, die sich zum Verwechseln ähnelten und gern den Satz des jeweils anderen vervollständigten. Ein Umstand, den sie ... ... kultiviert hatten. Bis einer von ihnen fiel. Der Linke spricht seitdem nicht mehr viel.

Krendar – der Anführer des kleinen Orktrupps, der von Ragroths Doppelfaust übrig geblieben ist. Er ist jung, hochgewachsen und glaubt noch immer, keine Ahnung zu haben, wie man ein echter Broca ist.

Modrath Halbzahn – ein etwa drei Meter großer Oger. Er hat ein Talent für Sprachen und ein noch größeres, Dinge mit seinem Kriegshammer zu zerstören.

Razar – der etwas höher gewachsene Nestbruder Ronkhs. Sie sind beide Söhne Corshas und ehemalige Krieger des Felsenbärenstamms.

Ronkh – untersetzter, bulliger Orkkrieger, dem ein Auge fehlt

Sekesh – eine Schamanin der Ayubo. Sie beherrscht ihre Langmesser und die Blutmagie der Orks gleichermaßen gut.

WEITERE ORKS

Shirach Rogoru – Feldherr der schwarzen Wüstenorks. Der Ayubo ist der oberste Kriegsherr des vereinigten Orkheers.

Shirach Drangog – Feldherr der Weststämme

Shirach Aktok – weiterer Feldherr der Weststämme

Bruggach – ein alter Broca vom Stamm der Klingengras-Aerc

Cabracc – der eigentliche Name des Rechten

Chupacc – der eigentliche Name des Linken

Currg – der blasse Raut eines Kriegstrupps der Klingengras-Aerc

Farosh – ein blutjunger Krieger der Klingengras-Aerc

Ragroth – alter, narbiger Broca der Weststämme, jetzt tot. Der legendäre Vorgänger von Krendar. Er hielt nicht viel von Eisenrüstungen und noch weniger von Regeln.

Traggash – Currgs großer, narbiger Nestbruder und Leibwächter

Urag – der Raut der Minen im Verbotenen Tal

Yar – ein Broca in den Minen, er hat ein narbiges Gesicht und spricht gebrochen die Sprache der Menschen.

PERSONEN (ZWERGE)

Bresch Wludstein – ein junger Zwergenadliger, Anführer eines Kriegstrupps von sechs Dutzend

Bullkopf Kronh – ein zotteliges Untier von einem Clankrieger

Chert – eine korpulente Zwergenfrau und Herrin über die Küchen der Festung Derok

Der Knollennasige – ein blonder Unteroffizier in Breschs Gefolge

Dvergat – ein Überlebender der Deroker Mauerwacht, folgt jetzt Glond

Edle Syen – genannt »Axt«; eine gefährliche Axtkämpferin, Weggefährtin Glonds und jetzt rechte Hand Variscits

Glond – ein mutiger Zwergenheld, der eine Aufgabe zu Ende bringen muss

Haarig – ein zwergischer Sklavenjäger mit Glatze

Jarl Dornbirn – heldenhafter Standartenträger der glorreichen Zwölften Königlichen

Meister Rotbart – hat in Derok alles verloren

Quintus – ein uralter, treuer Diener des Herrn

MITGLIEDER DER CLANVERSAMMLUNG

Anon – Sprecher des Deroker Gildenrats, der als Ältester die Clanversammlung leitet

Arber Schildenstein – ein unglaublich reicher Oberer und aussichtsreicher Kandidat für den Posten des Generals

Borm Zinnkopf – ein Unterer von altem Schlag

Dion – Zweiter Diener im Tempel des Herrn, der die Interessen der Kirche vertritt

Dornem Eirimm – Befehlshaber der Bergfestung

Gabbro Talschrofen – ein trinkfreudiger Gesandter aus Geryn, der mit seinem eigenen Bierbrand reist

Gurn Graustein – ein weiser alter Mann

Kalmit Blankenstein – ambitionierter Großhertig aus uraltem Adelsgeschlecht

Kearn Einauge – legendärer Held der Zwerge und ehemalige rechte Hand des Generals

Krudd Hundstodt – ein Unterer mit zweifelhaftem Ruf

Tallit Berglogga – ein selbstgerechter Mann und leider auch Vater von Axt

Tantal Kronh – Herr der Bergclans und eine beeindruckende Gestalt

General Variscit – genannt »Drachentöter«, der ehemalige Oberbefehlshaber der Vereinigten Clanbünde. In Derok ist er die Stimme des Großkönigs.

Zornthal Wludstein – Großhertig, der die Befreiung Deroks befehligte

MENSCHEN

Ayna – Schwester Nyordas, arbeitet als Bedienstete in einem Zwergenhaushalt in Deroks Südstadt, hat eine Tochter und eine Enkelin

Bernys – blonde Küchenhilfe unter Chert, Menschenfrau in der Festung von Derok

Bohne – ein riesiger Mensch, der als nicht besonders helle gilt

Cryn von Norderstadt – wird aufgrund seines Aussehens nur Wolfmann genannt. Einst Navorras Erster Ritter, folgt er jetzt dem Zwergen Glond.

Mucfarm-Brüder – skrupellos und schnell mit dem Messer

Der Narbige – ein bärtiger Mensch in Haarigs Diensten, der Frakra spricht

Navorra von Andrien – ein außergewöhnlicher Junge, dessen Königreich in Derok ein Sanatorium war. Jetzt Anführer einer Gruppe menschlicher Flüchtlinge.

Nyorda – eine menschliche Anführerin, hochgewachsen und verbittert

Peltzer – ein mit allen Wassern gewaschener Gauner, der keine Freunde kennt

Schiefzahn – ein übler Schläger, der über Leichen geht

Tresy – eine ältere Menschenfrau, Küchenhilfe bei Chert

GLOSSAR (ORKS)

Aerc – Eigenbezeichnung der Orks für ihre Art

Ayubo – Eigenbezeichnung für die Stämme der schwarzen Wüstenorks

Broca – Truppführer über eine Doppelfaust

Dobrog-Berge – Gebirge im Osten der Ork-Stammesländer. Derok liegt unmittelbar an seinem westlichen Rand.

Doppelfaust – 2x5, also 10 Krieger, die übliche Stärke einer Ork-Kampfeinheit (oder eines Jagdtrupps). Kann allerdings bis zu 14 Krieger umfassen.

Drûaka – Bezeichnung für Schamanin in der Sprache der Weststämme

Eruqac – »Mondsilber«, Bergorkwort für Blei

Frakra – Gemeinschaftssprache der Weststämme

Ghourak Erhok – Töter des Häuptlings, Nachfolger

Gnarra – Schweineähnliche Großechse mit gefährlichen Hörnern, bekannt für ihren Geschmack, ihren Gestank und die Angewohnheit, ihr Revier mit Kot zu markieren

Granok – eine Wurzel, die die Orks gegen Müdigkeit, Erschöpfung und Schmerz kauen. Getrocknet und in Streifen gerieben wird sie auch geraucht.

Groshakk – herzhaftes Fäkalwort der Weststämme, wird oft und gern als Fluch verwendet

Grûshnak – lang gezogene Bergkette, die das Land der Weststämme nach Westen hin abschließt. Bewohnt von den Korrach. Dahinter liegen die Waldgebiete der Skrag.

Gulraka Valak – die »Weiße Stadt«

Hashok – etwa: »Verpiss dich!«

Jakkar – etwa 1,50 m lange, hundeähnliche Echsen, die von den Orks als Kampfhunde eingesetzt werden. Freilebend in Rudeln der nördlichen Steppe, jagen vor allem Rinder.

Jurda – kleiner Greifvogel, in den Gebirgen zu Hause

Korrach – Eigenbezeichnung für die Stämme der Bergorks

Krûnar-Riten – Mannbarkeits-Riten der Weststämme

Loccras – Bitterpilz. Er lähmt die Muskeln und Gelenke. Sein Geschmack lässt sich hervorragend in Bier tarnen.

M'rakkar – Ayubowort: Entschlossenheit, Bestimmtheit, Tatkraft

Nardokk – rattengroßes Raubtier, Aasfresser, von den Zwergen »Rucht« genannt

nakal – irrsinnig, verrückt

Nol'Ru – Bezeichnung der Orks für die Wesen in den Tiefen der Dobrog-Berge

Nurag-Nuss – eine um Derok weit verbreitete Nussart, aus der man auch Mehl herstellen kann, wenn kein Getreide zur Hand ist. Allerdings nicht für alle verträglich.

Ordrukk – schlanke, gefiederte Bergechse, etwa von der Größe eines kleinen Hirschs

Raut – Unterhäuptling der Orks, befehligt bis zu 5 Broca, also maximal rund 100 Krieger

Schroggra – hasengroßes Nagetier, lebt in Erdbauten, bekannt für seine Feigheit und seinen Geschmack

Shirach – Kriegshäuptling der Orks, befehligt bis zu 20 Raut (den Kriegsrat), also bis zu 2000 Krieger

Shranga – bierähnliches Getränk der Ayubo

Skrag – Name der Weststämme für die Waldorks

Spilo – kleine, giftige Flugechse, die von den Schamanen der Ayubo als Haustier gehalten wird

Urawi – Bezeichnung der Ayubo für ihre Schamaninnen

Yan Shagul – Ayubo-Ausdruck: »Pfad der Träume«

ORTSCHAFTEN UND ORTE

Alvburgh – wichtigstes Handelszentrum der Menschen
Beag – der Fluss, an dem Derok liegt, einer der Zuflüsse des Großen Flusses
Bruggis – Menschlicher Außenposten im Osten, Ort der ersten Schlacht gegen die Skrag
Derok – größte Zwergenstadt des Nordens, jetzt vor allem größte Ruine, Festung ist Garnison und Sitz des zwergischen Oberkommandos
Ebenfurth – kleine Stadt mehrere Tagesreisen südlich von Derok
Garenn – Stadt am südlichen Flussunterlauf nördlich der Marschen; Hochkönigssitz der Dalkar
Gulraka Valak – die Weiße Stadt, verlassene Ruinenstadt der Orks
Norderoth – große Menschenstadt tief im Süden
Tenburro – älteste Menschenstadt der Kolonie, am südlichen Meer gelegen
Vyndtport – größte Hafenstadt im Süden; in den Salzmarschen am Meer gelegen
Das Weiße Haupt – ein Vulkan im Osten des Dobrog-Gebirges

DANKSAGUNG

Und wieder einmal möchten wir uns noch bei ein paar Leuten bedanken. Bei den Lesern, denen die Welt um unsere Orks und Zwerge so gefallen hat, dass sie sich bereits durch den dritten Band gekämpft haben. Bei den anderen entschuldigen wir uns.

Darüber hinaus danken wir unseren Agentinnen Natalja Schmidt und Julia Abrahams und natürlich Sebastian Pirling, der dafür verantwortlich ist, dass wir unsere Bücher im Laden wiederfinden, und allen Mitarbeitern bei Heyne, die ihn unermüdlich dabei unterstützen.

Ein ganz besonders dickes Danke gebührt unserer leidgeprüften, großartigen Lektorin Catherine Beck, die eine großartige Arbeit an unserem Manuskript geleistet hat.

Außerdem danken wir unseren Testlesern Eva Bergschneider, Gregor Mango, Michael Stockhammer und Carsten Pohl, die sich zum Teil schon zum wiederholten Mal durch unsere Rohfassungen gekämpft haben – was manchmal gar nicht so einfach war. Dank ihnen ist das Manuskript definitiv besser geworden. An allem, was immer noch nicht perfekt sein mag, sind nicht sie schuld – vermutlich haben sie uns sogar darauf hingewiesen.

Das gilt im Übrigen auch für die Teilnehmer der großartigen Leserunden, die wir in den vergangenen zwei Jahren begleiten durften. Ja, wir machen die nicht zum Spaß. Zumindest nicht nur.

Und schließlich bedanken wir uns bei all den großartigen Kollegen und Kolleginnen der deutschen Phantastikszene – von Autoren bis zu den Helfern auf Lesungen und Veranstaltungen, bei den Bloggern, Rezensenten und den ganzen übrigen Verrückten, allen voran dem Lit Pack um Carsten Steenbergen, Stephan Bellem, Robin Gates und Falko Löffler. Bleibt so, wie ihr seid.

Tom dankt abermals Murray Gold, AC/DC und Greg Edmonson für den Soundtrack schon wieder schier endloser Schreibnächte und den Rollenspielrunden und -meistern vergangener Tage für zwei Dutzend Aktenordner voller Schreibinspirationen. Vor allem aber dankt er seinen Söhnen und seiner Frau Leonie. Unter vielem anderen auch dafür, dass sie ihn nachts nicht aus dem Bett werfen, wenn er schnarcht, weil er mal wieder viel zu lange geschrieben hat.

Stephan dankt der gesamten Besatzung des Luftschiffs, die hoffentlich noch lange fliegt, um mit Würfeln das Böse zu bekämpfen (oder was sie dafür hält), ausnahmsweise einer Band, nämlich Amorphis, für die Hintergrundmusik in seinem Kopf, ganz besonders noch mal Michael, dessen Kommentare nicht nur hilfreich, sondern auch noch lustig waren, und natürlich Judith für alles.

MAGIE ist ein gefährliches SPIEL

978-3-453-31688-1

DAS NEUE, GEWALTIGE EPOS DER PREISGEKRÖNTEN AUTOREN TOM & STEPHAN ORGEL

Einst war es der Nabel der Welt, doch nun steht es vor dem Niedergang: das Kaiserreich Berun, gegründet auf die Schlagkraft seiner Heere und den unerbittlichen Kampf gegen die Magie des Blausteins. Als Beruns Macht schwindet, kreuzen sich die Pfade dreier Menschen – ein Mädchen, ein Schwertkämpfer und ein Spion. Keiner von ihnen ahnt, wie unauflöslich ihr Schicksal mit der Zukunft von Berun verwoben ist. Das Zeitalter der Blausteinkriege ist angebrochen ...

Mehr auf **www.blausteinkriege.de**